Сергей ТАТУР

НОЧНЫЕ МЫСЛИ

Сергей ТАТУР

НОЧНЫЕ МЫСЛИ

РАССКАЗЫ

New York
2015

Сергей Татур
НОЧНЫЕ МЫСЛИ

Sergey Tatur
NIGHT THOUGHTS

Редактор
Валентина Карпенко

Автор выражает сердечную благодарность
компьютерщику **Игорю Лабкову** за бескорыстную,
щедрую помощь при подготовке этой книги к изданию

Автор выражает сердечную благодарность
Славе Петракову за бескорыстную,
щедрую помощь при оформлении и верстке этой книги

Printed in the United States of America

Об отце,
каким его люблю
и помню

СЛОВО ОБ ОТЦЕ

Мой отец, Петр Кузьмич Татур, в моей душе величина незыблемая, вечная. Звездная величина, неиссякаемый источник доброты, житейской мудрости. Как он уходил на войну, не помню, мне тогда было четыре года. Отцу было на тридцать лет больше. Он не сразу попал на фронт, сначала у него был год учебы в военно-инженерной академии, эвакуированной из Москвы в город Фрунзе. На фронте он оказался, когда наметился перелом в нашу пользу после Сталинграда. Он попал в саперную бригаду – ставил мины, на которых подрывались немецкие танки, строил мосты через Днепр, Вислу, разминировал верфи в Николаеве, а войну кончил в городе-крепости Бреслау, который капитулировал на день позже Берлина (он и там отличился, подорвав в ночном рейде несколько вражеских самоходных орудий). Когда он вернулся домой, на нем были майорские погоны, и его грудь украшали ордена Отечественной войны первой и второй степени, орден Красной звезды, медали «За отвагу» и «За победу над Германией». Ему предлагали продолжить службу, поступить в академию генерального штаба. Но притяжение мирной жизни оказалось сильнее.

Помню лицо матери, когда от отца переставали приходить письма. Какая-то потусторонность, похожая на маску, сковывала ее лицо – на нем не оставалось ни одного живого чувства. Но вот письмо ложилось на стол, и можно было жить дальше. Помню, отец прислал матери стихи: «Жди меня, и я вернусь – только очень жди! Жди, когда наводят грусть нудные дожди! Жди, когда снега метут, жди, когда жара. Жди, когда других не ждут, позабыв вчера» - и так далее. Я долго считал, что это его собственные стихи, и был очень разочарован, когда узнал, что это стихи Константина Симонова.

В моем классе у половины учеников отцы с войны домой не вернулись. Поэтому приезд отца в конце 1945 года был праздником великим.

Мать встретила его на вокзале после двенадцати ночи. Я спал, но вдруг в нашей комнате вдруг зажегся свет, мужчина в гимнастерке поднял меня с кровати и подбросил вверх, а потом так же поднял и подбросил вверх сестру Ольгу. Я долго стеснялся отца и говорил ему «вы».

Отец и мать были по профессии землеустроители и учились в одной группе в Московском институте землеустройства. Практику он проходил в Узбекистане, в Хорезме. Было это в году 1936. Там отец долго шел за арбой, оставлявшей необычный след. Когда он нагнал арбу, он увидел на ней сома, да такого большого, что хвост на арбе не умещался и волочился по дороге, оставляя след, поразивший отца. Это запомнилось ему, и местом работы его и матери стал Ташкент. В войну мы жили в старом, чисто узбекском районе Ташкента, снимая комнату. Затем мать выхлопотала двухкомнатную квартиру на улице Буденного, между базарами Госпитальным и Тезиковым, где мы и встретили отца. Там мы прожили тринадцать лет, затем были переезды на улицу Богданова и массив Высоковольтный.

После войны отец стал преподавать в ирригационном институте, на факультете землеустройства – и работал там до конца дней своих, то есть тридцать семь лет. Защитил сначала кандидатскую, затем докторскую диссертацию. Возглавил кафедру. Был прекрасным лектором, свой предмет – планировку сельских населенных мест – излагал так, что даже у студентов с посредственными способностями все нужное прочно отлогалось в памяти. У него всегда было много аспирантов. Более тридцати человек защитили под его руководством кандидатские диссертации.

В детстве более всего мы с Ольгой любили рассказы отца про войну. Мы забирались в его кровать и слушали, слушали. Он рассказывал минут сорок, а то и час, а когда уставал, говорил: «В это время рядом со мной разорвался снаряд, и я не помню, что было дальше». Это означало сигнал «отбой», и мы шли спать. Отец часто водил нас в зоопарк и в цирк. Еще летом мы ездили в парк «Победа», где было озеро. Там мы катались на лодке, купались и загорали на горячем песочке.

Отец не просто любил играть в шахматы, он обожал шахматы. Одно время он участвовал в чемпионатах города Ташкента и даже получал призы. Он научил играть в шахматы и меня. Проигрывать мне очень не нравилось, и вскоре я стал играть хорошо, но уровня отца не достиг. Изредка (в студенческие годы и позже) я выигрывал у него. Тогда он произносил: «Пастушонку Пете трудно жить на свете!» Часто между отцом и матерью вечерами было разделение труда. Мать шла в кино в парк железнодорожников, а отец ехал в шахматный клуб, который был в центральном парке имени Горького. За шахматной доской время для него словно останавливалось.

Еще он любил книги. Стараниями отца у нас появилась приличная библиотека. Широта его души проявлялась в гостеприимстве. «Лучшее – гостю!» - для него это было азбучной истиной, впитанной с молоком матери. Друзьями семьи была чета Артамоновых, жившая неподалеку (Владимир Семенович Артамонов работал с отцом на одной кафедре). Привечать Артамоновых в нашем доме отцу нравилось необыкновенно. Они весьма азартно играли в домино, в преферанс, засиживались за полночь.

В институтские годы я кое-что узнал о родителях отца. Его отец Кузьма Феликсович был дворянских кровей и умер в год моего рождения. Это был вальяжный мужчина с густой бородой. До революции он в качестве секретаря вел дела Минского дворянского депутатского собрания. Его мать Олимпиада Ивановна тоже была дворянских кровей. Однажды отец обмолвился, что в ее жилах текла и княжеская кровь, но в советские времена это не полагалось выпячивать – в чести было рабоче-крестьянское происхождение. Олимпиада Ивановна умерла в голодный 1919 год, и тогда же, от дизентерии, за одну неделю умерли ее старшие дочери, после чего отцу (ему тогда было двенадцать лет) пришлось совершить пеший путь из Минска в Москву, к старшему брату Сергею, который в то время был членом президиума партии эсеров, а затем достиг больших научных высот, заведуя кафедрой экономики в Московском государственном университете. Для всех загадка, почему он уцелел в 1937 году – единственный из членов президиума партии эсеров.

Особо хочу отметить любовь отца к поэзии Сергея Есенина. Он знал наизусть почти все его стихи. Маленький томик его стихов он пронес в кармане гимнастерки через всю войну рядом с фотографиями жены и детей. В те годы Есенин был запрещенный поэт и со стороны отца это был подлинный подвиг духа и дань почитания любимому поэту.

Ему повезло увидеть Есенина и услышать, как поэт читал свои стихи. Произошло это в 1924 году, в Политехническом музее. Есенин вышел на сцену в сопровождении шестерок, в цилиндре и с тростью. Цилиндр он картинно бросил направо, трость – налево, и их тут же подхватили шестерки. Он широко улыбнулся, слегка поклонился и начал: «Осень мокрыми метлами чистит ивняковый помет по лугам. Плюйся, ветер, охапками листьев, я такой же, как ты, хулиган». Именно с этих и только с этих стихов Сергей Есенин начинал свои выступления. Восторг публики был неописуем. Гром аплодисментов заглушал его слова. Есенина не просто любили, его обожали, ему поклонялись как самому яркому, самому талантливому и самому народному поэту России. Буквально носили его на руках, так он был почитаем и популярен. После него выступал Маяковский. Его принимали очень сдержанно, и лишь под конец лед в зале начинал таять. До популярности Есенина Маяковскому было очень далеко.

Отец любил животных. Перед войной он купил овчарку, назвал ее Русланом. Я помню, что ударил ее по спине чем-то тяжелым. Собака ойкнула, но на меня даже не зарычала. Когда отца призвали в армию, мать подарила овчарку одной знакомой, которая была директором столовой – нам в ту пору Руслана было не прокормить. После войны у нас всегда была кошка. Кошки были разные, ведь они не живут долго, но относились к отцу совершенно одинаково. Они признавали в нем хозяина, никли к нему, провожали его на работу и встречали, припадая к ногам и громко мяукая – выражали таким образом свою приязнь. За столом кошка сидела у отца на коленях. Из его рук она обязательно получала что-нибудь вкусное.

Отец очень любил своего среднего брата Геннадия Кузьмича, тоже доктора наук, а вот с Сергеем Кузьмичом у него в предвоенные годы произошла какая-то размолвка, резко охладившая их отношения. Так что после войны отец со старшим братом практически не общался. По-моему, размолвка была связана с тем, что Сергей Кузьмич разошелся со своей первой женой Лелей, которую отец очень уважал, и женился на другой женщине. С матерью отец жил душа в душу. «Леночка» и «Петенька» - эти слова в доме произносились наиболее часто. И часто отец произносил: «Леночка, я все сделаю все, что ты пожелаешь!» Не помню, чтобы когда-нибудь между ними пробегала черная кошка. Естественно, после смерти отца мать уже ничему не радовалась – и тихо ждала своего часа.

Отец умер 2 мая 1982 года, от инфаркта. Он, Оля и ее муж Радик поехали на дачу, и там все и произошло. Отец, хорошо поработав и много чего посадив, играл с Радиком партию в шахматы – и вдруг начал делать не те ходы. «Петр Кузьмич, так не ходят!» – сказал ему Радик. И вдруг увидел, что отец в полуобмороке. До Ташкента они его еще довезли живым, но врачи ничего не смогли сделать. Мать умерла тремя годами позже. Отец и мать похоронены рядышком, на Боткинском кладбище. Над могилой отца возвышается обелиск из красного гранита, над могилой матери – из белого мрамора.

Столетие со дня рождения отца моя семья отметила в начале мая 2007 года, в кафе близ ирригационного института. Его кафедра явилась в полном составе, но мало кто уже его помнил, все-таки отец ушел в мир иной четверть века назад. И библиотекарь явилась, она работала при отце и помнила его лучше других. Особенно запала ей в душу его добрая улыбка. Долгое время в институте была стипендия его имени, но сохранилась ли она до нынешних времен, про то не ведаю.

ДОЛГИЙ ПЕШИЙ ПУТЬ

I

Третий год, как у нас новая власть. Царя нет, Керенского нет, эсеры тоже отодвинуты куда подальше – их место заняли большевики. Все для народа, все для народа! Лозунгов громких на красной материи очень много. А народу от новой власти одни нелады, одни неприятности: за хлебом очереди, и за всем, что нужно людям, очереди, очереди и очереди. Кругом хоть шаром покати – такая вот жизнь к нам пожаловала.

Мы живем в Минске, рядом река Свислочь. Нас пятеро: матушка Олимпиада Ивановна сорока трех лет, сестры мои Анна двадцати лет, Светлана восемнадцати лет, Нина пятнадцати лет. И я, Петр. Мне через две недели тринадцать исполнится. Три комнаты у нас в большом кирпичном доме, жить можно. Только вот с продуктами давно уже плохо. Война с немцами, которая шесть лет назад началась, слава Богу, кончилась, Англия, Франция и Америка немца победили. А мы немца не победили, мы из войны вышли после Октябрьской революции, так что плоды победы – не для нас. Немцы, перед тем как капитулировать, в Минск вошли, но и ушли быстро. Никто не помешал им войти в Минск. Ничего плохого они у нас, вроде бы, не сделали. Появились, а потом ушли.

За последние годы военных я перевидал видимо-невидимо. По железной дороге сплошняком перли эшелоны с солдатами, с пушками и снарядами. Два года назад солдат заменили красногвардейцы, и теперь армия называется не русской, а красной. Теперь помещикам и буржуям и всем тем, кто притесняет рабочего человека, в нашей стране не место. А хлеба все равно не купить, сколько хочешь. Все по нормам маленьким, все по карточкам. Все впроголодь. Мы устали жить впроголодь, но кто нас слышит, кто нам внимает? Матери это очень не нравится. Почему отец Кузьма Феликсович не живет с нами? Почему отъединился?

С мамой на сей счет разговор лучше не заводить. Лицо у нее сразу землистое становится, отчужденное. Ей хуже всех, что отец не с нами. Анна сказала, что отец, как секретарь Минского дворянского депутатского собрания, должен уйти и спрятаться, не быть у советской власти на глазах. Ему, конечно, было очень трудно нас оставить, но поступить по-другому он не мог.

– Петушок, сходи за хлебом! – Мать дает мне карточки и деньги, и я иду. Обычно это обязанность Анны или Светланы, но они занедужили, и я иду. Зараза в город пришла, и очень плохая – ди-зен-те-рия! Э-пи-де-ми-я! Похоронных процессий сразу стало во много раз больше. Наверное, в сто раз больше, чем обычно. Телеги с гробами едут на кладбище одна за другой. Нехорошо становится в нашем городе Минске, страшно. Потому что к слову «дизентерия» приложено слово «эпидемия». Так говорят, когда заболевают сразу многие. И откуда к нам пришла эта зараза? От бедности? Правильно, к бедным и голодным все болячки липнут. Россия в тифу лежит, а нас дизентерия косит.

Выбежал во двор, а там Кастусь с ребятами в бабки режется. «Присоединяйся!» – зовет.

– Я – за хлебом! – кричу я.

– Ну, и загорай в своей очереди! – напутствует он меня. Ему уже четырнадцать, и он на полголовы выше, в его семье все высокие. На девочек пялится, а те на него оглядываются. Это уже взаимность.

Мне повезло, я стою в очереди всего полчаса. Домой несу полторы буханки, горбушку по дороге не отламываю, стесняюсь уже. Мама не любит, когда я выкладываю на стол ободранную буханку. Заглядываю в комнату к сестрам. Что-то плохо у них пахнет, неприятно пахнет. Как будто маленький ребенок мимо горшочка по-большому сходил, а за ним никто не прибрал. Анна и Светлана лежат, в потолок смотрят. Потом вскакивают и в туалет мчатся, который во дворе. Приспичивает! Видно по ним, что болят у них животики, и сильно. Страдание запечатлено на их лицах. А как помочь? Чем помочь? Если бы я мог!

Врач Фома Гордеевич заходил к нам два раза. Сказал, что можно кушать, а чего кушать не надо. На вопрос матери: «Ну, как?» – не ответил, развел руками. Дал понять, что от него ответ на этот вопрос не зависит. Поморщился: мух в доме много. Мухи, оказывается, главные разносчики заразы. Но лето, и от них никуда не спрячешься. Фома Гордеевич сейчас нарасхват, но он не всесилен. Лекарств нет, от немцев лекарства давно не поступают. Как стали мы красными, так от нас вся Европа отгородилась. Раз вы красные, то и заботьтесь о себе сами.

– Не торчи ты тут, не то тоже подхвактишь заразу! – сказала мать. Я понял ее буквально. Отрезал ломоть хлеба, налил в кружку колодезной воды, поел, попил – и бегом во двор. До вечера. Бабки Катуську надоели, и он зовет на Свислочь, купаться. Идем впятером, все свои, в одну школу ходим. Верещим, смеемся. Кругом домики на одну семью, кругом садики, сирень, розы. К реке пришли быстро, место выбрали, где никого нет. В таком месте и без трусов можно поплавать. Лишь бы девчата не пожаловали. Но у нас уговор: если девчата придут, Кастусь – он в трусах купается, потому что запасные с собой взял, – выйдет на берег и кинет нам в воду наши трусики. Плаваем, брызгаемся, гогочем. Река Свислочь – это самое лучшее, что у нас есть. Худые мы все, еще немного, и пупок может к позвоночнику прилипнуть.

Лежим нагишом на песочке, загораем. Дела житейские обсуждаем: Гена тетку два дня назад похоронил, а Кастусь – деда. Никому сейчас не сладко. Дизентерия кого хочет, того и отправляет на тот свет. В церквах сплошные отпевания.

– Чеснок надо жрать, чтобы зараза не липла! По одной головке в день! – говорит Кастусь.

– Сначала водочки глотнуть надо, потом чесночком закусить! – говорит Гена. Знатоки! Замечено: мужики, которые пьют, лучше себя оберегают, чем которые не пьют.

– У тебя двое слегли? – спршаивает меня Кастусь.

– Ага. Плохо им.

– Это для всех плохо.

– Едва выскочат из туалета, так снова туда бежать надо.

– У меня мать слегла, – сказал Гена.

– Всем сейчас трудно, – сказал Кастусь. – На войне, и то не было такого мора. Разве когда немцы газы на наших напускали.

Мы опять вошли в воду, а Гена нырнул с самодельного трамплина. Красуется! Я не ныряю принципиально. Мелко тут. В прошлом году наш сосед дядя Аркадий нырнул с бугорка и шею себе сломал. Пятерых ребятишек сиротами оставил. «В пятнашки!» – закричал Кастусь. Поиграли в пятнашки, но без большого азарта. Лишь бы время текло, другого нам сейчас не надо. Долго сидели в воде и замерзли. Попрыгали на берегу, побегали друг за другом. Тепло стало. Теперь домой! Пока дошли до нашей улицы, три телеги с гробами мимо нас прошествовали. Притихли мы. И лето при такой раскладке уже не лето. Страшно. И матери моей страшно, и сестрам. Ведь все они старше меня, лучше понимают, что к чему. Перст судьбы – на ком следующем он остановится, перед кем опустит занавес?

Я молю Бога, чтобы Анна выздоровела. Я молю Бога, чтобы Светлана выздоровела. Я молю Бога, чтобы никто больше в нашей семье не заболел. За Анной вон какой славный парень ухаживает. Вагоновожатый, я в его трамвае ездил. Это совсем не то, чем возжами лошадку понукать. И мама молится чаще, чем обычно. А посуду после Анны и Светланы постоянно кипятит, чтобы зараза к ней, к Нине и ко мне не перекинулась. Я смотрю на мать и вижу: сестрам плохо. На матери лица нет, зима сошла на ее лицо. Мы ужинаем: гречневая каша и хлеб. Я хочу еще, но добавки не будет. Порция матери и так была меньше моей. У большевиков все продукты распределяются строго по талонам: каждой сестре по серьгам. Но рабочему положено больше, чем интеллигенту, он сегодня важнее.

Вечером у нас в столовой горит керосиновая лампа, но никто не читает. Нина в доме самая заядлая книголюбка, но и она не читает. Какая у нас была библиотека! Но более половины книг, наверное, три четверти книг (какой я прилежный ученик – дроби наизусть помню), мать снесла на черный рынок, на продукты поменяла. Что книги, если в доме насчет еды шаром покати? Никакого прока нет от книг при пустом желудке.

Спать я ложусь первый. У матери весь вечер чужое лицо, не ее лицо. На все мои и Нинины вопросы она отвечает односложно: да – нет, нет – да. Ее пугает завтрашний день, такой непредсказуемый. А, может быть, очень даже предсказуемый? Утром пасмурно, и дождик накрапывает. Светлане совсем плохо, мечется она. Не в своей памяти она, непонятные вещи произносит, и очень громко. Горит и сгорает. Я смотрю на нее, и мне тоже плохо. Как будто и меня болезнь гнет долу и рассудка лишает.

В полдень Светлана вытянулась и перестала двигаться. Мать сложила ей руки на груди, глаза закрыла и перекрестила – крестным знамением осенила. Потому что никакой поп к нам сюда не придет. Заплакала мать, и я заплакал. А Нина убежала в другую комнату и там спряталась, так ей было плохо. Всем нам было плохо. Одна Анна не знала, что произошло – беспамятствовала. Гробовщика мать пригласила, он мерку снял. А гроб у него уже был готовый. Потому что очень много требовалось гробов, и у него сейчас целая артель столяров работала – восемь человек. Это сколько же гробов они делали каждый день?

Мы с матерью сопроводили Светлану на кладбище. Из соседей один дядя Сидор шел за гробом, а больше никто. Город мертвых встретил нас гнетущей тишиной, крестами и обелисками. Даже птицы здесь замолкали – тушевались. Летали, а голоса не подавали. Крестам и обелискам на кладбище не было числа. Мне понравилось, как люди чтили своих предков и своих близких. А мама была, как невменяемая. Она мало на что реагировала, мало чего соображала. Полагалось справить поминки, но сделать это было не на что. Соседи стучались в дверь или в окно, выражали соболезнование со двора и даже с улицы, а в квартиру не заходили, боялись скверны.

На другой день судьбу Светланы разделила Анна. Унылая процедура похорон повторилась. Я не мог поверить, что Светланы и Анны с нами уже нет, нет и нет. Анин жених плакал навзрыд и слез своих не стеснялся. А мама уже не плакала, выплакалась до донышка. Все в ней атрофировалось, и она мало чего чувствовала. Она была, как неживая. А потом слегла Нина, и сразу за нею – мать. Я, как умел, старался для них, все время подносил попить, что-то варил, прибирал, подтирал. Был рядом, во двор к ребятам не выходил. Матери, я чувствовал, не надо было ничего, смерть старших дочерей ее подкосила.

Хорошо, два моих брата, Сергей и Геннадий, были далеко от Минска, один в Москве, второй в Нижнем Новгороде. Если у них там и были свои проблемы, то совсем не такие, как у нас. Письма от них приходили редко, раз в месяц, в два. Наверное, большая их часть терялась по дороге. Ни на почте, ни в других местах никто теперь не старался, не выкладывался.

Два дня я ухаживал за матерью и Ниной, а на третий день они тоже угасли. Врач к нам так и не пришел, скорее всего, сам слег. Или не мог поспеть ко всем страждущим: больных сотни, а он один. Соседи явились, старушки какие-то в черном. Поохали и сделали все, что надо. Меня сиротой назвали, по головке погладили. Дядя Сидор из соседнего подъезда зашел со мной в комнату матери. «Это тебе, спрячь, – сказал он. – И посмотри, что еще есть у матери в столике, в ящиках и ларцах по этой части!» – Он разжал ладонь, и на скатерку легли обручальное кольцо, два перстня, сережки с бирюзой. «Ювелирные изделия, черный день!» – понял я. Мой черный день настал и уже обволок меня. Значит, дядя Сидор сам снял с матери все эти украшения – и мне возвратил, в свой карман не положил. Честный человек!

– Спасибо! – поблагодарил я.

– Что теперь будешь делать, куда пойдешь? – спросил он. – Братья твои старшие где?

– Самый старший в Москве, он в партии эсеров должность большую занимает, – сказал я.

– К нему и дуй. Одежду женскую продай, утварь, и в путь-дорогу! – посоветовал он. Что ж, эта квартира была не наша, мы ее нанимали. А я один, никто и ничто для окружающего меня мира. Это я понимал. У меня был адрес Сергея – какой-то дом на Тверской улице в Москве. Пусть это у черта на куличках – я пойду и приду, куда надо. Не маленький. И лето сейчас, не зима. На ночь не обязательно в чей-то дом проситься. Лес или поле приютить могут – лишь бы дождик не капал.

II

Дядя Сидор ушел, а я всерьез задумался о дальней дороге. Это сколько же километров мне шагать? Долго шагать. Может быть, целый месяц шагать. Ботиночки едва ли выдержат, а вторых у меня нет. Но ведь я и босиком могу, пока не холодно. И сапоги возьму с собой, они у меня для зимы. А пальто? Это уже на выбор: или пальто, или одеяло. Кастрюльку маленькую надо взять – грибов насобираю, картошку, яйца куплю – будет в чем сварить.

Я потихоньку откладывал все то, что могло мне пригодиться в дороге. И скоро рядом с сидорком возвышалась внушительная горка отобранных вещей. Пришлось все эти вещи еще раз перебрать и горку уменьшить до приемлемых размеров. Я осмотрел все ящички в комнатах матери и сестер, открыл все шкатулки. Кое-что обнаружил – браслет, два ожерелья, перстенек.

Одежду женскую собрал – три чемодана получилось. Дядя Сидор пошел со мной на барахолку, и там мы быстро все продали, особенно не торговались. «Это не деньги! – сказал дядя Сидор про советские деньги, – но других, Петя, пока нет». Он посоветовал мне эти деньги с собой не везти, в дороге всякое могло случиться, а переслать их по почте Сергею. Я так и сделал, в его присутствии. Сам я еще никогда денежных переводов не отправлял. Все украшения матери и сестер дядя Сидор сложил в кожаный мешочек, зашил его и привязал к моей ноге – с обратной стороны коленки.

– Так лучше! – сказал он. – Мало ли кто тебе встретится! В карманах пошарят, а ниже смотреть не будут. Потому что недогадливые!

Но сначала я пошел на кладбище, проститься с дорогими мне людьми. Мама и сестры были погребены рядом, и один общий дубовый крест венчал их могилы. Одна фамилия, четыре имени. Вот, жили люди, мечтали каждый о своем, а судьба взяла и распорядилась иначе. Было, а потом не стало. Я смотрел на аккуратные могильные холмики, на венчающий их крест долго-долго. Мне было очень плохо от того, что я ничего не мог исправить. Потом низко поклонился ушедшим и пошел домой. В мрачных комнатах теперь не звучали родные голоса. Да, я уйду, а здесь поселятся другие люди, и им не будет никакой нужды вспоминать про тех, кто жил тут до них.

Ночь, последняя в этом доме, была долгая и странная. Я вспоминал, как хорошо мне тут было. Тут обо мне заботились, тут меня любили. Но все рухнуло в одночасье, потому что пришла эпидемия. Я был, как за каменной стеной, и этой надежной стены теперь не стало. Ее словно вверх подняли и убрали. Теперь я был открыт всем ветрам, всем невзгодам. Все заботы обо мне теперь ложились на меня самого.

Красивые у меня были сестры, одна краше другой. Круглолицые, полнощекие, голубоглазые, с косами до пояса. Умнички, троек в гимназии не получали совсем, четверки тоже домой приносили редко. «Мама, я получила пять!» Этим они щеголяли. А почему не похвастаться пятерками, особенно когда их много? И что теперь эти пятерки? Прошлогодний снег, все о нем и думать забыли. Дизентерия, она, как старуха в черном саване и с косой. Сколько народа выкосила! Кто ее остановит? Нет такой силы. Верующие считают, что народ, не захотевший царя и Керенского, а захотевший большевиков, получает от Господа Бога за свое своенравие, за отход от заповедей, проверенных последними двадцатью веками человеческой истории. Не знаю, тут все не так просто, и мне еще в этом разбираться и разбираться.

Я вспомнил, какие вкусные борщи и кавардаки готовила Анна, какой румяной получалась жареная картошка у Светланы. Анна еще и шила, всю семью обшивала. У нее это даже лучше получалось, чем у матери. Швейная машинка «Зингер» слушалась ее, как вышколенная собака слушается своего хозяина. Я мог вспомнить много чего, но начинала кружиться голова. Потому что теперь у матери и сестер против даты рождения стояла вторая дата, дата их ухода из жизни. Они были, были, были. А теперь их нет, нет, нет. И сколько бы раз их ни создавало мое воображение, это ничего не меняло. А я остался, белый свет проявил ко мне свою снисходительность. Но мне было тяжело, и я не радовался, что жив. Жизнь без близких людей становилась в тягость, и я познавал это полной мерой.

Утром я сварил себе кашу перловую, позавтракал, кивнул дому своему, постучался к дяде Сидору, простился с ним – и пошел. Котомка показалась мне тяжелой. Я пошел на вокзал, в надежде, что меня возьмет поезд, идущий в Москву. Все говорили, что на вокзале столпотворение, и уехать очень тяжело. Но почему бы не попробовать? Вокзал был переполнен, билетов на московский поезд не продавали. Люди сновали туда-сюда; на всем лежала сермяжность. Болела страна, и ее охватило запустение. Если подходил поезд, его окружала такая толпа, что к нему было не протиснуться. Вот опять подали эшелон. Его мгновенно окружила многоголосая толпа. Куда, когда? Никто не ответил, но все стремились протиснуться поближе к заветным дверям. Тем, кто был помоложе и поплечистей, это удавалось лучше. Я на молодого и сильного еще не вытягивал. Прошло полчаса, эшелон все стоял. И час прошел – эшелон ни с места. Я глубоко вздохнул и вдруг решился – зашагал по шпалам. На восток зашагал, в ту сторону, где по утрам всходило солнце. Подальше от этой суеты беспросветной. Подальше от беспризорников, которые смотрели на меня с явным интересом: свой я, или маменькин сынок? Удовлетворять их интерес содержимым своей котомки я не собирался.

По шпалам, по шпалам! Ширина моего шага как раз равнялась расстоянию между шпалами. На рельсах прочитал марку завода-изготовителя: «Г. Демидовъ, 1912 г.» Перед самой войной положили, новые! От вокзальной толпы и кутерьмы я обособился очень быстро. Один километровый столб остался за спиной, потом второй, третий. Большой город Минск, его кварталы сопровождают меня долго. Но вот Минск отдалился, словно за мою спину спрятался. Прощай, дорогой город! Мне было очень хорошо на твоих улицах, но только до тех пор, пока ты не развел у себя дизентерию. Дизентерия закрыла одну страницу моей жизни и открыла другую, чистую. Один я и буду эту страницу заполнять. Я не знаю, увидимся ли мы снова, а если увидимся, то когда? Хотелось бы, но сначала надо, чтобы я снова стал себе хозяином.

Идти было нисколько не трудно. Тепло, привольно, птички щебечут, солнце смещается все правее. Я не спешу, но и не медлю. Жалко, часов у меня нет. А у матушки были. Значит, я их не нашел. Буду по солнышку ориентироваться – что мне какие-то полчаса-час? Мне они без разницы. Солнце самое высокое – полдень. Солнце на половине пути между восходом и высшей точкой – девять часов утра. Солнце на половине пути между высшей точкой и закатом – половина четвертого. Разберусь! Вот и поля потянулись, с лесами вперемежку. В эти леса еще рано за грибами соваться, тут все грибы горожане прибрали. А дальше грибы и ягоды, которые в лесу, станут моими. Те, которые много путешествуют, подножным кормом их называют.

Полдень. Сворачиваю в лесок и отдыхаю. Перловую кашу, из дома взятую, доедаю. А на вечер что? Хлебушек без ничего? В село какое-нибудь заглянуть, картошки и сала прикупить? Завтра так и поступлю. Хотя, не жалуют нас, городских, в здешних селах. Говорят, заразные мы. Надо подальше отойти, там народ добрее. Береза – какое милое дерево! Лежишь под ним, а оно шепчет тебе на ухо что-то интересное. Ни на минуту не умолкает. Ветра, вроде бы, нет, а береза не умолкает. В гимназии учеников, которые шептуны неумолчные, учитель на последние парты отсаживал, а то и вовсе из класса выпроваживал: ступайте во двор и там лялякайте, сколько угодно!

Я лежу на спине, а неба не вижу. Все березы, все веточки зеленые. Если бы я под соснами лежал, все вокруг совсем другое было бы. Если дождь пойдет, защитит меня такая крона или нет? Должна защитить. Почему папа не с нами? Шестеро нас у него, а он взял и от нас отодвинулся. Если бы он был с нами, беда обошла бы наш дом стороной. Нутром чую, обошла бы! Он бы подсуетился во-время, и мы бы уехали от беды куда подальше. Или бы от всех отъединились, и к нам зараза не прокралась бы.

Пастух коровок прогнал неподалеку. Хлипкие коровки, не гладкие. Они помычали и замолчали. Наверное, мордами в травку свежую ткнулись. Почему природа так устроена, что лето на все про все запасы создает, а зима эти запасы проедает? Зимой у людей, которые крестьяне, совсем другие дела и заботы, нежели летом. Дадут большевики крестьянам землю или не дадут? Пока они продналогом народ давят, и кругом голодно от этого. А ты, раз ты теперь хозяин страны, купи у крестьянина, что тебе надо. Так во все времена было, и всем всего хватало. Ну, разве что в неурожайные годы нехватки имели место.

Лежу я, думаю про всякое разное. Надо на родничок набрести, напиться. И бутылку с пробкой раздобыть надо, чтобы воду при себе иметь. Дома бутылок сколько угодно осталось, но там я про воду не подумал. Что, хватит прохлаждаться? Надеваю котомку и иду к железной дороге. Пять-шесть километров, и станция. Чтобы поездам было где разъехаться. Один поезд ждет встречного, а второй дует на всех парах и не останавливается. У железнодорожников домики солидные, из жженного кирпича, под черепицей. Прилично живут – рабочая косточка. Небось, тоже с большевиками. Хотя, им никогда плохо не было. Большевики, взявши власть, объявили, что почти всем при старом правительстве было плохо, а теперь всем, кому было плохо, будет хорошо. И мы ждем не дождемся, когда всем нам станет хорошо.

На станции я смотрю, как поезда с одного пути переходят на другой. С помощью стрелки. Вот это изобретение! Мировое изобретение. Человек, когда ему надо, до всего додумается. Потому что в его натуре свою выгоду соблюдать. Уже и самолеты в воздух поднимаются, крылья у них и пропеллер. Не птицы, но родство есть несомненное. А у подводной лодки разве нет родства с акулой или дельфином? А у кино с чем есть родство, с книгой? Нет, это особенный, отдельный вид искусства. Там не буковки, там изображение всему голова.

Я прохожу еще одну станцию и вижу, что пора позаботиться о ночлеге. В лесу остановиться или к людям в дом какой-нибудь постучаться? Попробую в лесу переночевать. Стеснительный я, чтобы к людям на ночлег проситься. Пересиливать себя надо. Чужие мне люди, к кому я проситься буду? Плохо будет ночью, тогда завтра я уже пересилю себя и попрошусь. Ручей я увидел, а рядом с ним место очень даже приличное. Трава скошенная лежит, сушится. В нее и завернусь. А пока хвороста наберу, для костра. Сколько же я прошел за сегодня? Километров двадцать пять уж точно прошел. Или больше? Ноги гудят, но не скажу, что вымотался.

Костер горит, а варить мне нечего. Поел хлебушка, запил его сырой водой. Не наелся. Аппетит, как у работника. Прохладой повеяло, а у огонька тепло. И комары близко к огню не подлетают, крылышки свои берегут. Я надеваю еще одну рубашку, так лучше. Свитерок надену, когда спать лягу, и носки шерстяные. А пальто использую, как одеяло. Трава – матрац, пальто – одеяло. Котомка – подушка. Только в ней мало чего останется. Вот это звезды! В городе и не знаешь, что над нами столько звезд. Россыпи звезд. Все небо искрит-переливается, такое оно звездное. Солнце тоже звезда, и от него на Земле жизнь. Не значит ли это, что возле других звезд тоже своя жизнь, от нас страшно далекая? Мы пока этого не знаем, догадываемся только. Мы благодарим Создателя за свет от солнца и за жизнь на Земле.

Я еще посидел у костра. Пламя опало, и я лег на копну сухой травы, пальтишком укрылся. А что? И мягко, и не поддувает ниоткуда. Заснул сразу, а проснулся, когда мне в лицо луна светить стала. Повернулся на другой бок, укрылся получше и опять заснул. А когда снова проснулся, зачиналось утро. Небо на востоке быстро розовело, а звезды погасли, освободили пространство новому дню. Я пожевал хлеба, напился, быстро собрался и пошел. Теперь, когда леса отступили, вокруг меня были поля с пшеницей, рожью или овсом, и изредка – огороды с капустой и луком, картофелем и огурцами. Настоящей картошки на грядках еще не было, одна ботва.

В деревню маленькую я свернул, и мне показали, в каком доме я могу купить сала. Тетя Марфа, дородная и краснощекая, была там хозяйкой. Ей было интересно, кто я такой и куда путь держу, и я все ей выложил, удовлетворил ее любопытство. Она поохала, посочувствовала, за хлеб и сало деньги взяла, но раза в три меньше взяла, чем если бы я эти продукты купил в Минске, а за крынку молока денег не взяла. И творога дала мне, в чистую тряпочку его завернула. И бутылку чистую дала, для воды. Добрыми словами меня напутствовала – чтобы я смотрел в оба и от дурных людей держался подальше. Потому что дурных людей в эту срамную пору развелось видимо-невидимо. И я подумал, что станции, где полно беспризорных, мне лучше стороной обходить. Но как? Не зная обходных дорог, можно и заплутать.

Я поблагодарил тетю Марфу, а она проводила меня долгим, пристальным взглядом. Жалела. Наверное, про детей своих подумала, что и у них могла быть такая же участь. И я снова на просторе, снова иду вперед. А солнце мне в спину светит и как бы подгоняет, торопит. На лугу люди, траву косят. Косы так и мелькают, острия у них белые. Я иду дальше, а луг не кончается, и люди все косят, косят. А затем стали чередоваться поля с пшеницей и рожью и поля пустые, оставленные под пар – чтобы набирались плодородия. Только я так понял про эти пустые поля, что сейчас не время производить что-нибудь в избытке: отберут, якобы во имя коммуны, и даже спасибо не скажут. А «спасибо» разве полная плата за благое дело? Спасибом, как говорят в народе, сыт не будешь. Плата должна выражаться в денежном исчислении. В справедливом денежном исчислении.

Спать опять ложусь на лугу. Ветер, и комаров мало. Ветер комаров завсегда пересиливает. Комары, которые рядом, жужжат очень противно. Зато от ветра прохлада. Ничего, одежды на мне много. Сны мне не снятся – почему? Не потому ли, что сильно устаю? Значит, уставшему человеку не до снов. Поутру снова в путь. Станция Жодино, да большущая! И дорога гужевая – тоже через нее, не мимо. Шагаю по шпалам. Вокзал обхожу по дальним путям, за товарными вагонами прячусь, чтобы ко мне шпана разная не прилипла. Кажется, прошел. Пассажирский поезд протелепался, мне навстречу. Полный-полный, даже на крышах народец ютится, и на дверных подножках. Железная дорога, наверное, для такой большой страны, как Россия, первое дело, наиважнейшее дело. Это, как кровообращение у человека. Когда кровушка поступает, куда надо, не застаивается, все в порядке, и сил у человека хоть отбавляй.

Ба, а почему бы мне в товарняк не залезть? В тот, к которому паровоз подан? Стоит такой товарняк, но вокруг него солдаты – не подступишься. А если солдатиков попросить, чтобы вместе? Подхожу, говорю: «Дяденьки, можно, я с вами?» Куда там! Делают вид, что не слышат, или гонят сразу. При них оружие, они с поляками только что воевали. Но злые они. Потому что поляки им вломили: не суйтесь к нам, мы не ваши! И Буденному вломили, и Ворошилову, и Блюхеру с Тухачевским заодно. А вот подробностей я не знаю. Мировую революцию Польша в Германию через свои границы пропустить не захотела, и точка. Так что Ленину и Троцкому пришлось с этим смириться.

Про Ленина говорят, что он совсем больной. Лежит и уже не поднимется. Потому что головка у него отключилась. А человек без головки думающей и соображающей и не человек вовсе, а так, недоразумение. Самые хорошие врачи ничего сделать не могут.

Что у меня на обед? Грибов насобирал – подосиновики, сыроежки, белые. И рыжики есть. Сварю. Хлеб еще есть, сала шматок – если по кусочку на каждый раз, на неделю хватит. У ручья – привал. Кастрюлю с водой – на огонек, грибочки покипели и готовы. Теперь пусть остынут. Горбушку, которая осталась, не всю слопаю – половину. Но с сальцем и с грибами. Поем, поглажу себя по животу – и в путь.

III

Красивые в нашей стране места. Что поля, что леса – приволье полное. В горах, говорят, все совсем другое. Ущелья там сумеречные, склоны крутые, местами совсем вертикальные, и реки не текут, а бегут. Потому что крутизна там большая. Когда-нибудь посмотрю и на горы. Через село прохожу. Еще село. Солнце садится. Я прошусь переночевать, и со второго раза мне кивают: «Добро пожаловать!»

Рассказываю, почему я в дороге. Ну, охи, ахи. Меня за стол сажают, потчуют. Не ахти какая еда у этих людей, но все же еда. Я держусь ближе к ребятам, которые мои сверстники. На их вопросы отвечаю, сам спрашиваю про здешнее житье-бытье. Оно, оказывается, как везде. Спать иду на сеновал, никого не стесняю. Утром ем пирожки с картошкой, а пять штук мне с собой дают. Заботятся. Я низко кланяюсь, благодарю хозяев за доброту и гостеприимство.

Иду, а солнце в глаза светит. Держусь железной дороги. Вдоль нее телеграфные столбы – прекрасный ориентир. Хорошо, когда у людей ночуешь. Дождь ночью закапал, а над тобой крыша. Весь день иду – втянулся. Днем поел только, а не лежал, не отдыхал. Дождь пошел, но вскоре перестал. Трава стала мокрая, и ноги я промочил. Ничего, не сахарный. Вечером в деревеньке какой-то снова на ночлег попросился. Меня в сарай отвели, где сена было совсем немного, а насчет еды руками развели: сами изголодались. Продразверстка! Но зачем же подчистую все выметать, людей против себя восстанавливать?

По дороге я картошки прикупил. Деньги у меня есть, но люди бывалые от них нос воротят. Потому что город обязан селу за продукты питания свой товар поставлять – ткани, одежду, утварь разнообразную. А город товара не поставляет, и это есть непорядок. Заводы, которые стали принадлежать народу, не работают. И народ в недоумении: почему так? Этого никто народу не объясняет. Тогда народ сам начинает понимать, что деньги, которые товаром не подкреплены – бумажки, и цена им никакая.

Возле Борисова – река. Я выкупался, позагорал, рубашку, брюки постирал, на солнце повесил. Хорошая река, чистая. Извилистая. Я вспомнил, что в такой реке должны водиться раки, и пока одежда моя сушилась, полазил вдоль берега, пощупал дно. Достал с десяток раков. Не вытерпел и тут же сварил их. Шесть съел, четыре на ужин оставил. Вот вкуснятина! Свинина совсем не такая. Картошку тоже сварил, как дополнение к ракам. Наверное, полдня провел у реки. Вот где раздолье! Может, заночевать здесь, еще половить раков? Нет, надо идти.

И я иду – дальше, дальше, дальше. Переночевал в стогу сена, никого особой своей напрягать не стал. Утром спросил себя: а какой сегодня день? Эдак я скоро со счета собьюсь, который день в пути. Картины меня сопровождают почти одни и те же: леса и поля, поля и леса. Холмов мало, пригорков, издалека заметных – ни одного. Равнина, поэтому и реки такие медленные. Иной раз не сразу увидишь, в какую сторону вода течет.

Ночую у тетеньки одной, Дарья Семеновна ее зовут. Мужа ее германцы убили. Четверо детей у нее, старший, Александр, двумя годиками меня старше. Высокий он и крепкий, с лошадками как взрослый управляется. У них были две лошади, но осталась одна, а одну красные для своих нужд реквизировали. Забрали, то есть. И расписку дали, что лошадь эта засчитана, как налог. Они меня про Минск расспрашивали, и я им все выложил, что знал. Саша, может быть, учиться в этот город поедет. Но это, как получится. Если не надо будет за учебу платить – поедет, а если надо, тогда что ж? Тогда пусть дургие учатся, которые в состоянии заплатить.

Ночью я сразу не засыпаю, думаю. Вижу: мир не без добрых людей. Вот, Дарья Семеновна, Саша ее теплом своим меня одарили и обогрели. Иду еще день. А потом – Барань, городок небольшой на реке Ардов, а за ним сразу Орша. Узловая станция, так что пойти мне надо будет по той колее, которая в Смоленск и Москву идет. Строго на восток и на восток. Сориентируюсь, это не трудно. Где север, где юг и где все остальное – на всю жизнь запомнил. В Орше беспризорные меня обступили, пальто мое, очень приличное, изъяли, а мне взамен одеяльце хилое подсунули. Сказали: «Ну, чего волком глядишь? Не замерзнешь! Благодари, что без ничего тебя не оставили, голым в Африку не пустили!» Я словно ожидал этого и сильно не переживал. Деньги и ценности семейные при мне остались.

Еще два дня, и я иду по русской земле. Сколько дней я уже в пути? Прикидываю и вижу, что сбился со счета. Вечером спрошу, какое сегодня число, тогда и подсчитаю, сколько дней моему путешествию. И про день своего рождения совсем забыл. А с кем мне было его праздновать? С самим собой. Иду дальше. Иду – иду – иду – иду! Смоленск впереди. И я сначала в реке Днепр купаюсь, затем в город вхожу. А в Орше я в Днепре не поплавал, из-за беспризорников окаянных. Смоленск – красивый город, с церквами на каждом перекрестке. Но Минск лучше. Наверное, потому лучше, что там все мое, все родное. Это сколько же надо прожить в одном месте, чтобы оно родным стало? Не знаю, тут человек сам решает. Прикипел душой к месту, и оно твое, кровное. А не прикипел, и оно тебе сбоку с припеку.

Собор я увидел в Смоленске очень красивый. Успенский называется. В семнадцатом веке его возвели – это что, при Иване Грозном? Я обошел его по кругу, он со всех сторон внушительный, красивый. Большевики сказали: «Бога нет!» Но кто с ними согласился? Мало кто. Мать моя и сестры не согласились, только это их от беды не уберегло. И вот я иду дальше по землям российским, а они мало чем отличаются от земель белорусских. Разве что деревеньки встречные более неприкаянные, неряшливые, и коровки на лугах более худые.

Я иду, почти весь световой день на ногах. Ночую у добрых людей, это хоть какая-то да кормежка. И поддержка. Очень хочу вырасти и добрым стать, чтобы добро, мне выказанное, возвратить тем, кого оно согреет, а, может, и на путь истинный направит. Туфельки мои совсем расползлись, так что я их в котомку положил – в Москве надену. В одном доме, где я ночевал, мне лапти дали – не новенькие, конечно. Я сначала подумал: «Вот, в лаптях я еще не ходил!» А надел – мягко, удобно. Ни сучка, ни задоринки! Ножки лапти объемлют честь по чести. Не будь этого, народ бы от них давно отвернулся. И получается, что из лыка лапти, да не лыком шиты. Идти в лаптях совсем не то, что босиком. И от земли холод не достает, и камушки маленькие не заявляют о себе, что они иголки.

Чем дальше, тем я ближе к людям держусь, в лесах почти не ночую. Не родные они мне, а все же люди, и добрых среди них куда больше, чем недобрых. Ну, обобрали меня один раз оборванцы, так только на пальто позарились. Знали бы они про кожаный мешочек, что у меня под коленкой подвязан! Ого, полпути уже есть, даже больше. Ярцево я прошел, потом Сафоново.

Вязьма впереди. Ну, и название! С какой стороны взять тебя, Вязьма? Все рельсы и рельсы. Две стальные полосы, а потом как бы одна, как ниточка серая. Поезда идут, ко мне или от меня, совсем не часто. Паровоз пыхтит, вагоны стучат на стыках. Каждое колесо свое «тук-тук» делает, да громко! Вот бы стать машинистом! А кочегаром – уголек в топку бросать? Нет, машинистом быть лучше: смотришь только вперед, а земля тебе навстречу несется. Когда на телеге едешь, совсем не то.

Я опять иду, все время иду. Вязьма, потом город Гжатск на реке Гжать. «Река Гжать, река Гжать собирается рожать!» Это мальчишки тамошние горланили, когда я купался с ними вместе. А кого рожать? Рыбку большую и маленькую? Я укорил себя за то, что не рыбак, не взял с собой крючка, на который рыбка ловится. Наловил бы рыбки, сварил ее – это какая роскошная еда! Самая вкусная еда.

После Гжатска я опять в лесу заночевал, наверное, в последний раз. Не понравилась мне деревенька, мимо которой я прошел перед самым вечером. Безлюдная совсем, несколько стариков и старух, и те как тени. Я содрогнулся от их вида и посторонился. Еще позарятся на что-нибудь мое, а мне это надо? Уваровка, а за ней Можайск. Москва-река течет через этот городок. Я не удержался, вошел в воду, поплавал. Вода была теплая, плавал я долго. Прекрасно! Мужик, у которого я заночевал, сказал, что недалеко отсюда произошло Бородинское сражение. А потом Кутузов отступил и отдал Наполеону Москву. А потом погнал Наполеона из России, да так, что у французов подметки засверкали. Но голод не тетка, и холод не тетка, и они почти все ручки вверх поподнимали. Не зарьтесь, не зарьтесь не на свое! Я попытался представить себе Бородинское сражение, и у меня получилось, что стена шла на стену. Штыки впереди, пушки сзади. Пальба, дикий ор - битва. Все, конечно, обстояло не так или не совсем так. А как?

Я уже почти в Москве. Но это «почти» три дня заняло. В двух местах меня подвезли на телеге, но оба раза ехал я недолго. От одной деревни до другой, и все. Сяду, вздремну, а уже сходить надо. И я опять иду. Привык, и идти хоть весь день для меня уже не в тягость.

И вот Москва, страшно большой город. Город, про который я ничего не знаю. Стою на берегу Москвы-реки, смотрю на храм Христа-Спасителя, глазам не верю своим: вот это прелесть! И громадина одновременно. Смотрю, благоговею. Потом Кремль обхожу кругом и тоже благоговею. Потом спрашиваю народ про улицу Тверскую. Она, оказывается, от храма Христа-Спасителя и от Кремля совсем недалеко. Поворот, еще поворот. Еще квартал. И я обнимаю брата Сергея и его жену тетю Лелю. Обнимаю и плачу Реву прямо. Смотрю, Сергей тоже слезу смахивает. Расчувствовался.

– За стол! – командует он.

Но тетя Леля велит мне сначала выкупаться, ведро воды она уже согрела. Всю мою одежду она при мне перестирала в большом корыте. «Теперь ты человек!» – говорит она, когда я выкупался. И обряжает меня в Сережину рубашку, а я в ней утопаю. Ведь Сергей очень большой и очень широкий. Я говорю, что в Минске от Татуров не осталось совсем ничего. И передаю Сереже кожаный мешочек с кольцами, серьгами и браслетом матери и сестер. Второй раз слезы чертят извилистые дорожки по тугим и румяным щекам брата. Он молчит, а слезы все капают, капают, капают... Да, деньги, которые я перевел по почте, он давно уже получил.

С этого дня у меня начинается совсем другая жизнь. Новая жизнь. О ней я тоже поведаю, но не сейчас. А сейчас скажу только, что мы, трое братьев, пережившие костоломные годы гражданской войны, все стали докторами наук, профессорами.

Сергей Кузьмич заведовал кафедрой экономики в Московском университете, там в его честь установлена памятная доска. Я с большим интересом слушал его лекции по всесоюзному радио о хозяйственной самостоятельности предприятий и хозяйственной инициативе – тогда наше народное хозяйство ждало косыгинских экономических реформ, как манны небесной, но они так и не состоялись. Детей после себя Сергей Кузьмич не оставил.

Геннадий Кузьмич заведовал кафедрой сопротивления материалов в Минском политехническом институте. Там в его честь открыт музей, пусть небольшой, но очень содержательный. Детей у него двое – сыновья Юрий и Вадим. Юрий стал академиком на ниве образования и почти до восьмидесяти лет читал лекции в престижном Баумановском высшем техническом училище (ныне университет). Вадим трудился в сфере ракетостроения, где был заметной величиной и авторитетом.

Я стал землеустроителем, женился на своей однокурснице Елене Яковлевне Рисслинг, прошел войну от Воронежа до города-крепости Бреслау, затем, работая в Ташкентском институте инженеров иррагации и механизации сельского хозяйства, защитил диссертации кандидатскую и докторскую и возглавил кафедру планировки сельских населенных мест. От братьев дорогих и очень мною любимых не отстал. По этому поводу даже сделал зацепочку в памяти: гены есть гены. Детей у меня двое, сын и дочь. Сын хорошо показал себя на журналистском, а потом и на писательском поприще, а дочь пошла по моим стопам – стала преподавать в ирригационном институте. Защитила кандидатскую диссертацию, ей присвоено звание доцента. Мои дети и их дети – самое достойное наше продолжение на Земле.

Слово сына Петра Кузьмича – Сергея Петровича Татура: «После смерти отца (он прожил семьдесят пять лет) в ирригационном институте на факультете землеустройства была установлена стипендия его имени. Сохранилась ли она по сей день – не знаю. В 2007 году был торжественно отмечен столетний юбилей отца. Это была моя идея. Но среди сотрудников института, на нем присутствовавших, очень немногие с ним работали. Два или три человека. Отцу я посвятил пять рассказов: «Слово об отце», «Долгий пеший путь», «Ну, что, пижон, сыграем?», «Крепость Бреслау» и «Еще раз об отце». Естественно, отец фигурирует и во многих других моих произведениях».

«НУ ЧТО, ПИЖОН, СЫГРАЕМ?»

Когда отец был жив, он часто пересказывал этот эпизод. И непременно заливался громким, рассыпчатым смехом – в том месте, где было положено стоять итоговой точке. Я быстро понял, что этот эпизод все еще тешит его самолюбие. Он словно говорил: вот вам фанфаронство неуемное, вот вам самомнение, поднятое до синих небесных высот, а вот вам посрамление фанфаронства и самомнения, ведь они опирались не на профессиональную подготовку, а на одно тщеславие. «Пришел, увидел, победил», – ведь именно так все и обстояло.

Когда отца поглотило небытие, этот эпизод стал частью моей сыновней памяти о нем. Штрихом к портрету, как сейчас принято говорить. К сожалению, штрихов таких, особенно из довоенной жизни отца, в моей памяти осело не так уж много. Наверное, в свое время я был совсем не любознателен и не задавал своим родителям вопросов об их жизненном пути. А когда поумнел и спохватился, такие вопросы задавать уже было некому. Но этот эпизод я решил превратить в рассказ, поставив себя на место отца и ведя рассказ уже от своего имени. Ибо наполнить его подробностями я мог, только прибегая к помощи фантазии и воображения.

***

Шел год 1929, и он не казался мне чем-либо особенно примечательным. Это потом о нем скажут, что он был последним годом новой экономической политики, на смену которой по воле Сталина пришли коллективизация и индустриализация, и частная собственность в Советской России, вместе с экономическими свободами и высокими заработками, вторично канула в Лету. Я жил и работал в Крыму. Я легко зарабатывал себе на кусок хлеба и на то, что к нему прилагается; не уметь делать это в двадцать два года, при руках, растущих, откуда надо, и нормально работающей голове, было бы неуважением к себе и ко всему белому свету.

Я не был обременен семьей и какими-либо обязательствами, и очень многое роднило меня с вольным ветром, благодаря которому я и оказался на благословенном полуострове. Мою память отягчало только одно горестное событие, – моя мать и три старшие сестры умерли в одну неделю от дизентерии. Случилось это в последний год гражданской войны, в городе Минске, где бедствовали поголовно все. И я, похоронив усопших и оставшись один-одинешенек, потопал пехом в Москву, к старшему брату Сергею, который избрал себе профессию экономиста и одно время был важной шишкой в партии социал-революционеров. Одно время он был даже членом президиума этой партии.

Брат, после разгрома эсеров вынужденный поменять свою политическую ориентацию на большевисткую (как ни странно, репрессии 1937 года обойдут его стороной, и вскоре он станет одним из ведущих советских экономистов, о чем останется утверждение в виде мраморной мемориальной доски в Московском университете), приютил меня и помог, и я всю жизнь помнил об этом. А до него мне помогали простые люди, у которых я именем Христа просил подаяние и ночлег. С тех пор я всегда подаю нищим, если у меня есть чем поделиться с ними. Долг, он чем красен? Платежом, и мудрая поговорка зафиксировала это на веки вечные.

В Крыму последней моей работой было строительство небольшой земляной плотинки на речке Аксу близ Бахчисарая. Я наполнял тачку влажной землей, вез ее на плотинку, там разгружал и уплотнял до заданной кондиции ударами деревянной трамбовки, а затем повторял эту нехитрую операцию бессчетное число раз. И получал за это девяносто рублей в месяц. Это были совсем не маленькие деньги. За пятнадцать рублей я снимал комнату и столовался. Хозяйка (ею была крымская татарка) кормила меня, как на убой. Каждое утро она жарила мне яичницу, целую сковороду. Я столько съесть не мог при всем своем здоровом рабоче-крестьянском аппетите. И на тех яйцах, которые не съедал, ставил крестик химическим карандашом, чтобы хозяйка не подала их в обед или на ужин. На эту зарплату я легко мог бы содержать семью из шести человек. Потом, при индустриализации, произойдет жесткое закручивание гаек, и моя зарплата уже никогда не будет столь весомой, хотя карьерная лестница вознесет меня вверх не на одну ступеньку. До доктора наук и заведующего кафедрой она меня вознесет. Но моя зарплата (деньги уже будут другие), в пересчете на материальные блага, уже никогда не сравняется с теми девяноста рублями.

Так вот, плотинку мы благополучно построили к середине лета, водохранилище заполнили, работа была закончена, и свобода вновь раскрыла мне свои объятия. Почти все сбережения я перевел брату в Москву. Я не собирался всю жизнь вкалывать руками. Я собирался поступить на рабфак, а затем и в межевой институт – я мечтал стать землеустроителем. В той среде, к которой я тянулся, это была очень почетная профессия. Я почему-то стеснялся связывать себя с политикой и идти в революцию дальше. Слишком хорошо помнил своей цепкой памятью, сколько всего было порушено гражданской войной, какой силы опустошительный смерч пронесся над страной и как много людей, знавших про себя, что они ни в чем не виноваты, были убиты или умерли от тифа и другой заразы, взращенной всеобщей нищетой. Или были названы буржуями и лишены всего, нажитого ими и их предками.

Я оставил себе совсем немного денег – и оплошал, потратил их, по беспечности молодости, быстрее, чем рассчитывал. Сесть на мель было неприятно, но просить помощи у брата я и не подумал: еще чего! Заработаю, экое диво! Ну, в крайнем случае, стану еще стройнее и подтяну брючный ремень.

Я шел из Бахчисарая в Севастополь с намерением заработать по пути и сесть на поезд, идущий в Москву. Спустившись с гор по склону, поросшему пряными соснами, я вышел на дорогу, идущую вдоль южного берега Крыма. Я, собственно, никуда не торопился; мне нравилось дышать полной грудью, а в сосновых лесах побережья дышалось особенно легко: я словно пил воздух, настоянный на хвое. Иногда меня подвозил какой-нибудь возчик, но по пути нам было недолго, а нанять подводу было не на что. Да и не привык я шиковать, тратиться на извозчиков, а привык полагаться на свои проворные ноги. Со мной был легкий чемоданчик с парой белья, костюмом и другими нехитрыми пожитками, благодаря которым я мог спокойно переночевать в лесу, в чистом поле, не прося ночлега под крышей. По части просьб я был ужасно самолюбив, и просить претило моей натуре. Когда я, мальчик двенадцатилетний, понуро брел из Минска в Москву с протянутой рукой, это был и не я вовсе, а жалкая тень, от меня оставшаяся.

Я шел себе и шел, обозревал приятные окрестности, задерживая взгляд на море, к которому уже клонилось вечернее солнце, большое и красное. И радовался жизни. Мысль парила в Горних высотах, впереди меня ждали необозримые пределы. Одновременно, и все более навязчиво, присутствовала мысль об ужине, ведь пообедал я одним куском черного хлеба, который запил кружкой родниковой воды. Форос показался, с огромным парком перед ним. Я подумал, что там и заночую.

В парке росли кипарисы и дубы; и те, и другие деревья были полны чувства собственного достоинства. В кронах дубов роились-гомонились воробьиные стаи.

Я задержал взгляд на беседке, аккуратный купол которой поддерживали резные деревянные колонны. Люди за столиками сидели по двое и сосредоточенно смотрели прямо перед собой. На тарелки с едой и водку так не смотрят. «Шахматы!» – подумал я и не ошибся. У меня екнуло сердце. И не в том смысле екнуло, что на ловца и зверь бежит, а в том смысле, что день мой должен завершиться очень хорошо. Шахматы были любимой моей игрой, я и болел, и жил ими. Уже девять лет я был без ума от шахмат. Я мог играть в шахматы с любыми партнерами и при любой погоде. Когда же партнеров в наличии не оказывалось, я мог играть сам с собой, не расставляя фигуры, – партия протекала в моем воображении, причем я запоминал ее и позже мог воспроизвести все ходы, которые делал и за себя, и за своего так называемого «противника». Кстати, в моем чемоданчике лежали маленькие дорожные шахматы – без одной черной пешки, посеянной неизвестно где, и сборники с избранными партиями Михаила Чигорина, Эммануила Ласкера, Рауля Капабланки и Александра Алехина. Многие из их партий я знал наизусть.

Беседка, в которой играли в шахматы, в миг обрела свойства центра притяжения. Я, однако, не стал торопиться, а спрятался за кустами и переоделся в одежду добротную и чистую, намереваясь соответствовать респектабельному обществу, пред ясные очи которого собирался предстать. После этого ноги сами помчали меня к беседке. Заняты были шесть столиков. Публика играла солидная. Я отметил ухоженные лица, белые костюмы, фетровые котелки, тросточки с красивыми набалдашниками, дорогие папиросы. Перед двумя мужчинами стояли бокалы с красным вином, но большинство играющих предпочитало крепкий чай с лимоном.

Игра шла на интерес, который заключался в стакане чая с лимоном и пирожным. Проигравший угощал победителя. Я поздоровался на всякий случай, и два или три игрока мне ответили, но приветливым взглядом и доброй улыбкой не удостоил ни один, так все были поглощены своими полями сражений. Я быстро уяснил себе, что к чему и кто есть кто в этом симпатичном заведении – для этого было достаточно медленно пройтись между столиками. Увы, игроков моего класса в беседке, как мне показалось, не было. Очень редко играть со мной садился достойный противник, – это всегда было для меня большой удачей. Равный соперник – это хорошо, а соперник, который выше тебя ростом – еще лучше, он надолго остается в памяти. Ибо проигрывать я ой как не любил.

Одна из партий приближалась к концу. Играли вальяжный больше-головый мужчина лет пятидесяти, наверное, местный учитель, и заезжий гость – стройный франт в элегантном белом костюме и с короткими рыжими усиками. Посмотреть, как завершится эта партия, то и дело подходили игроки от других столиков, из чего я сделал вывод, что вальяжный мужчина – здешний фаворит. Он дожимал заезжего гостя, имея большой материальный перевес, но его хватку я бы не назвал хваткой профессионала. Он не всегда делал лучшие ходы.

Наконец, заезжий гость с неудовольствием произнес: «Сдаюсь!» И тотчас перед вальяжным крупнотелым мужчиной появились стакан чая и пирожное.

– Мне пора, извините, свидание! – произнес заезжий гость, поклонился местной шахматной знаменитости и степенно удалился. Я проводил его недолгим взглядом – до тех пор, пока он стал неразличим среди деревьев парка. А вальяжный мужчина раздавил в стакане ложечкой лимон, размешал кубик сахара, отпил глоток, причмокнул, откусил от пирожного, причмокнул еще раз и устремил на меня свои слегка выпуклые карие глаза, в которых, наверное, никогда не гасло чувство превосходства.

– Ну, что, пижон, сыграем? – предложил он, нарочито затягивая слова. Надтреснутый голос прозвучал откуда-то издалека.

– С удовольствием! Вы делаете мне честь, – сказал я и незаметно потер ладонью ладонь. «Пижона» я не просто проглотил, я отложил его в своей памяти на отдельной, заповедной полочке. Ведь это приобретение вполне могло обладать свойствами бумеранга. То есть, только от меня зависело, станет ли оно обладать свойствами бумеранга.

– Твои белые! – сказал тогда вальяжный мужчина и посмотрел на меня снисходительно-снисходительно. – Дать фору, или как? Мне уже надоело выигрывать! Побеждаю и побеждаю, никакого разнообразия!

– Попробую на равных, а там поглядим, – деликатно отклонил я фору, но от лукавой улыбки не удержался и принялся быстро расставлять фигуры. Я даже не подумал, чем буду расплачиваться, если проиграю. Этого быть не могло ни при какой погоде! Я посмотрел на вальяжного мужчину и двинул вперед ферзевую пешку. Мой соперник сделал то же самое. Я предложил ему гамбитное начало, острое, но при правильной игре для белых не выгодное. Он жертву пешки принял и стал отставать в развитии быстрее, чем это происходит у черных, когда они строго следуют теории. Снисходительность на лице моего партнера вскоре сменилась живым интересом к происходящему, и два других игрока подошли к нашему столику и уже от него не отходили. Драчка возникла в центре доски; белые шли вперед, не взирая на потери, и давили на черного короля планомерно и с дальним прицелом. Я использовал каждую мелкую оплошность своего оппонента. Слава Богу, в дебютах я плавал, как рыба в воде. Шахматные журналы я проглатывал от корочки до корочки, и очень многое откладывалось в моей памяти, как откладываются любимые мелодии и песни или напутствия родителей, падающие на благодатную почву.

Вальяжный мужчина подпер ладонями подбородок и стал ходить гораздо медленнее, чем в начале партии. Я, напротив, между ходами клал руки на стол ладонями кверху, чтобы бугристые мозоли, натертые лопатой, тачкой и трамбовкой, были на виду и свидетельствовали о моем рабоче-крестьянском происхождении, которое в действительности не было рабоче-крестьянским: в роду моей покойной матушки даже присутствовала древняя княжеская линия. Вскоре драчка в центре доски сама собой перешла в избиение черных, и сначала один болельщик издал глухой вздох сожаления, потом и второй. Я понял, что здесь принято болеть за своих, но не поощрять сопереживаниями инициативу залетных пташек.

Вальяжный мужчина посопротивлялся еще, а когда его позиция обрушилась и стала незащитимой, негромко произнес: «Сдаюсь!» Это слово в его устах звучало крайне редко, и кислые мины болельщиков подтверждали это. А передо мной появились стакан чаю с лимоном и пирожное. И стакан, и блюдце опустели в одну минуту.

Вторая партия развивалась по сценарию первой, с той лишь разницей, что в сицилианской защите я повторил новинку, впервые использованную Александром Алехиным против Эммануила Ласкера, и получил атаку, которую методично усиливал. Явных оплошностей, таких, как зевки и подставки, мой партнер не совершал, но и стратегическим чутьем не обладал. Число болельщиков увеличилось до четырех, но комментарии делались тихим шепотом. Теперь я ловил на себе любопытные взгляды, в которых выказывалось уважение: залетная птичка могла и умела. Я подумал о сеансе одновременной игры – при удачном стечении обстоятельств. И еще усилил натиск.

Вальяжный мужчина в трудном уже положении допустил оплошность, от которой поморщился, и его позиция стала рассыпаться, как от удара врасплох мощной кавалерийской колонны. «Однако! – произнес мой соперник с досадой. – Что-то мне сегодня не по себе! Голова прямо раскалывается. И дышать тяжело, и в костях ломота!»

– Сейчас вы отыграетесь, и вам полегчает, – сказал я, торопливо расставляя фигуры. За третьей нашей партией уже следило шесть человек. Я делал ходы, которые мне и полагалось делать, пил чай с лимоном и заедал его пирожным. Своеобразный этот ужин мне нравился. Главное, он был бесплатным. На восьмом ходу я позволил себе высказывание, поднимающее мой авторитет:

– Алехин в этой позиции сыграл так, – сказал я и пожертвовал коня за пешку. Вздох изумления прошелестел в рядах болельщиков, за которым воцарилось общее напряженное молчание. Алехина в шахматном мире уважали, как мало кого еще. Лоб моего визави покрылся мелкими капельками пота; обдумывание трудной позиции сделало его лицо непроницаемым. Возникла масса возможностей, но вот какой из них воспользоваться? Увы, ничего путного придумать он не смог, и серел от этого и наливался скорбью лик его. Кстати, ничего путного не придумал в этой позиции и маститый противник Алехина. «Что еще заболит у тебя сейчас?» – подумал я. Потому что далее последовала комбинация, просчитанная великим шахматистом на много ходов вперед. И вальяжный мужчина в третий раз едва слышно произнес пренеприятное слово «Сдаюсь!».

От третьего стакана чая с лимоном и пирожного я отказался и получил их стоимость – десять копеек. Мой партнер долго жаловался, как ему нездоровится. Кажется, на свете не было болезней, которые бы не донимали его в этот момент. Я выразил сочувствие, но поток жалоб оно не остановило. Тогда я опять предложил вальяжному мужчине отыграться. Впору было дать ему фору и выровнять шансы. С другой стороны, унижать его форой было не этично. Среди своих он был, как я чувствовал, шахматной знаменитостью первой величины. На других столах уже не играли, все сгрудились близ нашего столика и внимательно отслеживали события на нашей доске.

Четвертая партия тоже развивалась не в пользу вальяжного мужчины. Начал он активно и даже пожертвовал пешку, как я в первой партии, но незнание азов теории стало сказываться очень быстро. Сначала ему не удалась атака, а затем и защита собственного короля. Он стал искать спасение в размене фигур, но в этом случае решающее слово сказала моя проходная пешка, неудержимо устремившаяся на восьмую горизонталь. Пешка, пожелавшая стать ферзем, им и стала – и в шахматах, и в жизни это не такая уж редкость. Вальяжный мужчина в который раз обескуражено развел руками. Ему стало совсем плохо, и он, пробормотав слова извинения, удалился в очень расстроенных чувствах.

Я оглядел внушительный строй болельщиков и сказал:

– Играю со всеми разом! Сеанс одновременной игры! У кого есть гривенники, расставляйте! У кого гривенников нет, ничего страшного – расставляйте тоже!

Столы были сдвинуты, против меня село играть девять человек. Волна азарта поднялась – и замедлила ход времени. Мы играли допоздна, наверное, до полуночи. Две партии я проиграл, а три свел вничью, но общий итог был настолько в мою пользу, что гривенники заполнили мои карманы. Я выиграл рубля четыре. Как только обозначился финиш, я спросил, у кого можно переночевать, и три человека наперебой стали звать меня к себе. В Форосе я был уже уважаемым человеком.

Я принял предложение степенного мужчины в сером котелке, который выиграл у меня одну партию, и двое других обиделись, что предпочтение отдано не им, но я извинился и поблагодарил их в самых изысканных выражениях, чем полностью погасил их обиду. Сказал, что должен оказать уважение человеку, который меня обыграл. Спал я, конечно, как младенец.

На следующий день ближе к вечеру против меня село играть двенадцать человек, но вальяжного мужчины – моего первого партнера, небрежно предложившего мне «Ну, что, пижон, сыграем?» – среди них не было. Он очень расстроился. Он так сильно расстроился, что действительно заболел. Пижон, которого он соизволил пригласить сыграть с ним, в связи с отсутствием партнера более достойного, переиграл его по всем статьям, ни разу не позволил уйти в спасительную ничейную гавань. И это на виду у почтенной публики, которая считала его шахматным светилом Фороса! Пережить это и не заболеть ему, действительно, было не по силам.

И на двенадцати досках я легко расправился с форосцами. Мой общий выигрыш достиг десяти рублей. Плацкартный билет до столицы примерно столько и стоил. Я еще раз переночевал в гостеприимном городке, а утром продолжил свой путь. Мне повезло сесть на скрипучую татарскую арбу, груженую ящиками с яблоками. Я ехал, глазел на красоты слева и справа и повторял про себя: «Ну, что, пижон, сыграем?» Я смаковал эти слова, так они запали мне в душу. Не протест, но подъем рождали они во мне. Самолюбование это было чистой воды; с другой стороны, почему мне было не погладить себя по головке, раз обстоятельства этому способствовали? Шахматы были любимым моим коньком, и я показал это всем тем, кто мерился со мной силами в Форосе.

Другим моим коньком была французская борьба, которая затем получила название классической. В Крыму я часто получал призы на татарских свадьбах, побеждая борцов очень даже именитых. Я чаще всего брал их на прием «тур де бра» – бросок через бедро, отточенный мною до совершенного блеска. Когда я показывал этот прием знаменитым местным борцам, они удивлялись и не верили, что он такой простой. А он действительно простой: захватываешь руку соперника, резко поворачиваешься к нему спиной, рывком тянешь руку вниз, нагибаешься, и тело соперника переваливается через тебя и шмякается на ковер, лопатками вниз. Ты – сверху, ты победил.

Но до татарских свадеб было еще далеко, тут надо было осени дождаться, да и шахматы нравились мне больше. За шахматной доской я мог позабыть обо всем на свете. Все любители шахмат в ирригационном институте, где я проработал после войны более трети века, колготились близ меня. Какое-то время я участвовал в городских турнирах, даже приносил домой призы, и среди них несуразный лыжный костюм, в котором могло поместиться два таких гражданина, как я, но чемпионом Ташкента не стал ни разу. Ничего страшного! Ведь шахматы не были моей профессией. Зато отдыхом для души они были всегда, и я не знал отдыха лучше.

Приезжая в благословенный Крым, – я любил отдыхать именно в Крыму, – я шел на пляж или в парк, садился на свободную скамейку, доставал из портфеля шахматную доску, расставлял фигуры, и вскоре мне составлял компанию какой-нибудь гражданин. Мы начинали, и позиция этого гражданина сначала становилась плохой, потом очень плохой. Потом он сконфуженно разводил руками и произносил: «Сдаюсь, однако!» И мы начинали новую партию.

Последнюю свою партию я сыграл вечером первого мая 1982 года со своим сыном, которого обучил шахматам в нежном детском возрасте. Эту партию я выиграл, но мне пришлось как следует напрячься. Мог ли я знать, что встречу только еще один рассвет? И я встретил его; ничто не предвещало недоброго. А вечера этого дня я уже не увидел.

КРЕПОСТЬ БРЕСЛАУ

Отца давно нет, но я помню его рассказы о войне. О, как мы тянулись к этим рассказам! Я и моя младшая сестра Ольга прямо прилипали к отцу с просьбами рассказать о войне, и когда он соглашался, мы ложились в кровать родителей, сгорая от нетерпения, и он приходил к нам, ложился рядом и рассказывал. Он рассказывал до тех пор, пока это его не утомляло, а затем говорил: «В этот момент прилетел снаряд и разорвался рядом. Меня припорошило землей и слегка контузило, и я не помню, что было дальше». Это был сигнал отбоя, и мы разбегались по своим постелям.

На другой день отец, конечно, вспоминал, что было дальше, и продолжение следовало. Мы ловили каждое его слово, затаив дыхание. С тех пор миновало полвека, даже больше, и шестидесятилетие великой победы будет отмечать не великая страна, а пятнадцать суверенных государств, ее собой заменившие. Блеск победы от этого, конечно, не потускнеет.

Теперь я хочу поставить себя на место отца и повторить рассказанное им – уже от своего имени. Для чего я это делаю? Чтобы память о войне, которая кончилась давным-давно, не умерла вместе с нами – поколением, запомнившим войну, как гигантский костоломный каток. Каток двигался сначала на восток, все под себя подминая, и достиг Москвы и берегов Волги, а затем повернул назад, на запад, и этот поворот был следствием огромного, неимоверного напряжения всех народных сил – я бы сказал, предельно возможного напряжения. Каток остановился только тогда, когда фашистская Германия была повержена. Он остановился 9 мая 1945 года, встретившись со встречным катком, англо-американским.

В войну мы, малые дети, были вещами, которые взрослые хотели сохранить во что бы то ни стало, и чаще всего это им удавалось. Обо мне с сестрой и нашем двоюродном брате, сыне погибшего брата матери (не на войне он погиб, а в костоломных сталинских лагерях), заботилась мать, а о десятках тысяч сирот позаботился Ташкент, город хлебный.

Войну отец закончил в Восточной Пруссии, в городе-крепости Бреслау. Он привез домой карту этого города, и я потом ее с любопытством разглядывал, еще не умея прочесть немецкие названия улиц и площадей. Потом она куда-то подевалась, и я ничего из этой карты не запомнил. Позже, в восьмидесятые годы, мне, как гостю Польши, показали Бреслау, которому было возвращено старое польское название Вроцлав. Город был как город, как сотни других городов на 400 – 500 тысяч жителей, и я так и не понял, каким образом фашисты превратили его в почти неприступную крепость. Я совершенно не запомнил его жилые кварталы. Но я запомнил кладбище советских воинов на много тысяч захоронений, которое поляки содержали в таком идеальном порядке, словно на нем покоились их воины. Только фамилия Абдуллаев, встречающаяся в Узбекистане столь же часто, как в России Иванов, повторялась на надгробиях более шестидесяти раз. За освобождение Польши Советский Союз заплатил жизнями шестисот тысяч своих солдат и офицеров. Поляки никогда к русским хорошо не относились, но этого они не забыли.

* * *

Крепость Бреслау оказалась крепким орешком. Наши войска окружили ее в конце февраля, заблокировав в ней 70-тысячный фашистский гарнизон. Уже после войны Восточная Пруссия вместе с Бреслау отошла к Польше, как компенсация за Западную Украину. Брать крепость штурмом наши войска не стали, у нас для этого не было достаточного превосходства в силах: численность осаждающего корпуса примерно равнялась числу осажденных. Но осада была жесткая, мы держали противника в постоянном напряжении, и когда Бреслау капитулировал (а произошло это второго мая, уже после падения Берлина), кладбище при нашем армейском госпитале близ Бреслау насчитывало более десяти тысяч могил.

Летом, задним числом и в спокойной уже обстановке, я подумал, что, не будь наша осада Бреслау столь жесткой, это кладбище могло быть и меньше. Подумать так я мог, а повлиять на ситуацию в свое время – нет. К концу войны на мне были майорские погоны, я возглавлял разведку инженерно-саперной бригады, и зона моей ответственности ограничивалась тем небольшим, но очень активным подразделением, которым я командовал. Уже было ясно, что война кончится очень скоро, и я вдруг осознал, что могу вернуться домой живым и невредимым. Ни в конце

1942 года, когда я попал на фронт, ни в 1943 году, когда мы форсировали Днепр в настоящем аду, ни в году 1944, когда мы освобождали Украину и разминировали знаменитые Николаевские верфи, я в это не верил, так обильна была жатва, которую смерть собирала рядом со мной. А в Бреслау поверил, но едва ли стал более осторожным.

Танкетка

При взятии Варшавы наша бригада захватила несколько необычных танкеток – они управлялись по электрическому кабелю и в экипаже не нуждались. С их помощью немцы подавляли восстание поляков, начавшееся, когда наши войска вышли к Висле. Сталин по политическим соображениям восставших не поддержал (у них была прозападная ориентация – ими руководило эмигрантское правительство, проживавшее в Лондоне), и это обрекло их на заклание. Немцы загружали эти танкетки взрывчаткой и пускали на здания, в которых оборонялись восставшие. Как только танкетка упиралась в дом, из которого поляки вели огонь, следовала команда на взрыв, и здание обращалось в руины. Из руин, естественно, уже никто не стрелял.

Едва мы научились этими танкетками управлять, мы стали думать, как их применить. И Бреслау такую возможность нам предоставил. Не штурмовать толстостенное здание, изрыгающее огонь, пехотой, но штурмовать немецкой же танкеткой, загруженной взрывчаткой – это была хорошая идея. Должен сказать, что такие идеи к концу войны посещали нас все чаще, и мы уже побеждали и числом, и умением.

На одном из участков наши части решили улучшить свое положение, а капитальное четырехэтажное здание мешало этому. В нем засела рота немцев и ожесточенно сопротивлялась. Против этого здания мы и решили использовать трофейную танкетку. Мы снарядили ее четырьмястами килограммами тротила и пустили вперед. У пульта управления сидел Олег Кротов. До войны он, инженер-энергетик, работал в городе Чирчике, сейчас же на нем были капитанские погоны. В электричестве и радиоприемниках он разбирался лучше нас всех – ему и карты в руки.

Так вот, Олежек курил папироску «Беломор-канал» и гнал свою танкетку на толстостенное здание, занятое немцами. Как только они увидели эту зеленую коробочку, ползущую на их домик, они поняли, что к чему, и что их ждет, если они ее не уничтожат на подходе. И они открыли по ней огонь из всех видов оружия. А танкеточка ползет себе и ползет, обходит, словно ученая, воронки и завалы, и неотвратимо приближается к цели.

Пули щелкают по ней, но отскакивают, она ведь железная. Немцы и в кабель стараются попасть, но это трудно, он тонкий. К тому же, они мандражируют. А с нашей стороны стреляют только снайперы – по вспышкам из окон и бойниц.

Танкетка ползет себе к цели, с ней ничего не происходит, и она все ближе и ближе к дому. Огонь противника достигает кульминации. И вдруг наступает удивительная тишина. Враг не хочет остаться под развалинами и спасается бегством. Это торжественная минута. Танкетка упирается в стену, но Олежек не жмет на кнопку, передающую импульс взрывателю. В этом уже нет нужды, да и танкетка нам еще пригодится. Пехота поднимается и занимает здание, в панике оставленное противником. Потерь с нашей стороны нет – счастливый, но редкий случай. Я обнимаю Олега и кричу: «Спасибо тебе!» А он говорит: «Это тебе спасибо! Это ты высмотрел у немчуры танкеточки и побеспокоился, чтобы они остались в бригаде. Знал, наверное, что пригодятся!»

Я не краснею от похвалы; обмен любезностями, когда все хорошо завершается, обычное дело. Мы возвращаем танкетку назад и освобождаем ее от взрывчатки. А потом идем в дом, отбитый у врага. Мы знаем, что в этом домике есть что выпить и чем закусить, и братское взаимодействие пехоты с саперами будет иметь неформальное продолжение.

Трофейные снаряды

Под Бреслау в спешно оставленных артиллерийских складах мы захватили их очень много, более двух миллионов. А так как калибры и баллистика наших и немецких орудий не совпадали, использовать их по прямому назначению было нельзя. Но я подумал: а почему не напугать? Если вкрутить в снаряды взрыватели, выкопать длинный ровик с наклонной стеночкой в сторону противника, снаряды на эту стеночку аккуратно уложить, а под ними так же аккуратно разместить пороховые заряды, то после подрыва этих зарядов снаряды целой тучей устремятся в сторону противника и поднимут такой трам-тарарам, что мало не покажется!

Эта идея моим командирам понравилась, и мы выбрали домик, который очень хотели взять – отдельно стоящую трехэтажечку, к которой из-за обилия развалин вблизи нее танкетке было не подобраться. Выкопали в шестистах метрах от противника длинный ровик с пологой стеночкой, направленной к немцам, уложили в него две тысячи снарядов, изготовились к броску – и подорвали выталкивающие заряды общей длиной, наверное, метров в двести.

Снаряды летели к противнику плотной черной стаей и кувыркались в воздухе. Они летели медленно, и все было видно. Одни снаряды не долетали, другие перелетали, но много было и таких, которые долетели, куда надо. Ну, пусть двести, пусть сто снарядов попали одновременно в обороняющуюся трехэтажечку. Там – светопреставление и шок. Бросок вперед, и освобожденное от штукатурки и оконных рам здание наше. Пленные еще долго не могли говорить, а только дрожали мелкой дрожью. А наши потери были раз в двадцать меньше, чем при обычном штурме. Ну, кто-то из вражеских солдат успел выстрелить, кто-то бросил гранату. А организованного сопротивления и близко не было. Ни один пулемет не застрочил нам в лицо. Нам было, было за что погладить себя по голове.

«Их кранке» – я больна!

Я ставил одному из подразделений задачу на разминирование улицы, ведущей к площади, массивные здания на которой были превращены в сильнейший узел сопротивления. Достал карту Бреслау и постелил ее на ящик из-под снарядов. Город передо мной был, как на ладони. Наше кольцо было плотное, но восемьдесят процентов городской застройки все еще занимал враг.

Выбирая место для постановки задания, я внимательно огляделся. Вроде бы, прямой опасности не было. Три здания рядом с нами занимали наши войска, а далее простирались развалины, сплошные руины, никем не занятые по той причине, что там сам черт ногу сломает. Но примыкали эти руины к территории, контролируемой нами, и впереди за ними находилась наша пехота.

Я детально объяснял, кому и что надо делать, какие могут встретиться мины и как их надо будет обезвреживать, и где могут быть заложены фугасы, и что обнаруженные фугасы лучше взрывать на месте, если это не причинит большого ущерба, ведь в них могут находиться элементы неизвлекаемости. Это были инструкции, для моих людей давно привычные, и слушали они их, наверное, в тысячепервый раз. Но я обязан был все повторить, конкретно для данной обстановки и для данного личного состава.

Я сидел, а солдаты сгруппировались вокруг меня, кто ближе, кто дальше. На мне были шапка-ушаночка и офицерская шинель, а на солдатах были каски. Объяснив задание, я спросил, есть ли вопросы. Вопросов мне не задали, и я поднялся, собираясь отпустить солдат.

Со стороны развалин грянул выстрел, меня ударило по голове – словно хулиган какой играючи смахнул с меня шапку. Я опешил, и солдаты опешили, затем без команды устремились к развалинам, ведя огонь и крича: «Хенде хох! Хенде хох!» Чтобы стрелявший, значит, поднял вверх руки и сдавался.

Я сел, где стоял. Пуля снайпера, мне предназначенная, меня миновала по счастливой случайности, только на шапочке-ушаночке поставила свою отметинку. Рукой было подать до окончания войны, наши уже Берлин штурмовали, но для меня могло все завершиться минутой ранее. Возьми снайпер пятью сантиметрами ниже и правее, и в моей голове появилась бы дырочка, ставившая точку на всем дальнейшем. Я сидел и думал об этом.

А солдаты через десять минут возвратились. Женщину они привели молодую; они нашли ее в развалинах. «Их кранке! Их кранке!» – голосила она, что означало: «Я больна». Больна – это может быть, но развалины не место для лечения. Женщина была хорошо одета. Глаза ее смотрели на меня внимательно и зло. Пришел и последний солдат, в его руках была немецкая снайперская винтовка.

– Твоя? – крикнул он по-русски. Женщина замахала руками, отпираясь, но глаза ее оставались холодными и злыми. «Жена убитого немецкого офицера!» – догадался я.

Вначале осады крепости, когда из развалин звучали выстрелы и там находили молодых женщин, которые говорили, что они больны, их отпускали. Но выстрелы продолжали звучать, убитых становилось все больше, и тогда этими женщинами занялись серьезно и выяснили, что из них подготовили мстителей. Почти все они были женами убитых офицеров. Выяснив это, их уже не отпускали.

– Герасимов! В штаб ее, там допросят! – приказал я сержанту. Сержант взял под козырек, и женщину повели в тыл. Но как только группа, сопровождавшая женщину, завернула за ближайший дом, оттуда донесся выстрел, и я понял, что снайпершу, как обычно, до штаба не довели. Их не жалели, ведь они стреляли исподтишка и на выбор. Я знал, что не задам Герасимову ни одного вопроса. Ибо на каждый из них получу стандартный ответ: оружие было применено для пресечения попытки к бегству.

Да, с этими женщинами из развалин поступали только так и никак иначе. Потому что они стреляли первые. Когда их находили в развалинах, но этому не предшествовал выстрел, с ними поступали, как с мирными жителями – их выводили из зоны боевых действий.

Я увидел, что еще должен посидеть, прийти в себя. Это был далеко не первый момент, когда меня могло не стать. Я попал на Воронежский фронт в декабре 1942 года, после окончания военной инженерной академии в городе Фрунзе, когда наше наступление в районе Сталинграда победоносно развивалось.

Меня могло не стать уже в феврале сорок третьего года, когда сила нашего удара иссякла и передовые части, почти достигшие Днепра, были повернуты вспять свежими немецкими армиями, вновь оставили Харьков и закрепились только на берегу Северного Донца. Я тогда руководил заградительным отрядом, который с двух американских «студебеккеров» ставил мины перед наступающими немецкими танками. Танки двигались за нами по пятам и стреляли, но я увидел, что они предпочитают ложбинки, и заминировал сначала одну, потом вторую, ей параллельную. И один танк подорвался в первой ложбинке, а другие повернули в параллельную, и второй танк подорвался там. Немцы остановились, и мы от них оторвались.

Меня могло не стать, когда поздней осенью мы форсировали Днепр, и на переправы, которые наводила бригада, немцы обрушивали плотный артиллерийский огонь, и непрерывно их бомбили. Бригада тогда потеряла более трети своего списочного состава. Меня могло не стать месяцем позже, уже на правобережной Украине, когда я наступил на проволочку, ведущую к «шпрингер мине» – прыгающей мине. Первый заряд, вышибающий, выбрасывает такую мину на высоту два метра, и тогда срабатывает основной заряд, и веер осколков косит все вокруг подчистую.

Это было страшное оружие; иногда одна такая мина выкашивала целый взвод пехоты. Меня тогда спас ночной заморозок. Проволочка примерзла к земле, и усилие на нее не передалось взрывателю.

Меня могло не стать, когда я разбирал эту мину один, в блиндаже, одновременно составляя инструкцию по ее обезвреживанию. Но я все сделал правильно, а элемента неизвлекаемости эта мина не содержала.

Меня могло не стать при разминировании Николаевских судостроительных верфей, в подвалах которых немцы заложили много фугасов. Но мы нашли и обезвредили там все фугасы до того, как стрелки часов на будильниках, приводивших в действие взрыватели, должны были совместиться. Один фугас мы извлекли из-под портрета Сталина, который немцы почему-то оставили в подвале. Я и задал себе вопрос – почему? Снял портрет, увидел за ним свежую штукатурку и все понял.

Меня могло не стать столько раз, что я уже верил в судьбу и в высшую силу, которые, я был убежден, берегли меня и защищали.

Затем я достал последнее письмо Леночки и перечитал его. Жена писала, что ждет не дождется победы и моего возвращения, что теперь ждать осталось совсем недолго, что, получая мои посылки с американской свиной тушенкой и яичным порошком, семья не голодает, а дети растут быстро и умнеют на глазах, и сын уже готовится к школе. Еще в письме были слова любви. Собственно, они были в каждой строчке и даже в тех из них, где речь шла о вещах самых обыкновенных. Я прочитал письмо до конца и начал читать его снова. Да, могло получиться и так, что ответить на это письмо уже было бы некому. И я решил написать сразу же, но умолчать об опасности, которой подвергся. Я очень хотел вернуться к жене и детям, и вскоре это мое желание могло осуществиться.

Ночная вылазка

Мне принесли план подземных коммуникаций Бреслау. Я изучал его несколько часов и увидел, что смогу им воспользоваться к большой нашей выгоде. Дело в том, что подземные коммуникации проходили в туннелях, облицованных кирпичом. Смрадные это были туннели, ведь понизу, в специальном лотке, текли канализационные стоки. А несколько выше в них были проложены трубы водопроводные, кабель электрический и телефонный.

Все это с немецкой целесообразностью было собрано вместе, для удобства догляда и подключения. Первое, о чем я подумал, это что по таким туннелям можно проникнуть в город далеко за передний край обороны, хоть в самый центр. «Неужели все так просто?» – спросил себя я. Да, это было просто, если немцы не охраняли свои подземные коммуникации. Но в это я не мог поверить, едва ли такое могло произойти. Однако попробовать было надо.

В двух километрах от нас, на площади перед кинотеатром «Бисмарк», фланировали три самоходки. Они нам очень досаждали, выдвигаясь к передовой, а потом возвращаясь назад, когда мы начинали накрывать их своей артиллерией. «Десять автоматчиков, три сапера, противотанковые гранаты и мины, вылазка в два часа ночи, и дело в шляпе – заяц трепаться не будет», - подумал я. Поговорку о том, что в случае успеха заяц трепаться не будет, любил мой отец Кузьма Феликсович, и я ее запомнил и приводил, наверное, чаще, чем обстоятельства тому способствовали.

О своем предложении я доложил командиру бригады, и он его одобрил, но приказал усилить диверсионную группу, чтобы наведенный ею шорох был громкий и запомнился надолго. Численность группы выросла до 25 человек. После наведения шороха мы должны были установить мины противотанковые и противопехотные, и как можно больше. Ведь ночью на трам-тарарам будут брошены резервные силы. Пусть они и споткнутся, неожиданно оказавшись на большом минном поле.

В полночь я послал по намеченной трассе двух разведчиков. Ни минных заграждений, ни охраны разведчики не встретили, о чем и доложили. От них пахло отнюдь не парижскими духами, но это было терпимо, – трупы пахли еще хуже.

В половине второго мой отряд спустился в канализационный туннель. Дурно запахло, но мы быстро притерпелись. Я удивился тому, что чувство опасности отсутствовало и не давило. Оно не раз выручало меня, но не подавало голоса, когда реальной опасности не было. Я шел сразу за двумя разведчиками, доложившими, что путь свободен. Синее стекло сильно ослабляло свет фонаря. Мы продвигались тихо и осторожно. Я и еще два человека считали поворотные колодцы. Два километра мы преодолели за полчаса, нигде не задержавшись. Мы притерпелись к запаху и уже не воротили носы. Трупный запах сопровождал нас всю войну, но мы и к нему притерпелись, ведь лучше всего было его не замечать. Думал ли я когда-нибудь, что стану свидетелем стольких смертей? Никогда, ни при какой погоде.

«Шестнадцать! – сказал я негромко о числе люков, под которыми мы прошли. – Шестнадцать, правильно? Стоп, ребята! Приготовились, и с Богом!» Надеяться на Бога нам не возбранялось, но некоторые из нас в эту минуту произносили имя Сталина. Это не только не возбранялось, но приветствовалось и поощрялось.

Первый из разведчиков поднялся по стальным ступенькам, вмурованным в кирпичный колодец, и тихо выдавил наверх чугунную крышку оголовка. Он придержал ее пальчиками, чтобы она не издала ни звука при соприкосновении с брусчатой мостовой. И тяжелая крышка легла на мостовую, как на ватное одеяло. Чистый воздух был, как соприкосновение с другой жизнью.

Мы огляделись. Светила ущербная луна, силуэт кинотеатра был, как на ладони. И два жилых дома были как на ладони. В их тени я различил самоходные орудия. Я насчитал их не три, а четыре.

-В часового стреляю я, после этого приступают все! – повторил я инструкцию. Задача каждого бойца была подробно расписана заранее. Но тотчас пришлось внести коррективы. В двух комнатах на втором этаже дома, тень которого нас прикрывала, пели. Команды самоходок резвились, взбодренные шнапсом, уверенные в полной своей безопасности. Я подождал, пока все не изготовятся, затем подошел к часовому и выстрелил в него из пистолета. Часовой успел повернуться ко мне и собирался окликнуть. Это был совсем мальчик, ему едва ли исполнилось восемнадцать. Лицо его выразило изумление, а далее оно уже не могло выразить ничего. Часовой стал быстро оседать и упал.

В окна второго этажа полетели гранаты.

Немцы, оставшиеся в живых, стали прыгать вниз, прямо в наши объятия. Двоих мы оприходовали тотчас же, а остальных уложили на месте – они и не думали оказывать сопротивление. Тяжело ухнули противотанковые мины, положенные на двигатели самоходок и на стальные стволы.

К канализационному люку мы отходили тихо, ведь противника, соображающего, что к чему, вблизи не было. Ставили мины, рассчитывая, что в ночной темноте они сделают свое дело. Днем обнаружить их и обезвредить не составит труда. Спустившись в колодец, мы прикрыли за собой люк и вновь оказались в кромешной темноте. Плененным немцам мы связали руки. Их поместили в середине колонны. Они покорились своей судьбе и проблем нам не создавали. Они были рады, что не разделили участь других членов экипажей самоходных орудий.

Обратный путь занял менее получаса, в расположение своей части мы летели, как на крыльях. Потерь мы не понесли. Так бывает почти всегда, когда удар, просчитанный до деталей, наносится неожиданно и дерзко. Когда я рапортовал командиру бригады об итогах операции, он невольно отодвигался от меня и морщился, а потом дал команду:

– Всем – в баню и в прачечную! Сменить обмундирование! Да, спирта возьмите из моего НЗ, сколько душа просит, вы заслужили!

Но еще неделю казалось мне, что я не отмылся.

Второй раз канализационными туннелями мы не воспользовались – и правильно сделали. На другой же день немцы их заминировали. Впрочем, до капитуляции Бреслау оставалось уже меньше двух недель.

На этом ярком боевом эпизоде война для меня завершилась, больше непосредственной опасности я не подвергался. Больше меня не пытались убить, и я никого не убивал. Жалко ли мне было застрелить часового, почти мальчика? Я старался не думать об этом. Я сделал то, что должен был сделать. И вся моя диверсионная команда сделала то, что должны была сделать – уничтожила четыре самоходных орудия вместе с их экипажами, тем самым понизив потенциал обороняющихся. А это, конечно, всем нам принесло чувство глубокого удовлетворения. Четыре вражеские самоходки больше не стреляли, а это означало, что кому-то из наших солдат и офицеров была сохранена жизнь.

После войны мне, майору, предлагали остаться в армии, поступить в Академию генерального штаба. Но я этого не захотел (как говорят, навоевался), меня влекла моя мирная профессия – профессия землеустроителя. За годы войны я очень соскучился по мирной жизни. И я демобилизовался и приехал домой в ноябре 1945 года.

Я, Сергей Петрович Татур, сын Петра Кузьмича Татура, снова даю себе слово – чтобы сказать о боевых наградах отца. Он удостоен орденов Отечественной войны первой и второй степеней, ордена Красной звезды, медалей «За отвагу» и «За победу над Германией». Медаль «За отвагу», первую свою награду, он ценил не ниже орденов.

Уже в мирной жизни, когда отец стал доктором наук, был одно время деканом, а потом много лет заведующим кафедрой планировки и благоустройства сельских населенных мест в Ташкентском институте инженеров ирригации и механизации сельского хозяйства (ТИИМСХ), к этим наградам прибавились орден «Знак почета» и звание «Заслуженный землеустроитель Узбекистана».

«ВСТАВАЙ, СТРАНА ОГРОМНАЯ…»

Анисим Антипович извлек из почтового ящика плотную пачку газет, тут же, на крыльце, перебрал их и обнаружил между ними белый конверт с его фамилией и инициалами. «Нас еще помнят!» – подумал старик, удивляясь незнакомому почерку. Он не преувеличивал своего значения в бренном этом мире и в расцвете лет, когда кое-что умел, да что говорить, многое умел, и вокруг него колготилась честолюбивая молодежь, мечтающая о научных степенях. Теперь дела любимого уже не было у него, шел третий год его заслуженного отдыха, а ему самому шел год восемьдесят пятый – ого, как это немало! И близка, совсем близка была черта, разом подводящая все итоги, разом все обрывающая. От него, пенсионера, общество уже ничего не ждало. Но вот сыскалась живая душа, помимо родных, конечно, в которой в виде ростка или еще чего-то жил он, Анисим Антипович, и это было достойно удивления. Ибо еще большего удивления была достойна скоротечность того, что в народе зовут вечной памятью. Вечная! До завтрашнего дня, до завтрашних горячих и грешных забот, которых всегда избыток…

В домашнем тихом одиночестве он вскрыл конверт. Писала супруга Василия Гавриловича Кислова, его однополчанина, который не демобилизовался в сорок пятом и дослужился до полковника. Она благодарила Анисима Антиповича за ежегодные поздравления с днем Победы, за дружеское тепло и участие, имя которому было фронтовое братство. И словно извинялась, что некого теперь поздравлять и баловать вниманием, нет уже среди нас Василия Гавриловича, бывшего славного защитника отечества. Ушел он в одночасье, недели не дожил до пятьдесят восьмого Девятого мая. Ничто не предвещало беды, но, видно, много чего Вася в себе держал, не беспокоил близких своими болячками.

«Помните его, а я буду помнить вас. Пишите, и я буду вам писать», – читал он ровные, убористые строчки. Вдруг перестал видеть Анисим Антипович, но не позволил скатиться слезе. Вначале их было двадцать два в разных городах огромной страны. И однажды, в двадцатилетие победы, они встретились в полном составе, в Москве, на Девятое мая, а два раза потом собирались уже составом неполным. В восемьдесят седьмом году их было еще семеро, в девяносто восьмом – четверо. Потом ушли Паша Федорчук и Азиз Абдуллаев. А теперь и Васильку не нужны более его поздравления.

Он очень явственно ощутил близость черты и разверстость пространства за нею, черного, беспредельного, и увидел себя у этой черты. Хочешь, не хочешь, а пора. Слишком задерживаться на этом свете никому не в радость – ни себе, ни близким.

Он передохнул. Отключился, пережидая, пока сиреневый туман перед глазами рассеется. Увидел себя и Василька на прифронтовой станции под Воронежем в зиму Сталинградского наступления. Свежеиспеченные лейтенанты из инженерной академии, они получили назначение в одну саперную бригаду. Из сини небесной, из первозданной зимней голубизны вынырнули самолеты, спикировали, густо сыпанули бомбы. Лейтенанты брякнулись лицом в снег. И услышали над собой звонкий мальчишеский голос: «Дяденьки, не бойтесь, это не нашу станцию бомбят, это соседей бомбят, это далеко отседова!»

Они встали, отряхнулись. Перед ними стоял паренек лет десяти, бывалый-бывалый. Потом они уже знали, когда падать на землю, когда вжиматься в нее до посинения ногтей. И долго еще после демобилизации Анисим Антипович, заслышав гул авиационных моторов, мгновенно отыскивал на местности ложбинку ли, арык, готовый добежать и упасть в это спасительное укрытие, как только самолет начнет клониться на крыло. Но в мирное время самолетам незачем было клониться на крыло и сыпать вниз бомбы.

А тогда Анисим Антипович укоризненно посмотрел на Василия Гавриловича, а Василий Гаврилович укоризненно посмотрел на Анисима Антиповича, но они так и не выяснили, кто же первый брякнулся в снег, подал пример. Потом Василек отлично показал себя при постановке противотанковых минных полей, и на строительстве подводного моста через Днепр – над настилом течет сантиметров тридцать воды, и мост не виден с воздуха, – и при разминировании Николаевских верфей, и во многих других острых ситуациях, когда саперу не позволено ошибаться. Но они часто вспоминали зимнюю станцию близ Воронежа, и самолеты, и неблизкие бомбовые разрывы, и голос мальчика: «Дяденьки, вставайте!» Теперь он будет помнить об этом один. А дальше об этом уже никто не будет помнить, ни один человек. Хотя, отсутствие очевидцев еще не есть отсутствие памяти. Сын и дочь будут помнить, они всегда жадно впитывали его рассказы о войне, забирались к нему в кровать и умоляли: «Папа, рассказывай, рассказывай!»

Анисим Антипович перечитал письмо. Бесхитростные, простые, негромкие слова. А боли, боли в них сколько! Нет, жизни друг другу они не спасали, но и не прятались один за другого. Жизнь научила их честно нести свою ношу, и таким – честно несущим свою ношу – он и запомнил Кислова. Васю-Василька. Но кому об этом расскажешь! «Вечная память!» – опять подумал он и усмехнулся, жалко и горько, кощунственно как-то усмехнулся. Он слишком хорошо знал, что такое «вечная» память в наше стремительное, все обезличивающее, костоломное время. Это – память до завтрашнего дня, до завтрашних резких поворотов. И вот уже вакуум заполнен, и мелькнет как-нибудь всплеск: «Был человек – не нам чета» – и погаснет. И нет уже ни человека, ни памяти о нем. И ведь не скажешь, не попишешь ничего. Такова жизнь. Бывает, и памятник стоит мраморный, дорогой – все честь по чести, приличия соблюдены, а самой памяти не сохранилось. Круговерть быстротекущая сначала всасывает и хоронит людей, а потом хоронит память о них. И никого тут ни в чем не упрекнешь, ибо такова жизнь.

Совсем одиноко стало Анисиму Антиповичу. Жена уже была по ту сторону черты, сын и дочь пребывали в своих беспокойных материях, ему малодоступных. Не далеко, конечно, пребывали, сын даже жил под одной с ним крышей, но и не близко, как прежде – в его сокровенное сейчас никому не было путей-дорог. Друзей уже не осталось ни одного. Поуходили они в последние годы без слов прощания. И одиночество разверзлось перед ним. Совсем близко, притаившись и изготовившись к прыжку, находилось небытие. В чем-то оно было продолжением одиночества, которое и так окружало его со всех сторон.

«Васенька ты мой миленький!» – произнес он нараспев. Ответом ему было молчание. Давно уже никто не отвечал ему, и, разговаривая сам с собой, он голосом своим заменял собеседника. Он подошел к шкафу, в котором хранились пластинки, достал комплект песен военных лет, включил проигрыватель, на тяжелый стальной диск с наклеенным сверху серым сукном опустил диск пластмассовый, черный, и включил механизм. Алмазная игла мягко погрузилась в блестящую борозду. Воздух содрогнулся от могучих аккордов. Включился хор, душа Анисима Антиповича вздрогнула и затрепетала, и он ощутил себя высоко над землей, так высоко, словно судьба ее теперь зависела и от него:

Вставай, страна огромная!
Вставай на смертный бой!
С фашистской силой темною,
С проклятою ордой!

Пусть ярость благородная
Вскипает, как волна!
Идет война народная,
Священная война!

Ничто так не сливалось у него с Великой Отечественной, как эта тяжелая, всепроникающая песня. Стальная пружина непреклонности была в этой песне, и воли, и мужества, и напутствия в дорогу дальнюю, которая не всех, далеко не всех возвратит под отчий кров. Сильными, собственно, были только первый куплет и припев и сама музыка, родившаяся в первые дни войны, на едином дыхании двух мастеров, поэта и композитора. Но уж в них была всеобъемлющая сила, повелительный зов Родины-матери, зов миллионов соотечественников и миллионов предков, которого нельзя ослушаться.

Навернулись слезы. Теперь это был реквием по всем фронтовикам, ушедшим от пуль и болезней. Анисим Антипович слушал стоя, потрясенный. Пятидесяти восьми лет мирной жизни как не бывало. Полыхали города, земля дрожала от поступи танков, гремела артиллерия, роились пули, вязла в снегах, в грязи, в пыли пехота. Поля устилали тела павших, и враг уже не выдерживал того, с чем к нам пожаловал без предупреждения – тотальной войны. Да, это была великая песня. Ее величие можно было сравнить только с величием праведной ненависти. Праведная ненависть вонзалась, ввинчивалась в человека, становилась его стержнем, и он шел и исполнял свой долг, и побеждал. Или падал, и земля впитывала его кровь. Тогда его место занимали другие – и побеждали. Ибо огромной стране, поднявшейся на смертный праведный бой, нужна была только победа.

Гнилой фашистской нечисти
Загоним пулю в лоб.
Отребью человечества
Сколотим крепкий гроб!

Пусть ярость благородная
Вскипает, как волна!

Идет война народная,
Священная война!

Загнали, загнали пулю в лоб гитлеровской нечисти, и с тех пор в открытую не лезет на нас никто, подумал Анисим Антипович. Боятся. Хотя двенадцать лет назад произошло еще одно национальное размежевание, мало кем предвиденное, Советского Союза не стало, а все союзные республики стали независимыми государствами. Боятся уже по инерции и не в открытую, втихую пакостят. Это есть, и это будет, природу сильных мира сего не перекроишь. А планета у нас одна. И снова из дня сегодняшнего, из тишины, растворившей могучие заключительные аккорды песни-призыва, Анисим Антипович шагнул в накал и грохот минувшего, в бой, после которого каждый новый день был радостью и наградой. Ибо для многих он не наступал.

Он увидел блиндаж, и стол из пустых ящиков, поставленных один на другой, и шинель, постланную на ящики подкладкой вверх – вместо скатерти, и светильники, в которых ярким и чадным пламенем горел мелко накрошенный тол. Этого добра выковыривали из трофейных мин предостаточно. И увидел на своей шинели «шпрингер-мину», то есть прыгающую мину. Фашистскую новинку, впервые широко примененную при отходе немцев от Сталинграда. Ему предстояло разобрать эту диковинку и составить инструкцию по ее обезвреживанию.

На войне все то, что обязан уметь солдат, сначала должен уметь офицер. Если бы тогда не получилось у него, вторым, уже в другом блиндаже, к этой же операции приступил бы Василек. Эти мины немцы зарывали в землю у обочин дорог и тропинок и натягивали проволочку. В пыли, в грязи ее и не видно. Солдат цепляется за нее, невидимую, усилие передается взрывателю, пороховой заряд выбрасывает мину на поверхность, на высоту двух метров. И тогда срабатывает второй взрыватель, основной, и огненный шар рождается на уровне головы спокойно идущего человека. Веер осколков выкашивает все подчистую. Дьявольское это было изобретение. И Анисим Антипович сидел и колдовал над этой штуковиной, записывая, что к чему, и усилием воли унимая коварную дрожь пальцев. Эту мину он запомнил на всю жизнь. У смерти были тусклые стальные глаза прыгающей мины, мины-лягушки. «Шпрингер-мины».

Потом он увидел себя в сырых, сумрачных и грязных подвалах Николаевских верфей. Его солдаты методично прослушивали массивные стены, а он прослушивал стены миноискателем за ними, чтобы исключить случайность. Ведь он и его люди головой отвечали за то, чтобы надпись «Проверено, мин нет» никого не обманула. Солдаты ушли вперед, а он обратил внимание на портрет Сталина. Фашисты – и не сорвали, не втоптали в грязь! Портрет висел высоко, и он подкатил пустую бочку, встал на нее, дотянулся до портрета, снял – и увидел свежую штукатурку. Окликнул солдат, те все поняли, принесли лестницу. Он приложил ухо к алебастровому прямоугольнику. Тикали часы, замурованные вместе с взрывчаткой. Обычный будильник. А когда его часовая стрелка совмещается с красной стрелкой, указывающей заданное время, вместо звонка замыкается электрическая цепь. Взрыв, и все летит к чертовой бабушке.

Он вернул солдат, оставил с собой одного, остальных отослал в оцепление. В таком фугасе враг мог установить элемент неизвлекаемости. Несколько ударов ломиком, и свет фонарика выхватил мерно тикающий механизм. И перво-наперво заученным движением часовая стрелка была с предельной осторожностью отведена назад. Да, в тот раз глаза у смерти были черного и красного цвета – до совмещения стрелок оставалось двенадцать минут. А на портрет Адольфа он бы не обратил внимания. Его ребята обезвредили тогда шесть фугасов, а ребята Кислова – на один меньше. Или на один больше? Теперь это не имело никакого значения. На верфях тогда не взорвался ни один фугас, и их инженерно-саперная бригада получила почетное наименование Николаевская. Потом он так и не побывал в этом городе. Хотел, но не получилось. А со стапелей этих верфей сошел весь новейший Черноморский флот и, наверное, половина Тихоокеанского.

Он вспомнил город-крепость Бреслау в Восточной Пруссии, и яростный огонь большой окруженной группировки врага, которая сложила оружие только после капитуляции Берлина, и взятые в качестве трофеев танкетки, которые управлялись по кабелю. Впервые немцы использовали их для разрушения Варшавы. Начиняли взрывчаткой и пускали на здание, из которого восставшие поляки вели огонь. Танкетка упиралась в многоэтажный дом, заряд срабатывал, и стрелять уже было некому. Вася-Василек тогда быстро разобрался с этими танкетками, быстро понял, какие кнопки для чего, и они подавили немецкими танкетками многие очаги сопротивления. Нагрузят толом и пустят на толстостенный дом, изрыгающий огонь. Какой немцы поднимали тарарам! Стреляли по танкетке из всех видов оружия. Но танкетка железная, ей чаще всего не делалось ничего. Вот она преодолевает половину дистанции, и наступает мертвая тишина. «Что в это время делал противник?» – вопрошал сын.

«Спасался бегством!» – докладывал он, к вящему удовольствию мальчика. Еще минута, взрыв, и наша пехота занимает дымящиеся развалины. Сколько солдат они тогда сберегли?

Анисим Антипович опять опустил алмазную иглу на черный диск пластинки. «Вставай, страна огромная…» У «надо», когда оно звучит от имени страны, великая побудительная сила. Он вспомнил март сорок третьего года, когда наше наступление, так мощно начавшееся у стен Сталинграда, застопорилось в нескольких километрах от Днепра, а потом повернуло вспять после мощного контрудара Манштейна. Анисима Антиповича и Василька поставили тогда во главе заградительных отрядов, которые действовали рядом. Четыре «студебеккера» с противотанковыми минами против свежих, спешно брошенных в бой вражеских сил. Они определяли танкоопасные направления, закапывали мины в мокрый снег и спешно отъезжали, чтобы не попасть под огонь танковых орудий. Кислов тогда поставил мины на дне одной балочки, незаметной и привлекательной этой своей незаметностью. И Анисим Антипович сразу представил себе, как могут развернуться события, и заминировал соседнюю балочку. Танки пошли сначала по Кисловской ложбинке, уж очень она манила своей пологой открытостью. А потом, когда грохнули два взрыва, повернули в его балочку, и две машины он записал на свой счет. Их наградили тогда одинаково, медалями «За боевые заслуги». Какие-то часы были выиграны тогда, и он запомнил свою незащищенность на голом снегу и то счастливое и редкое на войне обстоятельство, что эта их незащищенность ни для кого из его людей не обернулась смертью. Вскоре фронт стабилизировался, и больше не было уже движения на восток, только на запад. «Пусть ярость благородная вскипает, как волна…»

Щелкнул звонок, и в прихожей зазвучали молодые, уверенные голоса. «На этом, Вася-Василек, мое с тобой прощание, наверное, закончится», – подумал Анисим Антипович, очень об этом сожалея. Пришел внук Андрей, беззаботный девятнадцатилетний студент авиационного института, и привел свою девушку, Ладочку, статную, ясноглазую, понемногу перестававшую стесняться в их доме, и Махмуда, сокурсника, и еще одну девушку, наверное, подругу Махмуда. Анисим Антипович молодежь встретил радушно, засуетился, забеспокоился, поставил чайник под тугую струю воды, а от остального его освободила Лада.

«Дедушка Анисим, можно, я сама!» – попросила она и захозяйничала по-свойски, быстро и ловко. Он, однако, сам поставил на стол конфеты и черешню, избавляя молодых от первой стеснительности. И, уже для безусой этой поросли, которая знала о войне по книгам и фильмам, вновь опустил иглу на первую борозду пластинки. Воздух взорвался призывом:

«Вставай, страна огромная…»

Однако никто из молодых не встрепенулся, не вскинул изумленно бровей. Песня обтекала их, не трогая, не тревожа. Она ничего им не говорила. Да и жили они давно не в огромной стране, а в небольшой, но зато в своей, собственной. Им, действительно, нечего было вспомнить из того, чем сейчас полон был он, Анисим Антипович.

«Дед, опять ты воюешь! – сказал внук без упрека и легко коснулся ладонью его плеча. – Разреши нам самим, а? Мы потанцевать хотим. У нас, понимаешь, свои песни, нынешние. Ладно, дед? Без обид?»

Анисим Антипович развел руками и растерянно улыбнулся. Оглядел еще раз стол, добавил к конфетам и черешне коробку халвы, кивнул молодежи и пошел в свою комнату. А внук уже привычно нашаривал на полке «Бони-М» и Аллу Пугачеву. «Пусть ярость благо…» И оборвалась песня на полуслове, и полились иные мелодии, иные песни, которые Анисим Антипович даже слушать не желал, коробили они его, особенно после всего сегодняшнего.

«Так-то, Вася-Василек! – произнес он в пустоту. – Прощай, дорогой. Пусть земля тебе будет…» Прилег и задумался, и стал задавать себе вопросы. Ответов у него было меньше, чем вопросов. Впрочем, так получалось всегда. И не в этом ли, в отсутствии ответов на некоторые вопросы, великая загадка жизни?

Он вспомнил, как вернулся домой в конце сорок пятого, и семилетний сын и пятилетняя дочь не признали его и долго говорили ему «вы». И лет восемь, пока дети не выросли, пока не запомнили все его рассказы наизусть, сын и дочь забирались вечерами к нему в кровать и просили всегда об одном и том же: «Папа, расскажи про войну!» Тельца детей, невесомые сначала, год от года наливались и крепли, но просьба была всегда одна. И он разрешал им лечь рядом и рассказывал, рассказывал, и тишина, тишина стояла в их перенаселенной квартире. Все слушали, и он тоже слушал себя и гордился собой.

И, ведь, не придумывал он ничего. Того, что сохранила память, с лихвой хватало, чтобы насытить неутолимую и нескончаемую детскую любознательность. Война была куда богаче событиями и невероятными стечениями обстоятельств, чем самое пылкое воображение. Потом, он знал, дети взахлеб пересказывали его повествования друзьям, которым некому было рассказывать военные были: вместо их отцов к ним домой пришли похоронки. А внук Андрей ни разу не попросил: «Дед, вспомни, пожалуйста, как ты воевал!» И никогда не ставил пластинки с песнями военных лет. Значит, они ему ни о чем не говорили.

Но не внука беспечного и ясноглазого он сейчас винил, внук был как все его сверстники. Он, Анисим Антипович, не донес до внука что-то очень большое и важное, что, он знал, потом некому будет донести. Еще, однако, было не поздно. «Конечно, – подумал он, – сын и дочь пережили войну в глубоком тылу. Они были вещами, которые следовало сохранить во что бы то ни стало, и их берегли и хранили и сохранили-таки. И они запомнили, как их берегли и хранили. Запомнили, что это стоило матери. Еще они запомнили, каким ярким был День победы – не нынешний, пятьдесят восьмой, а самый первый. Каким долгим, каким упоительным был тот далекий уже салют, и какими счастливыми были лица людей, вышедших на улицы. Никогда прежде эти люди не были так счастливы. Андрея же это миновало. И можно ли, правильно ли спрашивать с них одинаково?»

Да, еще было не поздно зажечь воображение юноши, перелить в него какую-то толику своей памяти о войне, и сегодня такой большой, не заслоненной и не перечеркнутой минувшим полувеком. И он стал думать, как лучше сделать это. Ибо не может, не должно быть в его семье такого молодого человека, которого бы не пронзали дрожью и трепетом набатные слова: «Вставай, страна огромная...»

ЕЩЕ РАЗ ОБ ОТЦЕ

Я открыл глаза в тихой предутренней тишине. Еще не рассветало, но час рассвета неотвратимо приближался. Отец, давно ушедший из этой жизни, стоял у меня перед глазами. Стоял и улыбался. И молчал. И какая же лучезарность, какая бездна обаяния содержалась в его улыбке, чуть-чуть лукавой и чуть-чуть подтрунивающей!

Вчера в кафе «Гиждуван» близ ирригационного института моя семья встретилась с людьми, которым был дорог отец и которые сохранили к нему глубокое уважение, хотя прошло уже четверть века, как он оставил этот мир. Вчера исполнилось ровно сто лет со дня его рождения, и мы сначала поехали на кладбище и возложили цветы под двумя обелисками, стоящими рядом – на могилах отца и матери, а потом устроили вечер памяти. Люди, которых я не знал совершенно, но которым довелось учиться у отца или работать с ним, находили слова удивительно искренние и теплые, раскрывавшие характер отца, его отношение к жизни, к студентам и коллегам по работе.

Отца, как я понимал, было за что любить не только мне и сестре Ольге, его детям, и не только шестерым его внукам. Он был большой дока в своем землеустроительном деле – планировке сельских населенных мест, и преуспел в передаче знаний студентам и аспирантам, ибо редко кто так любовно и ревностно относился к своему делу. И люди вспоминали, как они учились у отца, и как он прививал им настойчивость и целеустремленность в овладении знаниями, всегда делая это очень ненавязчиво и вместе с тем так, что они не могли не следовать его наставлениям. И вспоминали, как отец шутил, воодушевляя их, если у них не все получалось, как играл с ними в шахматы (он обожал шахматы) и, почти всегда одерживая верх, раскатисто смеялся.

И много чего другого вспомнили эти люди, чего, наверное, никогда бы не выплеснула их память на мероприятии официальном, которого, кстати, и не было, хотя отец заведовал кафедрой в ирригационном институте более трети века, и после его смерти там даже была стипендия его имени.

«Отец, отец!» – сказал я в ночь с горечью великой. И увидел отца с матерью на ромашковом лугу, в какой-то российской глубинке с берёзовым лесом на некотором отдалении от луга. Отец и мать рука об руку шли босиком по высокой траве, туфли держали в руках, брюки у отца были высоко закатаны, и мать счастливо улыбалась, словно жизненное поле, простиравшееся перед ней, не имело конца и края, и так же счастливо улыбался отец. Меня тогда не было с ними, но их сфотографировала сестра Ольга, и очень удачно сфотографировала, в момент полной раскованности. Необыкновенно хорошо было им в тот момент, когда сестра их фотографировала. Занавес, однако, опустился скоро – сначала за отцом, потом и за матерью. А с этой фотографии мы заказали хорошему художнику нарисовать картину, и теперь она висит в доме сына Петра, названного так в честь деда. Смотри, сынок, и старайся походить на него!

Отца, уходящего на войну, мы с сестрой не запомнили, - нам тогда было слишком мало лет. Отца, пришедшего с войны осенью победного 1945 года, мы запомнили очень хорошо. Мать пошла встречать отца вместе со мной, но поезд опоздал на много часов, и встретила она его уже без меня. Вот среди ночи зажегся свет и разбудил нас, и дядя в военной форме поочередно извлек меня и сестру из постели, крепко обнял, подбросил до потолка, снова прижал к груди, на которой сверкали ордена и медали, и сказал, что он наш отец, а мать при этом плакала от счастья. Позже и мы поняли, какое это счастье – отец, вернувшийся с войны. У половины сверстников, которые учились с нами вместе, отцы с войны не вернулись.

Я перенесся мыслью еще на четверть века назад. Детство отца пришлось на костоломное время великих перемен – войну первую мировую и войну гражданскую, в корне переиначившую великую страну (семьдесят лет спустя советское общество почти единодушно придет к выводу, что лучше бы этих знаменательных перемен не было). Жил он тогда в Минске, и в 1919 году умерли от дизентерии все его близкие – мать Олимпиада Ивановна и три старших сестры (два старших брата уже жили отдельно). И он, мальчик двенадцати лет, пешком пришел в Москву, к брату Сергею, студенту университета. Брат приютил его и обогрел. В пути добрые люди помогали ему, чем могли, пускали переночевать, и, помня об этом, он всегда был щедр к обездоленным, нищим. А Сергей Кузьмич вскоре стал видным экономистом, много лет заведовал кафедрой в Московском университете, где в его честь установлена мемориальная доска. Второй брат отца, Геннадий Кузьмич, тоже стал доктором наук, но избрал своим поприщем строительную механику. По поводу того, что три брата на разном поприще достигли примерно одной и той же высоты, отец говорил: «Гены есть гены». То есть, их жизненные высоты были как бы запрограммированы свыше.

Я представил себе осень голодного 1919 года, дождь, перемежающийся со снегом, слякотную дорогу рядом с железнодорожным полотном и бредущего по ней мальчика в одежде, которая по цвету сливалась со слякотной дорогой. Легкая котомка у мальца за спиной, и надежда в синих глазах. Надежде надлежало исполниться, ведь он очень хотел этого. И она исполнилась – мальчик шагал месяц или больше, но пришел, куда надо. Я переместил стрелки часов на десять лет вперед, в благословенные времена новой экономической политики, когда частнику (на короткое время) были развязаны руки, и его инициатива быстро возвращала стране благополучие, прерванное затяжными войнами.

Отец превратился в юношу крепкого и очень даже сообразительного. Его рано привлекла свобода, самостоятельность. В Крыму он оказался. Южное солнце и южное море были неотразимы. Но и в той красоте несказанной надо было зарабатывать на жизнь, и он строил плотинку близ Бахчисарая. Копал землю, отвозил ее на тачке в плотину, трамбовал деревянной трамбовкой, а потом повторял эту операцию бессчетное количество раз – до завершения рабочего дня. Получал за это 90 рублей в месяц. За комнату и стол платил хозяйке – крымской татарке 15 рублей, и хозяйка кормила его, как на убой. Ставила утром перед ним большую сковороду яичницы, и те яйца, которые не съедал, он помечал химическим карандашом, чтобы она не подала их ему на обед или на ужин. То есть, в благословенные годы нэпа он мог содержать на свою зарплату большую семью. Много позже он скажет, что его профессорская зарплата по покупательной способности примерно равняется этим 90 рублям, которые он получал, как разнорабочий. То есть, в последовавшую затем коллективизацию и индустриализацию государство только и делало, что тянуло одеяло на себя: гайки были закручены очень плотно.

В Крыму же отец кончил рабфак, поехал в Москву и поступил в землеустроительный институт. Его однокурсницей была Елена Яковлевна Рисслинг. Молодые люди полюбили друг друга и создали семью. Одна из последних производственных практик отца была в далекой Каракалпакии. К месту назначения он шел по грунтовой дороге. Странный след привлек его внимание: по дороге волочили что-то необычное, большое. Он ускорил шаг и нагнал арбу с колесами выше человеческого роста. На ней лежал огромный сом, его хвост свисал и волочился по пыли. Отец запомнил эту необычную картину, и когда выпускников института распределяли, он попросил направить его в Узбекистан. Так мои родители оказались в Ташкенте – и о своем выборе никогда не жалели.

Когда отца призвали в армию, семья снимала комнату в старом городе, близ Шайхантаура. Год отец учился во Фрунзе, в эвакуированной туда инженерной академии. В действующей армии оказался в конце 1942 года, когда началось наше наступление под Сталинградом, переломившее ход войны. Ему, как саперу, пришлось ставить мины и прочие заграждения и убирать их с пути наших войск, наводить мосты, строить укрепления, возглавлять разведку саперной бригады. Весной 1943 года на поставленных его заградительным отрядом минах подорвались два немецких танка, а осенью того же года, когда бригада наводила мосты через Днепр, немцы непрерывно бомбили саперов, и бригада понесла очень большие потери. Но наведенные ею мосты сослужили свою службу, по ним прошли на правый берег танки и артиллерия, пехота и конница, и немцы откатились далеко на запад.

Последнюю свою операцию он провел в городе-крепости Бреслау, который капитулировал уже после падения Берлина. У отца на руках оказалась карта подземных коммуникаций Бреслау, и по канализационным туннелям возглавляемый им отряд автоматчиков и подрывников проник в центр города и подорвал там несколько самоходных орудий, а их экипажи взял в плен. Наверное, неделю от всех участников этого рейда попахивало не очень приятно, зато свою боевую задачу отряд выполнил блестяще, потерь не понес. Смекалка и внезапность на войне – великое дело. Этот эпизод стал сюжетом моего рассказа «Крепость Бреслау».

А мы, дети, запомнили, с каким нетерпением мать ждала письма отца с фронта, как зажигались ее глаза, когда она их получала, и как ее глаза туманились, когда письма не приходили долго. В войну мы, дети, были вещами, которые непременно надо было сохранить, и нас сохранили. Когда отец возвратился домой, мы с сестрой очень донимали его просьбами рассказать о войне. Он сажал нас рядом с собой и рассказывал, и время словно останавливалось. Каждое слово внутри нас превращалось в событие, война громыхала, наша победа неотвратимо приближалась. Это были высокие, торжественные минуты.

Я попытался воспроизвести в памяти два эпизода. Вот отец сидит в блиндаже, а перед ним на самодельном столике – ящике, перевернутом дном вверх, лежит последняя немецкая новинка – шпрингер-мина, или прыгающая мина. Ее устанавливают на обочине дороги, маскируют, от нее через дорогу натягивают проволочку. Идут солдатики, кто-то проволочку задевает, усилие передается взрывателю, он срабатывает, и пороховой заряд подбрасывает мину метра на два над землей. Подпрыгнув, мина взрывается (отсюда и ее название) – на уровне голов идущих, и сеет смерть. Отец неспешно разбирает мину, чтобы узнать, как она устроена, и обучить солдат, как ее обезвреживать. Ведь в армии все то, что должен уметь солдат, сначала должен уметь офицер. Перед отцом лежит тетрадь, и он скрупулезно заносит в нее каждую свою очередную операцию. Потом вырывает лист и передает его наверх. Если с ним что-нибудь произойдет, наверху будут знать, на какой стадии операции он ошибся. Саперу, к сожалению, не дозволено ошибаться дважды. Час длится разборка немецкой новинки, второй, третий. Ура, все ее детали извлечены и подробно описаны. Дело сделано, и ничего, что гимнастерка давно прилипла к спине. А ведь в землянке так же холодно, как и снаружи.

Эпизод второй. Город-порт Николаев только что освобожден нашими войсками. Главное его предприятие – судостроительные верфи, с которых сошел весь наш Черноморский флот и значительная часть флота Тихоокеанского. Верфи заминированы, и надо спешить: мины замедленного действия могут сработать в любую минуту. Солдаты с миноискателями в руках медленно обходят подвальные помещения. И слушают, слушают, слушают. В каждую мину вмонтирован часовой механизм, и они должны услышать, где тикает. А в некоторых минах стоит химический взрыватель – там проволочку, удерживающую пружинку от распрямления, разъедает серная кислота. Такую минуту не услышишь, но ее могут выдать внешние признаки – свежая штукатурка, например. Солдаты прослушивают каждый метр пола и стен, а их сопровождает отец. И видит: на стене висит портрет Сталина. Не Гитлера, но Сталина. Как могли фрицы его оставить? Здесь что-то не так. Отец снимает портрет – за ним свежая штукатурка. Кладку аккуратно разбирают, и обнажается толовый заряд, килограммов в триста. Часовая стрелка будильника первым делом переводится назад, и все вздыхают с явным облегчением. Тогда на гигантских верфях не взорвалась ни одна вражеская мина.

Демобилизовавшись, отец пошел работать в ирригационный институт, и проработал в нем более трети века, до дня смерти. Не раз мать уговаривала его выйти на пенсию, но он и слышать не хотел о заслуженном отдыхе. Он отвечал, что впереди у него этого заслуженного отдыха и так слишком много. Работа в его жизни значила все, она была и его самовыражением, и его самоутверждением. Работал он и в институте, и дома, над статьями по планировке сельских населенных мест, потом над учебником с такой же тематикой, и мы чаще всего видели его со спины, склоненным над своим письменным столом. Книги по специальности занимали в его кабинете два больших шкафа; он любил, чтобы все нужное всегда было под рукой. Сначала он защитил кандидатскую диссертацию, затем написал докторскую, которая вскоре стала учебником. Возглавляя кафедру, он, как научный руководитель, помог защитить диссертации десяткам своим ученикам; к их работам он относился так же взыскательно, как к своим, и, как ни странно, это очень сближало его с учениками. Его опека, его требовательность была изначально доброй, человеколюбивой. А какой человек, когда о нем заботятся, когда от него ждут успехов, сам не постарается, чтобы это произошло?

Я вспомнил совсем другое: отец и мать были, как одно существо. Они души не чаяли друг в друге. Они и дали нам, детям, пример однолюбия, пример построения отношений честных, чистых и прочных. Я не помнил, чтобы родители были недовольны друг другом, ссорились, громко спорили. Это не значит, что их мнения во всем сходились, но к общей точке зрения они приходили естественно и просто. Если мать на чем-то настаивала, а отец не соглашался, он говорил: «Леночка, тебя зовет бабушка!» На этом спор прекращался, и оба улыбались. Отец ушел из жизни первый, и перед матерью разверзлась бездна одиночества. Ничто не могло заменить ей отца; она была младше его на пять лет, но пережила его всего на три года.

Отец очень дорожил друзьями, и каждое посещение ими нашего дома превращалось в праздник. Естественно, стол накрывался отменный. Чаще других к нам приходила чета Артамоновых, жившая неподалеку. Коллега отца Владимир Семенович Артамонов оставил заметный след в истории землеустроительного факультета ирригационного института. Встречая гостей, отец преображался и первым делом усаживал Владимира Семеновича на диван, за шахматную доску, фигуры на которой расставлял заблаговременно. Шахматы он обожал, играл очень хорошо (в командных соревнованиях на кубок города он всегда представлял институт на первой доске), и Владимир Семенович спокойно смирялся со своей ролью мальчика для битья. Проводя красивую заключительную комбинацию, отец обыкновенно говорил: «Тут она ему и сказала: «За мной, мальчик, не гонись!» И самодовольно смотрел на обескураженного партнера. Но как только шахматы откладывались в сторону и разговор касался темы производственной, это уже был разговор мужей, каждый из которых умел обосновать свое мнение и постоять за него. Конечно интересы дела при этом были превыше всего.

Я вспомнил, что отец научил меня играть в шахматы еще в первом классе. Я очень не любил проигрывать, и не соглашался играть с ним, ведь он все равно выиграет. Тогда он давал мне фору – ладью, например, и все равно выигрывал. Но в классе так в шестом или седьмом он перестал давать мне фору, а еще через несколько лет и у меня появились первые победы. И последние десять лет мы играли примерно на равных. Первого мая 1982 года мы сыграли две партии, и в первой одержал верх я, а во второй отец легко взял реванш и светло, но и подзуживающе улыбнулся. И тут вошла мать и сказала: «Ну, хватит вам играть в ваши шахи-махи, нам тоже нужно ваше внимание!» И мы сложили шахматы и присоединились к женщинам. А на другой день отца не стало.

Отдыхать отец любил в Крыму, где прошла его юность. Всегда ездил посмотреть на свои плотинки и удивлялся: «Вот, ведь, стоят до сих пор!» Любил вспоминать, как боролся на татарских свадьбах. В юности он увлекался не только шахматами, но и французской борьбой, которая давно уже называлась борьбой классической. Ему доставляло удовольствие выйти в круг с противником более рослым и крепким и, усыпив его бдительность отступлением, поймать на свой коронный прием «тур де бра» – бросок через бедро, которым он владел артистически, и припечатать к ковру. Татары потом просили показать им этот прием. И он показывал его, ничего не утаивая, а они не верили, что этот прием такой простой.

Отец очень любил поэзию Есенина; все его стихи он знал наизусть. Томик стихов Есенина, поэта, в то время запрещенного, всю войну был в кармане его гимнастерки. Когда возникали какие-нибудь сложности, он демонстративно декламировал: «Пастушонку Пете трудно жить на свете, тонкой хворостинкой управлять скотинкой». Мог как угодно часто слушать в исполнении Шаляпина «Ты жива еще, моя старушка», а в исполнении Качалова – «Дай, Джим, на счастье лапу мне». В последние свои годы любил цитировать напоенные тихой грустью есенинские строчки:

Мы теперь уходим понемногу
В ту страну, где тишь и благодать.
Может быть, пора и мне в дорогу
Бренные пожитки собирать…

При этом взор его был устремлен поверх всего земного, в Горние пределы.

Вслед за отцом и я полюбил Есенина, и, как оказалось, на всю жизнь. Полюбил за необыкновенную проникновенность его слова, песенного и философского одновременно.

Что наиболее запомнилось мне в характере отца, что я всегда старался перенять? Его добросовестность, и его великую работоспособность, включающую в себя умение сопоставлять, анализировать, делать выводы. И, конечно, чистоту помыслов, а стремление к справедливости было изначальным, естественным, и выражало его человеческую сущность. Он редко сердился на меня и сестру, и повышал голос только тогда, когда видел, что мы поступаем не по справедливости. Мне очень нравилось, что он был равно внимателен к коллеге-профессору и к уборщице. Конечно, иерархическая лестница многое значила и для него, но он чрезвычайно легко устанавливал душевный контакт с человеком, независимо от того, на какой ступеньке иерархической лестницы он стоял.

Уже треть века, как отец ушел из жизни, но он не ушел из наших душ. И вот я снова вижу его в тихий предутренний час, даже разговариваю с ним. И пусть он только внимает мне, пусть не отвечает – мне этого достаточно. Я очень хочу, чтобы в наших детях и внуках было как можно больше от наших родителей. От нашего отца. И, знаю, того же хочет Ольга.

Я посмотрел на окно – оно было светлее, чем когда я проснулся. Кажется, новый день вступал в свои права. Я подумал, что все живое – это непрерывная череда поколений; так заповедано свыше. И укорил себя за то, что мало чего знаю о родителях отца. Я был нелюбознателен в те годы, когда об этих людях можно было расспросить, узнать подробности, детали. Когда же во мне, наконец, пробудилось любопытство, обратиться с расспросами уже было не к кому. Я очень хорошо знал только одну представительницу старшего поколения второго колена, – свою бабушку по материнской линии Марию Мартыновну. Она родилась в 1870 году, жила с нами и умерла в 98 лет. Мать девятерых детей, она была великая труженица. Я подумал, что человеку надлежит знать свои корни и свято чтить тех, кто вывел его на дорогу жизни.

И тут вершина тополя, что рос перед моим домом, воссияла. Всходило солнце.

Горы, мои горы

МЕТР ЗА МЕТРОМ

Ярослав прекрасно сознавал тоскливую безысходность своего положения. У него было достаточно времени, чтобы убедиться в этом. Один в окружении пиков Тянь-Шаня, вдали от посещаемых туристами мест, он по нелепой случайности очутился на крошечном уступе площадью едва ли в половину квадратного метра. Хотя, если смотреть правде в глаза, не случайность подвела его, а самонадеянность. Необузданная натура часто забрасывала его в места дикие и нелюдимые. Одиночество было дорого ему обостренной работой мысли и устремленностью в дали дальние, ничем не сдерживаемой. И вот теперь он был напрочь отрезан от мира обетованного. И что дальше?

Но он радовался, этот замкнутый мечтатель, что жив и не погиб два часа назад, когда громкоголосый ручей привел его к краю пропасти. Поток низвергался вниз пенным водопадом, а он имел неосторожность заглянуть, куда же падает вода. Не бездна вскружила ему голову, и не ветер неожиданным порывом подтолкнул в спину. Он просто подошел слишком близко к краю, уверенный в себе, отвергающий опасность. Одеревеневшие ноги заскользили по гладкой, покрытой слизью кромке скалы. Он почувствовал, что скользит вниз, и попытался отпрянуть назад. Но отполированный водой камень не мог служить опорой. Тогда он перевел взгляд в зияющий провал, куда низвергался водопад: там было темно, как в пещере. Он привык смотреть опасности в лицо. Взгляд его остался тверд, а реакция мгновенна. Он успел заметить, что чуть правее тремя метрами ниже прямо из скалы растет уродливое дерево-карлик. Он оттолкнулся вправо и растопырил руки и ноги. Реакция спортсмена спасла его. Он задержался в ветвях, подмяв половину из них и едва не переломив хрупкий корявый ствол. Деревце резко качнулось вниз, хрупнуло, но спружинило, не надломилось. Это была береза. Ярослав, оглушенный падением, медленно сполз на уступ, а выпустил влажный ствол из объятий, только придя в себя.

«А я везучий! – подумал он почти с удовольствием, разглядывая ободранные сучьями руки. – Я чертовски везучий, и мне должно благодарить и славить Бога, а не любоваться своей сноровкой. Но я по инерции глажу по головке себя и только себя. Ведь любой другой на моем месте уже превратился бы в мешок костей и мяса. Какой же я дурак! Боже, прости меня, что я такой дурак, и излечи меня от моей самонадеянности!» Сердце частило, волнение не улеглось. Еще ни разу он не был так близок к смерти. Однажды он вступился за женщину, к которой грубо приставал один парень, и парень занес над ним нож. В другой раз он наступил на провод высокого напряжения. Хамовитого парня он свалил безжалостным, давно отработанным ударом в живот и оставил валяться на тротуаре. От провода же его оттащили уже потерявшим сознание. И он на всю жизнь запомнил, что к голому проводу, лежащему на земле, нельзя прикасаться. Сейчас ему снова повезло. По независящим, можно сказать, причинам. Это и пугало. Но надо было придумать, как выпутаться из этого плена. Как спуститься вниз или подняться наверх. Свесив ноги и опершись спиной о холодную, без щелей и выступов стену, Ярослав стал искать выход из западни, в которую его завела глупая самонадеянность.

Приютивший его уступ был маленьким чудом природы. На десятиметровой высоте из малозаметной щели выпирала береза, неказистая, кривая, карликовая, уже отживающая свой век. Часть сучьев сгнила и отпала, и ствол толщиной не более пятнадцати сантиметров в местах, где отпали сучья, тоже был тронут гнилью. Корни, тесно выпирая из расщелины, задержали немного почвы. Благодаря этому юноша мог сидеть или стоять. Лечь же было негде. Слева падали белые струи. Они разбивались внизу с глухим шумом, и между ними и стеной было еще пространство, темное и сырое. Сюда только по утрам заглядывало солнце, заставляя сверкать водяную пыль. Все остальное время суток здесь властвовал полумрак или полный мрак, а второй постоянной хозяйкой была сырость. Ярослав сейчас был особенно чувствителен к сырости, так как отдал много энергии. Ледники дышали ему в спину. Холодный воздух стекал вниз, и он никак не мог согреться. Но он знал, что не замерзнет. Было лето, а он все же не какой-нибудь неженка.

Он взглянул на часы: восемь вечера. Еще час будет светло, отметил он и поежился. Очередной порыв ветра принес с собой мельчайшие брызги, серебристую водяную пыль. Гиблое место. От него так и веет безысходностью. А если смотреть снизу? Он представил, как эффектен водопад, дробящийся о камни, и это деревце, присосавшееся к скале, и черный выпиленный потоком колодец, и разозлился на себя за пустую мечтательность. Тут была нужна веревка, обыкновенная прочная веревка, такая, на которой хозяйки в своих дворах сушат простыни и пододеяльники. Все остальное не выход.

Веревки у него не было. Но за спиной болтался крепкий брезентовый рюкзак с бутербродами и флягой. И, кроме того, была одежда: китайские брюки, очень плотные, клетчатая рубашка, тоже почти новая, и шерстяной свитер. Он достал свитер и надел поверх рубашки, и ему стало лучше. Остальное снаряжение ждало его внизу, где протекал Чаткал и вилась тропа и где изредка встречались люди – чабаны, пасечники и геологи. Ярослав знал, что надо сделать. Он разрежет рюкзак и брюки на ровные полосы и свяжет из них веревку.

А чем он разрежет рюкзак? Пальцем? Ножа у него с собой не было. Но было приспособление для открывания консервов и ложка из нержавеющей стали. Открывашка ни на что другое не годилась. А ложку вполне можно было превратить в нож. Он сточит у ложки ручку и образовавшимся лезвием разрежет материю на ленты. Решив так, он обрел спокойствие. Но впереди была ночь, а ему надо было не уступить ночи. Сегодня уже ничего не удастся предпринять. А поутру… То, что он вырвется из плена, подразумевалось само собой, ведь он крепкий парень, не какой-нибудь нытик и неудачник.

Ярослав встал, проверяя, нельзя ли по дереву вскарабкаться наверх. Сильные руки обхватили мокрый ствол, листья оставили на его лице следы влаги. Нет, пути наверх не существовало. Макушка дерева была всего-навсего вровень с кромкой пропасти, а на макушку нельзя опереться. И – ни одного выступа, ни единой щели. Он бы на руках подтянулся, будь за что ухватиться. Путь наверх был закрыт. Он знал это после секунды падения и не огорчился, когда это подтвердилось с удручающей очевидностью. Надо поесть, ужина никто не отменял. Конечно, хлеб и колбаса были бы куда вкуснее, если бы он сидел у вечернего костра, и трудно разрешимые проблемы не отравляли его существование. Поев, он захотел пить и экономно отпил из фляги. Утром он тоже захочет пить. Обхватив руками колени и пригнув к ним голову, Ярослав приготовился ждать рассвета. Так казалось теплее.

А близ него медленно убывал свет дня. Солнце в последний раз плеснуло свои лучи на ледники противолежащего хребта, такого же внушительного, как и тот, который он штурмовал сегодня. Он боялся холода ночи, боялся загадочного мерцания звезд, когда каждая звезда видна отчетливо и словно заглядывает в душу, словно зовет в безбрежность других миров, в которые пока проникают одни фантасты.

«Замерзну», – подумал он, меняя положение тела. Он не мог вытянуть ноги и полностью расслабить мышцы, и потому ощущение усталости, ощущение несвежести тела не проходило. Опять повеяло сверху, от ледников. Ярослав не мог разжечь костер, хотя в кармане брюк лежали спички. На деревце не было ни одной сухой ветки. Отмирая, ветки сгнивали в жемчужной пыли водопада и развеивались в труху. Да и места для костра крошечный уступ ему не предоставлял. Не в ладонях же зажигать огонек!

Свет все истончался, становясь одинаково слабым и трепетным во всех направлениях. Ярослав не заметил, как солнце сошло с самого высокого пика. Когда он оторвал голову от колен, сумерки везде имели одинаковую плотность. Он закрыл глаза, хотя знал, что немыслимо заснуть в его положении. Он долго просидел с закрытыми глазами, радуясь покою. Но затекли ноги, заныла спина. Поморщившись от мурашек в ногах, он привстал. Кругом была ночь, неожиданная, полная. И земля казалась чернее неба. На земле все сливалось в неразличимое и плотное, во мрак непроглядный, а в небе пылали-полыхали дивные звездные костры.

«Здешние луга пахнут не хуже весеннего сада», – почему-то подумал он, вспоминая, как карабкался вверх по крутому зеленому склону и дышал ароматом густых, пряных трав. Травы были необычно высоки и такие сочные, что Ярослав потом спускался по травяному склону, как на санях, сев на корточки и управляя спуском руками. Если бы он послушался голоса разума и остановился у ледников, а не попёрся выше, он бы не выдохся в разреженном воздухе и сейчас сидел в долине и поверял костру свои впечатления, умиротворенный и довольный.

Но он, как очарованный фанатик, карабкался все выше и выше, полагаясь на железную выносливость тренированного организма. Начав восхождение в шесть утра, он долгое время не чувствовал усталости и лишь у самого перевала понял, что устал: у него временами начинали дрожать ноги. Он и сейчас не жалел о том, что ценой кропотливых усилий преодолел казавшуюся неприступной цепь серых скал, загромождавших подходы к вершине. Скалы сплошной шеренгой причудливо выпирали из склона, нарушая его доступную крутизну, и вместе с ледниками и осыпями тянулись почти до вершины.

Собственно, хребет не имел заметной вершины. С перевала открывался обзор – и какой! – на все четыре стороны света. И Ярослав лез выше и выше, всем телом вжимаясь в скалу. Он редко рисковал, ведь в случае несчастья ему не на что было рассчитывать. Он ощупывал каждый выступ выветрившейся скалы, убеждаясь в надежности опоры. Скалы порядком помучили его. Пришлось пару раз возвращаться из тупиков, менять направление. Но зато когда с высшей точки хребта ему открылась горная страна во всем своем простирании, с шеренгами вершин справа и слева, со змеящимися вниз ледниками, с белесыми ручьями по распадкам, он замер от восторга и долго стоял, потрясенный. Он знал, что всю эту красоту он не запомнит, не вберет в себя. Но он очень хотел этого.

Он не замечал пронизывающего ветра и того, что солнце почти не греет, небо имеет примесь неземной черноты, а с лица его каплет счастливый, трудовой пот. Это было зрелище, доступное немногим. Первозданный простор ошеломил его. Он не знал, в какую сторону обратить взор. Запомнить же все то, что ему открывалось, было невозможно. Пожалуй, запомнить можно было только одно – само впечатление от пребывания на высоте.

На вершине он просидел около часа. Ветер дул ему прямо в лицо и был осязаемо плотен. Временами ему казалось, что он стоит на крыше поезда, который мчится по очень высокой насыпи – такой высокой, что предметы, находящиеся далеко внизу, от скорости поезда не меняют своих очертаний. Высота кружила ему голову. Ведь она была такая желанная!

Спускаться не хотелось, и, не оставь он внизу спальный мешок, он бы заночевал на вершине. Его всегда манило провести на вершине ночь – на вершине или на перевале, совсем рядом со звездами. В какой-то момент он решил-таки остаться на вершине и присмотрел расщелину в скале, куда не задувало. Но голые утесы ночью были бы безжалостны, и он передумал и стал спускаться. И вскоре у него начали деревенеть ноги. Когда он достиг пояса арчовых лесов, у него опять возникло искушение забраться под пышную, низко пригнувшую ветви арчу, наломать сухих сучьев, запалить костер и провести ночь наедине с костром, близкими ледниками и своими мыслями. С этими приятными, чрезвычайно тактичными собеседниками ему никогда не было скучно. И все-таки он продолжил спуск, надеясь засветло добраться до своей стоянки. Теперь он видел, что не все правильно рассчитал и ошибся, особенно во времени и в своих силах. Как хорошо было бы расположиться под раскидистой арчой, у костерка, который вполне мог заменить спальник.

Он поежился. Он ничего не мог противопоставить холоду, сырая одежда мешала согреться. Зажег спичку: только начало одиннадцатого. Вспомнил, что при падении не испытал ни страха, ни тоскливого замирания сердца. Зато не упустил единственного своего шанса и теперь пребывает в промежуточном, в подвешенном состоянии. Оно же интересно в том смысле, как все это обернется дальше, ограничится ли матушка-природа одним назиданием и укоризненной улыбкой или спросит с него куда более строго. Да, матушка-природа могла спросить с него и так, что этот его экзамен окажется последним.

Ярослав был доволен, что хладнокровие не покинуло его, что он не паникует. Он невольно сравнил себя со сверстниками. Дух соперничества был силен в нем с детства, но не заключал в себе зависти и злорадства и потому не причинял ему особых неприятностей. Он увидел в случившемся подтверждение своих лучших качеств. Он обязательно выберется отсюда. Другого просто не дано, ведь нельзя уходить из жизни так рано и так нелепо.

Но тут ему вспомнилась другая картина, когда его ударили не в бровь, а в глаз. «Ярослав – индивидуалист! – запальчиво бросил ему на студенческом собрании Паша Остроухов. Друг, называется. Или и вправду друг? – Он живет вне коллектива, он коллектив не уважает, – продолжал витийствовать Пашка. – Он всегда сам, везде сам. Вывел формулу: «В беге побеждает быстрейший, в борьбе – сильнейший», – и ей поклоняется. Запрограммировал себя на личный успех, на карьеру, а других целей перед ним нет. Когда-нибудь он больно споткнется об этот свой махровый индивидуализм».

После таких эмоций, да еще на студенческом собрании, Ярослав охладел к своему лучшему другу. Но та сцена принародного клеймения в грехе смертном – индивидуализме глубоко запала ему в душу. «Вздор, кваканье лягушки в спящем царстве», – протестовал он против этого обвинения. Но он протестовал один, ибо никто за него не заступился, никто не подтвердил его права быть самим собой. Однако что неправильного в формуле: «В беге побеждает быстрейший, в борьбе – сильнейший?» Или в человеческом обществе все еще сильны условия, позволяющие побеждать не самым быстрым и не самым сильным? Тогда у этого общества впереди не самые лучшие перспективы! Он много размышлял над всем этим, обосновывая свою точку зрения и пытаясь посрамить ретивого оппонента. Да, он жаждал успеха и стремился к нему. Но свой успех он видел прежде всего в том, чтобы стать лучшим в своем деле. Что здесь не так? Что здесь нельзя принять? Разве жизнь – не тот же бег, но только с сотнями препятствий, и не та же борьба, но без строгого регламента? Какой ханжа этот Пашенька! Подошел потом и заявил, что поступил так для его, Ярослава, пользы. Ну, молодец! Врезать бы ему апперкотик, чтобы поизвивался в лежачем положении!

«Прости, Паша, но мне претят твои громкие слова и сопливая бездеятельность, – сказал он в ночь, адресуя упрек свой почившей на лаврах природе. – Мне ужасно надоели все ваши, товарищи комсомольцы, громкие слова, которые вы говорите часами. За ними пустота и маразм бездеятельности. И я, Паша, посрамлю тебя, а не ты меня. Я поднесу тебе на блюдечке свою правоту, только ты ее в упор не разглядишь, потому что тебя ведут за ручку с первого класса, и всю жизнь будут вести. Ты, Пашенька, маленький ведомый человечек! От дня своего рождения ведомый и до последней черты!»

Как раз сейчас Ярослав очень нуждался в помощи, но мог полагаться только на себя. «Да, индивидуалист, – повторил он уже с глухим раздражением. – И ничуть не стыжусь этого. Был, есть и буду! И своего добьюсь!» Ночь и холод, его сегодняшние оппоненты, ему не возразили. Они не возражали, они обволакивали и все более давали о себе знать. Впору, однако, было злиться на самого себя. Ситуация, в которой он оказался, руки помощи со стороны не предполагала.

Он обнял деревце и задремал, точнее, забылся. Открывая глаза, чувствовал вялость и апатию. И что ему холодно. Сказывалось все неудобство скрюченного положения. Он знал, что если отпустит ствол, то упадет вниз от нечаянного движения. И он крепко обнимал деревце. Балансирование на грани сна и яви продолжалось до глубокой ночи. Когда он окончательно закоченел и понял, что больше дремать нельзя, он зажег спичку. Начало третьего. Пытка в самом разгаре. Холодный воздух стекал по ущелью и прохватывал до костей. Ему казалось, что он раздет совершенно и только что вылез на берег из реки, которая вздулась от растаявшего снега.

Он стал делать согревательные движения. Тела не почувствовал, но все движения удавались. Промозглый ветер от вершин вниз выдувал остатки тепла из-под влажной одежды. А звезды смеялись над ним, далекие и яркие. Вглядываясь в призывное мерцание чужих миров, он ощущал дыхание иной, неземной жизни, совсем не похожей на земную, и был солидарен с нею, хотя и не мог представить себе, какова она. Но холод не позволял серьезно поразмышлять на эту увлекательную тему. И эта отвратительная водяная пыль, ее нисколько не убавилось в воздухе.

Ярослав подумал о другом. Забывшись, он явственно увидел юное девичье лицо, обрамленное светлыми кудрями. Ее звали Анна. Банальное имя. А вот банальных поступков эта девушка не совершала, она их стеснялась изначально. Она была великая выдумщица и всегда поступала по-своему. В непредсказуемости, в любви к неожиданным поворотам, подчас головокружительно крутым, и была ее прелесть. Он прекрасно знал, что не у него одного тревожно замирает сердце при ее появлении. Какие бездонные у нее глаза! В них не бывает грусти, словно она выговорила у жизни право без конца купаться в весельи. Она не просто обжигала взглядом, она заглядывала в душу и задерживалась в ней, чтобы похозяйничать. Ради нее он вырвется из этого плена. Ради того, чтобы быть с ней, поправил он себя. Она сейчас далеко, в залитом огнями городе. А, может, еще стоит у калитки, и какой-нибудь пылкий юноша пытается ее убедить в своем превосходстве над всеми прочими? Он вздрогнул – так он не хотел этого. Но что он мог?

Да, что он мнит, что он мнит? В сущности, он ей чужой. За годы совместной учебы они едва перекинулись парой слов. В ее присутствии Ярослав стеснялся и терялся, как никогда. Был сам не свой. На лекциях садился немного сзади и сбоку Анны и смотрел на нее, смотрел долго, неотрывно, мало слушая преподавателя и мечтая о тех совершенно особенных днях, когда она будет с ним рядом. Очень часто ей прямо на лекции посылали записки. Она разворачивала их тонкими пальцами и читала. Эти записки мучили его, но сам он ни разу не отважился написать. Во всем, что касалось Анны, Ярослава охватывала почти непреодолимая робость, словно ему свыше было запрещено влюбляться. Что он знал о ней? Знал, что до последнего времени никому из провожавших она не позволяла брать себя под руку. Он не просто поклонялся ее редкой красоте, он жил ею, и ее бы тронуло то, как он ее обожает. И вот при ней Паша Остроухов назвал его замшелым индивидуалистом, а она промолчала, как промолчали все прочие.

Мечтая о ней, он желал ей нехитрого человеческого счастья и неувядающей красоты. А она в ответ улыбалась из глубины его самого и многое обещала. Он понял, что это наваждение. Ему очень кстати явился ее образ. Будто утро наступило, будто солнышко проклюнулось сквозь густую облачность. Анна же, и он знал это хорошо, едва ли одну из своих чарующих улыбок предназначала ему. Она улыбалась жизни, синему небу, себе, единственной и неповторимой в этой жизни. Собою она очень гордилась.

«Анна! – произнес он шепотом. – Ты ничего не знаешь про меня. Ты не знаешь, что сейчас со мной. И не надо тебе ничего знать, я сам влип и сам буду выпутываться». Как бы заснуть, еще подумал он. Свернуться калачиком – мало места. А не поспишь, и весь день будет несвежая голова.

Холодом потянуло сильнее, резче. Закрыв глаза, он не получил облегчения. Рассвет начнется через три часа, а когда потеплеет? Солнцу придется заглянуть за хребет, чтобы принести тепло в этот сырой колодец. Ничего, он потерпит. Три часа – это не так уж много.

Вторую ночь нет луны. Все вокруг черное до самых звезд. Наверное, все же не следует бросать вызов природе в одиночку. Вот что из этого получается. Он попал в беду, потому что был слишком самонадеян. Поделом же! Он потянулся. Движение далось ему с трудом. А он так надеялся, что ночь восстановит его силы. Он уже не чувствовал, холодно ему или нет. Надо согреться, немедленно согреться! Он достал ложку из нержавеющей стали. Ложку, которая должна стать ножом. Пальцы едва сжимали ее, и он с минуту растирал их. Шнурком от ботинка он привязал ложку к ладони, чтобы случайно не обронить ее вниз. И к шуму водопада присоединился сторонний шаркающий звук. Он водил ложкой по скале, стачивая ее до остроты лезвия. Из ложки, точнее, из ее ручки получится нож, а ножом он разрежет рюкзак и брюки на ровные полосы, и эти полосы, связанные вместе, составят веревку, а веревка…

Ярослав думал о новом дне, который принесет освобождение, и мрак ночи пронзал звук металла, трущегося о камень. Нержавейка поддавалась туго, но сейчас это было ему на руку. Он согревался. Со скалы сыпался мелкий порошок, его обволакивала водяная пыль. Он воспрянул духом. Бесчувственность тела сменилась ноющим одеревенением. Нет, организм не изменил ему. Взбодренная кровь теперь доносила тепло до кончиков пальцев. Вначале ему еще хотелось покоя, сладкого полусна. Но он заставлял себя с силой водить рукой вверх и вниз, вверх и вниз. Ложка нагрелась, потом стала обжигать руку. Но металл сглаживался слабо, признаки лезвия не обозначались.

Не беда, у него есть время. И он принялся за дело с новой энергией. С тою же настойчивостью, с которой он штурмовал хребет, он стачивал с ложки лишнюю сталь. Случалось, он забывался, а когда вновь приходил в себя, видел, что не прерывал своего занятия. «Еще немного, – успокаивал он себя, – и ночь останется позади. – Еще немного, еще совсем чуть-чуть!»

Работа изгоняла апатию из скрюченного в неудобном положении тела. Холод не подавлял более его существа. И снова к нему пришла Анна. Она предстала перед ним из мрака ночного, и луч прожектора, который ее сопровождал, замер, когда она остановилась. Ярославу нравилась эта игра воображения. Мрак, промозглость и эта девушка, как избавление от всего нежданного, негаданного.

Ярослав вспомнил, как год назад танцевал с нею. Второго такого вечера у него не было. Он пришел тогда ради нее – к выступлениям сокурсников и танцам вообще он был равнодушен. Концерт художественной самодеятельности длился долго, она то смотрела на сцену, загоревшись и слегка поддавшись вперед, то шепталась с подругами.

Наконец, выступления кончились, и зал быстро освободили для танцев. Он встал неподалеку от нее, несколько позади. Чтобы никто не подумал, что он здесь ради нее. Сколько же в нем было мальчишеской незрелой стеснительности! Зачем? Откуда? Другие юноши действовали куда как бойко, не стеснялись высветить и обозначить предмет своего влечения, и когда грянула музыка, кто-то мгновенно подхватил ее, и они закружились, красивые и молодые. Ярослав не жаловал танцы. Он не верил, что танцплощадка может подарить ему невесту. Но когда он увидел, что Анна ни с кем не танцует дважды, в нем стала крепнуть решимость пригласить ее, тоже на один танец.

Решившись, он подошел к ней, поклонился и чопорно произнес, игнорируя обмирание души: «Разрешите, пожалуйста!» Она медлила с ответом, раздумывая. Удары сердца стали отдаваться в кончиках пальцев. Оркестр играл танго, то есть медленный танец. Это он умел. Наконец, Анна подняла на него большие, все понимающие глаза. «И этот влюблен!» – было запечатлено в них и обращено к нему. Она согласилась. Но он увидел, что в ее согласии преобладала инерция и не было того трепета и подъема, которые переполняли его грудь. Они заскользили по кругу. Это был долгий, мучительный танец. Анна обдавала его холодом независимости. «Тяжело… быть такой красивой?» – вдруг спросил он.

– Очень! – тотчас ответила она и стала неудержимо краснеть, наверное, от проникновения в ее тайну. – Об этом меня еще не спрашивали. Я почти ежедневно отказываю кому-нибудь в дружбе.

– Значит, сегодня мальчиком для битья буду я, – предположил Ярослав. – Мальчиком, которому откажут.

– Значит, – согласилась девушка без ужимок.

– Я все равно счастлив, – объявил он после некоторого замешательства. И опять он удивился своей смелости. Он полагал, что не сможет произнести ни слова, а будет лишь смотреть на нее, смотреть и запоминать.

– Не надо об этом! – испуганно попросила она. – Прошу вас, не надо! Давайте просто танцевать. Хотите, я открою вам свою тайну? Вы не рассмеетесь? Я мечтаю полюбить первая. Мечтаю, чтобы человек, которому я признаюсь в любви, не любил меня и даже не обращал внимания, а потом полюбил сразу и навсегда. Чтобы потом было, как в мудрой сказке Александра Грина: они любили друг друга долго и счастливо и умерли в один день.

– Интересная мечта, – согласился Ярослав и больше не произнес ни слова. Он ощущал под ладонью ускользающую упругость ее ладного тела. Музыка вызывала тревожные ассоциации с порывами осеннего ветра. Танец все не кончался, Ярослав готов был провалиться сквозь землю, Анне было не легче. Наконец, прозвучали заключительные аккорды, и он подвел девушку к подругам. Анна была задумчива и казалась расстроенной. А ведь каждая из подруг мечтала поменяться с нею местами, не зная, что она согласна. Дома он долго не мог прийти в себя. А Анна после этого вечера странно посматривала на него, словно ожидала следующего шага и следующего слова. Чуткое сердце подсказывало ей, что он любит, но она еще не была готова ответить взаимностью. Он же больше не подходил к ней. И ее женское любопытство вскоре иссякло, точнее, переключилось на новых людей и новые впечатления. Почему он не переступил черту, проведенную ею? Не увлек ее за собой, как подобает сильной натуре? Почему поставил ее право самой выбрать свою судьбу превыше всего?

Вершины гор четче обозначились на потеплевшем небе. Ярослав пристально оглядел восток. Рассветало. Звезды блекли и гасли на глазах. Он подумал о своих однокурсниках, парнях беспечных и неприхотливых. Почти все они были весельчаки и большие охотники до развлечений. Они быстро разглядели его силу и искренне к нему потянулись. Он же, не разделяя их тяги к развлечениям, взаимностью не ответил, свои чувства предпочитал хранить при себе, раскрыться не торопился.

«Душа не для посторонних и даже не для друзей», – считал он. Это, конечно, сказалось на их отношениях – неизбежно пришло охлаждение. Кого-нибудь из них он мог бы взять с собой в горы, того же Павла, например. Но он хотел полного, никем не нарушаемого единения с природой. Такого единения, когда мешает даже присутствие друга. Что-то неуловимо изменилось бы в его общении с природой, присутствуй рядом с ним кто-то еще. Причина крылась не в его желании отдохнуть от людей, а в физическом превосходстве. С грузом в тридцать килограммов за спиной он мог идти и восемь, и десять часов, а его друзья не могли этого. Поэтому он не признавал коллективных походов, которые часто превращались в коллективный многодневный привал. Сам он мог избрать любой маршрут, в любом месте остановиться, в любой момент отправиться дальше. Горы нравились ему тем, что создавали иллюзию полной свободы. Но она приходила только тогда, когда он шел в горы один.

Вчера же одиночество едва его не погубило. Сопровождай его товарищ, он бы не угодил в эту беду, не жался сейчас к скале, скрючившись и обнимая хлипкое дерево. Он нахмурился, представив, как замолчат на полуслове товарищи, когда узнают о его смерти. Собственно, у него не было людей особенно близких. Кроме родителей и сестры, которых он любил изначально, словно это было предопределено природой. Отчужденность в отношениях с сокурсниками его не беспокоила. Он развил в себе редкую выносливость. Но вместе с силой и выносливостью в его душу вошла обособленность. Он замкнулся давно, так ему было лучше. Его замкнутость можно было назвать несколько иначе – чувством превосходства. Уходить оно не собиралось, а он, в свою очередь, не собирался изгонять его, – оно ему не мешало. Зачем указывать на дверь тому, что естественно сопутствует его натуре?

Расветало. Ярослав радовался каждому штриху нового дня. Редкие облака покрылись радужной позолотой. Мрак ночи таял и возвращал человеку небо и землю во всем их великолепии. Он подумал, что все преодолеет и не пропадет. Первым делом он изготовит веревку. Если будет недостаточно рюкзака и джинсов, он пожертвует и рубашкой. Действуя ножичком-самоделкой, он раскроил рюкзак на ленты одинаковой ширины. Пришла и стала мучить мысль, что материала не хватит. Он полагал, что полоса брезента шириной в его мизинец, или в шесть сантиметров выдержит вес его тела. Порвать такую полосу ему было не по силам. Тяжелее было расстаться с брюками. В каком виде он явится в город? Ерунда, уж это он как-нибудь переживет. Когда он снял с себя брюки, тело покрылось пупырышками, и его зазнобило.

Покончив с раскройкой, он связал ленты воедино. Получилось метров восемь. Выругавшись, он пустил в дело рубашку. Теперь веревки почти хватало. Он спустит ее, поместив материал из рубашки в самом низу, как наиболее слабый. Она не доставала до дна ущелья метра два, нет, меньше. Ничего, он прыгнет. Парашютист в момент приземления ударяется о землю сильнее. Связав последние концы, Ярослав увидел солнце на далеких склонах. Веревка готова, и время не ждет. Он еще раз тщательно исследовал каждое звено, понимая, что зависит от прочности узлов. Нигде не было заметно упругой податливости материала. Тогда он обвязал веревкой ствол березки и кинул конец вниз. Но прежде чем начать спуск, спрятал в кармашек свитера полиэтиленовый мешочек со спичками и съел последний бутерброд. Потом снова извлек веревку и привязал к ее концу пустую флягу.

– Солнце, здравствуй! – приветствовал он невидимое светило, принесшее новый день. И улыбнулся. Ему очень хотелось выбраться отсюда, и он не терял самообладания. Поднялся, сделал несколько согревательных движений. Обхватил руками веревку и начал спуск. Веревка трепетно натянулась, и отвесная скала, обросшая мокрым мхом, влажная, скользкая, медленно поползла вверх. Прощаясь с деревом, которое спасло его, он увидел, что оно закрепилось в узкой расщелине, сплошь забив ее корнями, и тонкие свежие корни, не уместившись в расщелине, висят в воздухе. Наверное, они питались прямо из влажного воздуха, как растения тропических стран.

Он спускался легко, его цепкие руки плавно, без толчков, перебирали веревку. Веревка, однако, начала раскачиваться, сначала медленно, как маятник, потом быстрее, и дважды его обдало боковой струей из водопада. Душ был совсем некстати, и он не знал, как управлять спуском, чтобы приостановить раскачивание. Скала здесь имела обратный уклон, и он не мог в нее упираться. Руки не затекали. Он неторопливо и расчетливо перебирал веревку, стараясь не создавать динамических усилий. Между ним и скалой образовалось приличное расстояние. К скале его даже не подносило. Приостановить раскачивание он не смог, его по-всякому поворачивало из стороны в сторону, и он увидел в этом опасность. Зазевавшись, можно было удариться о скалу, которая теперь пошла к нему навстречу, а можно было угодить под водопад. И он был весь внимание. А ветер резко менял направление, то дуя в лицо, то с большой силой подталкивая справа. Ему было непонятно, как ветер мог дуть справа, ведь там была скала. Но он не мог помешать раскачиванию и только еще осторожнее перебирал веревку.

Три четверти пропасти остались позади, Ярослав определил это по материалу веревки. Сейчас в его руках была зажата клетчатая полоса рубашки. Начало сказываться напряжение. Днем же раньше он бы без труда взобрался по канату на такую высоту и играючи спустился вниз, не переводя дыхания. Он считал, что достаточно закалил себя, но это не так. А ведь он не давал себе поблажек. Усталость сковывала мышцы, коробила самолюбие. Ничего, он станет еще требовательнее, еще придирчивее к себе, еще неистовее на тренировках.

Вдруг он побледнел. Предельно напряглись и обострились чувства. Странным порывом ветра его понесло в резкий шум водопада, в белое сверкание главной струи. Он сообразил, что как только коснется тугой, компактной струи, ее давление передастся веревке, и она порвется. До земли оставалось каких-нибудь три метра. Даже меньше. Но столкновение с водопадом было неизбежно. Если он отпустит сейчас веревку, все равно попадет в водопад по инерции. Он подумал, что это и есть неизбежность, ему не подвластная, а в следующий момент врезался в плотную струю водопада, и связь с внешним миром оборвалась. Со всех сторон его окружила непроглядность, холод больно обрушился на голову и плечи.

Водопад принял человека в свои объятия. Напор воды передался веревке, она тотчас порвалась, а вода сообщила юноше часть своей скорости. Но сказалась инерция раскачивания, и он пробил главную струю и упал у края потока, а не в его центре. Тяжесть непосильная надавила на него, но не подмяла под себя, а вытолкнула вон. Ему повезло вторично. Водопад выдолбил себе некое подобие колодца, и вода, успокаиваясь на глубине, не расплющила его о камни.

Оглушенный шумом и холодом, он не сразу прореагировал на огненную боль в ноге. «Перелом!» – мелькнуло ясно, как на экзамене. Пульсация воды причиняла муки. Ярослав подтянулся на руках, выпластал на берег свое тело, а потом поволок его по скользким камням. Оно было чужое и повиновалось плохо. Голые ноги стали покрываться царапинами и ссадинами. Правой ногой он едва шевелил, а когда попробовал оттолкнуться неповрежденной левой, его пронзила дурманящая боль, словно он оперся о правую. Пока он, извиваясь и глотая воздух, выбрался на сухое место, к стекающей с него воде прибавились капли холодного пота. Здесь он на какое-то мгновение отключился, застыв на мелкой, плохо обкатанной гальке.

Скорее всего, на него подействовал холод потока, отняв с трудом отвоеванное у ночи тепло. Очнувшись, он попытался сесть. Несмотря на боль, это ему удалось, и он осмотрел больную ногу. Стопа вспухла, посинела и выпирала из ботинка. Это не перелом, это вывих и растяжение сухожилий. Вывих следует вправить, но как? Он стал вспоминать, как это делается, потом притянул коленку к подбородку и, зажмурившись, с силой потянул пятку на то место, где ей полагалось быть. И снова отключился. Пришел в себя и увидел, что теперь стопа смотрелась нормально. С сухожилиями так не поступишь, их вылечит время. Больно очень, но от этого не умирают. А в его положении? Он должен доползти до своей тропы. Если он не будет ползти, он замерзнет. «Ярослав, ты закоренелый индивидуалист, и тебе правильно указали на это, - сказал он себе. – Примечай и делай выводы. Не рискуй жизнью там, где в этом нет ни малейшей нужды».

В следующий момент он увидел, что на него смотрит Анна, издалека-издалека. Не отчужденно смотрит, на что-то намекает. Он пополз снова, то волоча обе ноги, то чуть-чуть помогая себе левой. Кое-где после него на краях камней оставались темные пятна крови, но он старался избегать острых камней. Плохо было то, что он не знал этого сая, он спускался по нему впервые. Не знал, какие поджидают его неожиданности. Что, если впереди еще один водопад? Как он его обойдет, если он не ходит?

Непривычно тихо журчал ручей, сбегая с камня на камень. Теперь главным препятствием становились валуны, и, огибая их, он затрачивал много времени. Сползая с особо крупных камней, он почти становился на руки, головой вниз, и так выходил из положения. Теперь он рисковал на каждом шагу, другого выхода не было. Рисковал и выигрывал, но какие это были грустные выигрыши! Он переводил дыхание, а потом снова бросал израненное тело в неравную схватку с пространством.

«Сколько людей погибает в моем положении! – подумал он в одну из передышек. – И вопрос жизни и смерти часто не зависит от их личных качеств. До тропы на Чаткале мне надо проползти километров пять, это самое многое. И это я сделаю. А если бы меня отделяло от тропы иное расстояние? Все. Точка. Точку ставят в конце предложения и в конце любого завершенного дела. В конце человеческой жизни тоже ставится точка, только в виде черного погребального креста».

Теперь в его распадок заглянуло солнце и быстро нагрело камни. Но он был еще на такой высоте, где человек без одежды мерзнет, даже если выделяет много энергии. Он сделал еще несколько попыток подняться, но всякий раз дикая боль припечатывала его к земле. После каждой такой попытки он покрывался холодным потом и лежал, распластанный, с открытым ртом. Потом упрямо вздергивалась голова, – он приходил в себя и был готов ползти дальше.

В теснинах Ярослав становился почти беспомощным. Его кругозор был ограничен ближайшими валунами. Тогда невольно приходилось доверяться чутью, и он наугад протискивался в какой-нибудь проход, который казался пошире других. Но чутье не всегда выручало. Два раза он упирался в скальную вертикаль и разворачивался на 180 градусов. Тогда беззвучно шевелились губы, шепча комментарии, для произнесения вслух в приличном обществе не предназначенные, обильно капал пот с заострившегося подбородка, рельефнее взбугрялись мышцы. Он быстро потерял счет времени. В его часы проникла вода. Ему было бы легче, если бы он знал, какая часть пути позади. Но он впервые спускался этим затерянным ущельем. Он всегда старался вернуться не тем путем, каким начинал восхождение. Так было интереснее.

Нет, оставшийся отрезок пути не должен быть особенно протяженным, это противоречило бы рельефу местности. Склоны противолежащего хребта заметно приблизились, а сам хребет подрос, и до реки, наверное, осталось километра три-четыре. Не может быть, чтобы в этом исключительно прозрачном воздухе он сильно ошибся в расстоянии. Сколько же времени он затратит на эти километры? Сутки?

Неделю? Все зависело от сегодняшнего дня. Он понимал, что завтра будет способен на меньшее, а послезавтра – вообще ни на что. Беспомощный и раздетый, он зачахнет, если борьба затянется. Не голод, но холодные ночи доконают его. Поэтому он полз и полз, глотая из ручья студеную воду и тотчас перегоняя ее в пот. Полз, не позволяя себе долгих пауз. Перед каждой передышкой назначал себе расстояние метров в двадцать и отдыхал, только преодолев его. Он весь был в ссадинах, колени и ладони зудели неимоверно.

Впереди была зеленая долина Чаткала и тропа, которой пользуются люди. Впереди были спальный мешок и продукты, спрятанные в тайнике. Здесь же за ним по пятам следовала беда, и у нее было обличье матерого волка. Беда была готова накинуться и придавить, высосать тепло жизни из обессилевшего тела. И Ярослав полз вперед, не оборачиваясь. Он боялся разглядывать свою раненую опухшую ногу. Он волочил ее очень осторожно и изредка окунал в воду. И тогда боль смягчалась, но не надолго. Как всегда, время летело быстрее, чем ему того хотелось. Он не заметил, когда переводил дыхание, что солнце светит уже со спины. Ничто стороннее не задерживало его взгляда. Сейчас его интересовало только одно: направление пути и способ преодоления препятствия. Слишком много такого, чего нельзя забыть, видел он прежде, чтобы в эти часы любоваться красотами матушки-природы. А вот есть ему хотелось все сильнее. Ему казалось, что он уже перенес недельный голод, а он всего-навсего один раз не позавтракал и один раз не пообедал. Смотря прямо перед собой, он обнаружил на влажных камнях усатых слизняков, которые с медлительностью часовой стрелки влачили свои янтарные тела. Это была пища, а отвращение он умел подавлять. Отправив в рот несколько липких слизняков, Ярослав не ощутил ни вкуса, ни запаха. Что-то студенистое растеклось по зубам и смешалось со слюной. Он приободрился. Раз эти твари не противны, ими можно питаться. Китайцы, наверное, так и поступают. Теперь по пути он поедал всех слизняков подряд, стараясь не задерживаться у камней, где их было особенно много.

Вдруг он увидел рядом с собой, справа и слева, спрессованный грязный снег. Он полз между мерцающих стен снега. Теперь он был накрепко привязан к потоку, который пробил себе брешь в снежнике именно снизу. Снежник мог иметь протяженность и сорок метров, и двести. Сверху нависли причудливые своды, с них капало. Ярослав изумленно раскрыл глаза, соображая, как он здесь очутился. Снежник прижал его к самому потоку. Но размышлять было некогда. Снег давил холодом, мрак впереди сгущался. Желтые капли стекали по снежным стенам. Появился страх, но не поколебал его решимости.

«Для августа снег здесь что-то подзадержался, – подумал он, продвигаясь вперед в потемках ледяного грота. – Что здесь, сужение и поворот, ставшие ловушкой для снега?»

Что ж, зимой ветры нанесли в это сужение уйму снега. Это был плотный фирновый снег, нажатие пальца не оставляло на нем вмятины. Если он не выползет отсюда через четверть часа, то замерзнет, соображал он, вползая в глубь ледяного грота. Но, ведь, только так, только через эту науку становятся настоящими мужчинами. Только так. Он скривил губы в желчной усмешке. Вот что такое глубокая яма, и вот что такое в ней оказаться не по щучьему велению, а по своему неразумению. Грот быстро сужался, своды опускались. Несколько раз он пересек стремнину, чтобы двигаться по незатопленной кромке берега. Снежная стена все чаще теснила его в воду. Если он и отогрелся чуть-чуть на солнце, то теперь замерзал в гигантском холодильнике.

Он заметил, что когда он в воде, ему помогает течение, и он движется быстрее. Пожалуй, пора было отдаться течению, все равно на нем не осталось сухой нитки. Двигаясь ползком, он закоченеет раньше, чем впереди забрезжит спасительный свет. Но раздумывать не пришлось. Снежник стиснул ручей еще основательнее, и Ярослав поплыл, больно ударяясь о камни. Тело онемело, теряя чувствительность. В темноте он ничего не различал и только чувствовал, что стремительно несется под уклон и что жизнь угасает в замерзающем теле. Вода бросала его с камня на камень, немилосердно награждая синяками. Вода опрокидывала его навзничь, окунала с головой и снова выбрасывала на поверхность. Он был во власти стихии, он не принадлежал себе более. Иногда он глотал воздух, иногда – воду. Смерть словно издевалась над ним. Он мог разбить голову о валун, мог захлебнуться, притиснутый потоком к камню, мог замерзнуть, попав в какой-нибудь колодец со слишком узким выходом для воды. «Это тебе за своеволие!» – внушал ему скрипучий внутренний голос. Но и он вскоре умолк, подавленный мраком и холодом. Только один раз он крикнул, наперекор стихии: «Я сильный! Я не погибну!» И эхо поддержало его: «Не погибну! Не погибну!»

Это был безумный крик отчаяния. Он инстинктивно выставлял вперед руки, защищаясь от валунов, и подтягивал колени к подбородку. Поза ребенка в утробе матери была наиболее целесообразной. Старался сделать глубокий вдох, когда над ним был воздух. Он не помнил, как впереди посветлело, белые своды разомкнулись, и его выбросило на берег. В общей сложности его пронесло под снежником метров триста, и он едва не обратился в сосульку. Целый час он отогревался на черных камнях, которые впитали в себя много солнца. Разделся догола, выжал свитер и положил сушиться на большой валун. И высушил спички, слегка попорченные водой. Спички сушил особенно тщательно, ибо впереди была ночь. Ночь без спального мешка и без теплой одежды. Голод снова дал о себе знать. К боли в ноге присоединилась сосущая боль в пустом желудке. Здесь, под черными камнями, слизняков не было. Но когда он снова пополз вперед, и один из камней приподнялся от нажатия руки, он увидел слизняков и с удовольствием отправил их в рот. Он съел их сотни две. Но даже если бы он ел их беспрерывно целый день, он и тогда бы не насытился. Его потянуло на сон, но он не позволил апатии овладеть собой. Вперед, только вперед. Пусть по чуть-чуть, но непременно вперед!

Время шло, тени удлинялись, ему никак не удавалось согреться. Тогда он приказал себе ползти быстрее, и это у него получилось. Он как бы сдвинулся с мертвой точки. Он всю жизнь упорно лелеял и холил свое тело, и теперь оно послушно отдавало энергию, запасенную впрок. Глаза обрели прежнюю зоркость, руки – упругость. И хрустела под ладонями дресва, а навстречу плыли замшелые скалы. Мышцы привычно взбугрялись, чтобы отвоевать у ущелья новый метр пространства. А мозг безошибочно выбирал верное направление.

Хорошо, что он пробирался не через заросли шиповника или ежевики. В них он бы истек кровью. Все то, чем он дорожил в жизни, теперь пересиливало усталость, побуждало двигаться вперед, не опускаться в изнеможении. Стертые ладони рук горели, словно он полз по раскаленному асфальту. Но Ярослав полз и преодолевал метр за метром, не заботясь уже ни о состоянии раненой ноги, ни о кровоточащих ладонях, не думая ни о чем, кроме лежащего перед ним отрезка пути, который должен быть преодолен во что бы то ни стало. Капли пота срывались с его подбородка и неровными кругами расплывались на камнях. Вода теперь внушала ему отвращение, и он старался как можно реже пересекать поток. Риск замерзнуть становился все реальнее. Если он опять доверит себя потоку, он может выиграть сто метров, но проиграть все. Лучше потихоньку, по метру, но наверняка.

«Странно, я уже против риска! – подумал он. – На меня это не похоже. Я – и отказываюсь рисковать!» Между тем, вечерело. Лучи закатного солнца покрывали скалы нежной позолотой. Небо нехотя теряло синеву, предметы отбрасывали непомерно длинные тени. Ярослав понял, что сегодня не дотянет до тропы. Давно было пора понять это и позаботиться о ночлеге. Надо найти расщелину или старую арчу, сухое, укромное место. Здоровый, он бы в пять минут приготовил себе ночлег с костром и мягким ложем. Теперь же на это ушел час. Но когда после очередного поворота ущелья он увидел огромную арчу с густой, непроницаемой кроной, и под ней пологое заглубление – след зимовки какого-то зверя, он понял, что это как раз то, что ему нужно. Он напился, пересилив отвращение к холодной воде, чтобы вечером жажда не потянула его к ручью. И заполз под арчу, на мягкую, благодатную хвою.

Проклевывались первые неяркие звезды. Небо было везде одинакового белесого цвета, но горы в той стороне, где спряталось солнце, были чернее. Ярослав ничего этого не видел. Боль в вывихнутой ноге притупилась. Вместо нее разлилась пугающая пустота, теплая, тихая, простилающаяся далеко. Угнетенное сознание внушало мысль: «Зажги костер. Разведи большой, жаркий огонь и спрячься под его защиту. Иначе ты замерзнешь. Тебя разморит теплая одурь беспамятства, и ты замерзнешь».

Ярослав сел, сложил шалашик из сучьев поменьше, сучья потолще отложил на потом. Спички упорно не загорались, и он пришел в отчаяние, считая, что все потеряно. Зажглась лишь двенадцатая спичка. Он бы исчиркал всю коробку, добиваясь огня. Запылал костер, затрещали сучья. Тепло костра возвратило боль. Как будто боль вместе с теплом разносилась кровью. Придвинув к костру больную сильно вспухшую стопу, он положил в огонь сучья потолще. Собрал для подстилки мягкие арчовые лапы – он мог зарыться в них, словно в сено, и заготовил сушняк – пищу огню на долгую ночь. Потом забылся, уткнувшись лицом в арчовые лапы, такие ароматные. Он спал, пока не прогорели сучья и огонь не зачах, превратившись в кучу розовых, слабо мерцающих углей. Ночь сразу же протянула к нему свои холодные щупальца, заходя со спины. Ярослав нашарил рукой толстые сучья и положил их на розовые угли. А сам придвинулся к огню так близко, как только мог вытерпеть. Но все равно у него жестоко мерзла спина. Однако холод не мог лишить его сна. Костер огненной грудью заслонял его от промозглости ночи, и за это он аккуратно подкармливал его дровами. Спал он урывками, но не все ли равно?

Утро стало для него прекрасной неожиданностью. Небо было ровного светло-синего цвета, и солнце вот-вот собиралось дотронуться до белых пиков. Шесть часов, определил он. Ровно в шесть утра солнце прикасалось к вершинам. Однако с первыми же движениями вернулись вчерашние муки. Боль ощущалась сильнее, жестче, контрастнее – к ней снова предстояло привыкнуть. Пятка посинела и раздалась вширь, но ссадины зарубцевались, и ни одна из них не загноилась. «В горах все стерильно», – припомнил он слова знакомого медика. Он сомкнул челюсти и пополз под уклон. Без пищи, подгоняемый болью, он метр за метром преодолевал пространство, ставшее враждебным. Метр за метром. Он полз, падал в изнеможении, полз снова, и глаза его не отмечали пройденного пути, а только отыскивали верное направление.

Этим метрам должен быть конец, как и его силам. Что кончится быстрее? Арча росла выше потока, и он спустился к воде, тормозя руками, животом, коленками. Напился, словно студеная вода могла заменить ему завтрак. Пополз вдоль русла. Грязный, полуголый, он быстро терял человеческий облик, но одержимо полз вперед. Не видел, как вплотную приблизился противолежащий хребет – его вершины заняли уже полнеба. Сознание выключилось из работы, отдавая всю полноту власти инстинкту. Единственной мыслью, вспыхивающей при прояснении, было: «Надо ползти. Надо ползти, это совсем не так тяжело. Надо ползти, и не надо останавливаться!» И он полз, не замечая, что общий уклон местности уменьшился, что поток уже не так говорлив, а ущелье раздалось вширь и вот-вот вольется в зеленую долину с большой рекой посередине. Он полз, а над ним плыло солнце, ветер шептался с кронами деревьев и играл облаками, небо сверкало горячей синью, и вокруг цвела и благоухала жизнь. Пока он полз, жизнь принадлежала ему. Падая, он находил силы приподняться и отвоевать у пространства еще метр. Наконец, после полудня, когда горы дышали зноем и воздух дрожал от теплых лиловых течений, он достиг тропы, идущей вдоль правого берега Чаткала. На ней отпечатались копыта лошадей и узорчатые подошвы сапог. Он сразу узнал это место. Здесь долина делала изгиб, и до его стоянки было совсем близко. Но он упал поперек тропы в глубоком беспамятстве.

Он лежал не шелохнувшись часа два, и ветер высушил его слипшиеся волосы. Ветер нес с собой запах спелых яблок и пряных высыхающих трав. Осень рано спускалась с ледников в своих златотканых одеждах. Ярослав все лежал поперек тропы рядом с желтым окурком сигареты, и над ним витал мрак беспамятства. Когда же он разомкнул глаза и приподнял неимоверно тяжелую голову, чтобы ползти дальше, он опять увидел, что лежит на тропе, и лишь тогда осознал, что достиг цели. Это была победа. Но надо было ползти еще, к продуктам и спальному мешку. Он, однако, пополз к яблоне. Под ближней яблоней широким кругом лежали опавшие плоды, гниющие и свежие, румяные, упавшие только что. Прислонившись спиной к шершавому стволу, он ел яблоки, выбирая подвяленные, самые сладкие. Эта еда была куда приятнее безвкусных слизняков. Он бы не поверил, что способен съесть сразу столько яблок.

Желудок вскоре был ублажен, и нога уже ныла без острых вспышек боли. Теперь боль была такая, как будто всегда сопровождала его. Уже можно было жить на свете. Внизу, за березами, шумел Чаткал. Ярослав заснул под монотонный рев реки и проспал часа три. Проснувшись, он увидел, что вечереет. Ничего не оставалось, как заночевать тут же. Если бы можно было встать в полный рост! Он бы прожил здесь неделю, но не знал, сможет ли обойтись без медицинской помощи. Одно он знал твердо: он победил. Он опять поел яблок, затем, все так же ползком, собрал хворост. На этот раз спичка загорелась сразу, и он заснул у огня, как солдат, выигравший свой бой. Опять в спину дул холодный ветер. Огонь пылал рядом, но он грел только спереди. Однако в яблоневой роще было теплее, чем на уступе и под арчой, и ему не приходилось часто подкладывать дрова. За ночь он окреп и с первыми лучами солнца, блеснувшими на далеких ледниках, пополз к своему тайнику. Он бережно волочил больную ногу и чувствовал себя вполне прилично. Боль в ноге и в ладонях была чужой, как бы не его болью, и почти не мешала ему. Собственно, он мог дождаться людей под яблоней, ожидание бы не затянулось. Но на последней стоянке было сложено между камнями все его снаряжение. В отдельном свертке лежали бинт и флакончик йода. Он плотно перебинтует стопу и смажет йодом ссадины и царапины. Но сначала плотно пообедает. Яблоки создавали лишь иллюзию сытости.

Он старался ползти рядом с тропой, чтобы пыль не набивалась в ссадины. Его тайник был где-то неподалеку. Три дня назад он шел этими местами в самом начале восхождения. Победа была близка, и он уже не чувствовал ни усталости, ни мучительных неудобств, доставляемых вывихнутой стопой. Позавчера, после падения в водопад, ему было гораздо хуже. Свои вещи он нашел в полной сохранности. Опасность ему больше не угрожала. В закопченной кастрюльке, придавленной сверху камнем, было кофе. Он приготовил его и оставил, чтобы выпить, когда спустится с гор. Он умел уделять внимание таким мелочам. И он до дна осушил котелок. Потом смастерил повязку, порядком повозившись и стискивая зубы от вспышек боли. Лег затылком на траву и устремил грустные глаза к небу, наслаждаясь его безмятежной синью и бездонностью.

Природа жила своей привычной жизнью, и он радовался тому, что снова может видеть вершины гор, слушать рокот реки, следить за парением орла в восходящих токах воздуха. Он любил это единение с природой. Иногда, когда он сидел у костра, а вокруг плыла ночь, обнажая чужие далекие миры, ему приходила в голову мысль оставить город и поселиться где-нибудь здесь. Сложить нехитрую хижину, развести овец, пчел, посадить свой сад, охотиться, рыбачить. Здесь, по затерянным ручьям, в сырах распадках, можно поискать золото. Оно ведет себя строго избирательно и мало кому дается в руки. С другой стороны, кто будет трубить всем и каждому, что нашел золото? Такой человек затаится и начнет мыть себе потихоньку. Вот он найдет золото, у него чутье на самые таинственные места. Эта мысль была навязчива и упорна, и Ярослав загорался ею и долгие часы мечтал, как будет жить здесь, в горах. Но сейчас эта мечта почему-то не увлекла его. Один, опять один. А что скажет на это Анна? Тоже будет вести вместе с ним примитивное натуральное хозяйство и мыть золото? Едва ли ее привлечет все это, она – дитя цивилизации. Тогда на кой черт ему жалкая хижина?

Интересно, вспоминала ли о нем Анна? Вспомнила ли она тот вечер, когда он танцевал с нею, и она доверительно сказала ему, как тяжело быть красивой? Она сказала тогда, что хочет полюбить первая и первая же объявить об этом. Взяла и доверила ему свое сокровенное.

«Боже мой, как я наивен! – вдруг открыл он. – Мне, мне первому давно пора сказать ей, что я ее люблю!»

Было хорошо лежать на мягкой траве и чувствовать, как усталость капля за каплей высачивается в землю из кончиков пальцев. Он никогда еще так не выкладывался. Он попал в тупик, едва из него выкарабкался и никогда еще не был такого противоречивого мнения о себе. Такого скверного мнения о себе. Ему повезло, и очень, а он давно положил себе за правило никогда не надеяться на везение. Везение – тот же выигрыш в лотерею, а к лотерее он и близко не подходил.

Вечером того же дня его подобрали геологи. Среди веселых, рослых бородатых парней оказался фельдшер, который по всем правилам вправил ему стопу и наложил тугую повязку. Без лишних слов с одной из вьючных лошадей были сняты ящики с минералами, а Ярослав общими усилиями водружен в седло. Снятую поклажу люди распределили между другими лошадьми и между собой и двинулись дальше. Они спешили домой, к женам, по которым успели соскучиться, к радостным рожицам своих детей. Тех же из них, кто помоложе, влекла к себе сутолока большого города с его нескончаемыми соблазнами, большими и маленькими.

«Вот и все, – подумал Ярослав, сохраняя равновесие на скрипучем, шатком седле. Ехать верхом на лошади ему довелось впервые. – Привет тебе, завзятый индивидуалист, от прирожденного коллективиста Паши Остроухова!» Ответ в нем зрел: он чувствовал, что становиться другим ему не хочется. В беге должен побеждать быстрейший, в борьбе – сильнейший, и переигрывать или переиначивать эти начала, заложенные в человеке свыше, нельзя ни в коем случае. Ибо сама жизнь ставит перед человеком эти высокие наметки, а она знает, что делает. Но права, права народная мудрость, что каждый поступок следует семь раз измерить, а потом уже совершить.

КОЗЕЛ

Я написал этот рассказ отнюдь не по горячим событиям. Почти полвека прошло, пока я, наконец, удосужился его написать. Я жестоко страдал от бессюжетности и вспоминал, в лиловой предрассветной тишине, что же у меня было самое-самое, мною еще не отраженное или отраженное недостаточно. И набрел на этот эпизод, всегда мною любимый. Уверен, ни один самый заядлый охотник не смог бы похвастать чем-либо похожим. Я не охотник и давно уже расстался со своим ружьем, чтобы не поднимать руку ни на одно живое существо. Но бывает везение на события редкостной красоты, которые, увы, происходят не часто. Одному из них я и стал свидетелем. Участником и свидетелем, так будет точнее. Я писал этот рассказ зимой, на даче. Шел снег, а передо мной в железной печурке горел живой огонек, и дымком меня обдавал, и теплом, и силуэтами горной страны, возникавшими непроизвольно. Огонек и наставлял меня на путь истинный. Имел он такое право, ибо сам с него никогда не сходил.

После третьего курса ирригационного института у меня была двухмесячная гидрометрическая практика на Дальверзинской оросительной системе, на берегу Сырдарьи, и столько я никогда не купался. Вода в Сырдарье и каналах была, как парное молоко, и мы плавали до полной одури, до такого изнеможения, когда рукой трудно пошевелить. Я подумал, что никакие каникулы не смогут сравниться с такой практикой. Но каникулы оказались еще красочнее.

Я встретил своего однокашника Юрия Третьякова, и он сразу согласился пойти со мной в горы. «Я не один, – сказал он, светясь чувством собственного достоинства. – Я женился, с нами пойдет Галина». Она тоже училась в нашей школе, классом ниже, и жила по соседству с Юрой. Глаз друг на друга они положили еще в нежном подростковом возрасте. И глаз друг на друга они положили так основательно, что перекладывать его на кого-нибудь другого потом не пришлось ни ей, ни ему. Корни у того, что закладывается в нас в этом замечательном возрасте, бывают ой какие глубокие. «Но не часто!» – сказал я себе.

– Прекрасно! – воскликнул я. – Поздравляю, и будь счастлив! Точнее, будьте счастливы!

Увы, этому моему пожеланию не суждено было сбыться; вмешались высокие инстанции, именуемые судьбой, и отданные ими распоряжения отмене не подлежали. Но не надо забегать вперед.

Мы быстро собрали рюкзаки, приехали в Бурчмуллу на попутном грузовике (год был, все-таки, 1958, а он ни асфальтированными дорогами, ни автобусами нас не побаловал), встали на тропу, идущую вдоль славной реки Коксу, белопенной и громкоголосой, и пошли, пошли. Галина шла у нас первая, задавая темп, для нее посильный, за ней вышагивал Юра, а я замыкал шествие. Рюкзак Галины был пухлый за счет ватного одеяла, одежды и кастрюли, продукты мы ей не положили. Спину Юры, помимо рюкзака, отягощало еще и ружьишко – одностволочка тридцать второго калибра. Зачем он его взял? А на всякий случай. Мы намеревались дойти до верховий Коксу, где были завальные озера удивительной красоты. Если же спуск к озерам окажется труднее, чем мы предполагали, мы намеревались использовать запасной вариант – спуститься к Чаткалу, что было не опасно и не трудно, и возвратиться по Чаткалу. Чаткал был раз в пять многоводнее Коксу.

Галина, стройная и гибкая, этакая тугая пружина в облике красивой женщины, шла легко, узкой тропы не боялась и проблем нам не создавала. Мы двигались даже быстрее, чем рассчитывали. На второй день мы уже обедали у Щели – удивительного места, где скала, преграждавшая реке путь, была словно разрублена топором великана. И река была в этой Щели шириной всего полтора метра, а глубиной метров пять. Она была как бы поставлена на ребро. Туристы слетались сюда, как пчелы на мед, но я обскакал их всех. Мне посчастливилось увидеть – в прошлом году, как через Щель проходила луна. Ширина Щели была ровно по размерам полной луны, и одним своим краем она коснулась правого борта Щели, а вторым – левого, и секунд десять перетекала через Щель, яркая необразимо. Затем эта феерия кончилась. Я затаил дыхание, такое диво дивное промелькнуло передо мной.

Я рассказал Галине и Юрию, какое это было редкостное зрелище – луна в створе Щели. Но Юра засомневался. Он сомневался, а я мед пил, так грели мне душу его сомнения: не ему, а мне довелось увидеть это редкое явление. Мы выкупались в небыстрой воде перед Щелью, даже немного заплыли в нее, но холодная вода быстро нас вытолкнула на берег. Заночевали же мы за Щелью, километрах в трех – в березовом лесу, месте диком и очень богатом ежевикой. Ежевика и остановила нас. Ее здесь не собирали очень давно, и мы накинулись на лиловую слегка привяленную ягоду, словно прибыли из голодного края. Крупная, а местами и подсушенная будто специально для нас, она была вкусная необыкновенно. Наевшись, мы собрали полную кастрюлю, чтобы было чем полакомиться и завтра. Запас бывалому туристу рюкзак не тяготит никогда – это я успел впитать в себя за свою уже не маленькую туристическую практику.

Солнце начало клониться к закату, и мы решили тут же и заночевать. Никто нас не подгонял, мы были вольны в своем поведении. Подсуетившись, насобирали гору сушняка, благо сухостоя под деревьями было великое обилие. Заготовители дров из Бурчмуллы сюда уже не добирались. Запылал веселый огонек, и вскоре в кастрюле забулькало какое-то варево: тушеночка, картошечка, морковочка, лучок. Юра попробовал поудить форель, намотав конец лески на палец (клюнет – почувствуешь сразу), но то ли Галина отвлекала его своим присутствием и разговорами, то ли место было не форельное, но клева Юра так и не дождался. Он попререкался с супругой по этому поводу, возлагая вину за отсутствие клева на ее эмоциональное поведение, но весело, задорно попререкался; мне понравилось, как они подначивали друг друга шпильками очень даже симпатичными. По сути дела, их медовый месяц продолжался, и я старался, чтобы мое присутствие не было тягостным и навязчивым. Как мне казалось, они жили душа в душу, и мне оставалось пожелать этого же для себя.

У меня же в это лето не было зазнобушки. Девушка, которая нравилась мне еще со школы, вышла замуж за летчика – наверное, споткнулась о мою нерешительность. Она, как только мы начали целоваться, хотела большего, чем я мог себе позволить. Обожания издали ей оказалось мало, я же терпеливо ждал окончания института, самостоятельности и свадьбы. Давать волю рукам до свадьбы казалось мне ну очень дурным тоном. Увы, моего хорошего тона она не поняла и не приняла, и это вскоре разлучило нас. Первое время я очень переживал, а потом увидел, что это данность судьбы, и все улеглось, угомонилось.

Итак, сумерки сгустились, привели за собой ночь. Запылали звездные костры, призывные, как все загадочное. А мы приблизились к своему огню, щедро его подкармливая. И Галине приятно было чувствовать плечо Юры, а Юре – плечо любимой женщины. Она училась в педагогическом институте, избрав своей специальностью русский язык и литературу, а он в сельскохозяйственном институте овладевал профессией агронома. Он много курил, выбирая папиросы позанозистее – «Прибой» или «Ракету». Жаловал крепкий табак и хвастался, что курит с третьего класса. Вообще любил прихвастнуть, побравировать: знайте, мол, наших!

В классе он редко закрывал рот, и учителя отсаживали его подальше. Ему нравилось быть завсегдатаем последней парты, и какое-то время, наверное, в пятом классе, я сидел с ним вместе. Но парнем он был на редкость крепким, двухпудовочку легко выкидывал вверх десять раз и левой, и правой рукой. Объем легких у него был феноменальный – шесть тысяч кубических сантиметров, в полтора раза больше, чем у среднестатистического молодого человека. Этим он тоже гордился: мол, курю, а легкие у меня, как у водолаза!

Поужинав и досыта попив чаю (ежевика уже не шла), мы начали витийствовать у огонька. Витийствовалось, конечно, нам хорошо, ведь простор впереди был неоглядный. Был кинут клич поднимать целину в Голодной степи и в Казахстане. И был клич строить гидравлические станции на Нарыне и Вахше. И было много других кличей, проникновенных и громких – молодежь нашего возраста принимала их близко к сердцу. Урановые рудники Учкудука звали к себе, и медь Алмалыка, и никель Норильска. И Юра уговаривал супругу уехать из Ташкента, но ей нравился родительский дом, и она вяло отнекивалась. «Хочешь путешествовать, – говорила она, – вот тебе горная тропа, становись на нее и выкладывайся до полного изнеможения!» Покидать родительское гнездо она и не планировала, в ней формировался крепкий стержень здорового практицизма. Она не собиралась жить в вагончике вместе с клопами – так жил в своих странствиях ее старший брат, геолог, и она насмотрелась на спартанский его быт. Все-таки, в житейских делах она была попрактичнее Юры.

А я слушал их, почти не вставляя своего слова, и радовался, что у Юры все так хорошо получилось, что Галина с ним, как он того и хотел, и впереди у них все чисто и прочно. Про себя же я думал, что у меня тоже все образуется, через год или через два, не так, конечно, как у Юры, но примерно так. Метеорит вдруг вспорол ночное небо; огненное грозное его копье выглядело очень внушительно. Мы привстали и рты разинули, провожая его завороженным взглядом.

– Что, закругляемся, или как? – спросила Галина.

– Идите, а я еще посижу, – сказал я. – Спокойной ночи!

– И я еще посижу. Можно, Галчонок? – спросил Юра – и был удостоен благосклонного кивка. Он сразу потянулся за папиросой. А она, ступив шаг от костра, пропала в ночи. Мы остались против живого огонька; костер внимал нам, он умел быть собеседником отзывчивым, не превращающимся в оппонента. А мы внимали костру, – к нему нельзя было привыкнуть, ведь в нем была заключена частичка негасимого звездного пламени.

– И что ты мне скажешь, дорогой? – спросил я Юру, в то время как он подносил к своей папиросе сучок с нежным малиновым угольком на конце.

– Женись, и ты поймешь, как мир может сузиться до невообразимости, но станет от этого еще лучше, – сказал он и одарил меня лучезарной улыбкой. – Наверное, природа не создала на свете ничего, что было бы лучше любящей женщины.

– Ты так считаешь? – спросил я, не столько сомневаясь, сколько стараясь поколебать его восторженную непреклонность.

– Женись, – повторил Юра, – и это откроется тебе сразу.

– Рад за тебя, – сказал я тогда. – Вы прекрасно подошли друг другу. В твоей Галине много такого, что отвечает названию «крепкий орешек». Я обратил внимание, как она идет. Она ни разу не выставила условие, нам неудобное или неприятное.

– Ты уже обратил на это внимание? Дальше она втянется, и будет еще лучше. Если бы третьим нашим спутником был парень, у нас было бы больше проблем, – сказал Юра с убежденностью, которой я только позавидовал. – Ты как считаешь, насчет деток нам повременить, или пусть все идет естественным путем? Она говорит, что хочет, что завидует всем беременным женщинам, а я еще такой пацан! Не представляю, как это мне будут говорить: «Папа! Папочка!»

– Так и будут говорить, как ты говорил своим родителям, – сказал я. – Ступай, Галина ждет тебя. Спокойной ночи, дорогой! И вникай, вникай в то, о чем говорит тебе Галочка! В твоем положении тебе давно уже положено быть папой.

Юра затянулся в последний раз, щелчком послал окурок в костер, шагнул в ночь и в ней растворился. А я стал смотреть на огонь. То, что сейчас было у Юры, у меня было впереди, может быть, далеко впереди, в дали несусветной, и я даже не думал об этом в том смысле, чтобы это время приблизилось. Мне было совершенно достаточно знать, что оно придет и наступит. А когда глаза стали смыкаться, я тоже отошел от затухающего огня, завернулся в одеяло, и вскоре сон смежил мне глаза.

Ночью несколько раз луна заглядывала мне в глаза, проявляя чисто женское любопытство, и я сначала заслонялся от нее ладонью, приложенной к глазам, а потом поворачивался на другой бок. Но становилось жестко, и я снова ложился лицом к луне – и снова просыпался от ее пронзительного света. Все прохладнее становилось, от реки тянуло промозглостью, и под утро я сжался в комок, подтянув колени к подбородку. И все равно холод пронял меня, и я уже не мог сомкнуть глаза и стал свидетелем рассвета. Из ночи стала высачиваться ее чернота, и вскоре начали прорисовываться очертания предметов.

Вдруг запел соловей, приветствуя новый день в самом его зачатии. И это было удивительно трогательно. Соловей, наверное, и не старался нисколько, но казалось, что он очень старается. Я заслушался. Выползать из-под одеяла на утреннюю обильную росу не хотелось. Еще посветлело. Прелесть как хорошо было лежать, слушать соловья, на пение которого шум реки наслаивался, как звук совершенно посторонний, и провожать гаснущие звезды. Облачко белое вдруг обозначилось в зените. Прошло какое-то время, и край его порозовел, а небо рядом с ним поголубело и четко обозначило свою бездонность.

Странный шорох привлек мое внимание. Я оперся на локоть и поднял голову, отыскивая причину странного звука. Метрах в ста двадцати на склоне, к которому устремлялась наша тропа, на краю сизой осыпи стоял козел; он и потревожил осыпь. Козел стоял, как изваяние – коричневый, почти черный, с толстыми рогами, изогнутыми полумесяцем, и острой светлой бородой, достающей ему до груди. Я обомлел и затаил дыхание. Козлов в здешних горах я еще не видел. Видел медведя, но вдалеке – он объедал куст шиповника. Завидев меня в свою очередь, он припустился наутек с такой скоростью, словно я был исчадие ада. Видел лисицу, крадущуюся по тропе, по которой минутой раньше прошел я. Ее рыжий хвост был больше, чем она сама. Видел кабанью семью, прокладывающую себе путь сквозь густую траву. Кабан, похожий на комод, шел впереди и грудью прокладывал дорогу кабанихе и маленьким кабанчикам, похожим на маленькие комодики. В мою сторону – я стоял метрах в двадцати – они даже не обернулись. Встретиться же с живым козлом мне еще не доводилось.

Наверное, внутри меня сработала пружина. Я сел и мгновенно обулся. Козел не пошевелился. Ружье было у Юры, он положил его рядом с собой и прикрыл одеялом. Юру следовало разбудить, не потревожив Галину. Молодые почивали, укрывшись хлипким одеялом с головой. Предстояло определить, по смутным очертаниям, какое из двух тел принадлежит Юре. Мне очень не хотелось ненароком побеспокоить Галину. Я ткнул под одеяло с правильной стороны. Одеяло зашевелилось, край его приподнялся, появилась лохматая смуглощекая мало чего соображающая голова, и прокуренный голос произнес недовольно: «Чего тебе?»

– Тссс! – Я приложил палец к губам. – Козел!

Юра посмотрел в направлении моей вытянутой руки и обомлел в свою очередь. Его подбородок непроизвольно сместился вниз, рот приоткрылся. Кровь далеких предков взыграла в нем мгновенно. Глаза его округлились, налились ярким охотничьим блеском – и впились в козла. Ружье было извлечено бесшумно, но в мгновение ока, приклад приложен к плечу, курок взведен. Увы, оно было заряжено дробью, для стрельбы по диким голубям и кекликам. И все другие патроны тоже были снаряжены дробью. Юра выругался шепотом: «Черт! Всегда так!» Не знаю уж, под чьим влиянием, но слов непечатных он не употреблял принципиально. Переломил ствол и извлек патрон с дробью. Перевел глаза на меня: что делать будем?

Я уже подносил зажженную спичку к кучке хвороста, заготовленной на утро близ очага. Пламя занялось тотчас, взвился легкий дымок, а я протянул Юре пустую консервную банку.

– Сыпь дробь сюда! Мы ее расплавим и отольем пулю! – И я показал ему, как мы сделаем это. Я ткнул в землю указательным пальцем и показал, как мы будем лить расплавленный свинец в образовавшееся углубление, отвечавшее форме пули.

Он просиял, содержимое трех патронов было водворено в консервную банку, а та водружена на огонек. Свинец расплавился на удивление быстро; вода бы так быстро не закипела. Козел стоял, не шелохнувшись, и дозволял нам завершить все наши приготовления. Юра вылил свинец в углубление, сделанное в земле моим пальцем, и, едва металл отвердел, извлек пулю, очень еще горячую, и проверил ее. Она вполне подходила к нашему патрону и калибру ружья. Юра вложил пулю в патрон и зарядил ружье. Я напутствовал его толчком руки в спину: вперед, и с Богом! Сто двадцать метров, все-таки, было очень большим расстоянием для нашего слабосильного ружьишка, и надо было сократить его.

Юра бочком, на полусогнутых ножках, стал по тропе подкрадываться к козлу. Кусты без шороха сомкнулись за ним, и видно его не стало. Прошла еще минута. Козел стоял на краю осыпи, словно изваяние. Я увидел, что друг мой преодолел половину расстояния, отделявшего его от цели, остановился, оперся на колено, вскинул ружье и начал совмещать мушку с фигурой козла. Вот ружье замерло в его руках; цель была зафиксирована.

– Ну! Ну! Ну же! – торопил я друга. Но мое нетерпение не передавалось ему, не становилось и его зудом. Выстрела все не было.

– Ну! Ну же! – неистовствовал я. Но выстрела опять не последовало, и опять, и опять. Козел, казалось, не подозревал о грозящей ему опасности, и неизвестно было, на что был устремлен его взгляд. Он стоял и стоял. «Ну! Ну же!» – стонал я, сгорая от нетерпения. Выстрела не было, хотя Юра не сводил ружья с вожделенной цели. «Ну! Ну же! Давай – давай – давай, милый!»

Щелкнуло что-то – или сучок хрумкнул под Юрой, или осыпь зашевелилась. Козел прыгнул резко, высоко, словно сильная пружина толкнула его. И его не стало, а вскоре затихла и потревоженная им щебенка осыпи. Юра вернулся к стоянке; обескураженным он не выглядел.

– Что же ты? – напустился я на него. И он мне все объяснил.

– Понимаешь, – сказал он, – вблизи козел совсем живой, и у меня не поднялась рука. Он дышал, совсем как человек, и на его шее пульсировала жилка. И я подумал: ну, кто я такой, чтобы лишать его жизни? Подумал так и не выстрелил. Не осуждай меня!

И я не осудил его ни единым словом. Одеяло, которым укрывались молодые, зашевелилось и откинулось, появилась Галина голова.

– И что здесь происходит? – спросила она, сонная-сонная. – В чью честь эта суета? Почему мы такие взъерошенные? Ежели к нам в гости пожаловала Наяда, почему меня не разбудили?

Самое интересное началось потом, когда после шести дней пути (до Голубых озер в верховьях Коксу мы так и не добрались) мы вернулись домой, уже по долине Чаткала. Юра всем рассказывал, как он завалил старика-козла, расплавив дробь и отлив из нее пулю, и как мы этого козлика жарили и парили, и каким вкусным было его мясо, густо переложенное стрелками дикого лука и яблоками. Он живописал все это эмоциональной своей скороговоркой; мимика, жесты и воспаленный взор еще усиливали проникновенность каждого его слова. Галина и я дружно ему вторили, вставляли подробности, им упущенные. Нам внимали с раскрытыми ртами. В глазах наших слушателей мы были людьми, которым очень повезло. Везунчиками мы были, счастливчиками и баловнями судьбы. Юра рассказал про этот случай, наверное, сто раз. А потом...

Судьба оказалась к Юрию Третьякову далеко не так милосердна, как он по отношению к козлу. Она очень рано взяла его на мушку и безжалостно нажала на курок.

Через три года после нашего удивительного похода Юра неожиданно слег, и слег капитально: врачи определили у него рак легких. Здоровяк, каких поискать, он ощутил недомогание только тогда, когда опухоль разрослась, распространилась и заполнила собой почти все легкие. У него были могучие легкие, и недомогание он почувствовал слишком поздно, когда уже не могли помочь ни кобальтовая пушка, ни нож хирурга. Я навещал его в клинике медицинского института и видел, что грудь его была похожа на вибрационный стол: он дышал быстро-быстро. Воздуха ему не хватало все чаще, и Галина по его знаку подносила к его губам шланг от баллона с кислородом.

Потом родные и друзья проводили его в последний путь, и Галина была невменяема. Она не плакала, слезы уже были выплаканы. Она внутренне замерзла, все чувства атрофировались в ней, кроме одного – сознания утраты. Оттаяла ли она потом, я не знаю – ее поглотило неоглядное житейское море. Оно скрыло ее от меня, скорее всего, навсегда. Но то, как я увидел ранним утром козла на горной тропе, на краю осыпи, и как мы с Юрой отлили для него пулю, а он все стоял, не ведая о нависшей над ним опасности, и то, как Юра подкрался к нему на шестьдесят метров и прицелился, и что остановило его от выстрела – все это отложилось в памяти одной нестираемой картиной. И я потом много раз пересказывал эту историю друзьям и знакомым, уже без Юры. И вспоминал его и Галину. При этом меня неизменно обдавало холодком небытия, но я его не сторонился.

ЗАЧЕМ, АКБУЛАК?

I

Зовут меня Людмила Гудина. Мне девятнадцать, я техник-конструктор по сельскохозяйственным машинам. А еще я веселая девчонка, давно начала постигать, что почем, и скажу о себе не прибедняясь: мальчикам есть на чем задержать глаз! Правда, я не такая броская, как Валентина Мокеева. Вот кто писаная девочка! Парни, которые видят ее впервые, просто обалдевают. У них изумленно взлетают вверх брови, вытягиваются лица, приоткрываются рты – и надолго застывают в таком интересном положении. Действительно, Валька Мокеева – высший класс, с какой стороны на нее ни посмотри. Безудержно щедра была к ней природа. Одно в ней не по мне: она не недотрога. Можно с этим не согласиться, можно заявить мне, что это ее и только ее право, и никто не наделял меня обязанностью заострять на этом внимание и наставлять ее на путь истинный. Я же не согласна с таким ее поведением, и на этом стояла и стою. Пойти в ночь с первым встречным и прокантоваться с ним до утра, и многое ему позволять, а следующим вечером пойти с другим и все повторить – нет, нет и нет! Это все для плоти бренной, это не для души. И никто не поколеблет этого моего убеждения.

Но, ведь, как на это посмотреть, и тут не каждый меня поймет и со мной согласится. Легкая доступность девочки меня коробила и коробит, и моя самая первая мечта – выйти замуж девушкой. Но все равно Валентина – красотка и королева красоты, а я просто симпатичная и озорная, и про меня говорят: вот легкий характер, вот с кем не соскучишься! Но это взаимно. Мне легко с людьми откровенными и искренними, а им легко со мной. Поэтому я всегда в компании. Но речь сейчас не об этом, да и чего я разоткровенничалась, расхвасталась? Ведь другим я нравлюсь чаще, чем себе. Себе – себя-то знаешь во всех подробностях – понравиться труднее, чем, скажем, такому бывалому ухажору, как Витенька Кирязов.

Я сама видела его с тремя девочками. А со сколькими я его не видела? С тридцатью тремя я его не видела, это уж точно. В последние дни он, чувствую, приглядывается ко мне, интерес проявляет. Ага, ага! Но я словно не замечаю его приязни. Вольная я птица, и он пусть еще докажет искренность и постоянство своих намерений. Я не даю ему повода, но тоже присматриваюсь. Еще не определила, как с ним держаться. Витенька видный парень, но как-то уж очень явно себе на уме. Мнит, ой как мнит о себе! А между тем его расхлябанностью и необязательностью завод сыт по горло. Но в нем присутствует не одно это, это на самой поверхности. В нем есть и что-то еще, что-то такое, что не позволило мне отшить его сразу. Он, может быть, по-настоящему еще не влюблялся.

Но я опять разоткровенничалась, хотя уже не о себе. Не о себе плохо, потому что всегда неточно. И нечего перемывать чужие косточки, ибо сразу же начинают перемывать твои. Позавчера Витенька подошел и сказал: «Поехали на Акбулак! Тебе там понравится». Я посмотрела на него недоуменно. Он повторил просьбу: «Поехали, не пожалеешь! Там очень красиво, и у костерка посидим». Он старался не смотреть на меня, но я увидела, в каком он напряжении, как это важно для него. Ага, ага! «Поглядим!» – сказала я уклончиво. Ночью я не спала, хотя ничего такого не случилось. Я узнала, где он находится, этот Акбулак. Это, оказывается, левый приток Чаткала – надо доехать до Бурчмуллы, а далее идти пешочком. В горы мне очень хотелось, я видела краешек этой удивительной страны. И потом, могли поехать другие, вместо меня. Я надеялась. И – совсем немного, я не позволяла себе этого, - я надеялась на Витеньку. И я сказала себе: «Поеду, но не разрешу ему ничего». Мы выехали в пятницу, под вечер. Трое парней и две девушки должны были пойти по маршруту, а водитель, друг Витеньки Гарик (симпатичный, отметила я про себя), Валентина Мокеева, я и Витенька собирались разбить палатку в лесу у Акбулака, отдыхать, загорать и ждать возвращения группы. Гарика и водителя я почти не знала. В чем-то они походили на Витеньку. Стеснительными я бы их не назвала. Будут приставать? Не обязательно. С кем Валентина, не знаю. С тем, кто позовет первый? Тоже едва ли. Однажды Валя сказала: «А так ли часто мы выбираем?» Что ж, вечер все определит. Витенька с ней гулял, а потом охладел как-то сразу. В одну секунду охладел. Странно. А, может быть, и не странно вовсе: ярка, ярка для него Валентина. Или случилось что-нибудь обидное, унизительное для него?

Мы едем, автобус полупуст, ребята задорны, Гарик прилип к гитаре, что-то щебечет вполголоса и сам себе аккомпанирует. Мы едем быстро, поем, резвимся. Хорошо, кто понимает. За Газалкентом запахло травами, зачастили пасеки. Ветер ворвался в салон особенный, настоянный на травах альпийских лугов, и я похвалила себя за то, что поехала и не пропущу этой красоты. Когда я так подумала, я посмотрела на Витеньку, и мне понравилось, что вид у него отрешенный и что ему тоже нравится непричесанная природа, которая за окном.

После перевала мы стрелой помчались вдоль серой глыбы Чимгана. Я смотрела на близкие ледники, на голубое небо, которое казалось ниже, чем в городе. Замелькали кемпинги, санатории, пионерские лагеря и все то, что присуще обширной зоне отдыха. Это мы спускались в долину Чаткала. Открылась зеленая чаша водохранилища. Слева остался какой-то экзотический поселок, дорога запетляла вдоль Чаткала, пошли такие теснины, что сердце обмирало. Гляну вниз - река кипит, скалы над ней нависают, а наш автобус нависает над скалами. У меня закружилась голова, но я не могла отвести взгляда от этих серых, суровых склонов. Потом был мост, мы перебрались на левый берег и поехали вдоль притока Чаткала, совершенно прозрачного. Эта сжатая скалами река и называлась Акбулак, что в переводе означает Белые родники. Они и служили его истоками. В одном месте дорога была прорублена взрывами, и сверху нависал мощный испещренный трещинами карниз. После этой мрачной теснины ущелье раздалось, арчи, березы и тополя спустились к воде, посветлело, появились дрозды и дикие, сизого цвета, голуби. Они были куда стремительнее сытых городских голубей.

Стало красиво, но свет уже был сумеречный, рассеянный, желтыми оставались только вершины гор с нашей стороны. Автобус встал, мы выгрузились, ребята занялись палаткой и заготовкой дров для вечернего костра, а я сбежала к реке и села на красный камень, еще теплый. Поток подле меня катился мощный, быстрый и совершенно прозрачный, вода пенилась у валунов. Меня удивило то, что вода не течет, а катится, низвергается. Бежит, нет, летит вниз. Хорошо, что нам не надо на ту сторону, подумала я. На той стороне было уже совсем темно, росли заматерелые березы, тополя в три обхвата. Несколько могучих деревьев было поломано ветром. Падая, они запутались в кронах других великанов. Дикость какая! И, ведь, какие дикие ветры гуляют в здешних теснинах! Это уже чащи и первозданность, человек не оставил здесь своего следа. Я глазела на все это, стараясь запомнить скалы, лес, воду и медленно чернеющее небо.

- Людмила! Ты чего отъединяешься? - позвали меня. И предложили заняться прозаическим делом - приготовлением шурпы.

Очаг уже был сложен, костер пылал, полянка перед палаткой выглядела вполне пристойно. Кастрюля стояла на огне. Валя и две другие девушки, которые пойдут по маршруту, чистили картошку и лук. Эти две девушки были не сильнее меня, но они пойдут по маршруту, а я – нет. Я бы тоже пошла. Только сейчас я поняла, как это интересно – идти и идти вперед мимо мест, которые одно красивее другого и никогда не повторяются. Огонь в очаге все ярчал, суп мы сварили наваристый, ароматный, ели в полной темноте, но ложек мимо рта не проносили. Небо стало звездное, лиловое, а горы – непроницаемо черные, единый черный монолит без намека на полутона. Гарик достал бутылку водки, и кто-то из тех, кто пойдет по маршруту, тоже достал бутылку. Ребята выпили под шурпу и загалдели. Валентина тоже приложилась, она в таких делах не отстает, а я и две другие девицы воздержались. И так на душе светло. И потом, надлежит быть начеку и следить за собой, на то я и девушка. Отпускать бразды в обстановке, этому способствующей, было не для меня.

Вдруг приперся какой-то мужчина в резиновых сапогах, несуразно худой. Принес рыбы, всем улыбался и жадно смотрел на водку. Ему налили, он выпил, потом, когда другие отказались, выпил еще и тихо растворился в ночи. Получил свое и отчалил. Рыбу оставили на утро. Гарик опять потянулся к гитаре. Пели долго. Я старалась, я любила такие вечера. Но смотрела на огонь, он завораживал. После одиннадцати ребята, которым идти по маршруту, сказали: «Ну, мы на боковую!» Вокруг костра сразу поредело, но Витенька остался, словно ждал этой минуты. Не было Гарика и Валентины. «Ага, ага!» – подытожила я.

– Пошли к реке, – пригласил Витенька. Мы удалились от стоянки, но недалеко. Шли ощупью. Блики догорающего костра метались по черным кронам. От воды веяло студеностью. Я поежилась. «Ну, и как тебе здесь?» – поинтересовался он.

– Да! – сказала я. – Не ожидала.

– А мне, знаешь, почему здесь хорошо? Потому что здесь ты.

Я посмотрела на него снисходительно-снисходительно.

– Врунишка зайка серенький! – продекламировала я.

– Не веришь? Потом поверишь, я не тороплюсь. Я, как только в своих чувствах разобрался, понял: тут торопиться не надо!

– Странно: ты – и не спешишь.

– Ты мне нравишься, и потому я не спешу. Мне нравится просто смотреть на тебя.

Это и мне понравилось, этого мне еще не говорили. Я подумала, что предвзято относилась к этому мальчику. Но другой, второй голос предостерегал по-прежнему.

– Ты слишком близко встал, чтобы просто смотреть на меня, – сказала я. – С такой близи многого не разглядишь.

Он сделал быстрый шаг назад и, как мне показалось, посмотрел на меня обиженно.

– У тебя бедовая слава, как у Валентины, – сказала я назидательно. – Ты еще долго будешь пожинать ее плоды.

– Я не мотылек! – возразил он. – Я хочу, чтобы ты мне верила.

– Все зависит от тебя.

– А что зависит от тебя?

Я не ответила, и разговор перетек в другое русло и утратил остроту. Он спросил, как мне жилось в России, и я рассказала про Кострому, про реку Волгу, которая течет издалека и долго, про маму, великую труженицу. Он слушал рассеянно, его взгляд стал тревожить меня. Я чувствовала его напряжение и невысказанность. Мне становилось все тревожнее, и я сказала: «Пошли спать, пора. Спокойной ночи, Витенька!»

– И тебе спокойной ночи, – сказал он.

Я постелила свое одеяло рядом с палаткой и завернулась в него. Заснула не сразу. Что-то большое и интересное приближалось ко мне, а я хотя и мечтала об этом, но не была вполне готова. Я очень хотела, чтобы это большое и интересное вдруг не превратилось в мыльный пузырь. Я очень этого боялась. Так уже бывало, и каждый раз увидеть и понять это было больно. На рассвете замечательно пели соловьи. Как у нас в России. Я заслушалась. Туристы встали рано, я помогла им приготовить завтрак и собраться в путь. В семь они отчалили, а наши все проснулись поздно и завтракали в десять. Ели вяло. Витенька вдруг предложил перебраться на левый берег, совсем дикий, и подняться вверх по склону до отвесных скал. Ему понравилась эта идея, он загорелся, и Гарик сразу согласился, а водитель сказал: «Чего ты мечешься, разве здесь нам плохо? На фига нам связываться с рекой? Смотри, какая тут могучая вода! Так и ломит! В такой воде недолго и подзалететь. Лезь на наш склон, чем он хуже? Он ничуть не хуже!»

– Что ты! – возразила я водителю. – А река? Река – это испытание.

– Не люблю легкой доступности! – вдруг выпалил Витенька и пристально посмотрел на Мокееву. Что это на него нашло? Валентина потупилась, а потом демонстративно повернулась к нам спиной.

Витенька переправлялся первым. Его далеко отнесло, волны часто накрывали его, сбивали с ног, следить было страшно, я переживала. Когда он вышел на левый берег, Гарик привязал к камню веревку и, размахнувшись, с силой кинул камень. Веревку они туго натянули и закрепили так, что она низко повисла над водой. «Давай, Гарик!» – крикнул Витенька. Гарик переправился, держась за веревку, но перед ним все время вскипал бурун. Теперь была наша очередь. Я посмотрела на Валентину. Она отказалась со словами: «Чур, не я, я такая трусиха! Нет, я не стану лезть в этот холод, мне и здесь хорошо». Водителю тоже было хорошо на этом берегу. И я поняла, что они ни за что не полезут в студеную воду.

А я? Мне это надо? Мне это, оказывается, было надо. Мне страшно хотелось туда, на ту сторону.

II

Людочка разделась, и я засмотрелся на нее и спустился к самой воде, чтобы подать ей руку. Она была очень хороша собой. Она была очень хороша вообще, и я представил, как скоро буду раздевать ее, а потом стал корить себя за то, что с опозданием разглядел в ней свою половину. «Смелее!» – крикнул я и подбодрил ее жестом. А чего бояться? И без веревки переправиться плевое дело, надо только не мешать воде нести тебя. Она ступила в реку, и вода вздыбила бурун у ее ног. Ну, талия! Ну, бедра! Ну, фигурка! Все зрелища и весь хлеб мира заменят. Подошел Гарик. Он даже приоткрыл рот, любуясь ею.

– Прикрой варежку! – сказал я ему.

– Что-что? – не понял он.

– Глазей не так откровенно!

Он засмеялся и сказал, чтобы поддеть меня: «Валентина не хуже!»

Это была правота несведущего человека, привыкшего доверять первому впечатлению. Не все золото, что блестит. Разубеждать его я не собирался. Боже меня упаси! А насчет Валентины имел твердое мнение. Веревка натянулась, поток оторвал ноги Людмилы от скользких камней. Руки девушки напряглись. Веревка, наверное, резала ей ладони. Но перебирала она ее быстро. До середины все шло легко, в охоточку. Затем пришлось подтягивать тело против течения, напор которого усиливался. Людмила устала, переправа замедлилась. «Долго – холодно», – подумал я. Вода обжигала, еще вчера она была льдом в близких горных распадках. «Быстрее!» – крикнул я. Она не расслышала, теперь она не смотрела на меня. Осталась треть русла. Четверть. Но тут была самая стремнина, самая скорость. Два метра осталось. И тут я увидел, что река на нее что-то катит. Это был куст шиповника или барбариса с подмытого берега.

Широкий такой куст, большущий. А мощь потока тут была очень велика. Колючий куст коснулся ее тела и остановился, вода вскипела, взбугрилась, руки ее напряглись и разжались. Волна мгновенно захлестнула ее, голова мелькнула метрах в десяти, и все. Ее понесло к середине потока, и все быстрее. Я опомниться не успел. Плавает ли она? Этого я не знал. Я подумал, что не знаю этого, уже в воде. Я кинулся за ней сразу же. Плыл быстро, но ее скрывали волны. Больно ударился коленом о валун, хлебнул воды, еще хлебнул. Меня отшвырнуло от валуна. Людмилы нигде не было видно. Не обогнал ли я ее?

Я оглянулся. За мной плыл человек, но это был Гарик. Он махнул рукой: «Быстрее, она впереди!» Я поплыл быстрее. Стало не хватать воздуха. Меня еще раз ударило об валун, затем еще, и я опять хлебнул воды. Ничего себе речка! Я никогда не боялся воды, но тут мне стало страшно. Не видно, куда меня несет, не видно, где она. Я действовал вслепую. Но мысль, что надо догнать ее и спасти, не гасла. Людмила была дорога мне, но спасти ее надо было не только поэтому. Меня опять притиснуло к скользкому валуну, больно ударило плечом. Глупо, несуразно, противно! «Что же теперь будет со всеми нами?» – подумал я.

Плыть я уже не мог, руки не слушались. Я жадно хватал ртом воздух, но часто это была вода. Я задыхался. Ушел под воду, вынырнул. Ее не было видно нигде. Гарика тоже не было видно. Река была сильна, много сильнее меня, и я, наконец, это понял. Река была намного сильнее хрупкой девушки. Вода несла меня, я с трудом противился. Заклинит среди камней, и пропал. Или ударит головой о камень. Мелькали деревья, скалы. И вдруг впереди – голова Людмилы. Увидел! Рванулся. Но к ней не приблизился, рывок быстро погас. Река разделилась на два рукава, меня понесло по большой протоке. Между нами был остров. Меня несло и несло, кружилась голова. Остров кончился. Я собрал все силы и встал. Поток обрушился на меня, повалил. Я опять поднялся. И устоял. Было совсем не глубоко, и вода из-под ног яростно вырывала камни.

В этом месте рукава соединялись в единое русло. Я посмотрел направо, и тут у меня потемнело в глазах. Я постоял в трансе недолго, способность видеть быстро возвращалась. Ее несло прямо ко мне. Ее несло как куль, голова была полностью под водой, она давно отключилась. Мне надо было сделать к ней два шага, и я их сделал – с неимоверным трудом. Шатаясь, едва держась на ногах. Коснулся ее руки. Тело развернулось, я увидел русые разметавшиеся в воде волосы. Меня повалило, и я снова оказался один. Ее понесло мимо, дальше. Опять померк белый свет. Не знаю, как я выкарабкался, как вышел на островок. Что ни говори, а инстинкт самосохранения – великая сила. Отдышавшись, я легко перешел протоку вброд. Мелкая протока и широкая, дно выстлано скользкими камнями. Люды, конечно, нигде уже не было. И никого не было рядом. Тут я все понял. Она не поднялась, она погибла. Ее погубило мое мальчишество, мое преувеличенное представление о своей особе. Она захлебнулась в этой паршивой маленькой бешеной реке.

Я побрел по дороге вниз. Меня обогнал Гарик, очень помятый; у него было белое лицо. Я не мог ни бежать, ни идти быстро. Людмилу прибило к берегу в километре от острова. Припечатало к огромному красному валуну. Над водой торчала ее рука, обнимавшая камень. Против этого камня на берегу стояла Мокеева и дрожала. Как будто держала в руке провод под напряжением. Она сразу побежала вниз по дороге и всех опередила.

– Вытаскивай! – закричал я.

– Не могу! Вода не отдает ее.

Я увидел, что она совсем мокрая. Вдвоем мы тоже не смогли отделить ее от камня, а вместе с Гариком оторвали, вытащили. Она была совсем, совсем неживая. Руки обвисли, голова откинулась назад. Мы принялись за искусственное дыхание. Никто не знал, как его делать, чтобы был толк. Мы сводили и разводили безжизненные руки, дышали Люде в рот. Изо рта должна была политься вода, но этого не происходило. Ничего у нас не получалось, мы опоздали.

– Автобус – Бурчмулла – врач! – крикнул я Гарику. Он побежал к автобусу. Мы продолжали сводить и разводить руки недвижимой девушки. Наконец, из легких выцедилась вода, но на этом все кончилось. Я старался не смотреть на ее приоткрытые глаза, подернутые сизым туманом. Мокеева громко рыдала. «Идиот, – бросала она мне, – это все ты, ты! На фига тебе понадобился тот берег? Что ты там потерял? Соображать надо сначала!»

– Искусственное дыхание! – закричал я. – Не сметь прерывать!

Над нами пропылил автобус. Мы разводили и сводили руки девушки. Они послушно гнулись в суставах, а глаза оставались полуоткрытыми, чужими, блеклыми. Это и было страшно. Это было все. Минут через сорок автобус вернулся. Мы все еще делали искусственное дыхание. Кто-то чужой наклонился над телом, приложил ухо к груди. Потом большим и средним пальцами отвел веко. Бросил кратко: «Сожалею, но вы привезли меня к трупу». Валентина опять зарыдала, а Гарик отвернулся. Мы погрузили Люду в автобус и поехали в Бурчмуллу, а оттуда в Газалкент. Там тело тоже не приняли в морг, но мы долго объясняли, что произошло, и заполняли какие-то бумаги. Морг работал только в Чирчике. После этого мы вернулись. Завтра наши пройдут маршрут, и их надо встретить. Я никого не хотел видеть. Мы приехали, я сел у воды. Река текла так же, как и вчера и как она текла утром. Мир был прежний, мир никак не реагировал на трагедию. А я стал глубокий старик. Надвигались сумерки, все кончилось. Теперь я был наедине со смертью любимого человека и знал, что это будет со мной всегда. Знал, что это неразлучно.

Подошла Валентина.

– Ты мог ее вытащить?

– Не мог, – сказал я тихо. Посмотрел ей в глаза и повторил: – Очень хотел, но не мог.

– Ты стоял за островом, а ее несло мимо тебя. Тебе надо было только протянуть руку.

– Да, ее несло на меня. А я ничего не мог сделать. Ничего! Я схватил ее, но нас повалило и снова разъединило. Я ничего уже не мог, сил не осталось.

– Что ж, могло быть два трупа, – сказала она, подумав. Я пожал плечами. «Прости», – сказал я. Мне хотелось побыть одному. Я представил, как посмотрю в глаза ребятам, которые вернутся. Но все это было ничто в сравнении с тем, что произошло. Приедут ее родители, и им тоже надо будет смотреть в глаза. Как? Но и это ничто в сравнении с тем, что произошло. Вечером я взял свой спальный мешок и отошел подальше. Зарыться бы в нору! В черную глубокую-глубокую нору, в которую никто никогда не заглянет.

III

Людмила не дружила со мной, и мало кто из девчат со мной дружит. Отъединенные мы какие-то. «Валентина!» – произносят при них мое имя, и они хмыкают очень выразительно, но ничего не говорят. Зато мальчики меня любят. И должна ли я гнать их от себя, если мне с ними хорошо? Если самой природой заповедомо мое единение с одним из них? Но мне жалко, что так получилось. Жалко, горько, обидно, погано. Как сестру ее жалко. Это могла быть и я, если бы полезла первая. Как накатится этот чертов куст шиповника, как надавит своими колючками! Нет, правда, если бы вместо нее была я? Все на земле остается как прежде, только меня уже нет среди этой прелести. Этого даже вообразить невозможно, мозг не в состоянии вообразить это. Как это, чтобы меня – и не было! Когда поток оторвал ее от веревки, я побежала по дороге. Одна я не теряла ее из вида. Она, наверное, сразу ударилась головой о камень и отключилась. Ее закрутило и потащило вниз, как мешок. Она совсем не сопротивлялась потоку. Она обессилела еще до того, как ее оторвало от веревки. Я бежала, теряла ее из вида, обгоняла, ждала, снова бежала. Виктор и Гарик плыли следом. Виктор плыл совсем близко от нее, и я очень надеялась на него, но он вел себя как слепой. Гарик вдруг отстал. Потом он сказал, что захлебнулся и не знает, как выбрался на берег. А Виктор никак не мог догнать ее, старался, но не мог. Остров их разъединил, мне сверху все было видно.

Он поплыл по широкой протоке, а ее занесло в узкую, мелкую. Я видела, что ее катило, переворачивало в воде. «Встань, встань!» – внушала я ей. Бесполезно. Виктор обогнал Люду и поднялся там, где протоки соединялись. Упал, снова поднялся. Люду несло прямо на него. «Ну, ну же!» - понукала я. Он, конечно, не слышал. Он шагнул к ней, протянул руку, но схватил не за волосы, а за локоть. И упал. А когда поднялся, был уже один. Он стоял еще долго, пока не пришел в себя. Я побежала дальше, но самое худшее уже случилось, и когда ее прибило к берегу, все было кончено. Это было очевидно, а потом и врач подтвердил факт смерти. Я не поехала со всеми в морг, я этого не выношу. Давила тоска. Я приготовила обед.

Ребята вернулись поздно и к еде не притронулись. Неподалеку остановилась какая-то теплая компания и резвилась напропалую. Я пыталась утешить Виктора. Он мне нравился, но его от меня отвадили. Люди бывают так не добры! Умышленно не добры. Вечером, когда он взял свой спальный мешок и углубился в березовую рощу, я незаметно последовала за ним. Он вздрогнул, когда я дотронулась до его плеча. Я обняла его. «Что теперь будет!» – сказала я. Заплакала. Он напрягся, напружинился. Повернулся. Глаза злые, дикие. «Тошно мне, – сказал он, – и ты лучше уйди». Я отошла, но не обиделась. Подсела к Гарику. Но и ему было не до меня. Да и мне самой в этот вечер было не до себя. Я, я могла сейчас лежать в чирчикском морге!

IV

В августе мы с женой разбили палатку в березовой роще на берегу Акбулака. Были безмятежные отпускные дни. Мы развели костер, и вскоре к нам подошел высокий жилистый человек в мокрых резиновых сапогах. «Рыбалю я тут, – сказал он. - Вот возьму закидушкой мешка два маринки, и за мной придет самосвал». Он был назойлив и многословен, но, как я вскоре понял, интересовало его одно: есть ли у нас водка. Когда он выяснил, что водки нет, он заметно полинял. Но что-то толкнуло его сказать перед уходом: «Да, тут девушка одна утопла, на этом вот самом месте. В прошлом месяце. Когда по глупости их компания переправлялась на тот берег. Вода понесла ее и не выпустила».

– Как это утопла?

– Я тогда тоже тут рыбалил. Их автобус прикатил вечером в пятницу. Что их потянуло на тот берег, не могу понять. Нужды-то никакой. Парень перебрался, за ним второй, и они натянули веревку. Потом стала переправляться эта девица. Ее сорвало, понесло, ударило о камень. Парни попрыгали в воду следом. Один сразу отстал, а второй плыл долго, но не догнал. Был момент, когда он встал за островком, а ее медленно несло по мелкой протоке прямо на него. Он протянул руку, но ничего не мог сделать, так обессилел. Ее понесло дальше, а потом прибило к берегу. Они отвезли ее морг и вернулись. Киряли тут, песни горланили. Вот люди!

Этот рассказ рыбака взбудоражил меня (зачем ему врать?), и я провел небольшое расследование. Какие они подонки, вся эта компания, думал я, принимаясь выяснять, что здесь произошло и как.

Все оказалось не так. Была трагедия, но люди не вели себя подло. Чего-то они все сообща не домыслили, переоценили себя – по молодости, по запальчивости своей, и погиб человек. Но после этого они сделали все то, что сделал бы и каждый на их месте. И вовсе не они пили не резвились в тот вечер, а куролесила другая компания, которая расположилась рядом. И хотя свидетелям трагедии еще предстояло осознать меру своей вины, я знал, что придет и это – неизбежно. Все напутал бравый рыбачок, изголодавшийся по чужому спиртному.

А эти ребята приехали еще раз. Привезли цемент, песок, мраморную плиту. Натаскали рваного камня, сложили обелиск. С обелиска на туристскую тропу смотрела девушка. Жить бы ей и радоваться жизни, и продолжать древо жизни своим потомством, но ей не повезло. На другой день парни ушли в горы и возвратились с цветами, которые положили у обелиска. Цветы были непритязательные, но яркие, совсем не городские. Потом ребята тихо удалились.

Мог ли я думать о них плохо?

ОЗЕРО «ПРИЩУРЕННЫЙ ГЛАЗ»

I

По тропе, круто забирающей вверх, шли двое. Он был Сергей Копытов, студент университета, попавший в этот дом отдыха на берегу Угама по капризу тетушки, которая за близких все решала сама. Она была Инна Воронина, веселая разбитная девочка, обладательница ладной фигурки, синих ласковых глаз и подстрекательски вздернутого носика. Обоим было по двадцать. Они быстро заинтересовались друг другом в скуке размеренного домотдыховского режима, и вскоре нашли друг друга стоящими знакомства не мимолетного, а идущего более далеко. Как только они потянулись друг к другу, скука размеренного режима отступила. Вдруг открылось столько заманчивых поворотов…

Сергей не знал, куда ведет круто забирающая вверх тропа, но это было не важно. Им, движимым вперед естественным желанием уединиться, было все равно, куда идти. Они шли вверх и далеко, и пока тропа совпадала с их желанием идти вперед и вверх, они держались тропы. У него была походка сильного, самонадеянного человека, и рядом с ним миниатюрная Инна казалась цветком оранжерейным. Внушительными своими габаритами он как бы оттенял ее обаяние, она своей хрупкостью подчеркивала его силу. Он старался идти медленнее, она старалась не отставать, и им, непрерывно помнящим друг о друге, это удавалось.

Они отправились в горы после завтрака, наугад и налегке. Он подмигнул Инне, поднимаясь из-за стола, она поняла и искушающе улыбнулась. Им хотелось побродить наедине, а горы предоставляли такую возможность. Горы громоздились до самого неба, строгие исполины в белых шлемах. В одном месте они расступились, чтобы пропустить реку. «Морщины старушки-земли», - подумал Сергей о горах. Но думать о постороннем было неинтересно. За его спиной слышались шаги и дыхание Инны, и ему нравилось ее присутствие рядом. Он словно попал в новую струю, и это было как раз то, что надо. Хотелось продолжения, и такого, чтобы оно не кончилось никогда.

Два часа они шли вверх молча и упорно, не останавливаясь даже для коротких передышек. Затем тропа нырнула вниз, и они оставили ее и пошли по зеленому плато, которое полого поднималось. Плато было открыто всем ветрам, и было непонятно, как на такой суровой высоте вырастает сочная, в человеческий рост трава. Инна громко восхищалась цветами мальвы и бессмертника, склоняясь над особенно неожиданным цветком, а он, снисходительно подождав, шел дальше, и она чуть не бегом догоняла его. Им открылся простор, о котором они мечтали у подножий. Ничто уже не заслоняло взора. Сиреневая дымка окутывала далекие вершины, окрашивала их в лиловый цвет. Блестели ледники. Загустев, небо достигло безукоризненной синевы, бездонной-бездонной. Прозрачность воздуха и яркость освещения делали далекое видимым и четким, и пряный аромат всей этой массы медоносных трав превращал воздух в напитанную удивительными запахами прозрачную жидкость, которую можно пить и пить, не напиваясь. «Ну, и как? – спросил он, не оборачиваясь. И не удержался от соблазна погладить себя по головке: – Моя идея!»

Инна кивнула. Он изумился, что она еще не устала, и, довольный, повел ее дальше, вперед и выше. Усталость, которая придет потом, тоже запомнится, как одна из ярких достопримечательностей этого похода.

II

– Какая прелесть! – воскликнула Инна, невольно поддаваясь вперед. – Нет, правда, это чудо. Одна природа и способна сотворить такое!

– Это озеро Прищуренный Глаз, – сообщил он, вспомнив, что ему уже рассказывали об этом колдовском месте.

По его мнению, слов здесь было не надо. Восторг требовал благого молчания. Чем глубже привораживает увиденное, тем меньше должно произноситься сопутствующих слов. Глубоко внизу, в серо-зеленом распадке, блестело озеро. Его овальная форма, со странным потемнением воды в центре, похожим на правильный лиловый круг, действительно допускала сравнение с глазом, а складки серых скал вокруг при солнечном освещении удивительно напоминали прищур. Прищур лукавый и не совсем добрый. Многозначительный такой прищур, подначивающий. Занозистый. Это и закрепилось в названии: озеро Прищуренный Глаз. Сергей вспомнил, что о нем говорили, как о недоступном. Говорили, что его лучше обойти стороной: люди бесследно пропадали на его берегах. Что ж, возможно, для юных прожигателей жизни, которые страдают пристрастием к бутылке и не знают, что такое настоящие мускулы, оно и неприступно. А для него и Инны? Крутой спуск – экая невидаль!

Они стояли, зачарованные, а ровный сильный ветер подталкивал их в спины. Ветер был плотен и упруг, как при быстрой езде на мотоцикле. Инна старалась запомнить это озеро таким, каким оно открылось с полукилометровой высоты, а он выискивал ложбинку, удобную для спуска. Озеро манило. Прищурившись, оно звало, и в том, как оно мерцало, ровно колышась, странно обрисованной голубизной сердцевины, отдаленно напоминающей человеческий зрачок, было что-то подзуживающее, повелительное. Казалось, это не просто вода, остановленная горным обвалом, а живое существо с присущей живому сокровенностью. Замкнутое в овальной котловине, оно не имело стока. Иначе, конечно, из него вытекал бы белопенный ручей. А он, невидимый, высачивался сквозь завальную плотину.

Минут пять они стояли молча. У него раздувались ноздри, как от большого соблазна. У нее рот оставался полуоткрытым, как у ребенка, которого сильно удивили. Здравый смысл говорил, что им следовало насладиться видом сверху и вернуться. Они и так слишком отдалились от своего дома отдыха; возвращение к вечеру уже становилось проблематичным. А ведь они вышли налегке, не захватив с собой ничего теплого. Они вышли для спокойной, необременительной прогулки.

– Ну? – сказал он. В нем созревало решение, которого он не мог ослушаться. Он был скор на решительные поступки, и одни считали это чертой сильного характера, другие же причисляли к недостаткам: могли быть плохие последствия от непродуманности того, что впереди.

– Внизу должно быть бесподобно! – Она не колебалась, она улыбалась с беспечной радостью человека, который никогда не подвергался серьезной опасности. На такой головокружительной высоте ей нисколько не было страшно, а в отношении спуска она думала только, что если Сережа пойдет первый, то ей нечего опасаться. Его спина была такой ширины, что легко могла сойти за каменную.

– За мной, но рядом! И, пожалуйста, осторожно. Тут очень круто. – Он предостерегал, но сам не видел опасности. Склон как склон, обычное нагромождение скальных обломков. Это всегда доступно. Правда, низ просматривался плохо. Ну и что? В таких внешне грозных нагромождениях обычно немало доступных лазеек.

III

Спуск начинался спокойно, и они устремились вниз. Сергей подавал Инне руку, когда ему казалось, что девушке трудно, но это была больше поза, чем необходимость. Ему нравилось вглядываться в ее лицо, когда она опиралась на его руку. Но незаметно крутизна склона увеличилась и продолжала увеличиваться еще, и трудности спуска возросли многократно. Теперь они спускались, плотно прижимаясь к скалам – им хотелось вдавиться в них. Обострилось внимание. Почувствовав опасность и переводя дыхание после двух или трех замираний сердца, последовавших за неосторожными движениями, они внутренне подобрались и больше не торопились. Мысли остановиться и вернуться, однако, не возникло ни у нее, ни у него. Необычность цели была сильнее обозначившихся трудностей. Кроме того, им почему-то казалось, что труднее уже не будет, что самое трудное позади. Подавая девушке руку, Сергей не заметил, что перестал восторгаться ее ладно скроенным, крепким телом, которое все же нуждалось в его помощи. Вдруг пришла и осталась мысль, что он отважился на опасную и, главное, никчемную затею. Опрометчивость просматривалась в этом его поступке все более зримо, явственно. Приближаясь, озеро не становилось красивее. Сверху оно воспринималось как Прищуренный Глаз, с лиловым зрачком вкрадчивой глубины и недоброго оскала, так что, окажись они на его берегу, они не выиграли бы ничего. С середины же склона оно воспринималось, как обычный водоем, спокойно качающий на своей глади серо-зеленый противолежащий склон.

Вскоре крутизна скал возросла еще, и он, подавая Инне руку, прочитал в ее глазах первое осознанное беспокойство. Теперь оплошность в движении могла обернуться несчастьем, а у них не было даже веревки, чтобы подстраховать себя. Оба они, однако, были воспитаны так, что не достигнуть задуманного означало для них вовсе не проявление благоразумия перед неожиданной опасностью, а слабость и поражение. Он считал, что первой сказать о том, что пора возвращаться, должна она. У нее, как у представительницы слабого пола, было на это право. Она же полагала, что инициатива должна исходить от него, ведь на протяжении всего похода инициатива исходит от него, как от старшего на тропе, и ее просьбу вернуться он может приписать страху, а она вовсе не слаба и ничего не боится. И они продолжали медленно спускаться, все более вжимаясь в шершавые скалы и остро переживая зыбкость каждой новой опоры. Это было нервное, тупое упрямство, упрямство во имя престижа.

Его ноги не всегда находили опору. Зависая в воздухе, он впивался пальцами в трещины скал, пальцы белели от напряжения и синели у ногтей, а затем начинали дрожать. Ей было несколько легче, ибо он направлял ее движения и подстраховывал. Наконец, им открылись последние сто метров склона, еще более крутые. Переводя дыхание, он не увидел ничего обнадеживающего, но что-то, что все еще было сильнее сознания, не позволило ему скомандовать себе: «Хватит!» Внизу открылся уступчик, как место желанной передышки, и он, проскользнув на животе метра три почти по отвесной, без единой щербатинки, скале, оказался на этом выступе. Бледная, с плотно сомкнутыми губами, Инна сползла на его вытянутые руки. Попыталась улыбнуться и не смогла. Она была напряжена, как певчая струна.

Только отсюда Сергей увидел, что дальше пути нет. Метров двадцать скала была страшно крута и без расщелин, которыми до сих пор он умело пользовался. Скала была словно обтесана топором, быстро и грубо. Дальше, за этими страшными двадцатью метрами, тоже была нехорошая, недобрая крутизна, грозившая всякими неприятностями. Он посмотрел на Инну, их глаза встретились, и он прочитал вопрос, подогретый невнятной тревогой: что теперь будет?

– Да, – сказал он, тяжело дыша и потупив взор. – Без веревки и крючьев здесь делать нечего. Значит, правду болтали, что соваться сюда себе дороже. Болтали, а я не поверил. Влипли мы, Инночка. Самое главное, не надо расстраиваться. Сейчас мы передохнем и двинем назад. Ты сильно устала?

IV

Они в самом деле влипли. Этот случайный карниз, на котором они примостились, позволял свободно стоять или сидеть, поджав под себя ноги и непрерывно ощущая спиной холодную твердость скалы. Сергей видел теперь, что выбраться будет не так-то просто. Главным препятствием была трехметровая гладкая скала, по которой он сполз вниз на животе. Вверх по гладкой стене не поползешь, разве что держась зубами за воздух. Глупо было сначала сделать, а потом подумать. От этой дурной привычки надо будет освободиться как можно быстрее. Стоило им задержаться тремя метрами выше, и все обстояло бы иначе. «Самонадеянный гусь, – подумал он про себя. – Спорол глупость, вдвойне непростительную потому, что рядом со мной Инна». Она смотрела на него широко раскрытыми глазами и ждала. Она продолжала считать, что он все может; ее успокаивала вера в его силу.

Он привлек ее к себе, обнял. Ощутил губами податливую сухость ее губ. Это был их первый поцелуй. Он побоялся обнять ее сильнее, чтобы не потерять точку опоры. Инна была женщина его мечты – наконец-то! Но сейчас следовало думать о возвращении.

– Не бойся! – попросил он.

– Я не боюсь, не боюсь!

Теперь ей стало страшно. Ее уже свербило, что же теперь будет, и она видела себя распластанной на скалах и бездыханной. И ей было жалко, что жизнь ее оборвется в самом расцвете.

– Становись мне на плечи и подтянись вон до той ступеньки! – приказал он и сел на корточки, подставляя ей плечи. Она взобралась ему на плечи. От зыбкости опоры у нее зачастило сердце. Он выпрямился, даже встал на цыпочки. Она схватилась руками за край ступеньки, но вскарабкаться на нее не смогла. Слишком высоко, и ее руки слишком слабы для такой нагрузки.

– Еще раз! – теряя надежду, попросил он. – Ты держи себя спокойно, и тогда получится.

Она вложила в новую попытку все, на что была способна. Ей не хватило немногого, и, обессиленная, она сползла на уступ, боясь поднять на него глаза.

– Не смогу. Нет, не смогу я!

– Тогда попытаюсь я, – сказал он. Инна покорно встала лицом к скале и широко расставила ноги – для устойчивости. Он покраснел и замялся. Потом, пересилив неловкость, положил руки ей на плечи и почувствовал их хрупкость, несмотря на всю собранность девушки. Попробовал воспользоваться ею как опорой. Теперь ничего не получилось у него. Надо же: ни одной щербатинки в гладкой стене! Если бы уступ был шире и длиннее, он бы допрыгнул до этой ступеньки с разбега.

– Обожди, я сяду! – сказала она. Теперь он легко встал ей на плечи, прижимаясь к стене всем телом. Но выпрямиться во весь рост она не сумела, восьмидесятикилограммовая тяжесть его тела была не для ее плеч. Он почувствовал сверхнапряжение ее мышц и подумал, что сейчас они упадут. Но, напрягшись до дрожи в коленках, она подняла его сантиметров на пять, и все. «Я стою на ее плечах! – подумал он. – Моментик. Циркач, дурак, пижон! Идиот несчастный. Так влипнуть!» Она сделала еще одно усилие и сникла, и он сел рядом и обнял ее, извиняясь за грубость момента. Пауза была долгая и грустная.

V

Надвигался вечер, медленно тускнели краски. Детали выключались из пейзажа, превращаясь в серый фон. Озеро перестало быть голубым, и только в самой его середине, в центре затуманивающегося зрачка, что-то смутно голубело. Опустится ночь, разольется холод, и это будет нечто обратное медленному поджариванию на костре полуденной пустыни.

Наверное, их уже хватились, подумал Сергей. Или нет? Они не явились на обед и на ужин, и их хватились. Но как, как хватились? Просто отметили отсутствие или встревожились? Да кто будет тревожиться? Юноша и девушка не пришли на обед и на ужин. Дело-то молодое, что тут такого? На ночь глядя предпринято, конечно, ничего не будет. Они никого не предупредили, а поди гадай, что взбрело в голову молодой парочке. Тут и гадать нечего. Каждый подумает, что им захотелось тишины и уединения. Каждый вспомнит, как это было у него у самого, и благостно улыбнется. Нет, никто их еще не хватился.

Они долго молчали. Ему было стыдно поднять на нее глаза. Чувство вины мучило и угнетало. Он не знал, о чем говорить и как прогнать с лица Инны страдание. Мучительно хотелось пить. Они пили за завтраком и потом раза три из ручья, но все это было до полудня, до подъема на плато. И есть хотелось, но совсем не так, как пить. Во рту было сухо, как в духовке, и пульс молоточком отдавался в висках.

— Инна, что ты обо мне думаешь? — отважился он на вопрос.

— Что это первая настоящая трудность в твоей жизни. И в моей, — добавила она после паузы.

— Первая и последняя?

— Нет, просто первая.

— А я думаю, как это глупо. Я болван, тупой и самонадеянный, и нет мне прощения!

— Глупый! Как будто я вела себя благоразумнее. Я давно почувствовала опасность, но молчала.

— Завтра нас снимут, — сказал он, чтобы поддержать в ней уверенность. В нем самом этой уверенности не было. Может статься, что их начнут искать совсем в другом месте. А нет ничего хуже пассивного ожидания.

— Да, снимут. А если не снимут?

— Тогда это произойдет послезавтра.

Послезавтра было слишком далеко и так же страшно, как надвигающаяся ночь. Еще день без воды — жутко представить!

– Мы не закоченеем ночью? – спросила Инна.

– Это при десяти градусах тепла?

– Но ведь десять вместо тридцати. Я уже дрожу.

Он назвал себя отвратительным, грязным словом. Ну, кому это было нужно? Геройчик, фанфарон. Жалкое ничтожество!

– Скоро будет двухтысячный год, – мечтательно сказала Инна. – Не так скоро, но мы с тобой доживем. Что станет с матушкой-землей, с нами? Представляешь, как расширятся возможности человека?

Он привлек ее к себе и ничего не ответил. Она спрашивала о неведомом. И надо ли, чтобы возможности человека расширялись безгранично? Какой, в таком случае, должна быть культура их реализации?

А сумерки все сгущались. Замерцала первая звезда, склоны вокруг стали неразличимыми, и только зубчатая линия, которая отделяла небо от земли, продолжала оставаться четкой. Ничем не нарушаемая тишина угнетала. Словно это место было намеренно лишено жизни. Чтобы нейтрализовать давящее присутствие тишины, он стал рассказывать ей о своей жизни, от младенчества до момента их встречи, ничего не утаивая и останавливаясь на подробностях, которых в другое время непременно устыдился бы. Она слушала и дрожала. Потом, когда он замолчал, опустошенный, она рассказала о себе, тоже очень доверительно. Как будто ей нечего было стыдиться в своем прошлом. Так, наверное, и было.

Стало совсем темно, холодно и жутковато. Видны были только звезды, синие далекие мерцающие костры в безбрежном, непостижимом простирании мира. Внизу, там, где было озеро, тоже мерцали звезды. Только, мерцая, они словно раскачивались на медленных качелях. Сна не было. Иногда их захлестывало полузабытье, кончавшееся кошмаром и пробуждением. Если это происходило с ним, он вскрикивал и плотно прижимался к ней, а если страшное надвигалось на нее, она вздрагивала и тянулась к нему. Близость друг друга согревала, хотя они потеряли много тепла. Жажда, однако, мучила сильнее кошмаров и холода. Они дрожали и, чувствуя, что не спят, молчали. А скалы все остывали, высачивая в ночь дневное тепло. В один из моментов Сергея захлестнуло отчаяние, но он удержал готовый сорваться крик. Только не так! Надо оставаться мужчиной и в этой гиблой ситуации. Ради Инны и ради двухтысячного года, до которого надо дожить, доползти, наконец. Ведь еще ничего не сделано. Двадцать лет – и ничего за плечами, на чем могло бы стоять его имя. Все впереди, надейся и жди, как говорят в таких случаях. И такой нелепый конец, если это конец. Он не согласен. Не согласен, и все!

То, что звезды не только вверху, но и внизу, на водной глади, смешно и нелепо. Все опрокинулось. Опрокинулось или становится на свое место? Кто скажет? Отвратительная тишина. А в голове беличье колесо. Белка крутит колесо, и появляются звезды, которые смотрят вверх. А завтра, наверное, уже наступило. Принесет ли оно избавление? Вот так сходят с ума. От безысходности, медленно-медленно. Напиться бы. Все ничего, только бы напиться!

– Так мы закоченеем, – сказала Инна, когда холод стал казаться теплом. – Надо двигаться. Слышишь, Сережа? Ты слышишь?

Она сделала двадцать приседаний. Или сорок? Растормошила его. Он позавидовал стойкости ее духа. Стало немного лучше, немного спокойнее на душе. Возвращение к бодрствованию помогло Сергею сделать открытие. Опершись рукой о скалу, он почувствовал, что она влажная. Выпадала роса. Он потряс Инну за плечи: «Давай лизать камни!» Потом об этом никому не расскажешь. Сколько же камней надо облизать, чтобы это равнялось стакану воды? Все, куда только можно дотянуться?

Это очень походило на продолжение галлюцинаций. Они слизывали с камней капли росы. Все остальное отодвинулось далеко-далеко и вообще перестало существовать. Были только драгоценные капли влаги. И была жажда, как будто они заблудились в пустыне.

VI

Потом блеснуло солнце. Сначала уперлось в дымчатое облачко и сделало его розовым, затем коснулось белой косынки неблизкого пика. Новый день мог принести избавление, а мог стать еще одним днем нестерпимо тяжелого испытания. Сильно хотелось пить. Это был не острый приступ жажды, как ночью, а тупое, сосущее напоминание, что организм обезвожен. Слизанная роса принесла только видимость облегчения. И он, и она чувствовали себя простуженными и разбитыми. Говорить не хотелось, и двигаться не хотелось. И не хотелось, чтобы всходило, грело и мучило солнце.

– Попробуем еще раз? – сказала Инна с мужеством отчаяния и подставила ему свои плечи. Но попытка закончилась еще печальнее, чем вчера. Она зашаталась, и он свалился, едва удержавшись на уступе. «Прости, – сказала она тихо. – Я подумала, что смогу».

И они стали ждать. Солнце перемещалось довольно быстро. Они не сводили глаз с гребня, на котором должны были появиться люди. Черные фигурки на фоне слепяще-яркого неба. Но были какие-то странные провалы в бдении, минуты странной отрешенности от всего земного, кончавшиеся страхом, что они прозевали людей. Тогда он смотрел на нее, проверяя свое впечатление, а она – на него. И оба отворачивались, не выдерживая. Помощь запаздывала. Возможно, их искали не там. Но их искали – в это так хотелось верить. На их отсутствие могли не обратить внимания вчера, но не сегодня.

Нестерпимо хотелось пить.

– Давай, я перекушу себе вену, – предложил он.

– Зачем? – удивилась она.

– Ты напьешься.

– Я не вампир. – Она уронила голову ему на колени. Он не мог понять, что выражало ее изменившееся лицо.

Вечером над ними застрекотало. Плыла прекрасная птица – вертолет. Они вскочили, замахали руками. Закричали. Но увидеть их в черной тени, отбрасываемой крутым склоном, было так же трудно, как увидеть ночью. Оба они испытали минутное облегчение. После вертолета стало тихо-тихо, и быстро надвинулись сумерки. В озере гасла, коченея, загадочная голубизна. Новая ночь зажигала звезды и открывала дорогу холоду из черных глубин космоса. Теперь спасения надо было ждать завтра. Только завтра. Опять завтра.

VII

Эта ночь была много хуже предыдущей. Что-то невнятное бормотала Инна. Потом, когда она приходила в себя, бредил он, готовый вскочить и мчаться в промозглую тишину пространства. Сил становилось все меньше. «Завтра я в самом деле прокушу себе вену, - подумал он в минуту просветления. – И прикажу ей пить. Из человека можно высосать много крови. Она должна спастись, она здесь по моей глупости».

Потом мысли оборвались, и накатилось что-то бесформенное, пульсация слов и впечатлений. Бред. И все же перед утром, когда опять высыпала роса, они лизали скалу долго-долго, до изнеможения. Вместо страха пришла апатия. Апатия разливалась по их телам теплой волной затухания. Ничего уже не хотелось. На то, чтобы что-то хотеть, не оставалось сил.

Их сняли под вечер. Они были совершенно не способны передвигаться. Они не могли ни стоять, ни говорить. Они были невменяемы. Лишь на мгновение что-то благодарное мелькнуло в улыбке Инны и погасло под туманом отрешенности.

Через какое-то время они поженились. Но ни тогда, ни позже Сергей Копытов не мог вспомнить, как ни старался, озеро Прищуренный Глаз. Как будто он никогда его не видел и не был у него в плену. И Инна не могла вспомнить это озеро. Оно изгладилось из их памяти напрочь и навсегда. Вероятно, это была защитная реакция уязвленного самолюбия. Ведь, попав впросак, они не сумели помочь себе сами.

ЮЖНЫЙ СКЛОН

По осыпи? Нет, рядышком. Осыпь – ханжа. Подхватит, понесет и прокатит, и еще и камушками засыпет – опомниться не успеешь и не обрадуешься. Так! Теперь обогнуть эти голые скалы и снег. Снег тоже коварен. Он так и знал: за этим коричневым морщинистым кряжем перевал. Так здравствуй, долгожданный!

Валерий Поляков снял рюкзак, опустил на стелющиеся по влажной дресве цветы. Похожи на оранжерейные: нежные, нет, изысканные, с белыми тончайшими лепестками. А эти, желтые? Какие крошки! Откуда эта красота на такой высоте? И как ей здесь, под хлесткими, злыми ветрами? Жене бы их: «Лиля, это тебе, это оттуда». Она вспыхнет, а произнесет что-нибудь обыкновенное: «Ой, какая прелесть!» Или: «Ты там обо мне думал, да?» Неважно, что она скажет. Он увидит всплеск радости, а слова – что слова? Разве они передают все то, что нас наполняет и временами просится через край? Они малую толику передают, малую чуточку от того, чем заполнена душа.

Он прошел немного вперед и заглянул по ту сторону перевала. Его словно несильно подтолкнули в спину. Ощущение было настолько реальное, что он резко обернулся. Ах, да, ведь он снял рюкзак. А инерция осталась. Еще бы! Ведь сегодня рюкзак и он одиннадцать часов составляют одно целое. Вот и снятый, он продолжает толкать вперед. Давно забытое, оставленное в молодости ощущение. А ведь, бывало, он неделями стоял на тропе. Он, тропа и рюкзак. И, конечно, вечерний корстер. Это было лучшее, что он может вспомнить.

Как хороши эти едва поднявшиеся над землей цветы, а он наступает на них своими ботинками. А спуск ничего, годится. Немного слежавшегося снега, потом трава, потом трава и камни. Главное, крутизна не таит подвохов. Два часа назад он достиг другого перевала, километрах в шести отсюда. Но то был перевал-ловушка. За ним открывался головокружительный провал. Такое коварное нагромождение скал и завалов, что смотреть невмоготу. Оторопь подпирала под самый подбородок. Взвешивая все, он и одернул себя: «Валера, у тебя жена и сын. И тебе неймется посмотреть, каким станет шарик в двухтысячном году. Поэтому ты поищешь другой, нормальный спуск, этот может свернуть тебе шею».

После короткой передышки он принял влево. Интуиция не обманула: здесь открывался пологий, во всех отношениях приемлемый спуск в долину Пскема. Здесь даже наметки на тропу присутствовали – местами.

Валерий вернулся к рюкзаку, сел. Пять минут отдыха, и хватит. Слишком быстро солнце подкрадывается к вершинам. Потом еще час будет светло. Всего час. А спуск не подъем. Если склон травянистый, можно сесть на корточки и катиться. Как в детстве с ледяной горки. Тогда ботиночки вместе с пятой точкой таким пацанам, как он, вполне заменяли коньки и санки.

Все началось вчера, когда Утегалиев отбил радиограмму: «Срочно необходим Поляков, выручайте». Значит, или компрессорная заерундила, или станок ударно-канатного бурения. У него в отряде нет хватких ребятишек. Так, два кайфующих рыхлотелых мальчика из вечных студентов. Улыбочки, шуточки, парение. Одним словом, полный несерьез. Мозоли у них, он разглядел, не от лопаты, не от гаечных ключей, а от тугих гитарных струн. Что-нибудь тяжелое такими пальчиками с места не сдвинешь. И Валерий утречком, по росе двинул в отряд Утегалиева. Он знал, что напрямую от белопенного Угама до бурного Пскема километров двадцать или около этого, он смотрел по крупномасштабной карте. Отряд Утегалиева стоял сразу за хребтом, напротив. Ночевки на высоте не предвиделось. Двадцать километров для такого, как он, парня семечки. Ну, пусть больше, пусть тридцать, с учетом всякой там извилистости. С учетом подъемов-спусков. Прикинув все это, он рассчитывал к вечеру быть на месте.

Но с самого начала он дал маху, полез в воду, не разведав брода. Старик-чабан объяснил, правда, больше жестами, чем словами, что надо держаться ущелья, оно и выведет к перевалу. Валерий кивнул, выпил предложенную пиалу кумыса, но ослушался. Чтобы попасть в мрачное ущелье, следовало спуститься метров на триста, а он не хотел терять набранную высоту. Своеволие обошлось ему в десять километров крюка. Зато он достиг вершин, с которых открывалось суровое обаяние горной страны. Страна эта, эта вздыбленная и оправленная в сияние синих снегов каменная твердь, простиралась очень далеко вправо и влево, вперед и назад. Она плавно переходила в Памир, Гиндукуш, Гималаи – и во что еще? В Тибет с его небожителями? Но это было уже слишком далеко. Ему давно хотелось ощущения именно такого простора, и ощущения подвластности этого простора. А подвластность – это единение. И вот оно пришло, и теперь он хотел, чтобы оно продлилось как можно дольше.

Никогда он не поднимался так высоко. Июль, а вокруг снег и краски сурового северного пейзажа. Можно было бы славно поиграть в снежки, да не с кем. А вот вода, вытекающая из-под ледника, отвратительного вкуса. Слишком пресная, слишком дистиллированная, ею трудно напиться досыта. Да, вот о чем он всегда мечтал. О ночи на перевале. О ночи на таком высоком перевале, как этот. Когда вершины рядом, справа и слева, такие отчужденные, если на них взирать от подножий, уже не горы, а безобидные холмики, и на каждую из них легко можно взойти. Когда ночью над тобой разлит и полыхает гигантский звездный костер. Может ли его мысль объять этот костер, ведь его величина - бесконечность? С ответом на этот вопрос он помедлил – его мысль могла и не справиться с такой задачей.

Он представил, какой должна быть эта ночь рядом со звездами. Черное небо, пусть без луны. Луна все оденет в призрачную желтизну и испортит впечатление. И в этом черном пространстве, как в пропасти, россыпи звезд. Он наедине со звездами. Они заглядывают в душу, как одушевленные, любящие его существа. Потом черноту ночи вспарывает метеорит. Огненный луч, дымок испарившейся в атмосферу инопланетной материи. Это занимало его воображение; вообще, Мироздание загадывало загадки. Он уже видел звезды, которые совсем как одушевленные существа – на полотнах Ван Гога. И ему интересно было узнать, что придумал великий голландец, а что подсмотрел у Вселенной, которая далеко не каждому открывает не ближние свои пределы. Во всяком случае, сверхновые провидец Ван Гог запечатлел на холсте намного раньше, чем их открыли астрономы. Почему гении много раньше запечатлевают то, что потом открывают ученые?

Мысль о ночи на перевале воодушевляла. Но он не сможет заночевать здесь. Утегалиев ждет. И потом, без спального мешка, с его хлипким одеялом тут не сомкнешь глаз, промандражируешь до рассвета. Стоит опуститься дневному светилу на покой, и вершины окутает мрак и холод. Валерий натянул свитер. Ветер резкий, промозглый, кусачий. Едва перестаешь двигаться, и холод охватывает и пронимает со всех сторон. Пора. Сейчас, сейчас. Он поднялся, и опять его несильно подтолкнуло вперед. Привычка к рюкзаку. Как не хочется отсюда уходить! Едва ли это повторится, хотя его любимый поэт и утверждает, что все на свете повторимо. Интересно, почему каждый шаг с любой жизненной вершины – это непременно шаг вниз?

Валерий нерешительно переступил с ноги на ногу. Высота таила в себе массу соблазнов. Но этот прилетевший из-за перевала зов... Хорошо, сейчас. Он торопливо оглянулся. Снег, махровая зелень трав, озеро там, куда упирался снежник - небольшое, зеленовато-голубое. Часть озера отражает небо, часть – травянистый склон. Зеленое и голубое, а все вместе – ледяное спокойствие ледяной воды. Значит, внизу нет ветра – до озера с километр пологого спуска. Там бы и прилечь, а? На солнце – острые пики противолежащего хребта. Горы проглатывают солнце. Нет, это все-таки не лучший вариант. Не его вариант. Его ждут, без него не оживет железо, в котором что-то разладилось по нерадивости ребятишек, не умеющих вкалывать, как положено мужчинам.

Он еще раз обстоятельно огляделся. Налево были близкие вершины в белых косынках. Оттуда он спустился. Направо громоздились другие вершины, тоже очень симпатичные. До них он не дошел. Жаль, что все это нельзя запомнить. Или тем и замечательны горы, что их нельзя запомнить?

Поколебавшись, он присел. Еще несколько минут, подумал он. И разрешил себе эти удивительно приятные минуты покоя и бездействия. Сегодня было столько событий. Сначала был барсук. Он увидел его совсем близко, едва не наступил на него. Животное, распластавшись, увлеченно рылось в корнях какого-то куста и, испугавшись, засеменило вниз, волоча живот по траве и приминая ее. Живой, настоящий барсук! Такое не придумаешь. Валерий не пожалел, что не взял ружья. Зачем? Хватит человеку быть вершителем судеб всего сущего. И что бы он делал с застреленным барсуком? Только укорял бы себя за минутную слабость. Он махнул барсуку рукой, как приятелю. И тот, шурша раздвигаемыми ветвями, растворился в зелени. Кусты сразу сомкнулись, но примятая трава показывала, куда он скрылся.

Потом была гроза. Валерий как раз достиг первого, сильно загрязненного ледника, и присел отдохнуть и перекусить. Яркое небо начало уже лиловеть. Вдруг яркость дня поблекла, большая строгая туча закрыла вершины и грохнула, вспыхнув изнутри. Она была похожа на средневековый пиратский корабль с черными, в полнеба, парусами. Валерий успел спрятаться под камнем с нависающим карнизом. Туча грохнула еще раз, ближе и страшнее, обдала холодом и пропитанной электричеством свежестью. И, напоследок, разразилась дождем. Туча уже проходила, и он подумал, что дождя не будет.

Но то, что он так подумал, не удержало тучу. Дождь забарабанил мощно, хлестко, и сразу заслонил собой даль и близь. Тяжелые полупрозрачные струи мгновенно обволокли далекие и близкие предметы. Вблизи капли дождя походили на градины, такие они были крупные. Они ударялись о камни и дробились в водяную пыль. Далекий же дождь казался снегом. В снег так же пасмурно и промозгло. Туча бабахнула еще, еще и еще. В трюме пиратского корабля рвались бочки с порохом. И вдруг корабль стал разваливаться на глазах. За тучей открылся кусочек ослепительно синего неба, как полоса чистой воды. Дождь измельчал и стих, а синий кусочек неба стал небом и ярким днем, и солнце и ветер в полчаса обсушили склоны.

Но самым замечательным было озеро. Не это, маленькое и скромное, а другое, первое, которое осталось далеко внизу и которое очень удивило его правильной овальной формой и диковинной голубизной. Ближе к середине вода была еще голубее, и голубее этого цвета вообще ничего не могло быть. «Я вернусь сюда, - сказал он себе, очарованный. – Один или с Лилей, лучше с Лилей. И у нас будет ночь у озера и ночь на перевале».

Потом были скалы и снег, и цветы высокогорья, и все это опять было неповторимо. Но он знал, что всего этого ему не запомнить. Все это остается в памяти, как малая толика неисчерпаемого и необъятного, чем так богата мать-природа.

«Пора, - сказал он себе. – Дай слово вернуться сюда, и будет легче сделать первый шаг вниз».

Он продел руки в лямки рюкзака. Два шага вниз, и осталась только эта, южная сторона хребта. А та, другая, с озерами и бескрайностью горной страны, заслонилась перевалом. И одиннадцать часов непрерывного восхождения тоже заслонились перевалом, словно не было их никогда. Вперед, Валера, и танки наши быстры! Только теперь «вперед» означало вниз.

Он ступил на плотный снег и метров сорок проехал на пятой точке, тормозя растопыренными ногами. В детстве он так съезжал зимой с железнодорожной насыпи. Нет, тогда он садился на портфель. Вот это темп! Но рискованно, можно не успеть затормозить. Следовало бы обойти по бровке. Ведь у него Лиля и сын, и двухтысячный год тоже. Хотя, сколько еще до него? Треть века, то есть больше, чем он прожил. Все равно, никакого риска, если есть возможность его избежать. Даже без «если». Никакого риска! Горы не жалуют одиночек, пренебрегающих осторожностью.

Дальше росла трава, низкая, но сочная, сочащаяся соком. Он побежал, беря наискосок, чтобы уменьшить крутизну. Перевал остался где-то недосягаемо высоко. Небо продолжало сгущаться и лиловеть. Очень быстро от такого сумбурного спуска у него ослабели ноги. Он почувствовал, что не может спускаться бегом, а потом, тоже скоро, почувствовал, что не может спускаться быстрым шагом. Подкашивались ноги. Это удивило и расстроило его, до сих пор ноги служили ему верой и правдой. У него – и подкашиваются ноги! Надо будет разобраться, как он дошел до такой жизни. Одиннадцать часов подъема – не оправдание для подкашивающихся ног. Мужик он или не мужик? Нет, он не мужик, раз у него подкашиваются ноги.

Справа и слева громоздились скалы, угрюмые в надвигающихся сумерках. Поворот ущелья спрятал перевал. Сразу сумерки уплотнились, спрессовались, налились тяжелой лиловостью. С отвесных скал сыпались мелкие камешки. Их шорох был неприятен. Словно за спиной притаилась опасность. Может быть, камни – из-под копыт козлов? Валерий оглянулся. На четкой линии неба все было каменно-неподвижное. Какое мрачное, давящее ущелье! Нависание скал почти ощущалось плечами. Камни до меня не достанут, подумал он. В таком случае, пусть ухают, сколько им угодно. Только пусть это будет аккомпанемент, не предостережение.

Осыпь еще более замедлила спуск. Плохо, что нет тропы. Значит, этим перевалом пользуются крайне редко. На тропе он бы считал себя в безопасности, тропа в горах – первый друг человека. Она всегда приводит к воде и к людям. Кажется, луна взойдет прямо по курсу. Будет светить в лицо. Как прожектор. Вот она выглянула из-за горы, одним бледным глазом посмотрела на сумеречный свой мир. И первая звезда проклюнулась. Черт, как некстати ослабели ноги. И поскорее бы напиться. Где же вы, родники и звонкие ручьи? Сколько вас на высоте, а тут – ни одного. Он заночует, как только ему встретится вода. Под арчой бы устроиться, под разлапистой, на опавшей мягкой хвое. Тогда дров хватит на хороший костер.

Осыпь изводила. Валерий несколько раз оступался и съезжал вниз, увлекая за собой мелкую щебенку. Осыпь недовольно шуршала, а потом затихала, но продолжала таить угрозу. Не надо спешить, осторожность и осмотрительность прежде всего. Никто его не подстраховывает. Справа, в скалах, черные пещеры. Карст? Какая зловещая чернота. Скорее всего, пещеры пусты, но… Кто из хищников обитает на такой высоте? У него с собой только перочинный ножичек. Правда, камней под ногами сколько угодно. Он представил себя с камнем в руке против волка и против медведя и усмехнулся. Так и до увещеваний можно было опуститься: не тронь меня, серый волк, не тронь меня, мишка косолапый, я у мамы паинька!

Он спускался, не сводя глаз с черных пещер. Шуршал и трещал камнепад, нагнетая страх. Днем бы, конечно, страха не было ни в одном глазу, но при сумеречном давящем сгущении красок…

Еще поворот. За ним долгожданное расширение ущелья. Цепкие лапы скал разжимаются. Уже много звезд, но это еще не полная ночь. Черноте неба недостает густоты. Кажется, уклон сая становится более пологим. Теперь бы напиться и завернуться в одеяло! Как медленно он идет. Несколько шагов, и остановка, несколько шагов – и остановка. Ноги как ходули, не гнутся. Так медленно он ходил с Лилей по ночному городу, когда они еще не были мужем и женой: ее рука на его плече, его рука – на ее талии. Тогда они, счастливые, никуда не торопились. Скорее бы припасть к воде и напиться!

Что это? Шорох, не похожий на осыпающиеся камни. Скольжение живого существа сквозь редкие кусты? Еще! Вот и камень повернулся под чьей-то лапой. Валерий порывисто обернулся. Склон как склон, с черными пятнами кустов. Ничего движущегося. Показалось? Как бы не так. Это днем он бы не обратил внимания. Кто это? Волк? Опять этот странный, преследующий шорох. У него похолодело в груди. Волна холода, волна тепла и опять волна холода. Волк, наверное, имеет повадку вот так неотступно красться по следу и выжидать.

Опять! Валерий остановился и долго смотрел назад. Вон то, черное, продолговатое, едва выступающее над землей, куст или не куст? Если это волк, у него должны светиться глаза. Глупо, что ему вдруг стало страшно. Летом дикие звери не трогают человека. Глупо, но ему очень страшно. Какой-то шорох сзади, ну и что? Может быть, это отзвуки его собственных шагов, необычная акустика ущелья. Эхо умеет преподносить сюрпризы. «Успокойся, и вниз, - сказал он себе. – У воды запалишь костер. Огонь согреет и прогонит страх».

Он оступился и едва не подвернул ногу. Трава коварно прятала камни. Неумно ходить по горам ночью. Мальчишество. Почему так долго нет воды? Какое бесконечное ущелье. Оно способно выжать сто потов и нагнать сто страхов. Если бы луна помогала! Но в ее свете все неживое, призрачное; ночное светило любит давать представления из мира теней. Трава уже выше пояса. Значит, тут еще не выпасали скот. Черт, почему так долго нет воды? Это неправильно!

Рядом с луной вспороло небо огненное копье метеорита. Он продекламировал:

«Предрассветное, синее, раннее,
И летающих звезд благодать.
Загадать бы какое желание,
Да не знаю, чего пожелать».

Желание! Сейчас оно у него одно: пить. И чтобы за спиной не было этого отвратительного шороха. Он резко обернулся. Там, где теперь было черное пятно, куст не рос. Это он помнил точно. Согнувшись, он нашарил камень и что было силы запустил в черное пятно. Камень не долетел, пятно не пошевелилось. Он прошел немного и снова оглянулся. Пятно не двигалось, но теперь, вроде бы, оно было не на прежнем месте.

«Как ты беспомощен, мальчик!» - сказал он себе. Да, ему не хватило сил метко бросить камень. Сейчас подкосятся ноги, и он сядет. Нет, поднимется и будет идти. Будет идти, встретит воду и напьется, и запалит костер с высокими искрами. И положит в огонь самые толстые, самые сухие сучья, чтобы горели до утра. И заснет рядом.

Легче было идти и ни о чем не думать. Но кто крадется за ним почти по пятам? Да, кто? Он достал перочинный ножичек и открыл большое лезвие. На всякий случай. Самообольщение детской игрушкой, подумал он о ножичке. Явственный, близкий шорох заставил его вздрогнуть. Это не может казаться. И, однако, у него только один путь – вниз, к Утегалиеву. Странно, что на перевале, где лежал снег, ему не хотелось пить. А сейчас хоть траву соси, такая открылась жажда. Он с трудом пошевелил языком. Во рту было сухо, как в Сахаре. Посмотрел на часы – одиннадцать.

Опять зашуршало сзади. Ветви кустарника упруго раздвинулись и бесшумно отпрянули на место. Он уловил это смутное пружинистое движение ветвей, вызванное не ветром, и испуганно замер. Сейчас… животное подкрадется, распластавшись и не сводя с него глаз. И выберет момент для прыжка. А он один, беспомощен и слаб. Он заставил себя идти дальше, но после десяти шагов не выдержал и обернулся снова. Тихо. А был, был шорох, было движение стеблей кустарника, пропустивших сквозь себя живое тело. Мираж – это когда видишь то, чего нет. А если слышишь то, чего нет, это как называется? Галлюцинации? Вот, опять!

Он заставил себя идти не оборачиваясь. Пусть это волк. Волк не прыгнет на него, пока он идет. Волк осмелится напасть только на лежащего. Вперед, и не оглядываться!

Под травой – камни. Впереди, в дали неимоверной, мелькнул и погас огонек. Сколько же до него? Зачем гадать? Завтра он дойдет до места назначения. Если смотреть по сторонам, видишь что-то колеблющееся, смутное. Неясные желтые струи, неясные тени, скалы и ветви и ночь, слившиеся воедино. Ему захотелось крикнуть. Он раскрыл рот и замер, удивляясь, как сильно его поразил страх. Потряс прямо. Такого с ним еще не случалось.

Вдруг – неожиданная крутизна. Думать некогда, страшно хочется пить. Шаг вперед, и он заскользил по дресве. Долго нет надежной опоры. Но пока на склоне трава и кусты, это не опасно. Опасен голый обрыв. Затрещал свитер. Ладонь и бок обожгли ветки шиповника. Напоролся, как на колючую проволоку. Надо плотнее прижаться к земле. Упереться в дерево, в прочный основательный куст. Отдышаться. Так. Он ободрался в кровь, но теперь можно оглядеться. Какая жуткая ночь. Ночь испытаний. Он явится завтра к Утегалиеву оборвышем. Брюки тоже не уцелели. А у соседей могут быть симпатичные практикантки, на радость мальчикам-гитаристам. И в чем он предстанет перед ними?

Чихать, нашел, о чем беспокоиться. Теперь – вон к тому дереву. Ветка в руках, порядок. О, да это яблоня! Значит, спуск с заоблачных высот на землю обетованную состоялся. Он сорвал два плода, не крупнее пятикопеечной монеты. Сорвал горсть, проглотил. Горькие дички! Теперь – дальше. Ветка в руках – передышка, ветка в руках – передышка. Падение метра на три, новые ссадины и синяки. Ерунда. Зато он теперь на валунах сухого русла, вне опасности.

А это уже вода. Под камнями вода! Он приложил ухо к холодному валуну. Журчание усилилось. Целый поток урчал-переливался под нагромождением камней. Вроде бы, недалеко от поверхности. Вот это мелодия! Зыкина, и Гуляев, и Пугачева пусть отдыхают, они так не умеют. Выклинивание уже близко. Что, если приподнять валун? Он сдвинул камень, но под ним было сухо. Дурак, размечтался!

Он сходил с камня на камень медленно, как лунатик. Где переваливался, где переползал. Ему же казалось, что он спешит. У него были совсем чужие, не его ноги. Ватные ноги. Реакции на шорох сзади уже не было. Была жажда, и было журчание потока под валунами. И была мысль, одна-единственная: вода, наконец, должна выбраться, выклиниться на поверхность. Повернувшись, он увидел черное движущееся пятно. Рядом была вода, и он не испугался. Жажда пересилила страх. Волки не черные, подумал он. Они серые и слились бы с валунами. Но тогда что это? Пойти навстречу? Нет, это будут шаги назад, и он напьется минутой позже. Вода! Плеск нежных струй похож на девичий привораживающий шепот. Наконец! Но он не смог идти быстрее. Медленно и осторожно, с камня на камень, и чтобы не оступиться. Под валунами опять заиграл этот божественный оркестр.

Он оглянулся, – черное пятно держалось на почтительном расстоянии. Сейчас он напьется, и тогда держись, черное пятно!

Впереди заблестело. Кто-то разложил между валунами причудливые зеркала. Шаг вниз, еще шаг. Во рту пустыня, кусочек Сахары. Быстрее, уже близко! За этим огромным камнем лужица. Мелка! А рядом настоящий бассейн. И звезды в бассейне. Он рухнул плашмя на камни, на лету выставляя вперед руки, и звезды испуганно побежали к берегу. Жадный глоток. Передышка. Помедлив, звезды вернулись, но он спугнул их снова. Еще глоток, еще. Заломило зубы. Днем эта вода была снегом. А рядом со снегом растут те цветы, которые хорошо бы преподнести Лиле.

Он сел, дыша глубоко и радостно. Было нестерпимо жарко. И было удивительно хорошо. Но блаженство покоя было кратким, опасность подстерегала его совсем рядом. Это, черное, может прыгнуть, подумал он. И, подчиняясь инстинкту, нашарил округлый, удобный камень. А черное пятно было совсем близко. Черное, распластанное на валунах существо лакало из первой, мелкой лужицы. Жадные глотки, чавканье, порывистое, быстрое, громкое дыхание.

«Собака! - удивился Валерий. – Собака обыкновенная. А я… Бог мой, да ведь это обыкновенная собака!»

Он вытер пот со лба и снова припал к воде. Из кончиков пальцев, которыми он опирался на замшелые валуны, приятно, капля за каплей, высачивалась усталость. Собака! Собака, больная или старая, или то и другое одновременно. Наверное, ее прогнали чабаны. Иначе почему она здесь?

Он сделал еще пять или шесть больших глотков. Потом стал смаковать воду, как изысканное яство. А собака лежала, положив плешивую голову на толстые лапы. И, он чувствовал это, неотрывно смотрела на него, словно ждала продолжения в выяснении отношений.

«Куть-куть-куть!» – позвал он. Собака не прореагировала. Слишком одряхлела. Или не признавала ласки, не была приучена к ласке. Чабаны своих собак лаской не одаривают. Тогда он нашарил в рюкзаке хлеб, отломил ломоть. Бросил. Собака прыгнула, схватила кусок, зачавкала. Спать, подумал он, и стал пить. Жажда только притупилась. В чайхане он бы выпил сейчас три чайника чая. О, чайхана, плотный ковер поверх айвана, блаженная неспешность времени, и необъятный латунный самовар, одинаково согревающий всех, кто к нему приходит, и мудрые завсегдатаи, которые, смакуя свои новости, превращают скромное общепитовское заведение в клуб, где каждому вольготно, уютно и хорошо.

Он посмотрел, где бы расстелить одеяло. Ему было надо совсем немного ровного пространства. О костре он не вспомнил. Костер хорош в стужу или тогда, когда ты полон сил и видишь в костре желанного собеседника. «Спокойной ночи, Лиля!» – вдруг громко сказал он, заворачиваясь в одеяло. Но через минуту поднялся, направился к воде, припал к тонкому ручейку и сделал еще несколько жадных, шумных, таких освежающих глотков. О собаке он не подумал, его глаза не стали разыскивать ее.

Утром в шесть давняя пружина строгого режима подняла его на ноги. Он чуть не сел: ноги подкашивались. Его прекрасные, выносливые ноги, которыми он так гордился, переставали быть опорой! Ну и ну, изумился он. Был день, ярко всходило солнце, было далеко видно, все обстояло отлично, и было пора идти. А ноги подкашивались, как у дряхлого старца. Он сел и стал массировать икры. Потом срезал ветвь, обкорнал ее, превратил в палку. Ему нужна была дополнительная точка опоры. Пересилил себя и пошел. Он ковылял, выставляя вперед палку, и если бы кто-нибудь увидел его со стороны, он бы сказал себе: «Вот человек после большого бодуна!» Оглянулся. Собаки не увидел. Позвал – безрезультатно. Собака не признавала в нем ни хозяина, ни друга.

«Как хочешь, пес! – сказал он беспечно. – Вчера ты крался за мной и здорово меня напугал. Ты и не представляешь, какого нагнал на меня страха!»

Теперь тропа спокойно сбегала вниз. Но пять или шесть километров, отделявшие его от лагеря геологов, Валерий Поляков проковылял за два часа. И то правда – можно было не торопиться.

Вечер
чужих тревог

ДОКТОР, ДОКТОР!

Было давяще жарко. Доктор поймал себя на том, что пьет шестой стакан воды, а еще нет и двенадцати. «Какой сухой, горячий воздух! - отметил он неприязненно. - А каково в степи, где от солнца защищает одна пропитанная потом фуражка? Строители, наверное, пьют ведрами. Интересно, сколько стаканов в ведре? Шестьдесят? Пожалуй – ведь в стандартном ведре двенадцать литров».

Он только что отпустил посетительницу, страдавшую расстройством желудка, и знал, что отдыхать еще рано. Ежедневный прием мог бы кончаться в двенадцать, будь у него положенные по штату фельдшер и уборщица. Но людей не хватало, и те, что приезжали, устраивались монтажниками или каменщиками - на хорошую зарплату. Бюджетная должность фельдшера не воспламеняла ничьего воображения. Доктор работал один, и прием затягивался до часа дня или до двух, как когда. И много больных приходило вечером, после работы. Люди шли к врачу, когда им было удобно, и это, наверное, было правильно. Он никому за это не выговаривал, никому не отказывал в приеме.

На террасе раздались грузные, уверенные шаги.

- Можно? - В комнату вошел белокурый парень завидного телосложения. Воротничок финки бессилен был обнять его мощную шею цвета высохшей коры. В кабинете царил полумрак, и после яркого дневного света парень не сразу разобрался в обстановке.

- Здравствуйте! - сказал он наугад, не столько различая врача, сколько чувствуя, где он должен находиться. - Со мной неприятность!

- Вижу, вижу, - отозвался доктор. - Вас покусала собака, - констатировал он, разглядывая пропитанную кровью, порванную штанину. - Давайте снимем брюки. Кажется, укус глубокий. О, и лицо пострадало, и шея! Это много хуже. Какой свирепый пес!

- Собака бешеная, - просто сказал парень. - Так что надо колоться.

- Как вы узнали? У нее течет изо рта слюна? Стелется хвост?

– Это собака моего соседа. Она уже несколько дней странно себя вела: отворачивалась от питья, грызла деревянное крыльцо. Хозяин хотел пристрелить ее. Но это была умная собака, и у него не поднялась рука. Он решил выждать. А сегодня пес отвязался и бросился на меня. Видите, как мне досталось? Собака прекрасно знала меня, я подкармливал ее мослами. А тут прыгнула и покусала.

– Печальный случай, – сказал доктор устало, без прежнего интереса. – Вы только закатили штанину, но лучше снять брюки совсем. Что, материя прилипла к ране? Осторожнее, осторожнее. Мы с вами никуда не торопимся. Какой глубокий укус! – Он мыслил вслух, чтобы не терять связи с пациентом, мазал рану йодом, сноровисто накладывал повязку. У него была укоренившаяся привычка разговаривать с больными, вызывая их на откровенность. – Теперь шею посмотрим. Ну, здесь рана неглубокая, клыки прошли мимо артерии. Здорово она прыгнула, а? Напугала, да? На лице тоже царапины. От лап, да? Слюна, несомненно, проникла в кровь. Начался инкубационный период, который тем короче и серьезнее, чем ближе укус к мозгу. Наша задача обезвредить бациллу. Помните, от бешенства нет иной защиты, кроме – спасибо Луи Пастеру – предохранительных прививок. – Здесь он отдернул марлевую занавеску, прикрывавшую полки с медикаментами, взял коробочку, на надорванной крышке которой было написано «Антирабическая вакцина», и приготовил шприц.

«Кого-то уже кололи до меня», – машинально отметил парень. В коробочке недоставало нескольких ампул. «Пока вы в полной безопасности, – наставлял доктор. – Но сто граммов водки, вообще алкоголь в любой форме, будь то пиво или сухое вино, могут вам очень повредить. Поэтому все эти дни вам придется воздерживаться от употребления алкоголя. Категорический сухой закон, и ничего кроме. Так предписывает положение, в которое вы попали. Поднимите рубашку. Нет, не на спине. Уколы делаются в живот. Конечно, это неприятные уколы. Но мы еще не научились лечить без боли».

«Вот это брюшной пресс! – отметил доктор, делая инъекцию. – Едва ли пробьешь кулаком». И объявил: «На сегодня все. Будете приходить каждое утро. После двадцатого укола полагается трехнедельный перерыв, затем еще десять впрыскиваний. Запомнили? Курс жесткий, зато вы приобретете иммунитет и сможете забыть, что вас покусала собака».

Встретив удивленный взгляд парня, доктор сказал: «Не расстраивайтесь. Полвека назад на вас бы смотрели, как на живого мертвеца. Полвека назад от этого не лечили. И помните: алкоголь разрушает иммунитет, это очень серьезно. На все это время вам предписывается трезвый образ жизни, без каких-либо исключений».

– В такую жару нет охоты пить, – согласился парень. – Со стакана водки балдеешь, как зимой с бутылька. Ну, спасибо. Я влип с этой соседской собачкой, понимаю. Но вы здесь не при чем. До свидания.

– Минуточку, – остановил его доктор. – Ваш размер тапочек!

– При чем тут тапочки? – удивился парень. – Я не хожу в тапочках.

– Это я так, это юмор. Ваши анкетные данные, то есть!

– Это уже понятно. Я Малин Виктор Васильевич. Образца 1938 года. Бетонщик с полигона, где стоит башенный кран. Какие еще вопросы содержит анкета?

– Нужен ли вам больничный лист?

Парень помялся, не зная, воспользоваться ли представившимся случаем и погулять день– другой, потом вспомнил, какая скука ждет его в душном вагончике – хоть на стену лезь, и отрицательно покачал головой.

– Теперь все, – сказал доктор, и пациент его, слегка прихрамывая, затворил за собой дверь. «Почему-то здесь отказываются брать бюллетени, – подумал доктор. – Половина отказывается, словно болеть зазорно. Этот бетонщик тоже не взял бюллетень. Как же, фигура атлета обязывает быть здоровым!»

Доктор налил седьмой стакан воды и посетовал на отсутствие холодильника. «Пью, а не потею, – говорил он себе. – На мне совсем сухая рубашка. Куда же девается вода? Здесь поразительно выносливые люди. Стройные, жилистые, вобравшие солнце в кожу, они перестают бояться жары. Ко мне еще никого не привозили с тепловым ударом».

«Бум! Бум!» – грохнули поблизости выстрелы, и доктор понял, что взбесившаяся собака больше никому не причинит вреда.

В понедельник он дольше обычного был занят с больными, ведь в воскресенье приема не было. Наконец, отпустив в восемь вечера последнего пациента и выпив двадцать второй стакан воды, он почувствовал облегчение и принялся стряпать ужин. Стало прохладнее. Сухой воздух уже не превышал температуры тела. «Хорошо бы под душ», – подумал он, потягиваясь, и тотчас увидел, что эта идея вполне осуществима. В поселке начал действовать водопровод. Его долго тянули откуда-то с востока, где утром в розовое солнце причудливо врезались горы, и, наконец, родниковая вода заменила солоноватую воду местной скважины. На вкус эта вода была необыкновенно приятна. Надо лишь сделать то, чего пока не сделали строители – подключить медпункт к поселковой сети. А что, медпункту душ не противопоказан. Душ, холодный душ будет у него. Вся затея обойдется рублей в десять или в бутылку спирта. И он избавится от надоевшей беготни за водой к цистерне, что стоит на площади. «Завтра же возьмусь! – решил он. – Траншею вырою сам. Трубы принесет и сварит сантехник. И у меня будет своя вода. Замечательно!» – Он потер ладонью ладонь, предвкушая освежающую струю душа.

Поужинав, он долго листал «Справочник практического врача». Он делал это каждый день, чтобы не терять квалификации. В медицинской литературе он находил подтверждение дневным диагнозам, разбирал свои сомнения и засыпал, удовлетворенный. Он бы успевал куда больше, будь у него положенные по штату фельдшер и уборщица. «Проклятая работа!» – в сердцах произносил он после особенно напряженных дней, когда на прием приходило по двадцать, а то и по двадцать шесть человек, и от обилия диагнозов пухла голова. Но быстро остывал и никому не жаловался. Да и кому было жаловаться? Он выполнял свой долг и не любил ни рассуждать, ни высказываться о своем долге.

Говоря откровенно, он был одинок в своем целинном поселке. За год работы на новом месте он не приобрел здесь друзей, но успел растерять старых. Год назад его выпуску торжественно вручили дипломы, и он принял назначение в Голодную степь, на целинные земли, без внутреннего несогласия, как будто сам стремился к этому. Смутное романтическое воодушевление овладело им, когда ему сказали, что он будет работать самостоятельно, без чьей-либо опеки. Конечно, он не знал, что его ждет, но то, что он увидел, мало разнилось с его представлениями о жизни в глубинке, о самодостаточности, когда все с него начиналось и на нем же замыкалось. С этой стороны, можно сказать, был порядок. Ему выделили двухкомнатную квартиру с кухней, дали вывеску «Медпункт», кое-какое оборудование и медикаменты и сказали: «Действуйте!» И он действовал.

Одиночество не очень угнетало его. Иногда мечтатель, иногда жесткий, безжалостный реалист, он умел в прихотливых пропорциях сочетать мечту и действительность. Он твердо, с подростковых, не всегда безупречных лет знал, что человек сам творец своего счастья, и если оно почему-то не дается ему в руки, не надо никого упрекать. Бесполезно. Эта несложная житейская истина воспринималась им не формально, а с некоторым иносказанием, с небольшой фантазией, позволяющей не только твердо стоять на земле, но и свободно парить в синих далях воображения. Парить, пожалуй, ему нравилось больше всего, но часто на это не оставалось времени.

Минувший день не оставил в его душе ничего, кроме усталости. «Схожу-ка я в кино, проветрюсь», – подумал доктор, спешно оделся и вышел, надеясь успеть ко второму сеансу. Было десять, но в ночи еще стоял привкус сумерек. Пахло пылью. Пыль старила молодые деревца, пустившие первые робкие листочки, толстым слоем лежала на дороге и набивалась доктору в туфли. В летний кинотеатр группами и по одному тянулись люди, бронзоволикие азиаты и загорелые европейцы. Доктор часто здоровался, и здоровались с ним. Со знакомыми он старался поздороваться первым. Впереди него шла стройная пара – могучий юноша и под стать ему женщина. Парня он узнал сразу, это был его утренний пациент. Парень уже не припадал на укушенную ногу. Плечо молодой женщины мягко и словно ненароком касалось его плеча.

Впиваясь глазами в их статные фигуры, доктор опять болезненно ощутил свое одиночество. Гнетущее это чувство сдавливало сердце. У него не было любимой девушки, которую он бы мог с благоговением повести в кино, в степь, в свой завтрашний день. У него не было здесь и знакомых девушек, милых и языкастых, с которыми можно было бы приятно поболтать вечерком. У него не было здесь и друга, с которым можно было бы пооткровенничать, воспарить и поспорить на темы близкие и отвлеченные. У него никого не было. Четверть века за плечами – и ни одного близкого человека рядом. «Как же так?» – спрашивал он себя – и не слышал ответа.

Доктор нагнал пару впереди себя, и на мгновение ему почудилось, что он слышит, как шуршит, в такт шагам, шелковое платье девушки, плотно облегающее фигуру. Это смутило его, как смущает случайный взгляд поверх занавески на чужую жизнь. Он заставил себя остановиться и стоял, нагнувшись, будто поправлял шнурок на туфле, пока эта пара не растаяла в ночи. Потом выпрямился и пошел следом. Кровь медленно отлила от головы, и возвратилось спокойствие.

В летнем кинотеатре было шумно и, опять же, обыденно. Начался фильм, но шум не стихал. Зрители щелкали семечки и смачно сплевывали шелуху, а один раз у выхода вспыхнула драка. Из-за пустяка, из-за чего же еще? Киномеханик плохо обращался с аппаратом, лента рвалась на самых интересных местах, и тогда кто-то озорно орал одно и то же: «Механика – на мыло!»

«Так в юные годы люди зарабатывают гипертонию», – подумал доктор, но терпеливо досидел до конца. Он насчитал шесть обрывов ленты.

После кино на открытой площадке начались танцы. Под радиолу. «Остаться? – спросил себя он. – Но с кем танцевать?» Он не был знаком с девчатами, которые стояли, со всех сторон окруженные парнями. Парней было раза в три больше. Он колебался, встав несколько поодаль. Двадцать пять лет властно заявляли о себе. Его тянуло к молодости, к свежей, броской девичьей красоте. Грянула музыка, и над танцующими взметнулась желтая пыль. Никто не полил площадку, не позаботился о танцах заранее. Он вспомнил ташкентские парки, зеленые-зеленые, где все было совсем не так, и каждый находил себе занятие по душе: одних тянула к себе танцплощадка с духовым оркестром, вторых – летний кинотеатр, третьих – пивная и шашлык, четвертых – изба-читальня, заполненная периодикой. И каждый получал свое. «Как здесь неприглядно!» – решил он и с чувством досады отправился домой.

Было прохладно и тихо. Призывно светила луна, наполняя окрестности призрачным желтым мерцанием. На небе голубыми кострами сверкали и переливались звезды. «Постоять бы сейчас с девушкой, – подумал он. – Какие ночи пропадают! Этого потом не возместить. Старик, как давно ты не влюблялся! Только не утверждай, что не в кого, никто тебе не поверит».

Жаркие дни быстро сменяли друг друга. Знойное дыхание пустыни начиналось вскоре после восхода солнца и обрывалось после его заката. Доктор вставал в шесть, делал десятиминутную дыхательную гимнастику, затем мыл полы, стряпал на целый день и начинал утренний прием в восемь, а то и раньше. Первым почти всегда являлся Виктор Малин, весело говорил: «Я спешу, доктор, спеши и ты!», подставлял под иглу смуглый, мускулистый живот, и доктор выцеживал в него порцию вакцины. Бетонщик убегал на работу, на ходу вправляя рубашку в штаны, а доктор ставил коробочку с ампулами на обычное место, приглашал следующего пациента и выпивал первый стакан воды. День проходил одним мельком, как взмах руки. А вечером доктор энергично принимался за водопроводную траншею. Работая лопатой, он выбирал одну навязчивую, но не слишком ясную мысль, и развивал и углублял ее, докапываясь до истины. Истина эта, конечно, тускнела в самый последний момент, так как не хотела обозначаться в полном объеме, по телу разливалась блаженная истома физической усталости, и доктор засыпал сном праведника, едва голова его касалась подушки. Он изо дня в день делал полезное, нужное людям дело, и сознание его оставалось спокойным, умиротворенным. Прошло и ощущение сосущей пустоты, которое так досадно укололо его в памятный понедельник. Тогда одного крепыша покусала бешеная собака…

В четверг доктор подключил водопровод к своей квартире и долго, с тихим наслаждением стоял под холодным душем, который ионизировал воздух. «Как в горах под крошечным водопадом», – подумал он. Все удовольствие обошлось ему в бутылку медицинского спирта, поднесенную сантехнику. Бутылка спирта и искренние слова благодарности, и два человека превосходно поладили друг с другом.

Вечером он читал свежий медицинский журнал и заснул лишь тогда, когда перевернул последнюю страницу. Работа и процесс самосовершенствования поглощали все его время. «Надо обойти всех жителей поселка, проверить пожилых на рак, туберкулез, – размышлял он. – Конечно, этого можно и не делать. Но кому-то это прибавит пару лет жизни. Пусть мне за это не заплатят, зато я буду о себе хорошего мнения. Заодно познакомлюсь со всеми девушками поселка», – догадался он и заулыбался, довольный.

Днем в субботу поднялась пыльная буря, и мгла окутала поселок. Доктор плотно прикрыл окна и двери и задвинул занавеси, но пыль находила бесчисленные лазейки и наполняла комнаты въедливым земляным запахом. Утренняя уборка пропала даром. От пыли щемило горло. Сколько же надо ждать, чтобы таких бурь здесь не было, спросил он себя. Лет двадцать? На плакатах эту землю уже изображали цветущим садом. Да, над цветущим садом не будут зарождаться пылевые бури.

Доктор вспомнил, каким был поселок в день его приезда. Различие с днем сегодняшним было уже ощутимо. Новый совхоз существовал тогда больше на бумаге, на синих листах чертежей. Кругом лежала желтая степь с белыми налетами соли по низинам. Ни деревца, ни зеленой травинки. Зеленый цвет в ландшафте отсутствовал совершенно, зато жара намного превышала ташкентскую. На месте поселка был только малозаметный квартал жилых домов, а неподалеку, обособившись, стояли вагончики. Целый городок вагончиков – временное пристанище строителей. Питьевую воду привозили в цистернах. Но люди делали свое дело, наперекор жаре и прочим неудобствам, сопутствующим их кочевому образу жизни. Рядом с первым кварталом вскоре поднялся еще один. Трассы лотковых оросителей поделили степь на правильные прямоугольники. И вот весной здешняя земля впервые познала плуг, и был посеян хлопчатник. Это был поистине титанический труд – подвести лотковые оросители к каждому полю, и часто рабочие не покидали своих площадок до глубокой ночи. Свет фар и бледная луна заменяли им солнце. По воскресеньям доктор уходил в степь стряхнуть с плеч многодневную усталость, а бригады строителей работали, как в будни. Потом пришла вода, и зазеленели посевы. Вспомнив весну, доктор не стал жалеть, что работает в этом пекле, что вынужден дышать отвратительной пылью и терпеть другие неудобства, которых здесь предостаточно. А ветер не прекращался, и до цветущего сада было ой как не близко.

У дверей загудел автомобиль. Доктор вышел в серую бездонную муть. Автокран привез бригадира монтажников, горбоносого таджика, которому сорвавшаяся с крюка бетонная стойка раздробила стопу. Бригадир торопился и не надел крючья троса на две петли, как положено. А одна петля, сильно проржавевшая, не выдержала. Таджик громко стонал и умоляюще смотрел на доктора, а доктор хмурился и молчал. Здесь он был бессилен. Он с немужской осторожностью продезинфицировал рану, сделал укол против столбняка, наложил повязку и сказал крановщику: «Быстрее в райцентр. Я позвоню из конторы, чтобы там приготовились к операции. Поспешите!»

– Доктор, я не хочу остаться калекой, – сказал таджик с мягким акцентом.

– Поспешите, и вы будете ходить без палочки, – обнадежил его врач.

Кран увез пострадавшего, и в медпункте воцарилась тишина. Буря стихла, атмосфера медленно прояснялась. Более часа доктор остервенело боролся с пылью, пока не восстановил утреннюю чистоту. «Плохо, что нет уборщицы, – в который раз сам себе пожаловался он. – Так недолго и опуститься». Он рано лег спать, намного раньше обычного. Было жарко, как днем. Нарушая тишину, в оконное стекло билось и билось насекомое. Рассеянный свет звездного неба позволял различать контуры и силуэты.

Не спалось. «Перенестись бы сейчас в большой город, в его вечернюю прохладу, в сияние электрического света, – мечтал он, устремив невидящий взгляд в светлый проем окна. – Хотя бы на один воскресный вечер! Как я соскучился по горожанам. Они такие холеные, чисто и изящно одетые. Сколько среди них веселых молодых гордячек и недотрог! Я бы бродил по красивым улицам и смотрел на людей, которым до меня нет дела и которые довольны собой, довольны жизнью и спешат развлечься. Я бы зашел в парк железнодорожников, на танцплощадку, покружился в вальсе и, кто знает, может быть, проводил домой одно из тех милых созданий, которые и здесь, в этой нелепой степи, не дают мне покоя. А если бы это сорвалось, не получилось, я бы завернул в пивную. Пара кружечек жигулевского, не более, и тонус жизни совсем другой! А еще… еще… Еще я люблю стремительный стук дамских каблучков по ночному тротуару. Днем тротуар мягкий и каблучки не стучат, а ночью – извольте только вслушаться! Уже поздно, уже погашены огни, ветер шуршит листьями, а она возвращается одна и торопится. Ее почему-то не провожают, и ей немного боязно и неприятно от того, что она одна, а кругом мрак и пустота, и этот навязчивый шорох ветра.

«Тук-тук-тук!» – стучат в ночи каблучки. «Тук-тук-тук!» – незримо отзывается мое сердце. И частит, и замирает, и снова частит. Я ускоряю шаг и догоняю ее, идущую не так быстро. Она оглядывается. Ей интересно и немного страшно. Наши глаза встречаются, полные влажного блеска. Мы нужны друг другу. И она, и я знаем это. Однако я прохожу вперед и не оглядываюсь, и наши шаги снова звучат порознь, хотя сердца поют одну и ту же песню. Потом все затихает, растворяется в ночи, исчезает бесследно и навсегда. Остаюсь я – наедине с собой. А она ушла и потеряна, как потеряны другие девушки, каждую из которых я одно мгновение представлял своей женой. Но мне хорошо от ощущения, возникшего, когда я, обгоняя, смотрел на нее, и я полон великой энергии жизни и молодости.

А здесь? Что я имею здесь? И отчего я здесь? Ведь никто из окончивших со мной институт не поехал сюда работать. Я, право, не горжусь собой, не важничаю. Мне дали образование, меня выучили на врача, и какое-то время я должен работать там, куда меня направили. Это похоже на службу в армии. Пройдут три года, и я демобилизуюсь. Кто-нибудь бросит мне вслед, что я сбежал, но это будет неправда. Законы моей страны позволяют мне уехать отсюда через три года. Я опять буду там, где много девушек. И одну из них я выберу в спутницы жизни. Ту, чьи каблучки будут особенно призывно стучать по ночному тротуару. А пока я здесь и мне трудно, не надо жаловаться, даже самому себе. Прежде всего, это бесполезно. И не стоит завидовать тем, кто спрятался за чужие спины. За мою спину в частности. Зависть – это начало всех больших и маленьких бед…»

И надвинулось забытье. Поворочавшись и отбросив увлажненную потом простыню, доктор заснул тревожным сном и вдруг проснулся среди ночи, охваченный страшным, гнетущим предчувствием надвигающейся утраты. Ощущение было похоже на громкий крик о помощи издалека, когда не видно зовущего. Он еще не знал ничего наверное, но появилась мысль, что должно произойти нечто непоправимое. И он, доктор, виноват в том непоправимом, что должно произойти. Было темно и душно. Ветер захлопнул окно, и ночной воздух не мог проникнуть в спальную и охладить ее. Возможно, поэтому он и проснулся. Но откуда тогда этот навязчивый, не свойственный ему страх, откуда это ощущение жути? Он вспотел, волосы были совсем влажные, и подушка тоже. Как в предбаннике, где от душной жары не удается вытереться насухо.

Раньше он редко просыпался среди ночи и тотчас засыпал опять, ни о чем не думая. Слишком короткое время отводил он сну, чтобы страдать бессонницей. Сейчас же он проснулся от внутреннего толчка, от давящей мысли, где и когда он промахнулся. Что он сделал такое, что грозит обернуться бедой? Никогда прежде к нему не приходило похожее ощущение.

Минутой раньше он видел сон. В нереальной, фантастической обстановке, среди гор, покрытых пышной синей растительностью, он бродил по певучим чащам и слагал стихи – четверостишие за четверостишием. Слова сами складывались в строки, строки прекрасно рифмовались, и он уже во сне знал, что таких стихов не читал раньше, что это его собственные стихи, придумываемые целыми четверостишиями сразу. Это была необыкновенная форма творчества. Он не видел отдельных слов, он видел целые четверостишия с четкими, звонкими, не банальными рифмами. Потом все вдруг смешалось и исчезло, без видимой причины исчезло, взяло и исчезло. Осталась черная пустота, будто растворилось окно в ночь. А в пустоте ярко обозначились, как на картине Рембрандта, его кабинет, где он принимал больных, стол, полки с лекарствами и он сам, врачующий пациента. И на столе, поверх белой простыни, заменяющей скатерть, две картонные коробочки с крышками, желтой и синей.

– Аааа! – простонал он, как будто протянутая из темноты рука схватила его за горло, и крика уже не получилось. Отчаяние, ужас, боль слились в одном негромком звуке. Он увидел, как не так давно, усталый, изнуренный жарой, он сделал прививку от столбняка землекопу, глубоко поранившему ногу, а час спустя делал укол против бешенства мальчику, которого за руку привела мать. Его покусала безнадзорная собака. Мальчик шумел, упирался, и доктор действовал машинально, подавленный детским отчаянием. Две коробочки с разными вакцинами стояли рядом, и в каждой не хватало по одной ампуле. Доктор нахлобучил на них крышки и поставил на полки, под марлевый полог. Крышки же поменялись местами.

Доктор вскочил в чрезвычайном смятении проверить, так ли это. Сухо щелкнул выключатель, но свет не загорелся. Движок, питавший генератор, давно заглушили, в сети не было тока. Тогда трясущимися руками он нашарил свечу и спички и при тусклом, колеблющемся пламени схватил коробки с вакцинами и стал рассматривать надписи на ампулах. Сомнений не осталось. Целую неделю он делал парню, которого покусала бешеная собака, противостолбнячные прививки. А у этого парня, Николая Малина, глубокие укусы в лицо и шею, и факт бешенства собаки налицо. Процесс, начавшийся в его организме, набирал черты необратимости. Надвигалась катастрофа, а этот молодой человек сейчас обнимал свою мадонну или спокойно спал и ни о чем не подозревал.

Что делать, что делать, что делать? Доктора била нервная лихорадка. Словно ему сообщили о смерти любимого человека, и до него постепенно, сквозь завесу слез, начало доходить, что здесь уже все бесполезно и надо будет, смирившись, исполнить раз и навсегда заведенный ритуал. В коробочке с противостолбнячной вакциной недоставало семь ампул. А он каждый день заносил в журнал, что больному Малину сделана очередная прививка против бешенства. Формально истина соблюдена, и его никто не упрекнет в преступной небрежности. Он останется наедине с загубленной человеческой жизнью, с тенью доброго, веселого, крепкого человека. Тень эта будет являться ему ночами, неслышно вваливаясь в спальную, усаживаться напротив и спрашивать: «Ну-с, любезный мой доктор, объясните мне, как получилось, что с некоторых пор я существую одна, без своей телесной оболочки, которая так меня красила? Вы, эскулап хреновый, недоделанный, виноваты, виноваты, виноваты...»

Он сел на кровать и поник головой. Еще никто не уходил из жизни из-за его небрежности. Да, пока он счастливо избегал того, что в народе именуют врачебной ошибкой. Будь у него фельдшер, он бы ни за что не ошибся. Уколы делал бы фельдшер, и он, контролируя фельдшера, непременно прочитал бы надпись на ампуле. Себе же он передоверил. Как быть, где выход? Время упущено, и даже усиленная доза вакцины уже не создаст иммунитета. Через две-три недели парень перестанет прикасаться к воде, и при его силе в бессознательном буйстве он многим может посчитать ребра, прежде чем его завернут в смирительную рубашку. Затем три дня бессильного цепляния за жизнь, паралич и уход в небытие.

«Дважды со мной такое не повторится», – сказал, наконец, доктор и лег, обессиленный. Он чувствовал себя так, как будто ему дали в руки заступ с отполированным лезвием и велели копать могилу молодому, здоровому человеку, которого завтра ждет мучительная смерть по его, доктора, вине, и который до последних минут своих ничего не будет подозревать. Он не задул свечу. Трепещущая за окном темнота нагнетала страх. Нервная дрожь не прекращалась. Он и не подозревал, что у него такие хлипкие нервы. Но, что бы ни произошло, он не должен предаваться отчаянию. Из всех мыслей, бурливших в его голове, начала выделяться главная: открыться или промолчать? Если он чистосердечно во всем признается, его ждет презрение общества, суд. Года два-три ему дадут, а то и все пять. И лишат диплома врача – придется менять профессию. Жестоко и несправедливо. Но не так жестоко и несправедливо, как та участь, которую он уготовил этому крепышу, бетонщику Виктору Малину.

Доктор сознавал, что не заслужил тюрьмы. Он не заслужил тюрьмы хотя бы потому, что безотказно работал за троих, не считаясь ни со временем, ни с усталостью. И этот довод подсказывал ему решение – промолчать. Пока оно, однако, не утверждалось сознанием. Да, он врач по призванию, и врачом принесет людям больше пользы, чем на любой другой работе в будущем. Да, вторично он не ошибется так позорно. Он сможет ошибиться только там, где кончаются точные данные науки и начинается неведомое. А неведомое не всегда подвластно интуиции. Но чем он возместит обществу загубленную молодую жизнь? И как, как примирится со своей совестью? «А кто возмещает обществу убытки, понесенные в результате несчастного случая? Стихийного бедствия? – защищался он. – Никто, кроме самого общества, таких убытков не возмещает. Будем же квалифицировать случившееся, как несчастье».

Но доводы логики не успокаивали. Ему-то было прекрасно известно, что это не несчастье, а преступление. Преступление, в основе которого лежит его недогляд, халатность. За это судят и сажают в тюрьму. И нельзя, пользуясь неведением общества и его полным доверием, выгораживать себя с помощью лжи, которая в данном случае вполне сойдет за правду. Нельзя, думал он, поступать нечестно, ведь он еще ничем не запятнал своей совести – ничем, кроме этой жестокой ошибки. Но в следующую минуту он уже думал, что непременно открылся бы и облегчил совесть, если бы его оставили работать врачом. Поняли бы, простили и не презирали. Ошибка непоправима, и наказание ничего не изменит.

Оправдывая себя, он липко потел. Он не верил этой эгоистической логике, но продолжал оправдываться. Здесь, в жару, оправдывался он, у людей сильно напряжены нервы, и они чаще ошибаются. Ошибся и он, передоверив себе. И он должен признаться, покаяться.

Он вспомнил, как в детстве украл ежа из школьного зооуголка и как потом мучился, но не признался, хотя очень хотелось признаться. Тогда он наказал себя сам – два месяца не ходил в кино, хотя очень любил кино. Протянулась какая-то аналогия. Да, он накажет себя сам. Он не уедет отсюда через три года, а будет работать здесь до тех пор, пока эта сухая земля не станет такой же обетованной, как и благодатная Ферганская долина. «Тюрьма меня успокоит, и я перестану переживать, – думал он. – Если же я накажу себя сам, наказание будет действовать дольше».

Доктор встал. Лицо его покрывала синеватая бледность, усиленная бисером пота. Нервная дрожь не отпускала. Выражение мученика, стоически принявшего жестокий удар судьбы, изменило его до неузнаваемости. Достав коробочку с антирабической вакциной, он выбросил в мусорное ведро шесть ампул, столько, сколько дней прошло с первой прививки Николаю Малину. Теперь у больного не возникнет сомнений. Он положил коробку с вакциной на стол, рядом со шприцем, и лег.

Рассветало. Бессильное пламя свечи уже не бросало отблески на стены и потолок, не колебало тени по углам комнаты. Рождался новый день, так не похожий на предыдущие. Вчера все было ясно и просто, жизнь уверенно и плавно скользила по наезженной колее. Сегодня же доктор будет принимать внешне здорового, на зависть крепко сложенного парня, в котором поднимает голову смертельный микроб, и делать вид, что лечит этого парня, продолжая безнадежно запоздавшую процедуру. Парень будет благодарить, как обычно, шутить, смеяться, и доктор не должен будет меняться в лице, выслушивая эти любезности.

Однако Малин не торопился прийти на очередной укол. Минуло девять и десять часов, а он не шел. Потеряв терпение, доктор отправился на розыски. Ему указали на зеленый вагончик, и он с раздражением постучался. На кого он злился? На себя, и он прекрасно знал это. Малин открыл дверь, смутился и стал оправдываться. Он считал, что это не так важно, и не хотел беспокоить доктора в воскресенье. Ведь у него уже есть задел в шесть уколов. Лицо парня украсила застенчивая улыбка. На его неприбранной постели сидела девушка, с которой он был в кино в тот памятный понедельник. Ее белокурые вспушенные волосы были в беспорядке. Одну прядь освещало солнце и делало ее хрустально-прозрачной, как бы отлитой из янтаря. Мочка уха под нею пламенела. По стыдливой растерянности, с которой девушка разглядывала его, доктор понял, что ночь они провели вместе, и утром парню было не до уколов.

– Извините за бесцеремонное вторжение в ваш быт, но в лечении, как в любом важном деле, необходима пунктуальность. Укус в шею очень опасен, ведь мозг совсем рядом, – произнес доктор высокопарно и сам удивился красивой никчемности этой фразы. – Надеюсь, эти дни вы не пили? Пить я вам запрещал самым категорическим образом.

Парень промолчал. Не так-то просто было преодолеть новый прилив смущения. Конечно, вчера на его столе стояло вино, иначе, пожалуй, его очаровательная подруга не заночевала бы здесь. Под столом лежали две порожние бутылки, на из горлышках еще не осела пыль.

– Со смертью не играют так глупо, – строго сказал доктор и приготовил шприц. – Я вас очень прошу, – обратился он к девушке, четко выговаривая каждое слово, – проследить за тем, чтобы ваш муж не пил, пока не завершится лечение. Иначе вы станете вдовой раньше, чем матерью.

«Она и так станет вдовой раньше, чем матерью, – повторил доктор про себя с безысходной грустью. – Я лгун и ханжа. Гадкий, бессовестный ханжа».

Девушка насупилась и зарделась, когда ее назвали женой, и всем троим стало странно не по себе.

– Доктор, вчера я впервые провинился перед вами, – признался парень, когда молчание сделалось тягостным. – Честное слово, у вас больше не будет повода отчитывать меня. А вы… вы сегодня плохо выглядите. Вам можно дать за тридцать. Что-нибудь случилось? У вас неприятности? Кому-то из больных стало плохо? – вдруг поинтересовался он. Вопросы прозвучали искренне и дружелюбно, и доктор побледнел и не нашелся что ответить. Он мог сказать все, кроме правды.

– Да, – сказал доктор и тут же заговорил о другом, чтобы не вдаваться в подробности. Ни юноша, ни его голубка не должны ничего подозревать. Возможно, все обойдется, и девушка, сидящая сейчас на кровати с распущенными волосами, не станет вдовой, не будет убиваться по безвременно ушедшему другу в бессильном отчаянии. Может быть, в эту ночь она зачала. Увидит ли ребенок родного отца, или только его фотографию?

Впрыснув вакцину, доктор попросил Виктора прийти к нему завтра – цикл уколов не должен прерываться, и ушел, угрюмо попрощавшись.

Прошла неделя. Свалившееся как снег на голову несчастье двояко подействовало на доктора. Он лишился аппетита и день за днем терял в весе, высыхая от жары, недоедания и угрызений совести. Необщительный, он теперь откровенно сторонился людей, в ответах стал лаконичен и спрашивал только самое необходимое. Но свои обязанности выполнял с горячим рвением. Его кабинет сверкал чистотой, больные получали точные указания и быструю помощь. И никто не подозревал, каких усилий стоило ему исполнение повседневных обязанностей. По ночам он часто просыпался в страхе, вскакивал, зажигал свет или свечу, если не было электричества, и часами лежал, доказывая себе логичность своего молчания, а потом забывался и, опустошенный, засыпал и видел во сне кошмары. Быть одновременно и судьей, и подсудимым ему не удавалось.

В субботу его навестила инспекция из районного отдела здравоохранения. Инспектор, пожилой врач, был приятно удивлен чистотой и постановкой дела в медпункте.

– Я счастлив видеть в нашей глубинке врача талантливого и добросовестного, – сказал он высокопарно, с расчетом на эффект, и, уезжая, заверил доктора в полной своей поддержке. Доктор съежился от похвалы, как от удара палкой. «Знал бы он про это! – подумал он и зло усмехнулся, пожимая сухую ладонь с синими старческими прожилками. – Теперь мне легче защититься. Инспектор видел, как я делал Малину укол, и я всегда могу сослаться на то, что лечение было правильным. Он, конечно же, прочитал надпись на ампуле. Какого пинка дал бы он мне, если бы прочитал надпись на ампуле неделю назад! Мать честная! А ведь иммунитета я уже не создам, я опоздал и занимаюсь показухой. Горе мне, несчастному, горе! Нет, это Малину горе и его невесте. А я… я...»

Прошла еще одна горячая, изнурительная неделя. Доктор пристально разглядывал Малина при их ежедневной встрече, высматривая зловещие признаки болезни. Пока их не было. Он обязательно выпивал при пациенте стакан воды, жаловался на жару и предлагал ему воду. И парень без видимой боязни выпивал свой стакан, словно это входило в систему лечения. В субботу бетонщик сказал: «Кажется, это двадцатый укол. Они порядком неприятны, и сейчас я ненавижу всех собак подряд. Даже тех, у которых преданный взгляд. Я уже не читаю про себя есенинские строчки: «Дай, Джим, на счастье лапу мне, такой вот лапы не видал я сроду. Давай с тобой полаем при луне на тихую, бесшумную погоду». С завтрашнего дня должен начаться перерыв, не так ли? Вы обещали!»

– Так точно, уважаемый. Если бы однажды я не застал вас за употреблением вина. Шесть первых уколов согласно инструкции пошли насмарку, и, откровенно говоря, я за вас очень беспокоюсь. Надо сделать еще шесть уколов взамен тех, которые не принесли пользы, – спокойно, не изменившись в лице, сказал доктор. – Я буду ждать вас завтра и никуда не поеду. Это уже третье воскресенье, которое мне не удается использовать.

– Коли так, за мной дело не станет. Коли так, колите меня дальше! – согласился парень, но лицо его вытянулось. – Завтра я приду пораньше, чтобы у вас был свободный день! Шебутная же у вас профессия, доктор! Вам не позавидуешь. Зато без вас нам никак нельзя, это уж точно. Вы наша палочка-выручалочка!

Утром обнаружилось то, чего так боялся доктор. Наливая себе стакан воды, он заметил, как недобро сверкнули и остались зажженными глаза Малина.

– Не хочу, извините, – сказал он, когда настала его очередь пить воду.

– Вот как? – Доктор изобразил удивление, а в груди его оборвалась упорно существовавшая надежда. Это было похоже на падение в пропасть с едва намеченной горной тропинки, которая еще сузилась и не выполнила своего назначения. – Позвольте полюбопытствовать, что вы пили дома?

– Понимаете, ничего! В том-то и дело, что я и дома не пил. Не хочу! А чувствую, что организму недостает воды. Знаете, это странное ощущение. Оно пришло ко мне вчера вечером и начинает выматывать жилы. И еще я заметил одну ненормальность. Места укусов давно зажили, а теперь зудят, как при ревматизме. Отчего?

Это, как знал доктор, был верный, роковой признак.

– Успокойтесь, пожалуйста. Ничего страшного. Это неприятные последствия уколов, – поспешил заверить он. – Советую вам никуда не ходить сегодня. Отдохните. Попробуйте найти занятие, за которым бы незаметно текло время.

– Пожалуй, так будет правильно. Завтра, за работой, это рассосется само собой. Работа прекрасно излечивает любую хворь. Завертелся и ушел, ушел! Но знаете, доктор, я сегодня того… чрезмерно восприимчив. Любая мелочь возбуждает меня, и я готов броситься на человека, который ничего мне не сделал, готов избить его, повалить. Такого за собой я еще не замечал! Спасибо вам, доктор. Ну, и задал я вам хлопот!

Малин вышел, слегка раскачиваясь и не подозревая еще о роковом характере своего недуга. На доктора страшно было смотреть. Лицо его осунулось, приобрело землистый оттенок. Нос заострился, глаза ввалились, и веки почти закрыли их, оставив узкие щели. Мозг работал с перегрузкой, пораженный глубинным процессом самоанализа. И доктор ясно понял, что все то, что он пережил недавно, ничто в сравнении с тем, что ему предстоит пережить в ближайшие дни. Он решил, что поместит больного во второй комнате медпункта, тихой и полутемной, и будет ухаживать за ним до конца. Завтра, когда болезнь обозначится неопровержимо, он сообщит в район. До сегодня он еще надеялся, что беда пройдет стороной, что откроется какое-либо счастливое обстоятельство, указывающее на прекращение процесса. Теперь же исчезла и соломинка, за которую он пытался ухватиться.

Но ему не пришлось ждать до завтра. Вечером постучалась сожительница Малина, – он узнал ее сразу, ибо ждал ее прихода. Поникшая, со свежим кровоподтеком на скуле, она сказала, что с мужем творятся непонятные вещи. Всегда приветливый и кроткий, он вспылил за ужином по пустяковому поводу и ударил ее. Она изумилась, и уже потом в ней заговорила гордость. А он так и не почувствовал угрызений совести. Напротив, он вторично занес над ней руку. Она увернулась и выбежала во двор. Она не помнит случая, чтобы он был с нею груб или повысил голос, а тут вдруг ударил, и сильно, со злостью. И он совершенно не пьет воды, он боится воды. На его губах выступает белая пена, когда при нем пьют. Доктор, что это с ним? Доктор, почему он такой? Это после той страшной собаки? Вы предостерегали, а он не внял, – неужели это уже пришло?

Она жадно ждала ответа.

– Вы с ним зарегистрированы? – спросил он вместо пояснения.

– Нет. Но мы зарегистрируемся, когда вы кончите его колоть. Тогда и сыграем свадьбу. Ведь должен остаться памятный день!

– А ребенка… вы не ожидаете?

– Нет. То есть, да. То есть, я пока не знаю. Еще не ясно, – сказала она с тихим, усиливающимся ужасом. – Значит, это страшно, это не случайная вспышка гнева? Он заболел?

– Боюсь, ребенок – это единственное, что у вас от него останется. Я подозреваю бешенство. Смерть при этом диагнозе неминуема. Уколы, как видите, не помогли. Он пил, а укусы были в шею и голову, близко к мозгу. – Доктор смотрел мимо белого лица, мимо вспотевших изнутри, широко раскрытых глаз. Он смотрел в серую пустоту за ее ссутулившейся спиной. Потом тихо добавил: «Но ваш муж ничего не должен знать».

Молодая женщина ойкнула и присела от неожиданности. Слезы быстро-быстро закапали на ее округлые, белые колени. «Этого я не ждала, – вымолвила она через силу. – Я думала, у меня впереди нормальная семейная жизнь. И тут это ваше известие. Нет, это жестоко, несправедливо! Это страшно, доктор! Где правда?»

– Мы сейчас приведем его сюда, – сказал доктор, не отвечая на вопрос, есть ли на Земле правда. – Мы в состоянии только ослабить его мучения. Остальное нам уже не подвластно. Надо, чтобы он успокоился. Абсолютный покой на время прояснит его сознание.

Они вышли. Доктор поддерживал молодую женщину за руку.

– Доктор! – воскликнула она, прерывисто переводя дыхание. – Неужели ему так повредила какая-то бутылка вина? Ведь он такой крепыш! Да он сильнее всех в нашем поселке!

– Я тоже восхищался его телосложением. Но бациллы на это не смотрят. Обязательно будет исследована активность вакцины. Я вам все это подробно объясню, но после, после. – Голос его сделался умоляюще тих.

Больной встретил их тяжелым, подозрительным взглядом, но не сопротивлялся. Он признал доктора, покорно последовал за ним и позволил проделать все необходимые процедуры. Вера во всесилие медицины еще не угасла в его тускнеющем сознании. Молодая женщина села на стул рядом с кроватью, и доктор знал, что так она просидит до конца. Он впрыснул больному снотворное и ушел к себе в комнату, попросив подругу Малина сидеть как можно тише. Он мог и не говорить этого. Она ходила на цыпочках и босиком, так что создавалось впечатление плавного беззвучного скольжения над самой поверхностью пола. Малин ни о чем не расспрашивал доктора и не разговаривал с женой. Он стоически молчал и не общался с людьми, остававшимися жить после него. Он понимал уже, что жизни его приходит конец, что его большое, мускулистое тело стремительно разрушается крошечными бациллами, что этим размножающимся с поразительной быстротой бациллам уже ничего нельзя противопоставить.

Чувство обреченности привело его в состояние тихого созерцания пройденного пути и непротивления страшной, несправедливой участи. Сила, которую он копил в себе всю свою сознательную жизнь, оказалась на сей раз бесполезной, как и ум его и другие замечательные качества. В нем так и не проснулось желание разбить, сокрушить все вокруг. Бешенство развивалось на удивление тихо и при не тускнеющем сознании. Наблюдая и ухаживая за ним, было не трудно лишиться рассудка. И доктор старался как можно реже входить к больному и встречаться глазами с его осуждающим взглядом.

Прошла ночь, во время которой доктор несколько раз порывался встать и громко объявить: «Это я, я виноват, спросите с меня!» И тем самым облегчить свою душу. Но сдержался. Зачем покорность судьбе превращать в ненависть к человеку, который призван творить добро и который постоянно творит добро и лишь однажды по чудовищной случайности совершил тягчайшую оплошность?

Доктор почти не сомкнул глаз и днем понял, что переоценил свои силы. Умирающий, лежавший за дверью в затемненной комнате, на давал ему сосредоточиться. Новые люди с их болезнями не укладывались в его замутненном сознании, заполненном одним страдальцем. Он позвонил в район, кратко доложил о случившемся и попросил прислать машину. Приехавший врач полистал историю болезни и не сказал ни слова укора. Больного вкатили на роликовых носилках в утробу машины. Молодая женщина безропотно последовала за ним. «А у меня нет такой подруги! - машинально отметил доктор. - Я ничем не привлекаю женщин. Наверное, они не обращают на меня внимания именно из-за той черты характера, которая сейчас заставляет меня скрывать эту страшную вину. Я сам не замечаю этой черты, я глубоко свыкся с нею, а другим она видна отчетливо, и они, естественно, сторонятся меня. А я возьму и признаюсь. Хватит, хватит терпеть!»

Доктор вышел проводить Виктора Малина, заглянул с крыльца внутрь машины, и парень улыбнулся ему сознательной, угасающей улыбкой. Мол, выше голову, доктор! Виктор всем своим протестующим существом знал, что приготовил ему завтрашний день, но ни в чем не винил доктора и даже улыбался ему, показывая, как он сожалеет, что усилия доктора пропали даром. Молодая женщина отвернулась и проглотила слезу. Большое, поникшее и от того неуклюжее ее тело вздрагивало в такт беззвучным рыданиям. За эту ночь она повзрослела на десять лет и теперь едва держалась на ногах. Слез не было, она выплакала их вчера и больше не могла плакать. Красный крест на матовых окнах «скорой помощи» удивительно напоминал черный погребальный крест.

– Вот и все. Их я больше не увижу. Но хватит терпеть! – произнес доктор вслух и зачем-то вернулся в медпункт. Почувствовал слабость в коленках, потер виски нашатырем и понял, что если бы ему предложили поменяться с Малиным судьбами, он бы безропотно согласился. Восторжествовала бы справедливость, и ему стало бы легко и хорошо, как и было до этого момента. «Умереть вместо него – это просто, но тюрьма, суд и тюрьма… – подумал он. – Тюрьма ничего не поправит!»

Но тут на него нахлынуло такое сильное презрение к себе, что он пулей выскочил на дорогу. Кажется, с сомнениями и трусостью было покончено разом. Открыться или промолчать – этой проблемы больше не существовало. Почему же ему так долго было не ясно, что об этом нельзя молчать, что молчать низко, подло? Почему?

В поисках машины он добежал до площади перед конторой совхоза. Водитель такси рассчитывался с пассажиром. «Такси! – издали крикнул он. – Такси! – повторил он, подбегая. – Мне в райцентр! Мне срочно!»

Но перед дверьми районного отдела здравоохранения он встал, как вкопанный. Сомнения опять нахлынули на него и стали одолевать. Разве он уже не наказан? Наказан, строго наказан, самим собой наказан. Только не прилюдно наказан. И, в отличие от наказания общества, его наказание бессрочно. Ведь он всю жизнь будет извлекать урок из допущенной ошибки.

Он сделал робкий шаг назад и снова остановился. И сделал еще один шаг назад, уже не такой робкий, и еще, еще…

СТАРИК

Токтогульский строительный туннель оказался крепким орешком. Точнее, не сам туннель, с ним наша гидравлическая лаборатория справилась довольно легко, а его концевая часть – выходной портал и сопряжение с рекой. Второй год мы потели над этим страх каким тяжелым сопряжением, нащупывая решение, которое удовлетворило бы всех. А решение, единственно, как мы чувствовали, возможное, никак не давалось. И это нервировало проектировщиков из отдела реки Нарын, ибо проходка туннеля уже велась, и приближалось перекрытие реки.

Здесь, наверное, следует сказать, для чего вообще нужен строительный туннель. Это как бы второе русло реки, параллельное первому. Если бы гидростанцию возводили на равнине, второе русло прокопали бы рядом с первым. В горах же пробивают туннель. Когда на основном русле отсыпают плотину, его сначала осушают, затем зачищают до твердого основания. А реку на это время направляют в туннель. Когда плотина готова, туннель перегораживают, нужда в нем отпадает. Поскольку он действует только в период строительства гидроузла, а далее нужда в нем отпадает, его и называют строительным.

Второй год насосы работали только на нашу модель, и второй год ежедневно, часам так к двенадцати, когда солнце хорошо разогревало все вокруг, на модель приходил наш шеф. Руководитель лаборатории Яков Александрович Никитин. Его мы и звали стариком. Первым, кажется, так назвал его мой друг техник Юрий Тимошенко. И прозвище приклеилось. В нем присутствовала нежность, оттененная интонациями уважения.

Седой, сухопарый, легкотелый, с лицом бронзовым, задубевшим неизвестно на каких житейских ветрах, старик производил впечатление морского волка, которого годы разлучили с морем. Его неспешная, шаркающая походка углубляла это впечатление. Прежде чем ступить, он как бы ощупывал стопой прочность опоры. На самом же деле его море все время оставалось с ним, и в этом смысле он был счастливым человеком.

Итак, в полдень, в самое солнцестояние, старик неторопливо поднимался на модель, садился против потока, который вырывался из туннеля, и смотрел. Молчал и пытливо вглядывался в поток. Потом брал в руки деревянную рейку и вводил ее в поток, расщепляя его на струи и струйки – проверял какую-то свою идею. Иногда это улучшало сопряжение, но чаще всего – нет. Тогда он прислонял рейку к стене и снова вглядывался в поток, порой уходя так глубоко в себя, что в это время мог не расслышать обращенного к нему вопроса. Когда старик вдвигал в поток рейку и она встречала упругое сопротивление воды, у него начинали дрожать руки. Они дрожали, как при ознобе, и Юра Тимошенко позже ронял небрежно, но уверенно, что это после ста граммов. Выходило, что любимым занятием старика после принятия внутрь ста граммов было прийти к нам на модель, сесть спиной к солнцу и подолгу смотреть, как течет вода.

А из туннеля вырывался поток неимоверной силы. Зимой река Нарын маловодна, несет каких-нибудь сто кубических метров воды в секунду. Такой небольшой расход заполняет лишь одну десятую часть туннеля. Зато в летний паводок, в июльское таяние снегов по руслу несется уже тысяча пятьсот кубометров воды в секунду. Раз же в двадцать лет, в год особенно многоводный, расход возрастает до двух тысяч двухсот кубометров воды в секунду. На этот огромной силы паводковый поток проектировщики и рассчитывали туннель. Сооружения такого рода должны обладать запасом прочности, и не маленьким.

Бешеный паводковый Нарын туннель пропускал уже в напорном режиме, при затопленном оголовке входного портала. И вода вырывалась из туннеля с силой струи, бьющей из брандспойта. Она играючи слизывала дорогу, которая проходила по аллювиальным отложениям правого берега. А это была единственная артерия, питающая стройку. И размыва дороги никак нельзя было допустить. Чтобы сохранить дорогу, мы второй год придумывали способы защиты берега. Узкий створ усугублял тяжесть проблемы. Мало чего давала нам и мировая практика гидротехнического строительства – аналогов мы не находили. С проектом такого уникального гидроузла, как Токтогульская гидростанция, с бетонной арочной плотиной высотой 220 метров человек приходил в сейсмоопасные горы Тянь-Шаня впервые.

Все другие вопросы уже были решены, этот же был из разряда неподдающихся. Число опробованных и отвергнутых вариантов уже приближалось к трем десяткам. Сначала специалисты отвергли плавающую решетку из стальных, заглушенных с торцов труб метрового диаметра: в такой конструкции могли возникнуть опасные напряжения. Эта же участь постигла несколько типов водобойных колодцев, которые получались очень глубокими. «Здесь не равнина, в скалу так глубоко мы не заглубимся», - пришли к выводу инженеры. Потом было забраковано крепление дороги крупными обломками скалы. Дорого и слишком пассивно. К тому же, эти многотонные «поросята» все равно бы скатывались на дно ямы размыва, а вслед за ними сползала бы в реку и дорога. Потом старик наложил вето на пирсы и надолбы. Более эффективные, чем все предыдущие конструкции, они не годились для пропуска шуги и могли разрушиться от кавитации. А одно слово «кавитация» ставило на предложении крест. Кавитация – вакуум за препятствием, образуемый высокоскоростным потоком, разрушает не только бетон, но и лопасти огромных турбин, лопасти винтов высокоскоростных военных судов, отлитые из особо прочной молибденовой стали.

Старик был экспериментатором с тридцатилетним стажем. В его седовласой голове хранилась масса аналогий, относящихся к взаимодействию воды с сооружением. Присев на корточки против выходного портала туннеля, он подолгу смотрел, как поток формирует яму размыва. Он давно не думал о том, что все то, что оправдывает себя на модели, непременно оправдает себя и на далеком настоящем Нарыне, который в семьдесят раз шире этого игрушечного ручейка, в семьдесят раз глубже и почти в сорок тысяч раз многоводнее. Законы подобия, по которым строили модель и по которым она работала, были открыты еще великим Ньютоном и никогда не подводили исследователей. Эти законы, незыблемые, как само всемирное тяготение, были для старика азбукой. Так мы, научившись правописанию, уже не возвращаемся к правилам грамматики. Он смотрел на поток и мысленно разговаривал сам с собой, а отдельные слова произносил вслух, не замечая нашего присутствия. «Распластать струю! Расщепить! Соударить струи!» – запоминали мы случайные обрывки мыслей, им изрекаемых. Конечно же, он лучше нас знал, как это сделать.

Так появился на свет трамплин-растекатель. Сейчас старик смотрел, как он работает. Это и было искомое, предмет двухлетних поисков. Мы так и не зафиксировали, чья это идея. Считалось, что это идея лаборатории – трамплин в форме лепестков ромашки, который подбрасывал и равномерно распластывал все две тысячи двести кубических метров воды в секунду. Но это была идея старика в большей мере, чем любого из нас. Он сидел и смотрел, как работает наш трамплин. Он знал, что это победа. И люди, которые давно нас торопили, знали, что решение найдено. Оно уже обретало форму чертежа и со дня на день должно было поступить к строителям.

Прибежал с кинокамерой Юрий Тимошенко. Нацелил объектив на старика, на воду, стал снимать. «Для истории!» – пояснил он. Стрекотала камера, сверкали на солнце брызги. Старик по привычке взял рейку и ввел конец ее в поток. «А тут еще плохо!» – сказал он. Правый открылок выходного портала действительно следовало сделать более плавным. У старика мелко дрожали руки. И голова. Не замечая этой дрожи, он проверял свою идею, которая могла вылиться в маленький штрих доводки. «Попробуйте уменьшить кривизну открылка», – посоветовал он. Встал и неспешно пошел к себе, в кабинет, стены, мебель и портьеры которого были насквозь пропитаны запахом никотина.

– Ты заметил, как дрожат у него руки? – спросил меня Юра. – Это после ста граммов!

– Брось, откуда? – сказал я, не соглашаясь. Никем еще не было замечено, чтобы старик в рабочее время отлучался в магазин.

– Не веришь? У меня после ста граммов так же блестят глаза. Обрати внимание!

Ему очень хотелось, чтобы у старика была хоть какая-нибудь слабинка. Слабинка, которая сближала бы его с нами, грешными.

Зимой, уже после блестяще удавшегося перекрытия Нарына, подтвердившего все рекомендации лаборатории, старик приболел, и мы с Юрием навестили его. Он жил в собственном доме на краю Ташкента, в пятнадцати километрах от лаборатории, и добирались мы до него ровно полтора часа. Такие концы на работу и с работы, ясное дело, не облегчали его жизни. Мы вошли, смущенные тишиной большого дома. Поздоровались. Старик сердечно улыбнулся, он не ждал гостей. Не был, как говорится, избалован вниманием. В пижаме он выглядел еще более щупло и поджаро, чем в костюме. Он почти тонул в широком кресле. Неожиданно мы коснулись военной темы и разговорили его. Я и отца обожал расспрашивать про войну, но это было в детстве. Рассказывая, старик преобразился; я не знал, что вызову цепную реакцию воспоминаний.

– Да, воевал, – сказал Яков Александрович. И задумался, обратившись мыслью к далеким уже годам, когда кругом все полыхало, и выжить было очень трудно. Резче и глубже стали морщины на его лбу. Я подумал, что у него за плечами большая жизнь, которую не вместить в одну книгу. Пожалуй, так оно и было.

– Считаю, что мне повезло, – начал он, раздумчиво подбирая слова.

– Повезло в том отношении, что я попал в артиллерию. Еще мальчишкой, представляя себя солдатом, я видел себя рядом с пушкой. Все мы подростками проходим через это: «Бах-бах-бах!» И: «Вылезай, ты убит, я первый выстрелил!»

Война обрушилась на страну, как удар сзади по голове. Обучали нас по ускоренной программе. Фронт не ждал. К лету сорок второго я уже был лейтенант новоиспеченный. Но до зимы в боях не участвовал, хотя и погоняли нас вокруг Сталинграда туда-сюда, сюда-туда. Однажды я опоздал на баржу, которая шла в Астрахань – простоял в очереди за пайком. А эта баржа подорвалась на магнитной мине, и все, кто был в трюме, погибли. Я был командиром без солдат, еще не были отлиты пушки, из которых мне предстояло стрелять.

Наконец, повезли нас на север, к Ленинграду, выгрузили на станции Лаврово, на берегу застывшей Ладоги. Мороз, глубокий снег, и гул канонады – басы такие, от которых дрожь пробирает. Через Ладогу шли ночью. На нас валенки, ватные штаны, телогрейки. А поверх льда во многих местах вода, от обстрела и бомбежек. Войлок и вата всасывают ее, и вот она к самому горлу подступает. Снаружи – ледяная корка, внутри – баня. Ну, думаю, воспаление легких обеспечено, я ведь не из здоровяков, хвори всю жизнь ко мне липли. Шли мы двенадцать часов. И вдруг впереди палатки банного отряда. Жар парной, – как будто в другой мир попали. Ни один из нас даже насморка не схватил.

Под Колпино из нас, представителей разных родов войск, сформировали ударную бригаду. Поставили задачу. И ранним утром, без артиллерийской подготовки, без единого выстрела, в белых маскировочных халатах, мы врезались в боевые порядки испанской Голубой дивизии. Как призраки. Застали испанцев сонных. Подавили, как мух, в блиндажах и землянках. Они и пикнуть не успели. И – вперед! Резво пошли, продвинулись километров на пятнадцать. И тут на нас насели эсэсовцы, целая дивизия. А наше командование не выделило резервов, оно не рассчитывало на успех. Поддержки не было, и к вечеру мы откатились на исходные позиции. Вернулось нас чуть больше половины. Что ж, тогда мы только учились воевать и дорого платили за эту науку.

После этого боевого крещения мне дали батарею. Четыре орудия – это сила. Когда Финский залив освободился ото льда, батарею погрузили на эсминец и перебросили на Ораниенбаумский пятачок. Был у нас такой совершенно изолированный плацдарм против Кронштадта. Впереди немцы, за спиной море, в море Кронштадт со своими фортами, с флотом. На палубе эсминца было невероятно тесно. Немцы шарили по заливу прожекторами. Луч похож на сверкающее лезвие. Еще в заливе полно мин. Вот когда меня пронял страх. И баржу я вспомнил, на которую так счастливо опоздал, и другие случаи. Когда мы шли на испанцев, не было страха, и когда немцы поперли на нас и погнали назад, тоже не было страха. А под лучом прожектора, на зыбкой холодной воде было страшно, и я ничего не мог с собой поделать. Страшно, и все. Один страх, и никаких других чувств. Грудь, живот, ноги, руки стыли от страха. Мозги каменели со страха. Но нас не обнаружили. Потом мне даже не было стыдно за этот животный приступ страха. Было и прошло, и слава Богу!

В то время генерал Федюнинский готовил войска к прорыву блокады. Бравый это был генерал, за ним утвердилась слава мастера прорыва. Если вы помните, какое-то время он возглавлял наш Туркестанский военный округ. Нам не давал ни дня передышки. Учеба и стрельбы прямой наводкой, учеба и стрельбы. А на плацдарме оборону держали морячки-балтийцы, и им наши концерты не нравились. Они там пообжились, некоторые даже жен в землянки выписали. И морячки стали не пускать нас на свои позиции. Тогда Федюнинский выдворил их, заменил пехотой. Натренированные, мы в урочный день и час обрушили на врага тучу снарядов. Это было четырнадцатого января сорок четвертого года. Одна моя батарея за два часа выпустила четыре вагона снарядов. Там, куда мы стреляли, происходило извержение вулкана. И гул, как будто взбунтовалась стихия. А во мне ликовала каждая клетка. Надо было пережить блокаду Ленинграда, чтобы понять, как в городе ждали этого дня.

Нас поддержали бомбардировщики, артиллерия кронштадских фортов, – а там пушечки стояли что надо, – линейные корабли. Линкоры посылали через наши головы снаряды весом по полтонны. Эта музыка подняла ленинградцев. Они вышли на улицы города. Обнимали, целовали друг друга. Радость переполняла их сердца: вершилось возмездие. За огненным валом вперед пошла пехота. Блокада Ленинграда была ликвидирована окончательно, многострадальный город соединился со страной. Это был праздник особого накала. Не напрасно ленинградцы стояли насмерть, голодали, мерзли и умирали сотнями тысяч, не сломленные. Они выстояли и победили. Мир еще не видел такого массового, такого единодушного проявления мужества и героизма.

Старик замолчал, переводя дыхание. А я мысленно перенесся в этот величественный город, на его гранитные набережные и проспекты. Зимний дворец, благородный Исаакий. Желтый шпиль Адмиралтейства, вонзившийся в тусклое низкое небо. Танк на бетонном пьедестале в Колпино. Спешащие по делам люди, на которых чисто ленинградский лоск высокой культуры и добронравия. Наверное, не случайно Гитлер потом буйно кричал, что его армии разбились здесь о фанатизм питерских рабочих, сделавших революцию. Там был и другой фанатизм – фанатизм народа, твердо знающего, что он должен, обязан победить.

– Ешьте яблоки, они из моего сада, – сказал вдруг старик и, видя, что мы смущаемся, придвинул нам по большому янтарному яблоку. Когда он протягивал нам плоды, его руки мелко дрожали. Юра посмотрел на меня и подмигнул: «Видишь, он уже успел!» И, словно отвечая ему, старик мило улыбнулся и сказал: «До сих пор руки дрожат. Руки и голова. Это уже не пройдет никогда. Меня под Ригой миной накрыло. Такая тогда получилась катавасия, еле откопали…»

Юра стал сначала малиновым, потом пунцовым. Я тоже понял, на чем основано выражение «Сгореть со стыда». Нам обоим было стыдно неимоверно.

– Что это с вами? – спросил старик. Он не замечал многие мелочи жизни, они обтекали его, не прикасаясь.

– Спасибо, – сказал я и взял яблоко. Юра тоже взял яблоко и сказал: «Спасибо, Яков Александрович!» Мы посидели и еще послушали старика, а потом пожелали ему скорого выздоровления, простились и вышли. «Слушай, ударь меня! – попросил Юра, едва мы оказались за калиткой. – Я этими своими постоянными ста граммами испачкал его. Всем трезвонил про эти его сто граммов. И что меня дергало, чего ерничал?»

– Положим, старика ты не испачкал, – мягко возразил я.

В первое же лето после перекрытия Нарына (год 1969 был необычайно многоводным, раз в сто лет случались такие годы) через створ Токтогульского гидроузла прошел паводок небывалой силы. Вместо расчетных двух тысяч двухсот кубических метров воды в секунду через туннель мчалось на четыреста кубометров больше. Таких расходов на Нарыне гидрологи не фиксировали за все годы наблюдений. Над выходным порталом туннеля стоял оглушительный грохот. Пространство на сотни метров вокруг было затянуто водяной пылью, и если на нее падало солнце, вспыхивала радуга. Это была Ниагара, но на реке Нарын, в створе строящейся Токтогульской ГЭС. Ниагаре, которая в Канаде, она не уступала.

Однако в нижнем бьефе туннеля ничего страшного не происходило. Трамплин распластывал и расщеплял могучий поток на сотни отдельных струй, соударяя их и усмиряя, и правобережная дорога держалась, хотя казалось, что она вот-вот поползет. Потом поток пошел на убыль, а с дорогой так ничего и не стряслось, целость и сохранность были ей обеспечены. Старик в те дни ничем не показал, что встревожен, хотя и ему довелось постоять на берегу Нарына против выходного портала туннеля. Оглушенный грохотом бешеной воды, он какое-то время плохо слышал, но это быстро прошло.

И тогда я понял, что у этого трамплина такой же запас прочности, какой был у самого старика, нашего шефа. Я позавидовал скромности этого всегда выдержанного, самоуглубленного человека, о котором, наверное, и сейчас кто-нибудь говорил, подтрунивая по-доброму: «Знаете, отчего у него дрожат руки? После ста граммов, разве не понятно? Да посмотрите на добрую его улыбку, ему весь свет мил – разве не понятно?»

От автора

У времени свой бег и свои законы, и давно с нами нет ветерана войны и труда Якова Александровича Никитина. Из его судьбы, из миллионов таких же или не совсем таких, но очень похожих судеб и была выкована победа в Великой Отечественной войне. Наша победа. Не знаю праздника светлее и ярче; помню, как будто это было вчера, салют в полнеба 9 мая 1945 года, помню ликующий Ташкент: стар и млад плакали от счастья и обнимали друг друга.

В том же году я пошел в школу; у половины ребят, которые учились в моем классе, отцы не вернулись с войны. В подростковые годы я постоянно расспрашивал отца о войне. Он рассказывал, я жадно внимал, и время замирало. Меня все интересовало в минувшей войне – и ее провальное начало, и ее торжественный финал. Каким образом, спрашивал я себя, после сентября 1941 года, когда под Киевом были взяты в плен 600 тысяч наших солдат, и столько же взято в плен под Вязьмой, через два месяца немцы были отогнаны от Москвы, а еще через год у стен Сталинграда в ходе войны произошел решительный перелом?

Ответ я находил всегда один, – народы нашей страны вынуждены были предельно напрячься, ведь речь шла не только об их чести и достоинстве, но и о самом их существовании. Треть века назад, по какому-то журналистскому заданию я побывал в одном из колхозов Ферганской долины и, завершив свои дела, вышел прогуляться. На окраине небольшого кишлака я увидел обелиск, на котором золотыми буквами были запечатлены имена павших в Великой Отечественной войне. Я стал читать. Фамилия Абдуллаев повторялась девятнадцать раз, при разных инициалах. Читать дальше я не мог, навернулись слезы, глаза подернула сиреневая пелена. Придя в себя, я низко поклонился обелиску и всей окрестной земле. Я получил ответ на вопрос, почему мы победили в самой страшной и самой кровавой из войн. Потому что мы очень хотели победить, мы жаждали победить, и очень часто желание победить было сильнее и больше желания жить. Результаты Великой Победы продолжают сказываться на истории человечества. И, наверное, самый весомый ее результат – это сегодняшняя единая Европа, как прообраз завтрашнего единого человечества.

Низкий, низкий поклон нашим отцам, дедам и прадедам – за все то, что вмещает в себя День победы. Этот день всегда был и всегда будет днем великой праведности, днем ее безраздельного торжества.

ОТСТАВКА

В отставку уходят не только люди, выработавшие свой ресурс или чем-то (своим непрофессионализмом, настырностью или особым мнением) не устраивающие своих начальников и работодателей. В отставку уходят и вещи, и это случается гораздо чаще. Отставке подвержены, и все мы тому свидетели – общественные системы. При мне (но без моего участия) ушла в небытие советская власть, олицетворявшая собой социалистический способ производства, и правда белых без единого выстрела восторжествовала над правдой красных. И так, оказывается, бывает. Кто-то или что-то перестает соответствовать своему назначению, перестает приносить желанные плоды, а отставка этот поправляет. Ибо какая жизнь без желанных плодов? Это уже не жизнь, а жалкая, серая обыденность.

Каждое утро я несколько часов работал за своим письменным столом, что-то писал, а что, не суть важно. Однажды взгляд мой задержался на отцовском письменном приборе, сработанном безвестным умельцем из черного мрамора в конце девятнадцатого века, на массивной хрустальной чернильнице, в которую давно уже не наливались чернила. Прибор имел контуры самые благородные и, словно достигший заметных жизненных высот человек, источал чувство собственного достоинства. Я вспомнил, как хорошо мне писалось когда-то обычной перьевой ручкой, и стал выдвигать ящики письменного стола один за другим в поисках обыкновенной ручки с обыкновенным стальным пером, какими мы писали в школе. Увы, ручки, какой я писал полвека назад, отыскать не удалось, но я обнаружил флакон фиолетовых чернил и несколько авторучек с позолоченными перьями, в которые, по их древности, набрать чернила было уже нельзя, но которые можно было использовать, как обычные перьевые. Флакона чернил хватило, чтобы наполнить чернильницу; отцовский письменный прибор снова можно было использовать по назначению.

Я обмакнул золотое перо в чернила, и оно снова стало служить мне верой и правдой. И я подумал, что было бы просто здорово, если бы с его помощью выводились нетленные строчки. Но какими быть строчкам, зависело, конечно, не от пера, даже если оно позолочено или покрыто платиной. Писалось ли мне в то утро лучше? Едва ли. Обыкновенно писалось. Однако возвратиться к давно забытым ощущениям было приятно. Да, я несколько последних лет был хозяином персонального компьютера, я набрал на нем все свои вещи. Но все новое по старинке я сначала писал от руки, в общей тетради. Так мне было привычнее.

Утомленный творческим энтузиазмом, я встал, потянулся, прогнулся, напряг старые, порядком атрофировавшиеся мускулы, размял их – и остановил свой взор на пишущей машинке «Optima» немецкого происхождения, которая служила мне верой и правдой до появления в нашем доме компьютера. Ей было, наверное, лет тридцать, и она не подвела меня ни разу. Она была безотказна, как сама немецкая пунктуальность. Громко стучала, но выдавала четыре четких, хорошо читаемых экземпляра текста, и я отстучал на ней «Периферию», и «Поток жизни», и «Каждому свое», а также «Слепок» и много рассказов и газетных статей. У меня еще хранилось несколько лент и пачка копировальной бумаги для этой машинки – на всякий случай.

Я опять посмотрел на пишущую машинку, и мне стало жалко, что ее время прошло. А до этой электрической машинки у меня была малогабаритка «Москва», которую мы с Валей купили в славном городе Фрунзе почти сорок лет назад, когда работали в газете «Советская Киргизия». Она стоила всего 110 рублей, и мы выделили эти деньги из своего скромного бюджета и потом ни разу не пожалели об этом приобретении. Валя машинку так и не освоила, а я тюкал на ней за милую душу. «Пики Тянь-Шаня» были напечатаны на ней, и повести «Наедине с собой», «Стена», «Пахарь», «В одном купе». И масса газетных и журнальных статей. Потом я отвез ее сыну в Москву, и следы ее затерялись. Скорее всего, она была отнесена на мусорку, чтобы не занимать место среди вещей, действительно нужных. А до нее я пользовался отцовской пишущей машинкой. Я попытался вспомнить ее название – и не смог. Я бы очень хотел, чтобы она сейчас стояла у меня, ведь к ее клавишам прикасались пальцы отца.

Была у меня в свое время еще одна пишущая машинка – развалюха «Ундервуд», не моя, но все равно что моя. Когда я работал в гидравлической лаборатории. Мне так хорошо работалось в этой лаборатории, что я перенес ее, как место действия, в повести «Пики Тянь-Шаня», «Пахарь» и «Стена». Хорошо же мне в лаборатории работалось благодаря ее людям, постигать которых было очень интересно. Мне потом пришлось работать в других организациях, более высоких и престижных, но своих коллег по гидравлической лаборатории я никогда не ставил ниже. Они всегда были милы и непосредственны и в высшей степени профессиональны. Конечно, их профессионализм следовало поставить на первое место, но их милая непосредственность навсегда запала мне в душу. Позже я не раз спрашивал себя, почему новые люди, встретившиеся мне на жизненном пути, этими качествами обладали не в такой мере?

Я смотрел на пишущую машинку «Optima», и мне было жалко, что она отжила свое. С другой стороны, персональный компьютер не шел ни в какое сравнение с пишущей машинкой, как цветной телевизор не шел в сравнение с однопрограммным репродуктором. А ночью, в предутренней тишине, ничем не отягощенной, я стал вспоминать, сколько вещей получило отставку только в течение моей жизни. В связи с техническим прогрессом, все время набиравшим силу и скорость. В школу мы носили перьевые ручки и чернильницы-непроливашки в матерчатых сумочках, и у нас не переводились кляксы в тетрадях и на одежде. Затем появились шариковые ручки, и стальные перья получили отставку.

Во дворе нашего дома, в который мы переехали в победный 1945 год, стоял колодец, вырытый еще при царе Горохе, и я досыта покрутил ручку скрипучего ворота, доставая воду с пятиметровой глубины. Но когда я перешел в шестой класс, на нашей улице выкопали траншею и уложили в нее водопроводную трубу. И мы стали пользоваться водоразборной колонкой, а колодец засыпали – за ненадобностью. Никакой тоски в связи с этим я не испытывал. Всему свое время, как говорят в таких случаях.

В нашем доме все готовили на керосинках и примусах, и когда проезжала телега с большой стальной бочкой, полной керосина, и возчик орал, приставив ко рту рупор: «Керосин! Керосин!», десятки людей с бидонами спешили к телеге и запасались керосином. Стоил он недорого, пять копеек или пять центов литр (сегодня он стоит, наверное, в десять раз дороже). Керосином же заправлялись осветительные лампы, ибо электричества в послевоенные годы на всех не хватало. Продолжалось это примерно до 1955 года, а потом кончились перебои с электроэнергией. А вскоре керосинки и примусы вытеснил природный газ, который начали добывать в близкой Бухарской области.

Я вспомнил, как мой однокашник Гелла Лузинолли, единственный в Ташкенте итальянец, сын летчика-антифашиста и борец-перворазрядник, а на сегодняшний день преуспевающий стоматолог, написал в сочинении «Кем я хочу стать», что мечтает стать продавцом керосина.

Особенно в этой профессии его привлекали лошадь, телега и рупор, делающий призывный крик продавца всепроникающим. Когда недавно я напомнил ему об этой его мечте, естественно, не сбывшейся, он долго и заразительно смеялся. Сам он напрочь забыл об этом не особенно ярком эпизоде своей жизни. Газ вытеснил из наших кладовых уголь и саксаул, которыми мы топили зимние печи-контрамарки (еще их называли голландскими). Высокие, до самого потолка, облицованные жестью, выкрашенной в черный цвет, эти печи прекрасно аккумулировали тепло и долго его хранили. Придя зимой с мороза (а зимы в те годы были похолоднее нынешних, и снег не таял неделями), хорошо было прислониться к такой печке спиной, тепло к телу притекало быстро. Главное, тепло притекало сразу ко всему телу.

На рубеже шестидесятых годов, когда я кончал институт, мы поменяли квартиру на новую, трехкомнатную, и с удобствами во дворе было покончено – отныне и навсегда, как говорят в таких случаях. Ванна с горячей водой вместо бани, где всегда были длиннющие очереди. И это был шаг вперед, весьма ощутимый. Я вспомнил про удобства во дворе – как неприятно было, когда кто-нибудь занимал соседнюю кабину. У меня тогда возникало ощущение, что все происходящее подлежит всеобщему обозрению. И неприятно до обмирания сердца было, когда соседнюю кабину вдруг занимала девушка, на которой так интересно было остановить взгляд. Ну, ее-то зачем потянуло в туалет именно в это же время? Все высокое разом обрывалось, серые краски обыденности вытесняли все другие.

Что еще ушло без возврата? Мой отец еще брился опасной бритвой, правя ее лезвие на толстом кожаном ремне. Я опасной бритвой не пользовался никогда. Я видел, как бухгалтеры и другие счетные работники считали на костяных счетах; круглые костяшки летели то направо, то налево, и вскоре подводился итог. Неспешное это было дело. Счеты позволяли считать, не напрягая голову – чисто механически. Я сам много лет пользовался логарифмической линейкой. Потом появились арифмометры, а еще позже – калькуляторы. Теперь сложить, помножить или разделить любую цифирь – плевое дело. Персональные компьютеры принесли в нашу жизнь Интернет. И уже можно не покупать газеты и книги, достаточно войти в Интернет. Интернет, это, практически, весь объем знаний, накопленный человечеством (кроме засекреченных), и весь объем культуры. Не вставая со стула, я могу обозреть экспозицию любого большого музея, прочитать нашумевшую статью в газете, отпечатанной за тридевять земель.

Одним словом, пользуйся, если тебе это дано! За персональными компьютерами придет эра роботов, это уже предопределено. Робот-слуга, робот-повар и гувернер, робот-учитель, робот-рабочий (роботы научатся и себя воспроизводить без сторонней помощи), робот-хирург. А почему бы и нет? Это наш завтрашний день, его неизбежность сомнений не вызывает. И что останется человеку, все желания которого начнет исполнять умная техника? Что там, за горизонтом – всеобщая деградация или новое возвышение? И от чего, от каких платформ мы будем отталкиваться для нового возвышения в эру роботов? От тех же компьютеров, которые могут все, в том числе и то, чего мы не можем?

Я вспомнил, как распространены были калоши. Без них в непогоду и слякоть не выходили из дома. И где они? Их совершенно изъяла из обращения всепогодная обувь. Но особенно мне было обидно, когда начали умирать парки. Я очень любил наши парки, они вмещали в себя все. А парки обезлюдели за какие-нибудь три года, и виной тому стал его величество телевизор. Маленький экран, на котором мельтешили невнятные темно-белые фигурки, обладал магической притягательной силой. Он привораживал и малых, и старых. И парки, которые, казалось, способны были удовлетворить любой запрос, почили быстрой естественной смертью. Наш парк железнодорожников особенно не славился ничем, но в нем были и летний кинотеатр, и танцплощадка с духовым оркестром, и изба-читальня с огромным набором периодики, шахматами и шашками (нарды в то время не были в почете), и кафе-мороженое, и три пивные, подле которых аппетитно дымились шашлычные. И, конечно, масса скамеек на окраинных аллеях, на которых часами сидели влюбленные. В золотом лунном свете виделось им будущее.

А что стало с такой прекрасной вещью, как патефон, с граммофонными пластинками? Где они сегодня? В небытии. И то же самое ожидает пленочные фотоаппараты, их уже вовсю теснят аппараты цифровые. Магнитная запись уступает цифровой во всех видах магнитофонов. Вот тебе круглый диск, а на нем записан фильм двухсерийный. Включай и смотри, получай удовольствие.

А как захватывала игра в лапту! Две команды по три, по четыре, по пять человек в каждой, теннисный мячик (или мячик, грубо вырезанный из куска пористого каучука), бита (ею чаще всего была обыкновенная палка), и тихий переулок, как место действия. И на два, на три часа все остальное переставало существовать. Одна команда била по мячу битой, посылая его далеко в поле, и бежала метров двадцать до черты, а потом обратно, зарабатывая себе право бить по мячу снова. Вторая команда, стоявшая в поле, пыталась поймать мячик (в этом случае команды менялись местами) или, подобрав его с земли, попасть им в игрока противной стороны, бегущего к черте. Попадание тоже меняло положение команд. Бить по мячику битой считалось почетнее, чем маяться в поле, хотя бегали до седьмого пота и те, и другие. И где она, славная игра в лапту? Наше поколение выросло, и ее не стало. В лапту перестали играть. Про лапту забыли.

Я вспомнил еще ведро с холодной водой, в котором бабушка хранила сливочное масло. Мясо она сохраняла другим способом – солила и густо перчила. Холодильник сделал эти изыски совершенно излишними. Я вспомнил корыто и рифленую стиральную доску, и руки бабушки по локоть в мыльной пене. Увы, стиральную машину бабушка уже не застала. Стетоскоп некогда был единственным приспособлением, помогающим врачу определить состояние больного. Теперь без рентгена, без ультразвукового анализатора, без экспресс-анализа крови врач не жела-ет ступить и шага. И правильно делает. Умная техника, словно прожектор, высвечивает внутренности человека. Да, я пришел в один мир, но за время моей жизни он сказочно преобразился, расширил возможности человека до необыкновенно больших, и покидать я буду совсем другой мир, с дорогами, ведущими не только на все материки и во все страны, но и в космос, на планеты Солнечной системы.

Днем, утомившись от сидения за письменным столом, я пошел прогуляться. Спустился по узкой тропке к каналу Бурджар, который протекал в узком зеленом каньоне. Место было совсем уединенное, хотя и находилось в большом городе, и я сел на берегу у зеленоватой неслышно текущей воды и запалил костерок. Живой огонь был любимым моим собеседником. Он не спорил, не противоречил, но и соглашался далеко не с каждым моим выводом. Не обладал таким чисто человеческим свойством поддакивать своему хозяину по каждому поводу. Живой огонек вел себя достаточно независимо, хотя и нуждался в моем постоянном догляде. Он первым пришел к человеку и остался с ним, причем разговор об отставке не заходил никогда.

Я смотрел на огонь и думал, что совсем недавно отставку получила целая общественная система, именовавшая себя развитым социализмом. До этого неоднократно торжественно объявлялось, что социализм победил окончательно и навсегда, что социалистический способ производства, социалистические доктрины должны облагородить и осчастливить собой все человечество. Эти нововведения испытывались в Советском Союзе почти три четверти века. И вдруг огромному большинству тех же советских граждан открылась полная несостоятельность социализма. До разумения большинства постепенно дошло, что тоталитарное государство - эксплуататор куда более жестокий и безжалостный, чем класс эксплуататоров в капиталистическом обществе.

Как только это произошло, правда белых без единого выстрела взяла реванш у правды красных и повергла ее наземь. Индивидуалистское начало в человеке в одночасье восторжествовало над началом коллективистским, усиленно культивируемым социалистической пропагандой, но так и не пустившим в душах советских людей глубоких корней. «Человек – индивидуалист, это в нем превыше всего, и в команде он тоже не хочет терять своего лица», - подумал я. И костер тихо и охотно со мной согласился.

Эксперимент потерпел неудачу и был прекращен; большого разочарования при этом никто не испытал. Большое разочарование переживалось по другому поводу. Огромному большинству граждан не понравился распад некогда единой страны и размежевание бывших союзных республик по национальным квартирам с пограничниками и таможенниками на границах, а также прекращение действия таких социальных благ, как бесплатное образование и медицинское обслуживание, достойное пенсионное обеспечение стариков. Это тоже следовало отнести к ушедшему и невозвратному.

Я вспомнил вехи социалистического эксперимента – войну гражданскую, сопровождавшуюся, помимо обычных военных жестокостей, голодом и тифом и страшным мором от голода и тифа. Умерших от тифа было больше, чем погибших в ходе боевых действий. У отца, шестого ребенка в большой семье, в течение недели умерли мать и трое старших сестер, и он, оставшись один-одинешенек, из Минска пешком побрел в Москву, прося подаяние. Добрые люди не дали ему пропасть. Было это в 1919 году, отцу было двенадцать лет. Старший брат приютил его и обогрел. А через два года погиб мой дядя по материнской линии. Его, студента-медика, мобилизовали белые. Он ни в кого не стрелял, он был санитаром. Война гражданская уже кончилась, но бывшим белым было приказано зарегистрироваться. И он – законопослушный человек! – зарегистрировался, хотя ему усиленно внушали: не делай этого! Всех, кто зарегистрировался, построили в колонну, вывели в чистое поле и расстреляли. Мой дядя был совсем мальчик, но в нем, как в завтрашнем враче, советская власть почему-то не нуждалась. То, что он служил у белых, заслонило собой все остальное.

Потом была новая экономическая политика, с возвращением к

частной собственности и индивидуальному началу, и жизнь быстро достигла дореволюционного уровня. Достаток пришел в большинство семей. Казалось, надо и дальше идти этой дорогой (сегодня по ней идут китайцы – и благоденствуют), но Сталину она не понравилась, и он заменил этот путь коллективизацией и индустриализацией. Мрак голода вновь опустился на страну. Тетя, учительствовавшая в те кошмарные годы на Украине, рассказывала, что умерли лучшие ее ученики. А когда из Америки в помощь голодающим прислали какао, никто не знал, что это такое, и коричневым порошком стали красить цоколи. И потом удивлялись, почему американская краска такая нестойкая. Коллективизация стала миной замедленного действия; колхозы кормили страну кое-как, и в семидесятые – восьмидесятые годы двадцатого века зерно приходилось докупать за границей, у главного нашего оппонента Соединенных Штатов Америки.

Я вспомнил испытание войной, самое страшное из выпавших на долю несчастной страны. Другой мой дядя по материнской линии, учительствовавший в Казахстане, сказал что-то неприличное про драпающую Красную армию, четыре миллиона личного состава которой в 1941 году оказалось в плену – ведь наша армия должна была побеждать врага малой кровью и на его территории. Об этом тотчас донесли, куда надо, и он сгинул в лагерях, как антисоветский элемент. Страна заплатила за победу над гитлеровской Германией двадцатью семью миллионами жизней своих граждан – и надорвалась. Потом Сталин умер, и вместе с ним канули в прошлое ужасы его власти. Жизнь потекла по тому же руслу, но уже без врагов народа, которых при Иосифе Виссарионовиче пачками выявляли в каждом трудовом коллективе.

В послевоенные годы страна надорвалась еще раз – в гонке вооружений. Она стремилась поставить себя выше всего остальныого мира, который она воспринимала, как противостоящий себе. Тридцать тысяч ядерных боеголовок (достаточно было и пятисот, чтобы на нас никто не полез), две тысячи ракет стратегического назначения, двести атомных подводных лодок, сто тысяч танков и боевых машин пехоты раздавили ее экономически и морально. От веры в светлое коммунистическое завтра остался пшик, мыльный пузырь. Согласно торжественному заверению Хрущева, советский народ еще в восьмидесятые годы должен был жить при коммунизме.

Но восьмидесятые годы пришли и ушли, а коммунизма к советскому человеку не приблизили. В этих условиях русский народ, цементировавший Советский Союз, перестал его цементировать. И перестал себя воспроизводить. Он надорвался. У моей матери было восемь сестер и братьев, у отца – пятеро. У девяти бабушкиных детей по материнской линии своих детей было только десять (до восемнадцати, гарантирующих простое воспроизводство, и близко не дошло). У шестерых бабушкиных детей по отцовской линии своих детей было только четверо. Это ли не характеристика системы, с которой история обошлась так неуважительно? Характеристика, и убийственная.

«И все же ты чувствовал себя в этой системе нормально! – сказал я себе без укора, а только констатируя факт. – Ты даже какое-то время считал ее лучшей в мире – в школьные и юношеские годы, когда учился». Отрицать это не имело смысла, все обстояло именно так. Нас долго и терпеливо учили восторгаться своей страной. Оценку же бытия мое поколение вело от очень низкой точки – от сермяжных военных лет, голодных и холодных. На их фоне каждое улучшение, каждый шаг вперед были очень заметными. В моем пользовании всегда было безотказное личное средство передвижения – велосипед. Приобрести машину мне так и не удалось, хотя всю жизнь я работал за двоих, за себя и еще за какого-то парня. Тот парень, скорее всего, был бравым армейским служакой, пенсия которого сегодня в два раза больше, чем у меня. И получалось, что этот служака, всю жизнь сидевший на моей шее, был советскому обществу полезнее и нужнее, чем я, маленькая неутомимая его пчелка.

К этому выводу я тоже отнесся очень спокойно.

Мне было очень приятно смотреть на живой огонек – вечную по своей сути вещь, которой отставка никогда не грозила. А то, о чем я думал в это время, текло и текло между пальцами – и утекало в никуда, в безбрежность минувших лет. Безбрежность минувшего и была вечностью, которая все принимала. Но, ведь, что-то она и возвращала, хотя бы на предмет для размышления.

БАГРОВЫЙ МРАК

Сюжет этого рассказа – редкость великая! – был подсказан мне во сне, но общим планом подсказан, без подробностей. И вот я опускаюсь во времена, которые не знаю совершенно. Во времена, когда меня еще не было на свете, когда отцу моему было одиннадцать лет, а матери – шесть. В год 1918, вздыбленный, непредсказуемый. Сердцевина, или середина России, деревня или село Сретенка неподалеку от города Тамбова. Село богатое, торгует хлебом и скотом. Но недавние продразверстки этот достаток начали разрушать. Подростки, выпасающие скот – их шестеро, и это одна команда. Погожая осень, все в позолоте.

Старшим у подростков признан Славка Ковалев. Ему шестнадцать, он крепок, умеет читать и считать, соображает, как взрослый. Еще умеет за себя постоять. В компании горяч, но незлобив, и притяжение, от него исходящее, направлено на то, чтобы сплачивать. Потому что Славка свои интересы ставит наравне с интересами своих дружков-приятелей и при дележе чего-либо общего не оставляет себе кусочек побольше и полакомей.

Дружков-приятелей у него пятеро, это Шура Колокольцев, Юрий Третьяков, Гена Козлов, Иван Ходаков и Василий Якименко. Если между ними и есть годик разницы туда-сюда, он малозаметен и ни в какую сторону не выпячивается. Шура – шустряк, высокий и жилистый. Мастер подковырнуть, выставить чужой недостаток или промах на общее обозрение. Всем смешно, а тот, кого Шурик подковырнул, подтягивается, старается избавиться от недостатка, такого очевидного. Юра – колобок сдобный, но не румяный, и еще говорун, каких поискать. Щебечет и щебечет, как птаха неугомонная, незлобивая. На свою соседку Людочку два года назад глаз положил и на других девочек с тех пор не смотрит. Не существуют они для него. Для остальных же что Людочка Юркина, что другие девицы – все одно.

Геннадий тоже крепкий парень, но флегма, и не всегда понятно, что у него на уме. Оно и лучше, если ты не весь на виду – он так считает. Ваня

– сама откровенность, от его улыбки свет идет привораживающий. Девчата на вечеринках, где песни поют и танцуют под гармонь, стараются поближе к нему встать: вдруг пригласит! А он всех подряд не приглашает, и через одну не приглашает – знает, кого пригласить. Вася же худ и хлипок, все время при каких-то болячках. Они и сосут из него жизненную энергию, ему мало чего оставляют. Поэтому он бледный всегда – как выстиранный, но не поглаженный. Обыкновенно Вася сумрачен, в быстрые игры не играет и тяжелое не носит. Плохие думы его посещают. Ибо впереди у него не светлый завтрашний день, а что-то серое, очень похожее на разверзшуюся пучину.

В своем кругу ребятам нравится, что все на виду, и всё открыто и откровенно, воду никто не мутит. Село поручило им догляд за своими коровами, это почти четыреста голов. То есть, в середине лета еще было четыреста, а потом нагрянули красные со своими продразверстками, почистили закрома, и коровушек в деревенском стаде стало на сто меньше. Белые тоже кое-что для себя умыкнули, но деньгами расплатились, про которые никто не знает, как долго они в ходу будут. Тогда в селе и задумались о самообороне, планы разные на сей счет стали строить, оружие прикупать. Чтобы было отбиться чем от тех, кто привык разевать рот на чужое.

Лугов вокруг Сретенки много, и коровы к осени округлились, упитанные стали и медленные. Не идут, а шествуют, но пыль все равно поднимают. А события, что этим годом начались, быстро не кончились, и вообще не желают кончаться. Потому что красным поперек их дороги белые встали. Красные хотят все помещичьи земли передать крестьянам, а фабрики – рабочим. Тогда все хозяевами станут. Правда, никто не знал, что за жизнь начнется, когда все хозяевами станут. Все хозяева – это понятно, а вот кто работать на них будет? Никто такой жизни нигде не видел. Белые же хотят, чтобы все оставалось по-прежнему, и чтобы царь-батюшка на свое место вернулся. Только вот как царь-батюшка это сделает? Ведь тогда ему из могилы встать придется. Каждый при своем имуществе и при своем интересе – это правильно, так всегда было. В этом тоже резон есть. А сколько у каждого своего, это его дело.

В Сретенке безземельных мужиков вроде бы нет, но от прибавки в виде помещичьих земель кто откажется? Дармовая прибавка всегда лакомый кусочек. И Славка загорелся и давай агитировать за красных. В их армию зовет служить. Но им еще рано служить, рано от дома родного себя отрывать. Им лучше не торопиться, а оглядеться и еще раз все хорошенько взвесить, надо ли под пули себя подставлять. Вот, на войне с германцем сколько народа себя под пули подставило – да там и осталось! И Шура Славе противоречит, его доводам палки в колеса вставляет. Тут отряд белых схлестнулся с отрядом красных, и все это неподалеку произошло. Стрельба, кони скачут, еще стрельба – Сретенка в подвалы попряталась. Вдруг все затихло. Славка зовет: «Пошли, поглядим, кто там кого пококошил – нам коровок все равно пора выгонять! Вдруг и нам что-нибудь привалит!»

Ребята, конечно, пошли, но не все, Ваську и Генку на догляде поставили. Коровок-то одних оставлять не годится. Догляд они обычно с холмика осуществляли. Он в пяти километрах от села, и с него все на виду. Потому что он даже над ближней рощей возвышается. На нем они шалаш мировой установили, в дождь в нем спрячешься, и на тебя не капает. При шалаше – очаг и запас дров, так что картошечку всегда запечь можно. А если удастся курочкой разжиться, то и ее огонек быстро подрумянит. В таком шалашике летом чего не заночевать? Ну, от комариков беспокойство – так от них везде беспокойство. Но Славка придумал еще рядом с шалашом землянку вырыть, на всякий случай. Если уж по-военному жить, надо, чтобы все было, как у военных. Война уже не раз прокатывалась рядом со Сретенкой, так что землянка – она понадежнее шалаша. Сказано – сделано, они спроворили землянку, бревнами ее обложили – лес-то неподалеку. Но шалаш их привлекал больше, так что землянка оставалась, как запасной вариант. Шалаш – он на виду, а про землянку свою они одни знали. Никому про нее не рассказывали. И потому не рассказывали, что посмеяться над ними могли, и потому еще, что когда что-то в тайне остается, душе приятно, как от долгожданного приобретения.

Итак, Слава, Шурик, Ваня и Юра отправились на разведку и вскоре обнаружили в Волчьей балочке – далее она в овраг переходила, – десять мертвяков лежат, в разные места пулями пораженные. Все они были в гимнастерках армейского образца, при шинелях и сапогах. И еще при винтовках.

– Белые! – закричал Славка. – Так им и надо!

Белые, так белые. Могли быть и красные. И те, и другие – русские, чего-то крепко неподеливших.. В сознании подростков смутно отлагалось, что когда одни русские убивают других русских, это не есть хорошо. С другой стороны, как не стоять за свое, если у каждого свой интерес?

– Оружие нам пригодится, и одежка с обувкой – тоже! – сказал Славка. – О, пулемет «Максим»! И ленты к нему! Как мы его сразу не заметили? Все это мы забираем, тащим в землянку. Патроны – обязательно!

– А в этой сумке водяра, ее тоже забираем? – спросил Юра.

– Тоже. Вместе с сумкой. Все-все забираем, а там разберемся.

Все унести сразу им было тяжело, и они возвратились, сделали вторую ходку, а потом и третью. И еще одну ходку сделали, лопаты с собой прихватили – яму общую на всех убиенных вырыли и их в ней погребли. Чтобы на убиенных больше никто не наткнулся. Среди трофеев оказались и ценные вещи – часы, портсигары серебряные, кортики именные с блестящими рукоятками. Бумажники с деньгами, про которые неясно, будут они иметь хождение или нет.

– Все это храним в землянке, как общее наше достояние! – объявил Слава. – Кому что нужно, ну, для себя или для поддержки дома своего, тот об этом заявляет прямо. И вот что я вам скажу: все мы учимся стрелять! А про то, что увидели и себе взяли – молчок, молчок и молчок!

Молчок, так молчок. Поучиться стрелять они могли себе позволить, патронов они заполучили в свое распоряжение аж три тысячи штук. Стрелять ходили в ту же Волчью балочку, ее крутые склоны и деревья глушили выстрелы, и они далеко не разносились. Все же дома их спрашивали иногда, кто там в их стороне постреливает. И они отвечали, что они не любопытные. Ибо проявишь любопытство – и на свою голову приключение можешь схлопотать малоприятное. Так что туда, где стреляют, они не суются.

Итак, шестеро молодых и бравых пастухов были одна команда, и сверстники в селе обходили ее стороной. Так и тем, и другим было удобнее. Потому что благодаря своей слитости и спаянности они легко брали верх над теми, кто пытался им противостоять. Время шло своим чередом, осень плавно перетекла в зиму, а там и весна вступила в свои права. Весна же естественно, с дождями и грозами, дала дорогу лету, которое всем было по нраву. Но красные и белые все выясняли между собой отношения, и этой вражде не было конца-края. Продразверстка, которую установили на селе красные, крестьянам не понравилась: привычное купи-продай отодвинулось в день вчерашний, а во дне сегодняшнем надо было все отдавать новой власти и ничего за это не получать (обещанная красными земля в крестьянскую собственность пока не перешла).

По этой причине положение Славы Ковалева, который крепко стоял за дело красных, заметно пошатнулось. И он уже так яростно за красных не агитировал, к доводам друзей, на недостатки красных указывавших, прислушивался, какие-то зарубки в своей душе делал. Выяснилось уже, что в Волчьей балочке, от убиенных там белых, они поимели весьма много, так что самогон в их шалаше на убыль не шел. И то правда, они им не злоупотребляли, Слава следил за этим строго. И они сами себе дали слово честное, что перебора не допустят. Стопарик приняли, закусили, согрелись – и остановились. Потому что время было такое, что ухо следовало держать востро. Сунуться в их село мог каждый, кто был при оружии, но не при деньгах.

Ребята уже классно стреляли и, случалось, валили влет тетеревов и глухарей, на подъем тяжелых. Пулями валили, не дробью. Их, правда, все сильнее тянуло в село на вечерние посиделки. Ведь там присутствовали девицы красные, такие вальяжные, и гармонь разливала мелодию одну призывнее другой. В один из дней, однако, Слава прямо спросил своих дружков, за красных они или за белых. «Как ты, так и мы!» – сказали они ему, но без какого-либо вдохновения в голосе. Делить свою сплоченную команду на красных и белых они ой как не хотели.

– Значит, за красных! – сказал Ковалев и поднял над шалашом красный флаг. Сделал он его просто, из красной подушки. Располол ее по шву, пух пустил по ветру, материал водрузил на древко, и флаг был готов.

И флаг этот свое действие возымел весьма скоро. В Сретенке всполошились: «Красные рядом!» Конный отряд был сформирован за считанные часы. И двинут туда, где развевалось красное знамя. Пастухи, естественно, про это не знали, ведь они были при своем знамени. Конники замаячили перед холмиком с флагом, но на некотором от него расстоянии. Конники были неизвестно чьи. Слава всполошился: «Белые! Тревога!»

Увы, ни бинокля, ни подзорной трубы среди их трофеев не было, а разглядеть обычными глазами, кто перед ними, было тяжеловато. Винтовки юноши разобрали в одно мгновение, и пулемет был выкачен и под кустом спрятан. Все наготове, и никого не видно. Маскировка! Ребята затаились, ожидая продолжения.

Конники, что мельтешили вдали и свои намерения не обозначали, вдруг сплотились, образовали отряд. Сабли наголо! И шашки заблестели во взметнувшихся вверх руках.

– Приготовились! Стреляем, когда я скажу! – дал команду Слава. Сам он прилег у пулемета, предварительно подстелив под себя шинель. Зачем ребятам это было надо? Они не знали, но азарт противостояния уже владел ими безраздельно. Чужие уже много чего увезли из их села, чтобы им радоваться. По форме, это и вправду были белые: ладные гимнастерки, брюки-галифе, английские коричневые ботинки с высоким верхом. Всадники дружно поскакали на холм. И сразу им навстречу загремели выстрелы. Вдруг застрочил пулемет. Пулемет строчил и строчил, никого не жалея. Нападавших было человек двенадцать. Все они оказались на земле, и половина лошадей пала – ножками шевелила, а подняться не могла.

– Берем винтовки, бежим к убитым! – объявил Слава. – Ведем себя осторожно!

И пошел вниз первым. Точнее, побежал.

Страшный крик раздался в наступившей тишине. «Папочка! Папочка мой родной!» Перед Славой Ковалевым лежал его отец, с простреленной грудью и с кровью на губах. Шура Колокольцев, Гена Козлов и Вася Якименко тоже увидели среди убитых своих отцов. А остальные убитые были их соседи, очень ими уважаемые.

– Это ты… ты… ты! – кинулись молодые парни на Славу Ковалева.

Он стоял, бледнее полотна. Он был сам не свой и соображал очень плохо. Он уже ничего не соображал. Вдруг он резко отскочил в сторону, опустил свой карабин прикладом на землю, сунул ствол себе в рот и нажал на курок. Грянул еще один выстрел, в этот день последний, и у Славы отскочил верх черепной коробки. Обнажился мозг, розоватого оттенка, с прожилками кровеносных сосудов. Это был его ответ на происшедшее. И это было его заглаживание своей вины.

Его примеру, однако, никто не последовал.

Оставшиеся в живых пятеро юношей жить друг подле друга не захотели, уехали из родной Сретенки в глухую неизвестность. Там им было легче, чем дома. Ибо как смотреть в глаза матери, как смотреть в глаза братьям и сестрам, когда в них боль постоянная, неуемная? Впрочем, как им было на далекой чужбине, об этом знали они сами. Домой они не писали никогда. Имена родителей перешли к детям этих мужчин. В войну Отечественную все они записались добровольцами – и сложили свои головы кто в Подмосковье, кто на Украине, а кто и в Германии. Ибо на Земле им не было легко даже тогда, когда все вокруг них было хорошо.

В ОСЕННЕМ ПАРКЕ

В октябре воду из Комсомольского озера спустили, и в парке сразу стало малолюдно. И более светло – осыпались деревья. Даже там, где листья еще держались, все равно было светлее, листья из темно-зеленых стали оранжевые, тонкие. Теперь парк походил на рощу. Роща спокойно отряхивала листья и становилась все прозрачнее, прозрачнее…

«Это приговор, – сказал себе Геннадий Львович. – Отцу осталось совсем немного». Он и сам видел это в последние дни, но видеть самому было одно, а сегодня лечащий врач, делая над собой усилие, отвел его в сторону и, глядя сквозь него, в никуда, сказал: «Понимаете, с этой пакостью, которую анализы выявили у вашего отца, мы еще не научились бороться. Она будет быстро распространяться, отцу остались считанные дни». И это было совсем другое. Безнадежность душила Геннадия Львовича. Женщины в таких случаях дают волю слезам, но легче ли им от этого?

– Можно и прооперировать, – подумав, предложил врач. – Но это почти ничего не изменит. Он, скорее всего, не выдержит. А если выдержит, мучиться будет сильнее, чем сейчас. Но надо ли ему так мучиться? Это не скрасит его последние дни.

Геннадий Львович рассеянно кивнул. Он уже не слушал врача, который, конечно, знал свое дело. Он перестал вдаваться в смысл того, что еще говорил врач, как только до него дошло, что приговор вынесен. Это приговор судьбы, и принимают его, как данность, не подлежащую обсуждению. Но Геннадий Львович не смог войти в палату, где лежал отец. Он решил, что придет вечером. Надо казаться жизнерадостным и спокойным и бодро нести всякую чушь о разных разностях, которые с этого момента имеют значение только для одного из них – для него, остающегося жить. Отец, отец…

Папа! – позвала четырехлетняя Иринка. – Смотри, ворона прилетела!

Это галка, она вся черная, – сказал Геннадий Львович и проводил взглядом большую, тяжело снявшуюся с ветки птицу. С пружинившей ветки упало несколько листьев, а синее небо, в котором растворилась галка, было чистым и ярким – никелированное небо с приставшими к нему паутинками.

Галка что-то уронила! – крикнула девочка и побежала по хрустящим листьям, широко расставив руки, словно хотела кого-то обнять. Геннадий Львович взял с собой девочку, чтобы скорее обрести душевное спокойствие. Оно было очень нужно ему сегодня – на тот час, когда он войдет к отцу. Девочка была очень привязана к нему, так привязана, что начинала дрожать, когда видела его, идущего из мастерской, и стремглав бросалась к нему, обнимала за колени, повисала на нем, счастливая. Для нее гулять с отцом было большой радостью. И ему тоже нравилось гулять с ней, несмышленышем, удивляться наивности вопросов четырехлетнего человека, любознательного и лукавого, уже умеющего создавать свои миры и свои тайны, уже умеющего объяснять по-простому, что к чему в нашем большом и совсем не простом мире. Пока его пояснения касались только птиц, деревьев, дождя, машин, всего того, что лежало на поверхности, но ведь дойдет очередь и до анализа человеческих отношений....

Что уронила галка? – спросил он, включаясь в игру. – Что она могла уронить?

– Я нашла, но не покажу. В какой руке? В какой руке?

У нее разбух правый кулачок, и он показал на него.

– Нет, нет, ты подсмотрел, так нечестно! Еще раз!

Во второй раз он не угадал нарочно, и получил в награду нравоучение: «Ой, какой ты не умный, папка!» Когда он угадал, девочка разжала ладошку, весело смеясь. «Мне бы твои заботы, птенец!» – подумал он. На маленькой детской ладошке лежал орех, тоже маленький, со следами от клюва птицы. Наверное, орех с трудом умещался в клюве, и птице было неудобно держать его. Или галки и вороны разбивают орехи, бросая их с высоты на камни? Нет, скорлупа выеденных воронами орехов была аккуратно продолблена, как просверлена, но не разбита. Недаром у этих птиц такие массивные клювы.

– Спрячь в кармашек, – сказал Геннадий Львович. – Дома мы покажем орех маме, а потом разобьем его и съедим.

– Можно, я поиграю с этим орехом?

– Играй, маленькая.

Иринка зашлепала по листьям, довольная. Ее желтая кофта почти сливалась с листьями. Отправляясь с дочкой на озеро в эту осень, он часто клал в карман два-три ореха, потом бросал их на землю под высоким дубом, макушка которого была облеплена воронами, и говорил: «Ой, ворона что-то уронила! Я видел! Давай искать!» Они принимались искать, девочка вскоре находила орех, и заливался-звенел веселый малиновый колокольчик. А теперь она нашла орех, действительно побывавший в клюве птицы. Отцу об этом уже не расскажешь. Хотя, почему? Он перенесется в свое детство и грустно улыбнется.

Я остаюсь жить, опять подумал Геннадий Львович, а для отца все кончается. Две недели, в течение которых ему будет становиться все хуже. Затем суета похорон и боль, которая никогда не рассосется до конца. Пустая комната, осиротевшая семья, осиротевшие вещи. Привычки отца уйдут с ним, и голос его, и глаза его. И очень многое из их жизни, хорошее и светлое, уйдет с этой смертью. Главное же, изменится само состояние души: в ней поселится боль утраты.

По аллее прошли двое, парень и девушка. У этих двоих были свои заботы, вернее, в этот момент не было никаких забот, а было ощущение единения. Прошли еще люди. Геннадий Львович увидел в глубине дубовой рощи одинокую скамейку, направился к ней и позвал дочку. Сел спиной к аллее, чтобы никого не видеть. И в центре большого города были места, где человек мог остаться один. Падают листья, и льется эта прохладная синь, предвестница близких холодов. А для тебя, отец, все это кончается, и кончится через пару недель. Память же о тебе будет долгая-долгая, потому что ты показал нам, своим детям, каким должен быть человек, и как много надо работать, чтобы превращать задуманное в дело, полезное людям, в человеческое уважение. Как много надо работать, чтобы люди нуждались в тебе и шли к тебе.

«Я даже не написал его портрета», – укорил себя Геннадий Львович. Теперь ему стало по-настоящему больно. Мог, но не сделал. Это была его вина, она не перекладывалась ни на чьи плечи. Робко начав, он, однако, усердием и дерзанием добился незаурядного мастерства, нашел свою тему и свой стиль и стал одним из лучших художников города. Некоторые его полотна, не самые удачные, как он считал, уже побывали на всесоюзных выставках и не остались незамеченными. Мысль написать портрет отца посещала его часто, и в тишине бессонницы он подолгу обдумывал сюжет. Более всего его привлекали два варианта – отец у чертежной доски, за одной из своих архитектурных бомбочек (так он называл нестандартные решения, за которые его одни ели поедом, другие превозносили), и отец дома, за обеденным столом, в самой будничной обстановке, которая, однако, переставала быть будничной, как только его лицо озаряла непередаваемая мягкая улыбка. Эта улыбка лучше всего характеризовала отца, человека доброго, сильного, умеющего работать. И мать отец любил и ценил, как немногие это умеют. И ведь так же сердечно, как к матери, он относился ко всем людям. И это было главным и нравилось в нем больше всего.

Но Геннадий Львович так и не решил, какому сюжету отдаст предпочтение. Это должна была стать серьезная работа, серьезная и долгая, а его как назло захлестывала текучка, и не так-то просто было выкроить время, недели четыре, а то и два месяца, на это полотно. Он держал на прицеле эти два варианта, считая их равнозначными. И теперь было не поздно, картина могла еще состояться, и он, собственно, твердо решил, что напишет ее. Непоправимо же было другое, то, что отец ее не увидит и не обрадуется ей. Себя, а не его обрадует он этой картиной. А отец, он знал, мечтал, чтобы сын написал его портрет. Его и матери.

Отец и мать за обеденным столом – это была почти идиллия Свет несказанный, как хорошо им было вместе! А теперь мать переменится, лицо ее станет строже и суше, старость и одиночество властно вторгнутся в ее жизнь, и этот сюжет уже не получится. То есть, лицо матери уже не будет озарять лучезарная улыбка, с какой она всегда смотрела на отца.

Геннадий Львович стал думать, сколькими мелочами он мог бы порадовать отца. Но чересчур быстро летело время, ему всегда было некогда, он стремился неизвестно куда, в сверкающую завтрашнюю радужность, и нужные, но неурочные дела все откладывались и откладывались, а теперь их стало некуда откладывать, он опоздал, их уже нельзя сделать так, чтобы это порадовало отца. Этот яростный быстроток, в который превращена жизнь! А иначе скучно. Отцу, в сущности, надо было совсем немного. Чтобы сын чаще навещал родительский дом и рассказывал о себе все подробно-подробно, делился замыслами, приносил и раскладывал этюды, хвалил товарищей, у которых что-то получалось лучше, или порицал их за косность и банальность, за неумение воспарить, возвыситься над обыденностью. Родителям был нужен мир, в котором жил он, их сын, а он лишь приоткрывал дверь в этот мир, оставлял узкую щелочку для одного глаза, никогда не распахивал дверь настежь.

Как много и увлеченно работал отец! Он умел жить делом, которому посвятил жизнь, умел радоваться тому, что замышлял, и в этом смысле был счастливым человеком. Добросовестность и доброжелательность позволили ему завоевать авторитет непререкаемый. У отца и те из сослуживцев, которые поначалу были отчаянные лодыри, превращались в хороших проектировщиков, и он опирался на них и, опираясь на них, поднимал и свой, и их авторитет, не делал особого различия. Получалось же так потому, что отец любил архитектуру, а потом уже – себя в архитектуре. Да, отца считали специалистом высокого полета, а он так и не побывал ни на одном обсуждении его проектов.

– Папа, жук, жук! – Ребенок извлек из-под слоя сухих листьев коричневого сонного глазастого жука с рогом на плоской маленькой голове. – Давай играть с жуком! Он живой, он царапается, вырывается! Держи, папочка! Какие у него мохнатые ножки!

Иринка отдала жука, но, сгорая от нетерпения, тут же попросила обратно. «Папа, ты со мной сегодня мало играешь!» – упрекнула она отца, перефразируя слова матери: «Геннадий, ты совсем мало играешь с ребенком!» Да, девочка привыкла, чтобы ей уделяли внимание. Читали сказки, объясняли, из чего состоит мир, в котором днем светит большое оранжевое солнце, вечером всходит луна, в котором столько интересного, и чем больше узнаешь про него, тем больше открывается непознанного. Это как панорама с холма, с горы, со снежного пика, с борта самолета. С высоты своего жизненного опыта.

– Папочка, ты хочешь поиграть со мною в прятки? Хочешь, да?

Они поиграли в прятки. Иринка убегала за ближайший куст и кричала оттуда: «Можно!» Он шел искать ее в другую сторону, а она заливисто смеялась: «Не нашел, не нашел!» Да, в мире все останется, как теперь. И когда наступит его очередь, когда все кончится и для него, это не вызовет в мире никаких перемен и подвижек. Независимо от того, будут ли его полотна висеть в Третьяковке. Как он теперь напишет отца?

Отец начинал тяжело, в последний год гражданской войны в его семье в Минске от дизентерии умерли мать и три сестры, и он, подросток, кожа и кости и огромные синие глаза на белом прозрачном лице, пришел, прося милостыню, в Москву к старшему брату. А потом упорство и природный ум помогли ему встать на ноги и многого добиться. Теперь он уходил. Но он покорил вершины, к которым стремился. Его здания монументальны, и в них удобно работать и удобно жить. И еще – его здания не шеренга солдат в серых шинелях, на них приятно задерживать глаз. Да, время упущено, и удачной картины уже не написать, опять подумал он. Его будет давить чувство вины, он расставит акценты не там, где надо, и сильной вещи не получится. То есть, как это не получится? Разве чувство вины – побудительный стимул не из великих?

Падали листья, и все в парке было выстлано и высветлено ими. Вот, значит, как это подкрадывается к человеку. Всегда неожиданно. Сначала недомогание, потом стойкое недомогание, потом бледные лица врачей и их приговор. Врачи, конечно, сожалеют, но для них еще один приговор – будничная, неотъемлемая часть их работы. Последняя стадия болезни будет тяжелой. Но отец держится молодцом. Улыбается, и не видно, каких усилий стоит ему показать, что ему хорошо. Эта добрая, милая улыбка выработана за десятилетия общения с людьми. Отец хочет, чтобы именно таким, с этой доброй улыбкой любви к людям, его и запомнили близкие. Свои трудности и свои сложности он никогда не перекладывал на чужие плечи, он не терпел этого.

Геннадий Львович подумал, что отец облегчает его задачу. Он придет вечером, и отец встретит его улыбкой – мне, мол, совсем неплохо, я, можно сказать, и теперь, в самые последние свои дни и часы, счастлив, и ты обращайся со мной, как со счастливым человеком. Да, счастье и есть осуществление задуманного. Оба они будут делать вид, что ничего не знают, но отцу, он был уверен, это удастся лучше. Отец повидал столько смертей, особенно на войне, где был сапером. Он и сейчас давал ему урок мужества. На его письменном столе лежат три конкурсных проекта. Они останутся без отзыва. И останутся рисунки тушью на ватмане – замыслы, замыслы, замыслы. Замыслы, которые отец не успел донести до ватмана, уйдут вместе с ним. Книги отца по архитектуре Геннадий Львович не читал, они казались ему скучными. Теперь он понимал, как это обижало отца.

«Мать я возьму к себе, – подумал он. – Нечего ей делать в опустевшей квартире, где каждая вещь вызывает цепную реакцию воспоминаний». А ведь кто-то из авторов конкурсных проектов, чью работу отец так и не рассмотрел, скабрезно бросит друзьям: «Ну, чего стоило старику сыграть в ящик месяцем позже?» Такова жизнь. Чего-чего, а работы у отца всегда было на двадцать четыре часа в сутки, и он не старался, чтобы ее становилось меньше. Тянул и тянул, и ему нравилась весомость его ноши. Да, к близким надо быть внимательным и добрым при их жизни. Когда это им в радость.

Чувство вины не проходило, а Геннадий Львович не хотел идти с ним к отцу. Но солнце опускалось, и было пора. Он хлопнул в ладоши. Девочка, знавшая этот сигнал, подбежала к нему, разбрасывая туфельками легкую листву. Он поднял ее на руки, прижал к себе крепко-крепко. И пошел, понурив голову. Сегодня на его плечах было больше ответственности, чем вчера. Отец чего-то недоделал на своем поприще. Он попробует возместить это в живописи, хотя, в сущности, это мало сопоставимые вещи.

Но он попробует.

ШАХМАТЫ В МОЕЙ ЖИЗНИ

Шахматы покорно сопутствуют мне всю мою жизнь, исключая, конечно, годы самые молодые, когда никто в шахматы не играет. И в Нью-Йорке, на новом и последнем месте своего жительства, я за шахматы не садился целый год, нет, полтора года. И вдруг внук Антошик, мальчик резвый, десятилетний, согласился сыграть со мной партию. Мы расставили фигуры в просторной детской комнате с окнами во всю стену, он взял себе белые и пошел пешкой от ферзя. Но он знал еще самые азы шахмат, знал, как ходят фигуры, но плохо себе представлял, для чего они ходят и как создавать угрозы королю соперника. Как сначала пошатнуть короля соперника, а потом и низложить его. Столь далекую стратегию ему еще предстояло выстроить. Поднабраться опыта и выстроить. И в нашей партии его навыки быстро распылились, не вылившись ни во что конкретное. Вскоре он уже делал ходы ничего не значащие, ведущие к проигрышу. Зная, однако, силу его самолюбия, я не торопился победить. Я стал ему помогать. «Ты пошел плохо,– стал я ему объяснять, - ты не создал мне никакой угрозы в ответ на мою угрозу. – Лучше пойди сюда!»

Он слушался, партия продолжалась. Я уже играл и за себя, и за него; позиция оставалась примерно равной. Тут Аленочка подошла, дочь моя и мать Антона. По профессии она врач и, как врач, пользовалась большим авторитетом и уважением среди пациентов и коллег.

В годы школьные она была заядлая шахматистка, ходила в городскую шахматную школу. Выступала на чемпионатах города, брала призы. В двенадцать лет стала чемпионкой по шахматам среди женщин города Ташкента. По этому случаю кроме диплома ей в виде приза вручили деревянного медведя, который до сих пор стоит в ее доме. Студенткой медицинского института ездила на соревнования в холодный Челябинск и далекий Будапешт, где показывала очень достойные результаты.

Так когда же она постигла эту премудрость? Помню эпизод, уже очень давний. Мы с отцом играем в шахматы, увлеклись, а рядом стоит Алена, ей лет девять, и она говорит мне: «Папа, сюда не ходи, это неправильно, сейчас тебе будет шах, сейчас тебе станет плохо!» Я последовал ее совету – и правильно сделал. Как завершилась та партия, не помню, да и не важно это – а ее мудрый совет в моей памяти отложился надолго. Дедушка очень удивился и обрадовался, что внучка знает шахматы и умеет неплохо играть, даже не сидя за доской, а наблюдая за игроками.

– Алена, тебя папа научил играть? – спросил дедушка.

– Нет, я сама научилась. Просто смотрела как вы играете и научилась.

– Какая же ты умница, какая ты , Аленочка, молодец. Сережа, веди скорее ее в секцию. У нее хорошее шахматное будущее.

 Со временем медицина оттеснила шахматы, Алена все меньше уделяла им внимания, и многие годы даже не садилась за шахматную доску. А увидев нашу игру с Антоном, заинтересовалась, загорелась желанием помочь сыну. Аленочка стала ходить за него и быстро воодушевилась. Втянулась мгновенно; азарт противостояния овладел ею. Угрозы создавались, и угрозы отражались. Фигур на доске становилось все меньше, но накал борьбы не ослабевал. Комбинация, защита, опять комбинация и опять защита. Ага, ты пошел коником и хочешь подставить мне ножку здесь, а я пойду ферзиком и подставлю тебе ножку здесь, здесь и здесь! Размен, еще размен. Коса постоянно находила на камень. Наконец, у Алены остался ферзь, у меня – ладья и две связанные пешки, ладьей подстрахованные. Ее король находился по одну сторону моей ладьи, мой – по другую. Вылитая ничья! На чем мы и остановились, к обоюдному удовлетворению. Конца нашей партии Антон уже не наблюдал, она ему надоела.

Среди ночи я проснулся и знал, что лежать буду долго. Я стал вспоминать, как шахматы вошли в мою жизнь, и как мне с ними было хорошо. Научил меня играть в шахматы отец. Он их не просто любил, он обожал их, и только поэт Сергей Есенин силой своего воздействия на отца мог поспорить с шахматной доской. Любого гостя дорогого он сначала усаживал за шахматы (мать уже знала, что это ритуал), а потом заводил разговор о цели визита. И к столу приглашал, матерью давно накрытому. У него был первый разряд, и были призы за хорошие места в чемпионате города. Но, как мне казалось, он играл в силу кандидата в мастера, хотя этого звания и не был удостоен. Он и обучил меня этой премудрости, когда я учился классе так во втором или третьем. Я и сам тянулся к шахматам, видя, что отец просто боготворит их.

Классе в пятом и шестом я уже играл вполне сносно и мог противостоять отцу, заставляя его думать и напрягаться. Но побеждать его мне почти не доводилось. Если это и происходило, это было редкое исключение из правила. За шахматы мы или садились на диван в спальной родителей, или шли во двор и занимали скамейку в виде доски без спинки, в нашем дворе на восемь квартир единственную. Подходили соседи, смотрели, делали вид, что что-то понимают, но сами ни с отцом, ни со мной играть не садились.

Отец относился к шахматам, как профессионал: выписывал журнал «Шахматы в СССР», который выходил раз в месяц, покупал сборники партий чемпионов мира, выдающихся гроссмейстеров (дома у нас собралась целая шахматная библиотечка). Знал многие интересные подробности из биографии Чигорина, Ласкера, Капабланки, Алехина, Эйве, Ботвинника, Смыслова. Помнил, что Алехин никогда не начинал поединок с очередным претендентом на звание чемпиона мира, не посадив себе на колени гладкого сиамского кота: кот своим мурлыканьем усмирял его волнение и настраивал на победу.

Поймав соперника на комбинацию, тщательно продуманную, отец назидательно произносил: «Тут она ему и сказала: «За мной, мальчик, не гонись!» Отдыхая в Ялте (он любил Крым, где прошла его юность, и на Кавказ не ездил никогда), он шел на пляж или в парк непременно с шахматной доской под мышкой, расставлял фигуры, оглядывал окрестности, и через минуту перед ним возникал партнер. В девяноста пяти случаях из ста партнер вскоре произносил: «Да, ваша взяла!»

В Крыму с отцом произошел эпизод, о котором я в свое время написал рассказ «Ну, что, пижон, сыграем?» Отец почему-то был без денег, хотя неплохо зарабатывал на разных стройках. Путь его лежал в Симферополь, а оттуда к старшему брату в Москву. В каком-то парке местные любители шахмат играли между собой. Отец остановился, стал смотреть. Один из местных, оставшись без партнера, вальяжно предложил отцу: «Ну, что, пижон, сыграем?» А игра шла на небольшой интерес – на стакан чая с лимоном и пирожное. Отец одержал одну победу, вторую, третью (это была его своеобразная благодарность за «пижона»), быстро насытился, стал получать за выигранные партии по гривеннику (столько стоили чай и пирожное), и вскоре карман его отяжелел от этих монет.

Желающих сыграть с ним было столько, что он дал сеанс одновременной игры, а на следующий день его повторил. То были благословенные годы НЭПа. Для тех, кто не помнит или забыл, что такое НЭП, скажу, что это новая экономическая политика, разрешившая частное предпринимательство и быстро покончившая с голодом, холодом, эпидемиями тифа и другими мало приятными последствиями гражданской войны.

Отец лет до пятидесяти прекрасно играл вслепую, говоря мне ходы из другой комнаты. Выигрывал и раскатисто смеялся. Я же, как ни старался, не мог увидеть перед собой всю позицию целиком, моя голова на это была не способна. Алехин же мог играть вслепую на двадцати семи досках, и почти все эти партии завершались его победой. Я побывал на одном из шахматных турниров отца – мне тогда, наверное, было лет пятнадцать. Я смотрел на игроков и удивлялся, в какой глубокой задумчивости они пребывали. Их погруженность в свои партии не знала пределов. Отойди и подвинься, такой глубокой была их погруженность в шахматы. На уроках математики в нашем классе, когда нам задавали сложную задачу, столь глубокой задумчивости я не видел на лице ни у одного из своих товарищей.

Ни в школе, ни в институте достойных партнеров у меня не было. Кто-то, конечно, садился играть со мной, но быстро обнаруживал полную свою беспомощность. Накануне смерти отца, 1 мая 1982 года, я сыграл с ним две партии, и первую выиграл, быстро добившись полного превосходства, а вторую проиграл, при полном превосходстве отца. И сразу после этой победы отца мать прервала наше уединение приглашением к праздничному столу: «Мужчины, а, мужчины! Идемте к нам, нам без вас скучно!»

На следующий день отца не стало, инфаркт миокарда остановил его сердце.

Ни в Голодной степи, ни в гидравлической лаборатории, где я работал после института, в шахматы я не играл. А вот писал в гидравлической лаборатории много, там у меня был свой закуток. Это открыло мне дорогу в газету, и не в какую-нибудь многотиражку, а сразу в республиканскую «Правду Востока». И вот там, на поприще совершенно новом, развернулись мои шахматные баталии. Любили поиграть в шахматы ответственный секретарь редакции Серафим Васильевич Мельников, заведующий отделом партийной жизни Федор Михайлович Дюммель. Но они были люди преклонного возраста и меня как партнера игнорировали. Ведь я в их давно сложившейся компании выглядел, как белая ворона.

В свою очередь и я быстро уразумел, что я не их поля ягода, и к их компании, когда они сидели за доской, не подходил. Серафим Васильевич был обаятельный человек и работяга, каких поискать. Рассказывали, что до войны он вел по радио репортажи о первомайских и октябрьских парадах и демонстрациях. Домой он не торопился никогда, мог дневать и ночевать на своем рабочем посту. В восемьдесят лет он похоронил свою мать, и тогда же вышел на пенсию. На пенсии все было не то и не так, и он быстро умер. Дюммеля же я потерял из вида, как только ушел из газеты на партийную работу. Долго он, скорее всего, не прожил, на долгожителя он не походил.

Друг нашей семьи Валерий Бородин работал в газете «Ташкентская правда». Искрометный это был человек, и журналист прекрасный. И шахматист тот еще. Два других замечательных шахматиста работали с ним вместе, Геннадий Емелькин и Игорь Алимов. С Емелькиным, или Емелькой, я соприкасался и дружил очень долго, лет тридцать. Потом, увы, жизнь развела и нас, и совершенно не оставила желания возобновить былые контакты. Я, например, никогда не жалел, что мы расстались. Значит, так было надо.

Бородин, Алимов, Емелькин и я шли в обеденный перерыв на канал Анхор купаться, брали с собой шахматы и шахматные часы, и завязывались баталии часа на два. Кто-то купался в зеленоватой переливчатой воде, а кто-то играл. Турнир продолжался вечером после работы, уже в пустой редакции. Позднее возвращение домой моей супруге, естественно, не нравилось, но она видела, что мне это необходимо, и свое возмущение вслух не выражала. Турнир завершался тем, что проигравший бежал в гастроном за сухим вином, по бутылке на брата. Это стоило четыре рубля – не так уж много при нашей постоянной погоне за гонорарами. Можно было обойтись и без закуски. Но купить докторской колбасы и буханку хлеба за пару рублей труда не составляло.

Пятиминутка от нормальной партии отличается быстротой и азартом, и в этом ее прелесть необыкновенная. Пошел, - нажал, нажал – пошел, и чем быстрее, тем лучше. Тугодуму не надо ждать, когда ему поставят мат. У него падает стрелка, и он побежден, даже если сумел создать выигрышную позицию. Поэтому быстрые шахматы не для тех, кто медленно соображает. Вообще, шахматы – это соревнование умов, понимающих, что такое комбинация и что такое дальний прицел. Дальний прицел в шахматах ценился особенно высоко.

Валера Бородин был азартен и очень непосредственен, эмоции в себе не прятал, а, выплеснув их, становился сама доброта. Алимов был по матери русский, отца своего узбека не знал, и узбекского языка не знал. Узбеков он не любил по той причине, что отец не проявил к нему никаких своих чувств. За шахматной доской он был сдержан и преимущества добивался тихой сапой, упорствуя в защите. Особых угроз не создавал, ловил соперника на его промахах.

Гена Емелькин играл просто хорошо (если бы он еще и писал так!) и еще позволял себе брать обратные ходы, что очень часто склоняло чашу весов в его пользу. Поэтому случаи, когда ему выпадало пойти в гастроном за вином, можно было пересчитать по пальцам. Его «Я сюда не пошел!» были очень ярки по своей артистичной выразительности. Мы обычно не возражали, от базара воздерживались: не пошел сюда, так переходи – мать твою за ногу! Так что каждый из партнеров был личностью, на других не похожей абсолютно.

За многие годы мы сыграли несколько тысяч партий, возможно, десять тысяч, возможно, и двадцать. И они запомнились, как одна большая партия продолжительностью в жизнь. Я, правда, никогда не сравнивал свою жизнь с шахматной партией, но теперь вижу, что такое сравнение могло иметь место. Очень рано ушел из жизни Валерий Бородин – ему едва перевалило за тридцать. Погожим майским днем нам вдруг объявили, что он умер, и на другой день состоялись его похороны. Что, как, почему? В ответ я видел разведенные руки. У мужика в тихий предутренний час остановилось сердце. И что с того, что на свое сердце он не жаловался никогда? Оно взяло и остановилось. На футбольном поле (мы еще играли в мини-футбол) он был стремителен и неутомим. Он пережил ашхабадское землетрясение (толчок силой в одиннадцать баллов произошел в два часа ночи, и город мгновенно превратился в груду развалин). А умер в расцвете сил и неизвестно почему. Это была тяжелая утрата, объяснению не подлежащая. Он как раз перешел работать в агентство печати «Новости», и эта ступенька в его послужном списке едва ли была бы последней.

Потом от нас отъединился Игорь Алимов. О его смерти, тоже достаточно ранней, мне не сообщили, и в последний путь его я не проводил. Емелькин, а потом и я перешли работать в Центральный комитет компартии Узбекистана, а там режим и дисциплина, и наше общение с газетным миром практически оборвалось. Зато в ЦК мы обрели нового партнера, Мусаля и тоже Геннадия. Он играл в силу Бородина и Алимова, и Емелькин в его отсутствие спрашивал про него: «А где наш мальчик для битья?»

Быстрая партия – это быстрые комбинации. Это каскад комбинаций, многие из которых бумерангом возвращаются к их творцу и разрушают его позицию. Зевок тоже совсем не редкость в быстрых шахматах. Позиция, которая в твою пользу, вдруг превращается в позицию не в твою пользу, а ты и глазом моргнуть не успел. Это тоже быстрые шахматы. В них никто не ходит пешком, в них все летают. Азарт и стремительность – вот что такое быстрые шахматы. И зевок еще не поражение. Зевнуть может и твой противник, ведь он тоже торопится нажать на часы. Пошел

– нажал, нажал – пошел! А что дальше? В этом и есть интерес быстрых шахмат: что дальше?

В последние годы ташкентской жизни (и с Емелькиным, и с Мусалем я уже расстался навсегда) у меня не было постоянных шахматных партнеров. Во дворе у нас преобладало гаражное общение, где каждый мог заглянуть в гараж каждого, была бы симпатия и лежала бы душа. Если тебе обрадовались, ты имел право там задержаться, если на тебя не обратили внимания, ты должен был тихо удалиться. Это тоже было одним из правил гаражного общения. В гараже одного из соседей, куда я неизменно приносил вино из вишни или винограда собственного приготовления, со мной садился сразиться то подполковник милиции в отставке хромоногий Юрий Захарович Никишин (в гаражном простонародье мент), то метростроевец Валерий Николаевич (его фамилию я запамятовал), то мой сосед из нижней квартиры Акрам.

Юрий Захарович играл не просто прилично, а очень хорошо, в свое время он был кандидат в мастера, но когда увидел, что шахматная карьера поедает уйму времени, а в плане материальном дает гроши, отошел от нее и всецело переключился на дела милицейские. Мне он был всегда рад, тотчас расставлял шахматы, наливал стопку водочки (своя водочка у него была неизменно, но наливал ее он далеко не каждому), и мы начинали партию. Партия захватывала нас, и мы неслись в голубую неизвестность. Выигрывал то он, то я, а кто выигрывал чаще, не припомню. Часа три-четыре проносились незаметно, и часто в полночь за Юрием Захаровичем спускалась его дочь (он жил на четвертом этаже, и подниматься по лестнице ему было трудно). Наверное, дома он выслушивал свою часть назиданий, ибо до моего сведения тоже доводилось, что приходить домой так поздно не есть хорошо. Потом его семья уехала в Россию, откуда была родом, и там он умер почти сразу.

Валерия Николаевича и Акрама я побеждал, но без юношеской легкости. Давил и додавливал, наращивая свое позиционное преимущество до решающего. Дебюты я, в отличие от отца, помнил на пять-шесть ходов вперед, не более. Далее же события за доской развивались по моему наитию, что меня вполне устраивало. Но однажды пришел молодой врач Алишер, сын Акрама, тоже врача, посмотрел, как я обыграл его отца, поменялся с ним местами – и обыграл меня так же легко, как до этого я расправился с его отцом. Я не запомнил своих ошибок, просто моя позиция становилась все хуже и хуже. Я не то чтобы опешил, но отдал Алишеру должное. Молодец! А какой гордостью светились глаза Акрама! Да выиграй он у меня десять партий, он бы так не обрадовался, как этой победе сына.

Петя, сын мой, давно живущий в Москве, приехал к нам с молодой женой. И в один из дней сказал: «Папа, а не сыграть ли нам партию? Я потренировался и готов!» Но ничего у него не получилось, и второй партии мы в тот его приезд не сыграли.

Здесь, в Нью-Йорке, я гулял с внучкой в парке и увидел двух шахматистов моего возраста, увлеченно сражавшихся за доской. Я не подошел к ним. Не подошел и потому, что за девочкой догляд требовался, и потому, что не говорил по-английски. Ну, а партия с внуком и дочерью была исключением из правила – единственным за полтора года нашей американской жизни. Ладно, жить было можно и без шахмат.

Но однажды Андрей, мой зять, повез нас в ратушу за какими-то билетами в присутственные места. Чтобы мы, например, летом могли ходить в свой бассейн или в приморский парк близ морского училища без каких-либо назиданий. И там я увидел людей, сидящих за шахматными досками. Там по субботам после обеда собирался местный шахматный клуб. Я загорелся мгновенно, и вскоре был приглашен на опустевшее место. Играл быстро, побеждал и проигрывал, это особой роли не играло. Партий шесть выиграл и столько же проиграл за три или четыре часа. Это время пролетело, как одно мгновение. Все, точка – шахматный клуб закрылся. Но я уже знал, что буду приходить в ратушу каждую субботу. Как на праздник долгожданный буду приходить. И так оно и было. Сорокаминутная пешая дорога не была мне в тягость. Мое незнание английского языка помехой не становилось. Мне улыбались, как своему, и я садился за шахматную доску. Случались субботы, когда я только выигрывал. И тогда я сожалел, что не было проигрышей. Ведь проигрыши хороши тем, что прекрасно мобилизуют. И получалось, что в дни, когда я одерживал одни победы, чего-то недоставало. Получалось, что нечего было вспомнить, когда я приходил домой.

Вспоминал ли я когда-нибудь свои победы? Смаковал ли их? Нет, мне это было без надобности. Но я прекрасно помнил, что за шахматной доской, когда тебе противостоит достойный партнер и хороший человек, забывается все из твоей быстротекущей жизни: ты поглощен и идешь вперед, а там неведомое и арбузные корочки на каждом шагу…

КРАСНЫЕ И СИНИЕ

Когда я вошел в раздевалку, Тулкун уже хозяйничал там: самовар аппетитно посапывал-почмокивал, и в сауне негромко вибрировали тены. После матча нас ждала маленькая Сахара.

-Приветствую вас! – сказал я Тулкуну, который уже успел раздеться, и приложил руку к сердцу. И он так же церемонно приветствовал меня. У него была мягкая, открытая улыбка, за которой, однако, не прятались ни чрезмерная стеснительность, ни застенчивость. Ему, журналисту с большим стажем и редактору узбекской молодежной газеты, и не положено было быть застенчивым.

Вошли Акбар-доктор, или просто Доктор, и Рахим, бывший профессиональный футболист, который недавно получил травму – в азарте борьбы с ним неделикатно сыграл Хабибулла-стоппер, работник Госплана. Рахим пока выполнял обязанности судьи и очень старался быть беспристрастным. Надо сказать, что иногда это ему удавалось. Доктор представлял команду «синих», и Тулкун тоже. Рыхлотелый, похожий на колобок, Доктор был еще достаточно проворен, но погоды на поле не делал.

Мы громко приветствовали друг друга, и Тулкун сказал: «Пора».

– Пора, – согласился Доктор, понимая «пора» Тулкуна не как приглашение начать разминку, а как обязательство выиграть у «красных». – Сколько можно просаживать? Садык будет? Бахром будет? Ходжиевич пожалует? А Шавкат?

Названные Доктором игроки составляли таранную силу «синих». Мне очень нравился Ходжиевич, бывший пахтакоровец, как и Рахим. Сейчас он тренировал эту команду, весьма далекую, по многим причинам, от былой славы. Ходжиевич играл остро и точно, но отличался редкой среди футболистов деликатностью. Грубость на поле почти физически угнетала и подавляла его. Он отказывался понимать, как это можно бить соперника по ногам, толкать и сбивать его, позволять себе недозволенное. Он играл культурно, и за глаза его называли Ходжиевич-аристократ. Заметьте, баем его не называли никогда, только аристократом. Шавкат тоже был большой мастер хитросплетений, по части футбольного слалома его мало кто мог переплюнуть. Но он быстро раздражался, если игра не залаживалась. Садык-синий, очень подвижный, выполнял на поле колоссальный объем работы, но до дирижера-виртуоза все-таки недотягивал. Зато ничто не выводило его из равновесия. Столкнувшись с кем-нибудь, он всегда извинялся, хотя часто не был виноват. Бахром, стремительный, длинноногий, взрывной, лучше подходил для роли дирижера, но злоупотреблял индивидуальной игрой.

– Ох, уж эти звезды! Чем больше рассчитываешь на них, тем хуже результат. – Тулкун выразительно пожал плечами и стал облачаться в спортивную форму. «Синие» проиграли «красным» несколько игр подряд и жаждали реванша: команды обладали примерно равным потенциалом.

Вошли Петрович и Валера-боксер. Они дружили, но их майки были разного цвета. Петрович, помощник второго секретаря ЦК, был на острие нападения «красных», а Валера-боксер защищал ворота «синих». На верховые мячи он реагировал прекрасно, а низовые часто не успевал отражать. Валера был действительно мастером спорта по боксу, а вот как он зарабатывал на жизнь, мы не знали.

– О, мальчики для битья уже в сборе! – приветствовал «синих» Петрович, широко улыбаясь. – Никого я так не уважаю, как мальчиков для битья. Я вам привел вратаря-дыру. Он сведет на нет все ваши усилия. Я его подготовил. Я ему за каждый пропущенный гол бутылек пива выставлю. Мы так договорились! Шесть голов, и он нальется до подбородочка!

Петрович был само благодушие. Выходил из себя он только на поле. Спорил исступленно, и чужим, и своим перепадало от него основательно, и многие забывали обиды далеко не так быстро, как он остывал.

– Сегодня «красные» – мальчики для битья, – назидательно сказал Тулкун и поднял вверх указательный палец. Петрович раскатисто рассмеялся и обнял Тулкуна: фантазируй, фантазер! Валера-боксер дипломатично промолчал. Иногда, если к «синим» приходил классный вратарь, Валера защищал ворота «красных». Ему была интересна сама игра, а не результат. Еще реже выпадала ему роль защитника. В защите Валера-боксер стоял старательно, но уж очень неуклюже. Только я играл в защите хуже него, но меня терпели, как терпят неизбежное, неустранимое. Ведь всегда кто-то возглавляет строй, а кто-то его замыкает.

Неслышно ступая, вошел Тохтамурад, инструктор из отдела пропаганды ЦК. Стройный, молодой, красивый, очень подвижный.

– О, Тохтулечка! – воскликнул Петрович и обнял форварда «красных», часто очень удачливого. – Надеюсь, ты сегодня не у стены спал? Ты выполняешь указание не ложиться у стены перед играми?

Тохтамурад улыбнулся и дипломатично промолчал. Подразумевалось, что спавший у стены, вставая, побеспокоит жену и подорвет свою спортивную форму.

– Если бы случилось то, на что вы намекаете, Тохтамурад опоздал бы, – сказал Тулкун.

Дверь широко распахнулась, и ввалилась веселая ватага, «красные» с «синими» вперемешку. Пришли Садык-синий и Садык-красный, оба высокотехничные, выдающиеся форварды. Не меньшей известностью пользовались Виссарион, по прозвищу Чимкентский шлагбаум, Вадик, награжденный после филиппинского чемпионата мира по футболу прозвищем Токомато, а после мексиканского – Марадона, Касым, Мухталь, Карим-таксист, Виктор-медвежатник (не путать со взломщиком сейфов), вратарь «красных» Маннап, очень импульсивный, Хабибулла по прозвищу стоппер-костоправ, Шавкат. Хабибулла отнюдь не был грубияном или забиякой по характеру. Просто у него так получалось, – скорее всего, от излишнего усердия на поле. Пришел и долгожданный Ходжиевич. Оба Садыка преподавали в институтах, а остальные, кроме Карима-таксиста, были чиновниками высокого ранга.

– О! О! Мы вам – наш физкультпривет душевный! Синие-таки потратились на телеграммы, весь цвет свой собрали. Держись, ребятишки!

– Ага! Ага! Испугались! Замандражировали! Тут мы вас и приструним! – торжествовал Тулкун.

– Ну, рассмешил! – осадил его Петрович. – Да мы вас… Фору хотите? Сначала в пас играть научитесь. Индивидуалисты вы отпетые, и это вас губит. Учу я вас, учу: в пас играйте. Вот Хабибулла получит мяч и напролом несется к нашим воротам. Аж зажмуривается от удовольствия. Не видит, не слышит никого. А зачем зажмуриваться? Зачем глаза закрывать? Хабибулла, ты когда в последний раз гол вколотнул? В прошлом году? И то в свои ворота срезал?

– Ну, вы скажете! – возмутился Хабибулла-стоппер. Он возмущался очень искренне, как пацан.– Наговариваете вы все! Я забиваю не меньше вас.

– О! Одного уже завели с полоброта. А может быть, продуем? – издевался Петрович, смакуя последние яркие победы. – Отдадим игру, а? У них же никакого интереса. Ладно, мы вам сегодня поддадимся. Устали мы побеждать, Тулкунишка-хвастунишка. Скучно нам уже побеждать вас постоянно. Нет, вы мобилизуйтесь и накажите нас, ладно? Беседу проведите, стопочку за каждый гол пообещайте. Вообще, будьте посерьезнее. Вы ведь взрослые люди!

Он привычно взвинчивал «синих», привычно подкеросинивал их до желтого каления, которое, не скоро выветриваясь на поле, мешало им вести игру расчетливо и умно.

Вошел Ядгарыч, поддерживая под локоть Батыра и всем его демонстрируя: вот кто сегодня будет в рядах «красных»! Получив повышение (он стал главой города Алмалыка), Батыр теперь редко вырывался на футбольное поле, которое очень любил. Физически сильный, техничный, расчетливый и целеустремленный, он был незаменим в средней линии и почти неудержим в атаке. «Синие» то и дело обжигались об его горячую напористость. А Ядгарыч прекрасно цементировал защиту «красных». Он отличался точным глазомером и мгновенной реакцией, и волны нападающих разбивались об него, как о незыблемый утес. «Теперь «синим» хана! – комментировал их появление Петрович. – Хотя, если попросите…»

Эркин, Бахтиер и Бахрам вошли вместе, а последним, как всегда, вошел Шухрат. Первые трое прежде были профессиональными футболистами и достигли высокого класса, особенно Эркин, одно время включенный в сборную страны. Он и сейчас приятно радовал «красных» и неприятно озадачивал «синих» голами редкой красоты, за которыми следовали могучие возгласы: «Абдураимов! Абдураимов!» Шухрат, низкорослый и широкий, как колобок, на поле был удивительно напорист, и опекать его было совсем не просто.

Из раздевалки выбегали по одному, делали круг или два по упругомягкому черному тартановому покрытию, разминая не первой свежести мускулы и суставы – и на поле, постучать по воротам. У «красных» снова оказалось на одного игрока больше. Петрович уже строго возражал оппонентам: «Если мы вам отдадим своего лишнего, у вас появится ваш лишний. Не бывать этому!»

Вдруг прошелестело: «Жуков! Жуков!»

Это был не человек, а глыба человеческая. Его клиновидная голова, небольшая для широких и мясистых плеч, легко и непринужденно отыскивала мяч в полете и отбивала его подальше от ворот. Он, конечно, был не подарок для нападающих в красных майках. Даже рослому, прыгучему Батыру редко удавалось обойти его. Причем мяч он отбирал корректно и добронравно, не устрашая и не подавляя соперника крепким своим телом, а оказываясь почему-то чуть ближе к мячу. Но проворный Вадик-

Токомато-Марадона, бывало, обходил его. При большей подвижности и маневренности цены бы не было Жукову. Когда-то, наверное, и было, было такое славное время, что не было Жукову цены и как защитнику, и как парню, надежному во всех отношениях.

– Как жизнь, Петрович? – осведомился Жуков, улыбаясь. Черты его лица, крупные и тяжелые, тоже говорили о прочности и надежности этого человека. – Ты после какого гола начнешь клянчить пенальти в наши ворота?

– После какого надо, – ответил на эту подначку Петрович, поджал одну ногу и, петушась, толкнулся всем телом в глыбообразный корпус Жукова. Отскочил, как от могучей скалы, и снова толкнулся, и снова отскочил. Покачнуть Жукова ему не удалось. Жукову, начальнику монтажного управления, крутиться приходилось практически без выходных: его ребята устанавливали насосы на скважинах вертикального дренажа в целинных совхозах Голодной степи.

– Ай, молодец! – воскликнул Жуков. – Знаю, ты в форме. Но и я в форме. Мы оба в порядке, спасибо зарядке. Новости есть?

– Будут, – пообещал Петрович. – Какие хочешь, такие и будут тебе новости. Организуем согласно вашему, товарищ маршал, специальному заказу.

– Ваше нам почтение, значит.

– Иди, иди, вставай на свое место. И не брыкайся! Опять, гляжу, пузо нарастил.

– Как будто ты прилетаешь из командировки без пуза. Вот возьму и обряжусь в красную футболочку, тебе и пузо мое понравится сразу.

– В красной маечке-футболочке комсомолочка идет! – пропел Петрович, большой спец по привораживанию комсомолочек в футболочках и без них.

– Идет, идет комсомолочка! – сказал Жуков и для выразительности почмокал полными губами.

– Хитрый ты, Жуков. Как химик хитрый. Но я тебя сегодня обведу и гол свой впну.

– Впни и возрадуйся! Только сумей сначала.

Они попререкались еще, толкаясь и пыхтя.

– Начали, время не ждет! – крикнул Тулкун. – Рахим, командуй! Чур, свистеть не по принципу: «красные» всегда правы!»

Рахим приложил руку к груди и церемонно поклонился оппоненту: «Спасибо за ценный совет!»

Всходило солнце. Оно лилось-процеживалось золотом и серебром, радужными бликами сквозь черные кроны дубов и кленов, густо высаженных еще в начале века вдоль берегов Анхора. Ярко становилось, хорошо: лето! Три или четыре помятые личности, ночевавшие в укромных закоулках стадиона, примостились у кромки поля. Этим людям было интересно, и они никуда не торопились. «Красные» считали их своими болельщиками, «синие» – своими.

Мяч покатился, направляемый хлесткими ударами. «Синие» обрушили на ворота «красных» первую свою атаку. Шавкат, пофинтив, отвлек на себя троих защитников и отдал пас Тулкуну. Я поплясал перед ним, мешая пройти, и он передал мяч Садыку-синему. Садык – Бахрому, Бахром – Ходжиевичу. Маэстро, выискав щель в обороне «красных», пробил издали. Мяч пробуравил воздух рядом со штангой. Шавкат поморщился, он ожидал ответного паса.

– Я принесу! – крикнул Батыр. Но он и не подумал бежать за мячом, он лишь подчеркнул бесплодность атаки. Мальчишки уже несли мяч.

Маннап, подразнив Тулкуна мячом, установил его, и Ядгарович, разбежавшись, сильным ударом послал мяч далеко в поле. Садык-красный принял его на грудь, мгновенно прогнувшись, и, заслоняя мяч корпусом от набегавшего Хабибуллы, передал Эркину. Эркин, хладнокровно дождавшись выпада Виктора-медвежатника, отвел мяч назад и, описав им полукруг у Витиных ног, обвел заодно и Карима-таксиста и понесся вперед, а перед Жуковым отдал мяч Касыму. Касым поманерничал, порезвился немного и дал пас Вадику. Длинноногий Батыр успел пересечь поле по диагонали, подключаясь в атаку, но Вадик-Токомадо-Марадона дал пас не ему, а Петровичу. Жуков поднялся перед форвардом всем громоздким своим телом и не позволил обойти себя. Но «красные» подхватили отбитый мяч и возобновили атаку. Валера-боксер взял один мяч, вытащил из девятки второй – этот его бросок был замечен и оценен. Под третий, пушечной скорости мяч, посланный Эркином, жертвенно бросился Карим-таксист. Больно стало ему, но он вытерпел и улыбнулся. Хабибулла-стоппер остро сыграл против Батыра, и тот упал и перекувыркнулся через голову.

– Хабибулла, опять за старое? – насел на стоппера Петрович. – Мы что, сюда убиваться приходим? Мы сюда играть приходим. Ты оставь свои душманские повадки!

– Он сам упал! – крикнул Хабибулла, глубоко переживавший случившееся, а от следующей нравоучительной тирады отмахнулся.

Садык-красный пробил штрафной. Пожалуй, он был самым продуктивным у «красных», неутомимо поставляя мячи на сверкающее острие атаки. Батыр высоко прыгнул и ударил по мячу лбом. Валера отразил коварный удар, но упал. Набежал Вадик и сделал свое дело.

– Ура Токомаде – Марадоне! – крикнул Касым.

– У нас Вадик есть, а у вас кто? – обратился к «синим» Петрович. – У вас грубиян Хабибулла и костоправ Витя. Два сапога пара.

– Я-то при чем? – удивился Виктор. Он еще никого не оттер от мяча, не толкнул, не снес. Не зацепил даже. Он был сегодня сама деликатность.

– Ты всегда при чем, – сказал ему Петрович. – Не нарушил, так не переживай.

– Ну, пошел базар! – огорчился Тулкун. – Этот Петрович…

Валера-боксер рукой направил мяч Садыку-синему. Тот, пройдя вперед и не решаясь на обводку, подключил в атаку Ходжиевича. Но пас Доктору был ошибкой: Ходжиевич не заметил открывшегося Шавката. Шавкат в сердцах взрыл землю ногой, словно конь ретивый. И в ту же секунду мяч, посланный Доктором Шухрату, перехватил стремительный Ядгарович. Словно праща выбросила его, так быстр был его рывок. Шавкат вскинул руки к небу.

– Ходжиевич сегодня наш игрок! – подначил Петрович.

Мяч прилип к ноге Эркина, и маэстро блеснул обводкой. Еще… еще один позади. Ни Карим, ни Виктор не устояли. Но Жуков прыгнул неуклюже, да высоко, и снял мяч почти с головы Батыра. Витя-медвежатник подхватил его и пошел вперед как таран, кроша и сокрушая. Виссарион, он же Чимкентский шлагбаум, пресек его рейд красивым, почти профессиональным подкатом.

– Передержка, Витя! – упрекнул Ходжиевич.

– Ура Виссариону! – крикнул Петрович. – «Синие», у вас есть свой Виссарион?

– У нас Жуков есть! – крикнул Бахром

Заговорив «синим» зубы, «красные» выманили их защитников на середину поля. Эркин дал пас Петровичу, тот – Батыру, Батыр – Касыму. Касым мог пробить сам, но раздумал и возвратил мяч Батыру, обманув вратаря, кинувшегося ему в ноги. Батыр спокойно вкатил мяч в пустые ворота.

– Аргентина! – возликовал Касым. – Икки – нуль, граждане! Ай да «красные», ай да мы!

– Защита! Персоналочку! – приказал Ходжиевич. – Валера, ты как пацан.

– Что я вам! – обиделся Валера.

– Что, что! Рот не разевай.

Три ответные атаки «синих» были остры, но не привели к взятию ворот. Все-таки Бахтиер, Эдгарович и Батыр знали свое дело. Касым ни на шаг не отходил от Ходжиевича, Виссарион – от Бахрома. «Красные» же, контратакуя, отлично использовали две открывшиеся им возможности. Сначала Садык-красный, заметив, что Валера-боксер выдвинулся далеко вперед, перебросил мяч через него несильным и точным ударом издали, и тот вприпрыжку влетел в ворота. Затем сильно и точно пробил Эркин. Посланный им мяч был из тех, что не берутся.

– «Синие»! Создадим перелом! – подстегнул своих Ходжиевич.

Он очень не любил проигрывать. Пожалуй, он не любил проигрывать больше всех, даже больше Шавката, яростно переживавшего каждое поражение. Не любя проигрывать, Ходжиевич находил силы для отпора и возрождал дух команды. Какое-то время игра, выровнявшись, обрушивала свои быстрые волны то на ворота Валеры-боксера, то на ворота Маннапа, энергично подбадривавшего своих. Чуть было не отличился Тохтамурад, но замешкался, и Виктор-медвежатник лишил его мяча. Тохтамурад тотчас получил от Батыра ценный совет проснуться и протереть глаза. И еще раз он мог отличиться, но Валера-боксер парировал его коварный удар на угловой. То, как он вытащил этот тяжелый, низом посланный мяч, было удачей, почти искусством, и Батыр только всплеснул руками с нескрываемой, незлой досадой. Батыр играл очень эмоционально, как и Петрович, и наблюдать за ним было интересно.

Шавкат, эффектно приняв мяч на грудь, прикрыл его корпусом от набегавшего Ядгаровича, метнулся влево, потом вправо, увернулся от Виссариона, проскользнувшего по инерции далеко вперед, и, ощутив перед собой простор – а какой форвард не жаждет оперативного простора! – двинулся вперед, набирая скорость и закусив удила. Он не отпускал от себя мяч далеко. Маннап сжался, съежился от его стремительного надвижения. Он смотрел на Шавката страдальчески: лучше тихо пробей в угол, чем сильно – в меня. Ядгарович стремительными прыжками настигал нападающего «синих». Обожженный горячим дыханием защитника, Шавкат пробил резко и хлестко, не жалея ни ворот, ни Маннапа. Мяч со стоном рассек воздух, ударился о левую штангу, метнулся строго по линии ворот к правой, ударился об нее и… усмиренный, выкатился в поле. Ядгарович тотчас же отправил его подальше. Гул изумления повис над полем. Помятые личности у бровки повскакали, взволновались. Такого никто не помнил. Такого еще не было за все шесть лет противоборства «красных» и «синих», за все полторы тысячи горячих бескомпромиссных матчей. Забито было десять тысяч голов, и были среди них голы удивительные, но такого удара по воротам не мог припомнить никто. Чтобы мяч отскочил от одной штанги и ударился в другую – нет, такого еще не было. Шавкат, однако, схватился за голову. Он жаждал гола, а этот редкостный зигзаг мяча гола на заменял, хотя и был красивее самого красивого гола.

– Теперь дело пойдет! – крикнул Ходжиевич. – Взялись! Поехали!

Действительно, «синие» легко перехватили мяч. Сделал это Садык-синий, обезоруживший Виссариона. Хорошо открылся Ходжиевич. Взломав оборону «красных», он обычно давал пас Доктору или Шавкату, Шухрату или Тулкуну. Но большой разрыв в счете злил его, и, обойдя Яд-гаровича, он пробил по воротам сам, сильно и точно. Мяч скользнул по кончикам пальцев Маннапа и летел потом еще долго.

– Ты как балерина! – упрекнул голкипера Батыр.

– А зачем вы бить позволяете? – обиделся вратарь.

И тотчас же гол забил Тулкун. Притупив мою бдительность, он встал рядом с Маннапом (офсайд во внимание мы не принимали), дождался отскока после пушечного удара Шавката и артистично так, манерно подставил ногу. Нате, мол, вам! Радость залила его лицо. Это было выше и лучше, чем похвала начальника. Это было приятнее, чем нежданное повышение в должности.

– Маннап, ты почему подарки делаешь?

– Так подстраховывайте! – Маннап горячо переживал неудачу.

– Подарки! – возмутился Тулкун. Он очень картинно возмущался. Что-то артистическое просыпалось в нем тогда, и это всех умиляло. – Обижаете.

– Тебя обидишь! – шпарил Петрович.

«Синим» продолжало везти, и только один Ходжиевич называл это умением. Четыреходовка Шавкат – Ходжиевич – Бахром замкнулась на Шухрате, который много двигался, играл напористо и то и дело убегал от опеки защитников. Маннап устремился к нему, но ретивый Шухрат обвел его. Маннап схватил его за трусы и немного приспустил их, но такой мелочью Шухрата было не смутить и не удержать, тем более что женщин среди зрителей не было. Он вбежал-вкатился в ворота вместе с мячом, посверкивая белыми ягодицами.

– Давим дальше! – наставлял «синих» Ходжиевич.

И тут же отличился Доктор. Никем особенно не опекаемый, не быстрый, но цепко державший мяч, он приблизился почти вплотную, пробил из острого угла, и мяч от ноги Маннапа скользнул в ворота. «Какой позор! – воскликнул Петрович. – Кому проигрываем! Пора просить пенальти. Я давно не бил пенальти».

– Фигушку вам, а не пенальти! – отмахнулся Виктор-медвежатник.

Но случилось именно то, чего так ждал Петрович. Батыр не стал обводить Жукова, а пробил, целясь в ворота, и мяч, скользнув то ли по локтю Жукова, то ли по плечу, ушел за пределы поля.

– Рука! – загорелся Петрович. – Рука в штрафной! Судья, пенальти! Я пробью.

Он сам побежал за мячом.

– Какая вам рука! Ну, вы даете! Отсебятина это, а не рука, – защищался Хабибулла.

– Не было руки, – подтвердил Жуков.

– Я пробью, – повторил Петрович, неся мяч на одиннадцатиметровую отметку и пропуская замечания соперников мимо ушей. Неужели за полторы тысячи игр они не усвоили, что репликами и несогласием его с пути истинного не собьешь?

– Судья! Подтверди, что была рука.

– Была! – заявил Рахим и дал свисток. Когда он судил, он очень старался быть объективным, и иногда ему это удавалось.

– Хлюзда ты, Петрович, – сказал Жуков. – Ну, чего тебе это пенальти? Ты так выиграй!

– Апеллируй к судье! – засмеялся Петрович и нацелился на мяч.

– Ты всех тут заколебал. Не было руки! Опять выиграть хочешь?

– Хочу, товарищ маршал.

Он разбежался, зыркнул глазами в левый угол, зыркнул в правый, и что есть силы пнул по мячу. Валера метнулся, но не успел.

– Не будешь останавливать мяч рукой, – сказал Петрович Жукову.

– Д я и не трогал его! Нужен он мне!

– Не переживай, – сказал Петрович, очень довольный. – Пять – четыре. Право, мы устали побеждать.

– Они по-другому не умеют выигрывать, – сказал Тулкун. – Они из ничего пенальти делают.

– А вам кто мешает?

Побазарили еще, облегчили душу. На скулах Шавката играли желчные желваки. Он показывал на себя пальцем до тех пор, пока Валера-боксер не кинул ему мяч. Тогда он, высвобождая пружину, сидевшую в нем и туго сжатую, обвел Касыма, прикрыл мяч телом от Садыка-красного, изящным финтом ушел от Виссариона – Чимкентского шлагбаума и ринулся к воротам. Разрывая защиту, на ударные позиции выходили Ходжиевич, Бахром, Шухрат. Я кинулся наперерез Шавкату. Я знал, что он резко метнется вправо и сразу после этого пробьет левой. И он метнулся вправо, но так резко, так стремительно, так одержимо, что я не успел подставить под удар ногу. Его проход был великолепен, удар неотразим. Маннап даже не шелохнулся.

– Такие не берутся! – крикнул Ходжиевич и зааплодировал.

– Шавкат, еще один такой сольный проход, и мы будем коллективно рекомендовать вас в основной состав «Пахтакора», – заявил Петрович.

– Еще не поздно! Видите, мы отдаем вам должное. А из вас ни один не поздравил меня с красивым голом, забитым с пенальти.

Шавкат, премного довольный, переминался с ноги на ногу. Тулкун кивнул Рахиму, показывая на высокое уже солнце. Долгий свисток был пронзительно резок.

– Боевая ничья: пять – пять! – объявил Рахим. – Игроки жмут друг другу руки, обнимаются, целуются и дружно следуют в раздевалку.

Я бежал в раздевалку, довольный. Легко-то как было! Легко, свободно и замечательно. Ради этих ощущений я и приходил сюда. Я приходил сюда, несмотря на то, что играл хуже всех и если и забивал голы, то чаще в свои ворота, чем в ворота «синих». Тридцать пять лет назад, в школе, мне даже за команду нашего класса не разрешали выступать.

Мужчины дружно вошли в саунное сухое тепло, в свою маленькую Сахару. Расселись на полках, словно птичья стая на проводах.

– Пожалели мы «синих», правда, Петрович? – сказал Эркин.

– Правда! – согласился Петрович и стал массировать широкую спину Жукову. – Вот кто рукой сыграл, вот кто дал мне право пробить пенальти и показать себя!

– Так ведь не было руки! – засмеялся Жуков.

– Жалуйся знаешь куда? В Организацию Объединенных Наций! Там жалобщиков уважают.

– Еще пять минут, и мы бы выиграли, – сказал Тулкун на полной серьезности. – Как мы давили! Мы не слезали с ваших ворот.

– Давили! Не смеши меня, – сказал Батыр.

– А Шавкат как отличился! Штанга! Вторая штанга! Ну, Шавкат!

– Мы Шавката в «красные» берем, – сказал Петрович. – Он созрел уже играть за «красных».

– А за «Пахтакор»?

– Там ему завидовать будут. А мы не завидуем, мы радуемся за него. И пас даем прямо в ноги. Потому что с детства только в пас играем.

Я вбирал в себя сухой саунный зной, и споры, и громкие выкрики недавних соперников, которые снова были друзьями, которые уже не могли друг без друга. «Пацаны! – думал я. – Какие они пацаны, и какой я пацан – с ними вместе!» А было этим пацанам и по пятьдесят, и за пятьдесят, как Петровичу, и около пятидесяти. И только самым молодым из нас, Ядгаровичу, и Вите-медвежатнику, и Тохтамураду, и Кариму-таксисту было за тридцать. Когда-то они мечтали о футболе, о классных командах, о свите фанатов-поклонников. Но жизнь рассудила иначе. А они не были в обиде на жизнь, на нее вообще нельзя обижаться. И только я один никогда не мечтал о большом футболе и не играл в футбол в детстве. Я и теперь попадал по мячу через раз. Но эти люди умели быть великодушными.

Час пробил. Мужчины чинно, один за другим выскользнули из сауны, поплескались под тугими струями душа, вытерлись, повязали галстуки, надели на белые сорочки темные чиновничьи пиджаки и вновь стали теми, кем давно уже были – людьми с положением и весом, столпами общества. Они пошли-поехали в свои кабинеты, директорские, секретарские, министерские и неминистерские, но мало в чем им уступающие, в лихой телефонный перезвон, в гущу жизни. Один Карим-таксист никуда не торопился, а предпочитал еще понежиться в саунном тепле, а потом почаевничать. Он всегда брал в понедельник выходной, зато в субботу и воскресенье крутил баранку по двенадцать часов.

Возвращение в детство было кратким-кратким. По-другому в детство уже было не вернуться.

– До среды!

– До среды, пацаны!

– Батыр, ты не пропадай надолго!

И каждый знал, что если он почему-то не явится сюда в среду, пульс его жизни сразу перестанет быть полным.

Почему, интересно?

«АНТИЛОПА – ГНУ»

I

Ничего не скажешь, это был самый приятный отрезок пути. Слева плескалось море. Синее-синее, теплое-теплое Аральское море. Язык не поворачивался назвать его озером. А справа тянулись пески. Они простирались далеко, до самых предгорий Тянь-Шаня, и были красноватого оттенка. Вдали от моря эти пески были тяжелы. Чем-то отрешенным, марсианским веяло от этих песков, когда в них углубишься. Они собирались в барханы и отбирали у малютки главное – скорость. А здесь, на берегу ласкового моря, песок был пологим уютным пляжем и больше ничем. Волны уплотнили его, и малютка «антилопа-гну» резво бежала рядом с белой пеной прибоя. Правее песок был уже не таким плотным, колеса начинали вязнуть.

А здесь, на самой кромке берега, легкая самоделка показывала прекрасные ходовые качества. Александр Андреевич Будин, бывший десантник, жал на акселератор, а его сын Сережа, худой и жилистый верзила, блаженствовал на втором сидении. Не трясло, теплый ветер прекрасно освежал, и соленый привкус, который был у моря, тоже освежал, но по-другому. В прошлое лето путь до Москвы, на парад-конкурс любительских автоконструкций, они проделали за шесть дней, причем в ночные часы не залезали. Теперь, если все будет в норме, можно поспеть и за пять. Потому что всякая известная дорога ближе такой же, но неизвестной.

Подумать только, их самоделочке двадцать лет, а она так же резва, как будто вчера собрана. В ней всего 320 килограммов живого веса и мотоциклетный мотор в 34 лошадиных силы. Все, кроме мотора, баранки и шин, самодельное, вырезано, выточено и сварено бесподобными отцовскими руками. Да, у отца руки мастеровые. За двадцать лет спидометр накрутил 160 тысяч километров. И до сих пор на автострадах их малютка не дает обойти себя ни «волгам», ни «москвичам». Отец великий дока в этом деле. Получи он вовремя образование, стал бы именитым автоконструктором. Недаром журнал «Техника – молодежи» присудил ему почетный диплом за простоту и надежность вот этой конструкции. По аналогии с автоперсонажем из «Золотого теленка» Ильфа и Петрова она названа «антилопа-гну». По внешности она одно, – самоделочка неказистая, по содержанию совсем другое, чем и заслуженно гордится!

– Притормози-ка, папаня!

Машина встала, прозрачная волна лизнула колеса. Песок быстро впитал в себя воду. Изумительное море. Сергей сбросил одежду и пошел навстречу волне. Глубина увеличивалась медленно, и в пятидесяти метрах от берега воды было лишь по пояс. Чистой-чистой теплой воды. Евпатория! И даже лучше. Благодаря малышке «антилопе-гну» они неплохо изучили европейскую часть Союза. Евпаторийцам не снился такой чистый и теплый песок. Какая жалость, что здесь нет курорта. И уже не появится. Море отступает. Если сейчас построят санаторий на берегу, через пять лет он окажется в двух километрах от моря. А через десять? Археологи говорят, что и в доисторические времена море это было то большое, то маленькое: скукоживалось в маловодные годы, а потом возвращалось в прежние свои объемы. Но все равно, какие разлюбезные здесь места! Тишина и покой, и чистота необыкновенная. Черное море не такое, а уж Балтийское, с водой цвета бутылочного стекла, совсем не такое.

– Чего же ты ждешь, папаня! Поплыли, поплыли!

Александр Андреевич осмотрел машину и не спеша разделся. В длинных семейных трусах, маленький, тщедушный, он казался болезненным подростком. Всего пятьдесят пять килограммов весило его легкое жилистое тело. Но впечатление слабости, и Сергей знал это, было чисто внешним и, значит, обманчивым. Его отец был волевым, очень крепким человеком, прошел войну, имел боевые награды, и сам Сергей много раз убеждался, что его отец сильный человек. В таких случаях говорят, что низкий росток с лихвой окупался энтузиазмом и настойчивостью – и так оно и было. Какая чистая, теплая, замечательная вода! А далее самый тяжелый отрезок пути, через казахские пески, степи и безлюдье. До Оренбурга. От Оренбурга – асфальт (местами, конечно), полный газ и теплый ветер в лицо. Можно сказать, в Оренбурге у них вырастут крылья.

– Хорошо-то как, папаня!

Отец плескался молча, он молчун. Он редко вставлял в разговор свое слово. Вот созерцать он любил, тут он прямо растекался мыслью по древу. Лучше всего это получалось у него в тихие предутренние часы – они умели настраивать на глубокомыслие.

II

Аральск проехали перед вечером. Залили в канистры свежую воду. 60 литров воды, а бензина еще больше. Должно хватить на рывок через пустыню, даже если они потеряют колею. В пустыне им уже приходилось делиться водой, и они брали ее с собой с запасом. И спасать людей на своей «антилопе-гну» им приходилось. В прошлом году они подобрали на Арнасайских разливах двух незадачливых рыбаков, которые совершенно выбились из сил. Тогда солнечные мартовские дни вдруг сменились сильнейшим снежным бураном.

Можно было заночевать в Аральске. Сергей предложил это с тайной надеждой еще поплавать в теплом море. Но отец воспротивился. Отец сказал, что у них еще два часа светлого времени, и они не вправе тратить его на удовольствия. А что такое жизнь без удовольствий?

Аральск как-то очень быстро растаял за спиной, но еще раньше не стало синего моря. Степь одна была окрест, барханы стали круче и выше, колея быстро теряла четкость. Скоро вокруг не осталось ничего, кроме однообразных оранжевых барханов. Барханы до горизонта и барханы за горизонтом. Все вверх и вниз, это как медленные качели. Это сколько же материала вода и ветер превратили в песочек? Покрытые редкой стелющейся растительностью с игольчатой листвой, барханы оставляли впечатление неземного пейзажа. Тусклое закатное солнце, слабый ветерок. И не надо сильного! Иначе здесь начнется такая кутерьма!

– Сюда! – показал Сергей на развилке. Отец молча повернул на более широкую колею. Потом передал баранку сыну и задремал на сиденьи рядом. «Антилолпа-гну» шла ходко, показывая отличные качества вездехода. Ее большие колеса с широкими шинами и маленький вес были залогом высокой проходимости. Отец конструировал ее как десантную машину, но к нему, разработчику-одиночке, не прислушались. От него просто отмахнулись: не лезь, куда тебя не приглашают! Конструируй, что хочешь – но для себя, раз тебе это нравится. И отец смирился с таким к себе отношением. А что ему оставалось делать? До Иргиза, следующего населенного пункта, даже вездеходы не шли в одиночку, собирались в колонны. Мало ли оставлено следов в однообразных барханах? Тут и бывалому водителю сбиться с пути – проще простого.

Раза три им повстречались машины. Водители с удивлением разглядывали их малютку и качали головами. Даже палец к виску прикладывали: чокнутые, мол, вы, куда претесь? А вечером, когда садилось солнце, они встретили казаха на статном карабаире. Казах сказал, что они едут правильно, но здесь нельзя ездить в одиночку. Дорога до Иргиза доступна только верблюдам, машинам же надлежит держаться проторенной колеи. В песках легко затеряться, и тогда кто отыщет? Вот именно...

Они все-таки поехали дальше. И долго ехали в густеющей тьме уже после захода солнца. Отец неплохо ориентировался по звездам. Но ехать ночью и правда было не дело, и часов в одиннадцать они остановились. «До Иргиза километров восемьдесят, – прикинул отец. – Ставь палаточку, а я примус раскочегарю. Чайку хочется после этих трясучих холмов».

Сергей вбил в песок колья и натянул палатку. Песок не был для кольев надежной опорой, но другого грунта рядом не было. Они долго пили густой ароматный цейлонский чай. Несколько раз их настораживал какой-то низкий сторонний звук, похожий на шипение сала на сковородке. Но это мог быть и посвист ветра в редких кустах саксаула. Ветер, усиливаясь, все больше напитывался пылью. Но ветер ветром, а Будины очень устали и хотели спать. Напившись чаю, путешественники полезли в палатку.

– Спокойной ночи, папаня!

– И тебе спокойной ночи, сын.

III

Ночью Сергею открывались какие-то интересные картины жизни, его и не его. Являлось что-то смутное, иррациональное, близкое, что хочется, но нельзя запомнить. Он ворочался, а кто-то толкал и толкал его в бок, словно отвоевывал пространство для себя. Потом приснилась Надя, невеста, дожидавшаяся в Ташкенте его возвращения, и сразу стало спокойно-спокойно, а давление в бок ослабло. Он хотел поговорить с Надей, но разговора не получилось, она молчала в ответ на его вопросы. Молчала и улыбалась. Его разбудил резкий голос отца: «Вставай, нас засыпает!»

Открыв глаза, Сергей почувствовал тяжесть палатки, давящей на спину. Ветер к утру усилился еще, и песок заметал палатку. Один ее бок совсем провис под его тяжестью. Отец первый почуял опасность: старая привычка десантника все время быть начеку.

Они освободили палатку от песка, свернули ее, вытряхнули и свернули спальные мешки и сели в машину. Машину не замело, песок проносился за ней. Конечно, благоразумнее было заночевать в Аральске. Как темно – ни звезд, ни луны. Ветер и песок, песок и ветер. Начало четвертого. Самый сон, но разве соснешь прилично на узком сидении в тесной машине? Пыль давила на легкие, как давил брезент палатки под напором песка. Как тяжело дышать! Уляжется ветер к рассвету или нет? В такую пыль недолго загубить двигатель. Да, лучше бы им было переночевать в Аральске.

IV

Когда Сергей снова открыл глаза, рассветало. Далеко на востоке кто-то разложил костер, с каждой минутой подкладывая в огонь все больше дров. Небо быстро розовело, ветер куда как ослаб. Но воздух не успел очиститься от пыли, и свежести, которая обычно так приятна утром, не было. Небо все розовело, и показался малиновый диск солнца. Верхушки барханов стали оранжевыми.

– Завтракаем в Иргизе, – сказал отец.

– Змеи! Папа, змеи!

Их было много вокруг. Десятки, сотни змей. Змеиное царство, и они умудрились оказаться в самой его середине. Шипение этих гадов они приняли вчера за свист ветра в кустах саксаула. Змеи собирались вместе на свои змеиные сборища, лежали большими тяжелыми клубками, блестя чешуей. Это было преотвратное зрелище. Поскорее отсюда! Сергей метнулся к машине и запустил двигатель.

– Папа, змеи в машине!

Отец выбросил одну гадину, подцепив ее монтировкой. Но они могли забиться в щели, в свертки с палаткой и спальными мешками, в сумки с продуктами. Сергей рывком бросил машину вперед. Скорее выбраться из этого страшного питомника. Однажды, тоже ночью, они не сориентировались и заночевали на кладбище. Но чтобы лечь спать среди шипящих клубков змей!

Минут через десять Сергей притормозил машину, и они принялись за профилактический осмотр. Нервное напряжение было большим, Сергею в каждой щели чудилась змея. Отец отдал ему брезентовые рукавицы. Второй пары не было.

– Ты постой, – сказал Сергей, – не надо это делать голыми руками.

Он стал перетряхивать коврики, разворачивать свертки. Одна змея выпала из его спального мешка, вторую он вытряхнул из пакета с хлебом. Он подумал о недавнем соседстве и зябко поморщился. Еще одна гадина примостилась в багажнике. Он выковырнул ее и отбросил, извивающуюся, далеко от машины. Отец потянулся к палатке.

– Я сам, папа! Давай без голых рук, – повторил свою просьбу Сергей. Отец потянул за узел и развязал тесемки.

– Аааа! Твою мать!

Голова змеи отделилась от руки Александра Андреевича, он сразу побледнел и прижал укушенную руку к груди. Сергей подскочил, обрушил на большую пятнистую змею удар гаечного ключа и размозжил ей голову. Ядовита ли? Одного взгляда на отца было достаточно, чтобы понять: да, ядовита. Отец пытался высосать яд, но его уже пронимала дрожь, и рука быстро наливалась зловещей краснотой оттека. Сергей схватил руку отца, рассмотрел ранку. Стал сосать из нее яд. Поздно, он успел проникнуть в кровь. А ранка такая маленькая. Так, царапина. На лбу отца проступила холодная испарина.

– Ты как, папаня? – тормошил отца Сергей. – Попьешь воды? Достать тебе водки? Скажи, папаня! Не молчи, папаня!

– Плохо мне. Гони в Иргиз, и побыстрее. Нужна сыворотка. Понял? Надо успеть. Скажешь, если я отключусь, что это щитомордник. Пожалей маму, если... Поцелуй за меня маму, если...

V

Сергей посадил отца рядом с собой. Отец сползал с кресла. Тогда он привязал его к сидению веревкой. Отцу было плохо, он терял сознание. Сергей рванул машину вперед. Он любил быструю езду, но никогда еще не ехал так быстро и, одновременно, так осторожно.

Сейчас все зависело от малютки «антилопы-гну», детища отца, и от него, Сергея. Он не знал, сколько ему отпущено времени. Он только знал, что времени у него очень мало. И еще он знал, кем был для него отец. Он был для него самым близким человеком на свете. Человеком, на которого всю жизнь он старался походить. Человеком, который был бесконечно нежен с матерью и трогательно о ней заботился, и потому из их семьи никогда не уходило счастье (не путать с материальным благополучием).

– Сейчас, папаня! – приговаривал он сквозь зубы. – Потерпи, папаня! Мы уже близко. Не засыпай, папаня! Открой глаза!

Отец бессильно свесил голову, его легкое тело били судороги. Кто-то говорил, что укушенному змеей человеку надо дать выпить. Сергей слыхал это не один раз. Водка в рюкзаке. Остановиться, достать? Но не потеряет ли он ту самую минуту, которая окажется решающей? Водка – не лекарство. Нет, вперед и только вперед! Даже по асфальту «антилопа-гну» еще не мчалась так лихо. С бархана на бархан по едва заметной после ночного ветра колее. Только бы не упустить колею! Тогда все.

– Отец! – крикнул Сергей и не получил ответа. Голова отца бессильно свесилась на плечо, полуоткрытые глаза были мутны и безвольны.

– Папа, не умирай!

Сергей брал от машины все. От машины и от себя. Он был отличным водителем, и в прошлом году в Москве на параде-конкурсе любительских автоконструкций ему вручили диплом ГАИ за мастерство вождения. Сергей тогда посчитал, что этот диплом заработал не он, а автомобиль. «Не умирай, отец! – шептал он. – Мы очень тебя любим, я и мама. Ты сильный, отец. Ты прошел войну, и фашисты ничего не смогли с тобой поделать. Ты писал матери нежные письма, и они были ей нужнее, чем посылки с американской свиной тушенкой и яичным порошком. Однажды ты прислал ей стихи. «Жди меня, и я вернусь, только очень жди…» Мать читала эти стихи мне, четырехлетке, и плакала, а я смеялся, потому что матери было хорошо. В школе я узнал, папа, что это не твои стихи, а Константина Симонова. Какое это было разочарование! А как мы встречали тебя на вокзале, и поезд все не приходил, но мать не уходила, гордо держа букет красных цветов. И ты наконец приехал! Я долго не мог к тебе привыкнуть и говорил тебе «вы». Не умирай, папа! Подожди, папа!»

Это была дикая гонка. Гонка со временем, которое непреклонно. Какая чудовищная невезуха! Почему отца всегда манили нехоженые тропы, почему его смелость всегда приносила успех? Мало кто надеялся, что они благополучно пересекут пустыню, когда четыре года назад они стартовали в Москву из безвестного Чирчика. Но отец сказал: «Что для десантника пустыня?» Он хотел, чтобы его «антилопа-гну» стала серийной машиной десантных войск, но когда, двадцать лет назад, он отправил в Москву на нее документы, ему ответили, что вы, дорогой товарищ, опоздали, у десантников уже есть хороший автомобиль.

Ладно, сказал отец, хотя не вполне был согласен с ответом. Эта «хорошая» машина была куда тяжелее и по проходимости уступала его малютке, но за нею стояло известное конструкторское бюро. Тогда они легко проскочили пески, потому что у «антилопы-гну» чудесные качества вездехода. И они прошли тысячи других трудных километров и радовались вместе простиранию родной страны, красоте ее равнин, лесов и рек, красоте ее гостеприимных людей и многому другому, чем одаривает любознательного путника дальняя дорога. И надо же было случиться, что подлый щитомордник…

Сергею показалось, что отцу стало хуже. Держа руль одной рукой, он отстегнул флягу. Пришлось убавить скорость, чтобы отвинтить алюминиевую пробку. Он вылил воду на голову отца. Попало и за шиворот. «Ты меня слышишь, папа?»

Александр Андреевич вдруг посмотрел на него вполне осмысленно. Холодная вода на мгновение привела его в чувство. Но он снова поник, так и не произнеся ни слова. Ему было плохо. Яд этой большой пестрой змеи разрушал его организм.

– Папа, ты меня слышишь?

Кричать было бесполезно. И Сергей сделал единственное, что еще был в состоянии сделать – прибавил скорость. Семьдесят – это когда на бархан. Девяносто – это когда с бархана. На такой скорости, оказывается, и песок не вязкий. Потянулись глинистые участки, рассеченные глубокими трещинами. Сергей уверенно держался колеи и нажимал на газ. Уже сорок минут он убыстряет этот бешеный темп. Сколько еще до Иргиза? Неизвестно. Но колея становилась шире, наезженней. Так сколько же до Иргиза? Иргиз, отзовись!

Отцу никогда еще не было так плохо. Ни под Курском, где он взялся разбирать новую немецкую противопехотную мину, которая выпрыгивала из земли и взрывалась на уровне головы человека. Шпрингер-мина, прыгающая мина. Ни в Бреслау, где его взяла на прицел женщина-снайпер из батальона смерти, а он не мог покинуть своего поста. Он тогда отделался простреленной шапкой. Как захватывающе отец рассказывал про войну. Сергей просил его об этом сначала утром, потом вечером. Но отец начинал рассказывать только тогда, когда мать переделывала все свои домашние дела и садилась на диван вместе с ними. Это было сигналом к началу повествования.

– На чем я вчера остановился? – вопрошал отец.

– Ваш полк пошел в наступление под Курском, и твой взвод послали в разведку, и в одной деревне, названия которой ты не вспомнил, немцы окружили вас, а вы заняли круговую оборону. Тут рядом с тобой разорвался снаряд, и ты забыл, что было дальше.

– Вчера я действительно не мог вспомнить этого, а сегодня, днем, все вспомнил, – начинал отец. Разорвавшийся рядом снаряд был уловкой, позволявшей кончать рассказ на самом интересном месте. Это были великие минуты – отец рассказывал о боях с коварным врагом, о нашей стойкости, смелости, хитрости и отваге. Теперь Сергей понимал, что многое отец приукрашивал, но мальчиком он все принимал на веру и во дворе перед сверстниками гордился своим отцом, который сокрушил немцев и дошел до города-крепости Бреслау, где враг капитулировал в один день с Берлином.

Став взрослым, Сергей не перестал гордиться отцом, хотя тот давно демобилизовался и был теперь не офицером Советской армии, а скромным механиком прачечной. Он открывал в отце все новые черты, достойные подражания, и его уважение к отцу только росло вместе с его возмужанием. Прежде всего, как отец заботился о матери! В семьях сверстников он не наблюдал этого. А как разумно было поставлено дело в его прачечной! Можно было подумать, что пуп земли – это прачечная, где механиком работал Александр Андреевич Будин.

Сергей проскочил солонец, ожидая заноса, а в следующем чуть не завяз. Под предательским белым налетом соли была обыкновенная грязь, глубокая и скользкая, и малютка пошла юзом и стала зарываться в землю, но тут колея снова обрела твердость. Отцу, кажется, еще хуже. Мутные глаза, безвольные руки. Сергей представил себе, что он может не прийти в сознание, и похолодел от этой мысли. За сколько тогда он вернется назад, чтобы похоронить отца дома? Смерть была рядом, он понимал это. «Папа… Папаня… Не умирай, папа!» – приговаривал он.

VI

Иргиз вырос, словно из-под земли. «Больница! – крикнул Сергей первому встречному. – Где у вас больница?» Прохожий указал направление. «Час пятнадцать, – отметил Сергей. – Семьдесят пять километров за час пятнадцать. По такому песочку никто бы не выжал больше».

Он развязал веревку, легко поднял отца и внес в сумрачный коридор. «Человека укусила змея!» – объявлял он каждому встречному, и перед ним расступались.

– Какая же змея его укусила? – спросил врач-казах.

– Щитомордник! – Он бросился к машине и принес мертвую змею.

– Сыворотку «антищитомордник», – распорядился врач. И нужная ампула чуть ли не мгновенно оказалась в руках молоденькой медицинской сестры. Доктор сначала сделал укол и только потом принялся за расспросы. Главным образом его интересовало, сколько время прошло с момента укуса.

– Он не умрет, доктор?

– Будем надеяться. Ваш отец очень слаб, но будем надеяться, – сказал врач тихо, стараясь оттенить маловероятность надежды.

– Что вы, доктор! Мой отец очень сильный. Вы скоро это увидите, доктор!

К утру следующего дня стало ясно, что опасность миновала. Но эти часы ожидания были самыми кошмарными в жизни Сергея, он места себе не находил. Отец действительно оказался сильным человеком, и в этом доктор целиком согласился с Сергеем. Он не сказал, как мало у него было надежды, но это подразумевалось. Он вышел посмотреть на «антилопу-гну» и долго разглядывал сию диковинку. Он обошел ее раз пять, так она ему понравилась. Попытался поднять – и оторвал от земли сначала передник колеса, потом задние. Он был в восторге.

Через пять дней Будины продолжили свой путь. Сергей искренне считал, что не он, а сделанный отцом автомобиль спас ему жизнь. Недаром старший Будин вложил в неказистую «антилопу-гну» столько умения и труда. Металл, оказывается, тоже умел быть отзывчивым. Тоже оберегал те руки, которые так хорошо над ним потрудились.

НАПРЯМИК

I

Поднялось солнце, воздух вдали начал дрожать, и дорога, добегавшая до самого горизонта, теперь переломилась где-то посередине, и тот, далекий ее конец сначала изогнулся и полиловел, а потом растворился в дрожащем воздухе. Ветер дул из степи упругий и теплый-теплый, и его прикосновение к щекам было приятно. А совсем недавно здесь была кочегарка, подумал Виктор. И вспомнил лето и все, связанное с пуском воды, всю летнюю изнуряющую душу работу, авральную, когда начальство натужно дышало в затылок, подталкивая и щедро матюкаясь, и спокойную, без начальства за спиной, правда, тоже не легкую. Да, здесь была кочегарка, но он к ней привык. А теперь на исходе сентябрь, коробочки хлопчатника раскрылись, и долго-долго не будет жары. Прекрасно, кто понимает. Он, все же, привык к здешнему пеклу. А бывали дни, когда казалось, что плавятся мозги. Тогда очень хотелось, чтобы рядом была вода. Большая вода. Но ближе к осени чаще выдавались нормальные дни: жара пронимала не так, когда начальство переставало торчать над душой, отдыхало-нежилось на далеких курортах. Виктору не нравилось, когда начальство стояло над душой и назидало, назидало, назидало.

Виктор стоял у деревянной будки диспетчерской, ожидая попутного грузовичка до совхоза «Пахтакор», строительство которого только разворачивалось. Он знал, что застанет на новом месте: несколько вагончиков, вбитые в землю разметочные колышки – хорошо, если по ним не проехались машины, два или три фундамента и горы кирпича рядом с ними. Что еще может успеть за два месяца горстка рабочих, работая на отшибе? Вот здесь, в совхозе имени Германа Титова, за два года многое успели. И поселок уже смотрится, и хлопчатник, посеянный этой весной и вовремя политый, удался. Повертеться пришлось ради этого, однако!

Теперь, когда авральные дни миновали, сознавать, что и ты сделал что-то, заметное издалека, было приятно. Все, что здесь появилось, он считал своим, кровным, и от этого чувства ему иногда становилось хорошо. Но чаще он просто не замечал этого, не предавался самолюбованию. Не в его это было духе. Сделал, и хорошо, а подниматься на пьедестал было вовсе не обязательно. Очень часто тебе же и лучше, когда ты как все, и тебе никто не аплодирует.

Ожидание изводило его. Он не любил ждать, а, может быть, и не умел. Он всегда отдавал предпочтение действию перед выжиданием. Нетерпение, подвигая его на поступки быстрые и решительные, то выручало, то подводило его, как когда, поэтому однозначной оценки этому своему качеству он не давал. Он просто чувствовал, что с ним лучше, чем без него. Он вошел в диспетчерскую и спросил, будет ли машина в нужном ему направлении.

– Видите, ничего нет! – опять сказала ему полная женщина, вязавшая шерстяные носки. Со спицами она управлялась так, словно они были продолжением ее пальцев. Ей было все равно, как он доберется до «Пахтакора». И начальнику, который послал его мастером в новый совхоз, тоже было все равно. Выйдя из диспетчерской, Виктор оглядел пустую дорогу. Воздух вибрировал над ней, а небо было без единой помарки. Дела, с неприязнью подумал он. В воскресенье, как соберешься на базар в Джизак, попутных машин сколько угодно. А когда надо…

Пустая дорога раздражала. Он встал в тень, отбрасываемую будкой. Как несправедливо поступил с ним новый начальник с дворянской фамилией Воронцов! Как вообще все изменилось в их строительном управлении с приходом этого энергичного, надменного, тяжелого человека! В отпуск Виктор ушел в должности геодезиста и в хорошем настроении. Долгов за ним не числилось никаких, и задел он оставил для монтажников лотковых оросителей месяца на два. Возвращался на работу он в еще более приподнятом настроении: у него родилась дочь. О, как прекрасен был мир, в который пришел его ребенок! Как притягателен! Как далеко он простирался! А новый начальник сразу поставил его под холодный душ.

Все лето Виктор делал разбивку под трассы лотковых оросителей. Лотки были заимствованы у французов: дорого, но эффективно. Он рано утром уходил в степь с женщинами-реечницами, нагруженный теодолитом, связкой колышков, мерной лентой и топором. Отыскивал трассу, обозначал ее вешками и через шесть метров один сантиметр вгонял колышки в плотный дерн. Ровно через шесть метров один сантиметр.

Шесть метров была длина лотка, а один сантиметр полагался на шов. Они тянулись на целые километры – строгая белая линия колышков. Следом шла бригада монтажников со своим краном и грушевидной чугунной трамбовкой, подвешенной к экскаватору. Трамбовку экскаваторщик поднимал к самому верху стрелы, прицеливался и ронял вниз, на его колышки. Грунт уплотняли, чтобы он потом не проседал под опорами. Так появлялись на свет лотковые оросители.

Виктор все делал как надо, не ловчил, и претензий к нему не было. Но ему еще приходилось выполнять нивелировку, проверяя высотное положение готовых трасс. Когда он был в отпуске, кто-то проверил его нивелировочные ходы, и обнаружилась ошибка. На одной трассе лотки оказались занижены или завышены на десять сантиметров, а он не выявил этого, проморгал. Теперь на его месте работал человек, который обнаружил его ошибку (он пришел вместе с новым начальником). И как только Виктор вернулся из отпуска, новый начальник долго тыкал его носом в эту ошибку, а потом объявил о своем решении направить его мастером в новый совхоз.

– До сих пор я не ошибался, – сказал ему Виктор. – Десять сантиметров – это или бугор, или провал. Я на глаз ловлю сантиметровое отклонение от нормы в положении лотков. Можно проверить результаты нивелировки?

– Это излишне, – жестко сказал начальник. – Приступайте к исполнению новых обязанностей.

Очень не понравился Виктору этот человек, и он знал, что это впечатление надолго, если не насовсем. Ну, ошибка! Не первичная, во всяком случае. Не он же поставил лотки с таким отклонением. Это бы сразу бросилось в глаза и ему, и его рабочим. Но обличенный властью человек тотчас воспользовался ею, словно ждал ее, словно она была нужна ему. Это в происшедшем и было самым обидным. Виктор, однако, разговаривая с начальником, не противоречил, не позволил выплеснуться недовольству. Но он уже решил, что не будет работать с этим человеком. Придется, правда, расстаться с друзьями, что было тяжело. Но куда горше терпеть самоуправство.

Надо же: ни одной машины! «Поздравляю тебя, Витя! – съязвил он. – Ты еще не был в ссылке? Сейчас ты туда отправишься. Жена и дочь останутся здесь, а ты будешь обитать за тридцать километров от дорогих тебе людей. Свидания по воскресеньям – это и есть ссылка. Знает ли мой начальничек, что у меня родилась дочь? Не думаю! Это его абсолютно не касается».

II

Нетерпение подогревало его, а дорога оставалась пустой. Он злился, и злость на нового начальника, такого вальяжного и самоуверенного, такого неуважительного к чужому достоинству, начала перерастать в недовольство собой. Надо ж было так ошибиться! Ну, жара, ну, кочегарка. Он выходил в семь, нагрузившись, как ишак, чтобы к двум часам пройти трассу. Старался быстрее поворачиваться. А один раз сделал не то – и все насмарку. Что, если они придумали эту ошибку, подумал он. Это было бы самое лучшее, ведь тогда его вина снималась. Только, скорее всего, он ошибся на самом деле.

Кто бы стал наговаривать? Неумно, нелепо. А раз ты ошибся, и люди потом все переделали, не надо никого винить в том, что с тобой так поступили. Не надо кого-то стороннего мазать дегтем и все на него перекладывать. Привыкай, Витя, сполна оплачивать свои счета. Взрослей, Витя!

Накручивая себя, он мысленно провел прямую линию, соединяющую место, на котором он стоял, с «Пахтакором». Напрямик, пожалуй, километров тридцать. Нет, меньше. И мимо ни за что не пройдешь. Упрешься в железную дорогу, а она выведет, куда надо.

Ладно, подумал он. Нетерпение отечески подтолкнуло его в спину, и он пошел. Бывали дни, когда он проходил и двадцать, и больше километров с теодолитом за плечами. Расстояние, само по себе, его не смущало. И степь, которая перестала быть горячей, тоже не смущала. Вот чувство обиды не проходило. Это было сложное, ужасно неприятное чувство. Оно заключало в себе и протест, и угрызения совести; того и другого, кажется, было поровну. Если бы он не старался, если бы ловчил! Но он не ловчил никогда – ни на работе, ни в жизни.

Девять тридцать, засек он время. Он шел широким, пружинистым шагом, изредка оглядываясь на поселок. Дома мельчали, словно врастали в землю. Слева были плантации, и там двигались хлопкоуборочные машины, окутанные пылью; шум их двигателей не достигал его слуха. А справа простиралась степь, не тронутая человеком. Царство полыни, медлительных черепах и вертких варанчиков. Дома все уменьшались за его спиной, а водонапорная башня по-прежнему смотрелась четко, но ее ажурная металлическая опора становилась все прозрачнее. Пока он шел по дороге. Она кончится через три километра, – упрется в глубокий пограничный коллектор. Следующий совхоз, куда она ведет, существует пока только в нарисованном на бумаге виде. До коллектора он пройдет мимо четырех лотковых трасс. Под каждую из них он забивал желтые сосновые колышки, а одну даже строил – зимой.

Про эту трассу он знал все: и сколько потребовалось для нее лотков, и как тяжело дались самые первые лотки, ведь никто не умел их кантовать и ставить, и было наломано немало дров, то есть лотков, пока придумали кантователь, который совмещал переворот лотка с монтажными операциями. Он помнил, как они мучились, подбирая рецепт битумной мастики для стыковочных швов, которая бы не трескалась на морозе и не плавилась в жару, и как рабочие подсыпали под фундаментные стаканы мерзлый грунт, а он приказал заменить его песком, ведь мерзлый грунт оттает и даст просадку, и у него вышел конфликт с бригадой, но он настоял на своем. И как в марте ветры невиданной силы повалили лотки, которые стояли на самых высоких опорах (по инструкции их не полагалось закреплять, в ожидании просадок), и как он переживал, и как потом трассу восстанавливали, тщательно закрепляя опоры. И как в мае сдавали трассу. Капало лишь в шести стыках, но потом щели заилились, и капать перестало. Сейчас ему почему-то было интересно вспомнить все это.

Три километра промелькнули незаметно. Он спустился в коллектор, перешагнул через прозрачный солоноватый ручеек, струившийся по его дну, вскарабкался наверх. По ту сторону была степь бескрайняя, первозданная. Голодная степь, как ее издавна именовали. У земляного вала рядом с коллектором скопились желтые шары перекати-поля. Виктор чиркнул спичкой и бросил ее в один шар. Огонь вскинулся весело, жарко. Желтый шар сгорел дотла ярким сполохом, оставив серый порошок пепла.

III

Что вообще он знал об этой степи? Не так уж много, но теперь уже и не мало. Знал, какой зеленой бывает она весной, как зацветают маки и выползают из своих нор черепахи. Маки – это красное знамя необъятных размеров. Знал, как хорошо лежать на зеленой траве и наслаждаться бездонностью неба. Знал, как приходит сюда лето и выжигает травы, одна полынь долго стоит зеленая, ведь у нее корни длиннее стебля, а потом очередь доходит и до нее, она сереет и скукоживается, и днем замирает всякая жизнь, а вечером, на закате солнца, выползают мохнатые фаланги, такая оранжевая нечисть, с которой лучше не соприкасаться, и ползут, раскачиваясь на длинных безобразных ногах, в одном направлении – к закатному солнцу. Знал, что такое здесь июльское солнце, и каково его выносить, и каково, если самое пекло совпадает с авралом. Знал, как приятна вода в такую жару. Вода в кружке, в пожарном бассейне. Если он работал недалеко от лоткового оросителя, он забирался в лоток, и вода влекла его, нежная, вбирающая в себя тепло перегретого тела.

Осень была прекрасна уже тем, что в кочегарке прикрывали поддувало. И созревали арбузы, дыни и виноград. И созревал хлопчатник. Великое изобилие приносила с собой осень, но на короткое время. Зимой здесь тоже было ничего. Но иногда задували ветры и пронизывали так, словно сюда приходил Север. Да, ветрам здесь ничто не мешало дуть в любую сторону.

Еще он знал об этой степи, что здесь будет, и для чего он здесь. Последнее и было самым важным. То, что здесь будет, будет и без него, но он хотел именно такого начала своей трудовой биографии. С тщеславным задором юности он мечтал о покорении целины, о масштабах, и о полной самостоятельности, и об уважении людей, которые работали рядом. И все шло как надо – до этой нелепой, досадной ошибки, превратившей его в заурядного строительного мастера. Да, но была ли ошибка? Он в этом сильно сомневался.

Обида опять подняла голову. Предыдущий начальник тоже был не подарок судьбы, но он не позволял себе ничего такого. Он взыскивал жестко, но не унижал. Ладно, подумал Виктор. Не такие бури он видывал, и не такие бури еще будут. Вообще, что такое бури и невзгоды для человека, который знает свое дело? Закалка. Испытание. Экзамен. Век живи, и век сдавай экзамены. Ибо всегда тебя будут с кем-нибудь сопоставлять, сравнивать. И, Бога ради, не суди слишком строго своих экзаменаторов! Многие из них просто не имеют права быть ими, но не тебе указывать им на это.

IV

Идти по степи было легко, она просохла до плотности камня. Если и возьмет ее плуг, так только однолемешный, и не сейчас, а поздней осенью, после дождей. Поселка совсем не было видно, а бак водонапорной башни теперь парил в дрожащем воздухе, ни на что не опираясь. Пока он будет ориентироваться по этой башне, а потом, когда марево поглотит ее – по солнцу. Сначала солонце будет слева и за спиной, потом только слева, а часов с трех – слева и впереди. В четыре он придет на место. Ну, в пять.

Вокруг не было ни души, но это не тяготило. Виктор любил степь и за простор, за тишину, за то, что здесь было легко остаться наедине с собой, уйти в себя. Он оглянулся. Бак водонапорной башни стал безликим черным пятном. Одиннадцать. Потеплело, но по сравнению с летней кочегаркой это семечки. Приятный теплый ветер в лицо. «Ветер с моря, тише дуй и вей! Слышишь, розу кличет соловей!» Но его роза была с ним. Он шел по степи в незнакомый «Пахтакор», а его роза была с ним, и обида, нанесенная новым начальником, понемногу рассасывалась. Сначала он покажет ему, что умеет работать, а потом уволится. Уйдет непременно, наплюет на уговоры и извинения. Да, начальник извинится, никуда не денется, и услышит в ответ: «Есть вещи, которые мужчины друг другу не прощают». Не надо поддаваться обиде, возразил второй голос. Злопамятство еще никого не украсило. Нет, он не злопамятен. Он не простит унижения, это совсем другое. И есть ли более жалкое зрелище, чем мужчина, лишенный чувства собственного достоинства?

Между тем, в плоском пейзаже наметились перемены. Степь целинная, не паханная веками, оборвалась. Дальше потянулась богарная пашня. Здесь недавно подняли зябь, и глубокие борозды указывали направление движения плуга. Кое-где остались межи. По пахоте он не мог идти так же споро, как по целине. Тогда он воспользовался межой. Но тракторы вспахали степь под углом в сорок пять градусов к направлению его пути. Межа уводила в сторону. Значит, потом он свернет на другую межу, перпендикулярную этой. Разве он предполагал, что ему встретится пахота и удлинит его путь?

Здесь без полива выращивали пшеницу. Урожаи были небольшие, но из местной муки выпекались отменные лепешки и выделывались макароны янтарной прозрачности, словно в них добавлены желтки. Эти макароны не разваривались в бульоне. Мал золотник, да дорог, подумал он про этот нелегко дающийся хлеб. Вдруг ему встретился отполированный дождями до сверкающей белизны череп барана. Волк прогрыз затылочную кость и высосал мозг. А это что за диво? Метрах в двухстах сидела большая хищная птица. Она была настолько большая, что напоминала солдата, который по грудь высунулся из окопа. Только голова у этого плечистого солдата была маленькая и круглая, ершистая. Он не пожалел, что не взял с собой ружье. Он мог не удержаться, выстрелить и убить эту птицу. А потом бы сожалел о содеянном и думал о себе плохо.

Птица поднялась, тяжело оттолкнувшись от земли. Большая, сытая хищная птица с очень большим размахом крыльев. Ее оперение сливалось с цветом осенней степи. Несколько раз степенно взмахнув крыльями, птица грузно плюхнулась на пахоту в стороне от межи и снова стала похожа на солдата, по грудь высунувшегося из окопа. «Лентяйка!» – крикнул ей Виктор. И оглянулся. Бака водонапорной башни за спиной уже не было. Половина пути? Пожалуй. Впереди зажелтел стог соломы, и он решил, что у стога изменит направление. Интересно, поладит ли он со своими новыми подчиненными?

Он вспомнил свой первый рабочий день. Вопрос, поладит ли он с бывалыми людьми – его рабочими, тогда очень его беспокоил. Он сказал тогда бригадиру, что надо делать. Больше говорить было не о чем, люди взялись за лопаты. И он мог стоять и смотреть, как его люди работают, а мог присоединиться к ним. Он взял свободную лопату, и как-то быстро у него наладились добрые отношения с бригадой. Но и потом, когда его перебросили на новое место, первой его заботой было найти общий язык с людьми, которые становились под его начало. Сейчас это опять беспокоило его, но не так сильно, как раньше. Ибо ему уже встречались и бригадиры с глубоко укоренившимся чувством долга – с такими было легче всего, и бригадиры заискивающие, и бригадиры нагловатые, и просто хамы, которые старались воспользоваться его зеленостью и урвать побольше. На первых он мог положиться всегда, на вторых – когда исправно поступали материалы и не задерживалась зарплата. А на третьих вообще нельзя было положиться, но нельзя было и избавиться от них, не в его это было компетенции, и он удивлялся, откуда берутся такие. Но готовых рецептов на завтрашний день у него не было. Обстоятельства покажут и подскажут.

Стог соломы стал высотой с холм. Желтый холм, освещенный солнцем. В одном месте солому слегка разворошили, и он плюхнулся на мягкое – с разбега, как вратарь бросается на трудный мяч. И окунулся в пряный запах хлебной пыльцы. Лег на спину. Над ним плыло небо, спокойное, бездонное, белесое у горизонта, таящее в себе бездну Мироздания.

V

Он не устал, но стог приглашал отдохнуть. Пяти минут покоя ему хватит. Тихо было вокруг. Паутинки бороздили небесную синь, а птиц не было. Птицы, наверное, не любили этот суровый край.

Он вспомнил отпуск и поход в горы, после рождения дочери. Доброе, безмятежное время! Он взял с собой младшего брата и его друзей-старшеклассников. Идея его оправдалась: хозяин ситуации, он вел пацанов, куда хотел, и останавливался, где хотел, и чувствовал себя так же раскованно, как если бы пошел один. Юные спутники, впервые увидевшие горы, с восторгом принимали любое его предложение. Они пошли вверх по Чаткалу, поднялись на перевал Алям и спустились в долину Коксу, в яблоневую рощу, где как раз созрели яблоки и было полно ежевики и барбариса. В этой роще, пропитанной запахом спелых яблок, он объявил дневку. Утром он оставил молодняк загорать у костра, мальчики все-таки порядком вымотались, а сам положил в рюкзак спелых яблок и пошел назад, на перевал.

Он хотел провести на высоте целый день. Тропа рассекала зеленые саи и пряные арчовые рощи, а один раз пронзила березовую рощу редкой, изысканной красоты. Из-под трех сросшихся берез бил родник. С перевала тропа ныряла вниз. Ему не надо было вниз, и он наметил себе вершину, довольно далеко от перевала, и пошел к ней по травянистому склону. Он любил простор, который открывался с такой высоты – панораму далеких пиков, белые шлемы которых были очень эффектны. Он шел к облюбованной вершине сначала по травянистому склону, потом по дресве – когда поднялся выше, где трава не росла. Ноги скользили по мелким камушкам, но склон был не очень крутой и не таил подвохов. Он думал, что встретит снег в каком-нибудь распадке на северном склоне, но то, что он издали принимал за снег, вблизи оказывалось белыми осыпями, которые дожди и ветры вылизали до снежной белизны.

Виктор не ставил перед собой никакой цели, а просто шел по плоскогорью и наслаждался высотой и простором. Вершина, которую он выбрал, оказалась доступной, и он взошел на нее, останавливаясь через каждые двадцать шагов. На вершине было промозгло и очень светло. Простор открывался почти безграничный. Справа, далеко внизу, он увидел узкую ленту Коксу и каньон, который проглатывал реку. А слева, тоже далеко внизу, вилась синяя лента Чаткала. Один участок реки был совсем спокойный, удобный для купания. Южные склоны хребта были голые, оранжевые, а северные – зеленые, укрытые вуалью голубой дымки, и по ним спускались вниз хищные щупальца ледников. Но это было очень далеко. За тем хребтом лежала благодатная Ферганская долина.

Он провел на вершине полчаса, а потом с сожалением шагнул вниз. И вскоре вершины заслонили далекие хребты. К ребятам он присоединился уже в сумерках. Они встретили его громкими возгласами. Но он не стал рассказывать им, как хорошо было на высоте. Пересказать это было нельзя. Это надо видеть, чувствовать, вбирать в себя. А рассказ мало чего передаст. Так, кое-что, но не главное.

Наутро он повел свой отряд домой и через два дня возвратился в Ташкент. Он торопился, его уже тянуло обратно, в степь. Он предвкушал возвращение, и это можно было назвать привязанностью. А новый начальник взял и остудил его пыл. «Нет, не остудил, - возразил себе Виктор. - Тоже мне, делец с толикой голубой крови! Плевать, не на него я работаю. Для него я и пальцем не шевельну! Докажу, что он не прав, и уйду. Новая метла! Видал я эти новые метлы. Уйду, и пусть ему будет стыдно».

VI

От стога он зашагал по другой меже, и теперь солнце было слева и немного спереди. Через полчаса сменил межу, а потом ему встретилась грунтовая дорога, и он пошел по ней, ожидая, когда же впереди прорежутся телеграфные столбы. Но вокруг была одна распаханная степь. Его это не смущало. Значит, он прошел меньше, чем думает. Или сильно взял вправо. Но, как бы он ни шел, он не мог настолько ошибиться в направлении, чтобы не выйти к железной дороге. За год он привык к степи и не боялся ее.

Начала сказываться усталость. Потребовалось усилие над собой, чтобы ее не замечать. Он не пожалел, что не стал ждать машину. Это все равно, что ждать у моря погоды. Не надо неопределенности! Нет уж! Ждешь, и нетерпение изводит, мучает тебя, а потом – известие, что машины не будет. Он и прежде не ждал в таких случаях, и часто это оборачивалось против него, но обидно ему не становилось, да и глупо обижаться на себя. А часто это было выходом, спасающим положение.

Дорога – две не слишком приметные колеи – запетляла, и он сошел с нее, взяв левее. Телеграфные столбы впереди все еще не прорисовывались. А пора бы уже им засвидетельствовать ему свое почтение. Он стал думать, куда бы ему устроиться, когда он уйдет от Воронцова. Собирать дома из силикальцитовых блоков? Прокладывать закрытый дренаж? Бетонировать каналы? В каждой из этих работ была своя изюминка, но куда больше было обыденного, простого, повторяющегося изо дня в день.

Потом он стал думать, как ему быть с женой, которая хочет, чтобы они переехали в Ташкент. Конечно, ребенку там будет лучше. Лиза настойчиво гнула свое. Как убедить ее, что в Ташкенте у них не будет здешней самостоятельности, что там, возможно, их жизнь разладится? Больше всего ему не хотелось потерять самостоятельность. Кому они, зеленые специалисты, нужны в Ташкенте? Их там пруд пруди. Почти весь его выпуск повалил в проектные институты. Ну, положим, без работы они не останутся. А квартира? Квартиры им, таким зеленым, никто не даст, даже не пообещает. Опять родительский дом, совсем не просторный, опять родительская опека? Ну, нет, подумал он. Здесь он начал, здесь размах и инженеры быстро набираются опыта. Здесь он очень скоро станет специалистом, без приставки «молодой». Не молодым, а просто специалистом, умеющим подбирать ключи к любой трудной ситуации. Институт – это полдела. Опыт, производственный и житейский, – вот подлинный диплом инженера.

Он чувствовал, как много принес ему этот год. Окрепло дыхание, и приросли мускулы. Этот год дал ему больше, чем любой из пяти лет учебы в институте. Кто же удирает от всего этого? Вот почему надо убедить Лизу не торопиться. Она упряма (прежде это как-то не выпячивалось), но и он часто оказывался тем камушком, на который нарывалась острая коса. В конце концов, пусть едет, если ей тут невмоготу. А он? И что тогда у них будет за семья? Это была деликатная сторона их отношений, и улаживать ее надо было не в пылу упреков, а деликатно-деликатно. Чтобы ни в нем, ни в ней не проросло разочарование. Если она, в ответ на его уговоры, согласится остаться, но в ней поднимет голову разочарование, оно будет точить и точить ее, и им станет плохо. Он понимал, как им будет плохо, если разочарование начнет точить ее. Тогда и самое хорошее покажется ей жалким и никудышным, и она затоскует и будет думать, что все самое лучшее – там, где ее нет, но где она могла бы быть, если бы не ошиблась в выборе спутника жизни. Да, деликатное это было дело, и решать его следовало взвешенно и доверительно.

Ура, столбы! Они обозначились левее, чем он рассчитывал, и до них было совсем близко. Все-таки он сильно отклонился вправо. Теперь он увидел и железнодорожную насыпь, совсем невысокую, не контрастную. Еще какой-нибудь час, и он будет на месте. Центральная усадьба «Пахтакора» – при железной дороге. Он повеселел. Зашагал по шпалам. Но шпалы сбили его с привычного ритма. А в детстве расстояние между шпалами как раз равнялось длине его шага. В детстве ему нравилось, когда его обгоняли поезда, и как после них клубился воздух и пахло пылью и машинным маслом. На поезда, пассажирские и товарные, он насмотрелся: его школа своим фасадом выходила к железной дороге.

Справа вилась колея, и он сбежал вниз и зашагал по следу автомобиля.

В пять часов он сидел на топчане и пил чай, прекрасный крепкий зеленый чай, горячий и ароматный. С каждым глотком терпкого чая усталость оставляла его. Ну, ошибся маленько в направлении, отмахал не тридцать, а тридцать пять километров – все это семечки, думал он. Подле него сидел, поджав под себя поджарые ноги, производитель работ Михаил Костиков, худой и коричневый, как кора дуба, его новый шеф. Был он лет на шесть старше, а смотрелся еще старше. Прораб говорил, улыбаясь:

– Так ты пехом сюда пожаловал? На своих двоих? Ну, и дурак. На фига пехом? Часа два назад приходила машина, а через час Бугор пожалует. Да явись ты завтра, что поменялось бы? Что, ответь мне!

«Вот именно!» – подумал Виктор и сказал миролюбиво: «Ничего не поменялось бы, Миша!»

Он отхлебывал чай из пиалы, ему было хорошо, и он чувствовал, что этот намаявшийся за день прораб, задубевший на здешнем солнце – свой парень.

– Я бы никогда не поперся на своих двоих! – повторил Михаил.

– Что, у тебя не было таких вот дней?

– Были, ну и что? И я взбрыкивал на ровном месте. Мне, когда я вот так пер на рожон, но никому ничего не доказывал, тоже говорили, что я дурак. Я закипал, кулаки чесались, а по прошествии времени убеждался: да, дурак.

– Ты очень правильно воспринимаешь критику. Как элемент созидания и помощь в становлении характера крепкого, независимого. Ты за критику благодаришь!

Михаил опешил, потом стукнул Виктора по плечу и засмеялся. И Виктор тоже засмеялся и налил себе еще чаю. Он никак не мог напиться.

– Мы бы с тобой водочку потребили, за твой приезд, но за водочкой в город бежать надо, а до города, сам знаешь, далеко, – сказал Михаил и развел руками.

– Успеется, еще потребим, и многократно, – сказал Виктор. И налил себе из второго чайника, в нем чай заварился еще лучше. Он уже знал, где будет спать. Ему отвели половину вагончика. Купе в поезде, который никуда не едет. Завтра в его распоряжение поступит бригада каменщиков, и строить он будет овощехранилище. Из бутового камня. Мастера, сказал об этой бригаде прораб. Но уж больно прытки при закрытии нарядов. «Заезжие!» – устало подумал о них Виктор. Заботы начнутся только завтра, и завтра он выработает свое отношение к этой залетной бригаде каменщиков. Все они армяне. Если они действительно мастера, как о них ходит слава, то пусть зарабатывают, он не против. Пусть выкладываются и зарабатывают. А вот на приписки он не пойдет, это не по его части. Не пойдет, хотя часть приписанного должна остаться ему.

Виктор сел по-узбекски, как сидел Михаил, и ноги заныли по-другому, приятно. Это все еще высачивалась усталость. Он пил чай, а Михаил смотрел, как он пьет, а потом принес третий чайник чаю и лепешку, которая успела зачерстветь.

– Спасибо, Миша, не бегай, не надо, – поблагодарил Виктор и сделал «кайтарыш» – налил в пиалу немного чаю и вылил его обратно в чайник, чтобы настоянный чай со дна поднялся наверх. О, он давно понимал смак в зеленом чае. В той кочегарке, которой становилась степь летом, надо уметь противостоять жаре, и лучшим средством против жары был горячий зеленый чай – крупнолистовой, № 95.

Загудел тепловоз. Виктор вздрогнул, так неожиданно лопнула тишина. Михаил смачно выругался, он не ждал поезда сегодня. Тепловоз притащил семь вагонов пиленого леса, кирпича и бутового камня. Их надо будет разгрузить не медля, а люди свое уже отработали. Такие ситуации были здесь в порядке вещей. Михаил, чертыхаясь, побежал организовывать разгрузку, и Виктор отметил его проворство. Да, раньше начнут – раньше кончат. В темноте не та работа, как на свету. Он сел удобнее, расслабился. Как он и предполагал, здесь было с десяток жилых вагончиков, чайхана с большим черным котлом, в котором готовили шурпу или плов, и двумя титанами, заменяющими самовары. За вагончиками громоздились фундаменты, котлованы, груды кирпича. А перед чайханой были посажены тополя. Они готовились сбросить первую свою листву. Их поливали водой, привезенной издалека. Про эти топольки он ничего не знал и обрадовался, увидев их. Они его приятно смутили. Когда он шел сюда, ему было все равно, что он здесь увидит. Теперь он чувствовал, что приживется здесь, как прижились эти тонкие молодцеватые прутики. Но обида на начальника, пославшего его сюда, осталась. То, что ему здесь было терпимо, то есть почти ничего, и то, как начальник с ним поступил, грубо злоупотребив данной ему властью, не перечеркивало одно другое. Это были вещи разного порядка.

К поезду потянулись рабочие. Они шли вразвалочку, без маек, загоревшие до черноты, высушенные солнцем. Женщины держались отдельно, мелькали их яркие косынки. Мужчины не старались идти рядом с ними. Они и так много сил отдали работе, а тут еще эти вагоны.

Люди шли, понурив головы, а Виктор смотрел на них и пил зеленый чай, самый вкусный чай на свете. Пил и не мог напиться. На вагоне с кирпичом возникла шоколадная фигура рабочего. Оранжевый кирпич перекувыркнулся в воздухе и шмякнулся на землю. Черных фигур на фоне безмятежного неба стало много. Виктор все еще пил чай, но в движениях его появилась торопливость. А кирпич все гуще падал на гравий насыпи.

Доев лепешку и осушив чайник, Виктор встал и направился к вагонам. Если бы его спросили, зачем ему это, он бы не ответил. Когда его рабочим выпадала нелегкая ноша, он подставлял под нее и свое плечо. Из чувства солидарности? Скорее всего, потому, что его так воспитали. И никто его потом не благодарил, да он и не желал благодарности. Что он, из другого теста или из другого мира? Вот именно – не из другого теста и не из другого мира.

Платформы с бутовым камнем, их было две, разгружали армяне, поджарые и черные, как арабы. Только один из них был плотный, коренастый.

VIII

– Здравствуйте, - сказал Виктор, целясь взглядом в коренастого армянина. – Кто у вас тут бригадир?

– Я, – отозвался плотнотелый мужчина с орлиным носом и седеющими висками. Он был отменно сложен, почти атлетически. Но и другие армяне были хорошо сложены: ни грамма жира между кожей и мускулами.

– Привет, Ашот!

– Я не Ашот.

– Привет, Акоп!

– Я не Акоп. Акопом здесь самого большого начальника зовут, который над всеми буграми бугор. Акоп Саркисов!

– Привет, Арам!

– Ты опять промахнулся, дорогой. Арамом нашего самого хорошего композитора зовут, который «Танец с саблями» озвучил.

– А кто же ты тогда?

– Я Даниель, да будет тебе приятно от этого известия!

Виктор свистнул, бригадир улыбнулся, бригада грохнула, забавляясь.

– Привет тебе, Даниель. Я твой новый шеф.

– Ладно, дорогой мой новый шеф, поллитровочку в твою честь сегодня ставить не буду. Когда наряды закроешь, тогда «Двином» попотчую. Если наряды прилично закроешь. Слыхал про такой армянский коньяк – «Двин» называется? Лучший на свете коньяк, кто понимает.

– Я не пью, мой новый уважаемый друг Даниэль. Я здоровье свое драгоценное берегу. И твой карман заодно.

Они посмотрели друг на друга внимательно-внимательно. Бригада притихла. Бригада ждала продолжения. У Даниэля были голубые глаза. Чистые голубые глаза слегка навыкате и черная густая шевелюра, очень плотная, и благородное серебро в висках. Виктор сказал: «Подай-ка руку, Даниель!» И рывком запрыгнул на платформу. Приподнял камень, кусок известняка с коричневыми прожилками, теплый-теплый, и спихнул вниз. Бригадир кому-то подмигнул, ему протянули рукавицы, и он тронул Виктора за плечо и дал ему рукавицы.

– Держи, Витя! – сказал он с озорной улыбкой и подмигнул.

– Смотри, с первого раза угадал!

Бригада грохнула в одно луженое горло. Громче всех смеялся Даниель. Он смеялся, приседая, и его мускулистый живот ходил ходуном. В конце концов, обессилев, он сел на камни. Он никак не мог перестать смеяться. Виктор тоже рассмеялся. Они посмеялись вволю, потом Виктор надел рукавицы, и армяне вернулись к работе. Они приняли его помощь, как должное, но настороженность, все же, проскальзывала в их взглядах. Им нужно было время, чтобы принять его и привыкнуть к нему.

Когда разгрузили полплатформы, подъехал начальник. Он был молод, высок, поджар и напорист. Его большие синие выпуклые глаза все видели и все запоминали. Начальника сопровождал Михаил. Казалось, что он передвигается на полусогнутых ногах. Рядом с начальником Михаил становился ниже ростом. Он ничего для этого не предпринимал, это получплось как бы само собой. Они что-то обсуждали, и Михаил поддакивал и изредка вставлял слово, проясняющее обстановку или смягчающее неудовольствие начальника. Начальник, он же Бугор, он же Воронцов, внушал что-то Михаилу, напирая, и громко здоровался с рабочими и шутил с теми, кого помнил, но не задерживался ни у одной из платформ.

– О, Даниель! – приветствовал он бригадира каменщиков. – Из такого камня дворцы класть можно. Ай да камень!

– Прикажи, Бугор, и мы сложим!

Тут начальник увидел Виктора. Виктор смотрел на него сверху вниз и смеялся. Ему казалось, что он смеется с издевкой. Что-то неуловимо изменилось в лице начальника, и он ускорил шаг. Они даже не кивнули друг другу. Виктор забыл о начальнике, как только тот сел в машину. Разгрузка длилась часа два. Когда поезд ушел, он еще помог плотникам уложить доски в штабель и обвязать его проволокой. И за все это время он ни разу не подумал о начальнике.

IX

Виктор пластом лежал на своей коечке, выжатый-выжатый. Когда он поворачивался, в животе булькал чай. Но ощущение жажды почему-то не проходило. Ныли ноги, и ныли руки, плечи, спина. Все тело ныло, желало покоя. Но ведь не выдохся же он. Бывали дни, когда он уставал сильнее, а два или три раза действительно выкладывался до полного изнеможения. Это было в горах. Там он выкладывался настолько, что валился на землю и лежал, не шевелясь, и на другой день поутру у него подкашивались ноги. Этот же день был просто насыщенный. Но ведь для этого и живем, подумал он, настаивая на такой, выгодной для себя трактовке минувшего дня. Сейчас его не мучила неизвестность, и было легко на душе, и даже обида, нанесенная начальником, не заслоняла этой легкой, надолго пришедшей приподнятости. Он уже знал, что будет делать завтра, знал, что поладит с армянами, и знал, что те конфликты, которые возникнут у них в будущем, они уладят по справедливости, без обращения за посредничеством в следующие инстанции.

Виктор лежал с открытыми глазами. Ему нравилась тишина ночи и то, что он в купе один. Он все-таки слишком устал, чтобы заснуть сразу, едва прикоснувшись щекой к чистой подушке. Если бы он устал меньше, он бы уже спал. Но завтра от этой усталости ничего не останется. Он проснется свежим-свежим. Что-то, правда, отложится в душе, но ведь это другое дело. Это уже как след, который оставляет хорошая книга или с честью завершенное дело.

«Кто мой сосед? – спросил себя он. – Михаил?» И словно для того, чтобы его не мучила неизвестность, прозвучали шаги, звякнул ключ, который не сразу нашарил замочную скважину, заскрипела дверь. «Вот мы и дома! – сказала женщина. – Извини, я не могла уйти сразу».

– Не могла, так не могла, – согласился мужчина. Он не делал из этого проблемы. Виктор узнал голос Михаила. В голосе прораба были новые оттенки. Виктор спросил себя, так ли нежен и обволакивающ его голос, когда он говорит с женой. Надо услышать себя со стороны, подумал он. Почему, когда остаешься один, в голову лезет несуразное, такое, в чем потом никому не признаешься, даже самому близкому человеку? Он по-

пытался представить женщину, которая пришла с Михаилом. Ничего не получилось, он не мог представить ее. Он не запомнил ни одну из женщин, которых видел на разгрузке платформ. Все они были какие-то блеклые и второсортные, что ли. Как бы высланные из приличного общества за полное ему несоответствие.

Щелчка выключателя не последовало. Зашуршала сбрасываемая одежда.

– Ты уезжал вчера, и я соскучилась, – сказала женщина. Две перегородки были прозрачны для ее голоса. Они были прозрачны для самых тихих и тонких звуков. «Надо предупредить, что я не сплю», – подумал Виктор. Повернулся на другой бок. Раскладушка заскрипела, перегородки беспрепятственно пропустили звук-предупреждение.

– Ой, кто это там? – Женщина перешла на шепот, но это ничего не изменило.

– Новый мастер. Разгружал камень с армянами. Вымотался, а не спит. Представляешь, он сюда пехом приперся! Вот умора!

– А! Зеленый парень. Зеленый-презеленый. Ведь это не его дело вагоны разгружать, а помог. Зеленый, но занятный.

– Не его это дело, а сунулся, – согласился Михаил. – Я с ним полажу.

– И ты у меня занятный. Только ты не лезешь не в свои дела. Ты у меня самый занятный на свете. Самый-самый...

Виктор приподнял подушку, сунул под нее голову, а сверху придавил подушку рукой. Пусть соседи симпатичные люди, но ему ни к чему их нежности и их маленькие тайны.

Он подумал о своей жене, которая теперь была далеко, и которая давно не говорила ему таких интересных слов. А он? Говорил ли он ей эти слова? И не слишком ли рано, подумал он, мы перестаем их говорить? А потом, когда спохватываемся и хотим, чтобы эти слова возвратились в нашу жизнь вместе со всем тем, что их рождает, они почему-то не возвращаются. Почему, интересно?

Грусть накатилась. Он вздохнул и сильнее придавил рукой подушку. Стало тихо, но заснул он не скоро. Он думал о тех двоих в соседнем купе, потом о себе, потом – о жене и о себе. Здесь было над чем подумать. Думая об этом, он отключился от всего того, что произошло с ним сегодня. Конечно, обо всем этом надо было крепко подумать раньше, но и теперь еще не поздно. Завтра, когда воссияет новый день и все закрутится-завертится по полной программе, на это просто не останется времени.

СИЛЬНОЕ ОЩУЩЕНИЕ

I

Мелькали деревья, фермы, рекламные щиты. Вспыхивал и исчезал яркий лик встречных машин. Воздух со свистом обтекал ветровое стекло. Бобби Джаус мчался по автобану к своему закадычному другу Альфреду Минку. С Альфредом он куролесил напропалую, и им было что вспомнить. Бобби торопился. С утра им завладела одна мысль, обещавшая, при удаче, встряску необыкновенной силы. С тех пор как Бобби втемяшилась эта мысль, покой исчез, все остальное перестало для него существовать. Так было всегда: человек крайностей, он не умел спокойно следовать по наезженной колее. Он не только не любил, но и не уважал наезженной колеи, она наводила на него уныние и скуку. Он старался свернуть с нее сразу же, как в его памяти откладывалось, что это наезженная колея.

Альфред встретил его скептической улыбкой человека, который превратился в старика задолго до появления первых седых волос.

– Что у тебя нового? – осведомился он, растягивая губы в непроизвольной улыбке. – Держу пари: у тебя идея! Ты лоснишься, как спелый арбуз! Только я сомневаюсь, чтобы твоя идея попахивала свежинкой. Я в этом сильно сомневаюсь, дорогой и многоуважаемый Боб!

– Я хочу... я хочу... – загорячился Бобби. – Нет, ты выслушай, коктейли приготовишь после. Ты прокурор, и ты обделаешь это как дважды два. Я хочу... я хочу вот чего. Хочу побыть в шкуре приговоренного. Ну, не хлопай глазами, это не конец света. Я тебе все растолкую, как ребенку. Арестуй меня по подозрению в убийстве Клары Дикман – я во всем сознаюсь, за это положен электрическмй стул. Проверни все без канители, сам ведь без меня заскучаешь. Все это я затеваю ради недели в камере приговоренных. Очень хочу побывать в шкуре приговоренного. А там извлечешь на свет судебную ошибку, скоренько пересмотришь дело, и я тебе от души пожму руку. За эту услугу я берусь полгода содержать твою любовницу. Полгода – это ведь не мало, при ее запросах? Или другим способом выражу свою благодарность – как скажешь.

Альфред задумался. Он привык принимать Бобби всерьез, каким бы сумасбродством от него ни разило. Его влекло в Бобби неистовство безрассудства. Сам он без Бобби вел себя скромно. Приятель же привносил в его жизнь встряски, лучше которых не было ничего. Внезапно лицо его озарила улыбка злорадства, которую он погасил мгновенным усилием воли. На сей раз Бобби получит то, чего так хочет. А как он его за это потом отблагодарит и захочет ли отблагодарить, не суть важно.

II

Суд сильно отдавал подтасовкой, но Бобби могло так показаться потому, что все шло по его сценарию. Дальнейшее он тоже воспринимал как продолжение спектакля. Одиночка, жесткая кровать, равнодушная навязчивость надзирателя, не спускавшего с него недремлющего профессионального ока, безвкусная пища, какой он отродясь не едал – все это наскучило ему быстрее, чем он предполагал. И наскучило потому, что он не чувствовал себя приговоренным. Не хватало главного – ощущения безысходности. Внешне все было соблюдено, но это никак не сказалось на строе его чувств. Он не испытывал ничего такого, что рассчитывал испытать. Вместо сильного, как прыжок в невесомость, ощущения поселилась скука. Возвращалось обычное состоярие души – скука смертная, и даже тюремные стены не в силах были придать его чувствам новых оттенков. Обыденность опять смотрела ему в глаза и издевательски улыбалась.

Выходило, что и на сей раз он ошибся. А поначалу все рисовалось так заманчиво! Он уже жалел, что задумал это. Так получалось всегда. Чего бы он ни задумывал, в конце концов торжествовала скука. Девочек у него перебывало! Он быстро загнул все пальцы на руках, а в запасе остались три последние года. Зачем ему было столько? Он не знал этого и прежде, ведь ни одна из них не сделала его отцом. Впрочем, прежде такой вопрос просто не возникал. Правда, сегодня его посетила вздорная мысль, что вся его прежняя жизнь – сплошное надругательство над естеством человека разумного, праведного. Это, он понимал, от одиночества, способствующего размышлениям. Человека нельзя надолго оставлять одного. Вот и он в этом каменном мешке нет-нет да и принимается ковыряться в себе, а зачем? Какая от этого польза? Если бы он всегда перед тем, как предпринять что-нибудь военное, спрашивал себя: «А зачем?» – вся его жизнь состояла бы из бездействия. Потому что все, что он вытворял, в глазах людей умных и практичных было лишено всякого смысла.

«Что же ты, Бобби, за двадцать восемь лет пребывания в этом лучших из миров не сделал ничего путного? – спрашивал он себя. – Ведь ты уже давно не ребенок! Вольный ветер, конечно, приятная вещь, но пора бы уже и причалить куда-нибудь!»

Он хихикнул, лег на жесткую кровать. Вообразил, как он это распишет и как все будут им восторгаться, и снова хихикнул. Потом опять навалилась скука. В коридоре раздались шаги надзирателя. У его двери шаги оборвались. «Он принес газету», – подумал Бобби.

Зашелестела бумага, на пол упали «Вечерние новости». Газету приносили ежедневно, это входило в распорядок дня. Лениво скользя по страницам и не вникая в суть чужих мыслей, он дошел, от нечего делать, до последней страницы. Лениво уперся взглядом в траурную рамку: каждый день кто-то меняет этот лучший из миров на на иной, неведомо-далекий. И вдруг похолодел. В жирной черной рамке было заключено: «Альфред Минк» Задыхаясь, Бобби стал вбирать в себя текст некролога. Автомобильная катастрофа. Сухие, казенные слова соболезнования семье и близким покойного. Осторожный и осмотрительный Альфред неожиданно въехал на полосу встречного движения и врезался в грузовик. Задремал, что ли?

III

Это было похоже на прыжок с самолета без парашюта. Полные легкие воздуха, который нельзя выдохнуть. И нельзя сделать новый вдох, ведь легкие полны. Заколдованный круг. Лиловые волны жути залили его камеру. Бобби знал, что не выпутается, это и есть точка. Суд состоялся три дня назад, и Альфред добился, чтобы судья приговорил его к электрическому стулу. Только он один и знал о фиктивности дела. «Послезавтра меня не станет! – неотступно вертелось в сознании. – Непостижимо! Глупо». Боже мой, как все это премерзко! Надо же было ему так влипнуть!

Он заметался, камера показалась ему каменным склепом. Крикнул – и стены возвратили ему крик. Стены рассмеялись ему в лицо. Стены смеялись зло, саркастически, высмеивая благоприобретенный идиотизм. Он повалился ничком на кровать. Обхватил руками голову, унимая в висках вопль отчаяния. Легче не стало. И тогда он завыл. Он выл и выл, ибо жуть переполняла его.

Потом он замер, цепенея. Голова разламывалась от боли несогласия. Но молчание было еще невыносимей, и он разразился проклятиями. Досталось всему миру, а больше всего дураку Альфреду, которому именно теперь угораздило разбиться. Когда проклятия иссякли, он заплакал, вконец обессиленный. Он плакал, как мальчик, которого незаслуженно обидели. Большие слезы текли по его красным щекам. Мелькнула мысль, что стыдно так расклеиваться. Что он все-таки мужчина с характером. Но ее прогнала другая мысль, что стыдиться некого и нечего. Он был один, стыда же перед собой он не испытывал никогда. Он плакал долго и выглядел жалко. Смириться со смертью героической еще можно, но с такой... Страх парализовал волю, а ведь он желал примерно такого ощущения, но при непременном присутствии мысли, что это игра. Игра же стихийно перехлестнула через возведенные им рамки, и он оказался беспомощен, как червь, которого извлекли из земли и вот-вот наживят на крючок. Потом рыбка проглотит своего червячка, и все, и все. И что потом станет с этой рыбкой, для червячка уже не имеет никакого значения.

Ночь, день и еще ночь. И точка. Игра вышла из-под контроля. Он часто рисковал, но рисковал на людях, эффектно рисковал и потому испытывал не страх, а щекотливое, азартное возбуждение, которое придавало ему силы. И вот пришла и навалилась безысходность. Он попал в поток, с которым не мог бороться. Поток мчал его на электрический стул, и берега были такие, что нигде не зацепиться. Скальные были берега. Отвесные. Бессилие уже не злило. Оно подавляло. Ни одна светлая мысль, ни одно яркое воспоминание не посетили его. Была животная, всеохватная скорбь. Она не оставила места ни для одной ясной мысли. Его окунули в жуть и там оставили. И он забарахтался в ее липких волнах. Выходит, что он, который из всех людей Земли любил одного себя, невольно поднял на себя руку.

Он вскочил и прыгнул на стену. Удар не усилил ощущения боли. Он сполз на пол, оглушенный. В памяти образовался провал, так было легче. Оглушить себя и ничего не чувствовать – вот где выход. Разбежаться – и головой вперед, не выставляя рук. Стену он не проломит, но проломит голову. Однако он не повторил попытки. Все-таки послезавтра – это не сейчас. Да, глупая, позорная история. И он за свои двадцать восемь лет так и не совершил ничего путного. Даже не старался. Он родился с деньгами. По существу, он был лишь приложением к этим большим деньгам, и мог не суетиться, то есть ни о чем не беспокоиться. Его никогда не занимало, как лучше распорядиться этими деньгами. Он их тратил, а они автоматически приращивались за счет банковского процента, и меньше их не становилось.

Бобби крикнул, и стены ответили ему желчным каменным смехом. Вот, значит, что такое бездна отчания. Его всегда тянуло на острые ощущения. И теперь выяснилось, что он вовсе не такой сильный, каким казался себе раньше. И нет маленького человечка, который подумает о нем, как об отце. Зачем он жил, для чего явился в этот мир? Ответа он не знал. В груди жгло, и нельзя было ничем заслониться. Иногда жгло в груди и в голове одновременно, и это было особенно отвратительно. И ни одной светлой, умной, истинно мужской мысли. Одна давящая, преотвратная безысходность.

IV

Вот и последнее утро. Бобби был совершенно разбит, как после сильной дозы наркотика. Постучавшись, вошел священник. У него был мелодичный, убаюкивающий голос. Но Бобби так и не понял, о чем он говорил. Какая исповедь? Какое примирение, с кем, для чего? Он никого не убивал! Он слушал, не вникая в смысл плавно лившихся слов. Казалось, он утратил способность мыслить. Словно в этом страшном отупении заключалось спасение. Ему было все равно, священник это или палач. На обоих должны быть черные одежды, черное роднит. Черное к черному, белое к белому. Священник протянул ему распятие. Наверное, для поцелуя.

– Ха-ха-ха! – зашелся Бобби в истерическом смехе. И вдруг, весь обратясь в порыв, перешел на доверительный шепот: - Знаешь что, святой отец, я не виноват. Не виновен я – истину тебе говорю! Это шутка, розыгрыш. Я хотел побыть в шкуре смертника. Иди и скажи там, что это шутка, оговорил я себя. Альфред все знал, но нет, нет уже на свете Альфреда!

Священник не изменился в лице, не проявил интереса. Ему было все равно, что щебетал приговоренный, он работал. В его обязанности не входило устанавливать виновность или сомневаться в правильности судебного приговора.

– Ха-ха-ха! Не веришь? Боишься поверить? Тогда иди! Иди, дорогой!

Священник тихо притворил за собой массивную дверь. Вошли четверо и приказали идти с ними. Для них это тоже была всего лишь обычная процедура. Опять объяснять, что он не виновен, было бессмысленно. Бобби шел в середине. Его густые волосы пятнами окропила седина.

Его вели долго, направляя из одного полутемного коридора в другой. Но это теперь не имело значения. В гулких коридорах распахивались стальные двери и гремели подкованные ботинки. Эхо он воспринимал как шушуканье чертей за своей спиной. Вот оно, оказывается, как. Сейчас для него все кончится. Воздух, свет, весь огромный мир – все-все померкнет и вдруг исчезнет. И это называется электрический стул. Было все, а не останется ничего. Никто не вспомнит о нем. Если и вспомнит кто-нибудь, то так, вскользь, как о вещи, которая была изготовлена по воле случая - и никому не пригодилась.

– Сюда! – Ему показали на зеленую дверь с табличкой, на которой был изображен электрический стул. Дверь тяжело подалась во внутрь, и его подтолкнули во мрак. В срашной тишине что-то стучало, гулко и надломленно. Он вслушался и понял, что стучит его сердце. И тотчас вспыхнул свет. Он закрыл глаза ладонью, ничего не успев разглядеть. И стоял так минуты две – в полной тишине. Потом резко отвел руку. Прямо перед ним стоял стол, уставленный сверкающим фарфором, приготовленный к торжественной трапезе. Розы в хрустальной вазе клонили долу изысканные головки. Розы и доконали Бобби. Он вздрогнул и перевел взгляд на человека, который стоял у окна спиной к нему. Спина стала медленно-медленно поворачиваться, и Бобби узнал Альфреда. «Ты... жив?» – выдавил он в страшном возбуждении.

– Как видишь! – Альфред засмеялся. Он смеялся, как победитель. Он-таки сумел доставить Бобби сильное ощущение. Но вместе с мыслью, что вот оно, спасение, Бобби начала захлестывать глубочайшая неприязнь к этому неумному, эгоистичному человеку – ведь он позволил себе так жестоко над ним посмеяться.

– Гад! - сказал Бобби, подхваченный бешенным водоворотом ненависти. – Если я с тобой сейчас и сяду за стол, так только потмоу, что голоден. Ты для меня умер. Ты меня понял?

– Как знаешь, – меланхолично произнес Альфред. Ему было неприятно сознавать, что его, очень постаравшегося для своего лучшего друга, не так поняли.

***

Выйдя из тюрьмы, Боби Джаус стал совсем другим человеком. Он стал человеком, приносящим пользу. Перемена, которая произошла с ним, была столь разительна, что знакомые перестали узнавать его; да и круг его знакомых скоро полностью обновился. Он, однако, был премного доволен этим обстоятельством. И ежегодно день выхода из тюрьмы отмечал помпезно и бравурно, как день своего рождения. Пенилось тогда шампанское, произносились велеречивые тосты и делались попытки предпринять нечто такое, что могло оставить впечатление яркое, западавшее глубоко.

ЖИВОЙ ОГОНЬ

I

Пошел дождь, ранний, серый, нудный. Ветер подул холодный, совсем не октябрьский.

– Завтра мы с Колей отчаливаем, – объявила Зина. – Жди через три недели. Не ленись каждый день варить суп, тебе нельзя без супа. Все, что нужно, найдешь в холодильнике. И цветы поливай!

– Ладно уж, – сказал Виктор Амбурцев.

Он видел, что жена рада отпуску и скорой встрече с матерью. Пусть и Коля посмотрит на настоящий русский лес, уже припорошенный первым снегом, и на бабушку, добрую немощную старуху, к которой через год, когда сын пойдет в школу, и ехать-то, может статься, будет поздно. У него были свои виды на эти спокойные три недели. Он знал, что сделает. Он поставит в гостиной камин. Не какой-нибудь электрический, из хозяйственного магазина, в котором накаляются спирали, а настоящий дровяной камин с ажурной чугунной решеткой и дымоходом, вместилище живого огня.

Это была его недавняя, но очень сильная мечта – камин в углу гостиной, оранжевое ровное пламя, потрескивание дров и тепло, которое пахнет лесом и которого так хочется сейчас, в непогоду, когда отопительный сезон еще не наступил, а на дворе промозглое предзимье.

Зине он, конечно, ничего об этом своем намерении не сообщил. Чтобы не высмеяла и не пресекла мечту в зародыше. Она могла накладывать вето на его мечты и замыслы, у нее это получалось, она была мастерица на запреты разного рода, а он на ее мечты и замыслы вето не накладывал никогда. И эта маленькая разница, конечно, вносила свои оттенки и ньюансы в их взаимоотношения. В этом смысле Зина стояла даже выше постоянных членов Совета Безопасности ООН. Там, все-таки, право говорить «нет» имели целых пять мировых держав. Зина же с удовольствием пользовалась им одна. Что будет после возвращения супруги, Виктор Амбурцев не думал, ибо даром предвидения не обладал и заранее портить себе настроение не собирался. Предвидеть можно на работе, в дружбе, даже в «Спортлото». В отношении же законной своей супруги прогнозы обычно не сбывались, и никаких закономерностей за годы совместной жизни вывести ему не удалось, кроме одной: получалось обычно, как она того хотела.

II

Поезд, как поется в одной прекрасной песенке, которую давно уже не исполняют мастера эстрады, оставил дымок, в дальние направляясь края, последний вагон, раскачиваясь, плавно уменьшался, пока полностью не растворился в дрожащем воздухе, и Виктор понял: пришло его время. Разумеется, вопрос не стоял: «Теперь или никогда». Но ему давно ничего так не хотелось, как поставить в гостиной настоящий камин, сесть перед огоньком, зажмуриться и протянуть к нему руки. Престижность тут тоже не играла никакой роли: в их дом ходили, с некоторых пор, только друзья и знакомые Зины, а со своими друзьями Виктор встречался на их или на нейтральной территории.

Задачу же поразить друзей и знакомых Зины живым каминным огнем он перед собой не ставил. Он мечтал, как сядет у живого огня, обнимет сына, и они вместе будут смотреть на трепетное пламя и подкармливать его сухими мелко нарубленными дровами. И Виктора почему-то не беспокоило, что в это время будет делать Зина. Едва ли она подсядет к ним. Из чувства противоречия не подсядет!

Виктор давно все рассчитал и распланировал. У него и чертежик был наготове, и материал припасен в лаборатории. Лаборант с солидным стажем, смастеривший не один хитрый прибор, он не нуждался в помощниках. Решетка виделась ему витая, массивная, лучше чугунная, литая, чем сварная, а за ней – огонь, уютное, привораживающее тепло домашнего костра. Вот только где ему взять такую решетку, в хозяйственных магазинах их не продают. В первый же вечер он пробил зубилом отверстие под дымоход в плите перекрытия, чтобы отрезать себе путь к отступлению. И дело загорелось, заспорилось в цепких его руках.

Каминная решетка, хотя и сваренная из проката, не литая, в итоге получилась как картинка. Дымоходу из оцинкованной жести позавидовал бы и профессиональный жестянщик. Каминную доску он сделал из плотного дубового бруса, отшлифовал ее наждаком и пропитал темным лаком. Шамотный огнеупорный кирпич, каждая штука которого была обернута в промасленную бумагу, он знал, придаст камину ту завершающую, радующую глаз простоту, которой так добиваются уважающие себя архитекторы, модельеры, все те, кто работает и по законам красоты.

Виктор не просто прибрал к рукам нужный ему материал. Он уважал себя и потому уплатил в бухгалтерию и за кирпич, и за сталь, израсходованную на закладные детали, и даже за грузовик, который привез все это домой. Зина бы этого не одобрила. О, она бы высказала ему все то, что думала по этому поводу. Она считала, что государство наше и без того достаточно богатое. Только песок и алебастр он позаимствовал на соседней стройке. Они лежали там без надзора, и он не знал, кому за них платить. Все же ему было стыдно, что он берет их бесплатно.

Когда все материалы для камина были налицо, Виктор приступил к делу тонкому – кладке. Все семь раз отмерялось, сверялось с чертежом, размечалось, и только потом клался очередной кирпич или вмуровывалась в глиняный раствор закладная деталь. Работа заняла четыре долгих вечера и доставила Амбурцеву истинное удовольствие. Наконец, дымовой зуб, наиболее ответственная часть камина, был возведен над топкой, а дымоход продет сквозь отверстие в плите перекрытия, как нитка сквозь ушко иголки, выведен на полтора метра над шиферной крышей, вмурован в перекрытие и покрашен огнестойкой, под цвет обоев, краской. Камин отменно вписался в отведенное ему пространство. Словно он стоял там всегда. «Молодец, Витя! Ну, ты даешь, Витя! И, ведь, умеешь, умеешь!» – нахваливал себя Амбурцев, премного собой довольный.

Давно ему не было так легко, свободно, раскованно.

III

Теперь, когда дело было сделано, он не спешил. Подмел в гостиной, вымыл пол, снес в сарай остатки материала. Заварил крепкий чай, – нашел по этому поводу пачку индийского, которую Зина держала в загашнике. Ничего, переживет, когда увидит, что ее заначку почали. И только после этого затопил камин. Пламя несмело охватило сложенные шалашиком щепки, перекинулось на дрова, набрало силу, замурлыкало, а потом метнулось вверх и уверенно загудело. Виктор выключил свет. Пламя ожило, желтые блики заскользили по стенам и потолку. Очень хорошо было сидеть у огня, смотреть на него и пить крепкий чай с ароматом тропиков. Он снял рубашку, остался в майке. Тепло вместе с запахами далеких хвойных лесов разлилось по комнате. Огонь обнимал разнокалиберные дрова, пламя внизу было синим, в середине – белым, вверху – оранжевым, красные угли таинственно мерцали, медленно утрачивая силу и покрываясь сизым налетом пепла. Дымом в комнате не пахло совершенно, тяга была безукоризненная.

Виктор спросил себя, когда в последний раз он сидел у настоящего костра. На велосипеде он часто ездил с сыном на «глубокую речку» – так он называл широкий, до краев заполненный чистой зеленоватой водой канал Бозсу, на дамбах которого росли заматерелые талы. Он сажал Колю на велосипедную раму, и они отправлялись в путь, в путешествие, как он говорил, довольные друг другом.

– Быстрее, папа! – подгонял его малыш.

У воды они обязательно зажигали костерок, вокруг старых талов было много хвороста. Это был костер для удовольствия. Они и чая на нем не кипятили, и супа не варили. Иное дело костер в горах, когда на нем все готовишь, а вечером беседуешь с ним, как с другом. Костер, зажженный в час, когда в горах опускается ночь и ледники, осмелев, нацеливают на тебя свой первозданный холод – что может быть желаннее и прекраснее?

Но этим летом он не был в горах, не выбрался, и прошлым летом не был. Между ним и горами всегда встревало что-нибудь неотложное, и встревало не без помощи Зины, которой не нравились его одиночные походы неизвестно куда. Сама она от гор никакого удовольствия не получала и потому компании ему не составляла. Она морщилась и отворачивалась от всего, что не доставляло ей удовольствия.

Рядом с ярким, спокойным пламенем, горящим за витой каминной решеткой, Амбурцев не чувствовал себя одиноким. Рядом с Зиной он мог быть одинок, – «позабыт – позаброшен», как пелось в одной грустной песне; такое случалось все чаще. Рядом с костром – никогда: костер умел проявлять к нему безголосое дружеское участие. Он подумал, правильно ли поступил, что не сказал жене о камине. Правильно, и хватит об этом. В конце концов, что-то в их доме должно отвечать и его вкусам. Пока же все делалось на ее вкус и лад и с ее соизволения, и это откладывалось в его сознании накоплениями далеко не мирного свойства. Даже одежду для него она выбирала сама.

«Мы еще посмотрим!» – громко произнес он, ни к кому не обращаясь. И встал спиной к огню, словно репетировал защиту камина от сокрушающего натиска супруги. Спиной тоже было приятно чувствовать тепло живого огня.

IV

Вернувшись из отпуска, Зина долго разглядывала камин и его, Виктора Амбурцева, своего мужа. Глаза у нее при этом были странные, все в себя вбирающие и ничего не прощающие.

– Это – зачем? – наконец, спросила она.

– Это для огня, – пояснил он. И, зная, что говорит бледные, какие-то не веские слова, что обязан проявить твердость, сказал то, о чем думал и что должен был сказать: «Это – мое и Колино, не тронь это! Слышишь, не тронь!»

Она опять странно на него посмотрела, странно усмехнулась и сочла нужным проинформировать: «А мне стенку чешскую обещали, буковую. Наш профсоюз. В этой комнате она шикарно встанет».

Недели две ничего особенного не происходило. Виктор с Колькой сидели у камина вечера напролет, завороженные тем, что огонь нельзя ни постичь, ни запомнить, что он новый каждую секунду, каждый миг. Зина на огонь не смотрела и к камину не подходила, игнорировала полностью. Попрекала исподтишка: дымно, мол, и темно. И тесно теперь стало, кабацкая какая-то обстановка. Попрекала с завидным постоянством. Не называла вещи прямо, своими именами, но старалась внушить, что самодеятельность Виктора породила нечто непристойное, грубое, враждебное домашнему уюту и ей, Зине, хранительнице абстрактного домашнего, но не конкретного каминного очага.

Однажды он сообщил супруге, что задержится на работе. Увидел: она загорелась. Ничего плохого не подумал, а подумал, что она хочет провернуть без него какое-нибудь хозяйственное дельце, стирку или что-нибудь еще, в чем он только помешал бы.

Домой Виктор Амбурцев явился поздно. Глаза у Коли были красные, веки припухшие. А в гостиной во всю стену стояли чешские полированные шкафы. Темнокрасный трехстворчатый шкаф стоял и там, где еще утром красовался камин. Наверху, на потолке, белела аккуратная алебастровая нашлепка. У Виктора вдруг отвисла челюсть.

– Витенька, так же лучше, правда?

Эта женщина никогда его не понимала, увидел он. И не поймет, где ей. Он зажмурился и закачался, так ему стало обидно, больно. Так ему стало жалко себя, одного-одинешенького. Да она надругалась над ним! Без особой нужды, как обычно.

– Я сегодня у матери переночую, – сказал он тихо и бочком, понурив голову, направился двери. Он боялся поднять глаза на взбалмошную свою супругу. Очень легко было сорваться, дать себе волю, и тогда ей несдобровать.

– Что ты, Витенька! Зачем тебе это?

Он не сказал, зачем. Он знал, что если не уйдет немедленно, то разнесет вдрызг, сокрушит к чертовой бабушке все это полированное сияющее великолепие. И знал, что при полном проявлении его чувств пострадать может не только мебель.

ОН БЫ ТОЖЕ НЕ ПОЗВОНИЛ

Зазвонил телефон. «Слушаю вас!» – произнес он и назвал свою фамилию. Женщина, с которой он когда-то работал в одной уважаемой организации и которая теперь высоко поднялась по служебной лестнице, сказала, что в Ташкент приехала Ада. Можно ли ей позвонить ему, спросила она.

Кажется, он замешкался. Волны, о которых он и думать забыл, взбугрились на ровном, считай, месте и стали попеременно подставлять ему крутые свои спины. Прошлое обнажалось, далекое и несбывшееся дарило яркую, призывную улыбку. «Было это уже, было! – промелькнуло быстро и ясно. – Был голос, много лет назад: «С вами будет разговаривать Ада!» И этот трепет уже был. Но она тогда не позвонила. Не решилась? Чей-то недобрый розыгрыш? Тогда – мой, я никого не посвящал».

– Я буду рад, – сказал он, не заметив, как сильно затянулась пауза. Сделал глубокий вдох и придержал дыхание – как перед прыжком в холодную воду. «Ада! – повторил он про себя. – Адка!» В трубке уже плыли короткие гудки отбоя, и он положил ее и отодвинул от себя скучные служебные бумаги. Посмотрел в окно, на стены и крыши большого города, на зеленые купола чинар, на белесое знойное небо, которое ближе к горизонту становилось еще белесее. Напряжение охватило его, разлилась тоска нетерпения. Стены и потолок вдруг сделались прозрачные, бескрайнее пространство открылось ему. Время тоже сместилось. Но это нисколько не помогло, он не мог ее вспомнить. Ее черты не складывались в цельный образ. Но почему-то гулко, победно стучало сердце. Словно он всю жизнь ждал этой минуты. Почему, по какому праву Ада, не жена и не любовница, и даже не подруга его молодости, однажды поселившись в его душе, не спешила уйти, раствориться в человеческом море? И почему он всегда был рад ее ненавязчивому присутствию?

Он подумал, что не видел ее четверть века. Собственно, большая часть жизни прожита вдали от нее, пора бы и забыть. Запамятовать.

Сумбур и фантазии, и работа – единственное, что никогда не кончается и никогда не надоедает. Да, все эти непростые, вполне счастливые годы прожиты без нее, но при ее молчаливом присутствии рядом. Как это бывает, как возможно? А очень просто. Вот вечер, вот разлиты его лиловые тени и сумеречность подавляет предметы и краски, и оживают призраки, и из-за ближайшего дерева, из-за угла, за которым может скрываться неведомо что, вдруг появляется она, красивая и молодая. Вот как это бывает. Игра воображения, приветы из давно минувших лет, которые, оказывается, прекрасны именно своим несбывшимся..

Четверть века назад его школьный друг, который любил Аду, позвал его на вечер в транспортный институт, и он пошел с надеждой увидеть ее, и увидел на сцене. Она читала стихи Симонова, прожекторы выхватывали ее из темноты. Надо было подойти к ней и сказать, кто она для него, но он знал, что не подойдет, будет смотреть издали. Так оно и вышло. Все эти годы прожекторы освещали ее, как в тот вечер, и он жадно смотрел на нее издали. И он, и она, и его друг были тогда студентами. Вскоре их пути разминулись – навсегда, навсегда.

«Что же ты! – мысленно подтолкнул он Аду. – Решайся!» Он знал, что обратится к ней на «вы». Аппарат молчал. Когда он увидел ее впервые? Наверное, в девятом классе. Неизбывная восторженность, первые самостоятельные шаги в мире взрослых, первые влюбленности. И – ничего конкретного, ни записок, ни свиданий. Она нравилась его другу. Были и записки, и свидания, и поцелуи до боли в губах, но не с ней, не с ней. Тогда еще он и его друг притащили ей связку книг, и она была безмерно удивлена: это все ей? Тогда же, прильнув к толстому холодному стеклу, они жадно взирали, как она тренируется в спортивном зале транспортного института. Отличница и гимнастка-перворазрядница. Идеал, пьедестал, произведение искусства, взгляд на нее – снизу вверх, поклонение какое-то неестественное, и глубочайшее удовлетворение от этого поклонения. Не сотвори себе кумира! От этого предостерегали еще за сотни поколений до него. Но что он вспоминал бы сейчас, если бы не сотворил себе кумира? Ведь ни одна из тех девушек, с кем он встречался и кого пылко любил, не вросла так прочно в его память. Все перегорело дотла, до белого невесомого пепла, унесенного ветром. А Ада стояла и стоит на своем пьедестале, и время обходит, обтекает ее. Время оберегает ее, не награждает сединой и морщинами.

Его друг бредил Адой, и это преграждало ему все пути. А ведь что-то и у него было к ней, не показное, потаенное, самое, наверное, зародышевое и очень личное, заветное – ни для кого кроме, для него одного.

Перебежать дорогу другу он не пытался даже в воображении, но, скорее всего, не это разделяло его и Аду, а то, что он возносил ее на такую высоту, к которой ему самому было боязно подступиться. Ему нравилась ее недосягаемость; прозы встреч он боялся, даже избегал. Кажется, он ни разу и не подумал о ней, как о своей женщине. Шага не сделал навстречу.

«Не позвонит», – решил он. А день был светел, и тихо струилось время, исчезая в неколебимой синеве. Как мало было ему тогда лет, и ей тоже. И робость несусветная мучила, подменяла поступки мечтами и фантазиями. Он представил себе их встречу. И ему, и ей уже под пятьдесят. Можно пройти мимо и не узнать. И то, что они увидят друг в друге, он в ней, а она в нем – что в этом будет от того давнего, посеянного и проросшего, но так и оставшегося нежным ростком? Он понял, что боится разочарования. Да, он очень боялся разочарования. Как часто бывает в таких случаях: поздоровались, пылко поохали, бросили друг другу несколько банальных вопросов о жизни, которые если и подразумевают ответы, то самые общие, а дальше – не о чем говорить. Да, да! Преувеличенный восторг от неожиданной встречи, несколько общих фраз и молчание, которое сначала становится тягостным, а потом и тягчайшим. Ему интересна та, очень давняя Ада, и та, давно прошедшая ее жизнь. Все же то, чем она живет теперь, значило для него совсем мало, и ему было вовсе не обязательно пропускать через себя перипетии ее сегодняшнего бытия.

Он знал причину ее любопытства, причину того давнего, ничего не принесшего звонка, и звонка нынешнего. Она нашла себя в картинах, которые он выставлял в Москве. Заглянула, движимая мгновенным интересом, что же получилось из того несуразного паренька, который так изумленно вскидывал на нее глаза в десятом классе. И увидела себя такой, какой она себя не знала. И, наверное, была потрясена. Все лучшее, что он создал за эти годы, было ею, Адой. Ему ли не знать этого? Она узнавала себя бессчетное число раз. Кто-то в несусветной дали думал о ней и жил ею, но не давал о себе знать. Она споткнулась об это и замерла в странном изумлении: зачем это, и как ей теперь быть? После этого она и напомнила о себе через подругу, но сама не решилась позвонить. Отшатнулась, как от огня, который опаляет. Или тихо, усилием необыкновенным погасила порыв: не надо, уже ни к чему.

Он думал о ней в тишайшие предутренние часы. Ему нравилось вдруг, без внешнего повода, представить себе эту тонкую девочку, остро порадоваться, что она есть на свете – и все, и все. Он не стал докапываться до истоков этой стойкой, не идущей на спад привязанности. Всего-то за все время они перебросились парой слов. Ну, станцевали один-два раза. Да, был диспут, и она выступала с докладом, а он оппонировал. И был какой-то смешной эпизод: он назвал Чарли Чаплина клоуном, он не знал, кем был Чарли Чаплин на самом деле, и она не смогла подавить улыбку. Неужели всего этого достаточно, чтобы помнить? Нет, существовало еще одно обстоятельство, совсем немаловажное: ему нравилось о ней думать. Ее мир был иным миром, притягательным необыкновенно. Да, у них могло быть общее будущее, если бы он побеспокоился об этом в свое время. Ибо всему свое время, и ничто не может произойти вне своего времени. Но, стань они мужем и женой, сложилась ли бы его и ее жизнь лучше, содержательнее? По-другому – да, обязательно, но лучше ли? На это он не мог ответить даже приблизительно. Почему же все эти годы он видел в ней свое несбывшееся? И почему несбывшееся так плотно опекало, обволакивало его?

Он опять представил, что сейчас она позвонит, и они договорятся о встрече, и чем все это кончится для него и для нее – всплеском воспоминаний и обоюдным разочарованием. Их роднит только одно – их несбывшееся. Поэтому она не позвонит. Чтобы не разрушить то хрупкое и эфемерное, что вдруг встает вдали, как мираж, а потом легко распадается, растворяется в дрожащем воздухе, становится ничем – при более близком и настойчивом взгляде. Встреча даст страшные перегрузки, и от идеала не останется ничего, а перед ним будет стоять незнакомая женщина, у которой время безжалостно отобрало былое обаяние. Конечно, она не позвонит. Он бы ни за что не позвонил. Ибо не стоит разрушать то, что осталось в нас от умопомрачительно далеких лет, то робкое, нежное и очень дорогое, что до сих пор противостоит упрямому и грубому натиску повседневности. Он не позвонит потому, что придумал ее, придумал и возвысил, и Ада, придуманная им, была ему дороже этой живой пятидесятилетней женщины, которая лишь в своем давнопрошедшем времени оставалась школьницей, гимнасткой и отличницей.

«Зачем ты так? – сказал он себе с неудовольствием. – Это наговор, разве она заслужила это? Она этого вовсе не заслужила».

Сумерки стали сгущаться за окнами. Дома его ждали, дома у него все было хорошо, то есть без осложнений; домом своим он мог гордиться. И он подумал, что она не позвонила ему по той же самой причине, по которой он не позвонил бы ей – чтобы не дать ворваться в душу разочарованию. Не надо губить и прогонять мечту, с которой ему было так хорошо.

Но он ошибся, он совсем не знал ее. Она не позволила себе побеспокоить такого человека. Такого умного, талантливого, поднявшегося так высоко. Все эти годы он стоял на пьедестале ее воображения, и ветры повседневности, иногда сырые, иногда промозглые и часто пропитанные запахами и склоками серой обыденности, были бессильны умалить и затушевать однажды созданный образ. Она не побоялась разочарования, она и не подумала, что оно может наступить. Она просто не решилась его побеспокоить.

Он потом услышал это от женщины, которая сообщила ему о приезде Ады. Неуютно, больно ему стало. Но боль скоро прошла. Ведь он разочаровался в себе, не в ней – она продолжала пребывать на Горних высотах. А разочаровываться в себе с некоторых пор было не так уж тяжело.

КАК БОЛИТ ГОЛОВА

Темная туча заслонила дальнюю гору. Ольга Романовна поняла, что будет дождь. Еще вчера, несмотря на свои сорок семь лет, она бы по-детски обрадовалась дождю и позвала на балкон соседок по комнате, чтобы вместе любоваться дождем – тяжелыми струями, и градом, и радугой, когда все кончится. Но сегодня ей хотелось одиночества. Она сидела, смотрела на зеленые склоны и вспоминала, думала и вспоминала. Внизу морским прибоем шумел огромный яблоневый сад.

А дальше по каменистому ложу струилась-мчалась река Угам, правый приток Чирчика – звонкоголосая зеленовато-синяя ледниковая вода. Яблоневый сад и звонкоголосая река – прекрасное соседство! Она в Угаме так и не выкупалась. Река манила издали, а вблизи пугала белыми бурунами. Реку обнимали горы, но на их вершинах не было снега. Снег был только на той горе, в направлении которой спешила река, но оттуда надвигалась туча, закрывшая гору, и вместе с тучей пришел ветер, взволновавший сад. Туча изредка вспыхивала изнутри, и секунд через десять можно было уловить неясный рокот, перекрывавший многоголосие сада и реки.

«Завтра уеду, - думала Ольга Романовна. – Пыльная дорога в полном автобусе. И город, в котором так жарко. Будет болеть голова. Особенно если думать об этом все время. А я буду, буду думать об этом! Уеду завтра и буду вспоминать, как все это у меня было. Мне здесь нельзя оставаться, раз он приехал. Нельзя – нельзя – нельзя – нельзя!».

Он был Василий Степанович Демин, человек, который когда-то, очень давно, мог круто изменить ее жизнь. Утром она гуляла в саду и узнала его сразу же, как только старенький автобус с новой партией отдыхающих, преодолев затяжной подъем, остановился за аркой ворот. Она не оглядывала новеньких подряд, а как-то сразу положила глаз на него первого, испугалась, стремительно узнавая, отпрянула назад, за шершавую толстую яблоню, и уже из-за укрытия жадно смотрела, как он, спрыгнув на землю, выпрямился, принял два чемодана у полной сорокалетней женщины и протянул к ней руки, помогая сойти. Так протягивают руки только близкому человеку – с предупредительностью, ставшею привычкой. Чемоданы понесли, изогнувшись, две девочки-подростка. Дочери! Василий Степанович и полная женщина шли следом, и Василий Степанович на ходу отряхивал пыль с костюма. Ольга Романовна стала на цыпочках перемещаться за деревом, ужасно волнуясь, боясь, что он увидит ее и узнает.

Наверное, тогда она и прикусила язык, но в возбуждении не почувствовала боли. А кончик языка ныл и сейчас, и еще можно было высосать капельку кисленькой крови. Не надо этой нечаянной встречи. Не надо, не надо! Завтра она пойдет к директору и скажет, что раздумала оставаться на второй срок. А какого труда стоило ей вчера уговорить его! Она представила, как директор поморщится и подумает, что она – вздорная женщина с семью пятницами на неделе, и подумает что-нибудь еще, тоже для нее не лестное. Но это было пустяком, мелочью в сравнении с возможной встречей с Василием Степановичем, которой она боялась и не хотела ни за что на свете.

Ольга Романовна облокотилась на перила балкона и стала немигающе смотреть на черную тучу, которая быстро приближалась. С одной стороны в тучу впивалось солнце, и там были розовые тона, похожие на молодой, задорный румянец. Другой край тучи был непроницаемого лилового цвета – угольная синева, на которую со страхом взирают сейчас чабаны и туристы. Скоро дождь. Ливень. Она любила скоротечные весенние дожди и была равнодушна к нудным осенним. Весной ей нравилось надеть боты и плащ, водрузить над собой зонтик и выйти на улицу в самый разгар ливня, когда на всем словно полупрозрачная синтетика и прохожие бегут в магазины и подворотни, а тяжелые капли выбивают на лужах веселые пузыри. Но сегодня ее не трогало ожидание грозы. Всплески молний с глубокими вздохами грома, она знала, не заставят ее взволнованно припадать к окну. Все, буквально все отступало на задний план перед другим событием: сюда, под одну с ней крышу, приехал Василий Степанович. Так неожиданно, так некстати…

Даже хорошая телеграмма сына: «Диплом защитил отлично возвращайся негритянкой целую Саша», поданная ей после обеда кастеляншей, вызвала у нее мимолетную улыбку, и только. Мальчик совсем оперился. Инженер-строитель, в двадцать три года его станут величать по имени и отчеству. Месяц еще он пробудет дома, на последних своих каникулах, а потом она останется одна в большой скучной комнате с окнами на юг. Ей уже предлагали кошку как средство от одиночества. Смешно и грустно. А сын мог бы остаться в Ташкенте, ее проектному институту, например, нужны инженеры. Но он жаждет полной самостоятельности. Она не отговаривала, хотя ей очень хотелось отговорить. Правда, подумала: «Ничего. Ты еще умоешься этой своей самостоятельностью!» И Алла поедет с ним. Блондинка с фигурой балерины и умничка. К таким не привыкают. В этот месяц, который Саша проведет дома, они поженятся. Должны пожениться, - так она считала. Как только Ольга Романовна увидела сына вместе с Аллой, она поняла, что надо готовиться к свадьбе. Да, мальчик незаметно вымахал в мужчину.

А Василий Степанович помнил Сашу семилетним цыпленком. От недоедания у него выпирали все косточки, особенно затылочная, и голова казалась непомерно большой, а шея – непомерно тонкой. Ей было тогда тридцать. Только тридцать! Трудно поверить, но ей тогда было тридцать. Ее бы он узнал, она мало изменилась. Эта твердая уверенность, что Василий Степанович узнает ее при встрече, и заставляла ее уехать завтра. А ей так хотелось остаться еще на двенадцать дней. Здесь замечательный воздух, яблони, прохладно и столько роз. Розы прекрасны, как девицы на выданье.

Под тучей вдруг вспыхнула радуга. Это длилось недолго, считанные секунды, но Ольга Романовна посветлела лицом. Потом радуга погасла медленно и нехотя, как гаснет лампочка при медленном падении напряжения. И осталась черная разбухшая туча с упирающимися в нее вершинами.

Ольга Романовна стала думать, как сложилась бы ее жизнь, если бы она вышла замуж за Василия Степановича. В сорок шестом, после того как на возвращение Феди не осталось надежды. Думать об этом было грустно, но, увидев Василия Степановича, приехавшего отдыхать с семьей, она не могла не думать об этом. Он постарел и усох телом, но его улыбка, когда он обращался к этой полной женщине, и то, как галантно и привычно он подавал ей руку, выдавала счастливого человека. Да, сейчас вместо этой полной женщины рядом с ним могла идти она, и чисто одетые, резвые девочки-подростки могли быть ее дочерьми. Опять громко и больно екнуло близ сердца. Ревность? Глупости, не нужно и поздно. И потом, она сама виновата. Сама, и тут двух мнений быть не может.

Она попробовала заставить себя думать о чем-нибудь другом. Например, как будут жить Саша и Алла. Но у Саши и Аллы все было гладко, без сучков и задоринок, так гладко, как только может быть у влюбленных. И потому, что все у них было так хорошо и ясно, она не могла думать о них долго и с волнением. И Ольга Романовна невольно возвращалась мыслью к Василию Степановичу, к тем полным душевного замирания дням, от которых ее отделяло уже семнадцать лет.

…Они познакомились, можно сказать, на деловой почве. За войну у нее прогнил пол, и ей порекомендовали плотника, который и работу сделает на совесть, и возьмет по-божески. Она с большим трудом, с беготней, чуть не со слезами достала полкубометра досок – тогда это было такое богатство! В воскресное осеннее утро к ней постучался Василий Степанович Демин. Высокий, в военном офицерском обмундировании, немного смущающийся, он производил приятное впечатление дружелюбной улыбкой и добрыми, бесхитростными глазами. В правой руке – ящик с плотницким инструментом. Лезвие топора ярко блестело, и зубья пилы тоже. На гимнастерке отпечатались звезды боевых наград, которые теперь он надевал только по праздникам, и в центре каждой темной звезды была просверлена дырочка. А нашивки за ранения носил, не берег для праздников.

– Здравствуйте, – сказал он немного нараспев. Оглядел приготовленный лесоматериал, погладил шершавые бока досок. – Лишнее мы сострогнем, это ничего. Приличный лес! Ежели можно начинать, я готов. Обновим ваш пол для условий мирной жизни!

И начал – без многословия, ладно, сноровисто, с охотой, так, что смотреть на него было одно удовольствие. Вынес мебель – ей не пришлось даже притронуться к вещам, разобрал трухлявый верх, сменил лежни, тоже порядком истлевшие, вывел их по уровню в одну плоскость и, острогав доски с одной стороны, принялся настилать их, заверив, что старые годятся только на дрова. Ольга Романовна стояла и смотрела, изумляясь точности и целесообразности каждого его движения. При внешней неторопливости дело в проворных руках Василия Степановича быстро спорилось. Саша пристроился подавать гвозди, восторженно глядя на человека в военной форме.

– И вы можете помогать, – предложил ей Василий Степанович. – Все быстрее будет, вам хлопот меньше.

– Я? – удивилась она. Самым привычным ее орудием производства была логарифмическая линейка.

– Конечно, – ответил он, обезоруживающе улыбаясь. – Чтобы доску подать или инструмент какой, института кончать не надо.

Когда следовало укоротить доску, он приговаривал: «Велика у стула ножка, отпилим ее немножко!» И брался за пилу. Ударение в слове «отпилим» он делал на последнем слоге.

Ножка у стула фигурировала у него часто и в самых смешных вариантах. Все ножка и ножка, и «отпилим ее немножко». На слова он не был так ловок, как на работу. Но все же разговорился, вспомнил станцию Тайга, откуда был родом, Байкал и какой в Байкале омуль, и какой омуль в копченом виде, если его окуривать вишневыми чурками. Потом вспомнил войну, Халхин-Гол, где впервые попал под пули, Германию. О войне он говорил так, что не становилось страшно: видно, не хотел передавать ее ужасы. И поглядывал на Ольгу Романовну не только с любопытством, но как-то оценивающе, жадными и в то же время почтительными глазами подростка, вдруг разглядевшего в своей соседке по парте не просто Таньку или Катьку, а прекрасную девушку, завтрашнюю спутницу жизни. Смущался, краснел и улыбался шире, когда она перехватывала его взгляд и угадывала притаившуюся в нем мысль. А Ольга Романовна не смущалась и, все понимая, чувствовала себя взрослой-взрослой, намного старше его. Федя не вернется. Она знала это, хотя официальная бумага говорила: «Пропал без вести при выполнении ответственного задания».

Пять лет она не видела мужа, но лишь совсем недавно, после Девятого мая, перестала думать о нем как о живом человеке. Долгие ночи, когда на фронте шли бои и она до головокружения уставала на сверхурочной работе, она мечтала о встрече и о том, какой станет их жизнь, когда Федя снимет военную форму. Победа пришла, но еще раньше пришла та казенная бумага, из которой явствовало…

Василий Степанович ни о чем не спрашивал, то есть не спрашивал о таком, что могло показаться нескромным и задеть ее гордость. Конечно, он все расспросил о сыне, посочувствовал, сказал, что детям сейчас нужны жиры и витамины, а где их взять, и еще расспросил о всяких мелочах. В его поведении с первого обращенного к ней слова главным было уважение и скромность, и это глубоко тронуло ее. Однако Ольга Романовна, угадав его робко обозначившийся интерес к ней, не увидела в себе в то воскресенье ответного интереса. Это пришло позднее, а в тот день она почувствовала только поднимавшуюся мятежность, острую, невиданную доселе ясность мысли. И еще ей остро хотелось, чтобы что-то непременно произошло, чтобы ее жизнь сошла, наконец, с ровной, как горизонт в бесконечной степи, и такой же унылой линии однообразия.

Василий Степанович кончил пол засветло, проолифил ароматные доски и сказал, что красить придет через два дня, когда дерево как следует впитает в себя олифу. Краску принесет свою, не надо беспокоиться. Он отказался от тарелки борща, успел заметить, что в кастрюле немного, и ушел, сутулясь в дверях. Она думала о нем, и думала о том невысказанном, что было в его лице и что, при его скромности, могло так и остаться подспудным. Десять лет в армии и эта необъяснимая застенчивость! Ведь он, начавший с Халхин-Гола, часто видел смерть в лицо. В него целились и стреляли, но, может быть, это совсем другое, это война, и то, что в него целились и стреляли, помогло ему сохранить юношескую застенчивость и скромность? У него должно быть чистое, великодушное и большое сердце, решила она тогда, и уже не могла не думать о Василии Степановиче.

Когда Василий Степанович пришел снова, она поняла, что в ней началось то, что она смутно помнила по первому свиданию с Федей. Прежде всего, в ней ожило предвкушение счастья, чувство ни с чем не сравнимое и включающее в себя, в сущности, множество простых и понятных чувств: ожидание, надежду, несогласие с одиночеством и тихую грусть по прошлому, которое не может повториться с той естественной простотой, с какой оно повторяется у женщин, к которым вернулись их мужья. Неясная радость, похожая на возвращение молодости. Тогда, с Федей, это начиналось не так, острее и лихорадочнее. Но теперь это было так же неотвратимо.

Она похорошела, и на службе ей стали говорить комплименты. Ей запомнился только удивленный возглас сына: «Мама, ты сегодня такая нарядная! Папа приедет, правда?» Она вздрогнула, как от прикосновения к горячему, но слова мальчика не смогли остановить начавшуюся в ней душевную перестройку. В том, что ее ждет, она будет честна перед Федей, – это прежде всего.

Итак, Василий Степанович красил пол, и они почти не разговаривали. «А? Да, да», - невпопад отвечала она, и он тоже не блистал красноречием. Пол он покрасил за час, и свежая краска заалела, запереливалась, когда Ольга Романовна включила свет. Он долго стоял, маялся, неловко улыбаясь, и потом, покраснев, пригласил ее в кино. Она согласилась, взяла и согласилась, даже не помедлила с ответом. Казалось, из всех окон соседи смотрят ей вслед, когда они вышли. Она не оглядывалась, но ей казалось, что она слышит шорох отодвигаемых занавесок. Это было почти невыносимое чувство, но она гордо держала голову и ни разу не оглянулась. Пусть видят. Она не нуждается ни в снисхождении, ни в жалости.

Они смотрели цветной английский фильм про джунгли, где все мелькало, и ей было непонятно, как это мальчик, которого утащила и вырастила волчица, ходит на двух ногах, а не бегает на четвереньках. Ведь его никто не учил ходить, он был лишен великой силы примера. Но осталась довольна: она уже не помнила, когда в последний раз была в кино.

Провожая ее, Василий Степанович молчал, а ей не было неловко. Он стал приходить часто, почти ежедневно – полный энергии и доброты. И обязательно приносил что-нибудь для Саши. Конфеты, яблоки, орехи, а чаще самодельные игрушки, сделанные с большим вкусом и заключающие в себе что-нибудь потешное. Его клоуны с черными точечками глаз, выжженными увеличительным стеклом, казалось, вот-вот лопнут от смеха, его Ваньки-встаньки были полны неистощимого оптимизма, а кораблики с матерчатыми парусами отлично плавали, машины были прочны, хоть садись, и похожи на настоящие, но даже в машинах была какая-нибудь гиперболическая деталь, вызывающая улыбку.

Только кубики, выкрашенные в сурик, были самыми обыкновенными. Построенные из них дома походили на бараки. Однако Саша отдавал предпочтение кубикам. Он мог строить часами, это ему не надоедало. Может, именно эти кубики, тот восторг, с которым мальчик складывал из них свои неуклюжие дома, и сделали ее сына инженером-строителем?

Скоро она увидела, что Василий Степанович как человек хорош во всех отношениях, и – она боялась об этом подумать – лучше Феди, лучше своей отзывчивостью, трогательной душевной добротой. Это нравилось ей, и она продолжала преображаться и хорошеть. Еще ей нравилось, что Саша привык к Василию Степановичу и полюбил его. Это было доброе предзнаменование. Правда, мальчик ежедневно спрашивал, когда же приедет папа – у других папы приезжают или убиты, а наш не приезжает и не убит. Почему же, если его не убили, он не приезжает?

– Наш папа, наверное, убит, – говорила Ольга Романовна, полагая, что Саша не должен помнить отца. Когда Федя уходил на фронт, Саше было полтора года. Слишком мало, чтобы запомнить человека. Но у мальчика уже было воображение, в котором отец занимал большое и важное место, и все, что имело отношение к отцу, вызывало в нем горячее любопытство.

– Нет, нет! – звонко выкрикивал Саша. – Наш папа сильный, как дядя Вася, сильнее дяди Васи! Его нельзя убить. Сильных не убивают! Он скоро приедет! – И спрашивал, после небольшой паузы, вдруг охваченный сомнением: – Мама, разве он мог поддаться фашистам, чтобы его убили?

Впрочем, колебался Саша недолго. Вера в возвращение отца была одним из условий его существования, таким же важным, как молоко и прогулки на свежем воздухе. Нет, его отец не мог не вернуться с войны, которая закончилась победой. Легче было не верить матери и верить себе, и потому в мальчике жила слепая вера в возвращение отца, приводящая его в неистовство, если при нем сомневались. Он переходил на крик, топал ножками, а потом плакал от горькой обиды. Это была его любовь и мечта – герой-отец, который разбил фашистов и теперь будет ходить с ним в кукольный театр, на озеро, где много лодок и есть качели, на трамвайную остановку, где в зеленом киоске продают мороженое, и, вместе с мамой, на мамин огород копать картошку. Да и как ему было понять, что частые приходы Василия Степановича и возвращение отца – вещи несовместимые?

Очень скоро Василий Степанович предложил Ольге Романовне выйти за него замуж. Она согласилась, но сказала, что нужно спросить у Саши: хочет ли он, чтобы дядя Вася стал его папой? Ей не надо было выставлять это условие, но она почему-то верила в согласие сына, столько было в мальчике восторженного поклонения перед Василием Степановичем…

Она вышла на балкон, посмотрела вниз, на аллеи и клумбы перед спальным корпусом, увидела Василия Степановича и отпрянула назад, в темную глубину комнаты. Она почувствовала, что ее колют длинной иглой, под тупым острием которой лопаются тончайшие кровеносные сосуды. Она вынесла это ощущение из кабинета зубного врача, когда перед удалением зуба ей сделали укол новокаина в десну. Сейчас не было привкуса крови, но все остальное совпадало, и даже более чем совпадало: ей было больнее. Василий Степанович, его дочери-длинноножки и несколько мужчин играли в волейбол, а его жена, стесняясь своей полноты, не играла. С такой фигурой, конечно, лучше не играть. С такой фигурой не погонишься за мячом. Что, если спуститься и присоединиться к ним? Сделать вид, что не узнала?

Ольга Романовна побледнела от одной этой мысли и сделала еще один спешный шаг назад, упершись спиной в шершавую стенку. Даже подумать об этом страшно. Единственное, на что у нее хватает решимости, это смотреть издали. Смотреть, как он и его дочери увлеченно гоняют мяч, потому что в их жизни все отлажено и ясно. И в жизни этой полной женщины, его жены, тоже все ясно и все хорошо. Нет, у нее не было предубеждения против этой женщины, и ревности, собственно, не было. Не эта женщина перешла ей дорогу! То, что волновало ее сейчас, называлось недовольством собой. Она не могла простить себе своей ошибки, своего малодушия, благодаря которому Василий Степанович оказался супругом этой полной женщины. Как глупо она тогда поступила! Очень глупо. Но хватит об этом. Хватит, хватит, хватит!

Старшей из его дочерей, наверное, пятнадцать. Рослая и подвижная, в тугих косах осенняя пряная желтизна. Странно сегодня увидеть девочку с косами. Есть ли у нее веснушки? Отсюда не разглядеть, но должны быть. Ей бы такую дочку. Сын уезжает, и она бы не осталась одна. А то ей предлагают кошку, как грелку от одиночества – смешно подумать!

Неожиданный удар грома заставил ее вздрогнуть. Раскат был близкий и увесистый, и сразу порыв ветра наклонил к земле деревья. Все вокруг наполнилось трепетом протестующих ветвей, хлопаньем форточек, испуганными возгласами женщин, которые бегом спасались от дождя. Первые капли оставили на асфальте дорожек большие круглые пятна. Василий Степанович в прыжке поймал мяч, сунул его под мышку и зашагал к главному корпусу. Прежнее добродушное выражение лица, прежняя улыбка. Прирожденный оптимист. Утверждают, что такой душевный уклад продлевает годы. Да, люди его типа медленно стареют. Почему она поступила тогда так странно, опрометчиво, так не думая, не заботясь о себе? Так глупо, наконец? Вроде бы она никогда не страдала неуравновешенностью, и сердце обычно не склоняло ее на поступки, с которыми не соглашался разум. Да, все считали ее житейски мудрой женщиной, делились наболевшим, обращались за советом. А тут…

Она почувствовала, что кружится голова. Если столько думать об одном и том же, конечно, будет кружиться голова. Очищенный грозой воздух не успокаивал. Она успокоится, когда уедет. Сначала уедет, а потом успокоится. Почему снова это страдание? Ведь было столько лет спокойной отрешенности от всего того, что сейчас снова забурлило. Или время не властно над прошлым и не усмиряет, а только усыпляет чувства?

Теперь дождь ударил по-настоящему. С крыши шумно полилась вода, и воздух наполнился водяной пылью. Запахло майской свежестью. Горизонт сузился еще, и туча совсем спрятала дальние горы. Такой проливной дождь в середине лета! Хотя, здесь горы. Интересно, что бы почувствовал Василий Степанович, если бы увидел ее? Как бы повел себя, какими были бы первые его слова, к ней обращенные? Первым его чувством, подумала она, было бы удивление, а вторым – радость. Непременно радость.

Нет, ничего не получается. Она не может приказать себе не думать о том вечере, в который все решилось, и после которого Василий Степанович перестал приходить. Именно тот вечер, все перечеркнувший, сейчас вспоминался ей с отчетливостью, на которую не повлияло время. Шел снег, и они вернулись из кино, припорошенные снегом – он быстро таял, и им было весело, что идет снег и что он быстро тает на земле и остается на одежде. Если бы снег не таял, можно было поиграть в снежки, совсем как в детстве. Но снег таял, и они вошли в дом и стали пить чай. Они пили чай как близкие люди, понимающие друг друга почти без слов. Они пили чай, а Саша на другом конце стола строил из кубиков башню.

Ольга Романовна с опаской поглядывала на это все увеличивающееся шаткое сооружение, которое, если бы упало, могло задеть посуду, а Василий Степанович смеялся и давал советы, какие кубики положить в следующий ряд, чтобы башня не потеряла равновесия. Василий Степанович был в новом хорошо сидящем костюме – представительный, почти молодой человек. Но его руки пахли стружкой, и это как-то не вязалось с новым добротным костюмом.

Запах сосны благороднее запаха табака, подумала она. Впрочем, если бы он курил, она бы привыкла и ничего не имела против. Скоро он станет ее мужем, и Саша научится, должен научиться говорить ему «папа». Василий Степанович торопил с ответом, но она хотела подождать до нового года. Зачем? Она не знала. Наверное, потому, что следующий год будет уже совсем невоенным, и его мирный разбег поможет не думать о Феде, которого навсегда поглотила война.

Она пила чай маленькими глотками и следила за Василием Степановичем. Чтобы у него все время был чай в стакане и варенье в розетке. Чтобы, уловив его взгляд, придвинуть ему печенье или белый хлеб. Она три часа маялась в очереди за этим пушистым, диковинным после войны белым хлебом.

– Клади вот этот, продолговатый! – говорил Саше Василий Степанович, и мальчик выбирал нужный брусок и осторожно укладывал его сверху.

– Теперь два коротких, но одинакового размера. Этот не пойдет, возьми вон тот, с краю. Во-во! Это место как раз для него!

Башня угрожающе росла, и Ольга Романовна несколько раз просила сына строить что-нибудь не такое высокое, но ему хотелось положить в башню все кубики, до последнего. С помощью Василия Степановича это удалось, и когда башню увенчал шпиль, Саша восторженно заулыбался, встал со стула и отошел от стола. Издали башня выглядела еще внушительнее.

– Будешь строителем? – спросил Василий Степанович.

– Да. Я буду делать крыши.

– Крыши, так крыши, – согласился Василий Степанович. – А кто живет в этой твоей башне?

– Дон Кихот. Он добрый и возьмет меня к себе. И маму возьмет.

Мы будем каждый день есть жареную картошку и пить чай с сахаром. И будем каждый день ходить в кино, по два раза. А немцев поубиваем всех до одного, потому что они...

Ольга Романовна вспомнила, что на конвертах, которые она посылала мужу на фронт, было оттиснуто: «Папа, убей немца!» Тогда так и должно было быть, но теперь ей показалось странным и ненужным, что ребенок запомнил именно это. А где он услышал про Дон Кихота? В детском саду? Она не помнила, чтобы рассказывала сыну про Дон Кихота. Значит, в детском саду. Не такая уж у него простая воспитательница, если вспомнила про этого человека, возомнившего, что он рыцарь, хотя в рыцарях в то время никакой надобности уже не было.

«Война кончилась, и немцев больше нельзя убивать, – примирительно сказал Василий Степанович. – Они такие же люди, как мы с тобой... Или почти такие же». – Он все же сделал оговорку, потому что мысль о равенстве между ним и каким-нибудь Гансом или Фрицем, который, может быть, целился и стрелял в него, все еще коробила. «Мужчины, – улыбнулась Ольга Романовна. И сразу перестала улыбаться. – В Саше уже начинает формироваться мужчина и солдат. Не надо, не хочу, чтобы и на его долю выпала война!»

И тут произошло то, чего она совсем не ожидала. Саша вернулся на свое место. Его личико, только что передававшее массу оттенков радости и возбуждения, вдруг странно повзрослело, посерьезнело.

– Дядя Вася, дядя Вася! – начал он и замялся, и в том, как он замялся, тоже была взрослость. – Дядя Вася, ты все умеешь. Твои кораблики плавают, твои кубики такие хорошие! Ты нам вон какой пол сделал! Дядя Саша, сделай так, чтобы папа приехал! – Он не знал, что добавить еще, и сказал: – И мама очень хочет, чтобы папа приехал!

В Ольге Романовне что-то переломилось, безмолвно и насовсем. За столом повисло тяжкое молчание. Василий Степанович, обычно такой находчивый, умеющий объяснить все на свете, упер подбородок в ладони и смотрел на хлебную крошку на столе. А Саша не сводил с него ожидающих глаз, в которых испуг уживался с наивной верой во всесилие этого человека. «Я не могу сделать этого, – медленно произнес Василий Степанович. – Не могу, Сашенька. Ежели бы было можно... Нет, тут слишком велика у стула ножка, ее не отпилишь!»

Он поник и стал поспешно собираться, и Ольга Романовна не удерживала его. Решение созрело в ней почти мгновенно. Ребенок ждал своего отца, ребенок самозабвенно верил в его возвращение, и она должна, обязана была ждать вместе с ним. Ждать столько, сколько понадобится, чтобы дождаться или забыть. А последнего, она знала, ей не дано. Она не дождалась и не забыла.

– Видишь, – сказала она Василию Степановичу на улице. – Не надо больше приходить. Так уж получилось. Всего тебе хорошего, дорогой, и будь счастлив!

– Ладно, понятно, – покорно согласился он. Сжал ей плечи, но не поцеловал. Повернулся, ссутулился и медленно растворился в ночи. До этого вечера она не замечала, чтобы он горбился. Она смотрела, как он уходил, и ее глаза быстро увлажнялись.

Вспоминая, как уходил Василий Степанович, она опять подумала, что не могла, была бы не в силах что-либо изменить в словах и поступках того вечера. Мальчик ждал отца, это было его наитие. Значит, и ей следовало ждать. Ждать долго, упрямо и безнадежно. Она внушила себе, что у нее нет другого выхода. Заставила себя поверить в это. Очень глупо, конечно. И все еще очень больно.

Василий Степанович перестал приходить, хотя очень хорошо знал, что солдат, которого ждал маленький Саша, никогда не вернется. Все-таки она виновата. Ох, как она виновата! Виновата и перед собой, и перед сыном. Виновата не в том, что случилось в тот вечер, а в том, что ему предшествовало. Она не говорила сыну всей правды, и это было малодушием. Она говорила об отце так, что в мальчике жила и продолжала жить уверенность в его возвращении. Ей не хотелось видеть детские слезы, ей было достаточно своих. А когда Василий Степанович ушел, это повредило и ей, и сыну. В доме сделалось тускло, в ее жизни – тоже, и ей больше не говорили, что она хорошеет. Потом, конечно, еще были возможности выйти замуж, но не за такого человека. Она этими возможностями не воспользовалась. Новые отказы уже не оставляли горького осадка. Ее сердце оставалось спокойным, как будто это было чужое сердце, взятое взаймы. Отказывая, она думала, что пусть у них будет папа, который не вернулся с войны. Пусть!

Помнит ли об этом Саша? Едва ли. А если ему все рассказать, спокойно возразит: зачем ты приняла меня всерьез? Да, у него с Аллочкой никаких сложностей. Предельная простота, устремленная в даль несусветную.

Ольга Романовна оперлась о влажные перила. Болела голова, раскалывалась прямо. Надо принять пирамидон. Или подождать, и боль пройдет сама? Дождь кончался, мельчал. Внизу струились рыжие ручейки, и одна из дочерей Василия Степановича выбежала под последние капли босиком и в майке. Ольгу Романовну обрадовало это ребячество, и опять пришла мысль, что эта здоровая, порывистая девочка могла быть ее дочерью. Несколько других, ее черточек в лице, характере – только и всего.

Хорошо, что завтра она уедет. Рано утром. От всего этого лучше держаться подальше. Дома она не будет так навязчиво думать об ошибке, которой уже столько лет. Это ошибка, и не надо убеждать себя, что это нечто другое. Странно, однако, что над ней до сих пор имеют необъяснимую власть слова маленького Саши: «Дядя Вася, ты все умеешь, у тебя все получается. Сделай так, чтобы мой папа приехал!»

Завтра она уедет, а эти слова останутся в ее сердце. Эти слова будут в ней всегда, как они всегда в ней были. «Что ж, дождусь внуков, – подумала Ольга Романовна. – И будет нормально. Нормальненько, как говорят у нас на работе. Будет совсем хорошо. Молодым нужны бабушки, так что я еще пригожусь.

СЕМЕЙНАЯ СЦЕНА

Вадим стоял, прислонившись к дереву. Он был уверен, что не упадет, если сделает шаг в сторону, но возле дерева все-таки было надежнее. В дополнительной опоре он сейчас нуждался. Устал он сегодня, вот и развезло его, как давно не развозило. Ташкент – Коканд и обратно – это пятьсот с лишним километров по горным серпантинам, одиннадцать часов за баранкой. Плюс погрузка – разгрузка, плюс придирки гаишников, которые, пока не выудят свой рубль, не успокаиваются. Муторный был день. И в довершение всего армянин съездил ему в зубы, за разбитую пивную кружку. Он совсем не сильно опустил ее на буфетную стойку, а она была треснувшая и – дзинь! – распалась на две части. Пиво, конечно, пролилось. И армянин, хозяин забегаловки, бросив качать пиво, подошел к нему, развернулся и врезал. При всех врезал, как будто пивная кружка ценность необыкновенная. Как будто Вадим не собирался заплатить за нее. Он тоже не остался в долгу, но ладно об этом. Армянин оказался покрепче и поскоровистее, еще бы – он только открыл ларек. А столько часов за баранкой не каждый выдержит: одних поворотов, наверное, с тысячу.

Вадим не спешил, он не хотел явиться домой в таком виде. Перед женой неудобно. Начнутся вопросы, охи, ахи, а кончится одним и тем же – нравоучениями, которыми он сыт по гроб жизни. Правда, у него есть для нее подарочек. Но только заранее не поймешь, как она к нему отнесется. Может заартачиться и не принять, с ней такое случается. Черт, и выпил-то он совсем ничего, сто граммов водки и две кружки пивка. А развезло, развезло! С поллитра так не развозит, когда водку в охоточку принимаешь. Вот что значит пить, не закусывая. Думал, пропустит кружечку для поднятия жизненного тонуса, и домой. Но встретились дружки, и пошло. Он выручил, снял дружков с мели. Не встреть он дружков, он бы раньше отчалил и не перебрал.

Не то чтобы нехорошо все это, но без этого было бы лучше. Теперь придется выслушивать и мотать на ус: «Ты, мол, о семье не печешься, тебе тридцать пять, а в голове сквозняк, как у сопляка шестнадцатилетнего. И сколько еще ты будешь жить, не умнея? И как это можно?» Нет, жена у него настоящая бормашина. А ради чего он перерабатывает? Для семьи старается, только. Чтобы в доме все было, и чтобы она, дура, и одеться могла, и поесть сладко, и в телевизор лицо уткнуть, когда Зыкина поет или программу «Время» показывают. У нее же вместо доброго слова сплошной пилеж. Как это один плотник ответил соседу на вопрос, что это у него в сумке, пила? Нет, говорит, пила у меня дома, а тут со мной кормилица моя. Прозрачный намек на толстые обстоятельства, тут только умный не поймет, что к чему. Человек пять мужиков услыхали этот ответ и давай гоготать. Пила, говорит, у меня дома оставлена, ждет меня не дождется – ха-ха-ха-ха!

Вадим сделал шаг в сторону и устоял. Пошатался немного, но устоял. Если его начнет валить такая крошечная доза, тогда дальше не жизнь. Болячки станут липнуть, а есть ли на свете что-нибудь худшее, чем хождение по врачам? Так, теперь – домой. Бог с ней, с Зинаидой. Покипятится и уймется, плешь не проест. Возражать только не надо, а надо сразу признать вину. Как перед народным судом. Ей возражать, это как дрова в костер подкидывать – и пламя жарче, и искры шибче. А смолчишь, позу примешь повинную, перетерпишь, и, глядишь, все улеглось, и можно насвистывать «И юбки лопались, как в бурю паруса», когда бури нет уже, пронеслась и бед не натворила. А в самую бурю не очень-то посвистишь и попоешь.

Вадим вошел в свой подъезд. Темно в нем было и гулко. Сменить бы перегоревшую лампочку, да днем об этом как-то не вспоминаешь, а вечером темно, еще сунешь пальцы в голые контакты. Он стал подниматься ощупью. Не надо, чтобы сейчас ему повстречались соседи. Так, второй этаж, третий, и дверь налево. Отперто, можно не звонить. И пахнем жареным мясом. Почему его Зинаида всегда о нем думает и всегда его ждет, а он не такой? Ну, смелее, за все отвечать один раз. Да, говорить ли про самое страшное из сегодняшнего дня, из-за чего, собственно он и не прошел мимо этой поганой харчевни? Жутко вспомнить. Он сбросил газ и тормознул на перекрестке, хотя имел преимущественное право проезда. А самосвал, который мчался сзади, ринулся на обгон. И пешеход, которого пропустил Вадим – по правилам дорожного движения полагалось, чтобы он его пропустил – прилип к радиатору самосвала. Мгновенная смерть. Брызнула кровь, и что-то белое брызнуло. Жил человек, да быстро ехала машина.

Ну, тут шум, свистки. За самосвалом погнались. А Вадим не остановился, свидетелей и без него немало. Еще истолкуют не как надо и лишат прав, потом доказывай, что к чему и как все обстояло. На его слова, что он здесь не при чем, ему скажут, что он гражданин свободой страны и, значит, всегда при чем. Верно, он обязан не нарушать, но он и не нарушал. А, вообще, жуткое было мгновение: рраз, и человек прилип к радиатору. Как муха прилип.

– Наконец-то! – раздался голос супруги, не предвещавший ничего доброго. – Девятый час. А работа кончается в четыре. Или у вас не так, или у вас эксплуатация? Каждое утро прошу как человека: Вадик, приезжай вовремя. Не надо нам твоих сверхурочных, нам и без них хватает. А то, что дети отца не видят, куда годится?

Она еще в соседней комнате, это лишь цветочки. Сейчас отложит книгу, начнет накрывать на стол, увидит, что он успел приобщиться – и завертится карусель воспитания. Хоть глаза жмурь. Все мужчины проходит через это, вот что обидно. Он подумал, что сейчас лучше всего попробовать разжалобить ее. Тогда вместо раздражения можно получить сочувствие.

– Муторно мне, Зинаида. Так что ты сокращай вступительную часть. Человека при мне задавили. Самосвал стал меня обгонять, а я как раз притормозил перед этим парнем. Дело было на перекрестке. И самосвал долбанул его. Мокрое пятно осталось. Ну, шум тут и гам, а я не стал задерживаться. Свидетелей полно было и без меня. – Это все еще не давало ему покоя, и он уже укорял себя, что уехал. Мысль его никак не могла оставить это печальное происшествие.

Зина стремительно вошла в комнату. Хотела расспросить, что и как, но на лице мужа застыла виноватая пьяненькая улыбка, и ее прорвало:

– Боже мой, да ты тепленький заявился! Вот напасть. И рожу тебе разукрасили. Драться-то зачем было? Не жалко мне нисколько, что тебя, дурака, проучили. Мог бы и не приходить такой, спал бы на улице, до полного прояснения сознания. Я жду, обед давно готов, хоть по второму кругу разогревай, и дети ждут папочку, а он пивную себе облюбовал. Ни жены, ни детей ему не надо.

– Ладно, ладно, – Вадим попытался остановить ее воспитательный порыв, но Зинаида спешила сказать все, что у нее накипело.

– Все-таки какой ты бессовестный! Ну, что хорошего в твоих забегаловках? Грязь и вонища и мат-перемат, мат-перемат. На сто метров вокруг мочой все пропахло. Позволь, а деньги ты где взял? От дома – от семьи отложил? Заначку иметь себе позволяешь?

– Угостили меня, если хочешь знать.

– Рассмешил! Чтобы ты на дармовщинку рот разинул! Такого я еще не видела. – Что-что, а супруга своего она знала словно с пеленок.

– Вадя, не раздражай меня. Не говори об этих своих дружках – чтоб им на ровном месте споткнуться, упасть и не подняться! От одного их вида тошно. Забулдыги несчастные!

– Ладно тебе. – Вадим был миролюбив и минорен. – Мне за прошлый месяц двести сорок рублей начислили, я справлялся в бухгалтерии. Ребята завидуют. А я говорю: вкалывайте, и вас денежка не минует.

– Деньги, деньги! Везде деньги, всегда одни деньги. Лучше получай сто пятьдесят и приходи в четыре. А ты приходишь вымотанный, издерганный, высох весь, на человека перестал походить. Вон, пузо к позвоночнику прилипло! Зачем ты дома такой вымотанный?

Этот прямо поставленный вопрос требовал такого же прямого ответа, но сейчас Вадим от ответа уклонился, сказал миролюбиво: «Кормить будешь?» И перед ним тотчас же появилась тарелка борща и горка свежего хлеба. Аппетита у него не было, но Зинаида любила смотреть, как он ест, и он был не прочь сыграть на этой ее струнке.

– Вот это борщ! – похвалил он. – А то хлебаю бурду по столовкам. Добавь, пожалуйста.

Зинаида улыбнулась уголками губ, но это еще не было прощением. Добавку Вадим осилил с трудом. Очистив тарелку, глубоко задышал и вытер со лба пот ладонью.

– Очень приличный борщец, – сказал он еще раз, не зная, о чем говорить дальше. Если не надо было заглаживать вину, он редко хвалил жену, считая в порядке вещей, что она прекрасная хозяйка и удивляясь, как это у других на кухне ничего не получается. Да, дома у него всегда чисто и уютно, и вкуснее, чем дома, он не кушал даже в ресторанах.

– Теперь чаю?

– Покрепче, пожалуйста.

– Пожалуйста! – произнесла Зинаида нараспев. – Какие слова мы знаем! А зачем покрепче? В чем жизнь держится, а все покрепче! Ты вот на ногах не стоишь с крепкого. И в зубы тебе вмазали крепко. Ну, скажи, Вадя, зачем тебе эти забегаловки? Может, дома что не так, не устраивает тебя?

– Ладно, опомнись. Дома все ладком. А то ты не знаешь, что каждому мужику иногда охота выпить. А иногда и неохота, но обстоятельства так складываются, что ему не увернуться. Ты на дом и на себя это не переводи. – Он отхлебнул из стакана и причмокнул. Чай был крепкий и ароматный, как раз такой, какой он любил.

– Вадимчик! – вдруг сказала Зинаида, становясь против мужа и нежно, но все еще с укором смотря ему в глаза. – Почему ты не остановился… ну, когда с человеком этим беда случилась? Неладно, что ты не остановился. Объяснил бы все. Обязательно надо было объяснить. Может быть, этот лихач так повернет показания, что оправдается или добьется легкого наказания. Вот ты бы и обрисовал все как было, чтобы ему по справедливости воздали.

Он отодвинул стакан с чаем, словно поперхнулся. Опустил голову. Намеревался возразить, что его ни к чему учить, он и так ученый, но не возразил. Достала она его. Действительно, почему он не остановился? Не хотел терять времени, это раз. Не хотел видеть вблизи этого невинно убиенного – два. Потом бы его мучили кошмары. Но главное было в гаишниках. О, эти бы нашли к чему придраться, – мол, заслонил собой дорогу и все такое, и выдоили бы до донышка. За что бы выдоили? А за то, что при сем присутствовал. Разве все это любимой супруге объяснишь?

– Холодный ты бываешь к людям, – задумчиво сказала Зинаида. – Такое дело, а поехал дальше. Черствеешь ты от своих сверхурочных часов. Устаешь и черствеешь.

Вадим не стал допивать чай. Поднялся, запустил руку в карман брюк, усмехнулся и произнес:

– У меня гостинец для тебя есть. Часики позолоченные. Бросай хоть об пол, хоть об землю, все равно идут. В пивной у одного хмырика купил, за восемь рублей. Держи!

Зинаида машинально взяла часы, поднесла к уху. Мерное тиканье точного механизма, однако, произвело действие, на которое супруг совершенно не рассчитывал. Зина медленно переменилась в лице, посуровела, побагровела и крикнула:

– Ты их у алкаша купил! Польстился, своего тебе мало! Тот их у жены умыкнул и потащил в пивную – на литр хватит, и славненько! А ты рад стараться! У кого ты их купил?

– А я почем знаю. Первый раз видел. Я вначале не думал, а он давай уговаривать! Ведьма ты. Нашла из-за чего глотку драть. Пошли лучше спать, завтра в шесть заводить и трогаться.

Лицо Зинаиды пошло пятнами злого несогласия. Не споря больше с мужем и не пытаясь его переубедить, она подошла к окну, отворила створку, широко размахнулась и швырнула часы в ночь.

– Чтобы больше ты так не делал! – запинаясь, выговорила она.

– Ведьма, – без злости повторил он. – Как будто часы краденые.

– Да, краденые! Все равно что краденые.

Вадим озадаченно поскреб пальцем за ухом. Вроде бы хотел сделать человеку приятное, а получилось наоборот. И не в первый раз наоборот. А смело она – рраз, и в окошко. Руки, что ли, жгло ей? Не ожидал он, конечно. Не то сказал бы, что отдал полста. Скажи он так, и обошлось бы, но нет, дернуло похвастать дешевизной. В нем, однако, быстро улеглось возмущение против ее поступка. Только бы теперь она успокоилась, сменила гнев на милость. Раньше он умел вызвать ее улыбку, становясь в позу и говоря: «Не вели казнить, вели слово молвить». Может быть, и сейчас подействует? Но ему не хотелось игры и притворства, минувший день к тому совсем не располагал. Ладно, покипятится и уймется, надо только усмирить в себе дух противоречия.

– Для тебя стараюсь! – наконец, сказал он. И услыхал в ответ сбивчивое: «Не надо мне таких стараний. Ишь, осчастливил! А женщина несчастная хватится своих часиков и, может, не одну слезу прольет, вспоминая, как они ей достались. Ложись, я тебе на полу постелю. Проспишься, тогда и поговорим. И в шесть не пущу тебя, к восьми пойдешь, как все в вашей шараш-конторе. Портишься ты, Вадик. За работой жизнь разучился видеть, да и в работе тебя один заработок привлекает. Не выброси я эти дурные часы, я бы себя уважать перестала. Не хочу я, чтобы ты перерабатывал, и твоих сверхурочных не хочу. Дом и так полон, куда еще? Ты детям уделяй внимание. И мне, конечно. Дети чувствовать должны, что у них отец есть. А я должна чувствовать, что у меня ты есть.

– Не хочу спать отдельно, – сказал Вадим. – Хочу вместе.

– Нет, один ляжешь. По крайней мере, подумаешь над тем, что я тебе сказала.

– Не хочу отдельно, – громче запротестовал он.

Это не помогло, делать было нечего. Он разделся и нырнул под прохладную простыню. Сон пришел не сразу. В голове были и этот бедолага, и буян-армянин, и Зинаида, пилившая сегодня не так, как обычно. Обычно она прощала, а сегодня не простила. И, ведь, был смысл в ее словах. Наверное, и правда достаточно этих сверхурочных. Жизнь ведь не одна работа, а работа – не один заработок. И дома быть куда приятнее, чем за рулем сидеть.

– Зинаида! – позвал он. – Зинаида! Пошли ко мне.

Ответа не последовало. Значит, сегодня она действительно не простила. Ладно, тогда спать. Ясность появится завтра. Что же, однако, он сделал такого, что идет в разрез с человеческим естеством? Он напряг память, но многого в вину поставить себе не смог. Вот, разве, что не остановился, когда произошло это ЧП. Ладно, ладно. Завтра, на свежую голову, он во всем разберется. «А часики надо отыскать, – подумал он. – Часики мои, за них денежка плачена, хотя и маленькая, и незачем им на земле валяться. Кто-нибудь все равно поднимет, так они ему вовсе даром достанутся. А этот кто-нибудь разве заслужил, чтобы они ему даром достались?»

С этой мыслью он и погрузился в сон.

ВЕСЕННЯЯ ЗАРИСОВКА

Виктор Денисович вышел на террасу, тихо притворив за собой дверь. Давно наступил вечер, и за окнами шуршал дождь. Шуршало все черное пространство двора перед террасой, и успокаивающе пахло свежей влагой. Виктор Денисович облокотился о подоконник и по привычке посмотрел вверх. Почти каждый вечер он выходил смотреть на звезды. Ему нравилось отыскивать яркие движущиеся точки спутников. Они появлялись в какой-нибудь части неба, если он стоял достаточно долго. Спутники были наши или американские, но он не делил их на наши и американские, – как он мог это сделать? Он смотрел на ползущие синие точки среди недвижимых звезд и отдыхал, иногда полчаса, иногда и дольше. Потом встряхивал головой, словно то, что он видел, было наваждение, и возвращался в комнату. Зажигал свет и раскрывал газету или журнал.

Шуршал дождь, и незачем было смотреть на небо. Напротив стоял двухэтажный дом с подъездом, освещенным изнутри, со стороны лестничной клетки, и Виктор Денисович смотрел в его раскрытые двери. На ярком желтом фоне были четко обрисованы две фигуры, два человеческих силуэта. Лиц парня и девушки не было видно. Парень держал девушку за руку, и их тела покачивались, но не ритмично, как в танце. По этим несогласованным, но полным внутреннего трепета движениям Виктор Денисович угадывал, что этим двоим хорошо, очень хорошо, и дождь им не помеха. Дождь лишь загнал их в освещенный подъезд.

Виктор Денисович смотрел на парня и девушку и улыбался – не им, а своей юности, не такой уж далекой, в которой тоже было все то, что он сейчас наблюдал в желтом прямоугольнике чужого подъезда. Дождь просто помог ему. Дождь подарил ему зрелище более эмоциональное, чем звезды и спутники. То, что он видел, было интереснее, да и красивее. Красивее голубых пунктиров спутников в ночном небе. Виктор Денисович не знал этих молодых людей. Но он прекрасно угадывал их улыбки и улыбался сам. Он не знал, что улыбается, он не следил за собой. То, что он видел, заставляло его глубже дышать и острее чувствовать свою силу. Он присутствовал при зарождении любви и думал, зная, что думает банально, что любовь непреходяща, как человечество.

Скрипнула дверь, и Виктор Денисович вздрогнул, но не повернул головы. Рядом с ним встала его жена Анна Ивановна и тоже облокотилась на подоконник.

-Люблю дождь, - сказала она и замолчала. Интонации удивления коснулись только конца фразы. «Увидела», - понял Виктор Денисович. Он не ошибся. Они смотрели на молодых жадно и молча. То, что они видели, не нуждалось в пояснении. Двое в подъезде тоже молчали, и крепкие руки парня сжимали белые ладони девушки. Виктор Денисович почувствовал прикосновение плеча жены, мягкое, женственное, содержащее намек и приглашение. Он не ответил, хотя сердце и зачастило, как будто он сам стоял в желтом проеме подъезда, а не смотрел на него с террасы. Как будто соки весны зажгли не только тех двоих, но и его, давно не испытывавшего ничего похожего. Ему захотелось зажмуриться, но тогда исчезли бы парень и девушка в подъезде напротив.

Прикосновение теплого плеча жены повторилось, и Виктор Денисович порывисто обнял супругу и поцеловал. Целуя ее, он подумал, что у тех двоих в желтом подъезде это происходит немного не так. Без привычки и без оглядки назад

-Мы не подсматриваем? – спросила Анна Ивановна.

-Что ты! Окно не замочная скважина.

Он поцеловал ее снова, с проснувшимся хмельным азартом. Уже не было оглядки назад, в минувшие годы. Была любовь, непреходящая, как человечество.

-Все-таки мы подсматриваем, - прошептала Анна Ивановна виновато. – Но и пусть, мне совсем не стыдно. Мы их не знаем, мы вдвое старше, и у нас дети. Но сейчас мы такие же, как они, правда?

-Правда, - согласился он, в глубине души сознавая, что соглашается не на все сто процентов.

Она привстала на цыпочки, и Виктор Денисович перестал смотреть в окно. Дождь продолжал плести свою монотонность, но уже где-то далеко. И где-то еще дальше, в неправдоподобно далеком желтом подъезде, две фигурки, парня и девушки, слились, наконец, в долгом поцелуе. Дождь им не мешал. Дождь сейчас никому не мешал. Дождь был фоном всему живому, не более.

КЕНАФ ТЯНЕТСЯ К СОЛНЦУ

Мы вышли из автобуса в поселке богатого корейского колхоза «Политотдел», к которому уже приближались пригороды Ташкента. Граница пока еще пролегала по гравелистой пойме мелководного Чирчика, но чувствовалось, что миллионный город скоро перехлестнет через нее. Корейцев выселили сюда с Дальнего Востока перед войной – чекисты Сталина не могли отличить их от японцев, а шпионофобия была тогда в самом разгаре. Это был первый опыт удачного переселения народов, и Сталин воспользуется им еще не один раз, все более его расширяя, но и закладывая новые и новые мины замедленного действия под будущее своего государства. Деревья, обрызганные жгучим золотом осени, нехотя теряли листву под напором легкого теплого ветра. Небо было еще прозрачнее, еще бездоннее, чем летом, дали – высветлены и чисты. Там, где утром восходит солнце, поднималась величественная горная страна.

С полей убирали урожай.

– Корейцы не скупятся, – говорил Николай Бурмистров, мой однокурсник по ирригационному институту, высокий худощавый юноша с застенчивой девичьей краснощекой улыбкой. – Те, кто тянет на барабане, вытягивают по сотне в день. Прилично, правда? В России в колхозах столько в клюв не кидают!

– Прилично, – согласился я. В ту осень (год 1956) я встречался с одной очень симпатичной девушкой, которая позднее выйдет замуж за другого. Но тогда я не предвидел этого коварного финта судьбы, и мне нужны были деньги, чтобы ходить с ней в кино, покупать мороженое и не обращаться к маме и папе за каждым рублем. Когда парню-студенту скоро исполнится двадцать, просить деньги у родителей – занятие достаточно затруднительное. Куда проще их заработать. Ибо стипендию мне платить перестали – по той причине, что у меня были обеспеченные родители.

За три дня Николай заработал здесь двести рублей (это половина его стипендии!) и хвастался, как маленький. Мы шли, летняя жара уже спала, и сознание того, что нас ожидает приличный заработок, вселяло в нас бодрость и твердость духа.

– Попотеем, но это ничего, – словоохотничал Николай.– К барабану не становись, там люди не держатся более трех дней кряду. Иди на подачу. На подаче легче, а денежки почти те же. Я тоже встану на подачу, как в прошлый раз. Народец здесь быстро поймешь, какой. Ты им палец в рот по доброте и неопытности, а они всю руку оттяпывают. Но к работе люты, сами выкладываются и из тебя все выжмут. Насчет же организации труда все очень просто: пришел, и становись на рабочее место. Документы предъявлять не обязательно. Что делать тогда человеку без документов? Полное пренебрежение к бюрократии. Кормят три раза, причем недурно. А сон и все прочее – твоя забота. Как устроишься, так и соснешь. Крыша над всеми одна – небо, луна и звезды.

Центральная усадьба колхоза производила приятное впечатление. Между тем, хозяйству не было и двадцати лет, и возникло оно на совершенно голом месте, на тугайных зарослях поймы реки Чирчик. Да, трудолюбие корейцев творило чудеса и в комментариях не нуждалось.

– Богаты, черти узкоглазые! – удивлялся Николай. – Смотри, телеантенны везде понатыканы. У тебя есть телевизор? У тебя нет телевизора, а у корейца он есть. Какое все добротное: дома, дороги. В России нет таких богатых колхозов.

– Рисом торгуют. На рисе легко заработать – десять рубликов килограмм.

– Им и кенаф дает рублики, и хлопок, и овощи. Ташкент под боком. Еще лук идет у них хорошо, урожаи просто потрясные. Но, ведь, какой это старательный, работящий народ! Кореец всегда при деле.

Мы пошли полями, разбитыми арыками и посадками тутовых деревьев на правильные квадраты и прямоугольники. Впереди нас брел худой и какой-то поникший, вялый человек с низко опущенной головой, одетый в дешевые хлопчатобумажные брюки и чистый сатиновый пиджак. Мы быстро его нагоняли. Человек впереди жался к обочине, словно заранее сторонился машины. В том, как он шел, была видна инерция. Он шел не по необходимости куда-то попасть и что-то там сделать, а исключительно в силу инерции. Мы поравнялись с ним и стали обгонять. Он смерил нас быстрым скользящим взглядом, не заинтересовался и продолжал идти в прежнем темпе, смотря себе под ноги. Ему было за сорок. Но, видно, не простые годы были у него за спиной, и выглядел он старше. Веки почти полностью прикрывали его глаза, и я не увидел, какого они цвета и что есть в них из того разнообразия человеческих чувств, которое обычно передают глаза.

– А, Петрович! – крикнул Николай, обернувшись. – Здорово, старина! Задумался о житье-бытье? С возвращеньицем тебя на круги своя.

Человек, бесцеремонно названный Николаем Петровичем, вздрогнул и поднял на нас глаза с застойной тоской, которую по-настоящему еще не лечили. Я понял, что ему не понравилось запанибратство приветствия и то, что кто-то знает о его существовании, тогда как он был глубоко убежден, что его существование никому не интересно. Он почти враждебно буркнул что-то в ответ и еще более замедлил шаг, чтобы мы быстрее прошли мимо. Бурмистров смутился, и новой реплики не последовало. Я, правда, оглянулся с неожиданным любопытством, но Петрович все так же безучастно смотрел себе под ноги и брел по обочине, и его широкие штанины терлись одна о другую и мешали, а он не замечал этого.

– Здесь познакомились? – спросил я.

– Один день вместе вкалывали. Потом он заявил, что с него хватит, получил расчет и удалился. Теперь вот возвращается. Пропился в дым.

Я оглянулся еще раз на бредущую позади согбенную невысокую фигуру. Этот человек вызывал не только жалость. В том, как он ответил Николаю, отказывая ему в общении, было чувство собственного достоинства, плюс горячее желание не смешиваться с другими людьми, которым до него нет дела, а всегда и во всем оставаться самим собою.

– Странный мужик, – сказал я, чтобы вытянуть из Николая подробности.

– Амнистированный. По фамилии русский, а по нутру цыган. Носит его по свету бродячая душа. Недавно с ним приключилась история – упадешь! Он как-то ухитрялся иметь запас про черный день и, возможно, безбедно перезимовал бы, где тепло, но приблудилась к нему одна женщина и выжала его до самого донышка. Мне показали ее – химическая блондинка с лицом страшнее германской войны. Испитая-испитая. Я тогда еще подумал, как может нормальный мужик спать с такой женщиной. Она была жрица свободной любви и не имела привычки задумываться, кто же будет с ней завтра, если сегодня она не одна. Приблудилась к Петровичу, угадав, что он при деньгах и что к нему легко подобрать отмычку. Вначале приятно проводила с ним время. В ней жила актриса, и она неплохо вошла в роль. Не знаю, чем она брала – состраданием или тонко поданной видимостью участия, но в один из вечеров Петрович почувствовал, что эта женщина дорога ему. С ее стороны это была игра, а он влюбился. Придурочно так влюбился, без оглядки. Исполнял все ее капризы, даже предупреждал их. Ну, ее гардероб обновлялся, а его запасы таяли, и она становилась все наглее. А Петрович уже поверил в искренность ее сострадания и боялся разлуки. Он попытался разбудить в ней человека. Представляешь? Поднять ее из грязи, отмыть – это какие силы надо приложить? Он жил у нее. Но как только его деньги иссякли, она заявила, что им пора расстаться. Приезжает, мол, ее мать, и ему неприлично у нее оставаться. Он же не понял, что больше приходить не надо. Тогда она вот на что решилась. Петрович пришел в парк, на свидание с нею. А она лежит на травке с каким-то мужиком – на грязном байковом одеяле. Увидела своего сожителя и подмигнула ему. Мол, вставай в очередь, меня не убудет. Вскипела желчь, но Петрович не позволил ей прорваться. Он предпочел переживать наедине. Он собрал ее одежду, висевшую на кусту, скатал ее роликом и сунул ей под голову. «Мягче будет», – сказал он и пошел прочь. Теперь он снова здесь. Где же еще отваливают по сотне в день?

– Сплетни? – спросил я, веря Николаю лишь наполовину.

– Чистая правда. Мне все это расписали с такими подробностями! Он-де собирался наставить эту блядь на праведный путь! Вот рассмешил честной народ!

Я оглянулся, уже с подогретым любопытством, но Петровича спрятал изгиб дороги, и я увидел только деревья, желтые кроны которых трепетали под напором слабого ветра.

– Хищная женщина, – сказал Николай. Я промолчал. Об этом удобнее было размышлять, чем говорить. Между тем, мы пришли, куда нужно. Впереди возвышался жухлый камышовый навес, под ним на слое трухлявой соломы сидели и лежали рабочие. Они отдыхали; парни заигрывали с женщинами. Обеденный перерыв разрешал и то, и другое. Мы сняли свои рюкзачки, сели и вдруг остро почувствовали, что чистой одеждой и сытыми лицами очень выделяемся на общем фоне.

– Студенты! – прохрипел кто-то. – Наше бабье таких жалует.

– А мы их не любим, – донеслось из угла навеса.

– Мы сами студенты свободной жизни! – крикнул кто-то.

«Вот это публика!» – подумал я. Под этим общим пристальным разглядыванием мы чувствовали себя, как на рентгене, где сами лучи невидимы, но почему-то очень неуютно. Я изучал этих людей с внутренним холодком неприятия. Первое впечатление было тяжелое. Меня окружали лица, уродливо испорченные несчастьем, неправильной, а часто и неправедной жизнью. И пресс власти сказывался, конечно. Люди сидели тесно, мужчин было больше, чем женщин. Среди русых голов выделялись черные шевелюры и темные лица азиатов. И было несколько корейцев, меланхолично щуривших глаза.

Ни мужчины, ни женщины не щеголяли модной одеждой. На некоторых что-нибудь одно, рубашка, брюки, юбка или туфли были новые, только из магазина, а остальное, как у других. Одежда обильно пропиталась солью. Один оригинал поставил свои брюки стоймя, и они не падали. Но лица, лица! Я никогда не видел такого скопища лиц обиженных, обделенных, испитых. На каждом лице стояла печать нелегкой судьбы, чего-то очень тяжелого и оскорбительного для человеческого достоинства. Что ж, здесь не праздник, подумал я. За пот и мускулы здесь хорошо платили, и сюда приезжали заработать.

Я стал пристальнее вглядываться в лица, обрамленные нечесаными шевелюрами. У одного, почти старика, нос был свернут на бок – улыбаясь, он походил на комика из цирка. У другого была выбита из гнезда челюсть, и рот постоянно оставался полуоткрытым. Лицо третьего, который отхлебывал чай из алюминиевой кружки, было сплошь в шрамах. Четвертый казался нормальным, и что-то симпатичное временами прорезалось на лице его вместе с улыбкой. Но когда он повернулся в профиль, я увидел, что у него откусана половина уха.

Старики молча набирались сил, а молодые зубоскалили с женщинами. Красавиц среди них не было ни одной. Внимание мое привлекла совсем молоденькая женщина, кормившая грудью ребенка в углу навеса. Стесняясь, она повернулась ко всем спиной, и у малыша виднелись только крошечные розовые пятки. Эта женщина и ее ребенок были здесь удивительно не к месту, но они все-таки были здесь, и это казалось мне верхом несправедливости.

Я еще раз оглядел отдыхающую публику. Каждая физиономия отличалась своей особой неповторимостью, изобличающей в этих людях грешное прошлое, надломленность и давнее неприятие этого прошлого, давнее с ним несогласие. На лицах их, однако, нельзя было прочитать вопроса, пора ли с этим грешным прошлым расстаться. У некоторых лица были почти интеллигентные, но безошибочно можно было сказать, что этот человек с тонкими чертами интеллигента никакой не интеллигент: его показной, благоприобретенной интеллигентности не хватало подлинной одухотворенности.

Постепенно на нас перестали глазеть, и мы почувствовали себя вполне сносно. Каждый был занят собой, это скопище людей никоим образом не было коллективом.

– А, Петрович! – хихикнул кто-то за моей спиной. – Родной причал приветствует тебя! Надеюсь, нынче ты не влип, как в прошлый раз? Нет? Я и говорю, что жизнь обучает получше университетов. Не влипай больше так, Петрович, не делай себе лишнее «бо-бо». А к нам вот студенты изволили пожаловать!

Я обернулся и, не взглянув на говорившего, улыбнулся Петровичу, как старому знакомому. И Петрович улыбнулся мне, прошел вперед вялой походкой давно не отдыхавшего человека и сел на солому. Роста он был среднего, сухонький, сморщенный, и как только сел, тотчас слился со всеми и потерялся, словно растворился в родной среде. Здесь он был свой среди своих, и никто его не разглядывал, никто не задавал себе вопроса, что это за птичка такая приблудилась к большой сермяжной стае.

– Ну, народец! Выпускники тюрем и лагерей! – шепнул Николай. Но прозвучал гонг, и все пришло в движение. Мы поднялись последние. Влажное поле сильно парило. Возле зеленой стены кенафа стояли тракторы, от них тянулись ременные приводы к барабанам. Барабаном назывались валки, вращавшиеся навстречу друг другу и предназначенные для отделения рыхлой сердцевины стеблей кенафа от волокна. Два барабана уже вращались, два других были укомплектованы полностью. Николай встал подавальщиком на пятый, я же вместе с Петровичем попал на шестой барабан. Еще когда мы шли к месту работы, я не терял Петровича из вида, следя за его сутулой фигурой с какой-то странной доброжелательностью, словно мне предстояло сойтись с ним ближе, а я и боялся, и предвкушал это. Петрович сразу полез на место барабанщика, мне велел подавать, других тоже расставил, как надо, и дал сигнал трактористу начинать. Привод закрутился, стальные валки барабана загудели.

– Навались, комсомол! – скомандовал Петрович, обращаясь ко мне, и показал, как надо подавать стебли, чтобы они складывались в компактный пучок, не топорщились и приходились комлями в одну сторону. Первый пучок он сложил сам, показывая, что невелика премудрость, сунул его в барабан, пропустил вниз и стал тянуть назад, напрягая мышцы ног, спины, плечевого пояса. От толстого пучка в его руках осталась третья часть, собственно волокно, сочащееся зеленым липким соком; сердцевина же и кожура ушли в отбросы. Следующий пучок подал я, и Петрович, перегнув его пополам, протолкнул в барабан и, напружинившись, вытянул из зева. «Пустячки! – подумал я. – Продолжительность операции одна минута. Ничего сложного».

Петрович сбросил пиджак и остался в майке. У него были некрупные, но рельефные мускулы, перевитые сухожилиями, и сквозь белую кожу просвечивали толстые синие вены. Я увидел, что конец пучка могу засовывать прямо в барабан, помогая ему, и стал так делать, и он как-то по-особому посмотрел на меня и улыбнулся. В его улыбке было простое человеческое тепло – тепло благодарности. Он работал сноровисто, хватко, и я не должен был отставать, чтобы не снижать его и свой заработок. Когда он выпрямлялся с пучком волокна в руке, не чувствовалось, чтобы он особенно напрягался – резкость движений он умело соразмерял с мгновенным расслаблением мышц, из чего я определил, что у него старая привычка к этой работе.

Скоро выяснилось, что я не всегда успеваю подать Петровичу новый пучок. Он ждал, опять улыбаясь, но уже укоризненно. Другие барабанщики безбожно матерились, случись какая заминка в подаче или в другом звене цепи, а Петрович лишь улыбался, но его улыбка была хлесткого свойства. Незаметно меня прошиб пот. Ненасытный барабан пережевывал пучок за пучком, выплевывая трухлявую сердцевину, а барабанщик с неутомимостью машины опускал в голодный зев новые пучки. Стебли кенафа стегали меня по лицу, по шее, и от этого пот выделялся еще обильнее. Скоро майка у меня прилипла к спине, во рту пересохло. А валки вращались, требуя и требуя пищи, и был непорядок, когда они вращались вхолостую по моей вине. Я попробовал избегать лишних движений, выработать систему, но без сноровки это не удавалось. То длинный стебель загнется, то стебли спутаются, и сортируй их, чтобы сформировать пучок из десяти стеблей, а не тянуть наверх весь сноп. Вскоре я перестал соображать вовсе: барабан был ненасытен, как стая изголодавшихся волков, и требовалось одно – успевать, успевать, успевать. Чем более машинальными становились мои движения, тем лучше шло дело. Спина уже переламывалась пополам, но передышки не было, и все новые порции стеблей исчезали в урчащем зеве между валками. Наконец, подносчики перетаскали лежавший поблизости кенаф, носить издалека было несподручно, и Петрович скомандовал перекуривать, а трактор поволок агрегат к стене не скошенного кенафа.

– Привыкаешь, комсомолец? – участливо спросил Петрович. Я кивнул, не в силах ворочать пересохшим языком. Пот обильно тек по моим щекам. «Воды!» – закричал Петрович. Принесли бачок, его тотчас обступили. Я напился одним из последних. Две кружки теплой воды показались мне благом бесценным. Но добился я лишь того, что пот еще обильнее заструился по горячему телу. Это была работа из самых тяжких, я не привык к такой. Но отступать было поздно.

– Эй, мечтатель! – окликнул меня Петрович. Я оглянулся. Люди стояли на своих местах, барабан вращался вхолостую. Все началось сначала. Хотя я уменьшил количество лишних движений, работа по-прежнему велась в более быстром темпе, чем тот, на который я был способен. Петрович, как только прикасался к кенафу, становился одушевленным механизмом и всецело сосредотачивался на пучке стеблей, превращая его в волокно при минимуме движений и усилий. Я же старался представить процесс со стороны. Это было совершенно не нужно, и лишь усталость могла помешать глупому самолюбованию. За минувший час я мало чего освоил. Стебли опять топорщились и отказывались лезть в барабан. Петрович уже не улыбался. Я старался, обливался потом, торопился и все же не поспевал за ним. И ему пришлось приноровиться к моим возможностям. Это произошло без видимого неудовольствия с его стороны. Смирившись, он вполне сознательно сбавил темп. Наверное, утешил себя поговоркой: «Рублем больше, рублем меньше – какая разница?»

Опускался вечер. Мы перекурили еще дважды, и дважды трактор подтягивал агрегат к нескошенному кенафу, а Петрович требовал бачок с водой, жадно к нему прикладывался, и мы так же жадно глотали воду, не напиваясь. Не знаю, сколько потов сошло с меня, но когда в поздних сумерках прозвучала последняя команда Петровича и я распрямился и уронил затекшие руки, солнца давно не было, и не было огненной полосы у горизонта, а надвигающаяся ночь срывала полог со звезд. Звезды загорались по очереди, наливаясь загадочной синевой, и были похожи на далекие синие розы. Мы кончили работу последними. То, что мы потеряли на медленном темпе, Петрович наверстал за счет неурочного времени. Я еще раз припал к бачку, и мы побрели к навесу.

– Пошатывает? – спросил Петрович. Его улыбка не заключала в себе подтрунивания.

– Никогда так не выматывался, – признался я.

– А ты думаешь, почему корейцы нанимают людей со стороны? Кенаф пота требует и выносливости. Это тебе не огурчики-помидорчики собирать. У тебя миска случайно не большая?

У него не было посуды, и я не стал отказывать. Что-то влекло меня к этому невзрачному человеку. Может быть, то, как он старался помочь беспутной особе, недавней своей подруге, снова стать нормальной женщиной. «На двоих хватит!» – пригласил я.

– Вот и хорошо. Я налегке вернулся. Много барахла – это не по мне. У меня ложка и телогреечка и то, что на мне. Легко так жить?

Я не ответил. По моим понятиям, так жить не годилось. Спорить же не было настроения. Мы ускорили шаг, и правильно сделали. Нам еще достались остатки хлеба и супа, а двоим из самых припозднившихся выразительно показали на чистое дно котла. Суп был густой, и мы не торопились. Лучшие куски мяса Петрович пододвигал мне, и смутное теплое чувство, возникшее у меня к нему, обращалось в настоящее дружелюбие. Подъехали грузовые машины. В кузова попрыгали те, кто предпочитал ночевать в бараке.

– Едем! – пригласил Николай. – Там танцы, девочки!

Он вымотался не так, а мне не хотелось шевелиться, не хотелось вставать и делать что-то еще, чего можно было не делать. «Сиди!» – сказал Петрович, и я остался. Машины взревели, пыль вскоре осела. Мы доели суп, сполоснули миску горячей водой из титана и наполнили ее чаем. Чай хлебали ложками. Пить из горячей алюминиевой миски было невтерпеж.

– Ты что, студент? – поинтересовался Петрович.

– Да, а что? – У меня плохо ворочался язык.

– Я тоже был студентом, только не таким, как ты, – сказал Петрович, и в голос его впали грустные интонации. – Учебными заведениями, в которых меня приобщали к премудростям жизни, были лагеря и тюрьма. Тоже университет, а дипломом вот не похвастаешь. Чураются люди этого диплома.

– За что? – полюбопытствовал я.

– Давай разложим костерок. Ты не против? – сказал Петрович. Рядом уже горел костер, зажженный, очевидно, из балагурства парнями-острословами, но Петрович не хотел такого соседства. То, о чем они говорили, было известно ему наперед. Мы отошли метров за сорок, к мягкой куче сушившегося волокна. Петрович сбегал куда-то и вернулся с огромной охапкой сухого камыша, годившегося для костра. Он разжег совсем небольшой костер, больше для света, чем для тепла. Ему нравилось смотреть, как прихотливо шевелится желтое пламя, как дрожат и переливаются его багровые языки и в самом низу мерцают красные уголья, покрываясь белым налетом пепла.

– Звать вас как? – спросил я.

– Звать? – Он даже засмеялся от удовольствия, что я спросил об этом. Не ожидал, что кто-то на Земле заинтересуется его настоящим именем. При смехе обнажились испорченные зубы, многих зубов не хватало, и его неполнозубый, старческий рот производил тягостное впечатление.

– Звать Афанасием, – сказал он. – Тебе что, мало клички? Или стыдишься, совестлив больно? Отца моего звали вовсе не Петром, а как, я сам не знаю, не видел я никогда своего отца, но приклеилось ко мне это прозвище и заменило настоящее имя.

– Афанасий Петрович, если полностью?

– Не Петрович, но теперь уже Петрович. А настоящее отчество для меня тайна, и вряд ли она откроется мне когда-нибудь. Легко только родиться без отца, расти же на одном матушкином натужном хлебе… Мыкалась матушка со мной, но все-таки вырастила и на ноги поставила. Любил я ее, от этого у меня ко всем одиноким, ко всем обиженным женщинам жалость поднимается, и помочь хочется. От всего сердца.

Я понял, что сейчас Петрович с каким-то грустным удовольствием заглянет в свое прошлое, расскажет о себе, если я не спугну его грубой бестактностью.

– Я принесу чаю! – сказал я, потому что еще не напился. Когда я вернулся с полной миской, Петрович сидел и спокойно разглядывал огонь, подкармливая костерок мелко наломанным камышом. В его устремленном на огонь взгляде было что-то очень родственное огню – такое же вспыхивающее доброе тепло, которое замечательно греет и может даже откладываться про запас, если с ним чутко обращаться. Я черпал чай ложкой и пил, а Петрович, наверное, вспоминал. Сначала он вспоминал про себя, а потом его все неудержимее потянуло на откровенность – причиной тому был мой вопрос об его имени. Как ни странно, этим своим вопросом я дотронулся до чего-то очень сокровенного в его душе.

– Зачем тебе мое имя? – спросил он. – Не могу понять. Другой бы в ответ надерзил, а мне приятно. Ведь по имени и отчеству называют обыкновенно человека уже уважаемого, а что полезного сделал я? Мне сорок, а я еще в долгу перед людьми. В большом долгу. О чем ты думал, когда задавал свой наивный вопрос?

– Все куда проще, Афанасий Петрович! Я устал, меня словно вместе с кенафом пропустили через барабан. Какое уж тут глубокомыслие. Просто я подумал, что, возможно, вам будет приятно, когда к вам обратятся по имени. Как видите, глубокой мыслью тут и не пахнет. – Я едва ворочал языком. Петрович слушал и усмехался. На его лбу набухли три глубокие бронзовые морщины. «Значит, это у тебя в крови, – сказал он. – Тебе неловко звать человека в годах только по отчеству, это ведь как-то неуважительно. А имя свое стал я забывать. Зачем оно, если люди им не пользуются? Всегда Петрович, везде Петрович. И ладно! Вот я и сам, когда о себе думаю, зову себя Петровичем. Как другие, так и я. Ты на инженера учишься?»

– На инженера.

– Сейчас, должно быть, хорошо учат. Сколько труда надо вложить в пацана, чтобы человек получился! Меня, пожалуй, впервые за десять лет назвали по имени. Спасибо тебе!

Мне показалось, что он взволнован, но лицо его, наверное, из-за морщин, было непроницаемо. Блики огня делали складки морщин черными и спокойными.

– Видишь, сколько добра нажил я за сорок лет? – продолжал рассуждать он. – Костюмчик «ХБ», который на мне, телогрейка и ложка. Все со мной, дома ничего не оставил. Да и где он, дом мой? Нет его у меня. Дом… Как ты считаешь, может ли человек жить без своего дома, без семьи, детей?

– Наверное, может, – сказал я. – Раз вы так живете.

– Нет, нет! – жарко возразил он. – Пока я вот такой, я бродяга (слово «бомж», или человек без определенного места жительства, в те годы еще не было придумано и пущено в обиход), и нет у меня будущего, а до меня никому нет дела. Я как бы от всех оторванный. А человек не может жить один, это против его природы. Вдумайся: мне сорок, а что я сделал? Ничего. Порывался, но это не в счет. Вот что больно видеть: жизнь проходит, строгая, неумолимая, я старею, а следа своего еще нигде не оставил.

Он сделал паузу, выжидая, когда уляжется волнение, но оно не улегалось.

– Тебе не неприятно то, о чем я говорю? – вдруг спросил он, и я ощутил неожиданный холодок недоверия. – Я могу прекратить, мы ляжем. Излияния, знаешь, бывают чреваты своей неуместностью. Нет, правда?

Я горячо возразил. Сел удобнее и изготовился слушать. Усталость разлилась по телу, и было приятно сидеть и не шевелиться и сознавать, что сейчас на тебе не лежат никакие обязанности и что честнее, чем сегодня, ты еще не зарабатывал хлеба и права на отдых. Прохладно было уже, и прохлада воспринималась как благо.

– Я, представляешь, все еще щепетильный. Могу подумать о человеке напраслину, такое, чего никогда не было и быть не могло. Страдал из-за этого, переживал, а избавиться не могу. Ты как попал сюда, по нужде или из любопытства?

– Деньги понадобились.

– Своей девочке мороженое не на что купить? Бывает. Тут ты прав: лучше заработать, чем просить у родителей. Но если попиваешь – не надо. Прекрати сразу же. Себя испортишь, – и не увидишь, когда это случилось. Водка, если сосать ее каждый день, все высокое выжигает из человека.

По-моему, он сам испытывал тихое наслаждение от своих слов, до того они были правильные, и до того ему самому хотелось следовать им.

– У вас, наверное, были подруги? – осторожно подсказал я. Но он не позволил завершить начатую мысль. Встрепенулся, напружинился.

– Были, а что? Небось, прослышал, чем это кончилось? Здесь до сих пор моют косточки мне и моей недавней подруге. Что она тебе? – загорячился он. – Она не Танюша Ларина и не Наташа Ростова. Ведь вас в школе пичкают только такими женщинами. Такими, все женское в которых – с большой буквы!

– Извините, Афанасий! – сказал я, и он покорно замолчал и еще придвинулся к огню. Я понял, что он часами может недвижимо сидеть у огня и смотреть на его призрачное колеблющееся пламя. Я хотел спросить, как он стал бродягой, но что-то подсказывало, что и без наводящих вопросов он откроет свое прошлое, достаточно только немного подождать.

– Счастливый ты человек, – сказал он, не сводя глаз с огня.

– Это почему?

– Прошлое у тебя чистое, и готовят тебя хорошо для самостоятельной жизни. Родители живы-здоровы, девушки любят. Ведь так?

Я не стал подтверждать очевидное, а он и не ждал ответа.

– Еще ты счастливый потому, что ничего не вспоминаешь с раскаянием, – начал развивать он любимую свою мысль. – Разве какую-нибудь мелочь, но мелочи сейчас не в счет. Я же о чем ни подумаю, что ни вспомню, все у меня могло быть по-другому, лучше, и от этого мне становится так не по себе, так меня скручивает, что одна водка и выручает. Я наблюдал за тобой и вижу, что деньги не главное в твоей жизни, хотя сейчас ты вкалываешь ради денег. Мы же, бродяги, пришли сюда только затем, чтобы заработать. Здесь каждый – за себя и для себя. Здесь не находят друзей. Здесь только знакомятся. Тебе интересно, как я докатился до такой жизни и почему не выкарабкиваюсь из нее? Почему никак не переломлю себя? Началось это давно. Войну я встретил студентом педагогического института. Меня растила мать, об отце же я только знал, что он у меня должен быть. Я подал заявление и пошел на фронт добровольцем.

Готовили нас недолго и в октябре ввели в бой. Под Вязьмой мой полк разбили и рассеяли по окрестным лесам. От моего взвода осталось шесть человек. Две недели мы скрывались в лесах и пробирались к своим. При оружии, при документах. Немцы прочесывали леса в поисках таких, как мы. И наскочили на нас. Загнали в болото. Мы не нашли выхода. Ведь с нами не было никого из местных жителей. Мы не знали болота и держались с краю, где не так топко. Отстреливались. К вечеру нас было уже трое. Одного, украинца, сразило наповал, а двоих ранило, и они захлебнулись болотной жижей. Но мы продолжали стрелять, и я застрелил одного немца. Он прятался за деревом, но ошибся в направлении и только думал, что прячется, а на самом деле был на виду. Он перезаряжал автомат. Я прицелился и плавно спустил курок. Словно на полигоне. Он всплеснул руками и упал, и трава скрыла его. Я почти ощутил, как пуля пронзила его. К вечеру немцы оттеснили нас в самое болото. Местами вода подступала к горлу. Патроны кончились. Лежим на кочке, ноги в воде, их сводит судорога. Мы ждали ночи, думали – спасемся. Но вместе с холодом, со страшной усталостью пришла апатия.

Немцы кричали: «Рус, сдавайся!» Мы слушали, стрелять было нечем. И один, с Кубани, сказал: «Жить надо, ребята». Больше он ничего не сказал, и мы ему ничего не сказали. Мы могли утонуть в болоте или сдаться. Ночью мы выжали одежду, но легче не стало. Под утро навалилась тоска безысходности. Хоть дуло в рот. Сержант из Москвы так и поступил. Молодой, не выдержал. Ведь все годы нам внушали, что мы самые сильные, всех врагов положим на их территории и малой кровью. Утром немцы побросали по нам из миномета, а потом выудили из этой жижи и повели в плен. Винтовки мы утопили. Ты волен меня осуждать. Я и сам знаю, что патриотичнее было погибнуть. Но тогда для меня все бы кончилось в том вонючем болоте. А так я еще живу, какую-то пользу приношу. Точнее, собираюсь приносить. В плену прошло три с половиной года. Страшное это было время. Я не буду о нем рассказывать, ты человек взрослый и примерно представляешь себе, что такое их лагеря для русских военнопленных. В плену я сам пришел к убеждению, что надо было умереть. Прихватить с собой еще одного фрица и умереть. Мысль, конечно, задняя, то есть не реальная. Без патронов, в болотной грязи какой я солдат? У немцев хватило бы терпения дождаться, пока мы пустим пузыри.

Бежал я, уже в Германии. Поймали, вернули, высекли. Поместили в барак смертников. Я чудом избежал пули в затылок и крематория. Попался у них один жалостливый или почестнее остальных, подправил мое личное дело – убрал из него побег. Иначе бы хана. А, может быть, проняло этого немца, как я Стеньку Разина пел, когда меня сунули в каменный мешок. Места в нем только, чтобы стоять, а на двери провод высокого напряжения, чтобы не прислоняться. Ослабеешь, соскользнешь на дверь – сирена, и дежурные бегут выволакивать труп. А я запел Стеньку Разина.

От безысходности. Уже конец войне, и этот, конечно, кумекал, что к чему. Что-то человеческое в нем проснулось. Словом, выручил.

Годом раньше я собаку задушил. Овчарку, обученную рвать людей. Нас тогда гоняли в карьер часов на десять, а кормили жидко-жидко. Каждый день кто-нибудь отстает от колонны. Его прикладами подгоняют. Не помогает – науськивают эту собачку, и все. Разносила в клочья. Дай, думаю, я ее порешу. Жизнь свою нисколько не было жалко, ничего уже не было жалко. Я шепнул ребятам, что хочу собачку кончить, и они стали отдавать мне свой хлеб. Чтобы окреп и не оплошал. Десять дней я кушал хорошо, выправился и сказал ребятам: «Завтра». И утром стал отставать от колонны. Фриц меня прикладом, прикладом. И еще прикладом, а я отстаю. Тогда он уськнул собаку и встал, чтобы посмотреть, как она меня рвать будет. Зрелище ведь. Древние римляне это очень любили. Собачка – ко мне. Прыг, и лапами в грудь. А я обе ладони – ей в пасть. И верхнюю челюсть вверх тяну изо всех сил, а нижнюю – вниз.

Хрясть, и ротиком своим собачка уже ничего не может сделать. Тогда я обнял ее и душу. Я хоть и невзрачный, но силой меня и большие не превосходили. Стоим мы, я обнимаю собачку, а фриц ржет-потешается. Смешно ему очень. Я чувствую, что силы из меня уходят. И чувствую, что силы уходят из собачки. Я разжимаю руки, и собака брык наземь. Фриц еще скалит зубы, не перестроился, не сообразил, что я должен на земле валяться, а не собака. А я – к своим, в самую серединку. Уберегли меня ребята, но лишь до вечера. Вечером очкастый офицерик пытает на линейке: где эта хунд – собака, значит. Варум – почему, значит, эта хунд сдохла? Кто виноват? Я – к нему. Иначе нельзя, всем будет хуже. Все, думаю. Но отделался карцером. Потом войне конец и освобождение. Мне дали десять лет, как изменнику Родины. Ведь в плен далеко не все попадали от безысходности обстановки – многие из тех, кто не жаловал советскую власть, поднимали вверх ручки при первой возможности. Иначе как объяснить, что только в 1941 году в плену оказалось более четырех миллионов наших солдат и офицеров? Мне казалось, что я свихнусь, такое это было потрясение. Но не свихнулся, заготовлял лес на севере Архангельской области. И так привык к лагерной жизни, к долгой зиме, что почти позабыл, что есть воля. Ты вот как считаешь, изменник ли я? По тем простым фактам, которые я предоставил в твое распоряжение? Ну, что я не утоп в сорок первом в болоте, а позволил себе сдаться?

– Тут я вам не судья, – сказал я. – Вы сражались, пока могли, но все повернулось крайне неудачно. Вы захотели жить и сдались. В чем мне вас обвинять? Под Вязьмой в сентябре сорок первого очень много наших оказалось в плену. Сотни тысяч!

– Я никогда не чувствовал за собой вины, понимаешь? – воскликнул он, и было видно, что он много думал об этом, оценивал свой поступок с самых разных точек зрения. – Я поднял руки от полной безысходности! Застрелиться – разве это выход? Да я и патрона для себя не придержал. Где, в каком боевом уставе пехоты написано, что солдат должен предпочесть смерть сдаче в плен?

Петрович замолчал. У него нервно и быстро дергались губы. Чувствовалось, что и теперь он так же мучительно переживает свой поступок, как и тогда, когда под конвоем выходил из болота, и хочет видеть в нем не только позор и преступление, но и необходимость, которая была сильнее позора.

«Досталось же ему! – думал я. – И от немцев, и от своих. Столько пробыть в заключении! Треть жизни – за колючей проволокой. А между тем он не проржавел от такой жизни. Не ожесточился. Не струсил в бою, не побежал навстречу врагу с поднятыми вверх руками. Он сражался, пока было можно сражаться. И не могу я его осудить, не имею права. Потом, я не был на его месте».

– Страшная штука война, – сказал он. – Пока я был в плену, матушка померла в Ленинграде от голода. Померла, а рук вверх не подняла. Это такой укор мне! И у меня никого не осталось. Ты бы знал, с каким нетерпением ждали мы победы там, у немцев! И как гнусно потом обошлись с нами. Ну, за что нас так больно ударили свои, русские? Десять лет лагерей за три года плена. Я видел, как от моей пули упал немец. Тот, который прятался за деревом. Может быть, я свалил не только этого немца. Я стрелял во многих, когда мы еще были полком и они много раз шли на нас в атаку. И вдруг я – предатель! Когда меня обвинили в предательстве, у меня чуть не остановилось сердце.

Плен. Да, плен! Но разве моя вина, что страна встретила заклятого врага не во всеоружии? Почему было столько пленных? За один сентябрь сорок первого немцы взяли в плен шестьсот тысяч наших под Киевом и столько же под Вязьмой. Миллион двести тысяч взяли в плен! И фронт покатился к Москве, Харькову и Ростову на Дону. Сказать тебе, кто переложил на нас свою страшную вину перед народом? Кто придавил нас этой виной? Ты сам знаешь. Еще недавно ты души не чаял в этом человеке. А Хрущев взял и приоткрыл народу его истинную суть. Приоткрыл только! И всем стало страшно – кому поклонялись!

Я не сказал Петровичу, что из миллиона двухсот тысяч сдавшихся в плен наших солдат и офицеров в сентябре сорок первого миллион солдат подняли вверх руки добровольно, из нелюбви к советской власти и лично к Иосифу Виссарионовичу Сталину. Им казалось, что под немцами им будет лучше. Это было великое заблуждение. И когда народ понял, что под немцами ему будет не лучше, а хуже, только тогда и произошел перелом в войне. На это потребовалось более года. Еще весной сорок второго сотни тысяч наших подняли руки вверх под Харьковом, а далее руки вверх наши армии уже не поднимали. Но это свое мнение я Петровичу не высказал, придержал при себе.

– В пятьдесят пятом я вышел на волю, – продолжал Петрович. – А сейчас лето пятьдесят девятого. Три года я привыкал к воле и отвыкал от колючей проволоки. Бродяжничал. Никаких тебе команд, никакого режима. Я сам себе хозяин и командир. Мне нравилось вскакивать в гулкий поезд и мчаться вместе с ним. Я исколесил страну, дожидаясь пресыщения, но пресыщение не приходило. Временами устраивался на работу и пахал на полную катушку. А потом срывался и мчался дальше, не зная, где остановлюсь, что ждет меня впереди. Так я оказался в Ташкенте. Здесь я с весны – рекордный срок пребывания на одном месте. Видно, погасла моя тяга к перемене мест, надоело гоняться за призрачной жар-птицей. Иванушке-дурачку она хоть перо волшебное оставила, а мне… Пора жить, как все. Работать, иметь семью, растить детей. Иначе какой прок от того, что я вообще есть?

Петрович замолчал, отдыхая. Люди возле большого костра тоже угомонились, и установилась непривычная для города полевая тишина, не похожая на прерывистую, с незаметным присутствием многих сторонних звуков тишину большого города. Камыш сгорал без потрескивания, и Петровичу нравилось поддерживать огонь небольшим, не позволяя пламени взлетать вверх оранжевыми языками и опускаться к земле бессильными лепестками опаловой розы.

Вдруг раздался женский крик. Под навесом кто-то нагло приставал к женщине. Женщина отбивалась, как могла, но сила была не на ее стороне, а заступиться за нее не находилось желающих.

– Сейчас я угомоню эту курву, – сказал Петрович и поднялся. Желваки заходили на его бронзовых скулах. Он не знал силу парня, приставшего к женщине, и его решимость защитить незнакомку очень меня обрадовала. Так радует нас та черта характера в уважаемом человеке, которая в самих нас развита недостаточно.

Петрович скользнул в темноту, и я последовал за ним, не желая оставлять его один на один с парнем, который мог оказаться сильнее. Я прошел полпути, когда под навесом прозвучали твердые слова Петровича:

– Отвали, красавчик. Видишь, она не благоволит. Не смей приставать!

– Ты, стерва! Ты зачем возникаешь?

– Отвали, гнида! – повторил Петрович с угрозой.

– Могу обидеть. Ша!

Я уже стоял за спиной Петровича и видел происходящее. Неприметный Петрович стоял подле высокого парня, сжимавшего кулаки, а женщина, у которой выделялись яркие белки глаз, сидела в метре от них возле марлевого полога, под которым спал ее ребенок, и прикрывала руками лицо и грудь. Я узнал ее. Ей было совсем немного лет, наверное, девятнадцать. Ночь скрадывала выражение лиц, но я чувствовал, как все клокочет внутри Петровича.

– Уйди! – еще раз сказал Петрович и вдруг перешел к делу. Левой рукой снизу вверх ударил парня в живот, а правой, тоже снизу вверх – в челюсть. Парень надломился пополам и стал извиваться, как пиявка, схваченная пинцетом. Петрович знал, как бить наверняка. Так били когда-то его самого, прежде чем он перенял и усвоил эту нехитрую науку рукоприкладства, не оставляющую противнику шансов устоять.

– Я сплю возле того огонька, – сказал он молодой женщине, и руку протянул в сторону своего огонька. – В случае чего зови, не стесняйся. Ты одна?

– Одна. Спасибо вам, дяденька. Спасибо за то, что вы добрый.

– Ладно, ладно.

Мы вернулись к огню, который заметно уменьшился в размерах.

– Он не злопамятный? – спросил я.

– Ха! Здесь не много злопамятных. Боишься? Не бойся. Когда бьют, помогает. Это тоже наука. Второй раз не полезет.

Я тоже был того мнения, что в некоторых случаях кулак – прекрасное лекарство, и мы улыбнулись друг другу, довольные, что с нашей стороны обошлось без потерь.

– Ему не повредит, – сказал, раздумывая, Петрович. – Жалко, что это не сделает его порядочным человеком. Он просто подчинился силе, я не переубедил его. Все мы здесь такие… грубые, опустошенные, взбалмошные, – сказал вдруг он, подставляя к огню ушибленный кулак. – Били нас много, а уму-разуму не научили, вот.

– Ну, вы не грубый! Вам только начать и втянуться, а там у вас все будет, как у счастливых людей!

– Твоими устами да мед бы пить! – сказал он, улыбаясь. – Но, извини, не получается. Или не везет, или здесь другая причина. Может, и получится, если дам зарок не пить.

– Так дайте, дайте! Вы вот учились на педагога. Что, если вам вернуться к этой профессии?

– Проходит усталость? – осведомился он. – Шутить изволишь. Ну, какой из меня педагог после стольких лет отсидки? Кто доверит мне учительствовать, кто разрешит? Я буду строителем или столяром. Люблю смотреть, как люди строят. И с деревом работать приятно. У сосны запах долгий-долгий, прилипчивый, а у березы узор хороший на распиле, или когда топорище сладишь. А детей учить – нет, не дозволят. Своих вот выучу, надо только, чтобы были.

– Я вас увидел сегодня на дороге и запомнил, – сказал я. – Вид у вас был угрюмый.

– Угрюмый! Отметил, значит. Обычно женщины разглядывают это, а мужики – нет. Знаешь, находит на меня временами такое состояние – тоска не тоска, а неудовлетворенность глубочайшая, от которой все выворачивает наизнанку. Начинает мучить совесть, что я даю меньше, чем могу дать, что я, получается, неполноценный. У тебя не было такого состояния, ты только учишься, и в молодости об этом почти не думают, молодость всегда беззаботна. А начнешь работать, семьей обзаведешься, и у тебя закрутится мысль в этом направлении. Когда я шел сюда, как раз думал, какое я еще ничтожество: ни семьи, ни работы, душа открыта всем земным ветрам. Нет, пора ставить точку. Хватит, поколесил по стране, потешил самолюбие. Вот попотею здесь пару недель, получу свою тысячу-другую – и приткнусь где-нибудь. Осяду, на какую-нибудь стройку наймусь, для начала разнорабочим. Одобряешь?

– Вы защитили сейчас эту женщину. Она очень выразительно на вас посмотрела. Она пойдет за вами, только позовите. – Я сказал это, не подумав, но Петрович как-то весь встрепенулся, и лицо его приняло одухотворенное выражение. – Она честная, могу поручиться. Однажды кто-то ее обманул, но это не искалечило ей душу.

Он замолчал, что-то быстро и напряженно обдумывая. Потом посветлел. Мысль его незаметно обратилась в мечту. Мне уже хотелось спать, но сон не шел, от переутомления и от того, что рядом со мной был этот человек. Его судьба захватила меня. Я лег, накрылся одеялом, а он все еще не отходил от костра. Он полюбил костер в заключении. Живое пламя было сродни свободе.

– Ложитесь, – позвал я.

– Пора? – спросил он. – Я посижу еще, я поздно засыпаю. Шести часов сна мне даже много. Если бы я был всем доволен, я бы уже спал, а так… Вот тебе много нужно, чтобы быть счастливым?

– Много, – сказал я, не соглашаясь с другой оценкой того, что ждало меня впереди. – Да, много.

– А мне немного, – возразил он. – Годы свое сделали, и я не замахиваюсь на многое. Но не подумай, что я хочу покоя, бездеятельности. Я, как и все, хочу нормальной человеческой жизни.

– Вы говорили, что застрелили немца. Там, на болоте. Вы его с радостью убили? – не совсем к месту напомнил я.

– А как же, по-твоему? Я возликовал, когда он повалился. Я застрелил не человека, а врага. Хищника. Вывел с лица земли одно маленькое черное пятнышко, от которого кругом пошла плесень. И потом всегда вспоминал об этом, как о самой счастливой своей минуте. Не правы те, кто назвал меня предателем, изменником Родины. Этот застреленный мною немец – мое оправдание перед ними, перед страной, перед тобой даже, хотя ты мне не судья.

– Страшная вещь война, – сказал я.

– Ну, не столько страшная, сколько противная всей сущности человека. Не повоевав, нельзя рассуждать об этом. Я долго думал над тем, почему мы начали войну так позорно. Значит, что-то в стране было не в порядке. Это упование на договор о ненападении. Судьба Блюхера, Тухачевского, Егорова. Да взять хотя бы меня, маленького человека. За что я схлопотал десятку? За то, что не утоп в болоте, позволил себе остаться в живых! Вот единственная моя вина! Теперь собери таких, как я, воедино. Сколько нас! Миллионы и миллионы!

– Это не так! Если нормально подойти…

– Не надо, – остановил он меня повелительным жестом. – Ко мне уже подходили. Много раз. Мы с тобой оба русские, а в этих страшных вещах никогда не поймем друг друга.

Продолжать дискуссию было нетактично с моей стороны. Петрович был пострадавшим, а я – сторонним наблюдателем. Мы замолчали, я начал дремать, но крепкий сон не приходил. Петрович все сидел, склонившись, у костра. Наверное, он что-то читал в желтых языках пламени, но прочитанное оставалось его тайной.

– Что ты думаешь о коммунизме? – донеслись сквозь сон его неожиданные слова. Я открыл глаза и посмотрел на небо. Все необъятное черное пространство над Землей было испещрено звездами, отливающими призрачной синевой. Мне показалось, что уже поздно – наверное, потому, что стало прохладно, как перед приходом утра, и из сырого воздуха выпадала роса. «Что же такое коммунизм? – спросил я себя. – То, ради чего мы живем. А точнее, объемнее? Ведь если бы коммунизм не был нашей целью, мы все равно бы жили, как жили до нас десятки поколений людей, не знающих о коммунизме. Как живут соседние с нами народы, не признающие коммунизма: не признают – и, поди же, не бедствуют! Каждому по потребности – это ясно, это всех привлекает. И, однако, это слишком заученно, это фраза, лозунг. Всеобщее братство, справедливость? Но совместим ли с этими понятиями генетический индивидуализм человека? Как много здесь еще подлежит уточнению, конкретизации! А где она, конкретика? Мы ведь думаем о коммунизме не вообще, а как о нашем завтрашнем дне! Нынешнее поколение советских людей будет жить при коммунизме, – вот что нам обещано партией!»

Я вдруг вообразил красивых степенных людей, одетых в длинные одежды древних римлян, белые мраморные здания и солнце, делающее белое ослепительным. «Это и есть коммунизм!» – возникла мысль и тотчас погасла. Сознание запротестовало. Какая глупость! Это вообще люди не нашей материальной и духовной культуры. Но что же тогда коммунизм?

– Задал я тебе задачу, – сказал Петрович. – А ведь лет через тридцать явится то, что мы называем сейчас коммунизмом. Отомрут деньги, привилегии. Исчезнет бедность. Не нужны станут границы, армии. Это произойдет совсем скоро, еще до двухтысячного года. Ты это застанешь, и я могу застать, если повезет. Вот если я доживу до коммунизма, я прощу учиненную надо мной несправедливость. Меня вознаградит и успокоит та всеобщая справедливость, которая установится при коммунизме.

Пламя погасло, а угли еще долго тлели под белым утолщающимся налетом. «Ладно, лягу, – сказал Петрович, истопивший весь камыш. – Ничего, что под одним одеялом?»

– Хорошо, – успокоил я его, почувствовав, что ему всегда тяжело обращаться с просьбой. «Что же такое коммунизм? – думал я, слушая ровное дыхание Петровича, который из странной стеснительности как лег, так и не пошевелился. – Этот человек с его поломанной судьбой мог бы возненавидеть людей, однако он думает о коммунизме с таким же благоговением, с каким мечтаю о нем я. Любая другая идея погибла бы в человеке за тринадцать лет лагерной жизни, увяла бы или превратилась в свою полную противоположность. А вот светлая мечта о коммунизме выдержала в его сознании жестокую схватку с несправедливостью. Ему нравится думать о коммунизме, как о своем будущем. Мне – тоже. Ну, и прекрасно!»

– Чего ерзаешь? – спросил Петрович. Я думал, что он заснул, таким умиротворенным и ровным было его дыхание. – Ты знаешь, не дает мне покоя это женщина. Хорошая она и очень молодая, чтобы жить самостоятельно. К ней будут лезть, особенно здесь.

Я почти спал и не откликнулся. Замолчал и он. Я стал вспоминать голос женщины, которая звала на помощь, но не вспомнил ни ее интонаций, ни лица. В темноте лицо ее было смуглым овальным пятном, и только. Откуда-то сбоку поддувало, и я повернулся так, чтобы не чувствовать холода. Вокруг давно властвовала ночь. Потом вдруг ударил гонг. Восток был охвачен ярким пожаром. Ночь осталась позади, как сплошной провал в памяти. Петрович уже проснулся и смотрел в направлении навеса, где молодая женщина кормила грудью своего младенца. Я понял, куда он смотрит.

– Доброе утро! – сказал я.

– Утро доброе. Собирай шмотье и умывайся. Сейчас пожуем что-нибудь, и на барабан.

Я умылся. Подъехали грузовики, к нам присоединился Николай. Петрович стал хмур, неразговорчив, и я приписал это его нерасположению к Николаю, позволившему себе запанибратское обращение с ним. Само утро, однако, не располагало к откровенности: не были восстановлены силы. Из малинового костра зари величественно выплыло солнце и принялось слизывать росу с травы. Начиналось привычное движение нового трудового дня.

– В гробу я видел эти бараки! – бурчал Николай. – Клопов там, словно их специально разводят. Все, ночую сегодня здесь, с тобой.

Я понял, что не удастся еще раз посидеть с Петровичем у костерка, что его вчерашняя откровенность не повторится. Завертелся барабан, я втянулся, и поначалу все было не так утомительно, как вчера. Даже пот не казался таким липким. Хотя я часто оглядывался, присматриваясь к соседям, я не сразу сообразил, что вместо пожилой кореянки относит на весы зеленое волокно кенафа та самая женщина, которую вчера защитил Петрович. Веснушчатая, курносая, почти плосколицая, она не была красивой. На улице на таких не оглядываются. Но работала она с радостной улыбкой и, когда принимала из рук Петровича волокно, улыбка делала ее почти красивой. «Когда же он предложил ей это место?» – подумал я. Но не вспомнил. Скорее всего, он воспользовался теми пятью минутами, когда я ходил умываться.

– Как зовут? – спросил я Петровича.

– Аня. Кореяночка взяла расчет, понимаешь?

Дальше все пошло тяжелее, и стало не до разговоров. К обеду мне был не мил весь белый свет, но ударил гонг, я отлежался у арыка, затем выкупался, и усталость притупилась. Обедал я с Николаем. Петрович хотя и сидел рядом, но ел из Аниной миски – они уже успели обособиться. И у Петровича, и у Анны глаза светились свежей радостью. Поев и закачав ребенка, Аня принялась что-то штопать Петровичу, а он лежал рядом и смотрел, как проворно двигаются ее покрытые веснушками руки. Не знаю, о такой ли женщине он мечтал, вглядываясь вечерами в тихое пламя костра, но сейчас ни одна черточка на его лице не говорила, что он мечтал о другой женщине.

– А Петрович уже переменил ориентацию, – сказал Николай не без сарказма.

– Оставь! – бросил я жестко, и Николай покраснел, как от упрека.

Мое внимание было по-прежнему приковано к Петровичу. Стоило мне только вспомнить его многолетнее хождение по мукам, и я опять и опять проникался к нему горячей жалостью, в которой, помимо сострадания, присутствовало уважение. Лично у меня не было впереди неясностей, ничего такого, что могло бы вызвать неожиданный поворот в уже наметившейся судьбе. А у Петровича позади было столько крутых поворотов, что сейчас ему был нужен только один поворот – к счастью. И я желал ему счастья, наполненного высоким человеческим содержанием. Я силился вообразить его в кругу семьи. А он лежал на соломе лицом вверх и следил за Аней, и прошлое как бы отмежевывалось от него, освобождая будущему чистое пространство. Сейчас его мысль была наполнена Аней. И то, что рядом с нею спал ее ребенок, не было для него помехой. Ребенок даже сближал их, потому что сейчас Аня нуждалась в помощи Петровича. Без ребенка, скорее всего, она сочла бы его слишком старым. «Считает ли он ее красивой? – подумал я. – Да, конечно. Он привык к грубой красоте, в основе которой сила и здоровье. Аня же крепко скроена. Вчера я только подумал, что она подошла бы Петровичу. И вот как все совпало!»

– Ну, как дела? – спросил я, когда мы снова встали к барабану. Он лишь улыбнулся. Мне показалось, что в его странно посветлевших глазах горит азартный, самонадеянный огонь юности. На всех языках огонь этот назывался любовью, и я не удивился, что Петрович вспыхнул так быстро. В его груди дожидался лишь искры материал уж очень сухой и горючий.

После обеда работали без заминки. Приплывшие с далеких теплых морей тучи закрыли солнце, и работа ускорилась. Я научился подавать так, что стебли не топорщились. Человек быстро становится придатком машины, если его руки делают только одну операцию. А барабан был машиной, весьма далекой от совершенства. Его обслуживало восемь человек. Как будто трудно придумать машину типа комбайна. Вечером принялся было накрапывать мелкий дождик, но поднялся ветер и разогнал облака. Опять мы кончили работать последними, и опять у меня отказывалась сгибаться спина.

– Думал, придется прятаться под крышу, – сказал Петрович. – А я люблю поле и звезды. Старая привычка. Я разведу огонек в сторонке. Приходи, посидим, как вчера.

Я посмотрел на него с недоумением. Он усмехнулся и пояснил:

– Аня рано ляжет, а ты приходи. Только без своего приятеля, он заносчивый.

Николай заснул быстро, а я сидел и смотрел на костер Петровича. Он и Аня пили чай из одной кружки, и я не замечал, чтобы они разговаривали. Скорее всего, те немногие слова, которые им нужно было сказать друг другу, они уже сказали, а слов новых, в дополнение к уже сказанным, было не надо. В глазах Ани теплилось глубокое уважение. Сожалея, что уходит, она пожелала Петровичу спокойной ночи и пошла под навес, к ребенку. Я подсел к огню, и Петрович протянул мне кружку с горячим чаем. «Сегодня у меня добрый день, даже не верится, – говорил он, стесняясь, что ему так повезло. – Как будто я только родился и сразу стал большим и хорошим. В плену не был, в тюрьме не сидел. Помолодел, вроде бы. Ты не находишь, что такое бывает?»

– Быстро вы… помолодели.

– Я ведь не в твоем возрасте, когда можно ухаживать за красавицей год, а потом взять и не сойтись характерами. Ты удивлен?

– Нет, я рад. Вчера я подумал, что эта женщина подошла бы вам. Получилось, что моя мысль совпала с вашей такой же мыслью.

– Чуть было дождь не пошел, – сказал он, в первый раз уходя от прямого ответа. – Не люблю осенние дожди, они такие занудные. От них тоска поднимается.

– Теперь для тоски не будет места.

– Правильно. И все равно хорошо, что нет дождя. Ты не знаешь, куда мне податься на работу? Что скажешь?

– У меня брат в Голодной степи. Мастер, после института. Там новые совхозы создаются. Он говорил, что рабочие там нужны, и жилье дают сразу. Сначала вагончик, потом и квартиру. Квартиру, как я понимаю, сначала надо построить.

– А что? Возьму и запишусь в осваиватели целины! Все правильно, туда мы и двинем. Там внимание, там деньги, там крепкий народ.

Он говорил уже от лица троих человек, и мне понравился мгновенный переход к этому «мы». Петрович замолчал, с видимым наслаждением предвкушая тот совсем близкий завтрашний день, когда у него все наладится прочно и насовсем.

– Как же вы ошиблись с той, с предыдущей? – спросил я.

– А, и тебе разболтали. Не надо! Был небольшой эпизод, молва же взрастила его в анекдот неприличный. Как будто я застал ее с мужиком и положил ей под голову ее одежду, чтобы мягче было. Вранье все это. И деньги, которые я на нее потратил, не считаю платой. Хотел помочь женщине встать на ноги, но что-то не так сделал, и она не пошла за мной. Значит, в чем-то я был неубедителен, наивен. – Он тяжело задышал, наверное, зачастило сердце. По его волнению я понял, что не должен был спрашивать об этом, не должен был напоминать. Сплетников везде хватает, и у всех у них одинаково извращенное воображение. «Вы завтра уходите?» – спросил Петрович.

– Вечером. Уж больно здесь тяжело. А вы неутомимы. Тянете и тянете, как машина.

– Я и есть машина, пока справная, – согласился Петрович. – А ты приедешь и побежишь к своей девочке, силы найдутся.

Он угадал, я как раз подумал об этом.

– Что ж, завтра простимся. Жаль. Не часто встретишь интеллигента, к которому лежит душа. Жизнь большая, может быть, увидимся на каком-нибудь перекрестке. Дай адрес, напишу при случае. Заходить не стану, это бывает обременительно, а напишу непременно.

Я оставил ему адрес. Мне казалось, что этот человек в чем-то очень важном сродни мне, и эта сугубо человеческая родственность покоится на однозначном понимании жизни и одинаковом к ней подходе, хотя, как люди, мы не обладали сколько-нибудь похожими натурами.

– Знаешь, – сказал Петрович, – я много размышляю о жизни. И чем больше размышляю, тем сильнее мне хочется жить… самозабвенно, что ли. Чтобы людям, с которыми меня сводит жизнь, от моего присутствия рядом с ними становилось хорошо. Выспренно я говорю, да? Жалуюсь? Нет, не жалуюсь, и жалости не прошу, снисхождения не прошу.

– Я вас не жалею. Вы не калека, и голова у вас в полном порядке. При чем тут жалость? Мне вот что интересно. Вы смотрите на огонь, как на одушевленное существо, которое способно понять вас и позволяет понять себя. Странное у вас выражение лица, когда вы на огонь смотрите. Что вы там видите?

– Это привычка, – сказал он после небольшой паузы. – Пламя, оно живое, как это ни объясняй. Желтое, розовое, красное, синее. Иногда такое сплетение красок и оттенков, что оторопь берет. И оно дает толчок, обостряет мысль. Я, может быть, дальше пошел – сделал из костра собеседника. Говорил с огнем, как с живым человеком. И костер, через меня же, отвечал мне. На все мои вопросы отвечал. Конечно, я разговаривал сам с собой, веря при этом, что я не один, что рядом со мною друг, обладающий одним редким качеством: он никогда не противоречит, не спорит, не пытается переубедить, перетянуть на свою сторону. Он только внимает. Поэтому к огню нельзя привыкнуть. Как и к любимому человеку.

Он замолчал. Я стал поклевывать носом.

– На боковую? – предложил он.

Вероятно, я бы еще посидел, и мы переговорили бы о многом, но под навесом заплакал ребенок, Аня засуетилась, и Петрович поспешил к ней. Я не остановил его, хотя не знал, чем он может помочь в этом чисто женском деле. Он долго не возвращался, и сначала я поддерживал огонь, а потом завернулся в одеяло и заснул.

Вечером следующего дня мы получили расчет. Я завернул к Петровичу и Ане, которые обособились у своего костерка, и попрощался. Петрович поднялся и хотел проводить меня, но, увидев невдалеке Николая, ограничился крепким мужским рукопожатием.

– Всего вам доброго! – сказал я. Это было, пожалуй, самое искреннее пожелание счастья, когда-либо высказанное мною. Я закинул рюкзак за плечо, повернулся и зашагал прочь.

– А ты сентиментальный, расчувствовался, - заметил Николай.

Я не ответил. Обернулся еще раз и увидел под навесом четкие силуэты людей, занятых несложными приготовлениями к ужину и сну. Каждый из этих людей чем-то неуловимо напоминал Петровича – или судьбой, или спрятанным ото всех внутренним миром, открытым для добрых дел, или тем и другим вместе. Их лица уже не казались мне воплощением голого эгоизма, хотя с позавчерашнего дня в них не прибавилось ни одной новой черты. Очевидно, я теперь воспринимал все несколько иначе, чем в первый момент своего здесь появления. Я чувствовал смутное сожаление, близкое к недовольству собой, за то, что так несправедливо отнесся к этим людям, заранее приписав им все пороки, которые только могут быть в человеке. Но появился Петрович и открыл мне незнакомый мир людей, которых когда-то сильно обидело государство и которые до сих пор несли и в себе, и на себе бремя этой обиды, пряча ее от тщеславных и равнодушных. Эти люди тоже тянулись к солнцу, как и кенаф, который они убирали. Несмотря на тяжкое прошлое, они стремились, своим настоящим и будущим, сравняться с остальными людьми, которых обошла несправедливость, и даже стать лучше них, чтобы ни у кого не нашлось повода для укора.

В конторе мне и Николаю отсчитали по двести рублей, а потом грузовик доставил нас в Ташкент. В тот вечер, все же, я не пошел к своей девушке, и это было одним из маленьких толчков, приведших впоследствии к тому, что она вышла замуж за другого. Не знаю, было ли это обстоятельство печальным или добрым, - этого я не уяснил себе до сих пор. Обещанное Петровичем письмо так и не пришло, и нам не повезло встретиться еще раз. Но мне очень хотелось верить, что в его судьбе кончилась полоса невзгод и началась полоса жизни чистой и здоровой, которую он любил обдумывать и выстраивать у костра.

Через много лет, проезжая осенью землями колхоза «Политотдел» на свою дачу, я увидел, как убирает кенаф незнакомая мне машина, которой управляли два человека. Странное сожаление поднялось во мне. Действительно, в автобусе не оказалось ни одного сезонника, который бы ехал убирать кенаф. И тотчас я понял, что странное это сожаление было вызвано воспоминанием о Петровиче. Оно подняло во мне не только теплые, но и грустные чувства. Житейское море, оказывается, принимало в свои объятия человека навсегда, без возврата. Так оно уже поступило в отношении многих людей, некогда мне близких, а то и дорогих.

Кенаф же по-прежнему зеленой стеной тянулся к солнцу. И где-то на Земле так же неудержимо тянулся к солнцу Петрович, давно уже не один, а где – мне не дано было знать.

ИСПЫТАНИЕ НА ПОРОДУ

На дачу я пригласил с собой Виктора Михайловича Угольникова, и мы сидели у живого огонька, обволакиваемые его теплом и его дымком. В разговоре он, как обычно, брал инициативу в свои руки; ему всегда было о чем рассказать, и он делал это с большим воодушевлением. Он прямо загорался, выплескиваясь перед собеседником. Мы пожаловали на природу рановато. Март был в разгаре, но тепло сменилось непогодой, задождило, и хорошо задождило. И Виктор Михайлович незлобиво поругивал меня: вот, мол, угораздило ему поехать в такой промозглый день, переться по слякоти пехом, стараться втиснуться между капельками, а теперь вот сиди на ветру, который мешает костерку дарить тепло озябшему человеку, уводит тепло неизвестно куда.

Он хотел, чтобы я его пожалел, и я так и поступил, положив в очаг порцию дровишек потолще и посуше. Он был почти мой ровесник, и хотя наши жизненные пути не совпали нигде, они пролегли в одном временном потоке, что делало их похожими и сопоставимыми. Я представил, как ему, такому большому, трудно было идти между капельками, какое это искусство, и улыбнулся. Расценив мою улыбку, как поощрение, он еще сильнее растекся мыслью по древу. Я не перебивал. В большом количестве он надоедал мне частыми, как в школе, повторениями пройденного, а без него чего-то не хватало, и я приглашал его через раз, а то и через два, так было лучше всего. На сей раз он коснулся темы, для меня новой. Я не стал отряхивать с себя поток его скороговорки и вслушался; тема показалась мне интересной. А дождик шуршал себе и шуршал, оттеняя задорный баритон моего визави.

– Сват Олег Анисимович, понимаешь, начал мне не нравиться, – развивал он свою мысль, обратив ко мне лицо грубой топорной выделки, которое, однако, часто посещала добрая бесхитростная улыбка. – Ну, чего он к Вальке цепляется? Внучка она ему или не внучка? Да, она уже не девочка, а расторопный подросток, из которого формируется девушка, завтрашняя супруга и мать. Ты знаешь, что ее родители разбежались, и мать ее, моя старшая дочь, которую мы с Галиной не жалуем (Галина Антоновна была его жена), ищет сейчас пристанища в России, а отец, пожелавший остаться в Ташкенте, привел в дом новую половину, но к своей дочери относится куда хуже, чем мачеха. Я этого не понимаю. Валька растет, округляется, из детских своих одежд и привычек высвобождается, учится старательно, а то, что в ней женское начало сейчас не по дням, а по часам прорастает – в порядке вещей, это закон природы, и радоваться надо, что она расцветает, а не попрекать ее этим. Правильно я говорю?

– Ты препод, тебе и карты в руки, – поощрил я его, хотя преподавателем истории он был лишь вторую часть своей жизни, а ее первую часть прослесарил на большом оборонном заводе, и высот на этом поприще достиг куда более заметных, чем когда пошел преподавать после шести лет заочной учебы в университете. Мне казалось, что временами он очень даже сожалел об оставленной им рабочей профессии, на которой он был почти вольным человеком и зарабатывал куда как хорошо, - ему не только на хлеб с маслом, но и на коньяк марочный хватало, и еще на то, чтобы этим коньячком даму, ему приглянувшуюся, угостить. Надо сказать, что он был неутомимый ходок налево.

– Валька, понимаешь, выходит из ванной в халатике на голом теле, а хмырек этот, мой сват, ей заявляет: «И чего это ты трясешь здесь своими сисями?» Девочка в слезы. Сейчас она к нам переехала, у нас живет. Поначалу была такая издерганная, ершистая. Чуть что, сразу на дыбы. Сейчас успокоилась, оттаяла. С отцом родным не ужилась, и с дедом Олегом Анисимовичем и его половиной, которую Людмилой Михайловной звать, не ужилась, а у нас ей хорошо. Парни, конечно, звонят ей не переставая. Звонят, интересуются, песенки поют соловьиные, и нормально это, а Олег Анисимович был против, закипал и возмущался. Я только сказал Вальке: ты учи своих мальчиков представляться. Я, мол, такой-то, мне нужна Валентина, пригласите, пожалуйста, ее к телефону. Она, конечно, наказала своим кавалерам представляться. И теперь они все такие вежливые, «пожалуйста» через одно слово употребляют. А один даже выучился говорить: «Будьте любезны!»

– Чем еще тебя Олег Анисимович достал? – спросил я.

– Чем я его в конце концов достал, хочешь ты узнать? Сейчас услышишь. Ой, не могу, ой, умора! – засмеялся он и потер ладонью ладонь. Когда-то они у него были мозолистые, но потом мозоли сошли с них, не обновляемые слесарным инструментом, а какая-то наждачная шершавость осталась. – Мне очень не понравилось, что он придирается к внучке. Он внешне весь такой правильный, джентльмен высокой пробы. Ему нравится так себя подавать. И мыслит он только правильно, и говорит, и держится, - все в высшей степени правильно, другим в назидание, а молодым в особенности. Одним словом, задрался и влез на пьедестал. Влез и ни с места. Я, мол, это я, величина, с какой стороны на меня ни посмотри, а вы, что копошитесь подле меня, сплошь все козявки и букашки-промокашки!

Меня это всегда раздражало до белого каления, но я терпел, как данность, на которую моя власть не распространяется. Терпел, но всегда спрашивал себя: «Неужели ты и вправду такой хороший? Неужели ты и вправду такой правильный, каким себя выставляешь? Шалишь, я тебе лужицу приготовлю, а перед лужицей арбузную корочку положу! Я тебя с пьедестала сковырну!» И приготовил. Налей-ка по маленькой, чтобы речь свободнее текла, а то язык что-то стал шершавый.

– Сейчас полегчает, - сказал я и налил ему самогону, а себе вишневого вина; и то, и другое было приготовлено моими руками, но мне больше нравилось вино. Самогон получился уж больно задиристый, от него быстро разбирало. Мы выпили и закусили блинчиками с рисом, которые в честь Масленицы напекла в большом количестве Галина Антоновна. Заботливая она была женщина, и Виктор Михайлович временами ценил это. В годы зрелости он ценил это чаще, чем в годы молодости.

– Я все продумал и просчитал, – продолжал Виктор Михайлович с растущим воодушевлением, ибо приближалось время клеймения позором человека, который того заслуживал. – Подключил свою Галину. Она, когда соединила все воедино, просияла. Она тоже не жаловала Олега Анисимовича за то, что он стремился казаться лучше, чем был на самом деле. Я обговорил с ней все до деталей, взял литр водки в бравой упаковке – поллитра, я посчитал, будет мало, и отправился проведать дорогого свата и друга. Он не ждал меня и удивился, но водке обрадовался, наверное, соскучился. Мы приветствовали друг друга, как подобает родственникам, с полным почтением. Олег Анисимович пижаму с себя сбросил, облачился в белую сорочку и костюм, настрогал нехитрую закусь из тех запасов, что хранятся в каждом холодильнике, и мы сели за стол. А сват тремя годочками младше меня. Служил он, в основном, в управленческой среде, в чиновничьих кругах среднего пошиба, и много чего показушного от этих кругов перенял, вобрал в себя. Мы выпили за встречу, и он спросил про внучку, но без душевного интереса спросил. Я сразу уловил это и напрягся, но промолчал, точнее, сказал о Вальке что-то нейтральное, мол, ума набирается и нас, стариков, радует быстрым своим развитием. Боже упаси было упрекать его в несправедливости к внучке, он бы взъершился, и наши контакты мгновенно разомкнулись бы.

Водка раззадорила Олежека, он разрумянился, встрепенулся, начал выдавать сентенции и рецепты, упирая на то, какой он правильный и принципиальный, и я, как старый коллекционер юбок, могу мотать и мотать на ус, что такое праведное поведение и как следует уважать и почитать законную свою супругу. Это был его конек, и я не перебивал, хотя сам ой как страдаю недержанием речи (что верно, то верно, подумал я, не комментируя сказанное). Я только подталкивал его выпить еще.

Да, где же Людмила Михайловна? – спросил я между прочим. Я прекрасно знал, где в этот час пребывает дражайшая половина Олега Анисимовича, но был обязан проявить внимание, что и сделал без какой-либо навязчивости. Подоплека была, что вдвоем нам, мужчинам, конечно, уютнее, и чем дальше продлится наше уединение, тем лучше. Сват сообщил, что жена удалилась по каким-то своим делам примерно до вечера. Я выразил сожаление – мол, давно не виделись, и мне было бы приятно выказать свое к ней уважение. Мы еще раз приняли на грудь, и я обмолвился, так, ненароком, что знаю двоих женщин, совсем еще ничего, которые благоволят, если, конечно, воодушевиться и поискать к ним правильный подход. Они живут вместе, и в случае чего можно позвонить. Позвонить – и все дела, далее уже наезженная колея.

– Да? – удивился Олег Анисимович и не произнес в мой адрес ни одного слова осуждения и укора, а словно спрашивал себя, возможно ли такое. А я кинул наживочку и переметнулся на другое. Поплавок на водной глади пока не заколыхался, не затрепетал. Потом я сослался на трудности момента, мол, пенсия маленькая, а месяц такой большой, и надо крутиться, иначе концы не сойдутся с концами. Ему понравилось, что не пенсия у нас маленькая, а месяц большой. Но мысль его, я чувствовал, уже была обращена к двум женщинам, мною обозначенным и кратко прорисованным.

– Да, эти две женщины, которые благоволят! – продолжил я, когда мы приняли на грудь по четвертому стопарику. – Они прямо прелестницы. Одна ну вылитая твоя Людмила Михайловна, какой она была двадцать лет назад. Ты хотя бы помнишь, какой была твоя Милочка на пороге сорокалетия?

– Надо фото посмотреть, - сказал Олег Анисимович и наморщил лоб. Он силился вспомнить, но это у него не получилось.

– Хиляк ты для этих начинаний! – сказал я. – Поэтому ты такой в доску правильный. Все хиляки всегда упирают на то, что они очень правильные и про шаг налево никогда не помышляют. А как и что на самом деле, про то они помалкивают.

– Я, значит, тоже из этих хиляков, – напомнил я не без ерничанья и еще раз подкормил костерок, чтобы нам было теплее. Дождик шуршал уже не так громко.

– О тебе речи нет, ты сейчас аудитория, большая и маленькая в одном лице, - сказал Виктор Михайлович и закрепил сказанное улыбкой добродушия. – Подначил я Олежека и смотрю, как он себя поведет, что в данную минуту подскажет ему его праведность. – Разреши, я позвоню, забью колышек, а то ведь и опередить нас могут. – Я набрал несуществующий номер, женщина на том конце провода мне якобы ответила, и я сказал, что скоро приеду и что для ее подруги у меня тоже есть кавалер, который очень даже ничего, земельку уже начинает ковырять, то есть рыть, своим острым копытцем. Да, острым! - повторил я, словно она переспросила по поводу копытца, какое оно и можно ли на него надеяться. Олег Анисимович навострил ухо и весь подобрался. Его правильность от него уже отпала, а он и не заметил этого. «Так-так-так! - сказал я про себя и губками причмокнул. – Давай еще по одной, на посошок, и я трогаюсь. А ты, если надумал, можешь присоединиться, там совсем не против. Там целиком «за», но при условии, что ты будешь соответствовать моменту. Сумеешь? – прямо спросил я. И услышал: «Смогу, но только если она совсем такая, как ты ее обрисовал».

– Такая, - подтвердил я, – и даже лучше. Но это ты должен сам оценить.

– Конечно! - согласился он.

Мы разлили, и в литровом бутыльке «Арктической» производства Ташкентского ликероводочного завода осталось совсем ничего. Признаться, я был удивлен, почему наш завод остановился на таком не узбекском названии одной из лучших своих водок. Но у частного предпринимательства свои законы.

– Так отчаливаем? – я стал проявлять настойчивость. – Ты не мандражируешь? Ни в одной коленке нет мандража? А в головке? Это хорошо. Я иду вперед всегда без мандража, иначе все поворачивается наперекосяк, и кайф загублен. Только, чур, потом не говорить: «Я не такая, я жду трамвая!» Пошел со мной - и только вперед! Не согласен, пасуешь – в своем домике и оставайся.

– Согласен, согласен! – запричитал Олег Анисимович, только чтобы я не передумал.

– Тогда – за мной, и Родина нас не забудет!

– При чем тут Родина? – удивился сват, хотя здравый его смысл уже здорово притупился.

– При том, что она всегда с нами. Вперед, в объятия знойной красотки! Нетерпение демонстрируй сразу, это действует неотразимо! – наставляю его я. Оглядываюсь, и мне жалко оставлять водочку хотя бы на донышке в доме Олега Анисимовича. Знаю, что приду сюда не скоро.

– Допьем добрецо! – говорю я. Сват подумал и сказал: «Будет многовато, да ладно!» Мы опрокинули в свои глоточки последние капли, вышли, поймали машину и покатили. Две женщины ждали нас, и какие женщины! Я мед пил, предвкушая, что сейчас будет.

– Они что, рядом с тобой живут? – спросил еще Олег Анисимович, узревший, что мы едем в мою сторону.

– Недалеко, мне это удобно, – сказал я. Мой дом в четыре этажа стоит супротив вокзала; он так напичкан железом, что ни одно землетрясение не сделало ему даже маленькой трещины.

Мы вышли из машины за два квартала, у Дворца культуры железнодорожников, пересекли Салар по новому пешеходному мостику, а потом пошли дворами. Сват плохо соображал, где мы перемещаемся, и моего дома, когда мы подошли к нему со двора, в котором много чего было переиначено, не узнал. «Как я смотрюсь?» – спросил он меня, подбочениваясь.

– На все сто! – заверил его я и поднял вверх ладонь с оттопыренным большим пальцем. «Посмотрим, как ты сейчас станешь выглядеть!» – подумал я. Мы неспешно поднялись на третий этаж, я позвонил, Галина Антоновна быстро открыла нам дверь и спряталась за нею. Видно ее не было. Мы разулись, придерживая друг друга, ибо нас порядком пошатывало на ровном месте.

– Милочка! Вот и мы! – объявил я во всеуслышание, осклабился и раскрыл руки для объятий.

Две пожилые женщины разом возникли словно из ниоткуда. Это были моя жена и Людмила Михайловна, супруга Олега Анисимовича. Они и были теми пикантными «девочками», к которым я привел свата. Я стоял по правую от него руку и впился в него взглядом. Моя жена все знала, – я подробно ее проинструктировал, – и пила мед вместе со мной. У великого праведника отпала челюсть. Он опешил и не знал, что сказать. За него говорили мы трое. Его жена, которая любила, чтобы ее звали Милочка, ни во что посвящена не была и удивлялась главным образом тому, что ее Олег Анисимович так много принял на грудь. Что я принял столько же, ее не удивило. Мне, значит, было можно.

– Милочка, я за тобой! – Сват, наконец-то, сориентировался и обрел дар речи. – Собирайся!

Я еле заставил его выкушать чашку чая. Он как поджал губы, так и сидел с каменным выражением лица. И дело было, конечно, не в том, что мы не пошастали по бабам – с ним на эти дела я бы и не отправился никогда. Дело было в том, что я навсегда отбил у него охоту рядиться в тогу чистюли и праведника.

– А что Валентина? – спросил я.

– Она и сейчас у нас. Пусть живет, нам приятно – мы с Галиной свою молодость вспоминаем. Потом пусть едет к матери в Россию, там дальше учится. А, может быть, и незачем ей ехать так далеко. Но это, насчет дальнейшего, пусть она сама определится, скажет свое слово.

Дождь перестал, но ветер задул покрепче. И я положил в очаг новую порцию дров. Низкие тучи продолжали накатываться и давить. Я знал, что сегодня ясного солнышка мы так и не узрим.

БРАК ПО ОБЪЯВЛЕНИЮ

I

— Во какие теперь объявления дают! — воскликнула Евгеша, двадцатилетняя девица, разбитная и раскованная моя подруга, не из самых близких, правда. Иногда она не могла без меня, и ее присутствие становилось навязчивым, почти давящим. Потом она надолго исчезала — ровно настолько, что я успевала соскучиться по ней.

Я взяла пухлую газету «Из рук в руки» и прочитала: «Юноша двадцати пяти лет, русский, твердо стоящий на ногах, без комплексов и вредных привычек, ищет подругу, которой может стать молодая женщина, желающая иметь детей, умеющая и любящая вести дом и готовая найти счастье в семейной жизни. Обращаться по телефону (указывался номер) в будние дни с 10 до 16 часов. Потерпевших кораблекрушение просьба не беспокоиться».

Объявление как объявление, подумала я. Кроме последней строчки, которая меня покоробила.

— Что ты скажешь о потерпевших кораблекрушение, которых просят не беспокоиться? — наседала Евгеша. — Ведь тебя высекли, не так ли?

— Так, Евгеша милая, так! — согласилась я. Да, я, я была обломком кораблекрушения, и меня моею же бедой, словно гвоздями, пригвождали к кресту. Евгеша, как я поняла, тоже считала себя обломком кораблекрушения, но не выпячивала это.

— Вот что! Ты возьми и побеспокойся. Ты позвони и покажи им, что ты нисколько не хуже всяких прочих цац и краль!

— Да он мне пальчики целовать будет!

— Во-во! Да он тебе пальчики целовать будет! — громко повторила Евгеша, словно спешила оповестить об этом весь мир.

Девочка у меня росла, двухлетняя Светочка. Никогда в жизни не видела она своего отца и не знала его рук. Я тоже почти смирилась с тем, что два с половиной года не видела этого человека, не слышала его голоса. Боже мой, как я таяла от его вкрадчивых, негромких слов! По-имев меня, естественно, с моего согласия, он слинял, растворился, исчез, но, конечно, не перестал существовать. На его пламенный зов теперь слетались другие бабочки, только и всего.

– Звони сейчас же! – подталкивала меня Евгеша. – Ты нынче в такой форме, что положи рядом с тобой мертвяка, и он встрепенется и протянет к тебе руку. – Добрая по натуре, она умела строить козни, интриговать. Она находила в этом большое удовольствие.

– Может быть, ты сама этим займешься? Ты нашла это объявление, тебе и карты в руки.

– Кто я, и кто ты? На меня там и не посмотрят. Нет, не я, не я! Могу я для тебя постараться или нет? Подруга я тебе или так, сбоку-припеку?

Евгеша больше всего нравилась мне тогда, когда не строила иллюзий. Я позвонила, и мужской голос, отнюдь не юношеский, ответил мне. Я сослалась на объявление, записала адрес и как приехать и сказала: «Ждите, выезжаю».

II

Нужный дом я разыскала без труда. Кирпичная пятиэтажка на улице, запруженной машинами, загазованной, неметенной. Мне открыл мужчина лет шестидесяти не выше меня ростом, компактный, седовласый, одетый просто.

– Здравствуйте! – сказала я.

– И вы здравствуйте! – сказал он, зажег свет в прихожей и посторонился, пропуская меня

По тому, как он задержал на мне взгляд, я поняла, что ему есть на что посмотреть. Первое впечатление было решительно в мою пользу. Природа уделила мне достаточно внимания, проявив при этом потрясающее чувство меры. Над моей внешностью она потрудилась на совесть. Ни в чем не переусердствовала, но очень постаралась. Я отдыхала, отмякала душой, когда смотрела на себя в зеркало. Потому что ни к чему ничего не надо было прибавлять, и ни от чего не надо было убавлять. Пусть это нескромно думать так о себе, пусть! Но и приятно, когда ты в полном порядке, и не надо за это благодарить зарядку. Способности же мои не выше средних. К сожалению. Иногда я с замиранием сердца мечтала, что было бы, если бы природа вот так же поусердствовала над моими способностями. О, я возвысилась бы необыкновенно! Но чего не случилось, того не случилось, и, значит, так было надо.

– Николай Павлович, человек без комплексов! – назвал себя седовласый мужчина.

– Наташа. Милехина моя фамилия. Русская и тоже без комплексов. Мне кажется, что без комплексов, - поправила я себя. Прекрасно знала: чем скромнее буду держаться, тем лучше.

– Очень приятно, Наташа.

– И мне приятно познакомиться с вами, – произнесла я дежурную фразу, сопроводив ее широкой и долгой улыбкой. – Жених, как я понимаю, не дома?

– Вы все понимаете очень правильно, – сказал Николай Павлович и жестом пригласил меня в гостиную. Я вольна была выбрать между креслом и диваном и предпочла кресло. В комнате, ярко освещенной солнцем, отсутствовал стол, зато электроника была представлена в полном объеме и вся – фирмы «Филиппс». Только колонки были рижские, очень мощные, почти в рост человека. Кресло было мягкое, покойное, и мне захотелось сидеть в нем долго-долго. Но я повернулась к Николаю Павловичу и сказала: «Слушаю вас внимательно, мой уважаемый будущий свекор».

– А не начать ли нам с чаю? – спросил он и, не ожидая согласия, сходил на кухню и быстро вернулся с подносом из нержавеющей стали в руках, на котором стояли фарфоровый чайничек, две яркие узбекские пиалы, вазочка с грецкими орехами без скорлупы и изюмом и вазочка с конфетами «Мишка на севере». Наполнил пиалы на треть, одну протянул мне. Чай пах Цейлоном, далеким и экзотическим. Я поблагодарила кивком головы и, не церемонясь, потянулась за орехами и изюмом. Я так давно не ела грецкие орехи, что позабыла их вкус.

– Мы из Ташкента, – пояснил Николай Павлович. – У нас в Азии все дела начинаются с пиалы чая. Ваш отец, мой школьный друг, не может не знать об этом прекрасном обычае.

– Мой отец – ваш школьный друг? – изумилась я и вся встрепенулась, напряглась.

– Согласно сценарию, который мы с вами сейчас разработаем и утвердим. Вы сказали, что ваша фамилия Милехина. А отчество?

– Васильевна я по батюшке.

– Значит, моего школьного друга звали Василием Милехиным. Объявление, на которое вы откликнулись, всецело моя выдумка, Паша о нем не знает, и не надо, чтобы знал. Незачем ему знать это, иначе взбрыкнет, и точка. Придадим событиям естественный характер – что может быть лучше?

– Хорошо, – согласилась я и, конечно, запомнила, что молодого человека, которому я должна понравиться, зовут Павлом. – Кстати, отца у меня практически нет, он где-то мотается, и я позабыла, как он выглядит. Я видела его так давно, что мы можем встретиться и разминуться, не узнав друг друга. А мама живет во Владимире, и я – при ней. Это недалеко, три часа на электричке.

– Вечером я объявлю Павлу о вашем приезде. Завтра днем я встречу вас на вокзале, привезу сюда, и вы познакомитесь, когда он придет с работы.

– Годится, – согласилась я. – Рассказывайте и спрашивайте. Я буду очень стараться.

– Я, точнее, мы с женой, верим в нашего сына. Верим и надеемся. Очень надеемся. Там, в мусульманском мире, нам после распада Союза делать стало нечего, хотя там прошла вся моя сознательная жизнь. Там у нас, особенно у наших детей, нет будущего. Это совсем другой мир, не наш мир. Он не лучше и, наверное, не хуже нашего, просто он изначально другой, и мы в нем чужие. Сын должен пустить прочные корни здесь, в России, в нашем мире, он этого сам хочет. Это понятно?

– Нормально рассуждаете, – одобрила я.

– Мы делаем все, чтобы помочь Павлу встать на ноги. И он понемногу разворачивается. У него свое дело, по торговой части. Оно занимает все его время и силы. С московскими девушками ему что-то пока не везет, он быстро в них разочаровывается. Как бы помягче сказать… они удивительно прагматичны. Они до примитивизма прагматичны. Как нам, старикам, кажется, Павлу нужна такая жена, которая бы вела дом и воспитывала детей – их должно быть трое, а лучше, четверо. Чем больше, тем лучше! Конечно, она должна быть помощницей и в делах, но это не главное. Главное – дом, семья. Его заработка вполне хватит, чтобы содержать семью. Через год-другой он будет в состоянии купить квартиру.

– Вы заранее оставляете мне вторую роль, – сказала я.

– Ой ли? – не согласился он. – Это с какой стороны посмотреть. В семье, где всем хорошо, роли не делятся на главные и второстепенные. Поверьте, имея перед собой пример родителей, пример матери, я никогда не был низкого мнения о домашней работе, о домашнем хозяйстве. У сына высокие психологические нагрузки, и дом должен стать для него тихой, желанной гаванью. Подойдет ли вам это? Устроит ли?

– В принципе, да. Если мы понравимся друг другу. Едва ли нас ожидает любовь с первого взгляда.

– Прекрасный ответ. Умный ответ.

Я рассказала о себе и была очень откровенна, но о том, что больно споткнулась три года назад и что у меня есть дочь, умолчала. От моего негодования (я – не обломок кораблекрушения!) ничего не осталось. Николай Павлович искренне хотел моего успеха. Он верил в меня, и мне казалось, что у меня появились крылья. Потом я осмотрела квартиру. В доме было к чему приложить руки, особенно на кухне. Я уже примерно знала, как вести себя, что делать.

– Вас не шокирует, что у меня нет высшего образования? – вдруг спросила я. – Ваш Паша вполне мог найти в Москве невесту с квартирой и дипломом.

– Лучше, если квартиру он приобретет на свои деньги. А образование дело наживное, в семейной жизни не первостепенное. Полюбите – и захотите во всем соответствовать любимому человеку.

Он был прав, и, странное дело, это меня успокоило совершенно.

– Ну, и как? – допытывалась вечером Евгеша.

– Кажется, я попала к приличным людям.

– Правда? Это же прекрасно! Ой, Натка! Смотри, не оступись.

III

Я приехала раньше, как только Павел ушел на работу. Мандражировала, конечно. В квартире было сравнительно чисто. Вымыв полы, протерев мебель и окна, я довела чистоту до блеска. «Преимущество женских рук!» – подумала я. Я словно участвовала в состязаниях, приз на которых был очень велик. Приз этот назывался счастьем. Николай Павлович от души помогал мне, но чаще всего я просила его не беспокоиться. Сама, сама, сама! Кажется, впервые я хозяйничала с удовольствием. Конечно, все у меня получалось. Но ни одну вещь я не положила по-своему, не поменяла местами. Я приготовила суп с фрикадельками, в меру пряный, пожарила картошку. Выскоблила газовую плиту. То же самое следовало проделать с ванной и унитазом, но что-то удержало меня от излишней инициативы.

– «Не переусердствуй, – сказала я себе. – По сценарию ты здесь гостья».

Нет, в собственном доме я давно так не выкладывалась, я была куда инертнее. Я не показывала вида, но я была, как тугая пружина. Николай

Павлович хотел, чтобы я понравилась его сыну. По той причине, что я понравилась ему. И я это чувствовала. О, как я была благодарна ему за то, что он был со мной! В этот день я все воспринимала особенно тонко. Словно сверхзрение даровано мне было на этот день, сверхвнимание, сверхделикатность. Я работала, но нисколько не уставала. Три полки в книжном шкафу были заставлены магнитофонными лентами, дисками, пластинками.

– Ваш Павел меломан, – сказала я. – Какую музыку он любит?

– Западную, громкую, – ответил Николай Павлович. – А я ее на дух не воспринимаю.

– Я тоже люблю только нашу музыку. Когда поют рок, особенно тяжелый, я воспринимаю это как шум. Что делать?

– Привыкать относиться с уважением к чужому мнению и вкусу.

– Вы психолог. Прожитые годы сделали вас мудрым.

– Опытным, – поправил меня Николай Павлович. – Мудрость – это нечто другое, более высокое. Это то, к чему мы стремимся, а оно, как журавль в небе – всегда высоко-высоко. Это для избранных.

IV

Мы сидели и смотрели телевизор, когда постучал Павел. Он постучал требовательно, как и должен стучать хозяин. «Это я, папа!» – крикнул он. А я повторила про себя: «Это я, Наташа!» Вошел – в зипунчике сером, джинсах синих, чистых ботинках. Без головного убора. Ершистые русые волосы, недавно стриженые, румянец на обе щеки, как у девицы на выданье, выросшей на парном молоке. Усики, но маленькие: выделяются, и достаточно. Улыбка. Улыбка чистая, проникновенная.

– Паша, у нас гостья! – сказал Николай Павлович. – Разреши представить тебе Наталью, дочь моего школьного друга Василия Милехина. Вася женился позже нас всех, а потом уехал в Россию и не подавал о себе вестей. И вот – объявился, но не сам, а в лице дочери своей объявился.

– Рад познакомиться, – сказал Павел и пожал мне руку. Я подумала, задержит ли он на мне взгляд. И он действительно надолго приклеился ко мне глазами.

– Чем это так вкусно пахнет в нашем доме? – вдруг спросил он. – Так бывает, когда приезжает мама. Мама, ты где? Увы, мама далеко. Чувствую, гостья наша руку приложила, решила побаловать нас по доброте сердечной. «Катта рахмат», как говорят у нас в Ташкенте в таких случаях. То есть, большое спасибо за ваше старание, Наташа!

Мне понравилась наблюдательность Павла и его похвала с упоминанием матери. Меня хвалили не часто. И понравился мне легкий, искристый юмор, которым была напитана его речь. Он разделся, умылся. Он был очень неплох, этот румяный улыбчивый юноша. И если у него что-то не ладилось с московскими девчатами, так это говорило не в их, а в его пользу. Кровать кроватью, в кровати все они кудесницы необыкновенные. Газета «Спид-инфо» почти за бесплатно всем им дала высшее сексуальное образование. Но ведь между занятиями сексом надо что-то говорить и что-то делать. Тут они и шлепались в лужу своими гладкими розовыми попочками.

Обедали мы за маленьким столиком на колесиках со столешницей из толстого стекла. Не семейный это был стол, на котором просторно и закускам, и первому, и второму. Но и на нем все разместилось более или менее прилично. Суп с фрикадельками Павел оценил, но сказал: «За стакан пива я бы сейчас рубашки не пожалел». Пива в холодильнике не было, а Николай Павлович предупредил меня, что сын не пьет ничего, кроме пива, и то очень умеренно. Я и не знала, что бывают непьющие мужчины. В моей сумочке лежали две банки пива марки «Бавария», сильно ее оттопыривая, и я принесла их.

– Щедро! – одобрил Павел. Пиво он пил с отцом, я только пригубила. Я знала, что это хорошее пиво. Но питие – совсем не то житейское поле, на котором женщина должна делом доказывать свое равноправие с мужчиной. После фрикаделек Павел налег на жареную картошку. Я так удачно сдобрила картошку укропчиком и зеленым лучком, перчиком и чесноком, что она таяла во рту.

– Еще как щедро! – удивлялся Павел. – Папа, у нашей гостьи задатки замечательной хозяйки. Думаю, она нисколько не стеснит нас своим присутствием! Напротив, напротив!

Он смотрел на меня и широко улыбался. Такое начало мне понравилось.

Потом мы пили чай, без спешки, раскованно. Я сказала, чтобы он, если хочет, не говорил мне «вы». Но когда он перешел на «ты», я подумала, что обращение на «вы» было деликатнее, проникновеннее, что ли. Он вышел на кухню покурить, и я спросила у отца: «Ну, как?»

– Более чем приличное начало, - сказал Николай Павлович. – Вы выше всяких похвал. У вас много шансов навсегда остаться в этом доме.

– Тогда говорите мне «ты». Мне спокойнее, когда со мной на «ты». Об ваше «вы» я спотыкаюсь, и об Павликино – тоже.

Я начала улавливать суть работы Павла. Он держал два контейнера на оптовых рынках продовольствия и машину «Газель», которая развозила продукты по контейнерам и магазинам. За контейнеры надо было платить высокую арендную плату, и прибыли оставалось немного. А магазины сильно тянули с выплатой денег за поставленные продукты, иногда не платили по три-четыре месяца. Но какая-то прибыль оставалась и при этих условиях, и Павел собирался купить еще одну машину и поставить линию по фасовке соли, муки, сахара. Вагон соли он уже заказал в Оренбурге.

Я была далека от торговых дел и только впитывала сведения, совсем новые для меня. А Николай Павлович анализировал обстановку и давал советы, когда впопад, когда не очень. Ибо он, не владея конкретной обстановкой, исходил из собственного жизненного опыта, а тут, как я поняла, все решали нюансы. Мне, однако, было интересно, и я старалась показать это: расспрашивала, вникала, но советов, упаси Боже, не давала. Странно, но мы позабыли о телевизоре, и он вещал сам по себе: что-то показывал, о чем-то рассказывал, но это обтекало нас стороной. Мы общались, и я понемногу проникала в душевный мир Павла, а он - в мой. Когда я сообщила ему, что сестра с мужем погибли в автомобильной катастрофе и я удочерила их девочку, он воскликнул: «Малышка, ты человек!» – «Человек! – повторила я про себя. – Но не обломок кораблекрушения, каким меня представляют некоторые».

Легли мы поздно. Мне постелили на раскладушке, в большой комнате, где Николай Павлович спал на диване. Павел хотел, чтобы я легла в его комнате – он собирался спать на раскладушке. «Нет, нет и нет!» – отказалась я и проявила настойчивость. Но его забота была мне приятна. Я встала рано и приготовила завтрак. Павел же пробуждался тяжело, он явно не был жаворонком. На завтрак он не обратил внимания. «Я утром почти не ем», - сказал он, оправдываясь. К нему приехал водитель «Газели», и он дал ему деньги на закупку продуктов.

Водителю, худому и рослому мужчине, было лет сорок пять, и он производил впечатление обстоятельного человека, которому можно доверять. Водитель сказал, что ему надо отрегулировать тормоза, на это потребуется день. Павла словно подменили. «Мы оголим контейнеры, там нечем будет торговать! – зашелся он в злой скороговорке. – О каком дне ты говоришь? Сначала обслужи контейнеры, потом займись машиной!»

– Тогда завтра, но это все равно придется сделать.

Водитель ушел, недовольный шумным протестом Павла, а Павел остался недоволен водителем. «Уволю я его, - вдруг сказал он отцу. - У меня есть кем его заменить».

– Он что, левачит?

– Ему некогда левачить.

– Вчера я расспрашивал тебя о машине, и ты сказал, что «Газель» себя окупила. За девять месяцев! Чья эта заслуга, твоя или водителя? – задал вопрос отец. – За последний месяц сколько дней машина простояла в ремонте?

– Ни одного дня.

– Вот видишь. Во всех автобазах считалось хорошим показателем, если на линию выходило 75 машин из ста. Не спеши заменить работника, если, конечно, он тебя не обманывает. Вора, алкоголика, лентяя убирай сразу. А с остальными будь терпелив. У каждого из них может быть свое мнение, свой взгляд на то, как лучше вести дело. И ты будь добр, прислушивайся к этим людям. Радуйся, когда они заодно с тобой, а не тянут одеяло на себя.

Павел промолчал, но гроза, как я поняла, пронеслась. Минут через двадцать он проглотил пиалу чая и уехал в свой офис. Вечером, когда он курил на кухне, а я мыла посуду, я полюбопытствовала: «Ну, и как ты поступил со своим водителем?»

– Как, как! Никак. Он работает, как работал.

– А ты бываешь шипучий. Вспыхиваешь с одной спички.

– Я плачу за контейнеры, и плачу своим людям, и плачу налоги. Надо крутиться – и мне, и тем, кто со мной. Чтобы доходов стало больше, чем расходов. С прохладцей много не напашешь.

– Вот это верно, - согласилась я. – И что же ты чувствуешь вечером после дневной круговерти? Тебя тянуло сегодня домой?

– Сегодня – да. Тут папа, и…

– Папа у тебя славный. Он понимает жизнь.

– Я жестче папы. Но я не крутой.

– Это я увидела. По-моему, работая с людьми, особенно руководя ими, важно быть справедливым.

– Я стараюсь быть справедливым, даже если это в ущерб мне, моим интересам. Я выполняю все свои обещания, и это уже работает на меня.

– Твои люди и ты должны быть одной командой. Да, ты бы мог не курить?

– Я пробовал. Могу попробовать еще раз, под твоим бдительным оком.

– Под моим – не надо. Я такая чувствительная. Я буду сильно переживать, если у тебя не получится. Я могу дать себе слово, что закурю сама, для компании, если у тебя не получится. Ты часто вспоминаешь маму?

– О, моя мама! – Он вдруг замялся, подыскивая нежные слова, и я поняла, как он ее любит.

– Расскажи мне про нее. И про сестру. Не стесняйся. Я вижу, что тебе плохо без них.

Ночью я стала приводить в порядок свои впечатления. Мне казалось, что у меня все сладится, и я была счастлива. Но я почему-то не хотела, чтобы Евгеша или кто-либо другой знали, что со мной происходит. Всем этим я пока не желала делиться ни с кем. «Собственница!» – сказала я себе. Чувствовать себя собственницей было очень даже не плохо. Радостно было сознавать себя собственницей.

V

Следующий день был похож на взмах руки, так быстро он пролетел. И еще один день промелькнул в суете житейской. И еще, еще. Я, вроде бы, искала работу и комнату. «Подключайся ко мне!» – сказал Павел о работе.

– Что я смыслю в твоих делах?

– Захочешь – научишься торговать. Ничего хитрого.

– Так уж и ничего хитрого? – прикинулась я овечкой.

– Вообще, как сказать. Глаз здесь нужен зоркий, и расчет, и немного души – для покупателя. Улыбка молодой женщины имеет свойство облагораживать самый заскорузлый товар.

– В таком случае, я буду улыбаться до ушей.

А Николай Павлович засобирался в свой Ташкент. Перед проводами мы посидели с ним, обдумывая и проигрывая завтрашние ходы. Во-первых, мне предстояло подготовить мать насчет удочерения Светланы, но это Николая Павловича не касалось. Во-вторых… мы с Павлом оставались одни. «Не спеши, - наставлял меня Николай Павлович. – Инициатива пусть исходит от Павла. В этом случае она неразделима с ответственностью. И потом, естественный ход вещей – самый лучший и самый прочный. Соображаешь? Ну, будь удачлива!»

Никакого опыта в постели – это для меня было однозначно. Страсть и неумение, а потом повторение – мать учения. Это я продумывала во всех подробностях, мне нравилось предвкушать это.

Николая Павловича мы проводили вместе, и старик поцеловал меня тоже. Напутствие самое доброе вложил он в свой поцелуй, и пожелание успеха. Отпирая дверь, Павел испытывал некоторое смущение. Я чувствовала тепло близ сердца и нежность к этому мальчику. Ему достаточно было протянуть руку. Но упаси Боже было дать понять ему это! Я вошла первая, и была полночь. Я сняла плащ. Павел странно на меня посмотрел и протянул руки. Я ликовала. Но я изумленно вскинула брови, словно не понимала, чего это он. И тут зазвонил телефон. Междугородка! Гримаса недовольства скривила его лицо – и тотчас сменилась блаженной улыбкой. Он понял, из какого далека ему звонят. «Это сестра!» - сказал он, снимая трубку. Он слушал и улыбался, и улыбка его весьма красноречиво говорила о том, как он относится к сестре, которая была старше его на шесть лет.

– Привет, желтый штиблет! – быстро заговорил он. – Ты в порядке и я в порядке – спасибо зарядке! Только что я проводил папу. У меня все ладком, и у тебя, я знаю, тоже. Теперь выслушай новость номер один. Мне очень понравилась одна девица, зовут ее…

Я пошла вскипятить чаю, и его воркование сделалось невнятным. Вскоре он опять стоял подле меня. «Наташа! – сказал он, торжественно возвышая голос. – Ты ни о чем не догадываешься?»

– Ты сияешь. Тебе, наверное, повезло. Говори, в чем тебе повезло?

– В том, что я встретил тебя. Я очень рад этому, Наташа!

– Знаешь, Павел, я тоже рада этому. Но помни: я уйду сразу же, как только ты меня об этом попросишь. Это мое условие.

– Я увидел тебя и полюбил.

– Я тоже. Давай сегодня больше ни о чем не говорить. Все, чего ты так хочешь, у нас будет завтра. Завтра у нас будет праздник. Завтра и до конца жизни. Давай приготовимся к нему.

– Давай, - согласился он, но мою руку из своей не выпустил. Не буду говорить, какая высокая волна подхватила меня и вознесла на свой гребень.

VI

Мы прожили семь лет, и каждый из дней, составляющих эти годы, я могла назвать своим маленьким праздником. Трое детей у нас родилось, мальчик и две девочки. И Светочка, конечно, жила с нами – ей было прекрасно в таком окружении. Я вела дом, старалась, чтобы Павлу нигде не было так хорошо, как дома. И опять у меня наступила все объясняющая задержка месячных. Но тут в одночасье скончался Николай Павлович. Я рыдала навзрыд. Я словно родного отца потеряла. Так, наверное, и было, ведь с родным отцом мне не повезло. А Павел полетел в родительский дом, проводить батю в последний путь. На поминках, на сороковой день, я показала мужу объявление. «Юноша без комплексов и вредных привычек – это ты, - сказала я. – Отец дал это объявление, и я пришла. Ты все понял?»

Павел никак не мог прийти в себя. «Что ж, папа не ошибся!» – сказал он наконец после долгого и строгого молчания.

– Я была первая, кто откликнулся на это объявление. Первая и последняя. Сначала я понравилась твоему отцу и уже потом – тебе.

– Папа никогда не ошибался, - повторил Павел и крепко обнял меня. – Если у нас родится мальчик, давай назовем его Николаем.

– Давай, - тотчас согласилась я и подумала, что сама могла бы предложить это.

А Евгешу вскоре после своего замужества я потеряла из вида. Житейское море закружило ее и поглотило, и я ее не искала. Возможно, и она нашла свой берег, который принял ее и приютил. Мне очень хотелось верить в это. Не до нее мне было, совсем не до нее. Некогда было, и потом я никому не хотела докладывать, какая я счастливая. Не сглаза боялась я – зависти элементарной. Я не искала Евгешу, но смутную вину по отношению к ней чувствовала время от времени. Тогда я произносила в ее адрес добрые слова, и это было все, на что меня хватало.

ВЗГЛЯД НАЗАД

– Старик ты, Коленька. Вот и побриться забыл. Так ты совсем обленишься. Давай, я тебе накапаю. Помнишь анекдот: сколько стоит капля водки? Капля водки не стоит ничего! Тогда накапайте мне сто граммов! – Александр Петрович налил Николаю Антоновичу коньяка, полную рюмку до краев, потому что обычно на вопрос, сколько ему накапать спиртного, Николай Антонович отвечал в лоб: «Ты что, краев не видишь?» – Спасибо, что навестил. Ты старик, и я старик, а бриться, дорогой, все-таки надо. Я часто думаю: как школа сдружила нас и сблизила, так и протянулась эта привязанность через всю нашу жизнь. Знаменательно, не так ли? И очень хорошо. С новыми приятелями мне совсем не так вольготно. Вроде бы, пообщался, да мало чем поделился. Ну, чьего еще прихода я желал бы так же нетерпеливо, как твоего?

– Раньше ты не держал в заначке коньяк, – сказал Николай Антонович и поднес рюмку к свету. – Новое увлечение? Коньяк – напиток мудрых старцев, которые сумели кое-что накопить про запас и теперь никуда не торопятся. Балуешься изредка или частенько?

– Лечусь, дорогой. Выполняю совет эскулапов – расширяю сосуды, которые почему-то становятся узкими и ломкими и не дают кровушке течь так же быстро, как прежде. Почему, кто скажет?

– Хм. А тянешь на здоровяка. Двухпудовочкой побаловался бы, что ли? Помнишь, как мы с тобой – кто больше? Ты даже фору мне давал. Несолидно как-то ты лечишься.

– Не на высокой научной основе? Не в духе времени? Догадываюсь. Но гость в доме – отличный повод для того, чтобы пропустить стакашек. Гостя полагается так встретить и проводить, чтобы он с удовольствием заглянул в следующий раз. Правильно я мыслю?

– Гостя, конечно, положено уважить и ублажить, особенно если речь идет о моей нескромной персоне, но все это чепуха на постном масле. Ты расклеился, а у тебя дети. Какая может быть хандра, когда дети ждут внимания и заботы?

– Они далеко, брат Коля. Выросли и разбежались кто куда. Страна велика. Я не стал держать их подле себя. Да и как удержишь? И, главное, зачем? – Здесь Александр Петрович слегка грешил против истины, потому что в свое время не желал их отъезда, но они сумели настоять на своем. Теперь он мог считать своих детей энтузиастами и первопроходцами, а мог считать, что рыбка ищет, где глубже, но от любого из этих мнений было не легче. От этого не сокращалось расстояние, их разделяющее. – Сейчас они настолько на свободе, что начали забывать родителей. На похороны матери не прилетел ни один. Ну, конечно, зима, нелетная погода… Тоскливо все это. Плохо, когда дети далеко.

– Камчатка – это тебе не Москва. И Хабаровск не Москва.

– Все равно могли прилететь. Ради меня, я-то пока живой.

– Меланхолия – обычное состояние стариков. Знаешь лучше меня: рак не лечат.

Александр Петрович промолчал, постучал острым ногтем мизинца по ножке хрустальной рюмки. Желанного звона не раздалось. Тогда он поднял рюмку, кивнул Николаю Антоновичу, сказал, что не желает ни ему, ни себе никаких неприятностей за ближайшим жизненным перекрестком, и выпил. Николай Антонович с ним согласился кивком головы и тоже выпил. Закусывали оба вяло, без видимого интереса к еде. После смерти жены у Александра Петровича пропал аппетит, и он редко готовил себе. На столе стояли рыбные консервы, колбаска, а также огурчики-помидорчики в своем лучшем виде – все то, что продается в гастрономе и на базаре, соленое и маринованное, готовое к употреблению. Александр Петрович поспешил снова наполнить рюмки.

– Э, да ты мастак заливать за воротник! – сказал Николай Антонович с грубовато-веселым смешком. А в душе его прорастала тревога за Александра Петровича.

– С гостем грех не выпить. – Александр Петрович улыбался, но глаза его, усталые и грустные, оставались как бы погруженными в глубь себя, в покрытые серебристой пылью времени дали прожитого. Хотя, какие это дали? Не более как вчера все это и было, не более как вчера.

– А без гостя что, не идет? – Еще в школе он полюбил веселый и небрежный тон подтрунивания. Это и сейчас помогало ему внушать больным, что их дела не так уж плохи. Что ж, внушение – тоже лекарство.

– Иногда позволяю себе и без гостя. Ежели в охоточку. Мир как бы освобождается от проблем, обращенных лицом в мою сторону, и становится уютнее. Я словно погружаюсь в теплое море у Ялты. Не хочется вылезать.

– Работе это не мешает?

– Нисколечко. – Александру Петровичу не приходило в голову, что спиртное в принимаемых им дозах может каким-то образом отразиться на его служебных делах. Нет, такого с ним не произойдет. Но совсем недавно секретарь партийной организации треста, которым он руководил, предложил ему отпуск и путевку на престижный курорт, и у него было такое выражение лица, как будто он делал очень полезное дело. Александр Петрович поблагодарил за заботу и отказался, ибо некоторые объекты требовали его повышенного внимания, а на другой день позабыл об этом предложении. Работа казалась ему лучшим лекарством против тоски и боли душевной. Сейчас же он подумал, что, наверное, стал мельче пахать и плохо выглядит, раз ему предложили отдохнуть на курорте. Подумав об этом, он стал вспоминать, не допустил ли в последнее время досадных промахов и неправильностей, которые послужили бы поводом к предложению секретаря. Нет, вроде бы все обстояло в порядке. До наилучшего вида было не близко, но он не допустил прорыва ни на одной своей строительной площадке. Неполадки нигде не выходили за рамки обыденности. Он прогнал настороженность и успокоился, но неприятный осадок от вопроса Николая Антоновича, не помеха ли коньяк работе, остался. Раз об этом спрашивает врач, значит, это не проходит бесследно.

– Не жалеешь, что не обзавелся семьей? – спросил Александр Петрович друга, думая, однако, не об его жизни, не во всем сложившейся, а о своей, обретавшей завершенность. – Не понимаю, зачем тебе понадобилось всю жизнь проходить холостяком. Не так уж это нормально, милый брат Коля.

– Сплоховал я, Саша, и это надо признать со всей очевидностью. Что такое старик без своей старухи и без детей? Жалкая рухлядь, с которой некому смахивать пыль. Стоящее особняком дерево, которое быстро сохнет. Да что теперь жалеть, поздно жалеть. В пятьдесят пять не женятся. – Отвечая, Николай Антонович смотрел мимо Александра Петровича, и на его крепкой шее надувалась бордовая жила. «Когда-то он был хлюпик и завсегдатай задних парт, – подумал про него Александр Петрович. – Класса так до восьмого его задирал и приструнивал каждый, кому не лень было это делать. Он не умел защищаться. Потом он занялся борьбой, тренировался по-настоящему, заработал первый разряд, стал тянуть на мастера, стал брать призы на городских состязаниях, и уже не находилось желающих задирать его. Вес мухи, а сила слона. И все это осталось в неприкосновенности, за собой он следит, даже брюшка не нарастил. А вот женщины для себя не нашел. Толковый врач, посмотрит – как рентгеном просветит. А вот... Сейчас я выведаю, в чем причина».

– Слушай, почему ты не женился? Не нашел, на ком остановиться?

– Все проще. Думал, что потеряю свободу. Был и я на вершине волны, были у меня женщины, как говорится, самые-самые. Но это длилось всегда недолго и проходило бесследно. Мне все время казалось, что семейная жизнь сродни неволе и что, женившись, уже нельзя делать все то, что хочешь и любишь, а делаешь только то, что надо. А против этого у меня всегда имелось предубеждение. Ведь между тем, что любишь, и тем, что заключено в слове «надо», дистанция может быть ого-го какая!

– Ты – пустоцвет, – сказал Александр Петрович, намеренно употребив жестокое, ранящее слово, чтобы рассердить приятеля и вызвать в нем реакцию отпора. – А был парень-загляденье. Шея могла двоих выдержать. Сплоховал ты, дорогой. Непростительно сплоховал.

– Пустоцвет... Могу обидеться. Пришел в гости, а у хозяина такие грубые сравнения! Но я не обидчив, да и что с тебя взять? Тем более, что в твоих словах заключена горькая правда. Сермяжная правда. Я даже не знаю, есть ли у меня дети. Не знаю, пожелала ли хоть одна из моих мимолетных подруг заиметь от меня ребенка. – Он желчно усмехнулся – не от хорошей жизни и не от веселых мыслей.

– Что ж, выпьем еще по одной. У тебя никого, а у меня сын и дочь, но они далеко и так поглощены собой, что я уже не часто чувствую, что у меня есть дети. Не знаю, кому из нас должно быть горше и обиднее. Нельзя отпускать детей на край света, они забывают о родителях. Как жена тосковала по детям! Звала их в бреду, и звала, когда бред прекращался, и ей открывалась горькая истина. Она не хотела умирать, как не хотят умирать люди, которые видят, что не все еще прожито, что много еще нерастраченных жизненных сил. Она не хотела уходить, но для нее все кончилось два месяца назад. И что толку вопрошать, справедливо ли это?

В наступившей тишине было слышно, как в оконное стекло ударяется и ударяется муха.

«Наверное, тело уже разложилось, – подумал он. – В гроб пробрались черви. Мерзко все это – из праха выходим и в прах обращаемся. Смерть сразу ставит точку, а человеческая память продолжает помнить и чтить и не соглашается со смертью. Наверное, для тех, кто остается, смерть ужаснее и неотвратимее, чем для тех, кто уходит. Все это мерзко. Смерть мерзка, и мерзки мысли о смерти. Но хватит об этом!»

Он вспомнил, что позавчера принес на могилу жены цветы – первые розы, которые пряно пахли весной. И какая-то оборванная, замшелая старуха сказала ему, что розы – это цветы надежды и им не место на могильном холмике. Она была наполовину безумная, взгляд ее был неестественно дерзок. Но, пожалуй, она была права в том, что розы – не для кладбищенского вечного покоя. Старуха удалилась, шелестя лохмотьями, а из земли, из самого основания могилы выполз жук, большой и черный, с короткими мохнатыми ножками. Жук казался сытым, полз медленно и лоснился на свету, и у Александра Петровича сразу мелькнула мысль, отчего этот кладбищенский жук так лоснится.

Жук пополз к розам и стал тыкаться о цветы покатой клинообразной головой. Его привлек острый аромат роз. «Так вот почему старуха сказала, что розы не следует класть на могилы!» – подумал Александр Петрович. Он не раздавил жука и не отбросил прочь. Он хотел наступить на него ногой, но в нем поднялась гадливость. Потом он вспомнил похороны, одной общей картиной вспомнил, как бы со стороны. Но и для взгляда со стороны это была удручающая картина – лучше не вспоминать.

– Рак не лечат, – еще раз сказал Николай Антонович со старой безапелляционностью медика. – Еще даже не постигли, что это такое, все крутимся вокруг да около. Загадка. Одна из тех любопытных загадок природы, которые так дорого обходятся людям. Но люди упорны и проницательны. Будем надеяться, что наши дети научатся лечить рак. Или внуки.

– Или правнуки, – вставил свое слово Александр Петрович. – На каком-нибудь витке развития сие произойдет непременно. Ладно, замнем для ясности. Может, следующим станет один из нас. Сие никто не ведает.

– Типун тебе на язык с твоими «сие» да « сие»! Я еще намерен поскрипеть костылями. Меньше минора, пессимист Саша! Не знаю, как тебя до сих пор держат управляющим трестом. Я бы подобрал тебе должность поспокойнее. Ты что, за свою жизнь не набегался еще, не охрип, давая ценные указания? Тебе не надоело закручивать гайки?

«И вправду, я становлюсь унылым пессимистом! – подумал Александр Петрович. – Заразился философским глубокомыслием, которое, с какой стороны ни копни, родственно равнодушию».

– Тебя все так же боготворят пациенты? – спросил он. – Надо пойти в твою клинику и раскрыть им глаза. Меня всегда удивляло, почему самый шумный успех в медицине выпадает на долю шарлатанов, самоуверенных и самовлюбленных.

– Только ли в медицине? – принужденно засмеялся Николай Антонович. – Разве среди глав правительств их мало? Вообще же, что по-делаешь? Есть болезни, которые не лечат. Каждому предстоит схлопотать одну из таких штучек, которые не лечат, и отправиться с нею под ручку в ту страну, где тишь и благодать. Это наши поводыри на тот свет. Грубо и грустно, но это явь, отпущенная нам свыше. Должен тебе сказать, что старость тоже болезнь, одна из самых распространенных. Человек ста-новится стариком тогда, когда в нем поднимает голову пессимист. Это не зависит от того, восемьдесят ему или тридцать восемь. Если ты старик, то я еще нет, пессимизмом я не заразился.

– И все-таки ты жалеешь, что не построил свою семью, – сказал Алек-сандр Петрович и выпил, подавая пример. Тост при этом произнесен не был. Николай Антонович выпил следом. От коньяка разливалось стой-кое тепло, на душу опускался покой долгожданный, и приходило глубо-комыслие или, во всяком случае, казалось, что оно приходит.

– Жалею. – Николай Антонович больше не улыбался. – Пусть мне бы не повезло, но надо было жениться. Теперь мне остается саркастически взирать на мир с высоты своего одиночества. Знаю, женитьба своего рода лотерея, где пустых билетов побольше, чем счастливых. И все же я упрекаю себя в том, что не вытянул ни одного. Не решился. Всю жизнь кружил около большой любви и ни разу не приблизился к ней вплотную. Это стоило мне дорого. Из человека увлекающегося и легкомысленного я превратился в закоренелого скептика, который во всем видит два кон-ца – как у палки. А ты? Вытащил ли ты в этой так называемой лотерее счастья свой счастливый билет? Отвечу за тебя: не вытащил! Убежден в этом. – Николай Антонович подпер подбородок покрасневшей ладонью, сощурился и обратил на Александра Петровича проницательные глаза, на дне которых было холодное ожидание ответа.

– Ты упорно тянешь меня в прожитое, – сказал Александр Петрович. – Что ж, и я полюбил воспоминания. Черта, свойственная старости во-обще – обращаться в прошлое. Словно прошлое имеет свойство засло-нять от холодного будущего. Раньше я не любил воспоминаний. Впереди была новая жизнь, заманчивая и замечательная, были повороты – дух захватывало, какие интересные, и я думал, что именно та жизни, которая впереди, и принесет счастье. Я стремился с разбега окунуться в нее, чтобы далеко взметнулись хрустальные брызги. Раньше все, что становилось прошлым, казалось мне неважным, как бы происшедшим не со мной, а с другим, но очень близким мне человеком. А все, что продолжало иметь ко мне прямое отношение, находилось только в будущем, только в завтрашнем дне. Я словно был человеком без прошлого. Прошлое не оставляло во мне заметного следа. У меня не было инерции души, которая привязывала бы к прошлому, заставляла вспоминать, вспоминать, вспоминать. Теперь, когда экватор давно пересечен и жизнь больше в прошлом, чем в будущем, я заново открываю то, чему не придавал значения раньше, что раньше как бы не существовало для меня. Трудно объяснить, почему я так безрассудно относился к своему прошлому. Разве в нем не было ярких, будоражущих страниц? Да сколько угодно!

– Не сокрушайся особенно. Точно так же ведет себя страна по отношению к своему прошлому. Прав же ты в одном: лучшие годы у нас за плечами, – вставил реплику Николай Антонович. По складу характера он не умел обходиться без реплик. Александр Петрович вспомнил, что это у Коли еще со школы. Учителя не раз выставляли его за дверь за бесконечные «шу-шу-шу» и за пререкания по поводу и без повода. Он улыбнулся этому воспоминанию, как улыбается человек, бросающий взгляд в свое детство и мгновенно схватывающий его неповторимую прелесть. А Николай Антонович продолжал: «Свое мы отлюбили, и теперь в нашем существовании больше механического, чем чувственного, больше инерции, чем свежих идей. Работа… Кругом одна работа. Она не заменяет любви. Ни в коей мере не заменяет. А тебе, Сашенька, нужна встряска, не то ты захиреешь. И я сейчас устрою тебе великолепную встряску. Только расскажи мне сначала, был ли ты доволен своей семейной жизнью и что вообще определяло твои отношения с женой?»

Николай Антонович преобразился, словно вспомнил нечто чрезвычайно важное, что относилось к Александру Петровичу, нечто настолько выходящее из ряда обыденности, что оно лишало его покоя.

–Как же ты встряхнешь меня? – полюбопытствовал Александр Петрович.

– Милый мой, это будет землетрясение, на которое не рассчитан твой сейсмический пояс. – В словах Николая Антоновича была навязчивая убежденность, заставившая его по-настоящему загореться и забыть о коньяке, и он нетерпеливо ерзал на стуле и порывался начать, не выслушав друга до конца. Короткая пауза только усилила нервное напряжение. Александр Петрович вдруг почувствовал, что может считать удары своего сердца. Николай Антонович чувствовал это уже несколько минут, так велико было охватившее его возбуждение.

– Не было у меня к жене подлинной любви, не было и счастья. – Александр Петрович говорил теперь то, что с нарастающим нетерпением ожидал услышать от него Николай Антонович. – Женился я по любви, в этом я и сейчас не сомневаюсь. Она была производителем работ на одном со мной участке. Было на чем задержать взгляд, было от чего прийти в воодушевление. Вначале была у нас любовь, в которой все как надо и ничего не поставишь в вину ни себе, ни ей, а только в заслугу. Мир царил полный и согласие. И год так было, и два. А затем любовь стала высачиваться из наших отношений. Оставалась одна привычка быть вместе. Не то чтобы между мною и нею встала новая женщина, – нет, тогда ничего такого и не намечалось. Любовь именно кончилась. Это был медленный, длительный процесс. Но трех лет оказалось достаточно, чтобы из людей, созданных друг для друга, мы превратились в людей, проживающих совместно. Обыденность бытия и нам преподнесла одну из злых своих штучек. А, может быть, и вовсе не из злых, из самых обыкновенных, каких у нее на всех хватит.

Ты знал мою жену, и ты заметил, какие мы были разные. Для одних пар разница в характерах становится цементом, скрепляющим первое чувство. Но для нас эта разница быстро выросла до размеров стены, которую нет желания преодолевать и с которой даже лучше, чем без нее. Очень скоро мы зажили каждый своей внутренней жизнью. То, что любил и чем жил я, не производило на нее никакого впечатления, а то, что любила она, не производило впечатления на меня. Нам было слишком дорого наше внутреннее устройство, чтобы менять в нем что-либо. И потому мы ничего не меняли внутри себя во имя любви, которая не казалась нам такой же необходимой, как сохранение в неприкосновенности нашего внутреннего мира. Подкравшись, отчуждение укоренилось, стало расти. И однажды я понял: любовь кончилась, и кончается привязанность. Мы стали жить как чужие, каждый сам по себе, нисколько этого не стесняясь. Но перед детьми мы были как одно целое – законные родители, не допускающие наличия двух мнений по одному общему для семьи вопросу.

Скоро она оставила нервную прорабскую работу и обосновалась в конторе. Там всегда спокойно и можно часами обсуждать новости с подругами и приходить домой бодрой, с нерастраченными силами и большими претензиями к мужу. Контора пришлась ей по нраву. Она словно выгуливала себя на новых людях, как породистая лошадь выгуливает себя на тучных лугах. За восемь часов она успевала и всю необходимую писанину исполнить, и в парикмахерскую сходить, и к портнихе, и в магазин. Мне же часто не хватало всех двенадцати часов. Прорабская работа требует непрерывного догляда и контроля. И, представь себе, после двенадцатичасового рабочего дня меня почти не тянуло домой. Один вид прилизанных комнат с развешанными по стенам вышитыми

кошечками, лебедями и Иванами-царевичами, обнимающими своих на-
реченных, производил на меня отвратное впечатление. В таком доме мне
не отдыхалось. Этот уют был не по мне и не для меня. Я даже старался
задержаться на работе, там мне было милее. Грешен, я мало участвовал в
воспитании детей, и они вырастали, не испытывая на себе благотворного
отцовского влияния. Жена сумела развить в детях любознательность и
чувство собственного достоинства, но они покинули отчий дом с такой
радостью, словно всю жизнь мечтали об этом, и с убеждением, что ничего
не должны родителям, что вообще никому ничего не должны. Это тоже
результат ее воспитания, и она в полной мере почувствовала его на себе,
как это больно, как оскорбительно для родителей, когда дети рассуждают
таким образом.

– Продолжай, продолжай! – почти выкрикнул Николай Антонович,
видя, что Александр Петрович собирается дать себе передышку. Он уже
был готов преподнести другу исключительную по силе встряску.

–Я сказал уже, что чужими мы стали довольно скоро, через два года
совместной жизни. Это не рекорд, некоторые разбегаются и через месяц.
Но ведь мы надеялись жить душа в душу, а что получилось? Своей вины
в случившемся я не видел и ее особенно не винил. Первым у нас родился
Василий. А через два года и совсем некстати родилась Евгения. Ее родила
мне уже не любимая жена, а чужая, недовольная мною женщина. Между
детьми была заметная разница, что во внешности, что в характерах. Если
Василий в чем-то повторял меня, то Евгения ни в чем не повторяла. Зато
мать она копировала почти идеально. Казалось бы, я больше должен любить сына – за черты сходства, но я отдавал предпочтение дочери. Я говорил себе, что наследственность – вещь загадочная, что нет полного проникновения в ее тайны, что дети Евгении, мои внуки, могут походить на
меня, как две капли воды. Когда детям пришло время идти в школу, мы с
женой настолько отвыкли друг от друга, настолько стали самостоятельны
во всем, что не имело отношения к детям, что перестали тяготиться друг
другом. Это спасло нас от развода, и мало кто умел разглядеть в нас не-
счастливую пару. Она проводила вечера по своему усмотрению, я – по
своему. У каждого из нас были свои друзья, и не было друзей общих. Наедине у нас не получалось даже простого дружеского разговора, мы или
нервничали, горячились, или проявляли полное безучастие. Лучшие дни
нашей любви ушли в прошлое и не могли повториться. Однажды ко мне
пришла мысль: «А была ли любовь?» Она не показалась мне нелепой.

– Обычная вещь. Самая обыденная вещь! Итак, у тебя появилась
другая женщина, - сказал Николай Антонович, осклабившись. – При ва-

шей жизни врозь иначе не бывает. Не надо иметь семь пядей во лбу, чтобы предположить такое развитие событий. У меня есть одна тайна, которая касается тебя и только тебя. Прежде я бережно ее хранил. Я думал, что у тебя с женой все более или менее в порядке. Теперь я имею право приподнять завесу. Поднятие завесы и будет встряской, безжалостной, как я уже объявил. Посмотрю, какая у тебя амортизация. – Николай Антонович почти захлебывался от скороговорки, а глаза его пристально следили за Александром Петровичем, и по этому неотступному взгляду хозяин понял, что гость собирается сообщить ему действительно нечто важное: – Слушай же, руководитель краснознаменного треста и человек, у которого не осталось ничего, кроме работы. Твоя жена не была верна тебе. Твоя жена кого-то любила, и любила чисто плотски, так, как любят все женщины мира.

– У тебя... есть доказательства? – спросил Александр Петрович, заикаясь. Волнение вдруг подступило к нему и мешало угадать, что же сейчас скажет Николай Антонович.

-В замочную скважину я не подглядывал, но у меня есть один факт, который бесспорнее любого доказательства. Помнишь, в три года твоя Женечка болела скарлатиной. Начало вы проглядели и запустили болезнь. Ребенок лежал обессиленный, с высокой температурой. И нельзя было поручиться за благополучный исход. Твоя жена была в отъезде. Будь она дома, она бы первая обратила внимание на нездоровье дочери. Ты же, как всегда, горел на работе. Требовалось срочное переливание крови. Это мощный стимул к мобилизации собственного иммунитета. А ты принял первые признаки болезни дочери за каприз и тоску по матери. Так вот, прежде чем взять у тебя кровь, я проверил группу. Твоя кровь ребенку не подходила! Я ничего тебе не сказал, взял для вида немного крови, послал тебя за каким-то лекарством, которого у нас якобы не было, и ввел ребенку свою кровь – наши группы совпадали. Я бы тогда же открыл тебе глаза, если бы знал, что у тебя с супругой давно все обособленно. Со стороны же казалось, что у вас все превосходно. Меня трудно обмануть на этот счет, но на людях вы вели себя мастерски. Я решил, что у твоей жены было преходящее увлечение, что оно кончилось разочарованием, и не стал разглашать ее тайну. Но для меня самого это стало еще одним предостережением против брака.

– Евгения – не моя дочь? – Александр Петрович был поражен в самое сердце, в самую сокровенную часть его. Ему стало не хватать воздуха.

– Ты не ее отец, и только. Но давно уже она твоя дочь, и от того, что я сообщил тебе, ты не станешь любить ее меньше.

– Она мне дочь и не дочь. Она мне дочь в тысячу раз больше, чем не дочь! Дочь, дочь она мне, слышишь? Так кто же ее отец?

– Поройся в памяти. Откуда мне знать?

– Не могу я обращаться к прошлому. Не умею. Прошлое как-то не отлагалось во мне. Я всю жизнь шел вперед и не оглядывался. Не интересно мне было оглядываться назад.

– Разве сейчас важно, кто отец? Настоящий отец – ты, и ты это знаешь. Наверное, твоя жена не страдала повышенным любопытством и не допытывалась у тебя, где ты был, когда ты приходил домой за полночь. Ее вполне устраивала твоя поразительная привязанность к строительным площадкам. Но иногда на работе задерживалась она. Или навещала больную подругу. Так или нет?

– Примерно, так. Еще она любила ходить в театр.

– Но, как я теперь понимаю, она могла припоздняться как угодно часто и ничего не объяснять.

– Правда. Мне это не суть важно. Мне больно за Евгению.

Наступило отчужденное молчание. Александр Петрович мучительно вспоминал, кто бы мог быть отцом Жени. Нет, он не вычислил этого человека. Он этого уже не узнает. А как больно, что Евгения – не его ребенок. Как защемило в груди. Чего ради Коля надумал теперь, через четверть века, сказать ему об этом? Эта встряска похожа на стихийное бедствие. С какой целью он так поступил?

– Уж лучше бы ты промолчал, – зло бросил Александр Петрович. – Вот тогда, когда это произошло, все было еще поправимо. Тогда мне очень не хватало такого рода факта. Факта измены. Не могу вспомнить, кто может быть ее отцом. Сквозной провал в памяти. Встряска – ничего себе ударчик ниже пояса! Такими встрясками повергают наземь, а то и убивают.

– Не бойся и не трусь, эскулап с тобой рядом. В свое время это открытие так меня поразило, что я решил воздержаться от брака, – повторил Николай Антонович. – Чтобы со мной это не повторилось. Как видишь, событие это отразилось на моей судьбе куда сильнее, чем на твоей. Вот тебе и ответ мой, почему я холостяк по гроб жизни. А тебя я надолго лишил покоя очень даже сознательно. Это то, что тебе сейчас необходимо. Вспоминай, злись, выходи из себя, мучайся, но не будь пессимистом. Живи полнокровнее!

– Тогда эта тайна была нужна мне вот так! – повторил Александр Петрович и провел пальцем по горлу. – Тогда я бы построил свою жизнь совсем по-другому. Я любил одну женщину и был близок… Как ты опоздал с этой встряской!

– Продолжай, у тебя отменная реакция! Этого я и добивался.

– Ну тебя. Жестокий ты, Коленька. И прагматик до мозга костей! – Александр Петрович медленно остывал, и выражение нетерпения и глубокой скорби на его лице сменилось сначала озабоченностью, а затем отрешенностью от всего земного. Опять воцарилось молчание. Николай Антонович встал, прошелся по комнате взад-вперед. В комнате давно не прибирали – хозяину было все равно. Он чувствовал себя в своей квартире гостем, приходящим переночевать.

– Ты бы навел порядок, – посоветовал Николай Антонович. – Убери лишние вещи, на них только пыль садится. Просторная комната куда уютнее.

Александр Петрович позволил себе не ответить. Казалось, он не слышал обращенных к нему слов. Он погрузился в себя, и было похоже, что он задремал. Между тем он нарочно прикрыл глаза, чтобы позволить себе некоторое время не отвечать Николаю Антоновичу.

«Вот в чем причина разительного несходства Евгении и Василия, – думал он, пытаясь разглядеть те далекие времена, когда он дожидался рождения Жени. – Кое-что я теперь припоминаю. Жена избегала смотреть мне в глаза, когда я навестил ее после родов. В ее словах, в ее мимике были странные недомолвки. Я приписал это нашему отчуждению. Если прежде жена упрекала меня, что я мало времени уделяю Василию, то после рождения дочери она так уже не говорила. И почти не просила присматривать за ней. Все сама, или теща приходила. А я радовался, что могу свободно распоряжаться своим временем. Я относил к случайности, что у Василия синие глаза и светлые волосы, а у дочери черненькая головка. Она родилась смуглянкой и всегда отличалась несдержанностью и нетерпением. И в головке ее было много ветра. Но когда дочь привязана к отцу, можно закрыть глаза на ветерок в ее очаровательной головке, можно не считать это изъяном. Не всегда ум приносит женщине счастье. Мы готовим девочек для другого поприща, нежели мальчиков. Годовалая девочка нежно прижимает к груди куклу, а мы уже знаем, что это такое.

Василий у меня скрытен, а Евгения вся построена на откровенности. Она непременно выскажет то, что не дает ей покоя. У нее и письма получаются ласковые, душевные. Василий же просто перечисляет факты. Ясное дело: другая наследственность. Ну, вот, указали мне, что в ее жилах течет не моя кровь – и что, она перестала быть моей дочерью? Перестала быть мне дорога? Она – моя, она ни за что не назовет отцом другого. У нее не мой склад души – и пусть. Вот факт. В восемнадцать лет за ней ухаживал один паренек, умница и с крепкими руками. Вечерами они подолгу стояли у калитки, и жена еще говорила мне, чтобы я обратил на это внимание. Мол, ранние браки редко бывают счастливыми. Наш брак ранним я бы не назвал, но что это изменило?

Неожиданно у нее появилось новое увлечение. За ней стал ухаживать безобразно тощий студент консерватории, который замечательно играл на скрипке, и она отвернула нос от своего прежнего парня. Ничего удивительного не было в том, что ей разонравился один и понравился другой. Я тоже влюблялся не однажды. Тогда меня покоробило не это. Ей не хватило решимости объясниться с первым парнем, и он продолжал приходить, и на лице его было написано страдание. А Евгения пряталась и просила говорить, что ее нет дома. Для него она переставала быть дома. Она, ни в ком не терпящая скрытности, не смогла заставить себя быть с ним откровенной. Я так хорошо запомнил это, потому что мне было стыдно и больно за нее. Я переживал это ее положение почти так же остро, как переживала его она. Тогда я понял, что ее повседневная откровенность – не признак твердости, а типичная женская слабость и желание, чтобы ее всегда правильно понимали. Василий бы так не поступил.

Тот парень приходил долго, сталкивался с долговязым музыкантом, но без эксцессов. Потом он перестал приходить. То, что ему следовало сказать в двух словах, наверное, дошло до него кружным путем. Страшно вдруг узнать, что твоя любимая дочь – не твой ребенок. А ведь не так давно, когда она по утрам разглядывала себя в зеркало и улыбалась своей красоте, я украдкой смотрел на нее и старался определить, что у нее от меня, а что от матери. Я находил, что у нее многое от меня – и овал лица, и разрез глаз, и форма носа. Я рассматривал ее с тем же благоговением, с каким люди разглядывают произведение искусства. И вот тебе факт: все то, что я считал в ней от меня, вовсе не от меня. Случайное сходство отдельных черт и ничего более.

Евгеша, ласковое дитя мое! Ты пишешь, что у тебя сейчас отличный друг, ты восторгаешься им, как обычно восторгаются достойным человеком, ты всматриваешься в будущее и видишь себя с этим человеком, и мысль о замужестве перестает быть тебе неинтересной. Скоро ты заживешь своей семьей. В сущности, цикл человеческой жизни предельно прост. Восторги девушки сменяются счастливой воркотней женщины, которая гордится своим домом, своим мужем, своими детьми и всем прочим своим достоянием. Ты не ищешь неведомого, и для тебя исключены ошибки в выборе пути. Ты не сойдешь с проторенной дороги. Оказывается, ты не моя дочь. Как важно, как необходимо мне было знать это, когда…»

– Не дремли и не отсутствуй! – прокаркал над ухом Николай Антонович. – Не притворяйся и не сопи! Не делай вид, что отключился. Я могу подумать, что надоел, и пойти домой. Экая глубокомысленная поза! Ты расскажи лучше о женщине, с которой я встречал тебя в те отдаленные времена. Удивляешься? Не надо удивляться. Твой друг всегда старался быть наблюдательным. Могу напомнить: она была черненькая и не совсем русская. Она была русско-кавказского происхождения.

– Даша?

– Итак, ее звали Дарья. Мадам была красива, мадам была с изюминкой. Изыск как хорошо смотрелась эта твоя мадам!

– У меня есть фото! – воскликнул Александр Петрович, полез в книжный шкаф и вынул из альбома маленькую карточку, обернутую в целлофан. На цветной, довольно посредственного исполнения фотографии была запечатлена девушка двадцатилетнего возраста, которая смотрела на себя в зеркало. Манерность была в ее позе, но угадывалось и стремление к оригинальности. Отраженное зеркалом, к зрителю было обращено юное энергичное лицо, озаренное белозубой непринужденной улыбкой. Карие глаза излучали теплоту самовлюбленности и самообольщения. Мимо таких красоток редко проходят без душевного трепета.

– А что? – сказал Николай Антонович. – Пташка куда как была хороша.

– Хороша! Проникновенна! – подхватил за ним Александр Петрович, заметно светлея.

– Ну, сейчас-то она старая ветошь, как ты и я, и лицо ее похоже на сморщенное яблоко, – сказал, как отрубил, Николай Антонович. Чувство реальности, никогда его не покидавшее, часто приобретало вульгарные формы.

– Пожалуй, – нехотя согласился Александр Петрович. Он не был настроен вести расследование в этом направлении. Для него Даша навсегда осталась молодой, полной порывистого задора, то есть такой, какой она была запечатлена на фотографии. Время было бессильно перед нею, она существовала вне времени, вечно юная и обаятельная.

– Надо было пойти за ней. – Николай Антонович опять перешел к наставлениям, это была его любимая манера вести разговор.

– А тебе надо было жениться. Ты вообще ни за кем не пошел, это похуже. Я ошибся, а ты даже не рискнул ошибиться. Так что не спеши подбивать итог в свою пользу. – Александр Петрович опять прикрыл глаза. В нем сталкивались в поисках выхода чувства жестокие и противоречивые. Недавний уход жены – два месяца назад ее глаза закрылись, чтобы больше не открываться. Какие счеты могут быть сейчас, после ее ухода? Или, может быть, он вел себя куда как достойнее и теперь имеет право встать в позу невинно обиженного? Пусть все это время он не был близок с другими женщинами, но нельзя сказать, что он не мечтал об этом. И планы строил, и стремился, но что-то всегда его останавливало.

Интересно, знает ли настоящий отец Евгении про свою внебрачную дочь? Может и не знать, ведь сам он тоже не настоял на своем, не пошел за Дашей. Пересилил себя, усмирил, а потом и умиротворил – и не пошел. Как она, что она, где она? И каково ей в нашем холодеющем житейском море? Даша, Дашенька, южаночка моя большеглазая!

Это продолжалось достаточно долго, более двух лет, и все это время он колебался между двумя полюсами. Два года в груди его ярко горел примус и мучительно и безответно звучал вопрос, что делать? Уйти к Даше? А Василий и Евгения? Дети пересилили, он остался при нелюбимой жене. Теперь же выяснилось, что победила неправда, а правду он отверг вместе с Дашей. В первую очередь он хотел, чтобы Даша была ему другом, близким-близким. Но как раз этого он не добился. Наверное, ее раздражало и даже оскорбляло его настойчивое стремление видеть в ней в первую очередь друга и уже потом женщину, которой мужчина нужен отнюдь не для излияния своей души. Теперь он отчетливо представлял, что ее оскорбляло. Он спал с женой, а к ней являлся для душевных излияний. Откровенность между ними могла быть только вместе с близостью. Ему же казалось, что эти вещи вполне могут существовать порознь, сами по себе. Они мучились два года. Подумать только, целых два года он был способен только на пылкие излияния! Какое мальчишество! Слова и мечты вместо решительного поступка – это и было для него характерно. Даша уехала, совершив решительное «и вдруг», не произнеся слов прощания, не написав даже записки. И поздно стало что-то менять, на что-то решаться. Да, самым лучшим для нее было уехать. Она и так ждала слишком долго, а неизвестность приятна и приемлема только до двадцати лет. Потом она утомляет и начинает пугать, а Даше было много больше двадцати.

– И все же она хороша, твоя пассия, – еще раз сказал Николай Антонович. – На таких испокон веков спотыкались женатые. Я видел вас вместе на Комсомольском озере, вы хотели взять лодку. Ты даже изволил представить меня ей и сказал, что я забубенный холостяк. Я ответил на это, что если бы твоя дама согласилась переменить ориентацию, я бы охотно расстался со своим холостяцким состоянием. Твоя дама шутку не приняла и ответом меня не удостоила, даже имени своего не назвала, кивнула только и взглядом наградила, устанавливающим дистанцию. Припоминаешь?

Александр Петрович молчал и зачарованно смотрел на фотографию. И улыбался тем светлым и замечательным дням, когда Даша была с ним рядом и когда еще можно было, решившись и порвав с прошлым, совместить их жизненные пути. Сейчас же не могло повториться ничего похожего на то прошлое. Вся любовь была в прошлом, в нездешнем уже мире, в который не вела ни одна дорога, кроме причудливой тропы памяти.

– Надо было пойти за ней, - сказал Николай Антонович.

– Не знаю. - Александр Петрович прекрасно сознавал, что за Дашей надо было пойти. Он заставил себя отступиться, сохранить семью. Впрочем, так ли уж он был не прав, если у него было двое детей? Но, ведь, у него могли быть еще дети, при совсем другой обстановке в доме.

– Сейчас девушка с фотографии годится тебе в дочери, - сказал Николай Антонович. - Самовлюбленная улыбка, лукавое личико. Красота с заявкой на неувядание. Только кто подписывает такие заявки? И вот результат: твоя Даша стара, а, может быть, уже произошло и худшее. Вот она, жизнь, в непритязательной своей наготе: была красавица, да вся вышла.

– Не надо так, давай уважать нашу память, - попросил Александр Петрович.

– «Все живое особой метой отмечается с давних пор. Если б не был бы я поэтом, то, наверное, был бы жулик и вор», – продекламировал Николай Антонович. - Верь, вера нас возвышает, как ничто другое. Ты хотя бы пожил с нею?

– Что ты! - Александр Петрович устремил на друга смущенные глаза, и Николай Антонович расплылся в обличительной улыбке. Его улыбка красноречиво разъясняла, что глупость всегда смешна, но всего смешнее и нелепее глупость сознательная, простым смертным непонятная.

– Хлюпик ты и чистюля! - вывел Николай Антонович.

– Все сложнее. Ты знаешь, все это может быть очень сложно. Я ведь благоговел перед Дашей. А ей было нужно все или ничего. Крохи с чужого стола не годились. Я и намека не сделал, я никогда не был коллекционером юбок. Вот если бы я решился на развод, она бы стала моею. Но я так и не решился. Она, скорее всего, поставила себе целью ждать до определенного предела. Ничего к намеченному ею сроку не изменилось, и она уехала и как в воду канула.

– Житейское море такое, оно много чего поглощает и мало чего возвращает в исходную точку, – сказал Николай Антонович. – Я осуждаю тебя, не ее. Уважающая себя женщина не станет довольствоваться крохами с чужого стола. Жаль, что ты не посоветовался со мною. Я бы элементарно объяснил тебе, что устои брака не незыблемы. Жена была тебе чужая, и ты еще колебался! Ты, наверное, ни разу не подумал, что твой уход из семьи мог принести счастье и твоей жене? Эх ты, размазня на постном масле!

– Наш бы опыт, да нашим детям! – сказал Александр Петрович.

– Ладно, выше голову, Саша! Когда любят, доводы разума во внимание не берутся. И умный, и дурак делают одно и то же.

– Теперь у нас только работа. У тебя твои пациенты, и у меня всегда большой водоворот. Кругом одна горячка. Начальству подай все в готовом виде сию же минуту. Только и успеваю, что взыскивать с нерадивых да подставлять под разносы свою не очень толстую шею. Бег с препятствиями, постоянные понукания: «Давай, давай, давай!» – а финиша почему-то не видно никогда.

Николай Антонович взял фотографию Даши.

– И это все, что у тебя осталось? Мало.

– Страшно мало. Но без нее самой все, что бы она мне ни оставила, было бы слишком мало. Да, как давно это было…

– Старик, для тебя она и сейчас богиня.

– Не смейся, но это так. Иногда веришь даже в то, чего нет и не будет.

– Если бы ты пожил с нею, ты бы увидел, что и она – обыкновенная женщина. Что и она в чем-то как твоя жена, как тысячи других женщин. Только от тебя зависит, быть ей на пьедестале или нет. Мы возвеличиваем, мы и свергаем, и никто кроме нас.

– Опять ты перехватил! Почему же мы тогда выбираем? Вот ты не пожелал обмануться и никого не выбрал, а жизнь взяла и наказала тебя за это, оставила одного. Жизнь направила тебя знаешь куда? В тупик!

Николай Антонович хмыкнул, вроде бы одобряя сказанное, но глаза его передали выражение грусти. Влажные, печальные глаза с укоризной были направлены против него самого. – Все, все женщины одинаковы! – заявил он вдруг с резкой убежденностью стоика.

– Да ладно, будет, врешь ты все, – наставительно произнес Александр Петрович. – Голословничаешь, а сам знаешь, что это не так. Ты не похож на меня и не похож на других людей. Ну, почему женщины должны повторять одна другую? Сама природа поощряет индивидуальность, и за то поощряет, что она дает простор самовыражению.

– Не горячись. Я хочу сказать, что и твоя Даша была обыкновенной, что с нею у тебя могло повториться то же самое, что было у тебя с женой.

— Согласен с тем, что она обыкновенная. Но она никого не повторяла. Одна мерка для всех – это ерунда, особенно в устах медика.

— Ладно, уговорил. Итак, она уехала. А дальше?

— Дальше была работа, как палочка-выручалочка, и ничего кроме. — Александр Петрович выразительно пожал плечами.

Они выпили еще, уже по инерции, благо было что пить, а выпитое отнюдь не мутило сознания. Александр Петрович вновь наполнил рюмки. «Как ты думаешь, Евгения знает, что она не моя дочь? – спросил он. — Иногда она со мной странно холодна. И упаси Бог, чтобы попросить совета! Свою судьбу она устраивала только сама».

— Не знает. Если мать не сказала. А той зачем было говорить? Не должна знать.

— Я люблю ее больше, чем Василия. — Александр Петрович употребил настоящее время, не прошедшее. Ибо продолжал считать ее своей дочерью. Любовь оставалась любовью, даже будучи пропущена через очистительный фильтр реальности. Но теперь к ней прибавились боль и недовольство той ошибкой, которая была совершена давно и исправлению не подлежала. Николай Антонович стал стучать пальцем по столу. Голова его тяжелела, а мысль теряла недавнюю резкость.

— Встретиться бы с Дашей! – сказал Александр Петрович.

— Зачем? – буркнул Николай Антонович. — Если она твоя ровесница, ей пятьдесят пять. Ты только разочаруешься. Увидев тебя, она вспомнит страдание, источником которого был ты. Тебе это надо? Иллюзии все это, самообман.

— Пусть иллюзии. Мне хорошо с ними.

— И верь, я разве против? Верь в пятьдесят пять во все то, что ты проворонил в тридцать. Знаешь, что я сейчас бы предпринял на твоем месте? Взял и поехал к детям. Ты слишком долго ждал их приезда, ты устал ждать. Помнишь, как поступил Мухаммед с горой, которая не шла к нему? Сам пошел к своей горе. Хорошо, что далеко ехать – больше новых впечатлений. Кстати, все, кто там побывал, в восторге от тех краев. Заодно новые анекдоты про чукчей соберешь. Помнишь детскую песенку? «На далеком севере эскимосы бегали, эскимосы бегали за моржом!»

— Любовь - проблема, более нам близкая, чем строение атома и Вселенной. Мы с тобой ее так и не решили. Нет теперь у нас этой проблемы, отпала за ненадобностью. Есть у нас теперь старость, одышка, сердцебиения, быстрая утомляемость и главное наше приобретение - одиночество.

– Ложись в мою клинику, и через неделю многоместная палата тебя так уест, что ты будешь умолять меня об одиночестве, – сказал Николай Антонович.

– А не пойти ли нам в отпуск в горы? – предложил Александр Петрович, большой любитель горных ущелий, березовых лесов, бурных, белопенных рек. – Возьмем отпуск и ударим, но не автопробегом, а пешим походом. Как в старину, когда вместе готовились к экзаменам. Помнишь, мы устроили стоянку в урочище Айрык, в яблоневой роще, и быки изжевали рукава твоей модной трикотажной куртки – рукава были красного цвета? Ну, и матерился ты тогда, а я смотрел на твою беду и держался за животик. Тогда было с чего смеяться: нам по двадцать, все впереди, все открыто, легко и доступно. Я с Дашей ходил в горы, – признался вдруг Александр Петрович.

– И не прикоснулся к ней?

– Представь себе, нет.

– Железный ты человек. И идиот одновременно. Я бы тоже уехал на ее месте после такого твоего невразумительного поведения.

– Она поставила это условием.

– Повторяю: ты идиот. Человек с атрофированными чувствами. Столб с глазами.

– Ладно, будет сыпать упреками. Я бы разыскал места, где мы останавливались на обед, на ночлег, разводили костры. Она не умела вставать рано и спала, когда пели соловьи. Тогда я будил ее, и она, не вставая, слушала пение соловьев и благодарила меня за то, что я разбудил ее.

– Вы укрывались не одним одеялом?

– Тогда я бы не удержался. – Александр Петрович продолжал вспоминать про себя, каким упоительным был тот поход, но Николай Антонович не позволил ему вспоминать про себя, намекнув, что для этого у него впереди достаточно времени и неприлично молчать, когда в комнате гость.

– Она долго не соглашалась идти со мной. Ведь то, что мы шли вдвоем, накладывало на нас известные обязательства. Но я уговорил ее. Она поставила условие, чтобы я не вздумал воспользоваться ее положением, и я сказал, что вольностей не будет, что на эти три дня мы станем братом и сестрой. Ей, кажется, не понравилось, что я так сразу согласился на ее условие. Мы приехали в Бурчмуллу и пошли вверх по Коксу. В верховьях, особенно за Айрыком, можно прожить у тропы два-три дня и никого не встретить. Но мы дошли только до Щели. Помнишь это удивительное место, где река поставлена на ребро и имеет в ширину полтора метра и метров пять в глубину? Там скала словно разрублена топором, и в разруб уходит река. Наверное, это были единственные дни, когда Даше нравилось быть откровенной и она нисколько не стеснялась меня. Она много рассказывала о себе. Сидя у костра, глядя попеременно на огонь и на звезды, она пересказывала мне свою жизнь картина за картиной, начиная с детства, которое проблесками сохранилось в памяти, и кончая самыми последними событиями. Это были удивительные дни, лучшие в моей жизни. Как я и предполагал, у нее оказалась тонкая душа, очень восприимчивая ко всему доброму, и откровенность ее тоже была добрая, доверительная, почти интимная. А ты утверждаешь, что все женщины одинаковы.

Так вот, с особым нетерпением я ждал наступления вечеров. Садилось солнце, зажигались звезды, плавно опускалась ночь, мы раскладывали жаркий костер, варили компот из ежевики и яблок – цвета он получался рубиново-красного и вкуса отменного – и говорили, говорили, говорили. Собственно, говорила больше она, а я слушал и смотрел на нее и на огонь. Пламя чрезвычайно преображало ее лицо, подчеркивало в нем все лучшее. Костер создавал контрасты. Тонкая талия, высокая грудь, большая голова, овал лица с живыми чертами востока, лучистые глаза – было, было на что смотреть. И я смотрел на нее пристально и с упоением. Подсознание подсказывало мне, что это не повторится. Почему-то самое хорошее в нашей жизни, друг Коля, всегда и самое скоротечное. Может быть, ты скажешь, почему?

Да, ты не знаешь еще, как мы познакомились. Ее направили в наш трест на должность заведующей лабораторией. Твоя лаборатория анализирует кровь, кал и мочу, а эта – бетонную смесь, цемент и прочие материалы. Я сразу проникся к ней особым любопытством. Чутье пришло: между нами что-то будет. Чутье меня не обмануло. Несколько раз, когда она ошибалась в людях и нервничала, я отнесся к ней теплее и человечнее, чем это предусматривали служебные отношения. Она вспыхивала и краснела, как будто успевала разглядеть мое затаенное влечение, а его еще не было. И вот первомайское застолье, коллективный разгон крови. Я танцевал с нею. Она смотрела на меня с немым призывом. Я чувствовал, что она тянется ко мне, без слов, тихо и нежно. Как только я увидел это, я понял, что она нужна мне, а я нужен ей. Мы стали встречаться. Мы пошли в горы, когда я знал, что она любит меня, а она знала, что я люблю ее. А между тем о любви еще не было сказано ни слова.

– Почему ты пошла со мной? – спросил я напрямик, зная, что она скажет правду.

– Люблю. – Она вызывающе подняла голову и обожгла меня бордо-
вым пламенем своих глаз.

– Любишь? – переспросил я, зная, что поступаю глупо.

– Люблю. Или для тебя это новость?

Я протянул к ней жаждущие руки, а она отпрянула назад, прикрывая грудь ладонями.

– Ты не свободен. – Она назвала своим именем то, что стояло между
нами, и у меня опустились руки. – Ты не свободен, – повторила она. Это
прозвучало, как приговор. – Мне нужно или все, или ничего. Выбирай.
Решишься ли ты пойти со мной? Если нет, мы простимся. – Она старалась
не смотреть на меня, словно чувствовала себя виноватой за совершенно
справедливые слова, которые произносила и которые причиняли мне
щемящую боль именно совершенной своей справедливостью. Она смотрела на огонь, на желтое вздрагивающее пламя, пребывающее в вечном
движении, и черпала силы и уверенность в его трепетном свете. Я вдруг
увидел, что сижу не у спокойного костра в тихой ночной долине, а стою
на краю бездны, и мои ноги медленно и неотвратимо скользят под уклон, а держаться не за что. У меня замерло сердце. И тут перед лицом
моим встала Евгения. Ей шел четвертый год, она была чудо-ребенок:
красивая, ласковая, любознательная и не капризная. Я подумал: «Как
же она вырастет без меня, как ей будет не хватать меня! Одна любовь
уже противостояла другой, пытаясь ее перевесить. О сыне и жене я подумал как-то мельком, как-то между прочим. Все мое внимание было
сосредоточено на Евгении. Крошечная ласковая девчушка не позволила
мне тогда сказать любимой женщине: «Даша, я твой, выбор сделан, мы
будем вместе». А теперь выяснились новые обстоятельства. Видишь, что
ты наделал своим молчанием!

Преодолев слабость, я подошел к Даше, взял ее за плечи, повернул к
себе и, усиливая торжественность минуты, сказал: «Детей оставить я не
могу. Нет, Даша». Когда я повернул ее к себе, она задрожала от радости,
улыбнулась светло, безмятежно, как будто я распахивал перед ней дверь
в счастливое будущее. Она думала, что я выбрал ее. Но я сказал совсем
не то, чего она ждала услышать, и все было кончено. Вначале смысл ответа не дошел до ее сознания, и она продолжала улыбаться и светиться
радостью, но как-то медленно ее улыбка стала увядать, улетучиваться,
уступая место обиде и разочарованию. Ей словно было мало сказанного,
она словно ждала подтверждения. Но я уже убрал руки с ее плеч и вернулся на свое место.

– Как знаешь, – наконец, сказала она. Меня тогда же изумили ее сдержанность, умение владеть собой. Она устало поникла головой, ожесточения в ней не поднялось.

– Завтра мы вернемся в город, - сказала она через некоторое время, и я уже не смел возражать, потому что двумя минутами ранее потерял ее навсегда. – Может быть, ты поступаешь мужественно, – продолжала она тоном отчужденно-спокойным, – но, по-моему, это обыкновенная трусость. Конечно, тебе проще расстаться со мной. Никто тебя не осудит, да и не было ничего такого, за что у нас полагается осуждать. Жалко, что ты оказался слабее своей любви. А в любовницы, ты уж извини! – я не гожусь.

Она говорила очень правильно, в ее рассуждения не вкрадывались ошибки, а я молчал, понимая, что это прощание. Что можно было возразить на ее спокойный, рассудочный, без привнесения злости приговор? Я и так отнял у нее два года, ничего не дав взамен. В ту ночь мы не спали. Кажется, она желала мне счастья, но тут же забывалась и говорила, что мне уже никогда не быть счастливым. Последнее подтвердилось с удручающей очевидностью, и ты тому свидетель. На следующий день мы возвратились в город, совершив до обеда переход в двадцать километров. Она словно хотела быстрее освободиться от моего общества. Но в автобусе мы еще сидели рядом, и когда ее прижимало ко мне на поворотах, я чувствовал упругую свежесть ее тела и холод отчаяния, от нее исходивший. В городе у ее дома мы простились, и больше я ее не видел. Она могла написать мне, но не написала, не сочла нужным. Она уволилась, минуя меня, через моего заместителя и начальника отдела кадров - я никого из них не упрекнул, ведь сам я не стал бы чинить ей препятствий. Так ушла от меня Даша. От меня, но не из моей жизни. Я и сейчас люблю ее. Ты же сообщил мне такое, от чего у меня долго будет разламываться голова. Как часто мы все губим нерешительностью. Нам кажется, что можно подождать еще, повременить малость, и мы подчиняемся естественному течению процесса, не вмешиваясь в него. А потом с ужасом наблюдаем за действием допущенной ошибки, которую уже не исправить. После ее отъезда я пережил жуткие дни. Но работа вывела меня на привычную колею. Правда, у меня обнаружился крутой нрав, появились недовольные, но это пошло на пользу делу, и начальство одобрило перемены в моем характере. Остальное ты знаешь, все происходило на твоих глазах.

– Так прав ли я, что не женился? - с наигранным оптимизмом спросил Николай Антонович. – Я не хотел соединить свою жизнь со случайной женщиной, а женщины совершенной, как твоя Даша, не встретил. Вот и состарился холостяком. Я не возражаю.

– Я тоже не возражаю против нынешнего своего состояния. Ибо не к кому обращать свое возражение. – Александр Петрович собирался прекратить дискуссию и потому не дал снова вовлечь себя в затянувшийся спор, который начинал уже изобиловать повторами. К чему пустые словопрения? Истина в том, что время необратимо, прошлое не возвращается. Время, время, загадочный феномен природы! Почему лишь одно ты неустанно движешься в одном направлении, от одной точки отсчета к бесконечности? Благодаря тебе все приходит, но и все проходит.

– Вот и ладушки. – Николай Антонович принужденно улыбнулся. – Давай примем еще. У тебя есть?

– Нет, – сказал Николай Антонович, хотя у него в буфете коньяка было еще не на одну вечеринку. Ему хотелось поскорее остаться сам на сам – наедине со своим прошлым и с тем новым фактом, который сообщил ему Николай Антонович. Если же откупорить еще одну бутылочку, гость, пожалуй, засидится.

– Я схожу, магазин здесь близко, – предложил Николай Антонович и направился к двери.

– Куда ты, Коля, я уже готов! – криком остановил его Александр Петрович. – Достаточно на сегодня, милый. Иначе какая цена твоим проповедям о вреде алкоголя для здоровья советского человека?

Николай Антонович понурился и вернулся.

– Готов, говоришь? Да и я готов. Завяжем, так завяжем. Давай тогда кофейку сварганим. Ты вскипяти воду, а продукт я сам замастрячу. У тебя все равно не получится как надо.

«Ничего не попишешь, придется варить кофе, – думал Александр Петрович. – Ведь не скажешь ему, что я хочу остаться один. Да и правильно ли его выпроваживать? Он такой же хроник, старик-неудачник. Он даже больше неудачник, чем я».

– Коля, а ведь мало, ужасно мало не иметь ничего, кроме работы, – вдруг сказал Александр Петрович. – Мы пашем для будущего поколения и немного для настоящего, самих же себя мы как бы давно списали со счета, давно дали понять обществу, что нам самим ничего не надо, и общество восприняло это с чувством глубокого удовлетворения. Вчера, сегодня, завтра – одна работа. А без нее мы вовсе не люди. Ведь мы не выйдем на пенсию в шестьдесят, мы будем пахать до того момента, когда остановится сердце. Мы упадем на бегу, и произойдет это на рабочем месте. В упряжке. Когда мы упадем, не так уж много людей заметит это.

– И что ты предлагаешь? – с горькой усмешкой спросил Николай

Антонович. – Мир чувств от нас отодвинулся вместе с молодостью. А работа… Разве плохо иметь любимую работу? Ты на виду, и вокруг столько людей, которые в тебе нуждаются. Любимая работа почти то же самое, что и любимая женщина. Особенно в нашем возрасте.

– Я не о том. Работа, работа! Она будет до тех пор, пока будет человек. Но какая тоска вспыхивает по любимой женщине, которая страшно далеко, так далеко, что больше существует в воображении, чем в действительности. Такая тоска вспыхивает, и никуда от нее не спрячешься, ничем ее не обманешь, даже любимой работой не обманешь. Заваривай кофе, вода запыхтела.

Николай Антонович завозился у кофейника, тщательно соизмеряя дозу кофе с объемом сосуда. «А он любит готовить, – отметил Александр Петрович. – Он все это умеет со школьной скамьи. Когда ни забеги к нему, у него все домашние дела сделаны и есть чем угостить. У меня же одни консервы, сыр и колбаса».

– Чуешь, какой запах? Учись, пока есть у кого, – поучал Николай Антонович. – Эти маленькие житейские премудрости многое значат для поддержания души. Вот у тебя отвратное настроение, а ты не отчаиваешься, хозяйничаешь, глядь – и отвлекся. Нельзя признавать один коньяк.

– Умеешь, умеешь, – согласился Александр Петрович, открыл шкаф и достал все, что было нужно для кофе. Даже плиточка шоколада нашлась у него непочатая.

Но мысль его опять работала в направлении прошлого. Теперь оно манило его так же, как прежде манило будущее. Мысль его вращалась вокруг четырех человек – жены-покойницы, Евгении, Василия и Даши. Вращение убыстрялось, и по мере этого в центре круга оставалось все меньше людей. Вот остались двое, Евгения и Даша. Вот одна Даша, в точности такая, как на фотографии. Никуда от нее не спрячешься, не надо и пытаться. Четверть века назад он сказал ей «нет» и этим словом вычеркнул из своей жизни все, кроме работы. Он считал этот свой поступок самопожертвованием и проявлением силы духа, а Даша дала его поступку другое определение – трусость. Так кто же прав?

– Не дремли, слышишь? – сказал Николай Антонович.

Александр Петрович подумал, что еще немного, и Николай Антонович попрощается и пойдет домой, поэтому не надо ему противоречить. «Где сейчас Даша, чем занята, кого любит? – спрашивал он себя и отхлебывал из чашечки горячий кофе. Ароматы далекой и диковинной Бразилии витали над густой пенкой напитка. – Одна ли она или окружена заботливым вниманием семьи? Нет, она не одна. Она и уехала для того, чтобы не быть одной, покончить с одиночеством, которое ей опостылело. Какой-то край необъятной нашей страны приютил ее. Я и не искал ее. Как найти песчинку в бурлящем человеческом океане? Но я не искал ее не поэтому. Я не искал ее потому, что она не одобрила бы этого».

– А тебя повело! – крикнул с другого конца стола Николай Антонович. – Клюешь и клюешь носом. Куда тебе перепить меня, старого спортсмена! – Он помялся, потом сказал: – Вижу, тебе требуется соснуть. Проводи меня до дверей и вались на боковую. Как это тебя потянуло на сон после моей встрясочки? Неужели не проняло?

Снова поплыла щемящая боль, глубокая-глубокая, как сама рана, ласково названная приятелем встрясочкой. Все, что относится к миру чувств, может закончиться чем-то похожим. Он вновь почувствовал жалость к себе – от сострадания, и вновь удивился огромности своей вины перед Дашей.

– Давай прощаться! – как сквозь туман услыхал он голос Николая Антоновича. – Забегай на этой неделе, буду рад. Мне сомика подкинули копченого, мы его с отварной картошечкой будем осваивать. Найдем, подо что. Сомик очень даже приличный, насквозь янтарный, тебе понравится.

– Я провожу!

Они вышли во двор, в весеннюю ночь, которая дышала первым теплом, спокойствием и звездами. Где-то перекликались собаки, а радиола наяривала темпераментную кубинскую музыку. На улице было сумеречно и безлюдно.

– Так хороша была встряска? – спросил Николай Антонович, наклонившись к самому уху Александра Петровича. – Сильная штука, правда? Не обижайся и крепись. Кто знает, через какие бури нам придется идти! Крепись, Саша.

– Ты подвел под меня мину, – сказал Александр Петрович. – Мина взорвалась, но я уцелел. Я уцелел, но сильно потрепан.

– Будь здоров, дорогой!

– До свидания. – Александр Петрович первый повернул назад и сразу почувствовал себя лучше, как-то просторнее.

Налетел ветер, зашамкал голыми ветвями деревьев, развеял тишину. Ветер принес прохладу – наверное, очень горели щеки. «Для чего я живу? – спрашивал себя Александр Петрович, возвращаясь в пустую квартиру. – Никто не знает, и я тоже. Но я живу, я пашу, уже не для себя, для следующего поколения. И в стране прирастает новая мощь. А та часть жизни, когда я жил для себя, прошла. Это была самая хорошая, неповторимая часть жизни. Потом, незаметно, жизнь сменилась существованием, то есть работой, одной работой. Мое тщеславие подогревали благодарностями и наградами. Но давно уже меня не трогает, не волнует, что я известен, что я – часть республиканской номенклатуры. Не важно все это. А важно, что я виноват перед Дашей. Я думал, время загладит эту вину, делая ее все меньше и меньше. Но эта вина вдруг стала увеличиваться во времени. Коля напомнил, как сильно я виноват. Не так уж много процессов на земле отмечено печатью необратимости. Недаром поэт сказал, что все на свете повторимо. Но он же сказал: «Неповторимы ты и я, уйдем – за нас придут другие, они уж будут не такие…» Мое быстрое «нет» стоило мне потери любимой женщины. Эта вина, как опухоль близ сердца. Я перед ней бессилен. Но есть одно лекарство, которое отвлекает – работа».

Весенняя ночь констатировала, что жизнь прекрасна, а более ничего не подсказывала и ни на что не намекала. Ветер раскачивал тугие кроны дубов и тополей, а щекам Александра Петровича было жарко, как от недавней пощечины. Жизнь же была и оставалась жизнью.

ПУТАНИК

I

В Форосе все было по-старому, как Николай Андреевич и любил. Да и не хотелось бы ему сейчас контрастной новизны, перемен, привыкания к ним. Море размеренно дышало, подставляя солнцу выпуклую голубую грудь. Потоки света лились на замшелые, морщинистые скалы, на кипарисы, акации, магнолии. Белые санаторные корпуса украдкой выглядывали из-за деревьев. Струились неведомые ароматы, хвоя и цветы ублажали душу, и чисто было, тихо, благостно. Удивительно хорошо было после недавней круговерти, которая именуется работой. Николай Андреевич окунулся во все это, и неприятное жжение у левого плеча и сзади, под лопаткой, уже давно его беспокоившее, стало рассасываться, отпускать, удаляться. Двух-трех дней было достаточно, чтобы давление вошло в норму, а в ушах и кончиках пальцев перестал отзываться ритм сердечных сокращений. Он посвежел и воспрянул духом. Жить было можно, жить снова было радостно.

На третий, кажется, день Николай Андреевич обратил внимание, что ему нравится смотреть на женщин. Он задержал взгляд на одной стройной фигуре, на другой, непроизвольно вобрал в себя живот и выпятил грудь. Но годов и седины это ему не убавило. Тело оставалось дряблым, неловким, не быстрым на подъем, не симпатичным. Некогда ему было в житейской круговерти следить за тем, чтобы его тело оставалось стройным. «Не внешность мое оружие», - сказал он тогда себе, успокаивая. И подумал, что пробьется. Не было еще такого, чтобы в Форосе он своего не добивался. За этим и едут сюда люди. А за чем же еще?

Он подсел на пляже к приглянувшейся женщине, познакомился, много чего порассказал, но не увлек, не воодушевил. А он складно рассказывал, она смеялась. Но в одном месте, когда женщина за собой не следила, смех ее перешел в зевок, взгляд погас, она даже не прикрыла ладошкой рот, и он понял, что продолжения не последует. Да, это был выразительный зевок, очень похожий на оплеуху.

Тогда Николай Андреевич познакомился с другой женщиной, и они полдня проговорили на отвлеченные темы. Но и здесь нужных точек соприкосновения не наметилось, рассчитывать было не на что. Что-то шло не так, не как прежде. Кажется, на здешнем пляже он уже не котировался. «Да я ли это? – сказал он себе, недоумевая. – Почему же тогда…»

Он положил глаз на медсестру, которая дежурила на пляже, и она трижды измерила ему давление, а он говорил, говорил, и бас его призывно рокотал, а глаза привычно ощупывали лицо, шею, вырез в халате и тонкую талию молодой еще женщины. Но как только ее смене вышел срок, рядом с ней появился усатый мужчина спортивного сложения.

Вот тогда Николаю Андреевичу и захотелось, чтобы в Форос прилетела Саша.

Сначала он подумал о ней мельком, просто скользнул взглядом в недавнее прошлое, но тотчас загорелся. Если он оплатит ей проезд и комнату, она, пожалуй, согласится. Не закапризничает. Надо было привезти ее сюда сразу. Но тогда это его не волновало, и он пожалел денег. Теперь ему было не жалко денег. Он представил, как она сходит с шаткого самолетного трапа, балансируя руками. Белая блузка, белая сумочка, откинутая назад головка, легкое смущение, наложенное на внутреннее торжество. И тут он подходит к ней, кланяется и берет под руку. Но если она согласится и приедет, то не ради него. Она приедет на море, а он будет дополнением к морю, с которым, так уж и быть, она смирится. Но его устраивала и видимость того, что она приедет к нему. Письмо дойдет дня за два, и дней через пять Саша будет здесь. Недели две у них останется. У них? Она не отвергала его ухаживаний. Но в том, как она их принимала, было смирение с неизбежным. Это до первого лучшего варианта, понимал он. Однажды Саша обронила, что ей нужен муж, а не любовник, и больше к вопросу о том, кому из них что нужно, они не возвращались.

II

«Дорогая Сашенька! – выводил Николай Андреевич, любуясь слогом своим и почерком. Она стояла у него перед глазами, и он боялся ее спугнуть. – В Форосе огромное море, и я смотрю на море, которое непрерывно колышется, и думаю о тебе. Это удивительно реальная картина: я и ты. И я пишу тебе под впечатлением этой яркой картины. Я без тебя не могу. Целую твои губы, глаза, плечи, розовые пальчики и все остальное. Люблю тебя. Придумай, пожалуйста, что-нибудь и приезжай. Или, еще лучше, воспользуйся вот каким вариантом. В нашей поликлинике есть терапевт Майя Борисовна. Обратись к ней, сошлись на меня, и бюллетень тебе обеспечен. Она берет по три рубля за день, так что отдашь ей сорок пять. Билет спроси в агенстве на Шота Руставели, в кассе №7, у Клавдии Ильиничны. Это полная брюнетка пятидесяти лет с родинкой на щеке. Ей сверху дашь двадцать. И не забудь сослаться на меня.

Здесь тебе понравится. Целебный воздух, небо ласковое, теплое. Кипарисы постройнее наших тополей. Много экскурсий. Но без тебя все это пасмурное, не согретое, неполноценное. Я сильно тоскую. Мы должны подумать, как нам быть дальше. Наверное, я все же разведусь, развяжу себе руки, потому что не представляю себя без тебя».

«Муж тебе нужен! – подумал здесь Николай Андреевич. – Ишь, чего захотела! Перебьешься! Частушка «Где уж нам уж выйти замуж, мы уж так уж как-нибудь» - про тебя, Сашенька, про тебя».

«Если ты захочешь этого, - продолжал он в письме, - я так и поступлю. Знай, тебе стоит только захотеть».

Она этого хотела давно, но он знал, что не бывать этому никогда. А поманить можно, почему не поманить, не посулить полцарства? Полцарства за любовь - широкий жест, обычное дело. Особенно если ты никаким таким царством не располагаешь. И он опять заскрипел пером. Как старый канцелярист, он не признавал шариковых ручек, от них болели пальцы. У него была старая авторучка, дорогая, но и безотказная, с не стачивающимся золотым пером.

«Комнату я сниму к твоему приезду. Если дашь телеграмму, встречу в Симферопольском аэропорту. Мы славно проведем время, съездим в Севастополь, в Бахчисарай, спустимся в Массандровские подвалы».

Ну, теперь все. Теперь она приедет. Теперь он ее уговорил. Еще он приписал: «Не подумай чего-нибудь плохого, у меня в отношении тебя самые серьезные намерения. Расходы я оплачу в полном объеме, огражду тебя от убытков. Считаю дни и часы до нашей встречи».

Николай Андреевич несколько раз перечитал письмо и сам поверил в написанное. Вложил лист в конверт, аккуратно заклеил и машинально вывел адрес. Дело было сделано, и он почувствовал облегчение. Конечно, она приедет. На пляже одна из женщин, за которыми он ухаживал накануне, улыбнулась ему, давая понять, что передумала. Но он стоически выдержал искушение, сделав вид, что не заметил этого ее душевного движения, не понял. Кажется, она обиделась.

III

В квартиру к Сашеньке Севастьяновой, машинистки тридцати четырех лет, незамужней, познавшей жизнь и в лучших, и не в лучших ее проявлениях, ворвалась Евгения Касьяновна, существо костлявое и въедливое, жена Николая Андреевича, год назад вышедшая на пенсию. Глаза ее нехорошо пылали. Ее всю трясло.

– Гадюка! – взвизгнула Евгения Касьяновна и подпрыгнула, нацеливая крик и ладонь с растопыренными пальцами прямо в лицо молодой женщине. Саша жила в том же элитном доме, но в соседнем подъезде, и до сих пор супруга Николая Андреевича относилась к ней терпимо, то есть сквозь зубы отвечала на ее приветствия. – Гадюка! – повторила Евгения Касьяновна на более высокой ноте и подпрыгнула выше: лицо ее искажала ярость неуемная. – Ты что это о себе думаешь, что мнишь? Думаешь, он тебя любит? Он себя любит, а больше никого. Думаешь, он на тебе женится? А кто ему позволит? Как бы не так! Если хочешь знать, он давно уже умывальник! У него давно воображение одно.

– Простите, в чем, собственно, дело? – спросила Саша, отступая в глубину комнаты и силясь вспомнить, как же зовут супругу Николая Андреевича.

– Я тебе сейчас космы твои крашеные выдеру! Тогда сразу докумекаешь, в чем дело. Тогда узнаешь, как сманивать мужей от законных жен!

– Я никого не сманиваю, чего это вы? – Саша тоже заводилась и постепенно возвышала голос.

– Овечка беленькая из детского сада! Она ничего! Она никогда и ни с кем! Она ни с кем ни за что! Это ветер у нее задрал подол, это не она заголилась! Ты пошто с моим Колей романы крутишь? Ты чего права на него качаешь? Блудница яловая!

– Ого! Интересно! Думаешь, ежели я одинокая женщина, так на меня все помои, грязь всякую выливать можно? Я тебя, кажется, сюда не приглашала, - сказала Саша, медленно сатанея. Теперь и она приближалась к точке кипения, теперь и у нее ой как чесались руки.

– Я тебе и без приглашения зенки повыдавливаю! Я тебе покажу, как по курортам с моим благоверным разъезжать! Сопляжница выискалась трухлявая! Я и твоей Майе Борисовне покажу, как бюллетени туф-

товые оформлять! И Клавдии Ильиничне аэрофлотовской такую горькую слезу пущу, что за год не выплачется!

– Ну, ты! – сказала Саша и, теряя над собой контроль, фыркнула и
двинулась на нее. – Прикрой пасть и кышь отседова! Не то на части раз-
беру и по частям вынесу! Кышь отседова, леблядь порядочная!

Они сцепились. И во дворе их стало слышно, и на улице. Соседкам было любопытно. «Во Евгеша взбрыкивает!» – сказала одна, не жаловавшая
ни Евгению Касьяновну, ни Сашу. «Я бы ей взбрыкнула, - сказала вторая,
тоже питавшая давнее нерасположение к супруге Николая Андреевича. –
Я бы ей так взбрыкнула! Морда, как булыжная мостовая, каждый мосол
просится наружу, а мнит, а мнит!»

IV

Телеграмма пришла короткая: «Встречай завтра». Никогда Саша не
говорила ему «ты», но это его не смутило. Он возрадовался, предвкушая
перемены. Ехать встречать ни свет ни заря не хотелось, но он пересилил
себя. Надо держать марку. В восемь он был в Симферополе. Комнату
удалось снять недорого, не так уж он потратится. А если и потратится? С
чего ему мелочиться? В той стране, где тишь и благодать, денежные знаки хождения не имеют. А звоночек оттуда был уже три года назад. Инфаркт запомнился ему как безжалостный удар наотмашь из засады. Он
поднялся. Инфаркт надломил его, он тяжело выкарабкивался. Звоночек
оттуда прозвучал слишком явственно, чтобы на него не прореагировать.
Более всего, однако, он не хотел, чтобы кто-нибудь увидел эту его надломленность, подсмотрел сдачу позиций. На людях он всегда был бодр и
улыбчив и, как майский кот, держал хвост пистолетом.

Сейчас же ни перед кем не надо было ломать комедию, и это ему
нравилось. Давно уже ему не было так покойно. Его желания исполня-
лись, так было, есть и будет. Конечно, и воздух здешний внес свое, и море
неоглядное, и солнце, и рощи кипарисовые, ароматные, круто сбегающие
к морю. Но еще большего он ожидал от приезда Саши. То, что она еще не
давалась ему в руки, ничего не значило. Не давалась, так дастся, для этого
и летит. Он предвкушал перелом, изъятие холодка настороженности из
ее отношения к нему. А развод – что за фантазии, что за больное девичье воображение? Пообещать не значит исполнить. Пообещать значит
поманить.

Лайнер плюхнулся на полосу, поревел двигателями, гася скорость,
подрулил к стоянке. Подали трап. С лязгом откинулась овальная дверь.

Николай Андреевич, щурясь на ярком свете, стал высматривать Сашу, ее легкую устремленную вперед фигурку в белой блузке, со счастливо откинутой назад головой. Он представил, как она поднимает вверх руку, увидев его, и ускоряет шаг, и улыбается. Пассажиры потекли на перрон. Знакомая, желанная Сашина фигурка все не возникала в овальном проеме самолетной двери.

— Здравствуй, Коля! — вкрадчиво раздалось рядом за спиной. Он съежился, обомлел, в коленках открылась предательская слабость. Он слишком хорошо знал этот голос, все его богатые интонации. Ошибка исключалась, голос мог принадлежать только одной женщине. Он медленно повернулся, приседая, поднимая ладони к лицу, заслоняясь ими, как от наваждения. Бывший боксер, он инстинктивно избирал защитную стойку. «За что? — еще подумал он. — Что я такого натворил? Где оступился?»

Подле него стояла Евгения Касьяновна собственной персоной. Прищуренные глаза, гневно насупленные брови, злорадная улыбка, - все ее существо предвкушало месть немедленную, неотвратимую, и уже наслаждалось, уже упивалось ею. Она распахнула сумочку, извлекла письмо и, ликуя, потрясла им перед носом оторопевшего супруга. О, как она торжествовала!

— Я тебе, Колечка, покажу серьезные намерения! — сказала она с явным наслаждением. — Кралечке твоей я уже поубавила волос и макияж навела ноготками на ее смазливое личико, который сойдет не скоро, и тебе, и тебе… Другие умнеют к твоим годам! Другие остепеняются на солидных своих должностях, при доме, при семье и достатке, а ты… а ты…

Он, наконец, уразумел, что по привычке адресовал письмо, Саше предназначенное, своей драгой половине. И вот она прикатила. Пожаловала по его душу. И он осушит до дна чашу, которую она привезла и старательно наполнила, – чашу презрения, горечи и позора.

Николай Андреевич заморгал, лихорадочно соображая, как же все это могло произойти. Он думал об этом и жалел себя, такого несчастного-несчастного, а ему уже не хватало воздуха, спирало и раздирало грудь. Мысль теряла рельефность и остроту, мысль таяла и исчезала, и дымчатая теплая белесость быстро охватывала все и всех. Она сгущалась, становилась сумерками, беспросветностью, а потом и мраком полным, сквозь который уже не проступало ничего.

А Евгения Касьяновна смотрела на кулеобразное тело, сползавшее к ее ногам, и тоже уже ничего не понимала.

БЕТОННОЕ КОЛЬЦО

Прежде я очень любил велосипед. Потом эту дружбу расстроил элегантный мотоцикл. Но, взглянув в одну из суббот на свой безработный велосипед, на синий погожий день, который завтра мог смениться ненастьем, я почувствовал возвращение былой привязанности. Мотоцикл хорош летом, в жару. Ранней же весной на нем зябко и надо кутаться, а велосипед согревает. Велосипед и зимой прекрасно согревает. Так согревает, что пар может пойти. И потом, я не хотел спешить, а хотел приятного ощущения физической нагрузки и усталости, которое может дать только велосипед.

Маршрут был прост: кольцевая дорога. Можно отправиться налево, можно – направо. Какая разница? Кольцо в любом случае гарантировало возвращение в исходную точку после нескольких часов езды только вперед. Оказывается, я вынашивал этот маршрут давно и теперь радовался, предвкушая его осуществление. Вперед, и теплый ветер в лицо!

У этой поездки не было особой цели. Субботняя развлекательная поездка за хорошим настроением. Нет, цель, все-таки, была. Я ни разу не проезжал кольцо целиком, с возвращением в исходную точку. И не видел его западной части, с ответвлениями на Келес и Минеральные Воды. И потом, было интересно увидеть распаханную и напоенную недавними дождями землю, уже готовую к встрече с сеятелем.

Сразу вспомнился забытый было ритм езды на велосипеде. Проспект Дружбы народов – это еще Ташкент. Улица пробита и застроена после землетрясения. Бетонные плиты дорожного полотна не ограничивают скорость. А у меня велосипед, зачем мне скорость? Еду и смотрю на дома, белые и бежевые, и выискиваю редкие дома с изюминкой. Таковых совсем немного. Преобладает его величество стандарт, всеобщая похожесть. Девятиэтажки, снова четырехэтажные дома. Кирпич, панели. Безликие, удивительно рациональные параллелепипеды. Мне нравилось в детстве строить дома из кубиков. Я мог часами не отвлекаться от этого занятия. Это было еще до школы. Кончалась война, и мой дядя-медик Борис Георгиевич Михайловский подарил мне ящик с кубиками. Это было такое богатство! Я строил дома, и среди них были маленькие дворцы с башенками, и были просто фасады –на остальное уже не хватало материала. Ни улица, ни приглашение на ужин не могли оторвать меня от этого занятия, настолько оно меня увлекало. Кубик к кубику, пропорции, симметрия, и вот прорисовывается нечто удивительное. К сожалению, это так и не стало моей профессией.

Красив ли проспект Дружбы народов? Нет, он обыкновенен. Так ли бы я его застраивал, если бы сотворение зданий стало моей профессией? Я застраивал бы его совсем не так. Но я знал и другое: даже если бы кубики стали моей профессией, то, каким быть этому или любому другому проспекту в моем родном городе, зависело не от меня. Лишь в очень небольшой степени – от меня. Вполне возможно, и с моим участием он стал бы именно таким. Но я бы очень старался, чтобы он был другим. Чтобы на нем стояли дома-изюминки, дома, на которых задерживается глаз. То же, что было здесь поставлено, создавало картину унылого однообразия. И весь Чиланзар, весь этот новый жилой массив, панельный и кирпичный, в котором ночевала четвертая часть ташкентцев, создавал впечатление солдат, выстроенных в шеренгу. Все здесь было серое и одинаковое. Серые шинели – при отсутствии бравой выправки.

Проспект встретился с кольцом, и город остался за спиной, а впереди начиналось раздолье полей. Автострада бежала дальше, в Голодную степь, в Самарканд, в приграничный Термез, где упиралась в Аму-Дарью, а кольцо, как ему и положено, огибало город со всех сторон. Поворот направо. Указатель лаконичен: до дендропарка 24 километра. Они-то мне и неизвестны. Тихо, просторно вокруг. Встречные машины обдают тугой воздушной струей. Поля ровные и поля всхолмленные, с бороздами поперек склонов. По свежим бороздам вперевалочку вышагивают грачи, выклевывают червячков. Стаду коров отдано прошлогоднее капустное поле. У коров, которые всю зиму простояли в стойлах, выпирают ребра и прочие мослы.

За этим полем и прозрачными деревьями – белые кварталы Чиланзара. Издали они привлекательнее, чем вблизи. За городом на востоке – горы, но они тонут в сизой дымке. За обочиной, по берегам пустого еще арыка, зеленая щетина травы. С чем сравнить эту первую зелень? А деревья вдоль канала еще тихи и прозрачны, только у верб проклюнулись почки. И на макушках молодых тополей сохранились листья. Они кажутся свежими, хотя это старые, прошлогодние листья. Они делают тополя похожими на свечи, горящие ровным зеленым пламенем.

У велосипеда, все-таки, своя прелесть. Особенно если никуда не торопиться. Едешь-работаешь, работаешь-едешь, а мысль твоя к педалям не привязана, она свободна, и синее небо с сельской безмятежностью окрест – славный фон для ее растекания. Впрочем, эта безмятежность только для меня и для рыбака, облюбовавшего себе куст на берегу быстрого канала. Вот гусеничный трактор привез две тележки, доверху нагруженные перепревшим навозом, и дюжие парни ловко заработали вилами, раскидывая навоз направо и налево. Из кузницы донесся ритмичный звон молота. Овощеводы, расстелив поверх грядок полиэтиленовую пленку, готовили молодую рассаду к широкому выходу в поле. Скоро на городских перекрестках появятся пучки редиски по 9-10 штук в пучке. Их будут продавать дети и женщины по неизменной цене 10 копеек пучок.

Велосипед, друг мой бессловесный. Друг сродни собаке – он никогда не противоречит, не обозначает свое особое мнение. Ты у меня, у лопоухого, уже четвертый. Мне бы хватило и одного, а четвертый понадобился потому, что три предыдущих были украдены. Мне было жалко каждый из этих велосипедов в отдельности, особенно первый, а теперь жалко их все вместе. Но что поделаешь? Велосипед обладает необыкновенной притягательной силой для всякого мелкого и маленького ворья подросткового возраста. И надо ли говорить, что ни одна из пропавших двухколесных машин ко мне не вернулась?

Первый велосипед был у меня немецкий, марки «Оригинал Шургоф». Трофеи наших войск в Германии, подарок отца. Шесть лет он пылился на ржавом гвозде в кладовке, пока я подрастал. А в седьмом классе я наладил его, заменил обода под наши шины и, полный решимости научиться кататься, три дня по вечерам выходил с ним в безлюдный переулок. Мне не нужны были свидетели моего неумения. Я отталкивался, садился в седло, один-два раза нажимал на педали - и вынужден был выпрастывать ногу в ту сторону, в которую падал. Садился, и снова все повторялось с заведенностью хорошо отлаженного механизма. Пока не появился инстинкт поворачивать руль в ту сторону, куда грозило падение. На третий вечер я уже мог проехать метров сто, отчаянно виляя. Это была победа.

Велосипед раскрыл предо мной город и пригороды. Я увидел массу улиц, о существовании которых даже не подозревал, и увидел места в пригородах, приезжать куда было приятно. Увели же первый велосипед у меня самым нелепым образом. Я завел его на второй этаж спортивного магазина «Динамо», что на улице Карла Маркса (сейчас этот приметный дом снесли). Не на улице оставил, прислоненный к дереву, а занес в магазин. Приткнул к прилавку, отвернулся, глазея на товары, и через минуту услышал: «Отсюда уже убрали велосипед, давай поставим свой».

Я оглянулся посмотреть, откуда это убрали велосипед, и увидел: кто-то ставил на место моего велосипеда свой, моего уже не было. Не было его и на улице. Помню свою детскую растерянность, жгучую обиду и ожидание чуда: может быть, кто-то подшутил, уехал прокатиться, сейчас вернется, извинится. Но чуда не произошло, любимую свою вещь следовало беречь и лелеять и ни в коем случае не оставлять без присмотра.

Второй велосипед у меня украли в институте. Приезжая на занятия, я завозил его в дальний коридор, но и он оказался ненадежным убежищем. Третьего, марки «Турист», я лишился у продовольственного магазина. На нем стоял счетчик, а счетчик показывал, что проехал я 15000 километров. Было жалко потерять эту легкую быструю машину. Я так часто оставлял его у магазинов, что начал верить: его-то у меня не украдут. Но и его украли. Все же я купил четвертый велосипед, на сей раз самый обыкновенный, и он оказался долговечнее трех предыдущих и долговечнее мотоцикла, хотя по общему километражу, на нем пройденному, он так и не сравнялся с «Туристом».

Хорошая штука велосипед. Нехитрая детская песенка утверждает, что ноги на нем едут, а задница – нет. «Что за штука лисапед – ноги едут, ж… - нет!» Песенка эта могла звучать в душе до оскомины.

Отворот в Назарбек, затем отворот на Минеральные воды. Ни там, ни там я не был, эти названия мне ничего не говорят. Пройдет пара недель, и на здешние холмы начнется паломничество молодежи за грибами и тюльпанами. На мотоциклах, мотороллерах и велосипедах. Веселое это зрелище, под стать зрелищу расцветшей степи. При мысли о грибах или тюльпанах девушка думает о парне, которому могла бы довериться, а парень – о девушке, с которой ему было бы хорошо. Грибы же и тюльпаны – так, только повод.

Поворот на Келес. «Помню, где-то на Келесе армянин в тяжелом весе…» Келес – это река, уже казахская, а на реке этой стоит кишлак, или аул, или село Капланбек. На холмах близ Капланбека у меня после первого курса была геодезическая практика, мы лазили там целыми днями с теодолитом, нивелиром, рейками и мензулой. Там я много чему научился, и там у меня появились новые друзья, которых теперь не было рядом. Но я знал, где они, и знал, что мне будет снова хорошо с ними, когда мы встретимся. Но мы могли уже и не встретиться, так далеко отнесло их от меня житейское море.

На перекрестке возводили путепровод. Все правильно, кольцевая магистраль не должна пересекаться в одном уровне с второстепенными дорогами. Непрерывность движения – закон современных автострад. А нажимать на педали все тяжелее. Останавливаюсь. Сажусь на травку под большое тутовое дерево, прислоняюсь к нему спиной. Странное корявое дерево с короткими ветвями-прутиками. Дерево-труженик. В мае-июне его ветви обрежут все до единой и снесут на корм тутовому шелкопряду. Что ж, шелк – дело тонкое, это все знают. Тихо. Очень тихо. В городе не бывает такой тишины. В городе даже глубокой ночью всегда присутствуют сторонние звуки, близкие и далекие. Как непривычна эта тишина! Словно чего-то не хватает. Темп городской жизни и эта сельская тишина, очевидно, малосовместимы.

Передохнул – поехал дальше. Подо мной железнодорожные пути, две колеи, отполированные до блеска. Стремительно проносится пассажирский на Москву. И тут же вспарывает воздух встречный. Пятьдесят вагонов прекрасной строительной сосны. Я вдыхаю запах машинного масла. Последний вагон пассажирского уже неразличим, даль уже приняла, всосала его. Хотел ли бы я вот сейчас, сию минуту, сменить велосипед на поезд? На самолет? На беззаботную обеспеченную жизнь в других городах, которая бы длилась, скажем, неделю? Месяц? Наверное, хотел бы. Впрочем, как сказать. Я не увидел в себе определенного ответа, хотя еще недавно ездить по стране, по миру было моим сильным и постоянным желанием. Нет, все же хотел бы. Сорваться – и вперед, вперед! Видеть, запоминать, описывать увиденное, хорошее и плохое вперемешку, история и тенденции. Да, поездить бы! Но ездить хорошо только с ощущением полной свободы, когда нет за спиной никаких неотложных дел, и заботы не отвлекают тебя, и можно остановиться в любом месте и на любой срок – потому что ты так захотел.

Шоссе на Чимкент – с дендропарком по левую сторону. Дальше – Джамбул и Фрунзе. Знакомая дорога. Она круто изменила мою жизнь. Мотоцикл, женщина на заднем сидении, загородные холмы, зеленая роща. И глаза женщины, призывные, боящиеся равнодушия. Я остался с этой женщиной навсегда, и многое, что было мне дорого и близко, ушло в прошлое, и ушло насовсем, а взамен я получил совсем другую жизнь, полную новых радостей.

Пятно дендропарка оранжевого цвета еще с прошлой осени. Зима ничего не смогла поделать с окаменевшими листьями. Как хорош был дендропарк осенью, когда в нем обилие хрустящих листьев, и они еще не намокли от бесконечных дождей и могут жалостливо хрустеть под ногами, как бы протестуя против неосторожного прикосновения. Во Фрунзе так же красива Карагачевая роща. Даже красивее. Она во много раз больше, и в ней есть березы, серебристые ели и вековые дубы с густыми кронами. Завернуть в дендропарк? Крюк не будет большим. Но сегодня там не захрустят листья. Есть места, где хорошо бывать только в определенное время года. В дендропарк хорошо приехать осенью, в конце октября, например.

Прямо по курсу силуэт океанского корабля. Трубы Ташкентской ГРЭС, компактные корпуса котлов, не взятые под крышу. К двум стодвадцатиметровым трубам причалены белые дирижаблики дымовых шлейфов, третья пока отдыхает. Это самая крупная в нашей республике тепловая электростанция. Я хотел взобраться на одну из ее труб – ради обзора, который открывался сверху, но металлические скобы лестницы начинались высоко, и надо было приставлять еще одну лестницу, чтобы достать до них, и сами эти скобы не казались мне надежными. Я так и не полез наверх – и правильно поступил. Потом, когда я полез на телемачту, я понял, как это трудно – взбираться на такую высоту. Все равно я написал статью о том, как строили эту трубу. Статья удалась, и я ею гордился.

Слева городок под стеклянной крышей. Знаменитый лимонарий садовода Фахрутдинова. На некоторых деревцах, удивительно компактных, плодов было куда больше, чем листьев. На одном небольшом, не выше трех метров деревце я насчитал четыреста лимонов сорта «меер». Плоды источали тонкий аромат. Кажется, я первый подробно написал об этом садоводе, об его теориях, о том, как он добился обильного плодоношения лимонов и чего собирается добиться с помощью стимуляторов роста. Потом имя этого садовода стало часто мелькать на газетных полосах, и добился он действительно многого. Но тогда, после завершения нашего разговора, он подарил мне один сморщенный лимончик, не сорванный с дерева, а подобранный с земли. Он оказался скуп, и меня не тянуло побывать у него еще раз. Лучше бы он мне ничего не подарил! В других теплицах цвели невиданные цветы из Кении и Уганды, орхидеи, цинерарии и бог весть еще какая экзотика. Цветы давали больше прибыли, чем всякие там огурчики-помидорчики, и только лимоны могли соперничать по части доходности с цветами.

Потянулся жилой массив Высоковольтный, младший брат Чиланзара. Обитель моих родителей и сестры. Кирпичные дома под расшивку – чем не солдаты, выстроившиеся на плацу? Здесь город уже перешагнул за свою кольцевую автомобильную дорогу. Рост на север, рост на юг, рост во все стороны – и аэропорт, бывший когда-то за городом, уже поглощен, уже вобран в ненасытную городскую утробу. А каким удобным и небольшим был Ташкент сразу после войны! Но теснота невообразимая (в войну считалось нормой два квадратных метра жилья на человека) заставила город расти, расти и расти. Он рос, в основном, в ширину, ибо расти в высоту было куда труднее: в сейсмоопасном районе в высоту не потянешься.

Мост через Салар. Неказистая эта речушка искусственного происхождения когда-то имела для меня значение прямо символическое. С третьего по седьмой класс я со сверстниками в летние каникулы дневал и ночевал на его берегах, выучился плавать, играть в карты – в буру, в короля и так далее. Особенно хорошо было сплавляться по Салару на камерах. Мы ложились на камеры у трамвайной остановки Нефтесиндикат, что близ вокзала, и плыли до Тезикова базара, километра два, если не больше, мимо зарослей ежевики и заборов из колючей проволоки (ежевика прекрасно выполняла роль непреодолимого забора), мимо многочисленных уборных, поставленных прямо у воды. Волны раскачивали камеры, и это запомнилось.

Мы изучили Салар на этом протяжении так же хорошо, как свою улицу. Мы знали все его быстрины и заводины, все места, где можно причалить и оборвать ежевику, и места, где можно вылезти на ничейный берег, позагорать и подурачиться или до обалдения поиграть в карты. Несколько раз в нас кидали камни из-за высоких заборов, и всплески поднимались совсем близко от камер. Кто-то нас подстерегал и готовился встретить метким артиллерийским огнем. Но мы не боялись, хотя на камерах были совершенно беззащитны. К тому же течение быстро выносило нас из-под обстрела. Мы так и не выяснили, кто поджидал нас и обстреливал камнями. Но, странное дело, эти обстрелы делали Салар еще больше привлекательным.

В восьмом классе мы почувствовали себя взрослыми, и Салар сразу помельчал в наших глазах. Сдал свои позиции. Его вытеснили из нашей жизни велосипед и Чирчик. Разливы Чирчика, его крутые волны были куда интереснее. У нас появились девушки, которые ходили с нами на Чирчик, и это тоже было интересно. Это новое полностью вытеснило Салар из нашей подростковой жизни. Но сейчас, проезжая мимо этой славной речушки, изрядно за последние годы измельчавшей, я вспомнил не то более позднее время, когда Салар начал быстро мельчать, а то доброе старое время, когда мы носились на камерах по его серым волнам, и нас обстреливали с разных сторон, а мы маневрировали и уходили от обстрела, а потом плыли по этому месту снова, наперекор спрятавшимся за ежевичной стеной недоброжелателям. И вода, грязная саларская вода, вобравшая в себя немало городских отбросов, не казалась нам мутной и отвратной. Даже зрелище плывущей ваты, которую выбрасывали из госпиталя, не вызывало в нас тогда отвращения. Но клич при приближении этой ваты раздавался, всегда один и тот же: «Вылазь, шпана, сифилис плывет!»

За селом Луначарским кольцо поворачивало на юг. Прежде здесь были сады и поля, а теперь вырастали городские кварталы. Близко к кольцу примыкала взлетная полоса авиационного завода. На ней, когда ее строили, я обкатывал свой мотоцикл. Отсюда поднимались в небо могучие «Антеи», воздух дрожал от их моторов, и дрожь эта превращалась в неистовый рев, когда самолет проносился над головой. Это были самые крупные в стране самолеты, и ташкентцы гордились, что их строили в их городе. Может быть, только бомбардировщики стратегической авиации были крупнее.

Берег Чирчика. В реке быстрая желтая вода. Опять потянулись заводские корпуса. Некоторые из них шагнули в пойму и на левый берег. Вспоминаю, сколько километров приходилось идти до Чирчика хлопковыми и помидорными полями пятнадцать лет назад. Километров пять, а то и все семь. Теперь на эти поля выплескивался город, ему уже тесно в старой одежде, и он хочет сменить ее на более просторную. Мы часто ходили на Чирчик купаться, начиная с восьмого класса и до поступления в институт. В начале июня было хорошо плыть по быстрине, вода обжигала, скорость течения казалась нам очень быстрой, сопоставимой с ездой на автомобиле. А к середине лета вода спадала, становилась теплой и чистой, и можно было сколько угодно нежиться в протоках, совсем не замечая, что находишься в воде.

Здесь мы старались блеснуть перед девчатами, и вспоминать об этом нельзя было без улыбки, до того все это было наивно и непосредственно. Сейчас бы никто из нас не вел себя так по-детски. Но, вспомнив все это, я подумал, что этим и хорошо было то время – оно было хорошо поисками и мечтами, которым не суждено было воплотиться во что-то конкретное, но которые оставили свой след, закалили характер, позволили найти дело, которое по душе. А у тех девочек, которые ходили с нами на Чирчик, сейчас своя жизнь, они давно мамы, и на работе их зовут по имени и отчеству. Давно я их не видел. Но и они часто предлагают (я узнаю об этом от Валентина Хадикова, который какими-то одному ему ведомыми путями все еще поддерживает старые связи): а почему бы нам не собраться прежней компанией, не вспомнить Чирчик и славные школьные вечера, славные диспуты под предводительством Ирины Александровны Гуковой, учительницы с большой буквы? Предложения делаются, но снова мы не собираемся, наверное, что-то мешает – хлопотно это слишком и может вызвать в душе резонанс воспоминаний. Но грустная тяга к этому давно прошедшему времени сохраняется и иногда, очень редко, выливается во что-нибудь конкретное. Как сегодня.

За Куйлюком кольцо поворачивало на запад. Сады справа, сады слева. На персинах вот-вот раскроются розовые цветы. Стеклянные стены теплиц, бесконечные развилки. Все явственнее ощущается соседство большого аэродрома. Каждые пять минут впереди на невидимую посадочную полосу мягким прыжком пантеры опускается очередной лайнер. Это величественное зрелище, и к нему трудно привыкнуть. Останавливаюсь в створе посадочной полосы и разминаю порядком затекшие ноги. Самолеты проносятся надо мной, на глазах выпуская шасси. В аэропорту они кажутся меньше, чем когда смотришь на них снизу вверх, а они снижаются строго в створе посадочной полосы. Но и в аэропорту на них можно смотреть долго, предвкушая полет и его ощущения.

Двадцать лет назад где-то здесь текла извилистая речка Тал-арык, и летом мы ловили в ней пескарей, подбредая их марлей или майками, и смотрели, как рядом, на земляную еще полосу, садились в клубах пыли «Дугласы» и «Ил-14». Тогда на аэродроме стояли и трофейные самолеты, «Мессершмидты» и «Юнкерсы», и, возвращаясь с Тал-арыка, мы старались пройти возле них, и охранники нам не мешали. Мы гордились за свою страну, проходя мимо немецких боевых самолетов, и чувство собственного достоинства становилось очень большим.

Однажды, это было, кажется, в седьмом классе, еще до экзаменов, я с Валентином Хадиковым отправился на Тал-арык купаться и подбредать марлей медлительных пескарей. Я взял из дома хлеба, редиски, колбасы и варенья, и еще чугунный нож-тесак, тяжелый и страшно тупой. Для защиты от бандитов. А Валентин взял с собой сыра и еще какао в термосе. Мы выкупались, подбрели пять или шесть пескариков, снова выкупались, нарвали спелого тутовника и сели пообедать – перед новым наступлением на пескарей. И тут к нам подкололась блатная компания. Это были задиристые ребята постарше нас, и мы их боялись. Человек пять стояло на левом берегу, а двое перебрались на наш. Они отобрали у нас всю еду, включая нарезанный на дольки сыр и какао в термосе, и тяжелый тупой тесак тоже.

Мы могли бы отбиться, но стояли, бессильно опустив руки, а кодлочка видела это и ликовала, на наших глазах уминая за обе щеки наш хлеб, наш сыр, нашу колбасу, запивая все это нашим какао из термоса. Потом кодлочка возвратила нам термос и ушла, а мы остались, оплеванные и сердитые. Этот случай лег несмываемым пятном на наши биографии. Потом мы уже не давали спуска. Валентин стал хорошим боксером и научился сбивать с ног первым же ударом в челюсть. И с нами больше не случалось таких казусов. Но и тогда мы могли бы постоять за себя, и до сих пор обидно, что мы струсили, не дали боя. Потом мы тоже приходили сюда часто, и нас уже никто не обижал. А сейчас, наверное, и приходить было некуда, поглотили Тал-арык городские кварталы. Но вспомнить было о чем. Уж очень уютно было нам на медленных заводинах Тал-арыка.

Снова в путь. Как гудят ноги! Сколько же за спиной километров? Шестьдесят? Наверное. Более чем достаточно для одного дня, особенно после такого продолжительного перерыва.

Я повернул к станции Кызыл-Тукумачи (Красные Ткачи). Оставшийся участок кольцевой дороги, совсем небольшой, был мне известен и малоинтересен. Шоссе сменила тропа, и я где ехал, где шел пешком, ведя велосипед рядом с собой. Было видно, как основная железнодорожная магистраль, идущая на юг, вбирала в себя Ангренскую ветку. По Ангренской ветке прогрохотал поезд, а по основной магистрали за это время проехало четыре. Пассажирский пролетел стремительно, красиво. Я нарочно избрал дорогу через эту станцию, она достаточно фигурировала в похождениях моего детства. Тогда она стояла совсем за городом, от последних кварталов за Тезиковым базаром ее отделял большой пустырь, заросший лебедой. Теперь же станция тоже была в черте города, как аэропорт и Тал-арык, и теперь она была совсем не такая – раздавшаяся вширь, обросшая складами, станционными постройками, заводскими корпусами, зажившая жизнью интенсивной и беспокойной. Пустыри когда-то создавали иной ландшафт, а заросли тростника вдоль Салара придавали местности некую таинственность и дикость.

Я стал искать двор, который тогда был хорошо виден с насыпи – правильный квадрат двора с кирпичным новым домом посередине. Из этого двора раздался выстрел, и ворона, летевшая довольно высоко, вдруг сложила крылья и камнем рухнула вниз. Я хорошо запомнил этот выстрел: во дворе стоял человек в черном, ворона летела на него, и над человеком вдруг распустился дымок выстрела, белый расширяющийся дымок. И ворона словно наткнулась в воздухе на незримую преграду и стала падать. Только потом донесся выстрел, с опозданием секунды на три. Я стал искать этот двор и не нашел, его заслонили новые дома и деревья. Мне тогда очень хотелось иметь свое ружье, и потому я запомнил этот выстрел.

Еще я вспомнил, как на станции между вагонами Валентин сбил из рогатки воробья. Воробей летел прямо на него вместе с другими воробьями, отчаянно чирикая, и он вскинул рогатку и выстрелил, и камешек удачно ударился о воробья и отскочил, а воробей упал на землю. Он даже не трепыхался. Валентин потом два года хвастался, как он сбил воробья налету, поразив его прямо в грудь. Стрельба по воробьям из рогатки одно время была его увлекательнейшим занятием. Наверное, сказывался отголосок военных лет, своеобразный культ меткости, ловкости, силы.

Отсюда уже рукой было подать до дома. Я медленно ехал какими-то кривыми переулками мимо тесно стоящих неприглядных домов, и размышлял над своей жизнью. Сейчас у меня была любимая работа и любимая женщина, и я знал, что мне должно быть хорошо, и мне было почти что хорошо, за какой-то совсем маленькой малостью. Очень многое, однако, все еще продолжало оставаться в замыслах, как десять и двадцать лет назад, но теперь я знал, что они осуществятся не скоро, если им вообще суждено осуществиться. И другие, новые замыслы тоже осуществятся не скоро, ведь с годами я прикладывал все меньше энергии для их осуществления, зато все более отдавался повелительной силе течения.

То настоящее и больше, ради чего я жил, все еще было впереди. И я знал, в глубине души, конечно, - это я никогда не выпячивал напоказ, - что я способен осуществить все это, способен давать больше, чем получалось у меня сейчас. Но настоящее и большое все продолжало отодвигаться от меня, все оставалось в будущем, в завтрашнем дне, словно мечта и наваждение, и иногда я уже сомневался, что оно реально. Настоящее и большое почему-то все больше походило на лозунг громкий «Нынешнее поколение советских людей будет жить при коммунизме», ведь исполнение этого лозунга тоже постоянно отодвигалось в светлый завтрашний день. Ладно, хватит растекаться мыслью по древу! Я доволен работой и доволен своей семьей. Но все-таки жалко, что мое настоящее и большое, чем я давно должен был быть занят по горло, все еще впереди. Далеко впереди.

Почему? Кто скажет?

Весь этот день и следующие дни у меня было приподнятое настроение. От встречи с детством, которая получилась как бы сама собой. Много лет назад я очень любил такие поездки. Конечно, к этому чувству приподнятости в какой-то мере был причастен велосипед. В значительной мере.

ЗЕЛЕНОГЛАЗАЯ

Давно это было, года за два до хрущевской денежной реформы 1960 года, после которой ракеты устремились ввысь, а деньги стремительно покатились вниз. Бутылка водки стоила тогда двадцать один рубль двадцать копеек. Почти бесплатно, по нынешним меркам. И многое из того, чего теперь нет, было тогда в ходу. А многое в ходу и поныне. Вот ведь как давно это было, а запомнилось, крепко вросло в память и не хочет из нее удаляться...

Декабрь наступил, а мы продолжали уродоваться на вате. Пятого декабря (в свое время, если вы забыли, это был день Сталинской конституции и большой всенародный праздник, а несколько позже – просто день Советской конституции и просто праздник), – так вот, пятого декабря небо обложило, заморосил дождик, мелкий, назойливый, и мы дружно прекратили работу. Мы, то есть студенты ташкентского ирригационного института, с утра были рады непроницаемому небу, ожидая чего-нибудь мокрого, что Бог пошлет. И вот свершилось. Кто-то запел, кто-то пустил сочную шутку, кто-то загоготал, командуя кончать и идти в барак между капелек, чтобы не намокнуть.

Дождь обещал проблески и просветы в нашем однообразном бытие: например, баню, сон без подъема в семь, приятное безделье вместо опостылевшего хождения на полусогнутых по пустым грядкам. Срок нашего пребывания на хлопке приближался к двум с половиной месяцам, и хотя каждый раз на вопрос, когда же нас вывезут, нам отвечали, что скоро, у этого «скоро» были резиновые границы. Как будто каждый из нас персонально был виноват в том, что республике все еще не хватало до выполнения плана хлопкозаготовок каких-нибудь жалких двух-трех процентов.

Я в этот сезон работал грузчиком, но не по причине богатырского здоровья, а потому, что не имел гибкой спины – спасибо радикулиту! И мне с напарником предстояло несколько задержаться: набить в мешки собранный сырец, дождаться брички и отвезти вату на пункт приемки сырца. Дождь подгонял, мы шевелились, и очень скоро рассованный по мешкам хлопок был погружен на скрипучую бричку, отвезен, взвешен и сдан приемщику под расписку. Надвигался вечер, унылый-унылый в нашей затянувшейся хлопковой унылости. Я не знал, что предпринять. Исподволь подкрадывалось желание не подчиняться, – и не ко мне одному! Но за лень и дезертирство с хлопкового фронта карали. Провинившийся получал тычок, благодаря которому часто оказывался по ту сторону институтских дверей (если за него некому было заступиться). Нерадивого лишали стипендии.

Я шел в барак, без любопытства заглядывая в свой внутренний мир, знакомый мне во всех своих подробностях. Привычка и инерция были сейчас единственными силами, которые мною двигали. У меня не было девушки, с которой я мог бы подняться на гребень высокой волны и забыть неудобства хлопковой жизни. И близких друзей здесь не осталось ни одного. И денег, чтобы купить бутылку вина. У меня ничего не было, кроме злой тоски, которая поселилась во мне вместе с опостылевшей необходимостью подчиняться.

Раза два или три я наведывался к девчатам, точнее, к одной миниатюрной, светленькой, приятно сложенной, но какой-то странной и ужасно непоследовательной девушке, озорная улыбка которой могла в одно мгновение смениться холодом и сарказмом. Она как бы внушала мне с разной степенью строгости: «За мной, мальчик, не гонись!» Ей нравилось не замечать меня в упор. Я же не спешил узнать причину ее холодности. Мучился, робко и смешно подкарауливал ее на танцах – и еще раз убеждался в ее упрямом нежелании видеть меня среди своих поклонников. Озлившись и несолоно хлебавши ложась спать, я приказывал себе выбросить ее из головы. Этот приказ, однако, ничего не менял в моем отношении к этой девице. А она танцевала до приторной усталости, меняя партнеров, как перчатки, и уходила в самый последний момент, после последнего танца, втайне сожалея, что и у веселья имеется предел.

Я не знал, кто ее провожает. Более того, боялся сведений такого рода и внушал себе, что это мне неинтересно. Я, однако, был далек от мысли, что она мучила меня из одного взбалмошного желания позлить и помучить. К кому-то она, конечно, тянулась, а я не знал, к кому. Я вообще теперь избегал ее. Подверженный неожиданным приступам стыдливости, я не заговаривал с ней первый, полагая, что она воспримет это как укор. И поймать ее взгляд не старался, намеренно смотрел мимо. Но это трогало ее так же мало, как наводнение в Китае, тайфун в Мексиканском заливе или землетрясение в Японии. Она получала лишний повод потешить свою тщеславную душу, и она смеялась и тешилась. Своевольная она была девочка, хотя и добрая – моментами и не со мной. Пикантная мелочь могла иметь над ней власть необъяснимую; я же, к сожалению, подобной мелочью не располагал.

Выбросить же ее совсем из сердца и забыть я не мог. Это было тяжелее, чем отдать последнее. И она еще долго мерцала во мне притаившимся огоньком, каким-то блуждающим, трепетным и хрупким. Лишаться этого огонька мне не хотелось. Понадобились месяцы и годы, чтобы огонек этот затух, ветер начисто выдул пепел, и сердце снова стало свободным для полета и парения, как в лучшие дни юности.

Тогда же я брел под моросящим дождем, ежился и думал об этой девушке, и жалел себя, так и не сумевшего добиться ее расположения.

– Дима! Погоди-ка! – раздалось из сырого полумрака. Звал меня Витенька Артамонов, который только что вернулся из трехдневной отлучки. Надо ли было ему возвращаться, вот вопрос! Особой дружбы между нами не водилось, но то обстоятельство, что наши отцы вместе работали и крепко дружили, давало и нам право на расположение друг друга. Виктор причалил ко мне, широко улыбаясь. Улыбка его была какая-то виноватая, счастливая и стеснительная одновременно, и придавала лицу детское выражение наивного самодовольства и радости.

– Спешишь? – поинтересовался он.

– Сам знаешь, некуда. Сам знаешь, никто не ждет.

– Да, дела. Заворачивай к нам!

– Позже, а?

– Позже будет поздно.

Это был довод очень даже весомый. Витенька что-то затевал, а шапочный разбор меня не устраивал. Я кивнул, предвкушая теплую волну от ста граммов (послание небес!), которая разольется по всему телу. Воздух тогда порозовеет, и погаснет на час-другой серость хлопковых буден. Может быть, шальная эта волна поднимет меня на свой гребень и приглушит мысль об этой вздорной девочке, которая упорно отворачивается от меня, словно я ее недостоин.

– Подождем Савву и Короля, – сказал Витенька.

Мы встали под кухонный навес. Дождик шуршал о шиферную кровлю, заметно усиливаясь. Быстро темнело, и начинало знобить. Промозглая эта сырость! Меня пробирала дрожь, да и Витенька зябко ежился, кутаясь в хлипкое пальто. Да, декабрь – это зима; так поздно нас еще с хлопка не вывозили.

– Как съездил? – спросил я.

– Знаешь, классно сейчас в городе. Но в одном я сплоховал: возвращаться сюда не стоило. Собирать вату обрызгло, а торчать здесь, не работая, сам понимаешь, не фонтан, недолго и свихнуться. Ладно, выхлопочу освобождение – и айда, Витюша! Мои кореша все уже дома. Гуляют по Карла Маркса, пивком балуются в свое удовольствие, девочек развлекают. Живут ведь люди! А я вот вернулся. Зачем? Может, ты знаешь? Задержись я, никто бы не стал тыкать пальцем: ты, Виктор, филон. Правда, освобождение у меня до сегодня, но это запросто провернуть. Я знаю, как. Лева меня научил. Изя так слинял, и Шабалин вчера отбыл на родину. Я ему: «Привет!» А он мне: «До свидания!» Сарай наш надоел донельзя. Камышовый потолок, соломенная подстилка с мышами вперемешку, по углам хлам и мусор. Если бы не свеженький выговор, который влепил мне наш комсомольский вожак, этот разлюбезный одноглазый Санчо, когда закоцал меня с Королем в отлучке, я бы как пить дать не вернулся.

А теперь боязно шебуршиться. Папане накатали отсюда премилое письмо. Он меня и выпроводил, вот батя! Идейный. Санчо хотя и одноглазый, а ведь накнокал. Он ехал на лошади, мы издали засекли его и спустились в сухой арык. А он накнокал нас с мостика. Все из-за Короля. Я лег на дно арыка, а Король уперся: «Не хочу ложиться, я везучий!» Ну, везунчик! Как будто везучих оставляют на второй год. «Меня кустик заслонит!» А на том кустике уже ни листочка. Санчо и приволок нас в штаб. Приняли мы там крещение. И когда уже нас вывезут? Ходят слухи, торчать нам здесь до ишачьей пасхи, пока республика не сделает план и обязательство. Обещать, конечно, легко, но зачем же с потолка цифирь брать? Из реальности полагается исходить, из выращенного урожая. Ну, пусть бы хоть вата висела на кустах. Но нет давно ваты, на одну ощипку втроем кидаемся. Фартук – в нем шесть килограммов – за полдня наполняем. Когда было такое? Мышей у вас много? – неожиданно поинтересовался Витенька.

– Мышек-норушек хватает, – сказал я. У меня под изголовьем было две норки, и я не раз просыпался от прикосновения мягкого мышиного брюшка к щеке. Эти норки я заделывал много раз, но рядом с ними тотчас появлялись новые.

– И у нас их хватает. У нас жарко топится печь, раньше такие называли буржуйками. Мы позаимствовали ее у соседей, притупив их бдительность. Тепло влечет мышей, и они вылезают из своих норок. Сначала осторожничают, принюхиваются, а потом собираются на середине. Хозяева! И одни, надо полагать, самцы, гоняются за другими, надо полагать, за дамами. Догоняют, и… От тепла им кажется, что это лето, что пора мышат заводить. Потеха! И вот мы смотрим, как это у мышей происходит. Только сопеть не надо. Они пугаются, если засопишь.

– А ты не сопи, раз это мышам мешает. Мышата через сколько дней рождаются? – спросил я.

– Может, еще и мышат дождемся, – предположил Витенька.

Подошли Савва Гримасин и Король. Щуплого, великовозрастного Короля я почти не знал, на курсе он был второгодник, и грозное его прозвище объяснялось прозаически просто – оно шло от фамилии Королев. У Гримасина торчала из оттопыренного кармана белая головка. Здороваясь со мной, Савва повернулся лицом к свету, и я увидел его глаза, синие-синие, далеко задвинутые под массивные рыжие надбровные дуги. Всякий раз, когда на мне останавливался пристальный взгляд Гримасина, его тоска переливалась в меня, и мне казалось, что он казнится каждым днем, проведенным вдали от моря. Но все обстояло не так, его тоска была другого свойства. «Братва, поканали!» – пригласил Савва осипшим голосом.

Зачавкала, поползла под ногами земля. В черном густом воздухе можно было двигаться лишь на ощупь. Неуемно шуршал дождь. И невольно, в противовес этой промозглости, возникала мысль о тепле, о горячем чае с печеньем, об улыбке матери в отчем доме, светлой-светлой.

Мы ввалились в приземистый глинобитный сарай, который служил жильем Витеньке и Савве. Дверь прилегала к косяку с солидным зазором, и только мальчик мог войти в нее, не сгибаясь. Две лампочки, плод стараний удравшего Изи, роняли убогий желтый свет. Пожалуй, наша керосиновая лампа была поярче. Подстелив под себя отцовскую шинель, я примостился в углу. Ребята развалились рядом. Тотчас на солому постелили газету, а на нее поставили бутылочку и стакан. Копченая селедочка появилась в единственном экземпляре, банка баклажанной икры, масло и хлеб. По масштабам хлопковой жизни, закуска была изысканная. «Наливай!» – предложил Витенька Королю, как старшему годами. Первым пил я.

– За вас, братья-кролики! – сказал я, прикоснулся стаканом к бутылочке, выпил и поставил стакан на газетный лист. Ножа так и не нашли, и я разорвал жирную селедку на куски руками. Хлопок, наконец, отучил меня быть вечно стесняющимся интеллигентом.

Следующим пил Савва. «За день Сталинской конституции!» – произнес он. «Сталинской, Сталинской!» – поскандировал Витенька и зашелся смехом. Хрущевские откровения уже сделали свое дело, вождь и отец народов был свергнут с пьедестала, но только что свергнут и далеко не при всеобщем согласии, и Савва с Витенькой откровенно намекали на то, что многим из больших людей, которые направляли сегодня мировую политику, история скажет словами Шекспира: «А этот Бог – какой ничтожный идол!» Много непонятного таилось в хрущевском развенчании Сталина, и тысячи «как» и «почему» были готовы сорваться с языка. Мы уже не боготворили больших людей, которые делали большую политику в нашей стране и в других странах, не вторили песне «Сталин и Мао слушают нас, слушают нас, слушают нас...» Мы прекрасно понимали, что Сталин и Мао слушают только самих себя. Мы ждали результата.

Наконец, тара достигла Короля, и он выплеснул в нее остатки. Стакан наполнился до краев.

– А ты себя не обделил! – ухмыльнулся Витенька, источая – только у него одного получалось так – обаяние и сарказм в пропорциях, исключающих обиду.

– Обиженному Богом грешно лишать себя маленьких радостей, – сказал Король, не конфузясь, и стал пить. На его одутловатое, прыщавое лицо с землистыми щеками сошло умиротворение. Он пил медленно, мелкими глотками, откидывая голову назад и смакуя водку. От причмокивающих губ его стала расходиться блаженная улыбка, к щекам вдруг прилил румянец, родственный хрупкому золоту осени. Казалось, все земные блага окружили его не привыкшее к ним существо, а он не знал, что с ними делать и как ему поступить.

– Славно пошла! – заключил он, швыряя пустой стакан на газету.

– Ты закуси, закуси!

– Ну, это лишнее. – Но он зачерпнул немного баклажанной икры согнутой алюминиевой ложкой.

– Теперь жить можно, – сказал Савва, заметно посветлев.

– Вспомни что-нибудь, моряк! – попросил Витенька. Каверза прозвучала в его голосе. Эта чуть-чуть большая степень свободы в обращении с самолюбивым Саввой, чем мог позволить себе я, и заставила меня подумать, что Артамонов не случайно и не по слабоволию держится возле этих бывалых людей, что он не посторонний в их среде, а один из первых, и что, изготовившись слушать чужую откровенность, он очутился в стихии, любимой им до душевного трепета, а других интересов у него пока нет. Конечно, чуткий Савва заметил подначечку-подколочку, но положение Витеньки и вправду было особое, ему разрешались и прощались маленькие вольности.

– Видишь ли, – начал Савва, медленно воодушевляясь, – видишь ли, подвели меня глаза, эти самые мои синявки, которые так нравятся женщинам. Развилась близорукость, и с мореходкой пришлось проститься. А мечта повидать белый свет была у меня большая. Я ловчил. Выучил на память таблицу, по которой окулист проверял зрение, и продержался год. А на следующей проверке врач вывесил новую таблицу, я же отвечал по старой. Меня отчислили с третьего курса. Ни к одной женщине меня так не влекло, как к морю.

– Ты просто еще не любил, – предположил Витенька.

– Может быть. Что же вам рассказать, что вспомнить? В прошлом не люблю ковыряться, это занятие стариков. Я вообще не в ладах со своим прошлым. Но на этой вате все лучшее, что было когда-то и прошло, всплывает и начинает дразнить. И надо не вспоминать, а вытравливать, укрощать силу тайных соблазнов. Соблазн велик, а я его укрощаю. Ибо мне же дороже обойдется, если он станет управлять моими поступками. Все как по учению основоположников о классовой борьбе.

«Как мало я знаю этих людей, – подумал я. – Просто видимся, просто разговариваем. Но это ведь не то. Это ведь без заглядывания к ним в душу. Я о них почти ничего не знаю. А хочу знать, кто они и что у них под серой чешуей заскорузлости. Хочу знать, какие они на самом деле».

– Сочувствую! У тебя, Савва, художественный строй души, – сказал Король. – А здесь вата, бараки, мыши и вши, и все так неприятно затянулось. Я тебя понимаю, как пить дать понимаю! Море… Море – это как женщина, которую добиваешься, а она сначала манит, потом поворачивается и уходит, ничего не объясняя. И в память море врастает так же прочно, как женщина, которую не дано забыть.

– Спасибо, Король! – с приязнью сказал Савва.

– Все-таки, вспомни что-нибудь, моряк, поднатужься! – повторил просьбу Витенька.

– Сам поднатужься, но сначала за дверь выйди, – неожиданно отреагировал Савва. Витенька оскорбленно откинулся назад, но не надулся, не насупил брови – быстро отошел и быстро простил.

– В Мурманске мы пили не так. Это что? Этого даже на один зуб не положишь!– Савва презрительно сморщил губы.

– Северяне признают только спирт?

– Были б рупии! – сказал Король. – Но рупий нет, мы на страшной мели. За последнюю пятидневку я не напахал даже на питание. Приходится довольствоваться случайными ошметками счастья, вроде сегодняшнего внеочередного сабантуйчика. Спасибо, Витенька, уважил ты нас, мы у тебя в долгу!

– Подумать только, три года провел я в Мурманске! – Савва не замечал, что перебивает Короля. – Мурманск, он как пробный камень для мужчины. Слабачок сразу воротит рыло, а сильный только матереет. Да, готовился я к загранке, а пришлось откатиться. Не по волне утес.

– Я тоже был в Мурманске, – заявил Король.

– Трепешься! – возразил Савва.

– Иди ты. Я ездил поступать в Ленинградское высшее военно-морское училище. Не добрал баллов, и нас направили в Мурманск.

– Трепешься! – повторил Савва убежденно.

Короля это задело за живое. Савва же яростно отстаивал Мурманск от посягательств Короля, как будто кратковременное пребывание там Короля унизило и осквернило город. Савву коробило, что Король, едва ли видавший в жизни водоем больше Комсомольского озера в Ташкенте, претендовал на близость к советскому военно-морскому флоту.

– В морфлоте и не пахло такими мальчиками! Хорошо, какая в Мурманске главная улица?

– Северная! – с ухмылочкой подсказал Витенька.

– Улица Северная! – тотчас повторил Король и стал пристально смотреть на Савву, желая довести до его сведения, что хватит сажать его в лужу, и если ты не веришь, то и не верь, но и не разоблачай, не раздевай при всех. Не делай из крошечного обмана большую некрасивую ложь. Но Савва был непреклонен в стремлении отстоять честь Мурманска от наглых посягательств Короля.

– Ошибся ты, браток. – На устах Гримасина заиграла улыбка превосходства. – До прошлого года центром Мурманска был Комсомольский проспект. Скушал и облизнулся?

– Ну, забыл, забыл!

– Скажи, память какая склеротическая! А танцевать ты куда ходил?

– В морской дворец культуры, – произнес Король отрешенно и опустил глаза.

– А мы танцевали только в педагогическом институте, – назидательно произнес Савва и засмеялся, торжествуя.

– Хватит, ребята. Не надо, ребята. Зачем нам коготки свои обнажать и кидаться друг на друга? – вклинился Витенька, желая положить конец этим желчным упрекам, которые вносили разъединение в потеплевшую компанию. Просьба подействовала. Поверженный Король благоразумно перевел разговор в другое русло, но как-то очень ловко перевел, без ущерба для своего авторитета. Выяснилось, что выпито явно недостаточно. Я вывернул карманы и выпростал на газетку всю свою наличность – четыре рубля рублями. Рубля три еще наскребли мелочью и из-под соломы извлекли восемь порожних бутылок. Поискали девятую, но ее не было. Осталось добавить какую-нибудь пятерочку, и тут встал вопрос, у кого занять. Вопрос был серьезный. При деньгах были немногие, а таких, кто не пожалеет с ними расстаться, и того меньше. Предлагались и отвергались кандидатуры, рождались идеи…

– Твоя Зеленоглазая не прижимиста? Забрось удочку, а? – сказал Витенька Королю и вдруг, спохватившись, виновато и странно посмотрел на меня.

– У нее не попрошу! – отрезал Король с непривычной твердостью, словно его подбивали на низменный поступок.

– Я знаю, где мы разживемся пятеркой! – сказал Савва и потянул за собой Короля. Они скрылись за дверью, и в комнату ворвался холодный шорох дождя и пахнуло черной, сырой мглою.

– Будет дело! – встрепенулся Витенька, потирая руки. Наступило тягостное молчание, которое Витеньке скоро наскучило. Его потянуло на признания:

– Не ладится что-то у меня с Аллочкой. Дружим с девятого класса, а все не раскушу ее. То она со мной, и мне хорошо, то она неизвестно где и неизвестно с кем.

Я нехотя оторвался от созерцания собственного внутреннего мира и вспомнил хрупкую, остроносую, как и сам Виктор, беленькую, быстро краснеющую девушку-северяночку. Иногда я встречал ее в троллейбусе, здоровался, а вот оглянуться и задержать на ней взгляд меня почему-то не тянуло.

– Видишь ли, характер у нее… – продолжал откровенничать Витенька. – Вольностей не позволяет совершенно. Не так прикоснусь, не о том слово молвлю. И начинается глупейший пилеж. Я раздражаюсь: меня что, на выучку к ней отдали? Пока мучаюсь, но терплю. А до каких пор терпеть, если она вольностей не позволяет? Однажды я обедал у них, и ее батя предложил мне стопочку. Она чуть не подпрыгнула: «Он не пьет, ему не наливай!» То есть, как это «не наливай?» Почему «не наливай?» Нет, пора менять декорации. У Изи я встречал девочек другого склада. Не ломаки, не цацы какие-нибудь. С одной я неплохо полежал. – Он зажмурился и не спешил поднять веки. – И, понимаешь, после всего этого она не претендует на меня. Ну, побыли вместе, поймали кайф, ну, разбежались – ни я ей ничего не обещал, ни она мне. Ведь все это просто, совсем просто. Захочу, еще приду, но сначала надо захотеть. Эту же цацу даже не обними. Как-то я попробовал задрать ей юбочку. Что началось!

– Женись и задирай юбку, сколько хочешь, – грубо предложил я.

– Жениться! Посоветуешь, тоже. Как будто без этого нельзя. Позавчера, в городе, я познакомился с одной малышкой. На трамвайной остановке. Студентка политехнического. До трех часов ночи мы целовались в ее переулочке. Потом на своих двоих домой пилил – трамваи, сам знаешь, после двух не ходят. Вот это темперамент! И сейчас еще губы болят.

Я подумал, что не смог бы подойти к такой симпатичной малышке на трамвайной остановке. Нет, не смог бы. Это было выше моих сил. Я бы только смотрел на нее со стороны.

– Изя бы сейчас непременно достал выпить, – продолжал Витенька. – Он это мастерски организует. Когда к нему ни заявишься, у него водочка, огурчики. Гитара. Смотришь, девочка какая-нибудь разбитная заглянет на огонек, ни для кого двери не заперты. Соседи косятся, но моралью уже не докучают. Изя их поучений не приемлет. Ты никогда не видел, как он клянчит? Вот где высший класс! Он так умеет изобразить страдание, что не отказывают ни ближние, ни чужие. При нем мы здесь каждый вечер балдели. Не веришь? Башку на отсечение. Однажды он умыкнул у завмага ящик портвейна, и тот перестал пускать его на порог магазина. А Изя смеется: «Не будь растяпой, благодари за науку! Кто еще тебя, чувака кишлачного, уму-разуму научит?» Помнишь, как он курсовой увел? Наши отличники сдали курсовые проекты и получили свои пятерки. А Изя выкрал их ночью из шкафа. Заведующий кафедрой, тронутый на детективах, решил изловить наглеца. Изя сдал курсовой, но услыхал обрывок разговора, который ему не понравился. И ночью выкрал курсовой во второй раз. Свой.

«Изя, и проворный же ты!» – сказал ему заведующий кафедрой без обиды. И повесил на шкаф четыре замка.

– Везунчик твой Изя! – сказал я.

– За что ты его не любишь?

– Знаешь, я его почти люблю, – сказал я и пожал плечами. – Он так не похож на меня, что я его почти люблю. Не жалую, конечно, но люблю.

– Пора дуть отсюда, – сказал Витенька. Это была мысль. Вата кончилась, а потрудились мы нормально. Угрызений совести от согласия со сказанным Витенькой я не почувствовал.

– Давай, – согласился я. – Декабрь, а мы все торчим в этой дыре. Совсем погано!

– Мы эту вату не сажали! – сказал Витенька и посмотрел на меня, требуя подтверждения.

– Не сажали! – поддакнул я.

– Завтра же крутанемся к медичке. Знаешь, хлебный мякиш выручает безотказно. Сунем справочки в клюв кому надо, и до свидания! Вы пашите, мы вас подождем!

Комсомольская совесть почему-то не запротестовала. Комсомольская совесть молчала, серая, совковая действительность уже не могла ее воодушевить. Виктор наклонился ко мне, чтобы доверительно раскрыть секрет хлебного мякиша – как это им удается, но распахнулась дверь и пропустила мокрых Савву и Короля, торжественно несущих бутылку. Мир оказался не без доброй души, и вид недопившего и страдающего мужчины вызвал созвучный отклик в неизвестном женском сердце. Стакан совершил еще один оборот по часовой стрелке, после чего была достигнута норма. Я почувствовал себя на гребне высокой волны, которая ходко несла меня в розовую неизвестность. Воображению открывались дали звонкой таинственности, и это нельзя было разрушать или спугивать.

– Сыграй, моряк. А ты, Король, спой! Знаешь, что спой? «Листья!» – распорядился Витенька. Тонкое и бледное лицо его светилось возбуждением. Радость переполняла его. Глядя на него, можно было подумать, что ради этих коротких счастливых минут нетрудно терпеть все осточертевшие хлопковые штучки-дрючки. Савва потянулся к гитаре, сжал ее поцарапанными, заскорузлыми пальцами, проверил настройку, подкрутил струны, и полились мятежные звуки, действие которых оказалось неожиданно глубоким и мощным. Когда же он повернулся лицом к свету, беззвучно шевеля губами, и свет пронзил спокойную глубину его глаз, в них запереливалась прежняя печаль, тяжелая, не рассасывающаяся, так что начинало казаться, что он и сам уже не хотел расставаться с нею. Король изготовился петь и весь превратился во внимание. Я тоже ожидал с нетерпением. Хотелось, чтобы у сегодняшнего вечера не было конца. И вот Король начал неожиданно приятным и выдержанным голосом, старательно выводя слова. Савва попытался было подпевать, но Виктор протестующе поднял руку: не встревай, ты тут лишний! Король вкрадчиво входил в силу, поворачиваясь к друзьям новой, неожиданной стороной души:

Листья пожелтевшие, увядшие,
Вы к зиме заснули крепким сном.
Мы с тобой, любимая, хорошая,
Греем сердце в счастье неземном!

Листья! Вы, ветром сорванные с веток,
Мокрые и улетающие в даль,
Листья, вы с прощальным приветом
Унесите мою печаль.
А тоска глухая, злая, страшная
Омрачает душу в час ночной.
Листья, наша жизнь так схожа с вашею,
По ветру гонимая судьбой!
Листья! Вы, ветром сорванные с веток,
Мокрые и улетающие в даль,
Листья, вы с прощальным приветом
Унесите мою печаль.

Король заставлял друзей не только жадно ловить каждый звук, но и поддаваться грустному очарованию песни и удивляться тому, что простые и вроде бы ставшие привычными слова вдруг приобретают новую повелительную силу. Королю была присуща своя манера исполнения. Он выкладывался до дна, до испарины на землистом лбу, и я был приятно изумлен его пением, которое заключало в себе нечто такое, что никак не вязалось с его заурядным обликом. Возможно, выступай он со сцены, его мастерство не тронуло бы так, или вообще бы не тронуло, но теперь все обстоятельства, складываясь воедино, обеспечивали ему успех несомненный.

Я люблю глаза твои печальные,
В них порой мелькнувшую слезу.
Листья осыпаются хрустальные
На листву, лежащую внизу.
Листья, вы ветром сорванные с веток,
Мокрые и улетающие в даль...
Листья! Вы с прощальным приветом
Унесите мою печаль.

Король выкладывался, словно весь мир завороженно внимал ему. Витенька, слушая, вытянул в струну худое свое тело и, казалось, готов был клюнуть Короля заострившимся носом. Тонкая шея его с выпиравшими венами и кадыком стала несоразмерно длинной, как у драчливого петуха. Слушал он жадно, с откровенным наслаждением, как бы подставляя разгоряченное лицо струе прохладного ветерка, подувшего с ромашковой поляны.

А мне вдруг открылась страна фантастическая, совсем неземная, в которой, однако, все было как на Земле, но без всего того, что у нас скверно, что у нас унижает человека. Мне открылась совершенная страна, где люди приветливо улыбались друг другу и были необыкновенно хороши душой и телом. А над ними, принесенные ветром издалека, кружились и замирали в медленном танце оранжевые листья. Их заставляла кружиться и замирать тихо льющаяся музыка, и весь их полет был исполнен таинственного значения: лист, кружась и падая, рисовал в воздухе линию судьбы, которую нельзя ни подсмотреть, ни запомнить. По упавшей, вздрагивающей листве бродили девушки. Листья похрустывали, сжимаясь, и девушки были взволнованы общим для всех предвкушением чего-то хорошего, уже начавшего сбываться. «Красиво, но не для меня», – подумал я.

Король кончил петь, и воцарившееся молчание было молчанием спешного возвращения с лиловых заоблачных высей на землю, в наш затхлый, пахнущий мышами сарай. Последние аккорды, будто увядшие листья, кружась, растаяли в сумраке.

– Хвалю, Король! – воскликнул Витенька и положил ладонь ему на плечо. «Мадагаскар!» – скомандовал Король, воодушевленный прекрасным началом. Несомненно, ему было приятно, что на него, человека слабовольного, привыкшего подчиняться и давно потерявшего самостоятельность, – что на него устремлено доброе внимание товарищей, что его песен ждут со щемящим любопытством, что их потом будут петь про себя. Савва тотчас выдал шустрыми своими пальцами «Мадагаскар», живую, темпераментную песню авантюристов и первооткрывателей, – недавнее творение московского барда Юрия Визбора. Пахнуло незнакомой жизнью, хмельной, напористой молодостью, экзотикой, приключениями, океаном, бросающим на скалистые берега серые, напористые волны.

Тихо горы спят. Южный Крест занял полнеба.
Спустились с гор в долину облака.
Осторожней, друг, ведь никто из нас здесь не был –
В таинственной стране Мадагаскар.
Осторожней, друг, ведь никто из нас здесь не был –
В таинственной стране Мадагаскар!

На остров отправились отчаянные парни, может быть, отверженные в своей стране, парни, которым молодость кружила буйные головы.

Или других головок по молодости не бывает? Про них и была эта жизнерадостная песня, и теперь она звучала в грязном сарае хлопкоробов, провозглашая твердость духа, презрение к опасностям и принцип лотерейного счастья, для многих привлекательный. Савва аккомпанировал, а Король самозабвенно выводил:

> Может статься, ты смерть найдешь за океаном.
> Но все же ты от смерти не беги!
> Осторожней, друг, даль подернулась туманом.
> Сними с плеча свой верный карабин.
> Осторожней, друг, даль подернулась туманом.
> Сними с плеча свой верный карабин!
>> Тихо горы спят. Скалы мрак окутал серый.
>> Спустились с гор в долину облака.
>> Осторожней, друг, тяжелы и метки стрелы
>> У жителей страны Мадагаскар.
>> Осторожней, друг, тяжелы и метки стрелы
>> У жителей страны Мадагаскар!

Я не пытался подпевать, боясь испортить впечатление; я этого не умел никогда. Вот он, Король! С виду хлюпик, изможденный, невзрачный, и едва ли, задержавшись взглядом на землистых его щеках, можно ожидать от него чего-нибудь путного. И, однако, как поет, как преображается! Слушаешь и невольно прощаешь ему все его слабости и даже то, что впереди у него более чем скромное будущее. Умеет же душу отвести человек! А Король заважничал, расплылся в улыбке и, наслаждаясь произведенным впечатлением, отдыхал. Потом, повинуясь внутреннему толчку, принялся чеканить в ритме фокстрота:

> Офицеров знала ты немало:
> Кортики, погоны, ордена.
> О какой же жизни ты мечтала,
> Трижды разведенная жена?
>> А муж твой, дурак, в далеком море
>> Ждет от тебя привета.
>> В синем большом просторе
>> Шепчет он: «Где ты? Где ты?»
> С тихим звоном встретились бокалы,
> На подушки капли уронив.

Брошенный мужской рукой усталой,
Шлепнулся на пол презерватив!
А муж твой, дурак, в далеком море
Ждет от тебя привета...

Здесь тоже была тоска, но тоска иного порядка, тоска по чистоте человеческих отношений как достоинству, доступному немногим. Доступную тем, на ком печать избранности. Король пел снова и снова, пока не стал испытывать трудности с репертуаром. Негромко аккомпанировала гитара, и вкрадчивые ее звуки, напоенные некоей подстрекательской силой, оказывали на нас воздействие чрезвычайное. Хотелось предпринять что-нибудь необычное, хотелось кричать, что в груди, наконец, перестали скрестись и царапаться противные черные кошки. Притуплялось ощущение времени и пространства. Внешний мир, в котором шуршал дождь и в котором, после дождя, предстояло собирать хлопок, заменил мир дивных звуков, и распахнулись двери в новую Вселенную. Король еще спел в охоточку:

Может быть, вы давно стали дамочкой,
И какой-нибудь мальчик босой
Называет вас ласково мамочкой,
Эту девушку с русой косой.
Кто ж теперь ваши губы целует,
Неизбывною страстью горя?
Кто ж теперь вас к груди прижимает,
Называет: «Голубка моя»?

Эта песня тоже нашла во мне отклик. Вместе с радостью, что и она коснулась сокровенного, начался приступ щемящей тоски. В этой тоске, однако, тоже была своя радость, четко разграниченная с грустью. Девушка с русой косой... Я видел такую украдкой, но чаще – во сне, в воспаленном воображении. Пронзительно яркая девушка, как солнечный, прямо в глаза, луч. Зачем, Король, ты дотянулся до запретной этой струны, а ты, Савва, ударяешь по ней толстыми негнущимися пальцами? Ничего вы не знаете, а вот набрели на мое больное место и топчетесь на нем. Вы это нарочно, да? Ногами, обутыми в сапоги? «Вы слышите, грохочут сапоги!» Оставьте, оставьте в покое девушку с русой косой!

И, словно насладившись моими муками, Король переметнулся на другое:

Жила на свете Киса-Мурочка, и жил на свете Вася-кот.
И часто-часто, часто-часто они стояли у ворот.
Ах, если б знала Киса-Мурочка, на что способен Вася-кот,
Она не стала бы, как дурочка, стоять с ним часто у ворот.

Песня порвалась, как перетянутая струна. Савва бросил играть и, прислонив гитару к стене, изрек: «Невтерпеж мне здесь. И сорваться нельзя, выгонят. Один выговор уже прилип к пузу, как пластырь к болячке. Вот и ломай голову».

– Было бы из-за чего! – попытался утешить Король, вытирая со лба, с висков, с верхней губы мелкую испарину. – И я в гробу видел такую жизнь. Уродуйся тут на пустых грядках вместо учебы! Потом гонка, а я не умею усваивать все эти хитрые премудрости в таком темпе. Давай-давай-давай! Неужели это на всю жизнь? Без продыха? Но я не колочусь лбом об стенку и тебе, Савва, не советую. Потому что и мне, и тебе давно известно, что стенка крепче. Нам с тобой надо уважать обстоятельства, которые сильнее нас.

В двери постучали. Требовательный это был стук. А не начальство ли обход совершало? Мы встрепенулись, Савва инстинктивно сунул под солому пустые бутылки.

– Это Зеленоглазая, – сказал Витенька и как-то странно посмотрел на меня. – В прошлый раз она так стучала. Иди, Король, приглашай!

Король сорвался с места как ужаленный. Однако я успел поймать брошенный им уже на бегу настороженный и растерянный взгляд, больно в меня впившийся. Я удивился, но ничего не понял – до тех пор, пока не отворилась дверь и не вошла Зеленоглазая – та самая светленькая, отменно сложенная девушка, к которой я наведывался два-три раза и которой нравилось подчеркивать, что я проделываю это совершенно напрасно. Я опешил и инстинктивно приложил руку к груди, унимая зачастившее сердце. Это было неожиданно и, в то же время, как-то очень уж хорошо.

– Добрый вечер, мальчики! – поздоровалась она, задерживаясь у порога, и улыбнулась, изогнув одну бровь. В ее улыбке была подкупающая искренность и большое внутреннее напряжение. – Как вас здесь много, мальчики! Я не ожидала застать здесь такую теплую компанию, иначе застеснялась бы и не пришла. Что же вы не приглашаете меня присесть с вами? Или я не вовремя пожаловала?

Она произносила слова слегка нараспев, оттеняя их легкой иронией, заметно затягивая окончания. Смущенной она не выглядела, как будто в ее приходе не было ничего необычного. Только едва улавливаемое дрожание губ указывало на ее собранность, на то, что чувства ее сейчас сжаты в тугую пружину. Она хотела что-то доказать нам, в чем-то убедить, и пришла, наверное, с одной этой целью. На ее белом шерстяном платке блестели капельки дождя, телогрейка же впитала в себя влагу и почернела. В руках она держала запотевшую литровую бутылку портвейна, но пока стеснялась показывать и прятала за спину. «Не побоялась, взяла и пришла, - подумал я. – Не по себе не ей, а мне».

– Что вы меня так разглядываете? – продолжала она. – Конечно, я плохо поступила, что пришла к вам одна и без приглашения, но мне захотелось прийти, и я пришла. Разве это предосудительно?

– Проходи, Зеленоглазая! – воскликнул Витенька. – Мы тебе рады. О, да ты с гостинцем! Прознала, что мы бедствуем? Участие проявляешь? Какая ты молодец!

Он подвинулся, освобождая место между собой и Королем, но девушка села между Королем и Гримасиным, как раз против меня, сунула телогрейку и шаль в руки суетившегося Короля и распорядилась: «Повесь!» Затем поправила белесые волосы и торжественно, как воспитательница в детском саду, произнесла: «Ну, что ж, давайте веселиться!»

Я не сводил с нее пристальных глаз и говорил себе: «Вот ты какая… Бойкая до дерзости. Пришла и распоряжаешься, задаешь тон, и все тебе подчиняются. К кому же ты пришла? К Королю? Я не знал, что ты с ним дружишь. Старательно не замечал, кто уводит тебя с танцев в лунную полночь. Странно, что этот человек – Король. Очень странно».

Водка лишила меня стыдливости, притупив обычно обостренное чувство недовольства собой, и мне было не больно и не обидно, словно я окончательно свыкся с тем, что Зеленоглазая пренебрегла мною. Меня, однако, очень интересовало, что же произойдет сейчас.

– И ты здесь? – вдруг в упор спросила она, уставившись на меня с ловко разыгранным удивлением. – Ты же из интеллигентной семьи! – Она забавлялась, ей нравилась моя безответность. – Что ты здесь делаешь? Пьешь? Смакуешь похабщину? А зачем? Не подумай, что я гоню тебя. Я говорю так, потому что знаю, что ты здесь не свой. Не годишься ты, чтобы быть здесь своим. – Она засмеялась, но как-то нервно, натянуто, и я понял, что хотя в ней и проснулась актриса в тот самый момент, когда она переступила порог этого сарая, полного перевоплощения у нее не получится. – Здесь живут отъявленные ханыги! – Она развела руками в обе стороны. – Тебе с ними не по пути. Могу добавить, что тебе и со мной не по пути, потому что я с ними. Ты этого еще не понял? Ничего, скоро прозреешь и перестанешь замечать меня. Ведь так же, так?

– Не надо об этом, – тихо попросил я. Странное дело, я не обижался, мне не было неловко. Напротив, ее дерзкая запальчивость воспринималась мною как логическое продолжение прекрасных песен Короля, и я хотел, чтобы она унижала меня еще, до тех пор, пока бы не вогнала в стыд нестерпимый.

– Какой ты смешной! – неожиданно заключила Зеленоглазая и засмеялась.

Смеялась она громко и естественно. Я понял, что ее интерес ко мне сейчас погаснет, и она просто перестанет меня замечать. – А вы, мальчики, уже приняли на грудь и резвитесь! Закосели уже, небось! – обратилась она ко всем. – Ты вот, Савва, забегал к нам денег занять, а в гости не пригласил. Я, возможно, вам бы литр поставила, последнюю копейку выложила. Веселитесь, мальчики! Пользуйтесь моей добротой, мальчики! Потому что я не всегда добрая, а только порывами. Вам же, конечно, ваша слоновья чуткость помешала пригласить меня, вам это и в голову не пришло. Но я взяла и… Скажите по совести, вам неприятно, что заявилась я и разобщила вашу теплую компашку? Я хочу посмотреть, как вы себя сейчас поведете. Только и всего! Вы, пожалуй, как раз до анекдотов неприличных докатились, а продолжить нельзя, я мешаю. Вот вы и в недоумении. О красивом говорить вы разучились, и получается, что говорю я одна, несу вздор несусветный, а вы и вздора не можете сказать, настолько вас оторопь взяла. Ладно. Давайте разопьем эту бутылку. Чур, мне полный стакан, и немедленно!

«Тебе – полный стакан! – мысленно повторил я. – Чего? Вина или счастья? Или того и другого?»

– За то, чтобы нам везло! – важно произнес Король.

– Да, да! – подхватила Зеленоглазая. – Выпьем за нас, брошенных в эти сараи. За наши нелепые планы, которые исполнятся, если мы очень этого захотим. За то, наконец, что мы наперекор всему верим в свое счастье, и эта вера – наша путеводная звезда. – Она эффектно запрокинула голову и частыми глотками выпила вино, полный стакан красного портвейна. По лицу ее медленно разливалось блаженство. «Поцеловать бы ее», – подумал я, когда она пила, запрокинув голову. Это была нереальная мысль, но я представил, как бы я это сделал, и стыд зашевелился в моей груди. «Фу, какая пакость! – сказала Зеленоглазая про любимый напиток трудящихся. – Водка, должно быть, в сто раз хуже. Как вы ее пьете?» – Блаженство, однако, не покидало ее лица. Значит, она говорила не то, что думала.

– Тренируйся, и у тебя пойдет не хуже, чем у нас, – заверил Витенька.

– Да? Тренируйся лучше ты, за себя и за меня. Я в безобразиях с вами соревноваться не намерена. А ты пей, я не отговариваю. Сопьешься, – туда тебе и дорога. Не пожалею, я не из жалостливых.

Что это так, я знал на собственном опыте.

– Трезвую женщину не всегда поймешь, а уж пьяную…

– Балда ты, и не спорь со мной, – перебила Зеленоглазая с интонациями занятного ребенка. – Я не буду сегодня спорить, мне это вчера надоело. Я хочу говорить только об интересном и красивом. Король, подвинься, я обопрусь о твое плечо. И не молчи, не позволяй, чтобы меня клевали. Или я не к тебе пришла?

– Ко мне, знаю и рад, – поспешил заверить Король и снова посмотрел на меня, но не торжествующе, не с оттенком превосходства, а как бы прося снисхождения и заверяя, что если мне не повезло сейчас и с этой девушкой, то повезет завтра и с другой. Я смотрел на нежность Зеленоглазой к чужому, противоречивому человеку, как на нечто существовавшее уже давно и давно мне известное, и не испытывал ни разочарования, ни боли, ни мелочного желания показать, что я лучше. А она благосклонно опустила кудрявую головку на плечо Королю, поерзала, устраиваясь поудобнее, и, наконец, угомонилась, вытянув стройные, неожиданно длинные ноги в зеленых бриджах. Казалось, она задремала, но это было очередное лукавство. Король по-прежнему молчал, заметно потускнев. Стало видно, что он не рад происходящему. Но он старался не шелохнуться, чтобы не потревожить девушку. И тут заговорил Грима-син, громким, поеживающимся голосом выплескивая нам на обозрение свой давний душевный неуют.

– Зеленоглазая, сейчас ты выпила за наше счастье. И за свое, конечно. Ты что, действительно надеешься быть счастливой, или у тебя случайно вырвался этот банальный тост? Поясни, мне это любопытно.

– Странно, – сказала Зеленоглазая, тревожно улыбаясь и рассчитывая на наше сочувствие. – Какой ты смешной! – неожиданно заключила она, выдержав, со встречной укоризной, пристальный, жгучий взгляд Саввы и заставив его первым отвести глаза. – Почему ты надеешься, что я скажу правду? И с какой стати я откроюсь, счастлива я или нет, таким шалопаям? Вы жаждете интимных излияний, вам не терпится их посмаковать. Савва, ты спросил это, чтобы посмеяться? Или тебе в самом деле интересно?

«Сейчас рухнет все, что создавал Король своим прекрасным пением», – подумал я.

– Я хочу заглянуть тебе в душу. Можешь не отвечать, если тебе неприятно. С моей стороны это обыкновенное любопытство. Ты знаешь, я сочувствую твоему крутому темпераменту. Сочувствую ищущему началу, что заложено в тебе.

– Так счастлива я или нет? – спросила себя Зеленоглазая, и лицо ее отразило пульсацию мысли: вопрос – ответ, вопрос – ответ, вопрос – отсутствие ответа. – Редко кто скажет, что он счастлив, а кто так скажет и не слукавит, тот самодоволен и глуп. Я понимаю, что человек, который считает себя счастливым, не бывает доволен решительно всем, но он доволен достижением своей наипервейшей цели, что и приносит ему счастье.

– Мадам, ты высокопарна, – сказал Витенька. – Ты попроще, по-нашему.

– По-вашему не умею, могу по-русски. Не перебивай! Счастье всегда быстротечно, ведь в нем нет ничего от привычки. Когда мужчина говорит женщине, что привык к ней, их счастье уже позади. Я бываю счастлива, но редко, реже, чем в мечтах, когда представляю свою жизнь, какой она должна быть. Но я не жду милостей от природы и потому бываю счастлива много чаще своих подруг, по крайней мере тех из них, у которых рыбья кровь. Есть такие не опрометчивые, правильные девочки, они умело смиряют себя, где надо и где не надо. Так они, по-моему, вообще не бывают счастливы. Правда, они избегают и больших разочарований. Но не с их холодным пылом в чем-то разочаровываться.

– Но ведь ты надеешься!

– Как и ты, как и ты. Прозябать я не собираюсь. Но я не связываю свое счастье… с мужчиной. С одним из вас, например.

– Вот как! Ты собираешься быть счастливой без мужчины? Интересненько! Но каким же образом? – съязвил Савва.

– Сверхъестественным, – желчно парировала она. – Я всегда знала, что мужчины о себе очень высокого мнения. Как же, они столпы общества и все такое. А мы, женщины, и ростом пониже, и умишком пожиже. Где уж нам уж выйти замуж, мы уж так уж как-нибудь! Когда я вошла к вам, вы встретили меня так, словно я нарушила очень важный запрет, провинилась перед вами. Ведь я не должна была приходить к вам одна, без приглашения, да еще так поздно. Себя вы такими рамками не ограничиваете. Упаси Бог! Вы можете когда угодно ввалиться в наш барак, вам все дозволено. Вот насколько вы ставите себя выше. А по законам равенства я имею такое же право прийти в ваш барак, как и вы в наш.

Так-то, поросята! Щелкнула я вас по носу, а вы и не всполошились. Замедленная реакция! – Она обвела нас торжествующим взглядом, откинула голову назад и демонстративно прильнула к Королю.

– Знаешь ли ты, Зеленоглазая, – продолжал испытывать ее Гримасин, – что Король женат и у него ребенок, который уже ходит, уже говорит: «Мама». Он не тебе говорит: «Мама». Он называет мамой совсем другую женщину!

В тяжелом молчании взводились тугие курки, друзья по выпивкам и по похождениям наливались враждебностью. Зеленоглазая побледнела, ее зрачки сузились и запылали презрением и злостью. Она была оскорблена, уязвлена грубой и недалекой мужской логикой, которая обвиняет женщину в заведомо мужских грехах, ставит ей в вину то, в чем обыкновенно виноват мужчина. Не сразу, но она собрала силы для отповеди:

– Дорогой мой синявчик, я знала, что ты не из стеснительных. Я уже повидала хамов, но такого любителя боднуть исподтишка встречаю впервые. Пусть ты облил грязью меня, я тебе никто, и на меня можно выплеснуть хоть ведро помоев, хоть ушат. Но ты смешал с грязью и своего друга, что законами товарищества не прощается. Как ты будешь смотреть Королю в глаза, говорить с ним, есть из одной миски? Морская душа широка, в ней и для подлости уготовано место, так, что ли?

Она неудержимо краснела и с каждым словом становилась все необузданней и злее, словно только сейчас до нее дошел весь низменный смысл его замечания. Было задето ее достоинство, а за себя постоять она умела с тех младенческих лет, с которых себя помнила. Собственно, весь смысл ее жизни заключался в умении постоять за себя.

– Синявчик, ты был бы чертовски предупредителен, если бы сообщил мне об этом раньше Короля. Но до сих пор ты помалкивал, у тебя было не столь мрачное настроение. А в душе ты разве против такого обмана? Скажи, против? Ты бы уж точно на месте Короля все скрыл. Еще одна бабочка прилетела на огонек! Туда ей и дорога. Ты бы обманул без угрызений совести. Ты ведь знал, что Король мне все рассказал. И сейчас, в присутствии людей, которые не являются нам судьями, ты ни в коем случае не должен был трогать это. Я не стою между Королем и его женой. Куда мне, да и зачем? Мы с Королем только друзья. Я перед ним не раздевалась и с ним в одной постели не лежала, если тебе это интересно. Я ни с кем не лежала, я девушка, если это тебе так интересно. Да и не побежит за мной Король, забудет он меня завтра. Я не обманываюсь на этот счет. Но то, что касается нас двоих, это только наше. Так что не беспокойся, не суетись попусту. Запомни одну простую истину: ты не лучше Короля и не годишься ему в наставники. Ты очень меня обидел, синявчик. Ты меня обидел незаслуженно, по угрюмой тоске своей. Тебе приятно было сделать мне больно. Зачем ты так поступил? Неужели тебе не стыдно? Конечно, вам странно, что я выделила Короля, вы не находите у него больших достоинств. Но если он пел вам сегодня, то, ручаюсь, вам было хорошо. Я пришла, он перестал петь. Выходит, что я испортила вам всю музыку. Что ж, угостите его в другой раз и услышите все сначала. И «Листья», и «Мадагаскар». Я же не собираюсь вам рассказывать, что нашла, что увидела в Короле. Еще чего не хватало – исповедоваться перед вами!

Она говорила громко, почти выкрикивала свои горячие обличительные слова. Ее холодная решимость защитить свое естественное право жить по велению сердца была прекрасна. Король же хранил насупленное молчание, как будто эта сцена происходила не в его присутствии и не накладывала на него никаких обязательств. Он желал невозможного: чтобы скорее возвратился мир и кончились эти глупые пререкания. И Савва, и Зеленоглазая были его друзьями, и ссора эта была ему особенно неприятна потому, что ему надо было кого-то поддержать, а он не знал, кого. Это «или – или» поставило его в тупик. Я сидел как на иголках. На меня разом обрушилось столько впечатлений, и мне, как и Королю, трудно было в них разобраться. Сердцем же я целиком был на стороне Зеленоглазой, а Савва и Король становились мне все более неприятны. Однако я знал, что никак не выражу этой своей поддержки, что Зеленоглазой не хочется и не нужно моей поддержки. Ведь не оправдываться ей уже перед двоими.

– Прости, виноват! – неожиданно сказал Савва, поднимаясь. – Глубоко виноват. Надеюсь только на отзывчивое и отходчивое сердце твое, оно все стерпит и все простит. Знаю, что несдержан, что временами испытываю потребность забраться в самые заповедные уголки человеческой души, но забываю при этом, что это душа чужая. Я не собирался причинять тебе боль. Я затеял это с единственной целью увидеть твою реакцию. И ведь получил, получил удовольствие! Порочная моя наклонность восторжествовала. Прости, Зеленоглазая! Ты добрая, ты и прости.

Нестерпимый стыд вытолкнул его из сарая. Он выбежал под дождь, не схватив ни шапки, ни телогрейки. Он больше не мог находиться вместе с обиженным им человеком. Зеленоглазая, пораженная столь бурным финалом, почти жалела о высказанных ею обличительных словах. Теперь она молчала, как и все мы. От веселой компании осталось приятное воспоминание. Стало видно, что Король пьян и плохо соображает, что здесь произошло.

– Мне не следовало приходить к вам, я предчувствовала скандал, – сказала Зеленоглазая после паузы. – Это все мой вздорный характер. Если я решила что-нибудь сделать, то непременно сделаю, даже во вред себе. Но как он посмел сказать мне такое? Он хотел, чтобы я разделась перед ним. Никогда! И откуда в нем столько злости?

– Ты преувеличиваешь, – сказал Король, глядя на черную щербатинку в глиняной стене.

– Спасибо тебе! – раздраженно бросила девушка.

– Это потому, что он не может забыть своей мореходки. Наши радости кажутся ему мелкими и надуманными. Я следил за ним и видел, что он не сразу решился на это. Он долго сдерживался, он боролся с собой! Его поступок родственен болезни, а на больных не обижаются, – сказал Витенька рассудительно. Никто не ожидал от него такого анализа, и миротворчества от него не ждали.

– Все вы его защищаете! – бросила Зеленоглазая, еще пунцовая от стыда и гнева. – Постой! Пожалуй, ты прав. Я уже успокоилась, я быстро прощаю. Но все-таки вечер испорчен, а я хотела веселья, которое от чистого сердца. Я была как в ударе, но меня взяли и ударили по голове. Я прежде не представляла, как может человек глумиться над другим человеком, а теперь узнала, на себе испытала. Передайте Савве, что я признательна ему. Но я прощу его, уже простила. Пусть живет спокойно и не переживает. На обиженных Богом не обижаются.

– Ты простишь, у тебя отходчивое сердце! – подтвердил Король. – Посиди еще.

– Нет, спасибо. Сиди сам, если дождика боишься.

– Тогда пошли, – сказал Король и стал собираться.

«Что она нашла в нем, что увидела? – размышлял я, наблюдая их спешные сборы. – Человек с наклонностями алкоголика. Правда, поет. Ну, поет! Или она знает за ним в десять раз больше достоинств? Не мне осуждать ее, не мне оправдывать. Интересно, какую роль в судьбе женщины играет самовнушение и жалость? Да, да, она прониклась к нему чисто женской сострадательной жалостью. Но все это кончится за ближайшим перекрестком. Все ясно, как под увеличительным стеклом. Но ведь больно же, больно! И гадко. Как будто и я среди виноватых. Нет, я не буду ее добиваться. Не хочу. Вот оно, прояснение!»

– До свидания, мальчики! – сказала Зеленоглазая. – Какие же вы, однако, тряпки! Ну, не буду донимать вас моралью. Встретимся завтра на вате.

«Будь счастлива!» – благоговейно прошептал я ей вслед. Если бы она услыхала этот приглушенный шепот, непременно бы обернулась.

– Непонятные люди! – заключил Витенька. – Как будто им чего-то не хватало. Выкидывают черт знает что, а потом готовы лезть на стену от позора, который сами же накликали на свою голову. Сейчас прискочит Савва. У него бывают сильные приступы раскаяния. Набедокурит, а потом кается: «Я не хотел! Я не такой! Меня не поняли!»

Действительно, в сарай крадучись вошел Гримасин, мокрый, дрожащий от возбуждения.

– Как крошка? – спросил он. – Подняла волну? Молчал же я вначале. Теперь она будет смотреть на меня волком. Пока не поймет, что я не нарочно. Тогда у меня полегчает на душе, не раньше. Вы меня вслед за ней не осуждайте. Да и правду, чистую правду я сказал: зачем ей Король? Правда ее и зацепила. Пусть я обидел ее, но она, сама того не желая, обидела женщину, жену Короля. Она хищница.

– Брось, моряк! – сказал Витенька. – На фига воспаляться? Раз она хищница и все такое, зачем же ты извинялся, на задние лапки становился? Перед хищницами не извиняются. По-моему, сейчас ты просто задаешься, а на фига тебе перед нами задаваться? На досуге можешь обдумать все это, ночь впереди длинная, и завтра день, видать, не рабочий. Лежи, тренируй извилины. Давайте-ка укладываться. Только ты, моряк, не сразу начинай обдумывать все это, не сейчас. Сейчас придет Фома и организует нам чай. Надо только его завести. Если же ты будешь при этих своих угрызениях совести, мы не заведем Фому и останемся без чая. А чаек после бормотухи - первое дело!

Разговор заглох, взаимное притяжение ослабло. Я старался не думать о происшедшем, однако мне опять стало грустно, как будто что-то большое и светлое, что еще до сего дня сопровождало мою жизнь, неожиданно покинуло меня. Перестал звучать зов родственной души, погасла мечта, задутая промозглыми ветрами действительности. И надо было многое начинать сначала. Савва тоже был очень не в духе. Витенька же сожалел, что этот захватывающий спектакль кончился так скоро и аплодисментами не сопровождался.

Наконец, пришел Фома, нескладный долговязый парень, то ли очень добродушный, то ли слегка заторможенный. На нем беззлобно отыгрывались в тоскливые минуты, а он не роптал. Небритый, лохмоволосый, Фома сразу же повалился на солому, даже не спросив, есть ли чего пожевать. «Сейчас его заведут, как заводят будильник», – подумал я.

– Ты где гулял, Фомик? – спросил Витенька.

– В домино с ребятами бахал, – сказал Фома и положил под голову кулак.

– Фомик, у нас холодно. Давай затопим печку, а? Уголек у входа, ты осведомлен. Это быстро у нас получится, ей-богу!

– Мне не холодно. – Фома, однако, поднялся и вытянулся во весь свой внушительный рост. Он почти подпирал собою потолок.

– Холод, как в заполярье! – заверил его Витенька. – И как ты только терпишь? Савва вспомнил Мурманск и сказал, что сейчас здесь и там одинаковый климат. Затопить печку и потом сесть против открытой заслонки – это же занятие для избранных!

– Тут зола, – проворчал Фома, открывая заслонку.

– Так выкинь ее к чертовой бабушке, вот, ей-богу!

Минуты через три в печке заворковало пламя. Но это было только начало. Витенька протянул к огню худосочные руки и возобновил осаду: «Фомик! Нам бы теперь чайку испить».

– После домино это полезно. Морской закон! – ввернул Савва.

– Так заварка давно вышла.

– На фига нам заварка? У нас сахар есть и баклажанная икра. Ты девочкам сахару отнеси, они взамен чаю дадут. – Витенька умел убеждать. Фома опять понял, что пререкаться бесполезно, встал, порылся в куче хлама в углу, извлек оттуда кастрюлю, на вид довольно опрятную, понюхал ее и подошел к ведру. «Так воды нет!» – объявил он. Витенька и Савва с изумлением воззрились на него, и он, вздохнув, сунул ноги в чужие сапоги, накинул на плечи пальтишко Витеньки, звякнул ведром и скрылся за дверью. Витенька осклабился. «В кого он такой?» – спросил он. Савва не прореагировал.

Фома вскоре вернулся, водрузил кастрюлю на огонь и молча улегся в углу, явив нам свою костлявую спину. И было не видно, злится ли он на несправедливость товарищей или с детской наивностью все нам проща-ет. «Вдовушку бы сейчас поиметь», – сказал Савва, сосредоточенно разглядывая розовое пламя. Эта мысль разбудила полет фантазии, который не требовал комментариев. Раздалось бульканье закипевшей воды. Но кончился хлеб, а что за чай без хлеба? Чай без хлеба – бедность великая.

– Фомик! – снова позвал Витенька. Фома вздохнул и приподнял голову. – Фомик, давай, друг, сходим за хлебушком.

– Сходи, я не голоден.

– Сегодня ты сходи, а завтра я, ладно?

– Тебе нужно, ты и иди. – Протест Фомы воспринимался смешно и наивно.

– Фомик, это не по-дружески, – сказал Савва.

– Так мы не друзья. – Фома обнаружил неплохую наблюдательность.

– Как же, как же? Зачем ты так? Мы так не договаривались! Последняя услуга, мать мою за ногу! А мы тебе икорки оставили баклажанной. Без хлебушка она не пойдет, сам понимаешь.

В положении Фомы произошли важные изменения. Он сел и поправлял одежду, готовый и на сей раз подчиниться.

– Ты соседей побеспокой, у них обязательно есть хлебушек. Они запасливые, с утра берут белый на вечер, с вечера черный – на утро.

Фома пробурчал что-то невразумительное и снова ушел в ночь. На сей раз никто не улыбнулся ему вслед. Фома скоро вернулся. С буханки, которую он принес, были срезаны все горбушки.

– Вот вам! – доложил он и лег. Повестка дня была исчерпана. Мы еще попили желтенького кипяточку, пожевали хлеба и легли спать. Тепло уже стало, печь щедро излучала малиновый зной. Савва вывернул лампочки и бросил на кучу хлама в углу. Чтобы никому не ударила в голову блажь щелкать ночью выключателем. Если кто-то захочет на двор, он ощупью доберется до двери, распахнет ее, встанет на порог – и достаточно.

Ночью я проснулся. У меня была не своя, чужая, тяжелая голова. Хотелось пить. Рядом сопели и похрапывали ребята, печь все еще обдавала жаром. Бледно проступал силуэт окна. Шуршал и не думал кончаться дождь, и где-то в комнате капало. В моем углу, однако, было сухо. Я вспомнил удивительные песни Короля и то проникновенное, хотя и доморощенное мастерство, с каким он исполнял их. Я нашептывал слова «Листьев», «Мадагаскара», куплеты про девушку с русой косой, втайне удивляясь, что они так прочно врезались в память. Каков, однако, Король! Невзрачный человечек, а вот сумел заворожить, сумел взлететь высоко.

Мне не пришлось напрягать воображение, чтобы вновь услышать его приятный голос. Что-то ненасытное и неизбывное было в этой запоздалой жажде слушать Короля. Потом я стал думать о Зеленоглазой. В Короле все было ясно, она же без конца заставляла удивляться. Что в ней показное и что исконное? Я попытался вспомнить, с какого дня, с какого ее или своего поступка я начал выделять ее? Как это произошло, как она прокралась в мою душу, я не мог объяснить. Ни события не сохранилось памятного, ни дня. Вот и сегодня она будто нечаянно ковырнула мне сердце и прошла мимо не просто так, не со спокойным равнодушием, а с откровенной холодностью и гордо выставленным напоказ влечением к другому. Любить ее было безнадежно. И все-таки мне хотелось продолжения.

Конечно, был в ней элемент загадочной эксцентричности, и никогда нельзя было отгадать, что у нее на уме, как она поведет себя и во что выльется игривая ее веселость или чем кончится желчная раздражительность. Ее загадочность, все же, была не высокого порядка. Что-то, родственное доступности, ложилось мазком на ее загадочность. С одинаковой легкостью она могла приласкать и оттолкнуть, похвалить или отозваться плохо. И жила она внешне легко, раз и навсегда положив, что ей все дозволено. Крайности она обожала, она не умела без них. Вот впечатление о ней, которое у меня сложилось. Что же нового прибавил к нему минувший вечер? И хотел ли бы я оказаться на месте Короля, который увел ее в дождливую ночь, так и не дав отпора Савве?

«Хотел бы!» - сказал я себе. Однако тотчас увидел, что хотел бы этого не как вчера. Может быть, и не хотел уже, а только по инерции говорил себе, что хочу. Несовместимы мы были, и она увидела это первая. Не отсюда ли проистекала ее повышенная раздражительность?

Я начал терять нить мысли, как вдруг вскочил на ноги Гримасин. Моряка мучила жажда. Он добрался ощупью до ведра, громыхнул им, обнаружил, что в нем нет ни капли, смачно выругался, сунул босые ноги в чьи-то сапоги, выбежал в чем был, в трусах и без майки, и принес воды. Охота пуще неволи! Я представил выражение его лица. Сделав несколько жадных, шумных глотков, Савва бросил ведро на пол, не заботясь о том, чтобы в нем сохранилась вода – каждый был волен позаботиться о себе сам, - лег, свернулся клубком и умиротворенно засопел. Кто-то простонал во сне, кто-то невнятно забубнил и осекся.

Потом заснул и я. А утром проснулся без головной боли. Часам к девяти поднялись и ребята. Витенька взял на кухне побольше хлеба, чтобы провести задуманную операцию. Голь была хитра на выдумки: из мякиша скатывался шарик, нагревался на огне и прятался под мышку. Термометр втыкался в мякиш, и температура набегала сама. Надо было лишь не перестараться и вытащить инструмент на тридцати восьми градусах, а не на тридцати девяти. Чтобы не возбуждать к себе повышенного интереса. Тридцать восемь - это простуда, достаточная, чтобы врач освободил тебя от работы, а тридцать девять - это серьезный повод для госпитализации.

- Мальчики, пора к тете доктору! - объявил Савва часов в одиннадцать. Я промолчал. Король, оказывается, так и не пришел ночевать, не пожелал занять свое место рядом с Саввой.

– Без тренировки? – спросил Витенька. – Надо бы потренироваться.

Он не торопился по очень простой причине. Фома, отправляясь вчера за хлебом в его пальто, упал в лужу да так и зашвырнул грязное пальтишко в угол. А чистить его Витеньке не хотелось. Все-таки вскоре мы побрели в медпункт, запасшись газетами для согрева хлебного мякиша. Фельдшерский пункт помещался на околице, в доме, окна которого были занавешены марлей. Мы зажгли газетки, подержали над огнем хлебные шарики, а потом сунули их под мышки и во всеоружии предстали перед маленькой интеллигентной женщиной, устремившей на нас внимательные выпуклые глаза. Тетя доктор облегчила нам задачу, предложив первым делом померить температуру. Теплый хлеб под мышкой был приятнее холодной головки термометра. Остывая снаружи, пропитанный теплом мякиш долго оставался горячим внутри.

– Тридцать восемь и пять! – сказал Витенька и изобразил удивление. – Я не думал, что это серьезно. Даже идти не хотел. – Помимо нахальства, он обладал уже некоторыми познаниями в деле практического надувательства врачей.

– Тридцать восемь и семь, - безучастно произнес Гримасин.

– Тридцать восемь и два, - сказал я, краснея. Хорошо, ни один инструмент у нас не зашкалило. Доктор, встретившая нас предубежденно, теперь забегала, засуетилась. Термометру она верила беспрекословно.

– На что жалуетесь? – спросила она Витеньку.

– Простыл, видать. Знаете, у нас до сих пор не топят. Что надышим, тем и греемся. У меня по ночам ломит суставы и пульс делается частый-частый. - Витенька знал, что чем больше он напустит туману, тем лучше. Главное, не надо подсказывать тете доктору диагноз. Подсказывая диагноз, легко попасть впросак. Пусть будет побольше симптомов, а нужные для диагноза она отберет сама.

За Витенькой была очередь моя и Саввы. Врач заставила нас раздеться, выслушала сердце и легкие, вставая при этом на цыпочки, чтобы приложить ухо к груди. Она была совсем крошечного роста и к тому же горбатенькая. Розовые наши тела не таили изъянов, но тете доктору не хватило фантазии, чтобы опровергнуть термометр. Гримасин пожаловался на боли в сердце и печени, я – на общее недомогание и дрожь в коленях при поднятии тяжестей. Я снова покраснел, но врач приписала это действию температуры. Мы довели игру до победного конца и получили справки, равнозначные зеленому огню светофора. У меня, согласно диагнозу, оказался катар верхних дыхательных путей и компенсированный порок сердца, у Витеньки – воспаление легких. А желтизна, покрывавшая лицо Гримасина с тех пор, когда между ним и морем легли несколько тысяч километров, позволила доктору предположить застарелую болезнь печени, которую она назвала длинным латинским словом. Она не скупилась на рецепты и наставления, а мы изображали внимание и готовность исполнить каждую ее рекомендацию. Надо сказать, что благодарили мы ее от души. Горячий хлебушек подействовал наверняка. Здесь, однако, проявилось одно небольшое обстоятельство: исподтишка меня начала мучить совесть. Если бы не детская доверчивость этой крошечной женщины с внимательными выпуклыми глазами! Если бы не ее горбик, тщательно скрываемый!

Выходя из медпункта, Витенька позарился на примус и прихватил его с собой. «Загоню за двадцатку, это бутылек!» – сказал он. Меня это предложение уязвило неожиданно сильно.

– Положи! Верни! – зачастил я.

– Ну-ка, возврати! На что польстился! – возвысил голос Савва.

Витенька с сожалением поставил примус на место. «Приличный примус, чего это вы?» – сказал он обиженно. На хлопке многие из нас быстро переставали стесняться крохоборства.

Мы показали справки в штабе и пошли паковать свои рюкзаки. Муторно было уезжать. Первый раз таким вот образом линял я с хлопка. «Чего ты! – говорил мне Витенька, угадывая мое состояние. – Мы эту вату не сажали. И нам объявляли, что нас вывозят на два месяца, а уже третий к концу подходит. У них есть совесть? – Он имел в виду тех, кто решал, как долго студентам собирать хлопок. – У них давно нет совести. Может быть, у них ее не было никогда. А почему она должна быть у нас, когда нам так плохо?»

Но я знал, что у нас она должна быть. Когда мы по жердочке переходили через канал, нам повстречалась Зеленоглазая. «Куда это вы, мальчики, путь держите?» – спросила она, неприязненно косясь на Савву.

– Не видишь разве? – сказал Витенька. – Желаем тебе самого-самого!

– Бегством спасаетесь? – сказала она с обжигающей улыбочкой. – Замечательно! У голубой крови свои законы. Так, что ли? Пусть другие упираются, за себя и за вас. Что ж, скатертью дорожка! А я вот остаюсь. И Король остается. Наше почтение синеглазому! – бросила она Гримасину, и ее щеки зарделись от вчерашней обиды. – Поднял паруса, моряк? Смотри, нагрянет штормяга, и ты останешься без парусов.

Она повернулась и пошла в свой барак. Что-то дразнящее было в ее пружинистой, ладной походке.

– Злится, – сказал Гримасин. – Пусть злится, я перебьюсь.

– На сердитых воду возят! – поддакнул Витенька.

Мы уехали, но опередили наших всего на пять дней. Муторные это были дни и безалаберные, мне они не принесли радости.

***

Ровно через треть века в этих же голодностепских краях я навещал дочь свою, студентку медицинского института, работавшую на сборе хлопка. В бараке, в котором жила она, я узнал барак, в котором когда-то жили мы. И вообще, мало что с тех пор изменилось в производственных отношениях на селе, если оно все еще было не в состоянии собрать все выращенное без помощи горожан. Я вспомнил вечер тридцатилетней давности, и шорох дождя за хлипкой дверью, и Витеньку, и Савву с послушной гитарой в заскорузлых руках, и щуплого Короля, выводящего проникновенно: «Тихо горы спят, Южный Крест занял полнеба, спустились с гор в долину облака…»

И Зеленоглазую вспомнил. Давно ведь, очень давно это было, но и словно вчера. И жизнь промчалась, пронеслась вихрем и пламенем, на едином дыхании. Витеньки вот уже не было среди нас несколько лет, сгорел он, потеряв ориентиры в разливанном море нашего винно-водочного изобилия. Как сразу пошло у него все не путем, так и шло не путем до самого конца. И не с кого было спросить за эту утрату невозвратную. По более крупным счетам тоже не с кого было спрашивать. «Кто оплошал, тот и виноват!» – это была старая истина.

А Савва ходил в начальниках, управлял строительно-монтажным управлением, которое оборудовало на голодностепской целине скважины вертикального дренажа. Не важничал, но цену себе знал, и люди говорили, что плечи у него надежные. Король служил при нем подручным на небольшой инженерной должности, на судьбу не роптал, и не часто, но пел под аккомпанемент шефа: «Листья пожелтевшие, увядшие, мокрые и улетающие вдаль…» Он был известен своими песнями, но в узком кругу. В кругу же более широком он никогда не нуждался.

Зеленоглазая, конечно, опять выкинула фортель сногсшибательный, пожалуй, самый странный в своей жизни. Взяла и вышла замуж за Фому непутевого. И ведь неплохо они жили, хороня один пессимистический прогноз на свой счет за другим. Сыновей двоих вырастили, и дочь еще у них росла, младшенькая. Но давно уже я не слышал о них, видно, крепко поглотило их бескрайнее житейское море, если не навсегда.

А я? Да что я? Работаю, живу, тоже давно человек семейный, обеспеченный. Но разве это интересно? Интересно другое: как память бывает цепка на давно прошедшие времена. Как держится она за них, словно в этом ее призвание. Неужели прав был поэт, когда сказал однажды, что все на свете повторимо?

РОЗЫГРЫШ

- Приближалось первое апреля, и мы подумывали, кого бы разыграть. Лучшей для этого кандидатурой был Михаил Рейтузов. Он был необыкновенно самонадеян и так же необыкновенно доверчив. Он загорался с одной спички и не успокаивался до тех пор, пока не выполнял задуманное или не попадал впросак из-за своей феноменальной неосведомленности во всех сферах жизни. Последнее, все-таки, он переживал болезненно. А мы не понимали, как можно в его не маленькие годы оставаться таким дремучим невежей. Таким ребенком, доверчивым и непосредственным.

- Мы сидели и вспоминали розыгрыши Гоши Видова, который сначала работал в нашей редакции, а затем был приглашен в «Известия», на должность собственного корреспондента по Узбекистану. Его розыгрыши были неожиданные и подчас весьма злые, и лучше было не попадать под его тяжелую руку. Рейтузов был ничего парень, но уж больно задавался и хвастался, как пацан: «У меня лучшие репортажи, у меня чутье, я это сделаю быстрее, я...» Якал он постоянно, это было у него в крови. Поэтому приятно было посадить его в калошу.

Когда-то, когда он только появился в редакции, такой вальяжный, такой себе на уме, его послали на товарную станцию сделать репортаж, как будут сгружать меридиан, и он сбился с ног, разыскивая диковинный груз и смущая железнодорожное начальство странным заданием уважаемой газеты. Редакция, конечно, ржала и лежала в стельку. С тех пор утекло немало воды, и так дешево его уже было не купить. Но мы очень надеялись на параллели. Мы вспоминали, какие коварные розыгрыши устраивал Гоша Видов.

- Вот кто классически обставлял свои розыгрыши! - рассказывал Яша Нудельман, газетчик, каких поискать. - Специальный талмуд заимел, вел бухгалтерию, готовился по полгода. Тихой сапой приплюсовывал фактик к фактику. Зато потом его бомбочки срабатывали без осечек. Лет десять назад литературовед Август Вулис написал книгу об Ильфе и Петрове. И не маленькую, на пятнадцать печатных листов размахнулся. Год не вылезал из публичной библиотеки. Кажется, это была его докторская диссертация. Прислали ему из Москвы гранки. Август почувствовал себя на вершине волны. Он уже позанимал под эту книгу больше, чем должен был за нее получить. И тут ему звонит Москва.

— Август, тебя! — Вулис берет трубку. Он весь внимание.

— Это товарищ Вулис? — Помехи, голос то возникает, то гаснет. — Здравствуйте, товарищ Вулис! Ваш редактор Анна Павловна ушла в декретный отпуск, я теперь ваш редактор. Элла Сергеевна Марченко меня зовут! Прошу, как говорится, любить и жаловать!

— Опять помехи.

— Здравствуйте, Элла Сергеевна! Очень приятно услышать ваш голос из такого далека. Как вам глянулась моя рукопись? Анна Павловна была довольна.

— Рукопись весьма, весьма добротна. Весьма добротна, говорю! Вы прекрасно справились с темой. Но теперь у нас проблемы с бумагой, и книгу придется немного поджать. Бумажный голод, понимаете? Он и нас не обошел стороной, понимаете? И мы сейчас все, что издаем, поджимаем.

— То есть, как это сократить мою книгу? Анна Павловна даже не намекала на такой вариант.

— Совсем немного, поверьте. На самую малость. На шесть печатных листов!

— Вулис стал медленно сползать с дивана. Я не выдержал и покатился со смеха, а над головой Гоши Видова уже давно светился нимб. И тогда Вулис все понял. Гоша обо всем условился с телефонисткой узла связи, и когда та водила по клеммам газеткой, мембрана передавала помехи. Приходил в себя Вулис долго, и ребята повели его в рюмочную, чтобы ускорить этот процесс.

— Следующей жертвой Гоши стал некто Митягин, подполковник в отставке и наш постоянный автор. Полгода назад Митягин порекомендовал кастелянше в гарнизонную гостиницу некую гражданку Сидорову, особу задорного поведения, и в присутствии Видова обмолвился об этом. Гоша взял факт на карандаш. Первого апреля Митягину звонит майор Петров.

— Подполковник Митягин? Здравия желаю, уважаемый! С вами говорит майор Петров по поручению коменданта города генерал-майора Зинина.

– Здравия желаю, товарищ майор! Слушаю вас внимательно.

– Вы рекомендовали некую Сидорову кастеляншей в гарнизонную гостиницу? – И называет месяц и число, когда была дана злосчастная рекомендация.

– Я не помню фамилии этой гражданки, но, кажется, кого-то действительно рекомендовал. А что? Она не с тем согрешила?

– Хуже, подполковник. Вы фамилии этой штучки-дрючки даже не помните, а ваше протеже мало того что обворовала двух лейтенантов из Кушки, но и наградила этих субчиков дурной офицерской болезнью.

– Триппером, что ли?

– Афганским триппером! Наградила и слиняла. Как вы могли рекомендовать нам эту блядь? На ней пробу ставить негде! Вы за это ответите.

Митягин бледнеет.

– А вы, майор, на меня не орите! Не имеете права!

– И бросает трубку. Проходит полчаса. Снова звонок.

– Подполковник Митягин? С вами говорит генерал-майор Зинин.

– Здравия желаю, товарищ генерал!

– Здравствуйте, здравствуйте. Вам уже доложили про ЧП в нашей гостинице? Что за нравы, куда мы катимся? Ужасно все это. Вы нам не посоветуете, где искать эту мадонну?

– Ума не приложу, товарищ генерал. Вы вот со мной вежливо разговариваете, а ваш майор на меня наорал. Разве можно?

– А что, разве нельзя? – спросила трубка и рассыпалась звонким, переливчатым смехом. Только теперь Митягин узнал подтрунивающий голос Видова.

– И Виктора Гавриленко, заместителя ответственного секретаря и бывшего морячка, он положил однажды на обе лопатки. Тот обмолвился как-то за традиционным ежевечерним бутыльком, что опаздывал на дежурство, перехватил «скорую», кинул водителю рублик, и тот примчал его в редакцию за милую душу.

– Что за «скорая»? – невинно полюбопытствовал тогда Гоша.

– Да специализированная какая-то, которая инфарктников из болевого шока выводит. Мигалка у нее такая, что все – врассыпную.

– Гоша невинно улыбнулся, а через два месяца Витеньку беспокоит звоночком следователь из городской прокуратуры.

– Гражданин Гавриленко? Нам нужны ваши свидетельские показания. Очень, скажу я вам, неприятная история, и на вас тень ложится. Вы, – и он называет время, число и месяц, - остановили «скорую», и она, в нарушение всех правил, подвезла вас до места работы. А ведь она по срочному вызову ехала, и человек, к которому она спешила, помощи так и не дождался. Придите ко мне завтра, объяснительную напишете. – Он называет адрес и номер комнаты. – Пропуск вам будет заказан. И дай Бог, чтобы объяснительной все ограничилось!

– Витенька бледнеет, но держится. Ночью ему, естественно, не до сна. Утром прямиком является в прокуратуру, там пропуск ему уже заготовлен, да только нужная комната на замочке в связи с отсутствием вызвавшего его следователя. И еще раз он в прокуратуру явился и в запертую дверь ткнулся. А следователь в это время в Ялте загорал. Когда мрачные мысли вконец изглодали Витенькину душу, его пожалели, сказали, что это розыгрыш. Гавриленко хотел помять Гоше бока, но Гоша вслед за своим дружочком-следователем укатил на золотой черноморский бережок, от греха подальше.

– То, что вспомнил я, было уже за гранью фола. Мы с женой хорошо дружили с семьей Валерия Гордина, журналиста яркого, почти лучезарного. Жена моя училась вместе с ним и его супругой Людочкой в университете и была очень привязана к пикантной, самолюбивой Людмиле. Мне же был интересен Валерий, сильный шахматист и человек широкой эрудиции, хотя и ранимый чрезвычайно. Валерий совершенно неожиданно умер в тридцать три года. Как гром с ясного неба обрушилась на нас его смерть. Он был здоров и удивительно подвижен, играл в футбол и теннис и никогда не жаловался на нездоровье. И мне очень трудно было поверить в сердечную недостаточность, которая прервала его жизненный путь.

Естественно, каждая годовщина смерти Валерия (она все еще была покрыта тайной) влекла нас в его дом. Откладывались любые дела, и мы шли к вдове Валерия вспомнить и почтить. А Гоша Видов жил в одном с ней доме. И когда я пришел к Людмиле в очередную годовщину смерти Валерия, Гоша увидел меня и отложил в памяти сей факт. Моей жены, которая поднялась к Людочке получасом раньше, он, естественно, не приметил. Он, конечно, забыл про день смерти Валерия и расценил мой приход иначе. И сказал известному юристу, который в это время ухаживал за пикантной Людмилой с самыми серьезными намерениями, что он напрасно торит к ней тропу – он сказал ему про меня. И когда юрист женился на Людочке Гординой, мое появление в их доме стало нежелательным. А я долго не знал, что обязан этим Гоше. А когда узнал, подумал: «Ну, зачем же ты так? Так не полагается!»

– Мы вспомнили еще несколько случаев, когда первоапрельские штучки Видова зло и неотразимо, а часто и безжалостно били не в бровь, а в глаз. Тогда кто-то пожалел, что среди нас нет Гоши. Но все решили, что его заменит сплоченный коллектив.

– …Первого апреля после обеда (а до обеда все было чинно и спокойно) в отделе информации зазвонил телефон. В комнате сидели Михаил Рейтузов, я и кто-то еще. Я как ужаленный кинулся к аппарату, хотя Михаил стоял ближе, и он неодобрительно посмотрел на меня.

– Янгибазар? Где это? Кишлак на берегу Чаткала? Так это ты, Баракин? Здравствуй, Юра, в добрый час, что ты делаешь сейчас? Отлично тебя помню. Ты археолог, выступал у нас с интересными статьями. Вот и опять ты у черта на куличках. Какая находка? Что? Вот удивил! Постой, но это неправдоподобно. Так это мы с тобой такое сочиним, что все центральные газеты рты пораскрывают, а «Таймс» прольет на тебя долларовый дождик. (Тут Михаил нервно заходил по комнате). Выезжаю, какой разговор! Да, сегодня. Юра, огромное тебе спасибо.

Я сделал вид, что кладу трубку на рычаги, и оглядел присутствующих накалившимся взором.

–Черт, у меня командировка в Бухару и билет на руках. Что делать? – Я изобразил сильнейшее волнение.

– Миша подскочил и вырвал у меня трубку. Я сопротивлялся, а потом обиженно встал у него за спиной и понимающе переглянулся с третьим. Сейчас наш друг, тонко во все посвященный и проинструктированный, плел из соседней комнаты Михаилу о мумии, обнаруженной в одной из пещер на труднодоступном берегу Чаткала под наскальными рисунками дремучей давности, плел про переплетение древних культур на Великом шелковом пути: «Ты знаешь, Михаил, какая это уникальная находка, и я не верю, что Николай (то есть я) сумеет написать об этом на таком подъеме, как это сделаешь ты. Так что поспешай, дружище! Единственное, что я оговариваю сразу, это чтобы моя фамилия стояла первой. Коля на это пойдет, а ты можешь зафинтить, ты ведь такой… Поэтому я оговариваю это сразу».

– И так далее, и тому подобное.

– У Михаила округлились глаза и брови поползли вверх в предельном любопытстве. Он верил, он всем верил и этим часто ставил редакцию и себя в дурацкое положение. Впрочем, с него это стекало, как с гуся вода; ему самому никогда не становилось неловко.

– Как к вам добраться?

– Не помнишь? Это Киргизия, Ошская область. Ночным поездом дуешь в Наманган, а там пересаживаешься на рейсовый автобус. - Еще минут десять наш человек удовлетворял Мишкино любопытство. Что этой мумии наверняка больше двух тысяч лет, но возраст будет уточнен после исследования углерода на радиоактивность. Что у мумии золотая коронка и такая же длинная тонкая шея, как у Нефертити (этот довод мы считали неотразимым).

– Михаил, сделай одолжение раз в жизни! – попросил я. – Возьми мою командировку в Бухару, а я поеду в Янгибазар. Я ведь первый узнал про мумию.

– Рейтузов посмотрел на меня невидящими глазами. «Старик, ну разве ты это сделаешь так… так…» И он помчался к редактору. Мы знали, что скажет ему редактор. Что командировочный фонд уже выбран. Что он не видит ничего интересного в этой находке, лишенной политической окраски. И вообще, будет лучше, если об этом сначала сообщит телеграфное агентство, ему не впервые садиться в лужу с дутыми сенсациями. Тут Михаил и взбесится – от мысли, что у него в руках такая тема, а кто-то его опередит. Станет кричать на редактора. А редактор будет смущенно оправдываться. И тогда Михаил брякнет: «Хорошо, я поеду за свои, пусть вам будет стыдно!»

– Рейтузов, подогретый до горячей багровости, выскочил из редакторского кабинета. «Тип… ну и тип! Ни малейшего репортерского чутья! – бормотал он. – Зимой снега не выпросишь. Полечу за свои и вставлю фитиль всему свету! Слушай, у тебя есть деньги?» – обратился он ко мне.

– У меня, как на грех, не оказалось свободной наличности, и у ребят тоже. Субсидировать Михаила в наши расчеты не входило.

– Звонили из «Комсомольца Ташкента», спрашивали, серьезный ли человек Юра Баракин, – встряла Лидочка, заковыристая практиканточка с факультета журналистики. Тут Михаил шаркнул по нам глазами и заколебался. Лидочка переиграла. «Комсомолец Ташкента» обычно разрешал все свои сомнения без консультаций с нами. Михаил сам позвонил коллегам. Они ничего не знали, и кто от них звонил, осталось неясным. «Все-таки я поеду, Баракин не мог соврать. Поеду и вставлю вам фитиль». Но червь сомнения уже точил его душу, и он позвонил в Академию наук. Чиновники, которые ему отвечали, были не в курсе. Но Академия сильно сомневалась.

– «В Академии наук заседает князь Дундук», – продекламировал я. – Мишенька, деньги будут, если ты уступишь Янгибазар мне и полетишь в Бухару. Командировочные отдаю до рубля.

– Он посмотрел на меня снисходительно-снисходительно и отправился на поиски денег. В редакции ему не заняли ни рубля. Тогда он, скрепив сердце, позвонил жене, с которой не разговаривал две недели, и та пообещала ему сорок рублей. Его жизненный тонус сразу повысился.

– Хоть с Верой своей помирится! – шепнула Лидочка.

– Но еще до того, как он поехал к Вере за деньгами, позвонили из университета. И забулькал старческий голос: «Товарищ Рейтузов? Я профессор Абдуллаев Усман Ганиевич. Заведующий кафедрой археологии. Нас очень интересуют подробности. Экспедиция отбудет через неделю, и от ваших подробностей зависит ее состав. Если вас не затруднит…

– Но я еду от редакции!

– Пожалуйста, уважьте старика. В день приезда два слова по телефону, и все. Запишите, пожалуйста, номер…

– Я отдам вам копию репортажа! (На фига она ему нужна, подумал я). Материал будет у вас на день раньше, чем в газете. А вы дайте мне командировку.

– Тогда… Тогда… Но ведь вы не наш сотрудник! Это трудно, бюрократические препоны, они, знаете… Постойте, у меня есть идея. Мы можем облегчить ваши расходы. Вы, как я сужу по голосу, человек не в возрасте. Мы выдадим вам студенческий билет, и вы уплатите за самолет полцены. Фотокарточка для документа у вас с собой?

– Я не мальчик на побегушках, у меня имя! – взорвался Рейтузов. И бросил трубку. Он созрел, он ехал безоговорочно. Перед его глазами была мумия с ликом Нефертити, и желание поведать о ней всему свету распирало его со страшной силой.

– Я все-таки поехал в аэропорт проводить его. Одно меня успокаивало: жена, с которой он долго не разговаривал, тоже приехала проводить его. Она что-то долго нашептывала ему в самое ушко, и это было зачтено нам при подведении итогов розыгрыша.

ТРЕШКА

Август все окрест залил желтым зноем. В год высокой активности солнца и не могло быть иначе. Над Голодной степью стояло тяжелое марево, и от этого даже силуэты тянь-шаньских гор на востоке и памирских гор на юге, такие четкие зимой, казались расплывчатыми, словно на них смотрели сквозь стекло, по которому струится дождь.

Вагонный городок безмолвствовал. Вагончики стояли в три ряда, по двенадцать штук в каждом. Унылое это было зрелище: стены вагончиков когда-то были зеленые, а крыши суриковые, но пыль наложила на них свой оттенок. Зато годовалые топольки щеголяли свежей листвой, наперекор жаре и пыльному мареву. Топольки чувствовали себя вполне прилично, хотя их поили привозной водой. Да, была бы вода, земли же, тепла и света здесь всегда было вволю. А как раз о воде и были все заботы Токона Ризаева, Ефима Светличного и Арнольда Хвана. Они строили канал, который должен был привести сюда сырдарьинскую воду и, таким образом, превратить и эту часть Голодной степи в цветущий край. Разумеется, этому должны были способствовать и другие обстоятельства, но Токон, Ефим и Арнольд знали одно: свой канал.

Ребята досыта порезвились в пожарном бассейне и теперь сидели в душном вагончике и томились от безделья. Свободное время их угнетало, наверное, потому, что на сей раз не несло с собой никакой свободы, не было заполнено развлечениями. За рычагами бульдозера и на строительных лесах все понятно: знай, поворачивайся, зашибай свой длинный рубль. А вот выходные дни получались совсем другие. Свободное время вело себя так, словно от него надо было оберегать себя, защищаться. Оно задавало коварные вопросы. Они считали, что виной всему полоса безденежья, сковавшая их инициативу. В противном случае они давно бы уже оседлали какие-нибудь колеса и помчались в неведомое.

Они вспоминали, каждый в отдельности, как им удавались лихие набеги на ташкентские рестораны и самаркандские древности, вспомнили удивительный вояж на иссык-кульские пляжи, вспомнили голубые волны, которые качали и закачивали, и пиво в неограниченном количестве, и вяленый чебачок. Иссык-кульская волна была необыкновенно нежна в августе, а Ташкент и Самарканд годились на все остальное время. Но им пятую неделю не платили зарплату. А кто из них предполагал, что такое возможно? Вот именно. Тех ассигнаций, которые еще задержались в их карманах, было совершенно недостаточно, чтобы говорить о Ташкенте на полном серьезе. Доехать, конечно, они доехали бы, свой брат-дальнобойщик доставит и за «спасибо», но надо совершенно перестать себя уважать, чтобы заявиться в объятия ресторанных красоток с пустыми карманами. Нет, с такой поездкой они повременят.

В тамбуре раздались шаги, заскрипело, заелозило, ключ быстро нашарил замочную скважину и дважды повернулся. Их соседом был молодой мастер. Наверное, он тоже не знал, куда себя деть, но к себе ребята его не позвали.

– Скучно, – сказал Токон. В его ушах все еще стоял лязг гусениц. Ему не ответили.

– Скучно сидим! – повторил он с вызовом.

– Заладил! – буркнул Арнольд. – Можно подумать, что пыль глотать на твоем землерое – занятие из приятных. Правда, пыль тебе на пользу, щечки вон как налились. Скажи: «Бу! Бу!» Правда, побубни, надуй щечки!

– Я не про то. Скучно живем, ребятки! – стоял на своем Токон.

– Ну, расскажи про цыганку, как ты у нее на Ошском базаре цыгейковую шубку за рваный плащ взял.

– Это вы уже слышали. Эх, баранью головку разделать бы! И все, что при этом полагается, употребить.

Ефим незлобиво матюкнулся.

– Цыц! – цикнул на него Токон. – Какие мы невоздержанные! Выношу тебе, монтажник, общественное порицание. Внимание, внимание... Поймал!

Двумя пальцами он извлек из кармана замусоленную трешку, развернул ее и с солнечной улыбкой жонглера продемонстрировал.

– Как в цирке, правда? Это, мальчики, деньги. Ничего, что последние. Они, хотя и последние, существуют для того, чтобы им было найдено достойное применение. Иначе какой от них прок?

– Понятно, – буркнул Арнольд, не загораясь. Он был моложе всех и знал, что в магазин, за беленькой, бежать ему. А это почти полкилометра, и по самому солнцепеку.

– Полкило, – сказал Токон. – Будут давать больше – не бери. Бери ровно полкило. Фима, ты не расщедришься? Напрасно ты так ведешь себя. Я бы на твоем месте что-нибудь к этой трешке приплюсовал. Из пролетарской солидарности. Литр бы засосали без всякой спешки. Эх, и пошла бы беленькая! От полкило не такой славный эффект, как от литра.

Глубина этого вывода не оспаривалась. Арнольд взял деньги и тихо слинял. Ефим снял со стены гитару, набрал в легкие воздуха и сдул с деки пыль. Прикоснулся к струнам. Получилось ничего. Не так чтобы очень уж здорово, но вполне завлекательно. Ефим знал, что после выпивки его потянет к гитаре, и спешил настроить инструмент заранее, чтобы в нужную минуту гитара заиграла сама, полнозвучно и без вранья, а друзья слушали и млели и не бросали оскорбительное: «Сапожник! Салага!»

– Ладно тебе, – сказал Токон. – Настроил – положи.

– Не мешай, – отмахнулся Ефим, продолжая бренчать и настраивать струны. Токон сполоснул стаканы. Нарезал хлеб, открыл банку леща в томатном соусе, лучку зеленого накрошил на отдельную тарелку, сдобрил его растительным маслом и уксусом. Бедновато получалось, но когда пятую неделю ждешь зарплаты, привередничать не приходится: скудеют и неприкосновенные запасы.

– Скромненько живешь, гражданин механизатор широкого профиля, – подковырнул Ефим. Хотя стол, по нынешним обстоятельствам, был вполне нормальный.

– А ты, монтажник? Тоже мне, артиллерия поддержки!

Пришел Арнольд, и содержимое бутылки в один миг оказалось в граненых стаканах. Глаза парней подобрели, лица отмякли, оттаяли.

– Ну? – сказал Токон, выказывая нетерпение. – Цветущий сад упомянем в тосте? Или сразу тяпнем за коммунизм, который Хрущ пообещал нам в близком 1980 году? Радости, радости не вижу на ваших личиках. Что, вам лозунгов больше не надо? Душа чего-нибудь душевного просит, не так ли? А что это такое и где его взять? Кто знает? Подскажите! В свободную продажу что-то душевное в последнее время почему-то не выбрасывают, про запас держат.

– Пойди и найди. И поделись с нами, ты добрый, – попросил Арнольд. – Чтобы души наши в этой жаре от наших высоких лозунгов не атрофировались.

– Интересно мыслишь! – удивился Токон.

– Мой отец произносил перед тем, как выпить: «Отправим душу в рай!» – вспомнил Ефим. – Душа, рай, ад. Мрак, мрак все это и суета сует!

– А ты еще над этим поразмысли, в предутренней тишине – посоветовал Токон. – Душа есть, есть и человек. Души нет, и человека нет. Все удивительно просто для тех, кто понимает. Подумай об этом на досуге, не помешает. Сообрази, что душа мрака не приемлет, а суету сует не отвергает. Ибо что такое жизнь без суеты сует?

Сдвинутые стаканы зазвенели грубовато-жестко, буднично. В следующую минуту они снова оказались на середине стола, уже пустые.

– А вы молодцы, вон как глотаете! – похвалил Токон. Арнольд понюхал хлебную корочку, а Ефим кивнул головой в знак согласия с Токоном и запустил алюминиевую ложку в жестяную банку с ломтиками леща в томатном соусе.

– Давай! – сказал Токон и посмотрел на Ефима, предлагая ему взять гитару.

– Не-не! – Ефим замотал головой, отказываясь. – Не потяну.

– Давай, давай! – наседал Токон. Он любил слушать песни Ефима про барабанщика и барабанщицу, таких далеких и милых, и про последний троллейбус, развозящий влюбленных, которым совсем не хочется расставаться, и про припортовых царевен, которые все как одна очаровашки, когда спешат к своим временным ребятам, и про многое, многое другое, что внес в мир их чувств удивительный московский бард и человек Булат Окуджава.

– Нет кайфа. Видишь, ни в одном глазу, – закапризничал Ефим.

– Уважь нас, Фима! – Арнольд был здесь младший, но не любил, когда на это обращали внимание.

– Не вытяну. Видите, нет кайфа.

Ефим артачился, препирался. Обычно он так себя не вел. Обычно он уважал свою компанию. Токон насупился, Арнольд стал смотреть в окно. Уныло сделалось в купе, как от вечерних сумерек. Каждый остро почувствовал, что их вагон давно никуда не едет.

– Гады! – сказал, наконец, Арнольд. – Что они делают с зарплатой? Чего химичат?

– Бывает, – сказал Токон, снижая накал страстей. – На этот случай жизни нормальным мальчикам запас полагается иметь. Я вот расщедрился и послал матери больше обычного. У нее очередь на холодильник подошла. Я в первый раз на такой мели.

– Получу гроши, полста положу на книжку, – объявил Ефим.

– И я полста положу, – согласился Токон. – С полста четвертак можно забрать, а четвертак еще останется.

Арнольд засмеялся и сказал: «Только не вздумайте плакат сюда притащить: «В сберкассе денег накоплю и… это самое куплю». На таком плакате курортная девочка обязательно присутствует, красиво позирует, во всех подробностях себя рассмотреть позволяет, а она нам сейчас ни к чему. Не осилим мы сейчас курортную девочку, вот ведь в чем дело».

– Курортная девочка! – произнес Ефим нараспев, смакуя каждое слово, а особенно образ, из этих слов складывающийся, и похлопал гитару по деке, словно курортную девочку погладил по пикантным ее выпуклостям, по тонкой талии.

– Фима, возьми гитару, – опять попросил Токон. – Ну, попробуй!

– Одна попробовала… и не мне тебе напоминать, что из этого получилось.

– Знаю, что из этого получилось, – сказал Арнольд. – Я, непутевый, из этого получился. А, может быть, и ты. Все мы из этого получились. Так что не надо слишком много взваливать на ту одну, которая попробовала, уступила такому настырному типу, как ты. – Он налил в графин воды. А из графина в стакан, и хотя и с опозданием, но запил водку. Ему давно надо было запить, но он хотел, чтобы на это не обратили внимания. Ефим закурил. Токон тоже закурил, из пачки Ефима. Взял сигарету и некурящий Арнольд. Он раздымился, как паровоз. Казалось, что курит он один. Потом закашлялся и кашлял натужно и долго, вытирая слезы.

Надо было думать и что-нибудь придумывать.

– Я знаю, у кого мы разживемся трешкой, – сказал Токон. У него, собственно, в правом кармане брюк лежала своя трешка, но последняя, и он не хотел вот так, за здорово живешь, просадить ее, а потом бедствовать. При всеобщем безденежье даже на буханку хлеба не выклянчишь.

– У кого? – спросил Арнольд, проявляя живейший интерес. Глаза его округлились, шея вытянулась и стала еще тоньше.

– У нового мастера. Иди, попроси от нашего имени. Застенчивый он слишком, чтобы отказать. Все «вы» и «вы» и «будьте любезны». Вот мы и окажем ему маленькую любезность, заняв у него.

– Нет, что ты! Ефим, тебе просить. А я в магазин слетаю.

Арнольд, наконец, откашлялся и вперил в Ефима взгляд своих узких, умоляющих глаз.

– Нет, уж лучше я слетаю в магазин, а ты иди попроси, – сказал Ефим, подумав. – Не умею я просить. Арнольдик, ну чего ты? Ты ведь душа-человек! Давай-давай, одна ножка здесь, вторая там!

– Не хочу! – заерепенился Арнольд.

Токон тоже не хотел просить. Стыдно это и неприлично. Никто не хотел просить, такие все были совестливые. Но после этого должна была ожить гитара. «Пальцы! – распорядился Токон. – Давайте: раз, два, три! Считаем с меня».

Токон и Арнольд подняли вверх по одному пальцу, а Ефим – два.

– Судьба, – констатировал Токон без воодушевления. – Хрен с вами! Сопляки чертовы. Стесняются попросить взаймы! Благородных из себя корчат, а пишут, где надо, о рабоче-крестьянском происхождении. Гитарист, мать его за ногу, не добрал. – Теперь Токон был зол и недобро смотрел на Ефима. Ефим молчал, потупив взор, и Арнольд молчал. Сейчас Токону лучше было не перечить. Ему очень не хотелось обращаться за этой трешкой, но против жребия разве попрешь? Сам подал идею, сам и вляпался. Собственно, он мог, выйдя за дверь, возвратиться со своей трешкой и сказать, что мастер оказался добряком, как он и предполагал. Но остаться совсем без денег было еще хуже. Матюкнув еще раз смирно сидевшего Ефима, Токон отряхнул крошки с брюк, встал, почему-то ссутулился, и дверь громко за ним захлопнулась. Вернулся он быстро, с деньгами, но далеко не с победным выражением лица.

– Какой ты хмурый! – сказал Арнольд. – Брось, сейчас полегчает.

– Последняя у этого мальчика трешечка была. Добрый хлопец!

– Последняя у попа жинка! – продекламировал Ефим и выразительно посмотрел на Арнольда. Чего, мол, сидишь, глаза свои узкие корейские смежил, когда в магазин бежать надо. – Ты об ем не думай, он выкрутится. Пятнадцать лет учился. Конечно, он дурак, но все это ерунда на постном масле. Дураки почему-то посчастливее умных. Сам много раз в этом убеждался, а объяснить не умею.

– Голодать будет, а попросить постесняется, - сказал Токон.

– Плохой он мастер, если голодать будет. Ты ему разве не кидаешь в клюв за наряды, закрытые как надо?

– Ты это брось! – возмутился Токон. – Зеленый он, это да. Но честный. И чуткий. Старается. Я у него ни одного часа не простоял. Приеду – разбивка всегда готова, и объяснит все. Два раза объяснит и покажет, если с первого раза не пойму. Завтра он прорабство возглавит, это как пить дать. Тогда и ты под его руку попадешь, выкать начнешь, и отчество его запомнишь.

– А по морде не видно, что стоящий, - возразил Ефим, скорее из озорства, чем из чувства противоречия. – Морда у него уж больно интеллигентная: и выбрит, и причесан аккуратненько. Все «вы» да «вы» и «будьте любезны»! У меня от его «будьте любезны» один раз голова закружилась!

Вошел Арнольд. Бутылку разлили по стаканам и бросили в угол, чтобы не мозолила глаза. Ефим выпил сразу и налил себе воды из графина, но воду пить не стал и уже без просьбы взял в руки гитару. Токон и Арнольд не торопились. Токон собирался посмаковать водку, Арнольд же боялся опьянеть. Он хотел потом поделить свою порцию между Токоном и Ефимом.

Гитара заиграла, поплыли картины из прошлого, настоящего, будущего. Полились звуки чистые и коснулись-таки сокровенного в человеческой груди. В душе каждого проснулась песня, и было не важно, что гитара пела другое – важно, что в каждом она разбудила свое и единственное. Уютно стало, вольготно, хорошо, и вроде как жара спала, отступила.

– То-то! – воскликнул Токон.

– А я что говорил? – сказал Ефим, улыбнулся и взвинтил темп.

Раздался робкий стук в дверь. Токон вопросительно посмотрел на друзей, проверяя, не показалось ли ему, и лишь после этого крикнул: «Войдите!» И машинально придвинул к себе недопитый стакан. В дверь просунулась взъерошенная голова, блеснули стекла очков. Это и был их сосед, молодой мастер.

– Извините, ради Бога! Добрый вечер. Я пришел…- Он хотел сказать, что пришел попросить хлеба, но поперхнулся и неуверенно произнес: «Я немного послушаю, можно? Обожаю гитару, и когда душевно поют». – Он покраснел от усилия над собой, от постоянной своей неловкости. Кончик его носа покрыли бисеринки пота.

– Входи, садись, слушай! Пой с нами! – заторопился Токон. – Одному сейчас преотвратно, какой разговор! Я бы тоже не вытерпел.

– Спасибо. У вас пахнет чем-то. Дезинфекция? Клопики донимают?

Ефим прыснул. Как он наивен, этот очкарик! Да отдалялся ли он более чем на шаг от маминой юбки? Не различать такого специфического, такого благородного запаха, как… Где он вырос?

– Вы правильно учуяли! Мы… этих самых ликвидировали, клопики которые, да плохо проветрили купе, - сказал Токон на полном серьезе. Не вытерпел и покраснел. Поднялся, открыл окно. – Это сейчас пройдет, мы быстро здесь провентилируем! Фима, наддай!

– Вы тоже на хлебе и воде сидите? – Мастер не знал, как себя вести, и то и дело поворачивал голову налево и направо. – И часто здесь так с деньгами?

– Да, на хлебе с водой! – встрепенулся Токон. - И резко опустил тяжелую свою ладонь на спину прыснувшего Ефима. Раздался смачный хлопок, и гитарист прикусил губу. – Садись, ешь, пожалуйста. Рыбка еще осталась, лещик это. Вот, молочко в неприкосновенности.

Он протянул мастеру стакан с водой – Ефима, выпил не морщась свою водку и выразительно посмотрел на Арнольда. Хлипкий кореец тоже выпил, уничтожая последнее вещественное доказательство, закашлялся и тут же улыбнулся – я, мол, в порядке. Токон вздохнул с облегчением. Он не хотел, чтобы мастер подумал плохо о своих соседях.

– А вы не грустите! Гитара вот у вас, настроение. Хорошо у вас! – сказал мастер, с трудом осваиваясь в новом обществе. Он очень хотел, чтобы его приняли, как своего.

Токон сдернул с гвоздя полотенце и вытер мокрый лоб. Ему еще не приходилось попадать в такое дурацкое положение. Странный он, этот мастер. Не от мира сего. На работе дотошен до въедливости, а в жизни совсем нерасторопен. Ему вдруг захотелось сделать приятное мастеру. От души поблагодарить за последнюю трешку, без сожаления отданную ему, Токону. И он напрягся, как будто благодарить за доброту было зазорно.

– Хотел к матери в Ташкент съездить, да отложил, – сказал мастер.

– А мы чуть в Самарканд не двинули, – сказал Ефим и сильно ударил по струнам. – Ничего, как-нибудь перекантуемся. Не впервой! Ты, сосед, чаще к нам заглядывай, ты, это, не стесняйся, мы ведь свои. У нас тут ничего бывает, то есть весело. Иногда позволяем себе, но в меру, в меру.

– Мне дома наказывали не пить, – улыбнулся мастер.

– А что будет? – возмутился Арнольд. – Что будет? И мне наказывали, и каждому, кого сюда провожали. Но ведь ее делают для чего-то. Для чего ее делают, если не потреблять?

Арнольд был моложе мастера, но, взяв на себя роль наставника, стал выглядеть старше.

– У нас насчет этого полная свобода, – быстро, словно боясь, что его перебьют, заговорил Токон. – Не хочешь – как хочешь. Зачем, если нет настроения. Мы тут в этой горячей точке права человека уважаем. Стеснительный ты больно. Здесь надо быть бойче. Бойче, понимаешь? Жизнь любит бойких. Нас нечего стесняться, мы свои.

– Я стараюсь, – сказал мастер и потупился.

– И трешку свою последнюю не надо было отдавать, – продолжал Токон, тоже незаметно переходя на тон наставника. – Мы, может, на водку пустить ее собирались.

– Не… не верю! – выдохнул мастер. И заморгал обиженно, непонимающе. Никто не смотрел ему в глаза. Из четверых, сидевших за столом, трое сейчас думали о себе плохо.

– На, прими обратно, я еще не извел твои три рубля! – сказал Токон и протянул ему свою трешку, ничуть не беспокоясь о том, что роняет в глазах друзей свой авторитет.

– Нет, что вы! – энергично запротестовал мастер.

– Ну, как знаешь. Только есть к нам приходи до получки. И не стесняйся! У нас будет… ну, как бы община. Сегодня я дежурю, готовлю и кормлю всех, мою посуду и прибираюсь, завтра Фима, потом Арнольд.

– А потом я! – согласился мастер и улыбнулся. – Я умею жарить картошку и варю борщ и гречневую кашу. А остальному готов у вас научиться.

Токон попытался представить, как этот человек ведет себя с девушками, и не смог.

– Нет, вы это отлично придумали! – сказал мастер, все более воодушевляясь. – Я мечтал о чем-нибудь таком, когда сюда ехал. Боялся, что у меня не будет здесь друзей, я ведь не быстро схожусь с людьми. Боялся, но хотел. Самостоятельности хотел, свободы. Меня считали слабохарактерным, а я взял и поехал туда, где трудно. Чтобы доказать!

– А почему дальше не поехал? – спросил Арнольд. – Доказывают за шестьдесят шестой параллелью, где вечная мерзлота, северное сияние и чукчи. Чукчи сейчас такие же популярные, как Василий Иванович с Петькой. Чукча сейчас произнесет одно слово, и всей России смешно. А тут у нас чего доказывать? Тут пахать надо, и мы пашем.

– Ну, ты, малолетка! – цыкнул на него Токон. – Почему о душе никто не говорит? Не умеете или не хотите? Странно, если не умеете. Слабаки вы насчет души! Просвещаю я вас, просвещаю, а вы все равно слабаки. Ладно, чего уж. Фима, полный вперед! Наддай, наддай!

Ефим заиграл, вкладывая душу. Он был согласен принять этого застенчивого, неопытного, но потянувшегося к ним человека в свою компанию. Арнольд, поартачившись, тоже ничего не имел против. Токон стал вкрадчиво выводить:

«Выхожу один я на дорогу.
Сквозь туман кремнистый путь блестит.
Ночь тиха, пустыня внемлет Богу
И звезда с звездою говорит.

    В небесах торжественно и чудно,
    Спит земля в сиянье голубом.
    Что же мне так больно и так трудно…

– Какие слова! Святые слова! В них мироздание и гордый человек в его центре, – сказал мастер. – Наверное, во всей русской поэзии это стихотворение – лучшее.

И совсем заважничал Токон, завоображал. Пел он хорошо, а когда старался, у него получалось очень хорошо, в компаниях у него даже спрашивали, не пел ли он прежде на эстраде. В его голосе был вызов, и была проникновенность, западающая в душу. Его песни как бы продолжали разговор о душе. А безденежье отлегло, отодвинулось в день завтрашний; о нем уже не вспоминали. Будет день, будет и пища, это как всегда.

Много песен было спето в тот вечер. И сам вечер, как ни странно, запомнился: вот, взяли и из ничего сделали себе праздник. Впрочем, разве только необычное отлагается в памяти? Обыденное тоже бывает высоким, но иногда, не каждый день. И если для этого постараться.

ПРОИГРЫШ

Утром я мог никуда не торопиться. Все вставали, вяло завтракали – пили жидкий чай и заедали его хлебом, по виду вроде бы белым. Разбирали фартуки и шли собирать вату. Хлопковые поля начинались сразу за совхозным поселком, идти надо было минут пятнадцать – двадцать. А я оставался в пустом бараке, мышками пропахшем. Я устроился грузчиком и мог позволить себе начать свою трудовую вахту на четыре часа позже. Правда, заканчивалась она тоже позже, но не на четыре часа, а как получится.

Чай и хлеб мне оставили, идти за ними было не надо. Приложение к чаю и хлебу должно было быть мое, но у меня его не было. Ба! Витеньку я узрел. Витюшу Артамонова.

– А ты чего грядку хлопковую игнорируешь? – спросил я.

– Так! Обрызгло мне! – сказал Витенька и картинно поморщился. Его отец, как и мой, преподавал в нашем институте, но не на нашем факультете, а на факультете землеустройства. Дружили наши родители, их было не разлить водой. А вот мы друг к другу не прикипели, хотя ходили в одну школу. Друзья-приятели у нас у каждого свои были. Витенька учился не в моем, а в параллельном классе, и в наших сшибках бескомпромиссных, в снежки или на футбольном поле, представлял противную сторону. Но как-то вяло он ее представлял, незаинтересованно. Присутствовал, но не выкладывался.

Первокурсники мы были, зеленые-зеленые. Всего месяц проучились, только впряглись, и тут команда: «На хлопок!» И вот месяц уже корпим, собираем. А у меня спина после радикулита совсем не гибкая, тяжко мне в грядке стоять буквой «г». Мне пошли навстречу, в грузчики определили. Я затариваю вату в канары. Это мешки такие большие из прочного кенафного волокна, в них можно набить пятьдесят, а если очень постараться, и шестдесят килограммов ваты.

Я отвожу их на хирман, заношу на бунты и там освобождаю от хлопка. Не легко все это, но куда лучше, чем в грядке корячиться. До плана пока далеко, и дней двадцать еще мы здесь прокантуемся, это точно. А, может быть, и больше. Старшекурсники вспоминали, что они, бывало, не только Седьмое ноября – день Октябрьской революции, но и Пятое декабря – день Сталинской конституции встречали на вате. Так что, когда нас вывезут, сегодня этого никто не скажет. Будет план, и мы вернемся домой. И получается, что план – он как круговая порука, за него все в ответе.

Запихнули нас в голодностепский совхоз «Баяут» № 4, это в ста двадцати километрах от Ташкента. Совхоз еще до войны построили, и все здесь бедное, глинобитное, но жить можно. И люди живут, делают свое дело – привыкли. Я пью чай, ем хлеб. Витя ко мне присоединился. Горячее нам положено дважды в день, на обед и на ужин. Шланги, то есть макароны, нам уже осточертели. Каждый день шланги и шланги. А мяса всегда по чуть-чуть, кот наплакал. И платить нам полагается за такую кормежку, на это уходит почти весь заработок. И еще на портвейн – его, в пересчете на градусы, покупать выгоднее, чем водку – интересно, почему так?

Выпивку мы позволяем себе не часто, ну, раз в неделю. Если зачастим, быстро окажемся без ничего. И что тогда, шмотки продавать? Это не по нашей части.

– Смотаться бы домой! – говорит Витенька. – Девуля там у меня одна – посмотреть надо, чтобы налево не повернула.

– Смотайся, посмотри на свою девулю! – советую я.

– Хм, смотайся! А хватятся? Шума-гама потом не оберешься.

– А ты перед банным днем!

– Это идея!

Банный день был еще и днем отдыха, и хорошо, если его назначали раз в десять дней. Обычно его приурачивали ко дню плохой погоды. Или совмещали с днем плохой погоды. Мы поели, заняться же было нечем. Ружьишко свое извлек Витенька, малокалиберную винтовку. Было видно, что ствол тронула ржавчина – и снаружи, и изнутри. «Смажь!» – сказал я.

– Смазать надо, смазать давно пора, а чем? Не своими же соплями! Тут даже гуталина ни у кого нет.

– Вазелин попроси у девчат.

– Стану я клянчить! О, курочка к нам пожаловала! На ловца и зверь! – Виктор вскочил, вогнал в ствол патрон, приклад приложил к плечу и стал следить за курицей, разгуливающей перед бараком. Народу вокруг не было ни души, все собирали вату. Виктор приоткрыл дверь пошире, прицелился. Теперь ствол ружья отслеживал каждое движение белой птицы. А она что-то поклевывала и никуда не спешила. Вот палец Виктора надавил на курок, ружье выстрелило. Пуля ударилась курице в крыло и отскочила. Курица подпрыгнула от неожиданности, но больно ей не стало, и она спокойно продолжила свой путь. Ржавый ствол не позволил пуле набрать нужную скорость, и перья сыграли роль щита.

Я потянул ружье к себе, перезарядил его. Накинул шинель отцовскую, привезенную им с фронта. Война закончилась десять лет назад, и шинель еще была ничего. Офицерская все-таки. Ружье спрятал под полу и двинулся к курочке. Подошел метра на четыре, прицелился и бабахнул. Выстрел едва прозвучал, таким нечистым был ствол. Но курочка легла там, где стояла. Я поднял ее – у нее была прострелена шея. Витенька был доволен не меньше меня. Теперь у нас было чем полакомиться. Мы быстро покинули барак, курочку сунули в Витин фартук и пошли к каналу. На его берегах росли высокие талы, и хвороста там хватало. Мы зажгли костерок. Дымком потянула, и сразу – жаром. Курицу мы ощипали минут за пять, в четыре руки. Выпотрошили – у Витеньки был перочинный ножичек. Насадили на вертел и принялись обжаривать.

Тушка могла быть и побольше, но на двоих хватит и такой. Мы ее поворачивали другой стороной, как только с нее начинал капать сок. Сока, который капал в огонь, нам было жалко. Мы не торопились, дали курочке обжариться со всех сторон. Когда она зарумянилась, мы позволили ей чуть-чуть остыть – и налегли, налегли! Вскоре от нее ничего не осталось.

– Отлично! – подвел итог Витенька. – Каждый день бы иметь такую везуху! Ей-богу, я бы тогда полюбил вату!

О хозяйке, которая лишилась куцрицы, мы не подумали. Нам лучше было чувствовать себя охотниками, лучше было считать, что это ничья курочка забрела под наше ружьишко. Мы вымыли руки, а возвращаться в барак не стали. Сумрачно в нашем бараке, и очень пахнет мышами. Двумя неделями раньше мы бы выкупались в канале, но сейчас и вода резко упала, и прохладно стало. Побрели на свое поле. У весов стояла Лиля Вишнякова, девица, ладная во всех отношениях. Смотреть на нее было интересно. Мысли разные возникали, когда я смотрел на нее, тоже интересные. Но продолжение не высвечивалось, и получалось, что эти мысли были без продолжения.

Поле приняло Витеньку, а я стал раскладывать сданный хлопок на площадочке у весов, чтобы он просушился. Ночная роса утяжеляла хлопок, а ему этого было не нужно. Пустые канары лежали высокой стопкой.

– Сходи за водой, народ скоро пить захочет! – сказала мне Лиля.

Я взял два пустых ведра и пошел в поселок. Четверть часа до водопровода, четверть часа обратно – пейте, хлопкоробы, студеную водичку, и не уставать вам! Узбеки сдали уже кто по тридцать килограммов, а кто и по сорок. Их в бригаде десять человек. Это которые учатся в нашем русском потоке. Есть и узбекский поток, там учатся одни узбеки. Русскому за узбеком на хлопковом поле не угнаться, разница к концу дня в полтора – два раза. Это нормально, ведь узбеки и хлопок неразъединимы.

Телега к нам едет, обед везет. Обед – это фляга с супом или кашей и буханок двадцать хлеба. Назад она повезет вату, и я начинаю наполнять канары. С поля густо тянется народ, парни и девушки. Теперь они опорожняют фартуки прямо в мой канар. Что на обед? Суп с макаронами, но очень густой, и мяса в нем не так уж мало. Садимся группами. Я сажусь рядом с детдомовцем Павлом Сычевым и Колей Николенко. Мы как-то быстро потянулись друг к другу. У Паши тридцать два килограмма, у Коли – двадцать семь. Коля за пятьдесят обычно не поднимается. А Паша может выдать и шестьдесят, если не споткнется и не приляжет на свой фартучек, заполненный на одну треть.

Едим, новости узнаем. Ну, как там война в Корее? Да никак, все стабилизировалось вокруг тридцать восьмой параллели. Пора бы уже за ум взяться и перестать воевать. Но как перестанешь воевать, если социалистическая идея нуждается в распространении? Павел стал детдомовцем, потому что его родителей поглотила недавняя война. К Коле тоже отец не вернулся. Рядом с нами обедает компания Юры Жукова. Жуков тоже без отца вырос. Он крупнотел и норовист, на своей улице был заводилой. Так что на ножку ему просто так не наступишь, извиняться придется. Шрам на его щеке, и глубокий, давний. Значит, много дрался. Лева Рейфман в этой компании, и Витя Артамонов. Саша Гимейнерман пробует к ней периклеиться. Лева, рослый и рыхлый, умеет блюсти свой интерес, а крепыш Саша простоват, как подросток – душа нараспашку. На четверых у них тазик, весьма объемный. Второй раз наполнять его не надо, в нем семь мисок помещается.

Павлуша эту компанию не жалует и потому сидит к ней спиной. Я быстро опорожняю свою миску и иду загружать телегу. Возчик канары не носит, но помогает правильно их расположить. Двадцать шесть канарчиков я погрузил, и мы поехали. Благо, хирман недалеко. На весы становится сначала полная телега, а потом пустая. Вес канаров вычитается. Получается 1450 килограммов чистой ваты. Нормально!

Вечерняя ходка будет потяжелее, под две тонны. На хирмане три бунта уже готовы и накрыты брезентом. Два бунта формируются. В каждом готовом бунте не меньше четырехсот тонн. Отсюда сырцу прямая дорога на хлопкоочистительный завод. Третья часть сырца станет волокном, две трети – семенами. Из семян аккуратно будет выжато масло, а то, что останется, под названием «жмых» будет скормлено скоту. Жмыхом животноводы дорожат, он попитательнее сена.

Возвращаюсь своими ножками. Все уже в поле, а у меня передышка. Еще раз иду за водой. Литр на человека, и порядочек! Солнце сейчас доброе, не как летом. Теперь взвешенный хлопок сушить не надо, он сразу идет в канары. Мне меньше забот. От группы парней в группу девчат летит курак – нераскрывшиеся верхние коробочки. Они тугие, и человеку больно, когда в него попадает такой плотный комок. Девчата не реагируют. Точнее, вид делают, что не реагируют. В обоих группах есть особи, которые надеются, что вечером будет продолжение.

«Расцветали яблони и груши, поплыли туманы над рекой. Выходила на берег Катюша...» – Это Лисин голос подал. У него голос самый громкий, а у Юры Жукова – самый лучший. Мороз по коже, как замечательно поет Юра Жуков. У него настолько хороший голос, что ему впору на эстраду пойти. Если повезет, вечером я услышу, как он поет. Под гитару, конечно. Когда Жуков и гитара единое целое, мы не в бараке чувствуем себя, а в театре. В партере.

Садится солнце. Над далеким концом поля зависает плотная стая воробьев. Здешние воробьи не такие, как в городе – они куда крупнее. Сколько же воробьев в такой стае? Пять тысяч? Десять тысяч? Стая воробьев над полем, как черное пятно. Издалека она похожа на мастодонта. Откуда здесь столько воробьев? Чем они кормятся? У Лисина есть ружье двенадцатого калибра, и как-то он двумя выстрелами завалил столько воробьев, что заполнил ими фартук. Мы потом всем бараком целый час их ощипывали. Зато кавардак получился отменный, в двух ведрах мы его варили. Воробьи, в смысле мяса – это деликатес куда получше той курочки, которую я и Витенька поимели сегодня.

Последние сборщики спешат-торопятся к весам. Телега едет, это хорошо. Лиля взвешивает фартук за фартуком. Оглядывает поле, а там – никого. Треногу из тонких ивовых жердей и весы кладет себе на плечо, но рядом с ней возникает Коля Николенко и, не говоря ни слова, перекладывает треногу и весы на свое плечо. Лиля не протестует. Весы она могла бы и в поле оставить, но боится их потерять. Кто-нибудь из местных проследит, куда положила, и возьмет себе: весы в хозяйстве не последняя вещь. Мы с возчиком загружаем телегу и едем на хирман. Он молчит, и я молчу. Возчики у нас не постоянные, и я не успеваю к ним привыкнуть. У них своя жизнь, а у меня своя. Узбекский мир и русский мир – они такие разные! Я, например, не стану утверждать, что мой мир лучше. Для меня лучше, но не вообще.

Самое трудное – затаскивать канары наверх, на бунт по шаткому трапу. Случалось, трап шатался так сильно, что я терял равновесие и ронял канар – чтобы не упасть с ним вместе. Тогда все приходилось начинать сначала. В этот раз я ничего не уронил. Почти тридцать раз поднялся наверх, пока все не перенес. Взмок, и рубашка взмокла. Что на ужин? Рисовая каша. Все лучше, чем шланги. Здесь нас так ими напотчуют, что потом видеть я их не захочу.

Барак давно уже отужинал, и все разбились на компании. Кто в шахматы играет, кто в карты, кто байки травит. Двое пишут письма домой, человек пять читает. Свет, правда, тусклый и чтению не способствует. Лева Рейфман подсуетился, несет гитару. Кладет ее в руки Жукова. «А допинг где?» – вопрошает Юра и лицо делает строгое, наставническое. Желает, значит, чтобы ему сто граммов поднесли. Лева такой же выразительный взгляд преподносит Саше Гимейнерману. Саша идет в магазин и вскоре приносит поллитра портвейна. Руками разводит: не обессудьте, последнюю денежку употребил! Видимо, так оно и есть, Саша Гимейнерман мужик не прижимистый, с деньгами расстается куда легче многих из нас.

Юра выпивает стакан терпкой бордовой жидкости, хлебушком закусывает. И гитара издает первые пробные звуки. Пока это настройка. Но вот струны подтянуты, Юра обводит взглядом притихшую аудиторию, к нему переместившуюся, и начинает петь.

Дан приказ: ему – на запад, ей – в другую сторону.
Уходили комсомольцы на гражданскую войну.

Шепеляво он поет, камерно – и удивительно вдохновенно, раскованно. Он и гитара становятся одним целым. «На позицию девушка провожала бойца. Темной ночью простилась у родного крыльца. И пока за туманами видеть мог паренек: над окошком у девушки все горел огонек». Теперь Юра смотрит поверх нас, в неведомую даль, где, скорее всего, происходит то, о чем он поет. «Ты помнишь, синеглазый мой, как бегали, как лазали, как вместе быть старались мы, не зная про любовь. Ты был совсем мальчонкою, а я была девчонкою. Ах, кем ты был, кем я была, кем были мы с тобой!»

Это было что-то новое, эту песню я слышал впервые. А дальше началась война, мальчонка пошел на фронт, но не пал смертью храбрых, как большинство его сверстников, вернулся домой победителем фашистов. Только к девчонке, с которой когда-то ему было так хорошо, его почему-то не потянуло. Не потянуло, и все. Былое погасло, новое же еще не народилось. И девчонке пришлось смириться с этой данностью. А она так ждала! Еще он спел: «Поезд оставил дымок, в дальние скрылся края. Только мелькнул огонек, словно улыбка твоя. Веришь – не веришь, словно улыбка твоя!» Мы замерли, нам было замечательно. Даже мышки-норушки перестали шебуршиться в сене, на котором лежали наши постели.

Жуков пел, наверное, минут сорок, затем гитара издала заключительный аккорд, и он сказал: «Все, баста! Больше не могу». Бригадир наш пришел, да с платежными ведомостями. Значит, совхоз решил рассчитаться с нами за последнюю десятидневку. Прекрасно! Мы заработали немного, рублей по 250 – 300. Но было высчитано за питание, и на руки нам полагалось рублей по 100 – 150. Бежать в магазин было поздно, его закрыли с полчаса назад. Лева Рейфман достал колоду карт, не очень замусоленную.

– Очко! – объявил он. – Ставки не выше пяти рублей.

И положил на кон пятьдесят рублей, это был банк. Сорвавший банк мог заменить его, мог сам побанковать. «Дверку, дверку прикрыли на щеколду!» – попросил Юра Жуков. Ибо игра в очко появления надсмотрщиков в лице преподавателей не предусматривала. И ребята стали подсаживаться к Леве один за другим. Ставки были невелики, но азарт медленно нагнетался. Юра Жуков лежал на животе, подперев ладонями подбородок, и смотрел, как Лева сдает карты игроку, а потом себе.

Колода была слегка потрепанная, и, возможно, Лева помнил некоторые из карт. Ибо выигрывал он несколько чаще, нежели проигрывал. Витенька Артамонов просадил пятьдесят рублей и остановился. Паша Сычев побежал попытать счастья и, кажется, остался при своих. Я не пошевелился. В шахматы я бы поиграл, но шахматисты уже закруглились, да и не было здесь у меня достойных партнеров. Теперь вокруг тех, кто резался в очко, образовался кружок человек в десять-пятнадцать.

Кому-то везло, кому-то нет; кучка банкнот перед Рейфманом выросла рублей до пятисот. «Завтра погуляем! – сказал Юра Жуков. – Кто продулся, тоже примет по стопочке – за везуху в светлом завтрашнем дне!»

– В светлом завтрашнем дне! – подхватил Саша Гимейнерман и сделал первую ставку. Перебор у него получился, и он свою ставку повторил, а потом повторил еще и еще раз.

– Смотри, все свое не просади! – сказал ему Юра.

– На поддержание штанишек оставь! – дал Саше дельный совет Витюша. Ребятам нравилось расслабляться. Чувствовалось, что сейчас они остограммились бы с огромным удовольствием. – А помните, у тети Жени мы вино сухое покупали! – сказал Витюша. – Она где-то на краю поселка живет – кто знает? Хорошо было бы разыскать ее и купить ведерко, как в тот раз!

– Ведерко – это почем? – спросил кто-кто.

– Это стольник ровно! – объявил Юра Жуков.

– Держите, и помните мою доброту! – сказал Лева Рейфман и вальяжно отсчитал из банка сто рублей пятерками. – Идите! И чур по дороге из ведерка не глотать, остаток водичкой не разбавлять! Я дегустатор со стажем, сразу учую, если что не так, и ославлю на весь белый свет!

Идти вызвались двое. Ведро в бараке имелось, для воды. Двое вышли, и про них забыли. Все внимание было сосредоточено на игре. Через полчаса двое вернулись – ведро было заполнено розоватой жидкостью почти до краев. «Живем! – возвестил Витенька. – Набегай, подешевело!» Первому налили Жукову, потом Леве Рейфману, потом Витеньке, как человеку, вспомнившему про тетю Женю как раз тогда, когда не поздно было про нее вспомнить. Кружка быстро обошла большую часть жаждущих, и в ведре обозначилось дно. Я оказался среди тех, кто получил свою долю. Вроде бы, ничего вокруг меня не изменилось, но воздух слегка порозовел, и жить стало лучше.

– Девочку пригожую я бы сейчас осчастливил своей особой! – сказал Лева.

А Юра не мог сказать такое, у него в Ташкенте осталась давняя школьная приязнь, проживавшая по соседству. В Москве теперь училась его ровесница и, значит, копала картошку: у каждого советского студента была своя трудовая повинность.

– Женское общежитие, вроде бы, недалеко! – подсказали Леве.

– А кто банковать будет? Нет, везуху нельзя разрушать своими руками! Кто еще сгоняет к тете Жене? В момент сотенку отвалю!

– Она спать легла, как только нас отоварила! – доложили Леве. И он стал сдавать карты очередному любителю попытать свое счастье.

– Тройка, семерка, туз! – громко произнес Витенька.

– Позвольте, ваша дама бита! – нараспев ответил ему Юра Жуков. Оперу «Пиковая дама» в нашем театре имени Алишера Навои слушал не один я. Саша Гимейнерман еще раз вклинился в игру и вскоре попросил занять ему пятьдесят рублей.

– Не занимать! – распорядился Жуков. – Здесь у нас что, игорный дом? Сашок, профукал свои кровные, и успокойся. Сиди и отдыхай! Учись радоваться, когда к другим счастье приваливает!

Саша был весь внимание. Вскоре он кинулся к своем рюкзаку, извлек свитерок, вполне приличный, и объявил его цену: «Сто пятьдесят! Кто берет?»

– Сто! – раздалось за его спиной. Сошлись на ста двадцати. И Саша снова протиснулся к кону. Он ставил пятерку за пятеркой, но проигрывал раза в два чаще, чем выигрывал. «Чайку бы испить!» – воскликнул Витенька. Но кипять воду для чая было хлопотливо, и на его просьбу никто не откликнулся. Вскоре Саше опять нечего было ставить на кон. Рубашку он снял с себя тогда и объявил: «Сто!» Но выручил за нее только шестьдесят. Ему не везло и дальше. Ему еще раз пять посоветовали идти к девушкам – вот там ему повезет.

Перед Левой Рейфманом уже возвышалась внушительная горка денег, рублей восемьсот. Юра Жуков довольно улыбался: выигрыш шел в общий котел их теплой компании, он, и пальчиком не ударив, им потом распорядится. Тут Лева никогда не мелочился. Стало видно, что на Саше Гимейнермане несвежая майка. Но это было в порядке вещей, ведь никто из присутсвующих не мог похвастать, что на нем чистое белье. Простота нравов на хлопке была удивительная. Саша сделал еще несколько ставок, и его шестьдесят рублей рассеялись, как дым и утренний туман – точнее, обрели нового владельца. Тогда он встал, расстегнул ремень и снял с себя брюки. Остался в трусах до колен. Такие трусы мы называли семейными.

– Двести! – объявил он цену брюкам. Никто что-то не пошевелился, своего интереса не обозначил – широковаты были Сашины штанишки. Мало кто из присутствующих в бараке обладал Сашиной комплекцией.

– Беру за сто пятьдесят! – сказал тогда Лева. – Но с условием, что с первой же стипендии ты у меня их выкупаешь!

– Заметано! – тотчас согласилсяч Гимейнерман. И рубка отчаянная шла еще более часа. То и дело раздавалось: «Опа! Гопа! Америка – Европа! Тут она ему и сказала: «За мной, мальчик, не гонись!»

Глаза мои уже смыкались, но гам стоял такой, что ложиться было явно рано. Что-то нашло на наших сегодня, что-то их вдохновило. Без балды, тетя Женя делала хорошее вино, и нам следовало наведываться к ней чаще. А Саша снова все спустил. Предложил поставить на кон трусы и майку, но на них никто не позарился. Ему сказали, что он и так гол, как сокол, и может идти в таком виде хоть в Африку, хоть еще дальше. В Африке все голые, и там он будет свой среди своих. «Продулся – отдыхай!» – напоминал ему Юра Жуков снова и снова. Саша блаженно улыбался и так же блаженно тянулся к кону. Рейфман не обращал на него внимания. Игнорировал: куда, пустопорожний, лезешь, место чужое занимаешь? Тебе правильно говорят: «Отдыхай!» Не заслоняй дороги другим, которые тоже хотят испытать свою удачу.

«Ситуация!» - подумал я. Мы уже месяц как кантовались на вате, но такая раскладка случилась впервые. Конечно же, вино тети Жени сказало свое слово, и громко сказало, искрометно. Оно было и много дешевле, и куда лучше портвейна. Кто-то подсаживался к Леве и просаживал одну-две пятерки, кто-то на одну-две пятерки наваривался. Как говорил в таких случаях Лева Рейфман, игра шла сикось-накось. Ничего страшного, он оставался при своем банке.

– Хочу поставить! – вдруг громко провозгласил Саша Гимейнерман, поднялся, встал на колени и в грудь себя ударил, по нечистой майке. Заверял присутствующих в полной серьезности своих намерений. На него посмотрели с любопытством. Всем было интересно, что последует дальше.

– Поставь! – согласился Лева Рейфман. Саша погладил себя по бицепсам голым, не хилым, погладил по плечам – все было голо. В карман руки не опустишь, брюк на нем не было. И ничего у него уже не было. Он, вроде бы, и сознавал это, но как-то отрешенно сознавал, как-то иносказательно, не применительно к себе. Как бы в двух измерениях присутствовал: и он сидит против Левы Рейфмана, и не он.

– Поставь свою шевелюру, она у тебя кум королю! – подсказал Юра Жуков. Действительно, волосы у Саши были густые-густые, сами складывались в кудри, сами завивались. Наверное, у него у одного в бараке была столь пышная шевелюра.

– Моя шевелюра! – по слогам произнес Саша Гимейнерман, словно взвешивал, о чем шла речь. По голове себя погладил, она у него была не маленькая, но, как мне начинало казаться, умом не наполненная. Всего самого разного было в ней понемногу, как суразного, так и несуразного. – Моя шевелюра – сколько она стоит?

– Сто! – сказал Лева Рейфман.

– Пятьсот! – назвал свою цену Саша и еще раз провел ладонью по тугим своим волосам.

– Какая разница, все равно просадишь! – сказал Лева. – Сто двадцать!

Сошлись на ста пятидесяти, и еще часа полтора делал ставки Саша, пока снова все не профукал. Оторопело спросил: «И что теперь будет?»

– Сейчас увидишь! И уговор: фуражечку после того, что теперь будет, надевать не имеешь права!

– Ладно, идет! – У Левы была машинка для стрижки волос, все-таки и мать его, и отец были парикмахеры. Так что умыкнуть у них какую-то машинку труда не составляло. Лева извлек ее из своего саквояжа и высоко поднял над головой, обозначая и высвечивая торжественность момента. – Садись! – скомандовал он. – Голову наклони! – И быстро, как заправский маэстро, провел машинкой по густым Сашиным волосам от уха до уха и от середины лба до шеи. Крест получился. Белый крест на темнокоричневом фоне.

– Вот это да! – похвалил он себя. И повторил: – Фуражечку на линейке не надевать!

Спектакль кончился, и я буквально через минуту провалился в сон.

Утром, как обычно, была линейка. Саша Гимейнерман встал в третьем ряду и поджал коленки, чтобы стать ниже ростом. Обход делал преподаватель Андрей Николаевич Гостунский, о котором шла молва, как о личности загадочной, почти феерической. Молва явно опередила наше с ним знакомство: лекции нам, по курсу «Регулирование русел», он будет читать только через два года. Выпускник Сорбонны, он в первую мировую войну дал разработку, как ставить зенитные пушки для защиты мостов, железнодорожных станций от налетов немецкой авиации. В войну Великую отечественную эти рекомендации своей актуальности не утратили.

В 1941 году он изобрел сапог, снимающий с ноги усталость. И едва не угодил за решетку: «Вы что, товарищ Гостунский, хотите, чтобы наши солдаты быстрее драпали?» Такой вопрос задали ему в учреждении, которое надзирало за всеми и надо всем. Но в 1943 году его сапог пошел в производство – наши солдаты не должны были уставать, наступая. Единственный его сын утонул на Комсомольском озере еще до войны, и горе это было нерубцующееся. Андрей Николаевич любил принять на грудь, и в его доме был заведен такой порядок: по нечетным дням поллитра домой приносил он, по четным – супруга. В доме обитала еще собачка бульдог. Распивая бутылочку, хозяева обмакивали в водку хлеб и подносили собаке. И та становилась как бы третьим в их компании. Однажды Андрей Николаевич пришел домой раньше супруги, а была ее очередь принести водку. Он извлек из шкафа вчерашний бутылек, там было на донышке. И он все оприходовал, с собачкой не поделился. Тогда бульдог распахнул пасть и мертвой хваткой вцепился ему в ногу. За то, что хозяин его проигнорировал. Так они и просидели до прихода супруги. Хорошо, на нем был валенок. Та сразу капнула водки на хлеб, и собака разжала свои страшные тиски-челюсти. После этого они ее кому-то подарили.

На линейке Андрей Николаевич произвел перекличку, это заняло минут шесть-семь, и все это время Саша Гимейнерман просил Леву Рейфмана лишь об одном: «Разреши надеть фуражку! Разреши!» А Лева бросал ему одно и тоже слово: «Поллитра! Поллитра!» Просьба надеть фуражку прозвучала раз десять, и столько же раз была названа цена, которую надлежало заплатить за разрешение.

* * *

С той поры минуло пятьдесят пять лет. Другая жизнь бурлила вокруг, другой была Россия, и много чего поменялось в большом мире, особенно на ниве техники. Социализма в России давно не стало, но никто не переживал по этому поводу. Да, но как сложилась судьба героев моего маленького рассказа? Андрей Николаевич Гостунский ушел из жизни вскоре после того, как мы оставили институтские стены. Витенька Артамонов, бедняга, спился и рано покинул сей бренный мир, лет тридцать назад покинул. Пить ему было противопоказано, но это поняли другие, не он. Ушли из жизни также Юра Жуков и Лева Рейфман. Достигли заметных высот на поприще гидротехники, достойных детей воспитали, а далее противостоять житейскому морю не смогли, долгожителями не стали. Лиля Вишнякова обосновалась в Подмосковье, гордится дочерью своей, которая – известная актриса. Коля Николенко давно уже укатил в Украину, Паша Сычев – в Сибирь. Как и что у них там, не знаю, они меня об этом не уведомляют, и мне остается только надеяться, что все у них там хорошо.

А Саша Гимейнерман ушел из института после первого же семестра. Не сдал одно, не сдал второе – и, скорее всего, понял, что ступил не на свою стезю. Пересдавать ничего не стал, повернулся и ушел, и неизвестно к каким берегам причалил – российским, израильским или американским. Я, конечно, был бы рад узнать, что он жив и преуспевает. И если у него сейчас совсем не густая шевелюра, ничего страшного. Ибо второй раз вырезать на ней крест никто не собирается.

Я же сменил профессию гидротехника на профессию журналиста и писателя – и продолжал писать, но в стол, но в стол. Особого значения это не имело, главное – я продолжал делать то, что мне нравилось.

ПОРТРЕТ НЕЗНАКОМКИ

Мы спрятались от промозглого ветра в фойе гостиницы гидростроителей (других гостиниц в Чарваке не было), и Игорь Смирнов, инструктор по спорту и сам заядлый велосипедист, продолжал рассказывать мне про свои затяжные беды – он многое намеревался здесь сделать, но встретил холод равнодушия от тех, на чье содействие рассчитывал, и теперь пребывал в растерянности – что делать дальше, и если все бросить и уехать, то куда? Об этом, очень личном, он говорил вполне доверительно. И я проникался к нему сочувствием. Почему не помогли человеку, хотя можно было помочь, и отдача уже видна была бы. Я собирался писать об этом в своей газете и потихоньку прикидывал форму материала и степень резкости выводов, чтобы не оказать Смирнову медвежьей услуги. В маленьких городках бывает совершенно неожиданная реакция на критику – словно местных начальников критикуют впервые, а до этого только хвалили и жаловали. Но тут вошел Марк Буш, художник, которого тоже приютил Чарвак – на время, конечно. Мы были знакомы; он бесцеремонно подсел к нам, и скоро я увидел, что не могу больше заниматься молодым инструктором по спорту и его бедами, что тема эта фактически исчерпана. Я увидел, что буду заниматься Марком Бушем.

Буш был одессит и везде чувствовал себя как дома, своим среди своих. И друзей у него было немало. Тут тоже он подсел ко мне как к старому знакомому и единомышленнику. Как будто мы давно с ним накоротке, а ведь этого совсем не было.

– Я иду в общежитие писать портрет. И ты идешь со мной, – объявил он, улыбаясь.

Ладно, подумал я, не обижаясь на его бесцеремонность. У меня был свободный вечер, а утром я уезжал домой с блокнотом, наполненным впечатлениями.

– А потом я напишу твой портрет, – объявил он. – В Ташкенте. Непременно. Согласен?

Радости я не ощутил, но не было и несогласия. Я был в той свежей поре своей жизни, когда постигать сущность любого человека мне было интересно. Я вспомнил свою первую встречу с Марком здесь – три года назад, у тысячелетней чинары, под которой уютно прикорнула чайхана – встречу с ним и с Феликсом Ивановым, тоже художником, способным, но многопьющим, вспомнил их планы, и как они об этом горячо говорили, и как старались что-то сделать, уже не так горячо.Вспомнил я и нашу ташкентскую встречу. Буш тогда разыскал меня в редакции и попросил написать об его портретах, выставленных среди работ самодеятельных художников во дворце текстильщиков. Я пошел посмотреть их и потом высказал свое мнение, не очень для Буша лестное. Он выставил много работ, но их общим недостатком была какая-то трудно объяснимая надломленность его молодых героев, какая-то ущербность, которую трудно было понять. Я так и написал, что молодости это несвойственно, что молодость берет задором и дерзанием и светлой верой в будущее. Но я спрятался тогда под псевдоним, и он не догадался, что ложка дегтя в его адрес была от меня. Главное, я не сделал тогда для себя вывода, талантлив ли он. На общем фоне он не выделялся, по крайней мере, я не приметил этого. И вот мне предстояло идти с ним и увидеть, как он работает.

– Ну, я скоренько, только соберу этюдник!

– Вот зашибала! – сказал о нем Смирнов. – Когда он здесь жил, он покрывал лаком обыкновенные эстампы и продавал их как копии своих работ.

Я не знал этого, но не отрицал за Бушем самых разных способностей. Его предприимчивость вдали от дома легко могла перешагнуть границы приличия. Сейчас его привел сюда тоже легкий заработок – он расписывал чайхану, и его карман уже оттопыривал солидный аванс. Смирнов попрощался и ушел, а вскоре и Буш вывалился из своего номера, обремененный тяжелым этюдником и подрамником с чистым холстом.

– Ты обязательно побываешь в моей мастерской! – скороговоркой вещал он. – Не спорь! Ужинал? Выпить хочешь? Идем – это под нами. Не хочешь? Жаль. А то и я бы выпил – за компанию. Ветерок-то на улице очень даже промозглый.

Феликс Иванов сказал мне, что Буш здесь, но я не искал с ним встречи. После того отзыва об его портретах. К Иванову же я заходил всегда, когда бывал в Чарваке. И он, и его жена делали неплохие вещи, и она, пожалуй, была талантливее. У нее получались удивительно солнечные акварели, хорошо передающие колорит места и нюансы света в горах. Иванов безбожно пил и медленно деградировал, жена же его была не от мира сего или казалась мне такой, и сегодня я тоже застал Иванова пьяным, а ее – собирающейся в Москву, кончать Строгановское училище. Я увидел мозаичное панно из смальты, сделанное ими, но оценил его невысоко. Панно пошло волнами из-за плохого выполнения бетонной основы, и замысел исказился. Я сказал о своем впечатлении Бушу.

– Феликс все испортил, – подтвердил мой вывод Марк. – А теперь говорит, что волны – это так и нужно, это часть замысла. За год одно панно! Пенсионеры, и те больше себя уважают.

Одно время я собирался написать об Иванове и его жене, но с каждым разом находил в них, особенно в Феликсе, все меньше интересного, и это желание медленно угасло.

Мы шли по улице вверх, в гору. Внизу зеленела и звенела порожистая река Угам. Ветер неистовствовал, громыхал железными крышами и задирал на женщинах платья. Ветер мешал идти и мешал дышать, такой он был сильный. Свирепый ветер, рожденный близ ледников и сорвавшийся вниз. Он нес песок и мелкие камешки и не нес пыли, она была выдута раньше.

– Яблоки сейчас летят на землю, и урюк, – сказал я. – Абрикосовый дождь. Завтра будет дешевый базар.

– А у меня завтра открытие чайханы. Придется раскошелиться и накрыть стол. В честь досрочного финиша. Не шедевр, конечно, все то, что я там изобразил, но работа вполне сносная. Главное, денежная. Восьмидесяти рублей зарплаты, знаешь, хватает только на краски.

Я понял его. Я тоже частенько поступал так – брался за первую идущую в руки работу, если она сулила какой-то приработок. Без этого в семью почему-то не шел достаток.

Мы вошли в общежитие и стали подниматься по лестнице.

– Буду писать одну девчонку, – сказал Буш. – Любопытная девочка!

Этого я не ожидал. Я почему-то думал, что он собирается рисовать парня, бетонщика или проходчика, непременно передовика производства. Еще одну передовую особь из нескончаемой вереницы ударников коммунистического труда.

– Может быть, что-нибудь наклюнется! – мечтательно произнес он, имея в виду, конечно, не живопись. – Понимаешь, жена взяла и катанула в Сочи, а мне тоже пора отдохнуть. Но в комнате будут еще девчата, ты не соскучишься.

Поворачивать назад было поздно. Я не завидовал людям, которые, едва ступив за порог родного дома, чувствовали себя совершенно свободно и вели себя соответственно. И в то же время рядом с ними, веселыми и предприимчивыми и, вдобавок, неизменно удачливыми, я чувствовал какую-то неполноценность – потому что не умел вести себя так раскованно. Мы прошли по темному коридору четвертого этажа мимо бесконечных, как частокол, дверей, мимо женского смеха и песен из репродуктора. Буш энергично постучал в комнату под номером тринадцать.

– Можно? – Девушек в комнате было двое.

– Рита.

– Нина.

Мы сказали, что нам очень приятно, точнее, я это сказал, Буша же здесь принимали не впервые. Обе девушки были высокие и молодые. Нина выкрасила волосы в вызывающе рыжий цвет и теперь испускала слепящее желтое сияние. Рита же, в просторном халате, показалась мне склонной к дородности. Но держалась она с достоинством, не смущалась, и я, подумав, кого же из них собирается писать Буш, остановил выбор на Рите. Третья хозяйка маленькой комнаты пока отсутствовала. На стене, в углу висело десятка полтора вырезок из иллюстрированных журналов, все эти актрисы неправдоподобной красоты и манекенщицы неправдоподобного изящества. У одной из трех девушек был явно мужской вкус. Другими достопримечательностями комната не обладала.

– Вы думали, я не приду? – сказал Буш Рите. – Я всегда держу свое слово.

Рита не сказала: «Похвально!» Она просто кивнула, и я опять не увидел ее смущения. Ну, пришел, так я и знала, что придешь, и нет здесь ничего удивительного – я бы удивилась, если бы ты не пришел, не прибежал сюда, раз я тебя позвала, наверное, подумала она, отвечая Бушу кроткой улыбкой. Мы сели. Буш оглядел комнату, ткнул пальчиком в красоток из иллюстрированных журналов и сказал: «Этого я бы не стал вешать. Один эстамп – и комната засияла бы. Один маленький яркий эстампчик!»

А рыженькая явно манерничала. Мне она показалась пикантной. Но я почувствовал: останься я с нею наедине, и станет скучно, несмотря на всю ее молодость и пикантность. Она сидела картинно, закинув ногу за ногу, и короткое платье на две трети обнажало ее сочные бедра. Завлекательная девочка, опять подумал я про нее. И стал смотреть на Риту. Тем временем Буш собирал мольберт. На далеких пиках блестело вечернее солнце, и мы становились свидетелями всех стадий заката.

– Сюда, пожалуйста! – распорядился Буш и посадил Риту боком к окну. Теперь одна половина ее лица освещалась намного сильнее. У нее было незаурядное лицо, но постигалось это не сразу. Что-то исподволь прояснялось и раскрывалось в ней, и чем дальше, тем больше.

– Отвернитесь, я переоденусь! – вдруг попросила рыженькая. Она сбросила за нашими спинами серое свое одеяние и облачилась в бордовое. Нацепила клипсы, стала совсем хорошенькой, гордо вскинула головку и… ушла. «Она не в духе, – сказала Рита. – Я поссорилась с ней, я виновата, и она не в духе. Мне уже досталось, могло и вам достаться».

– От такой крошки? – премного удивился Марк.

– У нее острые коготки. Вам бы досталось просто так, ни за что. За то, что вы пришли ко мне. Замуж ей надо, вот что.

– Всем надо замуж.

– А ей особенно. Она из многодетной семьи. Росла в нужде, с шестнадцати лет мотается по общежитиям. Все куда-то тянется, а куда – не знает. С ума сойти – столько лет по общежитиям!

Великая бедность наша – общежития, подумал я. Взрослому человеку нужна минимум комната, а не койка в общежитии. Эти комнаты на троих, а то и на четверых – великая бедность наша. Человек нигде не может остаться наедине с собой, ему всюду кто-то сопутствует. Я вспомнил вагончик в Голодной степи в начале своей трудовой деятельности, и нас четверых молодых специалистов в его крошечном купе, вспомнил, как это было плохо, то есть тягостно, и пожалел Нину, хотя ее, может быть, и не следовало жалеть, ведь сама себя она не жалела, другой жизни себе не представляла.

– Пожалуйста, поверните голову. Не так, не так! Немного влево. Еще, еще. О! Вот так.

Буш закрепил холст, прицелился глазами и споро нанес углем овал лица. Несколько быстрых и верных штрихов положили начало портрету. Я смотрел на Риту. Я хотел обнаружить смущение на ее лице, но его не было. Она совсем неплохо держалась. Кто она? Реечница при геодезисте, маляр, бухгалтер? Нет, у нее не рабочие руки. У нее умение держаться. Не случайно Марк выделил ее и теперь пишет ее портрет и лелеет иные планы, которым, может быть, тоже суждено осуществиться – а почему бы и нет?

Марк отложил уголь и стал выдавливать на палитру масляные краски. Смешал коричневую, темнокоричневую, синюю. Волосы, пробор. Наметил линию шеи. Он работал большой кистью, как маляр. Добавил немного зеленого цвета. Затем стал смешивать охру с белилами. Он не ошибался – лицо девушки стало приобретать свойственный ему цвет.

Красное и желтое – румянец. Одно красное – губы. «Сколько прошло минут?» – поинтересовался Буш.

– Десять.

– Полчаса, – сказал я. Рита ускоряла события. Буш, все-таки, работал быстро и уверенно, как профессионал, и я подумал, что если бы знал весной, что он работает так споро, то есть профессионально, не написал бы о его портретах ничего плохого. Промолчал бы или смягчил краски. Чем лучше знаешь человека, тем с большей неохотой соглашаешься делать ему замечания.

Буш стал передавать тени, утемнил правую сторону лица, высветлил левую. Неплохо проделал он это, цепко и быстро. Нет, он работал очень даже прилично, и с видимым удовольствием. Он уже весь был во власти работы, и одесские шуточки, чаще всего плоские, перестали срываться с его уст. Сменив толстую кисть на волосяную, он вывел уголки рта, завитки волос подле уха, брови, ресницы, глаза. Глаза придали портрету первое, черновое завершение. Сходство было полное, но впереди оставалось самое трудное – передача характера, настроения, прогноза на будущее. Я заметил, что, двигая волосяной кистью, Марк как бы ласкает ею девушку, настолько тонки и нежны его движения.

Смеркалось. Далекие пики теперь едва мерцали. Ветер же выл по-прежнему, неистово и грозно. У щели неплотно прикрытого окна скопилась горка песка и пыли. Это на четвертом этаже!

– Ну, на сегодня все! – объявил Буш.

– Я поставлю чай. – Рита не посмотрела на портрет. Она заявила, что взглянет только на готовую работу.

– Неплохо бы водочки сейчас принять, для согревания души, – сказал Буш. – Никто не суетится, я сам сбегаю. В такой ветер грешно не принять для согрева организма.

– Водка у нас до шести. – Рита сказала это и убежала с чайником. Я чувствовал себя довольно неуютно. Наверное, пора было уйти и оставить их двоих, но мне хотелось наказать Буша за бесцеремонное приглашение. «Позвал – теперь терпи», – подумал я. Все-таки, нам нравится одаривать ближних их же манером, то есть их же бесцеремонностью.

– Знаешь, почему она согласилась позировать для портрета? Из любопытства.

– Это основное свойство женского характера.

Марк собрал этюдник. Портрет водрузил на шкаф и, когда Рита возвратилась, наказал никому не показывать. Чтобы не произошло сглаза, догадался я.

– Это будет не просто портрет, а ваша наиподробнейшая характеристика, – сказал я. – Все тайное в вас станет явным, открытым обозрению. Даже то, о чем вы не подозреваете.

– Во-во! – обрадовался Буш. – К этому я и стремлюсь. Я хочу написать психологический портрет. Сейчас еще ничего нет, даже копии пока нет, и отделка потребуется самая тщательная. Может быть, все придется начать снова. Но я хочу сделать вещь, и я ее сделаю.

Он и прежде был таким горячим, и это мне в нем нравилось. Увлеченность. Влюбленность в свои краски и в их великие возможности – а это тонкий мир с редкими моментами гармонии, и открывается он немногим. Меня всегда интересовало, как под кистью живописца рождается непохожесть, не голое сходство, а впечатление – сильное и стойкое впечатление от реализации видения жизни большим художником, всегда неожиданное, как нечаянное прикосновение к чужой тайне. Сейчас я становился свидетелем этого, и это возвышало Буша в моих глазах. Я хотел, чтобы портрет удался, хотя мое мнение об его прежних работах не изменилось.

Мы стали пить жидкий, неудачно заваренный чай. Рита принесла сахар. Когда она открыла дверцу продуктового шкафа, я увидел, что каждая из девушек хранит свои продукты на отдельной полке. Но к сахару мы не прикоснулись. Буш нашел плоскогубцы и стал колоть ими абрикосовые косточки. Он колол их и давал по очереди Рите и мне. Мы быстро съедали их, и он не успевал колоть их для себя. Он стал говорить, что немного знаком с общежитийской жизнью, что здесь, в Чарваке, жил в общежитии, ходил в гости к девчатам в общежитие напротив, и что из этого получалось – драки по законам рыцарства. Они, все-таки, навели порядок, показали, кто главный в поселке, а тех из совхозных ребят, которые не утихомирились и не признали их верховодства, просто выбрасывали в окно. Раз в красный уголок забегает девуля в ночной рубашечке, трясется вся. Мы – в ее комнату. Там человек шесть совхозных парней. Ну, мы в секунду разобрали стол. Когда у тебя в руках ножка от стола, никто не рыпается.

– В Нуреке в общежитиях ужас что творится, – сказала Рита. – Можно проснуться, а с тобой уже кто-то спит.

В Нуреке на горной реке Вахш возводилась гидростанция с трехсотметровой земляной плотиной, в пять раз мощнее Чарвакской.

Ну, этого-то ты не допустишь, подумал я. Она, оказывается, студентка из Ленинграда. Будущий гидротехник. Здесь у нее практика, и она наслаждалась теплом и красками Средней Азии, ее фруктами, ее экзотикой (когда удается ее обнаружить), ее гостеприимством. Родом же она из Чернигова, древнего русского города, давно ставшего городом украинским. Там сохранился кремль (или крепость), я не запомнил, что же могло сохраниться там, я не представлял себе этого славного города. Буш же оседлал свою излюбленную тему – стал нахваливать Одессу, и разговор потек непринужденный, но неяркий. Мне казалось, что каждый что-то недоговаривал. Я подумал, что уже стар для такой компании и не сделаю ровным счетом ничего, чтобы расположить к себе эту девушку. Не захочу и не сумею. Но находиться с ней в одной комнате было приятно. Начинала сказываться ее красота, раскрывавшаяся постепенно, как новое вино.

Марк продолжал нахваливать Одессу, упомянул знаменитую брусчатую мостовую, выложенную графом Воронцовым для Екатерины второй – она была сделана добротно и прекрасно сохранилась. Рита же нахваливала черниговские монастыри, крепостной вал и другую старину. И тут вернулась Нина. В кино она не пошла. Может быть, ее никто не встретил там, куда она пошла, и вернулась она далеко не в приподнятом настроении.

– Ветер, – сказала она, объясняя свое возвращение, и села, привычно закинув ногу за ногу. У нее были сильные, но не полные ноги, и она гордилась ими.

– Нина, хочешь, после Ритиного я напишу твой портрет? – вдруг предложил Буш. Я бы на его месте не стал делать этого.

– Зачем? – Девушка хмыкнула и начала неудержимо краснеть. Рядом с Ритой она выглядела дикаркой.

– Нина, я не хотела тебя обидеть, – вдруг сказала Рита. – Извини меня, пожалуйста.

Я посмотрел на Буша, а Буш посмотрел на меня. Ибо при нас Нину не обижали. Выяснение отношений можно было отложить, подумал я. После нашего ухода – сколько угодно!

– Но ведь обидела, обидела! – порывисто заговорила Нина. – И опять обидишь, знаю тебя. Обидишь и снова будешь извиняться, а потом снова обидишь. Ты такая. Зачем было перед ребятами вчера все это выставлять – кто я, какая я? Раздевать меня перед ними? Подруги так не делают. Когда нужно и перед кем нужно, я сама разденусь – это чисто мое дело.

Она не привела вчерашних Ритиных слов, но ранили они ее больно, и боль эта осталась, несмотря на извинения. А Рита продолжала оправдываться, добиваясь прощения – уж злого умысла, конечно же, у нее не было, и ни к чему так сильно реагировать.

– Вот это и обидно! – сказала Нина. – Злого умысла нет, намерения нет, а ты все равно обижаешь. Уж лучше бы с умыслом, тогда все до конца понятно.

Марк распахнул окно. Ветер начал утихать, ночь была полна мрака и таинственности. В комнату ворвалась принесенная ветром прохлада. В горах, должно быть, неистовствовала гроза, но Чарвак слышал лишь ее дальние отголоски. Я опять подумал: «Пора уходить, зачем я здесь?» Но было какое-то возбуждение, объяснить которое я не пытался. Хотелось быть остроумным, шутить, рассказать что-нибудь интересное.

– Христом Богом прошу, извини меня, и не будем жить вчерашним днем, – еще раз попросила Рита. Она не рисовалась перед нами, но и стыдно ей не было. Она была сама собой, сказала что-то, откровенно сказала, кому-то это не понравилось – ну так что? Ей тоже нравится далеко не все, что говорят в ее присутствии, но ведь она не взбрыкивает по каждому такому поводу. Чужое мнение негоже не принимать к сведению, хотя оно и родило пословицу про чужой роток, на который не накинешь платок. То есть, лучше бывает, когда чужой роток молчит, но, ведь, он не в твоем ведении.

– Разве кто-нибудь в этой комнате живет вчерашним днем? – спросил Буш. – День завтрашний, светлое будущее – единственное, ради чего стоит жить в наше прагматичное время. Это, кстати, и лозунги наши отражают. Светлый завтрашний день они вот уже полвека ставят во главу угла.

Я тоже подумал про светлый завтрашний день, который почему-то не приближался, выдерживал дистанцию в гордом от нас отдалении. И в этом «почему-то», как мне казалось, была заложена мина замедленного действия огромной взрывной силы.

Вошла третья девушка, звали ее Галиной. Она была невзрачна, чувствовала это и потому держалась тихо, боясь лишний раз поколебать воздух. Эти двое, подумал я, задаются перед ней.

– Извините, Гала, я сижу на вашей кровати, – сказал Буш. – Рита сказала, что на вашу кровать сесть можно, а на Нинину – нет.

– И это ты успела довести до широких масс общественности! – как-то очень горько, обиженно произнесла Нина. – Нет, и это ты успела сказать!

Примирение, было наметившееся, не состоялось.

– Девушки, проводите нас! – попросил Марк.

Девчата выразительно посмотрели друг на друга, на кого по справедливости должна была лечь эта повинность. Безмолвный диалог можно было расшифровать так: Рита, гости пришли к тебе, ты и провожай их, а у нас есть свои ребята, и не надо, чтобы нас видели с другими. Рита не стала препираться, наскоро переоделась за створкой гардероба и вышла к нам в шерстяном облегающем свитере и брюках. Теперь это была совершенно другая девушка, стройная, грациозная. Халат приземлял ее, а эти вещи шли ей, подчеркивая ее юность. Буш, наверное, присвистнул про себя, так разительна была перемена. Лицо его выразило удивление.

Мы попрощались и вышли. В сумрачном коридоре звучали аккорды гитары, женский смех, крики: «Надя!» и «Чего тебе, я здесь!», топот быстрых ног и прочая общежитийская суета. На свежем воздухе я почувствовал облегчение. Ночь была черная, без луны, а ветер еще раскачивал деревья, но не так интенсивно, как днем. Вдали, в горах, горела гирлянда огней. Должно быть, там размещался пионерский лагерь. Внизу, у наших ног, лежал Чарвак, рабочий поселок при строящейся гидростанции, и эти близкие огни не смешивались с теми, далекими. Сильно похолодало. Было без пятнадцати одиннадцать, но ветер успел разогнать молодежь по домам.

– Если бы светила луна, дорога к пионерскому лагерю казалась бы белой, – сказал Буш. – Я это помню. Изумительная картина!

Рита призналась, что еще не ходила в горы. Я сказал, что Угам очень красив в верховьях и что там бесподобно – туда надо непременно сходить, ради гор и ради реки и ради тех красок, которыми наделила их природа и которые там непрерывно меняются, в зависимости от времени суток. Марк поддержал меня, но не энергично. К пейзажам он так и остался равнодушен. Рита шла между нами. Я не знал ее фамилии, я не знал о ней почти ничего. Она продолжала оставаться незнакомкой. С чем она придет завтра в свою самостоятельную жизнь? Мои впечатления были отрывочны, сказать что-нибудь наверное было трудно, но светлое начало в ней безусловно присутствовало, и доброе тоже (хотя по отношению к Нине она не показала себя доброй), и я подумал, что к ней многие будут тянуться, а остальное придет и приложится само – опыт, уважение людей и, может быть, счастье.

А разговор так и тек у нас ни о чем, ленивый и ничего нераскрывающий. Буш уже не острил, и паузы между фразами становились все заметнее. Мы спустились вниз, к центру поселка. В летнем кинотеатре кончался фильм. Нам сверху была видна часть экрана, и мы с минуту постояли, стараясь угадать фильм, а когда узнали, пошли дальше. Фильм был американский, о великом Карузо.

– Рыженькая! – сказал Буш про актрису, для которой так старался

Карузо. – Рыженькие – идеал американских женщин. Вернее, мужчин. Американцы любят рыженьких, стройных и простодушных. И еще с веснушками. Не просто, конечно, простодушных, а которые при этом себе на уме. Чтобы за простотой было что-то еще, что открывается не сразу, а потом начинает нравиться.

Рита улыбнулась, и Буш побежал к гостинице отнести этюдник. Не знаю, почему он не догадался оставить его в общежитии. Мы помолчали вдвоем. Рита ничего не хотела сказать мне, а я не мог придумать, что же сказать ей. Иногда на меня находило такое. Я смотрел на нее. Все в ней было хорошо, и это было мне интересно, но уже никак не могло повлиять на мою жизнь.

Вернулся Марк, я простился, а они ушли в ночь и в ней растаяли. Словно в никуда они ушли. Было немного грустно. Не потому, что все это уже не могло повлиять на мою жизнь. Я подумал, что сегодня не смог бы обнять жену так, как обнимал ее всегда. Еще мне почему-то хотелось, чтобы Рита ничего не позволила Бушу. Скорее всего, так оно и будет. Но мне очень хотелось, чтобы она ничего ему не позволила.

«ХОРОШИ ВЕЧЕРА НА ОБИ»

– Надежда наша цветет! – сказала техник Рая и вытерла тряпочкой застывшую на рейсфедере тушь. – Мне, девушке, приятно на нее смотреть. А каково парням? Хотела бы я приложить ухо к груди парня, который засмотрится на нашу Надю. Заранее завидую грому его сердца!

– И я завидую, – сказала техник Роза. – Надька, милая, в чем дело? Чем ты берешь, чем покоряешь? Не красавица ты и не красотка, а когда мы идем с тобой по городу, парни так и зыркают на тебя. В чем дело, негодница? Признавайся!

Надя приложила ладошку к полным своим губам, чмокнула бронзовые пальчики и, сияя, сказала: «Розик, ты лимпопосик! Раюша, ты лимпопуша! Я ужас как хочу на польскую эстраду. Замолвите словцо шефу, пусть пошлет меня с заявкой. Я вам какие угодно места принесу».

И вдруг, прислушавшись, не раздаются ли в коридоре тяжелые шаги шефа, озорно запела, подыгрывая себе улыбкой, поволокой глаз, кокетливым вздрагиванием округлого, упругого плеча:

«Хороши вечера на Оби!
Ты, мой миленький, мне подсоби.
Я люблю танцевать и плясать.
Научись на гармошке играть!»

Петинову нравились эти просветляющие, всегда неожиданные всплески Надиного веселья – наверное, потому, что сам он давно не был способен на такие контрастные переходы от серьезной работы к милой непосредственности дружеского откровения. Дождавшись, когда Наденька, славно похорошев, заискрится всеми цветами радуги, он отрывался от работы, останавливал на ней свой взор и думал, что было бы, если бы он не был женат. И спрашивал себя, не поторопился ли он. И спрашивал снова, ибо не получал ответа. А зачем было спрашивать? Теперь ему нельзя было зажечься. Не полагалось. И он соглашался с этим: да, не полагается, рамок приличия надо держаться, и все такое.

– Твист! – заговорщически объявляет девушка и, выйдя из-за громоздкого письменного стола, темпераментно танцует твист. Партнер ей не нужен. Петинов как-то попробовал составить ей компанию, но она засмущалась и села. «Она танцует с вызовом. Да, мне уже не двадцать», – думает Петинов, и грусть невысказанного сожаления ложится на его лицо. Он смотрит, удивляясь плавности ее движений, их отточенности. Она танцует и улыбается. Так улыбается человек, уверенный, что ему и завтра, и всю жизнь будет хорошо. За это не осуждают. Напротив, радуются, когда в коллективе есть такой человек.

– Надь, ты чего хорохоришься? – спрашивает Рая. Ей тоже двадцать, но ничего такого она не может себе позволить. Надя поворачивается к ней и, дразня, ускоряет темп. Танцует она виртуозно, по всем правилам: носок не отрывается от пола, каблучки вычерчивают изящные полукруги, бедра поют. И, аккомпанируя ей, часто сокращается сердце Петинова.

– Шеф! – бросает Роза. И Надя, не переставая танцевать, смещается к своему столу и в тот самый момент, когда открывается дверь, как ни в чем не бывало стоит у стола и смотрит на только что скопированный чертеж. Лицо у нее строгое, собранное, и лишь в золотистой, притягивающей глубине глаз искрятся лукавые бесенята.

– Форматка готова? – интересуется шеф.

– Пожалуйста!

Надя ждет, какие последуют указания, и шеф на них не скупится. Но вот он кончил, и она кивает, не переспрашивая. Шеф оглядывает нас критическим оком и выходит. Теперь Надя заразительно смеется. «Артистка! – думает Петинов. – А что? Какая реакция, какое умение быть на высоте, перевоплощаться!»

Еще несколько минут разрядки, и работа возобновляется. Тишина, шорох перьев, Скольжение движка по логарифмической линейке, глаза, упершиеся в справочники с формулами и прочими полезными сведениями. Такая тишина вскоре подбивает Надю на экстравагантную выходку. «Все вы канцелярские крысы, вот вам! – вдруг выпаливает она и смеется, довольная. – Спинки согнули, шейки согнули, строчите без передышки, а через месяц выяснится, что одобрен другой вариант. Скучно мне с вами. И потом, вы ничего не знаете! Да и откуда вам знать? Меня обещали познакомить с таким парнишей…»

– Их у тебя разве мало? – спрашивает Рая.

– Этот будет особенный. Его мне так расхвалили, что я заранее влюбилась. Что делать?

– Счастливая ты, у тебя столько парней! – говорит Роза.

– Столько парней! Если хотите знать, меня целую вечность никто не провожал.

«Завтра будет ровно три дня, как я не пью», – вспомнил Петинов известную в среде его приятелей присказку.

– Как его зовут?

– Сегодня я это узнаю.

Эту животрепещущую тему девчата могут обсуждать бесконечно. И кто он, и какие у него глаза, и высокий ли он, и есть ли у него друзья, а если есть, нельзя ли с ними познакомиться. Обыденность этих интересов порядком бесит Петинова, и он бесцеремонно обрывает:

– Голубки, притихли!

– Знаю, кому ты симпатизируешь! Когда Надя танцует, ты не просишь ее прекратить, – притворно возмущается Раиса.

«Есть ли у нее парень?» – думает Петинов, искоса поглядывая на лицо Надежды, ставшее строгим. Но даже если вечером произойдет что-то существенное в ее жизни, сейчас она не погружена в это и ничего не предвкушает. Сейчас она работает. Возле ее локтя, на подоконнике, стоит литровая банка, а в ней три поблекшие розы. Интересно, кто их принес? Сама? А мог бы и он подсуетиться, корона бы с него не упала.

Миновал день. Надя светилась счастьем. «Кто он?» – Рая и Роза сгорали от любопытства. Петинов видел, что девчатам завидно и немного грустно, но они рады за подругу, которая во всем удачливее их.

– Тра-ля-ля! – запела Надя, сразу взяв высоко. – Лимпопончики вы мои!

– Говори!

– Толя он. Парню всего двадцать шесть, а уже руководит группой.

– Дела! – подал голос Петинов.

– Ну, чего пристаете? Парень, как я и хотела. Не курит, выпил всего пару рюмок. Не видела, чтобы на дне рождения так скромничали. Он не рисовался, вы как считаете?

– Он с тобой танцевал?

– Со мной и больше ни с кем.

– Мне все ясно, - засмеялась Рая. – Проводил?

– А как же! Правда, шутил немного странно… - Она замялась, сомневаясь, нужно ли докладывать и об этом. – Говорил и смешное, и я смеялась, а он только снисходительно улыбался: я, мол, уже смеялся над этим, теперь твоя очередь.

– И смейся на здоровье!

– И буду. – Она, покосившись на дверь, сделала несколько быстрых движений из твиста, потом сказала: «Ой, надо работать. Такой день, хоть отпуск проси! Есть у меня один отгульчик, но разве с нашего шефа стребуешь?»

– А ты попробуй!

– Ладно уж, потружусь. Я бы сейчас знаете что сделала? Я бы гору своротила, даже бумажную.

Но она уже не могла работать как всегда. Она не вскакивала, не пела, первая не вступала в разговор и не клеила комнате общий ярлык канцелярских крыс, но, оторвав взгляд от чертежа и устремив его на какое-нибудь пятнышко на стене, мечтала, молча повторяя слова, полные глубокого, потаенного смысла, которые были сказаны вчера или будут сказаны сегодня. Проектировщик Толя повелевал в ее воображении. То, что этот человек так сразу вошел в ее душу, не понравилось Петинову, но это оставалось в нем и только в нем. А Надя была на вершине крутой, кружащей голову волны, и ее не тревожило то, что она не все время будет пребывать на этом зыбком гребне. Она светилась. С таким выражением лица обычно витают в облаках и не торопятся опуститься на грешную землю. «Это неуправляемый процесс, – думал Петинов, в нем зрело недоверие. – Это… нет, пусть у них все будет прочно, и пусть она будет счастлива».

В обеденный перерыв, стоя у двери в коридоре, он услышал за дверью возбужденный шепот: «Кажется, я знаю твоего Толю. Он блондин с небольшими залысинами?»

– Он прелесть какой интересный блондин.

– Важный, самоуверенный? – расспрашивала Рая.

– Может быть. Ну и что?

– Если это тот человек, о котором мне говорили, то сказанное было не очень лестно.

– Райка, милая, ну тебя! Со своей сверхосторожностью, со своей любовью к наведению справок ты состаришься в девах! Пока ты наводишь свои справки, поезд делает «ту-ту»! – и уходит.

– Нет, я серьезно. Будь паинькой до свадьбы.

– Ха-ха-ха! Не смеши меня, пожалуйста!

Петинов давно не слыхал такого беззаботного, задорного смеха. Затем послышалась возня, тяжелое скольжение тел вдоль хрустнувших дверок шкафа, и все кончилось криком: «Надька, сумасшедшая! Да отпусти же, задушишь!»

После перерыва наводящими вопросами у Нади было выужено почти все. Парень ей нравился без балды. Сегодня они пойдут в кино, а завтра у них эстрада. И если Рая одолжит ей свои бусы из бирюзы, будет просто шик. Или из янтаря? Он споткнется и остолбенеет.

– Ты разрешишь мне надеть свой янтарь? Да или нет? Ой, да ты просто прелесть!

Мир казался ей таким же нежно облегающим и сшитым на заказ, как и розовое шелковое платье, которое она собиралась надеть завтра.

Примерно месяц Надя была на вершине волны. И вдруг явилась на работу с таким выражением лица, что все поняли: у нее несчастье.

– Говори, он? – допытывались девчата.

Она молчала. Словно потеряла способность слушать и воспринимать. Перемена была разительная. Смех, искушающая улыбка, привычка всех растормошить, развеселить вдруг перестали быть чертами ее характера. Она насупилась. Лоб прорезала мрачная складка, и ей сразу стало много больше двадцати. Если к ней долго приставали с расспросами, она зло обрывала подруг. Она все знает сама и в утешителях не нуждается, не маленькая. К ней были подчеркнуто внимательны, но ей не нравилось и это: внимание подруг угнетало ее. «Катастрофа, – подумал Петинов, чувствуя близ сердца тоскливый холодок недомогания. – Ее Толя повернул на сто восемьдесят градусов. Отверг любовь такой девушки!»

Надя по-прежнему ничего не объясняла. В ее глазах теперь часто вспыхивал блеск душевного нездоровья, душевной разлаженности, когда вокруг один минор и ни к чему нет желания. Усилием воли она сдерживала навертывающиеся слезы. Произошло нечто такое, чего она даже не опасалась, ибо не думала об этом применительно к себе.

В комнате установилось тягостное молчание. Сюда уже не заглядывали на огонек веселого смеха. Комнату обходили. Как будто отчаяние Нади было заразительно. Мнение комнаты о случившемся было однозначным: этот молодой человек позволил себе недозволенное. Девчата знали об этом определеннее. Расспросы, во всяком случае, быстро прекратились. Вокруг Нади установилась атмосфера сердечного ухода за больным человеком, которого все любят и болезнь которого для всех несчастье. «Должно быть, он приличная сволочь, – думал Петинов, стараясь вообразить себе этого человека. – Развлекся, а в жены метит взять девушку с высшим образованием. Что ему лаборантка! Рая это предвидела…»

Оставшись с ней один, он набрался смелости и спросил: «Надя, что случилось?»

– Так, ничего. Бывает. Это пройдет. Ты не беспокойся, пожалуйста.

Она выдавила насильственную улыбку, и он понял, что слова участия ей так же тяжелы, как и свалившееся на нее несчастье. А девчата изо всех сил старались угодить Наде. Петинов стал свидетелем трогательной сцены. Перед обеденным перерывом Рая наказывала Розе: «Слетай в магазин – пять минут, шеф не прореагирует. Надя сказала, что с удовольствием съела бы маринованный огурец, а там есть в литровых банках».

«Она всегда любила пирожные, а тут маринованные огурцы», – сопоставил Петинов, но выводов не сделал. Потом Надя не пришла на работу. Петинов вспомнил, что вчера она с какой-то особой озабоченностью шепталась с девчатами. Конечно, они знали, в чем дело, но это вовсе не означало, что и ему будет открыт доступ в число посвященных.

– Наверное, прихворнула, – сказала Рая и пожала плечами.

– Могла бы и предупредить. Слушайте, не сходить ли нам к ней? Давайте, а? Купим цветов, фруктов.

– Явится через пару дней, – сказала Рая, краснея. – Погриппует и придет.

– Странно, что вы отказываетесь.

– Мы пойдем, но без тебя, – напрямик заявила Рая. – Может быть, нам она откроется, а с тобой будет молчать, как молчала здесь. Ты только не обижайся!

– Какие уж тут обиды! – тихо произнес он, но, конечно, обиделся.

На следующий день за ширмой, где переодевались и куда вешали рабочую одежду, был шепот: «Ну, как, все благополучно?»

– Вроде бы. Послезавтра она выйдет.

– А кто бы у нее был?

– Мальчик.

– Представляю, каково ей. Я бы этому Толику глаза выцарапала.

Петинов понял, что Надя не захотела стать матерью-одиночкой, и прикусил губу. Ему стало холодно и тускло, как будто его опустили в прорубь. «Давить таких надо, – подумал он. – Прыгнуть, вцепиться в горло и давить, пока не захрипит. Гадов надо давить». Он, правда, не сказал себе, кто должен делать это.

– Давайте не оставим это так, – раздалось за ширмой. – Сходим в отдел, просветим насчет его личности.

– Ты думаешь, это поможет?

– Надо пойти. Он ведь еще не одной нагадит в душу.

– Я предупреждала, я опекала: до свадьбы ни-ни!

– А сама бы разве вытерпела? Ладно уж, помолчи.

Толя отбыл в длительную командировку, а Надю известил письмом, что между ними все кончено. Так проще, и не надо смотреть подруге в глаза. Этот Толик, как представлял себе Петинов, давно знал, что напишет такое письмо. Со дня знакомства знал.

И вот… Надя вошла бочком, тихо поздоровалась и, обведя невидящими глазами стены и пол, скользнула на свое место. Под глазами у нее были синие тени. «Надюша, как здоровье?» – все-таки спросил он. Пусть не догадывается, что он в курсе.

– Спасибо, уже все в порядке. Обыкновенный грипп! К нему у меня никакого иммунитета.

«От этого действительно нет иммунитета. А тот иммунитет, который приходит вместе с опытом, люди справедливо называют старостью», – подумал он. Больше вопросов у него не было.

Он соображал, как же возвратить ее к жизни, и видел, что об этом же думают Рая и Роза. Нельзя было полагаться только на целебные свойства времени. Роза невзначай упомянула о гастролях известного американского певца, Надя не откликнулась. Слишком рано. Если сейчас затащить ее в кино, после она не сможет пересказать, что смотрела. Он, однако, не стал приглашать ее в кино, это было бы верхом нелепости, неделикатности. Но кое-что мог и он.

Он стал приносить ей розы, по три бутона. Он делал это до начала рабочего дня, и она не знала, от кого цветы. К ее приходу розы уже стояли в высокой керамической вазе. Литровую банку он выбросил. В первый день она равнодушно скользнула по розам взглядом и даже не спросила: «А это зачем?»

«Не подействовало, – отметил Петинов. – Но ведь и завтра будет день. В какой-нибудь завтрашний день розы подействуют. А когда отцветут розы, на смену им придут астры».

На другой день ее реакция была несколько иной: она нет-нет да и поглядывала на цветы, и ее мысль обращалась к тому, кто мог их принести. «Думай что хочешь, но снова стань прежней Надькой, – мысленно внушал ей Петинов. – Снова пой свои «Хороши вечера на Оби». Танцуй твист. Стань беззаботной, отрывной Надькой, которой ничего не стоит влюбиться с первого взгляда. Стань прежней, ведь ты можешь. А то, что на земле еще не перевелись червяки разной масти, ты запомнила навсегда».

На третий день она улыбнулась розам. На четвертый сказала: «Какие милые цветы, кто же это постарался? Красный цвет – мой любимый». Из ее улыбки мало-помалу исчезало душевное нездоровье. Она уже смеялась, когда рассказывали смешное, хотя не вставляла ничего от себя. Теперь она каждый день спрашивала: «Ой, кто приносит розы? Почему вы молчите, вы же знаете! Ладно, завтра я приду в семь, спрячусь за портьерой и все увижу сама».

В семь она, конечно, не приходила, но розам удивлялась с наивностью девочки, которую давно не баловали. Цветы заставляли думать о том, что будет завтра, и не ворошить в памяти того, что было вчера. Печаль понемногу оставляла ее, молодость брала свое.

Петинов ждал, когда она оправится совсем, запоет и начнет танцевать твист, и все это без видимой причины, вместо пятиминутной производственной гимнастики. И продолжал приносить розы, удивляясь вместе с ней, кто же это к ней неравнодушен. И дождался. «Эта красная роза особенная, – сказала она, улыбаясь неомраченной, искушающей улыбкой. – Воображаю, как она светится, когда ее пронзает луч солнца. Кто же все-таки их приносит?»

И вдруг, загоревшись, стала танцевать твист – беззвучно, не отрывая носков от пола и проводя каблучками небольшие полукруги. Совсем как прежде! Глубокомысленная складка на лбу разгладилась бесследно, глаза светились. «Жизнь взяла свое!» – подумал Петинов, торжествуя.

Она села и тяжко вздохнула. Но снова улыбнулась. «Какие вы славные! Неужели я становлюсь прежней? Неужели все ко мне возвращается? Быть того не может! Странно, странно. А вам спасибо», – сказала она.

И, обведя всех лукавыми глазами, – глазами, которые сияли, запела:

«Хороши вечера на Оби!
Ты, мой миленький, мне подсоби...»

ВЕЧЕР ЧУЖИХ ТРЕВОГ

Марк Буш купил билет до Бекабада и вышел на перрон автостанции «Самарканд», что на южной окраине Ташкента. В зале ожидания был давящий желтый потолок из древесностружечных плит, а он не любил такие потолки. То ли модерн, подумал он, то ли полная безвкусица – кто рассудит? Прохлада сентябрьского утра была приятна. Она была вдвойне приятна после горячего лета, и Бушу хотелось, чтобы такая погода продержалась подольше. Его автобус уходил через полчаса. Он подумал, что надо бы купить газеты. И тут взгляд его задержался на двух девушках – двух девушках и парне, которому девушки, торопясь, что-то дружно щебетали, каждая в свое ухо. У парня было виноватое лицо. Наверное, девушки выговаривали ему за опоздание. Или за что-то еще?

Виновато улыбаясь, парень принял у них дорожные сумки. Но они продолжали дружно отчитывать его и напирать, и выражение вины не сходило с его лица. Со стороны было заметно, что парню нравится изображать вину. Высокий парень, отметил про себя Марк. Высокий, статный и простой, и эти прелестницы не дадут ему скучать. Девушки Марку понравились. Одна была беленькая, в розовом платье, очень хорошенькая, стройная и хорошенькая. А вторая, ровно загоревшая, с гладко причесанными темными волосами, в брюках и свитере, была тоньше и стройнее и, когда нагибалась, почти переламывалась в тонкой талии пополам.

Марку было приятно смотреть на этих девушек, и он раздумал идти в киоск за газетами. Хорошо бы поехать с этими людьми в одну сторону, подумал он. Он подумал об этом как о возможном варианте, без углубления в детали. А парень, поставив одну из сумок на асфальт, обнял девушку в розовом платье и шепнул ей несколько слов, явно усердствуя, и тоненькая девушка в брюках и свитере сначала отвернулась, – конечно, ей было безразлично, а потом легонько хлопнула парня по плечу: не увлекайся, дружок! Парень обернулся и что-то сказал. На этих троих, молодых и красивых, смотрели многие пассажиры. Они, все-таки, очень выделялись. Марк отметил, что девушки были хороши совсем по-разному. Темноволосая показалась ему экспансивнее, а беленькая – спокойнее и увереннее в себе. Но обе они были не просты, совсем не просты, и писать их портреты, подумал он, было бы не просто. При всей их прелести. Но он готов был держать пари, что портреты вышли бы по высшему разряду, и он бы еще подумал, продавать их или нет.

Буш ехал в Бекабад, чтобы писать эскизы к заказанной ему картине о металлургах. Конечно, производственная тема многого не сулила, тут не разбежишься, тут мало чего привнесешь от себя, и все же замысел он считал интересным. Но окончательная композиция только зрела в нем, и его не беспокоило, что замысел не обрел конкретности в деталях. Это произойдет само собой, на месте, когда он увидит людей, которые плавят сталь, и вникнет в их судьбы. Так было и прежде. Замысел всегда обретал конкретность на месте благодаря деталям, которые раскрывали внутренний мир людей, его интересовавших. Замысел обретал ясность, как только он начинал понимать этих людей – благодаря нюансам, которые всегда носили индивидуальный характер.

Кроме большой картины, для которой ему были нужны эскизы, он собирался сделать несколько гравюр для республиканской газеты. Ему нравилось, когда его имя появлялось в газете. Но гравюры не предвещали сложностей. Два-три часа работы. Что для него, маститого художника, несколько рисунков тушью? Семечки. Поднес к губам, щелкнул зубками, и их уже нет.

А как бы, все-таки, он написал этих девушек? Беленькая была бы хороша на фоне осенних деревьев. При вечернем розовом закатном солнце, одна. Мечты и грусть, и предвкушение завтрашнего дня, в котором она видит себя в новом качестве, то есть с другом, в котором есть крепкая мужская надежность, ни в коем случае не выставляемая напоказ. А темноволосая, наверное, сильна в споре, в столкновении характеров, интересов. Ей нужен круг людей, спокойствие и рассудительность которых подчеркивали бы ее экспансивность. Для контраста. Властная, самолюбивая девушка. Красивая и властная. Мысли ни о чем, подумал Буш. Раз о неосуществимом, значит, ни о чем. Да и едва ли им ехать в одну сторону.

Подали автобус, и – о чудо! – оказалось, что эта троица будет его попутчиками. Парень сел с блондинкой и сразу положил руку на спинку кресла за ее плечами, а гладковолосая девушка выбрала следующее кресло, и Марк, не мешкая, подсел к ней. Повезло? Он мельком взглянул на девушку. Вблизи она была еще прекраснее, но в ее тонко очерченной красоте присутствовали и надменность, и другие качества, которые человек обычно не стремится выпятить, выставить на всеобщее обозрение. Или она вдруг перестала следить за собой? Несомненно, она была высокого о себе мнения, но только ли это он увидел? Чем-то она была недовольна, и Марку предстояло выяснить, чем. Девушка достала журнал и углубилась в чтение. Автобус покатил, замелькали одноэтажные городские окраины, за мостом через реку Чирчик начались колхозные поля, и в окна ворвался терпкий запах скошенной люцерны.

Парень впереди обнял свою спутницу, а девушка рядом с Марком продолжала листать журнал, словно это ее не касалось. Но в ее позе появилось напряжение, и напряжение возникло в ее плотно сжатых тонких губах. Заговорить бы с ней, подумал Марк. У других это получалось легко и непринужденно, ему же эти первые слова, обращенные к незнакомому человеку, всегда давались тяжело, и он знал, что едва ли он заговорит с ней. Будет смотреть – на нее и в окно, и она будет ехать сама по себе, а он – сам по себе. Парочка эта мило беседовала, но вполголоса, и Марк не различал слов. Парень то обнимал блондинку, то отводил руку. Молодожены, решил Марк. Сейчас, подумал он, принято не стесняться. Многие целуются на улице, на виду у прохожих, и им не стыдно. Кто спорит, это естественно, но естественны и некоторые другие вещи, про которые все знают, что они не предназначены для стороннего глаза.

Парень оглянулся на девушку, сидевшую с Марком, потом повернулся к ней. Вовлек в разговор. Мимика у него была богатая, и жестикулировал он живописно, эмоционально. Брюнеточка сразу оживилась, но раскрытый журнал по-прежнему лежал на ее острых коленках. Они говорили о чем-то очень своем, намеков было много, междометий, и Буш так и не понял, о чем, собственно, разговор. Говорил, в основном, парень, а девушки слушали и улыбались. В улыбке беленькой девушки не было напряжения, а темноволосая многое прятала в себе. Но то, что она прятала в себе, не давало ей покоя.

Вдруг парень начал декламировать стихи, рубаи Омара Хаяма:

> *«Всех, кто стар и кто молод, что ныне живут,*
> *В темноту одного за другим уведут.*
> *Жизнь дана не на век. Как до нас уходили,*
> *Мы уйдем, и за нами придут и уйдут».*

Он читал громко, вкладывая душу в рубаи классика восточной поэзии и не обращая внимания на других пассажиров. Они для него не существовали. Впрочем, присутствовали и поза, и рисовка. При этом он, отвернувшись от блондинки, в упор смотрел на очаровательную соседку Марка, и Марку не нравилась злая совращающая сила, наполнявшая его глаза. Стихи же казались Марку очень банальными, он вообще не воспринимал переводных стихов. При переводе гениальность автора утрачивалась безвозвратно, и становилось непонятно, чем же хороши эти стихи.

> «Если розы не нам, и шипов вместо дара довольно.
> Если свет не для нас, нам очажного жара довольно.
> Если нет ни наставника, ни ханаки, ни хырки,
> С нас и церкви, и колокола, и зуннара довольно».

Теперь беспокойство появилось на лице блондинки. Парень отворачивался от нее, и это ей не нравилось. А Марку не нравились стихи, которые тот читал. Обо всем этом говорили и Пушкин, и Лермонтов, и Есенин, и поэты – современники наши, которых природа не обделила талантом – зачем же читать эти бледно звучащие, немощные переводные строчки? Ведь переводчик, поэт средней руки, просто прикрывается именем великого Хаяма! Просто зарабатывает этим именем!

> «Ты коварства бегущих небес опасайся,
> Нет друзей у тебя, а с врагами не знайся.
> Не надейся на завтра, сегодня живи.
> Стать собою самим хоть на миг постарайся».

«Как банально! – опять отметил про себя Марк. – На уровне школьных нравоучений».

Девушки же слушали с жадностью, их, наверное, зачаровывал сам голос чтеца, проникновенный и властный, отвергающий возражения. Все неудачники в поэзии берутся за переводы, подумал Марк. Им доверяют переводить классиков, им хорошо платят за это, и вот что из этого получается. Они губят классиков на корню. А настоящим маэстро не до переводов, им бы успеть себя выразить. Оттого так мало хороших переводов поэтов других народов. Жалко, конечно.

> «Друг, из кувшина полного того
> Черпни вина, мы будем пить его.
> Пока гончар не сделает кувшина
> Из праха моего и твоего».

Положим, из кувшина не черпают, а наливают. Кувшин не предназначен для того, чтобы из него черпали. Кувшин не миска и не ведро. А у этого молодого человека память, подумал Марк. Сам он так же хорошо знал стихи только одного поэта, которого боготворил – Сергея Есенина. Но он бы никогда не отважился громко читать их в автобусе.

Соседка Марка плотно сжала тонкие губы. Переживает, увидел он, но не мог проникнуть в тайну ее настроения. Это была целеустремленная девушка, в полной мере сознающая силу своей красоты, и Марк подумал, как бы он повел себя, если бы она попыталась на нем испытать свои чары. Разумеется, он бы с радостью познакомился с нею поближе, даже подружился, но это была совсем нереальная мечта, совсем несбыточная. Он и она – с какой стати? У него вполне устроенная жизнь, вполне определившаяся линия судьбы. Да и не тянуло его обычно на приключения такого рода, – он помнил, как тяжела их остаточная деформация. Она куда тяжелее похмелья. Наверное, эта остаточная деформация и есть похмелье, но только другого рода. А вот написал бы он эту девицу…

Автобус остановился перед стеклянным зданием автовокзала. Напротив, на площади скорбная мраморная женщина преклонила колени перед вечным огнем, зажженным в честь сынов Бекабада, которые отдали свою жизнь в боях за свободу и независимость Родины. «А нам нужна одна победа, одна на всех, мы за ценой не постоим…» – вспомнились Марку слова из популярной песни. Памятник был сработан со вкусом, и Марк одобрил его, ревностно подумав, что у него, наверное, не получилось бы так хорошо. Дальше текла река Сырдарья, делившая город пополам. Но в сентябре воды было только на донышке широкого русла, и она едва шевелилась. Всю реку выпили каналы.

Марк оглянулся. Девушки и парень отошли уже довольно далеко, и он направился за ними. Если они идут в гостиницу, то и он остановится в той же гостинице. Если нет, что ж. Еще одно знакомство не состоится, только и всего. Зато обострится желание работать. Ничто так не лечит тоску, как работа.

Парень повел девчат в заводскую гостиницу. Это был одноэтажный барак с удобствами во дворе. Номеров на одного человека здесь не было, и Марку и этому парню дали номер на двоих, с окном, выходящим в сад. «Володя! – представился юноша. – Из комитета стандартов». Он добавил это для солидности. Ему было года двадцать четыре, солидности не получалось.

– Буш, свободный художник, – сказал Марк. – Член Союза. Курю в коридоре, сплю с открытым окном. Кажется, не храплю. Встаю рано.

Володя его не понял. Да, подумал Марк, это тебе не рубаи Омара Хаяма, которым усердие переводчика придало ясность правил дорожного движения. Они расстались до вечера. Марк, с этюдником за спиной, отправился на завод. Он знал цену времени, друзья даже завидовали ему: он всегда успевал больше. Да, с их приверженностью к абстрактным разговорам, когда косточки перемываются всему миру, и к алкоголю в любых его формах, вплоть до тройного одеколона, много не наработаешь.

В этот день он больше ходил, приглядывался. Он походил вокруг приземистых мартенов, в которых гудели оранжевые факелы и металл светился горячим янтарем, зашел к прокатчикам в их прокопченный цех, где извивалась желтая проволока, проглатываемая валками. Потом на шахтном подъемнике поднялся к трубокладам на шестидесятиметровую высоту. Они выкладывали последние ряды новой трубы, и Бушу открылся простор неоглядный – весь город, река и поля за городом, и синяя дымка, прячущая горизонт, и горы на востоке и юге. Этот простор, он знал, передать будет труднее всего – если он захочет над этим поработать. Воздух, меняющийся цвет, река, которая сливается с небом.

В другой раз, сказал он себе. Пусть осень станет глубже, высветлит краски. Через месяц-полтора. Он наметил людей, которых будет писать. Ему глянулся пожилой сталевар в войлочном пиджаке, с кружкой подсоленной воды в руке и выражением усталости и исполненного долга на коричневом лице – плавка выдана, можно передохнуть, улыбнуться друзьям. Интересно, коричневое лицо у сталевара – это от солнышка нашего или от мартена? И бородач-трубоклад ему глянулся – колоритный молодец с необъятными плечами, острый на язык и, по всему видно, удачливый не только на ниве производства. А в прокатном цехе он никого не выбрал, там трудился согбенный, сероватый народец. Ничего, успеется.

Вечером, при низком ласковом солнце, он выкупался в Дарье. Было совсем не холодно, и вода пахла тиной и лягушками. Освежившись, он купил на базаре груш, винограда, горячих лепешек и литровую бутылку красного болгарского вина. Он подумал о своем юном соседе и его колоритных подругах, сам он не был настроен выпить. Вино, в его представлении, было ключом, открывающим дверь в мир общения.

– Добрый вечер! – приветствовал он своего соседа по номеру, в глубокой задумчивости лежавшего на кровати. Володя сел и виновато улыбнулся. «Да, так, ничего», – ответил он невпопад. Марк посмотрел на парня внимательнее, ответ удивил его. Володя был сильно возбужден, и то, о чем он размышлял перед приходом художника, помешало ему услышать приветствие.

– Добрый, говорю, вечер! – повторил Марк, возвысив голос.

– А, добрый, добрый!

– Придвигайся к столу, мы ужин маленький организуем. Если, конечно, ты расположен.

– Мы, Марик, уже поели.

«Не придут, – подумал Марк о девушках. – Ну, ну».

Он поставил на стол вино и фрукты, две большие розовые кисти винограда, по килограмму каждая, и сочные груши. Володя интереса к дарам щедрой узбекской осени не проявил. Теперь он быстро ходил по комнате, размахивая длинными нескладными руками. Ишь, сердечный, подумал Марк. И чего разбегался? Бери свою беленькую и шагай с ней в ночь. Или бери свою брюнеточку и иди с ней туда же. И чтобы без проблем. А начнешь придумывать проблемы, не так забегаешь, но ничего ладного не склеишь.

– Да ты садись, не мельтеши, – снова пригласил Буш. – Ты чего как заведенный? – Глаза парня рассеянно скользнули по столу, он только сейчас увидел изысканные груши, и виноград, и вино, и лепешки, посыпанные маком, которые были горячими, когда Буш покупал их. Он сел, что-то пробормотал и отщипнул от кисти сочную ягоду. Раздался стук в дверь, нетерпеливый, но негромкий. «Пожалуйста!» – пригласил Марк. Сначала вошла черненькая, за ней – блондинка. Девушки переоделись и выглядели еще эффектнее, чем днем. Им очень нравилось так выглядеть.

– Майя, – назвала себя черноволосая и выразительно посмотрела на Володю. Но парень не торопился представить вошедших. Он, как и Марк, вовсю пялил на них глаза.

– Оля, – с достоинством произнесла блондинка.

Марк назвал себя, сказал, что он художник, и если они согласятся немного ему попозировать, то лучшей командировки у него и быть не может. Пригласил девушек к столу, разлил вино в пиалы.

– За что же мы выпьем? – спросила Майя.

– За вас, Майя, и за вашу очаровательную подругу. Будьте счастливы! – Марку понравилось, что девушки не заставляли упрашивать себя. Они разглядывали его не без любопытства, но каждая успела бросить несколько выразительных взглядов и на Володю – им надо было в чем-то убедиться, и это, свое, было им гораздо ближе, чем он, Марк, и вино и фрукты на столе. Вино было в меру терпкое и крепкое. Хорошее красное вино для начала осени. А вот зимой Марк предпочел бы выпить что-нибудь покрепче.

– Пожалуйста, не стесняйтесь! Чувствуйте себя хозяйками, – сказал Марк. Володя отрешенно молчал. Подавлен он был чрезвычайно.

– Как вы провели день?

– Успели нагнать страху на двух начальников цехов. У них давно не тарировались приборы. Разболтанность!

– Подумать только: кто-то вас боится! – засмеялся Марк. – Нет, подумать только! Вы цветочки аленькие, вам надо радоваться, а кто-то вас боится. Не в ладушки это!

– А если бы у тебя были неисправные приборы, и ты – начальник цеха? – сказал Володя. – Да, нас побаиваются. Ведь мы можем и остановить производство. Но дело не в этом. Дело…

– Прекрати! – не возвышая голоса, обронила Майя. Она сказала это властно, и Володя осекся и еще ниже наклонил голову. Оля густо покраснела. Очевидно, выяснение отношений имело место днем, и вопрос остался открытым. Марк протянул ей грушу, большую и сочную, и девушка рассеянно взяла ее двумя пальцами, оттопырив мизинец.

– А я за всю жизнь еще ни на кого не нагнал страха, – сказал Марк. – Такая у меня работа. А вот на меня старались нагнать страху некоторые руководители от культуры. Я делал вид, что боюсь, но продолжал делать то, что считал нужным. Ни один чиновник от культуры еще не командовал мною! И не будет. Кто они, и кто я – разница видна, как на блюдечке.

Девушки переглянулись. Марк, конечно, мог не жаловать своих чиновников от культуры, но это была не их проблема. Они пили вино маленькими глотками. Напряжение, царившее за столом, было непонятно Марку. Он справедливо полагал, что если между молодыми людьми что-то недоговорено, то времени, чтобы все договорить и выяснить, вполне достаточно, и нет нужды выяснять отношения при нем, постороннем.

– Какие груши! – сказала Оля. По ее подбородку стекала капля сока. Она достала белый шелковый платочек и вытерла ее.

– Спасибо, – поблагодарила Майя. – Мы, наверное, пойдем погулять. Зайдите за нами.

Она поднялась первая, и Оля с неудовольствием поднялась за ней. Она не любила подчиняться.

– Возьмите груши с собой! – Марк быстро свернул кулек из подвернувшейся под руку газеты. Майя взяла кулек и кивнула. Володя проводил девушек горящими глазами.

– Которая из них лучше? – вдруг спросил он, едва за девушками затворилась дверь.

– Я… затрудняюсь сказать.

– Нет, которая? – Он требовал от Марка ясности, которой не было у него самого.

– Я бы выбрал Олю. – Марк обычно отдавал предпочтение блондинкам. Но и себе он бы не смог объяснить, чем блондинки лучше. Наверное, сработала традиция. Несмотря на полную их противоположность, справедливее всего было поставить между девушками знак равенства. Володя поморщился, но не возразил. Сел, потом лег. Потом снова сел. Сказал: «Напиться, что ли?»

– Напейся, – поддакнул Марк, прекрасно знавший, что сие не есть лекарство от его состояния.

Володя резко повернулся к нему, тонкие доски пола скрипнули.

– Давай лучше спать. Какой-то ты шебутной, неустроенный.

– Спать? Что ты, художник! Тут такое… Тут такое наклевывается. Я ведь люблю ее. Я люблю ее и поехал с ней, а тут эта, вторая, увязалась. И получается совсем другая музыка, не по заказу. Я люблю ее, а эта, вторая, любит меня. Ты подойди к ней и скажи, что я ее очень люблю.

– К кому подойти, миленький? К Майе или Оле?

– К Майе. Разве ты не видишь? Ах, да, откуда тебе знать. Подойди и скажи: «Майя, Володя очень тебя любит. А ты?»

– Володя, зачем тебе посредник? Скажи сам. Так оно лучше прозвучит, весомее.

– Я… – Он привстал, стараясь заглянуть Марку в душу. – Конечно, это мое дело, и я могу… Но лучше подойди ты. Мне страшно. Понимаешь, у нее муж и ребенок.

– Вот куда ты полез! Не в свои края ты полез. Там, где муж и ребенок, запретная зона.

Буш удивился. Ситуация была не в его вкусе. Все тревоги такого рода у него были позади, давно позади. Но он, когда это не было у него позади, не вел себя так. Он никого не посвящал в свое самое сокровенное. Никогда. И если путь к ясности был не простым, он проходил все его зигзаги, не обращаясь за советом даже к самым близким людям. Странный парень этот Володя, подумал Буш. Странный и боязливый, словно стесняющийся самого себя. Вместе с тем, Буш интуитивно ожидал чего-то, похожего на это, и потому купил бутылку вина. Чтобы Володе легче было раскрыться.

– Я тебя очень прошу, скажи ей это. И сразу – ко мне!

– Ладно. Хорошо. – От принятого решения Бушу стало беспокойно. Он окунался в самый водоворот чужих переживаний, но его молодость не становилась от этого ближе. Его молодость не торопилась вернуться, ощущения тех дней оставались далеко, очень далеко.

Робкий стук в дверь и голос Оли: «Мы идем гулять». Володя встрепенулся, провел ладонью по волосам, оглаживая их. Мужчины вышли вслед за девушками. Черные незнакомые улицы, шорох сухих листьев под ногами. Яркие звезды – далекие чужие миры. Володя и Майя шли впереди. Он наклонялся к ней и что-то говорил, а у нее была очень прямая походка, и Марку казалось, что ей все-таки немного стыдно. Оля молчала, и Марк тоже не знал, о чем говорить. Они молчали два или три квартала, а потом Марк сказал:

– Оля, я хочу написать вас, но не знаю, как. Ведь главное – это добиться психологического сходства. А я не знаю, что вы за человек.

– Ну, тут я вам плохая помощница. Я тоже не до конца осведомлена, что я за человек. Конечно, я много о себе знаю, но не все, не все, и не так, как нужно вам, – поправилась девушка.

– И для чего вы здесь, не знаете?

– Ну, это… Работа, командировка. Суета сует.

– А Володя?

– И у него командировка.

Она не хотела, чтобы Марк вторгался в ее жизнь, и была права. Он бы тоже не позволил этого постороннему. Она вовсе не проста, подумал он. А вторая, Майя? Та, наверное, себе на уме. Та, должно быть, очень себе на уме.

– Как вам город? – спросил он.

– Что, город? Так. Никак. Старик тут удил рыбу – уж он старался, старался. Я долго смотрела. Такой серьезный, сосредоточенный старик. Как будто делает самое важное в мире дело. А город я мало запомнила. Однообразие какое-то, унылость. Его еще строить и строить.

Она волновалась, но это было трудно заметить. Она умела держать себя в руках.

– Что, старик поймал большую рыбу?

– Нет, при мне он не поймал ничего, но в садке у него была рыба. И у него было лицо человека, занятого важным делом. Это меня и привлекло. Он словно видел своих рыб, какие они большие и хитрые, и приглашал их проглотить кузнечика или червяка, не знаю, что он наживлял на крючок. Он был очень вежлив с рыбой, которую хотел поймать.

– Интересный старик.

– А вы как стали художником?

– Когда я увидел, что без этого не могу? Довольно поздно, в десятом классе. На каникулы мать повезла меня в Москву, и в Третьяковке я увидел «Березовую рощу» Архипа Ивановича Куинджи. Там много удивительный картин, одно полотно «Явление Христа народу» чего стоит! Но тогда меня поразила именно эта картина. Совершенством передачи воздуха, света, летнего тепла. Потом я открыл для себя других художников. Процесс этот бесконечен, и сейчас, пожалуй, Ван Гог потеснил во мне Куинджи. Но первое впечатление было и самым ярким. Я стал рисовать жадно, много, забросил все остальное. Я и прежде рисовал, но не связывал это увлечение со своим будущим. А тут увидел, что этому следует посвятить жизнь. Душа этого требовала. Стал серьезно учиться рисовать. Но сказать, что я художник, еще нельзя. У меня есть неплохие полотна, а хороших, по полной программе хороших, без балды хороших, пока нет. А как хочется, чтобы они были!

– Старайтесь. Все впереди! – сказала Оля. – Но интересно, до каких пор человек может внушать себе, что у него все впереди?

– До седин, наверное. Мне пока можно так считать. Пока еще есть время.

– Знаете, что? Вы напишите меня за столом. Стол, цветы, я и окно, распахнутое в большой мир и этим притягательное. Как «Девушка с персиками» Серова.

– Зачем повторяться?

– А вы не повторитесь, ведь я – не она.

Логично, подумал он. И задал банальный вопрос:

– Оля, чего вы ждете от жизни?

– Многого. Я хочу многое увидеть – нашу страну, другие страны, особенно Америку. Но, прежде всего, я хочу жить сама. Ощутить всю красоту бытия. Приносить пользу, но чтобы мне никого не ставили в пример. Хочу до всего важного доходить своим умом. А вообще… разве об этом скажешь коротко? И разве об этом скажешь все, что думаешь? Что ощущаешь? Что-нибудь непременно утаишь. Даже от самой себя утаишь. Счастье – оно необыкновенно многогранное.

А Володя шел с Майей, и для него это была ситуация. Он не ожидал, что сюда поедет Оля. А, все-таки, почему она решилась на этот шаг? Отчаянной ее не назовешь, подумал Марк. Володя вдруг стянул с себя рубашку и подставил голову под водопроводный кран. Оля подбежала к нему.

– Ты что же делаешь? Кончай представление!

Он с неудовольствием посмотрел на Олю и надел рубашку. Они повернули к гостинице. Теперь с Володей шла Оля. А Майя, высокая, собранная для отпора, медленно шагала рядом с Марком. Наступил момент, когда ему было удобно выполнить поручение Володи, но он медлил. У гостиницы, решил он. Чтобы не видеть ее растерянности. Сказать и уйти. Ведь не подсматривать же за ней.

Я бы выбрал Олю, еще раз подумал Марк, а этот парень выбрал Майю. Ну и что? В свободе выбора счастье каждого из нас. Но никогда между выбором и счастьем нет знака равенства. Почему? Не потому ли, что для появления этого знака надо очень постараться?

Черная улица сделала поворот. Теперь гостиница была рядом. Марк замедлил шаг и взял Майю под руку. «Извините, Майя! Я должен передать вам, я обещал Володе. Он очень вас любит».

– И он попросил вас сказать мне это? – Она словно споткнулась о невидимое препятствие. Она была, как натянутая струна. – Какая же он тряпка!

– Пожалуйста, извините меня за это вынужденное посредничество.

– Ладно, ладно. Вы-то здесь не при чем. – Она посмотрела на Марка испуганно и гневно и вдруг сразу смягчилась. «Хорошо!» – сказала она и прошла мимо него в свою комнату. Марк же направился к себе с сознанием исполненного долга. Володю не пришлось ждать. Он не вошел – вбежал в номер и, не притворив двери, спросил глухим шепотом: «Ты сказал ей?»

– Сказал, сказал!

– Наверное, было не надо. А сам как считаешь?

– Было не надо. Это ведь твое дело. Майя назвала тебя тряпкой. – Интонацией голоса Марк присоединялся к оценке, данной девушкой в явной запальчивости.

– И в этом слове... весь ее ответ? – Володя заходил по комнате в сильнейшем замешательстве. Закрыл дверь. Вдруг лег, потом встал. Снова лег и снова встал. Он не знал, куда себя деть. Стыд, неловкость, замешательство душили его. Столько грубых и глупых ошибок за один день! И, главное, впереди никакого просвета. Надо выйти из тупика, но куда направить стопы? Это и угнетало его сильнее всего. «Тряпка! – повторил он. – Ну, нет. Я на все, на все готов!»

– Почему ты так позорно вел себя в автобусе? Обнимал Олю? Дразнил Майю?

– Я был с ней в ссоре.

– Мальчик! Так себя вести!

– Так ей и было надо. Ее не мешало проучить.

– Рассмешил! – Марк подумал, что Майя при желании сама кого угодно проучит.

– Да, проучить! Я не знаю, что могу сделать. Я бы пошел на все, но у нее муж и ребенок.

– Значит, ей не надо всего этого. Отступи! Возьми себя в руки и отступи.

– А если надо?

– Она не несчастна. А ты как считаешь?

– Да. Наверное. Конечно. Ну, чего ты меня мучаешь?

– Это ты себя мучаешь. Ложись лучше спать, мученик!

– Спать! Да я… Мне сейчас – спать! Ты что, художник? Да был ли ты молодым?

Марк не ответил. И он был молодым, и в нем иногда просыпался вулкан, и его подхватывало и несло – куда? – он не спрашивал, куда, он мчался, он спешил, он боялся опоздать. А кончалось это по-разному. Но, как бы это ни кончалось, он потом никогда не жалел. И для памяти было даже лучше, когда это кончалось неудачно, несчастливо, когда он мечтал о продолжении, а его уже не могло быть. Единственное, в чем он, как ему казалось, не мог себя упрекнуть, так это в глупости. Он никогда не разбивал чужой любви. Не вклинивался третьим, про которого долго не ясно, лишний ли он. Если своя любовь – святыня, тогда чем хуже любовь чужая? Почему она должна стоять ниже? Сейчас, пожалуй, они говорили на разных языках.

Стук в дверь был громкий и требовательный.

– Да! – Володя одним прыжком очутился у двери. Вошла Майя. Бледность оттеняла ее прелестное лицо.

– Майя, вы прямо проситесь на холст! – сказал Марк, пытаясь сбить накал страстей. – Попозируйте, а? Отложите все свои дела! Ну, пожалуйста!

– Спасибо. Я буквально на минутку. Я только…

– Не стесняйтесь, милая. Садитесь, говорите.

Марк вышел и плотно притворил за собой дверь. С гораздо большим удовольствием он лег бы сейчас спать, день, все-таки, был напряженный, с дальней дорогой и массой впечатлений. Но раздражения он не чувствовал. Напротив, его не покидала уверенность, что все это может кончиться картиной, в которой будет изюминка, хорошими портретами Майи и Оли. Было прохладно. Пахло розами, и звезды, казалось, были ярче и ближе, чем часом ранее. Так поздно – и розы, подумал он. Сентябрь – время астр и хризантем. Он обошел здание кругом. Светилось два или три окна.

Майя сидела на Володиной кровати, а он лежал и смотрел на нее, и Марк подумал, что в его глазах должна быть печаль, иначе снизу вверх не смотрят. Он начал обходить гостиницу еще раз, держась отмостки у стен. Уже в метре от стен густо рос кустарник. Как жизнь этих молодых людей не похожа на его, подумал он. Но чувство солидарности с Володей, все-таки, присутствовало в его душе. Любовь трудно понять, думал он, и раз она есть, это уже праздник, и чем больше в ней страдания, тем она нужнее, тем она и прекраснее. Чем же, однако, прекрасна безнадежная любовь, спросил он себя. Прекрасна она или жалка? Ты рассуждаешь, а этот юноша любит – вот в чем разница.

– Как ты себя ведешь? – вопрос прозвучал, словно с неба. Это был женский голос, властный, с интонациями сильного характера, и Марк вздрогнул, так он напоминал голос Майи. Он остановился, споткнувшись об этот голос. Сейчас он был третьим в комнате, где третьему делать было нечего.

– Как я себя веду? – Парень переспросил тихо, прося снисхождения. Он не хотел брать вину на себя. Их голоса приносил раструб водосточной трубы, а сама труба была в метре от окна. Странный акустический сюрприз, подумал Марк. Ну, дела!

– Этого человека ты увидел впервые. И передавать через него такое… посвящать во все тонкости наших отношений… Я опешила от твоей детской глупости.

– Пусть я глуп, а что? Я страдаю.

– Я, я! Везде это «я», и ничего кроме. Ты страдаешь, и Вселенная вертится вокруг тебя. И природа сочувствует тебе, великому страдальцу, и предлагает тебе разные утешительные средства, чтобы ты так не страдал. Ты меня очень удивил. Вот удивил! Ты – и умеешь страдать?

– Я тебя отшлепаю. Я тебя поцелую.

– Боже мой, какие глупости! – Пауза. Его руки в это мгновение могли сомкнуться на ее талии. Но Марку трудно было предположить такую решительность с его стороны. Скорее всего, Володя пребывал в страшной растерянности, он не ждал, что она поспешит объясниться. И, вообще, в ее присутствии инициатива не принадлежала ему, она подавляла все его позывы на инициативу.

– Ты еще ребенок, на тебя нельзя обижаться. Ты еще ни разу не был с женщиной, и это видно. Разве можно на тебя обижаться?

– А ты уже мама, и это меня бесит. Я опоздал. Я люблю тебя, но я безнадежно опоздал.

– Да, ты опоздал, – подтвердила Майя.

– Не говори мне этого! Я сам знаю, что опоздал. Но, может быть, не я опоздал, а ты поторопилась?

– Нет, ты опоздал, и ты это прекрасно знаешь. Возьми себе девушку. Возьми себе Олю. Потом ты увидишь, что поступил правильно во всех отношениях.

– Мне не нужна Оля. Ты у меня в голове, в груди. Ты у меня в груди вместо сердца. Ты и я – это одно целое, а Оля и я – это две разные особи!

– Глупый, – сказала она тоном, которым говорят «милый». – Ты опоздал, и тебе надо уехать и не мучить меня и себя.

– А, может быть, правда в том, что ты поторопилась?

– Это абсолютно все равно. Пусть так, пусть я поторопилась, а ты опоздал. И тебе лучше уехать. Я тоже…Я тоже… Мне тоже что-то нравится в тебе, и кружится голова, а я говорю: «Дура ты, Майка. Возьми себя в руки, ведь потом ты будешь очень жалеть об этом». Видишь, какая я умная, какая трезвая – знаю, что потом буду очень жалеть, и не делаю опрометчивого шага. Но я близка к тому, чтобы запутаться. А если я сейчас не остановлюсь, я потом вымещу на тебе всю злость, которая скопится во мне от того, что я не остановилась. И тебе будет так же плохо, как мне сейчас. Тебе будет еще хуже, – ответ за все ляжет на тебя.

– И ладно! И пусть! И замечательно!

– Нет. У меня прекрасный муж. Я дала человеку слово. И потом, он не заслужил всего этого. Ни с какой стороны не заслужил! И я буду последней дрянью, если… Поэтому ты уезжай. С Олей или без Оли, как знаешь, но лучше с Олей. Она, если хочешь знать правду, лучше меня. Мягче, добрее, душевнее. А я могу так поцарапать – со злорадством, со смаком!

– Не наговаривай на себя. Я все от тебя приму.

– Примешь, чтобы потом презирать. Уезжай!

– Куда, посоветуй!

– Страна велика. Не хочешь уезжать – просто смени работу.

– А мы бы не могли… встречаться?

– Как ты жалок, Вовочка! Значит, я устроила бы тебя, как любовница? Отвечай!

– Я не об этом, что ты! Я бы смотрел на тебя, только. Смотрел бы издали и приказывал себе остыть. Мы бы даже не разговаривали.

– Нет, нет, это исключено. Оставь меня в покое! Оставь меня с тем, что у меня уже есть. Что я заслужила. Что я выбрала себе сама. Я знаю, я виновата. Нельзя было давать тебе повода, поощрять. Нельзя было ехать с тобой сюда. Теперь трудно противиться. Все так далеко зашло. А где оно, начало, кто его видит, помнит? Кто говорит себе в этот момент, что надо остановиться?

– Я все помню.

– Я ставлю точку, Володя. Так надо.

– Подожди, подожди. Подожди! А если я без тебя не могу?

– Ты скоро выздоровеешь. И снова начнутся дни, когда ты сможешь без меня, и, поверь мне, они будут ничуть не хуже тех дней, когда ты не знал меня. Прошу тебя, отступи, уезжай. Растворись в огромности этого мира! Это просьба… любящего человека.

– Да? Правда? Серьезно? Я подумаю. Обещаю!

«А я-то думал, что она уступит. Вот, ведь! Она же сохранила свое достоинство, несмотря на ветер в очаровательной головке. Я думал о ней хуже. Я думал, что она из тех, кто легко скользит по жизни, из тех, для которых красота – разменная монета, когда можно брать и брать в долг и не спешить расплачиваться. Извини меня, девочка. Извини, что я подумал о тебе плохо. Какое я имел право? Какое имел право считать, что участвую в игре?»

Марк отошел от водосточной трубы, его планы на завтра менялись. Он хотел писать Майю первой, пока не стерлись впечатления сегодняшнего вечера – вечера чужих тревог. Пока он видел ее всю, и пока она нравилась ему такой, какой он ее видел. Он сорвал розу, нежный оранжевый бутон, возможно, последний на кусте, и бросил в черную форточку комнаты, в которой жили девушки. Услышал чьи-то шаги к упавшему стеблю. Он хотел, чтобы цветок подняла Майя, она его заслужила. Потом вернулся к себе. Свет был потушен, Володя лежал на кровати, и Марк раздевался осторожно, хотя знал, что сосед едва ли смежит веки этой ночью. Его же, Марка, не мучили никакие проблемы, он хотел только, чтобы портрет Майи удался – это было и в его, и не только в его власти. Заснул он быстро.

Утром девушки постучались, как ни в чем не бывало, свежие и приветливые. Они успели уделить внимание своему туалету, и Марк опять не знал, которой из двоих он бы отдал предпочтение. Наверное, все-таки Оле. Вчетвером они пошли завтракать. Володя держался замкнуто, отвечал невпопад, и Оля раз или два уколола его, сказала, что он не последователь Омара Хаяма и, значит, его любовь к поэту только дань моде. Володя не ответил, ему было все равно, и Оля обиженно надула губки. Майе пудра помогла скрыть синеву вокруг глаз, Володя же выглядел совсем беспомощно.

– Поработайте со мной сейчас, – предложил Буш Майе. Девушка не поняла его просьбы, и он повторил, поясняя: «Немного попозируйте, я не стану мучить вас долго». Оля и Володя укатили на завод, а они вернулись в гостиницу. Марку понравилось, что Майя согласилась позировать без жеманства. Он уже видел сюжет: купе вагона, оранжевая роза, брошенная на столике – забытый, обиженный цветок, а у окна с раздвинутой занавеской – Майя. Синева вокруг глаз. Напряжение. Метания. Усилия воли, чтобы положить им конец. Поезд уносит ее от чего-то очень хорошего, что предвкушалось давно, но так и не сбылось в ее жизни, и ей очень жалко этого несбывшегося. Но так надо. Она поступила правильно, а счастье – что счастье, если за него заплачено изменой? Марк видел это и работал быстро и точно, краски уже начинали играть на сером холсте. Он редко работал с таким сосредоточением. Замысел удавался, с девушкой на холсте можно было говорить. Ее можно было взять под руку и увести с холста в жизнь, она словно ждала этого. Но Марк работал молча. Ему трудно было заговорить с Майей, сидевшей перед ним.

– Похоже? – спросил он часов через пять, когда Майя совсем устала пребывать в одной и той же позе. Он напрочь позабыл о своем обещании не мучить ее долго. Потянувшись, она встала у него за спиной. По участившемуся ее дыханию Марк понял, что попал в яблочко: изумление, замедленное дыхание – первый залог того, что художник достиг цели.

– А вы совсем не просты! – сказала Майя. – Вы знаете свое дело получше любого из нас. Я была бы рада видеть вас в числе своих друзей. Но это, наверное, несбыточно. Где вам брать время на дружбу?

– Да, я занятый человек, но друзьям всегда рад, и старым, и новым, – сказал Марк приветливо. – Приходите, познакомите меня со своим мужем. Кстати, что же вы решили?
– Что мне надо решать?

– Я о вчерашнем.

– А! Не знаю, решение ли это. Он уедет.

– А вы будете жалеть об этом?

– Да, буду, – с гордостью сказала она. В ее голосе был вызов. Она могла позволить себе не скрывать своих истинных чувств.

– Извините, Майя. Кто ваш муж?

– Достойный, надежный человек, и хватит об этом. Знаете, мой муж прекрасный человек.

– Извините еще раз. Я совсем забылся.

Олю Марк писал на следующий день. У воды, под деревом, с которого медленно падали желтые листья. Вода была зеленоватой, но он решил, что напишет воду синей, контрастной; ему нужны были яркие краски, которые бы подчеркивали прозрачность воздуха и осеннее равновесие в природе, подчеркивали извечное смятение человека, надежды которого не спешат осуществиться. Оля старалась улыбаться, но в ее улыбке преобладали грустные интонации.

«Заглуши в душе тоску тальянки, напои дыханьем свежих чар, чтобы я о дальней северянке не вздыхал, не думал, не скучал», – напевал Марк, смешивая краски и размашисто нанося их на холст. Он пытался передать чувство собственного достоинства девушки. Вообще, он всегда старался подчеркнуть в людях лучшее и то, что в них только пробуждается, но пробуждается не временно, а с дальним прицелом. Портрет давался с трудом. Марку казалось, что он восходит по очень крутой и узкой, но верной тропе.

– Вы его не любите? – вдруг предположил он. Оля посмотрела на него с укором, и сдержанность впервые за эти дни изменила ей.

– Что вы все: Володя, Володечка! Он размазня, и больше ничего. Вы хотите откровенности, я вижу. Многого я вам не скажу. Кончила техникум, работаю. Институт, наверное, не по мне. Но одну-две попытки поступить сделаю, попытка не пытка. Живу, как умею. Хочу, чтобы меня понимали, и сама хочу понимать людей. Хочу, чтобы в близких людях мне все было понятно.

– Но ведь скучно, когда все как на ладони.

– Вовсе нет, напротив! – энергично запротестовала она. – Когда человека понимаешь, легко сделать ему приятное, обрадовать его. Он что-то захотел, а вы посмотрели на него и угадали. Теперь вам легко сделать ему приятное. Вы делаете это, и всем хорошо. Вы же о какой-то скуке говорите.

– Интересно. Занятно.

– Вот видите! А о Володе я не стану рассказывать, мне стыдно рассказывать об этом. Да, я любила его, но… это уже прошло, уверяю вас. Вы-то сами не подумали, хотя бы мельком, что я достойна лучшего человека? Он же пока не состоявшийся человек. Он… размазня он! Я взяла и пересилила себя. Уже пересилила. Мой парень будет лучше, много лучше.

– От всей души желаю вам этого. А Майю вы ни в чем не вините?

– Я-то виню, точнее, винила. Но не знаю, права ли. Не уверена. Она чистый человек, и мы останемся подругами. Не удивляйтесь этому! Я рада, что, встав между нами, Володя не разрушил, не убил наши отношения.

…Девушка у воды была грустна, но обещала счастье. У нее в избытке имелось то, к чему всегда хочется прикоснуться душой. И за ней хотелось пойти, несмотря на тысячу запретов.

– А меня ты нарисуешь? – спросил вечером Володя.

– Нет, – сказал Марк. – Ты мне неясен.

– Майя назвала меня тряпкой. Непонятно, за что.

– Попытаюсь объяснить, – сказал Буш и вспомнил, что Оля назвала Володю размазней. – Тебе надо было совладеть с собой. Не заявлять о своей любви. Любить молча, что ли. Любить издали. А ты размяк, обронил поводья. Тебе ведь так больно. Ты стал прямо истекать болью и просить, чтобы тебя пожалели, по головке погладили. Тряпка ты.

– Спасибо, художник. Что-то не складывается у нас приятного разговора. Резок ты и прямолинеен. Я подумаю, насколько ты прав.

– Где уж тут думать. Ведь тебе больно.

– Она велела мне уехать, и я уеду.

– И правильно сделаешь!

– Посоветуй, кого мне выбрать. Ты ведь опытный.

Врезать бы тебе по уху, подумал Марк. Хотя нет, ты не поумнеешь. Не поймешь, за что.

– Тонкое это дело, – сказал Марк, отвернувшись. – Вчера ты говорил, что любишь Майю. Страдание изображал. А теперь, оказывается, ты еще не выбрал. Теперь, оказывается, перед тобой все еще распутье. Распутье требует, чтобы перед ним остановились и хорошо подумали, куда повернуть.

– А ты посоветуй!

– Выбери кого-нибудь третью. С нею тебе будет легче. То есть, отдохни, успокойся и начни сначала. С чистого листа бумаги начни.

– А если я не хочу этой легкости? Если мне нравится страдать? Добиваться и знать, что я ничего не добьюсь?

– Какой пафос! Ты ведь не рыцарь.

– Я не рыцарь, но я уеду. Один. Я уже знаю, куда. Пусть ей будет стыдно!

– Ты другое хотел сказать: «Пусть ей будет больно». А стыдно ей не будет, ей нечего стыдиться. Она не сделала ничего такого, от чего человеку бывает стыдно.

Через день они уехали, Володя первый, а Оля и Майя – вместе, последним автобусом. Марк проводил девушек до автостанции. Для каждой у него нашлись теплые слова. В чем-то симпатизируя Оле, Буш не завидовал Майе. Ее ждала нелегкая жизнь, но это было заложено в ее натуре, и тут Буш ничего не мог поделать. В ее натуре было заложено создавать трудности и преодолевать их.

О Володе он не думал. Он не знал, каким будет продолжение, но он не хотел Володи ни для Майи, ни для Оли. Ему и после их отъезда работалось неплохо, он многое успел, и некоторые этюды ему нравились. Но портреты Майи и Оли оказались лучшими его работами за все последние годы. Каждая девушка светилась своей необыкновенностью, и каждая обещала счастье. Но как они были не похожи! Словно из разных миров сошли на землю, окунулись в людскую гущу – и остались сами собой.

В ГАВАНИ СТОЯЛИ КОРАБЛИ

I

На Тал-арык они ходили веселой компанией, босиком и в трусах. Им, завтрашним шестиклассникам, было не стыдно идти в трусах мимо всегда колготного Тезикова базара, мимо чопорного транспортного института, мимо авиационного городка и взлетного поля аэропорта, за которыми Ташкент обрывался как по команде, и начинались зеленые раздольные поля. По этим пригородным полям, извиваясь, и протекал Тал-арык. И на пологих холмах, которые он огибал, почти до середины лета горели-полыхали маки. Генка вместе со сверстниками бегал на Тал-арык купаться, подбредал майкой медлительных пескарей в глубоких, студеных заводинах, загорал на горячем берегу и, напитавшись солнцем, вновь летел вниз головой в холодные воды Тал-арыка. Так проходило лето. Это было приятное время, в школьной жизни самое интересное, и Генке казалось, что оно не кончится никогда.

Но Тал-арык был замечателен еще и тем, что между ним и городом лежало взлетное поле. Оно жило своей особой жизнью, и эта жизнь очень влекла к себе Генку. Загорая, он ложился не на живот, а на спину, и подолгу смотрел в небо. Сначала где-то далеко, в самой вышине, зарождалось низкое гудение. Затем в дрожащем воздухе возникала точка. Она обретала крылья, фюзеляж, хвостовое оперение, быстро выпускала шасси. Снижаясь, самолет старался клюнуть носом землю, и Генке казалось, что он видит напряженные лица пассажиров, приникшие к иллюминаторам. Ему казалось, что он видит даже их сплюснутые стеклом носы. «Ил-14» или медлительный «Дуглас» касался колесами земли, брызгала пыль, и посадочную полосу надолго скрывал желтый клубящийся шлейф. Тогда она не была выложена бетонными плитами, и ее не караулило недремлющее око локатора.

Генка любил смотреть на самолеты, и любил, в походах на Тал-арык, свернуть с кратчайшей дороги ближе к аэропорту. Ватага сверстников охотно соглашалась изменить маршрут, ведь они никуда не торопились. Иногда охранники разрешали пацанам повертеться у зеленых трофейных «Мессершмидтов» и «Юнкерсов». Это были хорошие, быстрые самолеты, но наши самолеты, конечно, были и лучше, и быстрее, иначе они бы не сладили с этими хищными машинами врага. Теперь самолеты поверженного врага стояли за тысячи километров от былых полей сражений, никому не нужные, никому не страшные, и даже охранники к ним равнодушны и разрешают пацанам трогать руками теплый дюраль и острые стволы пушек.

Генке нравился этот новый большой мир, нравились летчики, которые радостно спешили к своим самолетам, нравились пассажиры с чемоданами и баулами, и нравился рев двигателей, берущих высокую ноту. И он часто прибегал сюда один. Смотрел на самолеты и на людей, которых они уносили неведомо куда. Он думал, что когда-нибудь полетит и сам. Тогда ему нравилось не предвкушение полета, а сам аэродром, его особый воздух, напоенный ревом и движением, и ожиданием, и встречами, и тревогой.

Но с товарищами он не говорил о самолетах. Это было сугубо его, личное, и он не собирался этим делиться.

II

Когда Генка кончал десятый класс, многое изменилось. На Тал-арык уже нельзя было пройти так просто, в любом месте перебежав взлетную грунтовую полосу. Аэропорт обзавелся длиннющей бетонной взлетно-посадочной полосой, и пройти можно было только там, где она кончалась. Ее построили для приема Ту-104. О, это был самолет! Реактивный, стоместный, скорость девятьсот километров в час! Москва – Лондон – три часа, Москва – Ташкент – четыре часа! И не надо садиться в Актюбинске на дозаправку.

Генка наблюдал, как приземлялись эти громадины. Они плавно снижались и земли касались тихо-тихо, приклеивая к бетону черные резиновые следы. Чирк! Чирк! Все эти метки находились в одном примерно месте, метрах в ста от начала полосы. Летчики всегда аккуратно сажали машины. В начале пробега самолет выпускал парашют, потом второй, и сразу замедлял бег. Белые парашюты плыли за ним, как зонтики, а потом бессильно опадали на бетон. Только тогда уши закладывал шум турбин, резкий, высокий. Самолет медленно, как бы ощупью выруливал на стоянку. Все, полет окончен.

А на взлете все обстоит по-другому. Неподвижная машина вдруг окутывается громом. Этот тяжелый, давящий звук трудно воспринимать, хочется заткнуть уши. Но вместо этого Генка подается вперед, наваливается грудью на низкую чугунную ограду и смотрит, смотрит на самолет, который похож на стрелу, выпущенную из гипертрофированного лука. Он заскользит по дорожке, его двигатели ревут все неистовее. И вдруг машина круто взмывает в небо и вскоре растворяется в нем, а гул медленно опадает. Допотопные «Дугласы» так не взлетали.

Генка уже знает, как огромен мир, в котором летают самолеты. Но он знает это по книгам и кино. Мало? Ничего. Как сказал об этом романтик Александр Грин? В гавани стояли корабли. Их бушприты нацелены на юг. Там начинается неведомое, таинственный и чудный олень вечной охоты…

Он предвкушает, что скоро поднимется на борт воздушного корабля, и ему совершенно достаточно этого чувства. Нет, летчиком он не будет, у него ослабленное зрение, и он выбрал себе другую профессию. Он знает, что из него получится хороший землеустроитель. Но он непременно побывает в больших городах, куда улетают эти громкоголосые птицы.

III

Наконец, Геннадий Прянников, студент ирригационного института, пришел в свой аэропорт с авиабилетом до Усть-Каменогорска. А там поезд до поселка Серебрянка, где на реке Иртыш возводится Бухтарминская ГЭС. Повезло ему с производственной практикой! А там последний курс, дипломная работа и долгожданная самостоятельность. Быть землеустроителем совсем неплохо. Почтенный Леонид Ильич Брежнев, первый орденоносец страны, тоже начинал землеустроителем.

Геннадий предъявил билет голубой стюардессе, смотревшей сквозь него молодыми, но почему-то спокойными глазами. Вот пришел и его черед воспользоваться услугами Аэрофлота, и теперь это будет случаться все чаще. Счастлив ли он? Конечно. Очень. Только он себе такого вопроса не задавал.

Он вбежал по упругому трапу в пластиковый салон, сел у иллюминатора и приник к круглому стеклу. Легкий толчок. Ил-18 прицепили к тягачу, тягач, окутавшись чадом, двинулся вперед на первой передаче, а потом отцепился. Закрутился один пропеллер, второй. Самолет заполнился гулом и трепетом. Стюардесса разнесла мятные леденцы. Самолет задрожал, моторы привычно дали большие обороты. Дрожь эта, дрожь коня, напружинившегося перед рывком, но удерживаемого прочной уздой, вдруг прекратилась, тетива выбросила стрелу. Ил-18 побежал, неистово приращивая скорость. Геннадия вдавило в кресло. Колеса забарабанили по бетону, сотрясая, раскачивая, подбрасывая фюзеляж.

Но вот их дробный стук оборвался. Небо приняло самолет в свои объятия. Зашуршал нагнетаемый в салон воздух. Геннадий прилип к иллюминатору и блаженствовал. Внизу проплывал огромный, сотворенный из кубиков город с паутиной улиц, с дымящими заводскими трубами, с хаосом красных крыш и зелеными островками парков – его город, в котором его родной дом и вся его жизнь, прошлая, настоящая и будущая. Потом дома уступили место тугой зелени полей. Где-то там бежит-вьется его Тал-арык. Так и есть: течет, родимый! Он даже узнает знакомые берега с заматеревшими талами. Видение детства.

«Когда же я в последний раз купался в Тал-арыке? – спросил он себя. – Прошлым летом? Нет, раньше. А было время – мы дня не пропускали. Да, все хорошее кончается необыкновенно быстро…»

До самого Усть-Каменогорска он не отрывался от круглого стекла иллюминатора. Он давно ждал этого ощущения – ощущения полета, высоты, власти над пространством, и был рад, что оно оказалось именно таким, каким, он предвкушал, оно и должно быть.

IV

Прошло много лет, четверть века пролетела на одном дыхании и без малейшего шороха. Геннадий Петрович провожал друга на конференцию в Москву. Друга, пожалуй, громко сказано. Хорошего знакомого, своего в чем-то более удачливого сослуживца. Геннадий Петрович надеялся, что пошлют и его тоже, но руководство рассудило иначе. Руководство экономило. Он не обиделся. Так случалось уже не раз, и всегда ему становилось грустно. Но зависть счастливо обходила его стороной, и он ни на кого не затаивал обиду. Провожать же сослуживца он пошел потому, что давно не был в аэропорту.

«В гавани стояли корабли. Их бушприты нацелены на юг. Там начинается неведомое, таинственный и чудный олень вечной охоты». Разница, думал Геннадий Петрович, лишь в том, что бушприты этих куда более быстрых кораблей нацелены на все четыре стороны света, таинственного же и чудного полно в каждой из них. И как еще хочется нехоженых троп, ничем не заслоненных просторов, власти над дикой, первобытной природой, которую ты утверждаешь своим приходом, работой, самим своим естеством мыслящего человека, умело свои мысли материализующего.

Увы, через его рабочий кабинет эти тропы не проходили. Иногда являлась мысль, которая казалась спасительной: взять в охапку жену, детей, махнуть рукой на уют квартиры и то благополучие, которое дает ему столичный город и авторитет специалиста, и помчаться в дебри, в неизвестность, в белый свет, где можно каждый день счастливо уставать, работая за двоих, и где жизнь быстра и опасна, зато и вознаграждает сторицей острыми ощущениями и чувством более важным – чувством удовлетворения от сделанного. Но он не позволяет этой взрывоопасной мысли укрепиться в сознании. У него прекрасная работа, прекрасная жена, прекрасные дети. И все у него сложилось совсем не плохо. За маленьким, может быть, исключением, которое не стоит воспринимать, как беду. Он правильно живет, и довольно об этом!

У выхода на посадку Геннадий Петрович жмет руку своему сослуживцу и желает ему счастливого пути. Все просто, буднично, без нездоровых эмоций. И, главное, без зависти. Люди скрываются в алюминиевом чреве самолета, рокочут двигатели, машина выруливает на старт. Дрожит воздух, и серебристое тело растворяется в его потоках. Все, можно идти. Да, можно идти. Но он медлит. Давний полет в Усть-Каменогорск был его единственным полетом.

Пока единственным, поправляет он себя. Позади четверть века унылого сидения на одном и том же стуле. Ну, поездки по области, которую он давно знает, как свои пять пальцев. Это хоть каждый день! И все его отпуска промелькнули так бездарно. Жена спокойно покупала на его отпускные шубу или холодильник или что-то еще, так необходимое ей и дому, а ему совершенно безразличное. Он неделю высиживал дома, сатанел от скуки, а потом ехал в свой проектный институт, говорил, что славно отдохнул, и принимался рассчитывать эффективность использования земельных угодий. Тут он был на коне, тут с его мнением считались и к его слову прислушивались. Но это все кабинет, более кабинетной работы нет на свете. Удовлетворяет ли она его? Да, сказал он себе, чтобы предупредить, перегнать готовое сорваться «нет». Еще можно все переиграть. Но не с его женой, она не хочет переигровок. Она им не обрадуется. Да, все это слишком сложно, хлопотно, проблематично, и никто не поймет, к чему этот неожиданный взбрык.

Улетали и прилетали другие, а он стоял и смотрел, и ему было грустно. Не простиралась впереди даль несусветная, не устремлялись за горизонт нехоженые тропы, и не было ночей у костра, и счастливой усталостной одури, когда ничего не хочется, а хочется только пить и спать, и спишь так крепко, что не снятся сны. И открытий, о которых он так мечтал, не будет. То есть, они будут, но их сделают другие. Он уже никогда не встретится со всем этим. Разве что в клубе кинопутешествий?

В который раз Геннадий Петрович пробовал все взвесить, сопоставить, объяснить самому себе, почему именно так получилось. Да, в гавани стояли корабли. Их бушприты нацелены на… Он повторял замечательные слова Александра Грина, и ему становилось все тоскливее. Обессиленный, выжатый, совершенно не уверенный в себе, он идет домой. Он стал бояться прилетающих и улетающих самолетов. Бояться того соблазна, который постоянно живет в них. Но зов неба слышит, отворачивается и хочет заткнуть уши. Только как заткнешь уши, когда зов рождается в самом себе?

В СКАКОВЫХ КОНЮШНЯХ

С интервалом в две-три минуты взлетали самолеты и растворялись в сказочной синеве. Их путь лежал в Свердловск и Харьков, в Дели и загадочный Сингапур. А в километре от взлетно-посадочной полосы, символа двадцатого века, стояли невзрачные конюшни ташкентского ипподрома, и в их полумраке лошади погружали морды в пахучую люцерну, хрустели овсом, сосали воду из ведер и готовились к своим прозаичным земным стартам. Это был совсем другой, особенный мир, хотя скоротечное наше время удивительным образом соединяло его с миром большого аэродрома и с прочими атрибутами цивилизации. В скаковых конюшнях, конечно же, было совсем не так, как на аэродроме. Если бы вы видели, какие там стояли лошади!

I

Лошадей на старте было шесть, но серьезным конкурентом Алексей Горбатов, жокей, считал только Ургута, резвую четырехлетку Зааминского конезавода. Он нутром угадывал в этой лошади примесь чистой арабской крови. А это значило, что Ургут, при прочих равных данных, легко мог отыграть у его карабаира Ферта корпус на каждом километре. Три километра – три корпуса. Ничего не попишешь, таково свойство чистокровок. И непонятно, куда смотрит директор ипподрома. Он не должен был принимать на испытания Ургута вместе с карабаирами. Ведь Ургут никакой не карабаир. Пусть скачет вместе с чистокровками, тогда все будет честно. Чистокровки резвее, этого у них не отберешь, но зато и требовательнее к пище, уходу, режиму. Набегаешься, пока обслужишь чистокровку. Ни один геолог не возьмет в поле такую красавицу. На горных тропах выносливость и неприхотливость поважнее стати и резвости.

Алексей старался унять закипавшую в нем злость, она не сулила ему ничего доброго. Он старался расслабиться и ни о чем нехорошем не думать. Но злость не унималась, она подавала свой голос все громче и громче. У него прекрасная лошадь, серый красавец Ферт, умница Ферт, который все понимает и только не говорит. И сам он, Алексей, бывалый наездник, не чета молокососу Юсупу, который скачет на Ургуте. Он взял столько призов, и половину призов принес ему Ферт. Но он побеждал в честной борьбе, а не за счет той резвости, которую придает лошади чистая кровь.

Ему было очень обидно и за Ферта, и за себя. Он понимал, что злость на скачках не помощница, скакать нужно холодным, расчетливым и спокойным. Тогда легче тактически умно построить бег и победить с меньшим напряжением. Но сейчас он ничего не мог с собой поделать. Ферт могуч, только случайность помешала ему прошлогодним сентябрем прийти первым в Киеве. Но в жилах Ургута течет чистая кровь, и это видно. У этой лошади совсем иная, не карабаирская стать. Это видно и ребенку. Почему же сейчас их пускают скакать вместе? Разве это справедливо?

II

Конюх Тура Джураев задал лошадям корм и, прежде чем сходить за водой, остановился перед Фертом. Ферт был красив. Красив и могуч. Элегантен. Безупречен. Хрустя овсом, Ферт игриво косил глаза на Туру. Словно просил: «Ну, погладь меня. Ну, поговори со мной!» В стойле эта лошадь соединяла в себе загадочность сфинкса с энергией туго сжатой пружины. Короткая серая шерсть была чисто вымыта и приглажена щеткой, и ее блеск подчеркивал здоровье и благородные пропорции животного.

Приди первым, Ферт! – попросил Тура. – Уважь Алексея. Алексей сейчас не в форме, а ты в форме. Слава Аллаху, что ты в форме! Вот и приди первым. Ты столько раз приходил первым, чего тебе стоит? Тогда Алексей снова поверит в себя. Ладно, Ферт? Давай, дорогой, уважим Алексея, ему что-то совсем плохо. На вот, держи!

Тура запустил руку в карман, и Ферт, повернув голову, принял во влажные губы кусочек сахара с его ладони. Они, человек и животное, прекрасно понимали друг друга, и им было хорошо вместе. Что ж, человек и лошадь неразлучны тысячелетия. И все эти годы человек холил и улучшал лошадь, которая была его первым помощником в работе и ратном деле. И хотя на хлебной ниве конь давно уступил место трактору, а на дороге – автомобилю, хотя еще полвека назад Есенин сказал о жеребенке, который пытался догнать поезд: «Милый, милый, смешной дура-лей, ну, куда ты, куда ты гонишься? Неужели ты не знаешь, что живых коней победила стальная конница?», и человек проник в космос на раке-те с двигателями мощностью 24 миллиона лошадиных сил, лошадь еще служит людям верой и правдой. У одних только геологов их на службе десятки тысяч. А сколько их у пограничников?

Тура не читал стихов Сергея Есенина и не знал мощности ракеты, которая вознесла над Землей Юрия Гагарина. Он спокойно обходился без этих знаний. Но он любил Ферта, и Фука, и Фикуса, и Лотоса, за которы-ми ухаживал, и не представлял себе жизни вне скаковых конюшен. Он и ночевал здесь, подле лошадей, на кошме, брошенной поверх пахучего сена. И сейчас он хотел только одного: чтобы Алексей пришел на Ферте первым. И еще он хотел – но это желание было смутным и пряталось в глубине души – еще он хотел, чтобы Алексей разрешил ему скакать на двухлетке Фуке дистанцию 1800 метров. Фук куда лучше чувствует руку его, Туры, а к Алексею равнодушен.

– Будь умницей, Ферт, приди первым! – еще раз попросил Тура ло-шадь, потрепал ее по холке и пошел за водой. То же самое он сказал Фу-ку, когда проходил мимо. Ему очень хотелось скакать на Фуке, но он знал, что сам об этом Алексею не скажет. Интересно, почему? Только ли по-тому, что реакция Алексея непредсказуема?

III

Ферт взял старт резво, и Алексей подумал, что придет первым. Ферт, конечно, хорош. Чемпион породы, как и отец его Фестиваль. Ферт вытянулся в струну и повел, и это было добрым предзнаменованием. Но и в Киеве Ферт вел, а на финише проиграл голову. Чуть-чуть всего про-играл, какая досада! Пожалуй, можно прибавить еще. Ферт сразу понял посыл и прибавил. Он ловил малейшую реакцию жокея и моментально подчинялся. Алексей не знал, как это объяснить. Лошадь лучше понима-ла его, чем он лошадь. Больше, он знал, прибавлять нельзя. Перегрузишь лошадь, и предыдущие два года кропотливой работы вместе с громкими победами этих лет будут перечеркнуты.

Так, полкорпуса он выиграл. Пройден поворот, и полкорпуса у него в запасе. Но это не значит, что он ушел от Ургута. Юсуп, хотя и молоко на губах не обсохло, не прост, совсем не прост. Ушлость из него так и выпи-рает. Мальчишечка с хитрецой и ладит с лошадью, словно вместе с ней вырос. Умеет, стервец, выждать и взять свое. Если он прибавит сейчас, ему, Алексею, ответить будет уже нечем. Но Юсуп пока довольствуется тем, что не отстает. Держится рядом, как приклеенный. А какой гвалт на трибунах! Словно это футбол, и гол назревает. Ферт – фаворит. И, черт возьми, он оправдает надежды болельщиков, которые сделали на него ставки в тотализаторе.

Но и Ургут не темная лошадка, и многие поставили на Ургута. А бывают ли темные лошадки? Ведь с двух лет видно, на что способна лошадь и что может из нее получиться после основательной доводки. Ферт, не зарываться! Ты хочешь прибавить еще, ты, красавец, во власти азарта, но по силам ли тебе это? Пока не надо. Не надо, милый. Ты перегнешь палку, и тогда нам с тобой будет плохо.

Ферт жадно, с почти человеческой самоотверженной радостью поглощал пространство. Дорожка была в приличном состоянии: ровный травостой, как на футбольном поле, на всех тысяча шестистах метрах круга. И, главное, Ферт в форме. К Алексею, наконец, пришло долгожданное состояние полета. Привстав на стременах, он чувствовал, что летит, что Ферт и есть его крылья и что он отлично управляет ими. Конь словно не касался копытами упругого дерна. И, наверное, со стороны это захватывающее зрелище. «Заезд мой, приз мой!» – в азарте думал Алексей. Обыкновенно, когда к нему приходило это ощущение полета, он в самом деле выигрывал. Он и лошадь становились единым целым, и от этого единения у каждого в отдельности, у человека и у животного, прибавлялись силы и уверенность в успехе.

Но сегодня чувство полета пришло не к одному Алексею. Юсуп на вороном Ургуте начал тихо-тихо доставать его. Черная морда Ургута неотвратимо приближалась, с розовых губ лошади срывалась слюна. Чистая кровь, сказал себе Алексей. И еще пришпорил Ферта. Этого не следовало делать. Ферт уже не мог выложиться сверх того, как он выкладывался сейчас. Полет оборвался, что-то вдруг разладилось в ритме скачки. Алексея затрясло в бешеном галопе. Ургут же еще сумел прибавить. А для Ферта это был предел. Рядом с собой Алексей увидел счастливое лицо Юсупа. Злость возвратилась к нему. И с этого мгновения он и Ферт стали уже сами по себе. Взаимопонимание кончилось быстрее, чем обычно.

Ургут вырвался вперед на голову, на половину корпуса, на целый корпус. Легко шел Ургут, не шел, летел, как выпущенная из лука стрела. А Ферт не мог прибавить, чтобы достать его. На финише Ургут был впереди на целых два корпуса. Злость спирала дыхание Алексею. Обиден был не сам проигрыш, а его вопиющая несправедливость. Разве пускают вместе чистокровку и карабаира? «На двухлетке не поскачу! – решил он. И громко крикнул Туре: - Видал, а? Они чистокровку в заезд сунули! Боюсь сорваться, я весь горю. На Фуке скачи сам, понял? И постарайся! Лады?»

IV

Это было долгожданно и все-таки неожиданно. Итак, он скачет через два заезда.

Тура достал из кармана кусочек сахару и протянул Фуку. Лошадь приняла белый комочек влажными губами, и Тура ощутил тепло ее дыхания. «Ну, Фук, готовься! - заклинал он. - Слава Аллаху, сейчас мы поскачем. И ты постарайся, а как уж я постараюсь! Мы с тобой постараемся, как только сможем!»

Он любил Фука и знал, что его привязанность к этой сильной и такой красивой лошади очень прочна. А когда он впервые пришел сюда, на конюшни, четыре года назад, Фука еще не было, но были другие лошади, такие же статные, и быстрые, и умные. Он пришел из одного любопытства, посмотреть, и стал приходить часто-часто, каждый день, таким сильным было его изумление перед этим новым, особенным миром. Ему было хорошо с лошадьми, он понимал их, а они понимали его. Людей он понимал хуже. Правда, друзья и родные не одобряли его увлечения. Молодо-зелено, считали они. То есть, несерьезно, не в духе времени. Отец Туры был летчиком, а он по старинке ухаживал за лошадьми. Но привязанность его крепла, он проводил в конюшне все свободное от школы время, несмотря на подтрунивание отца и брюзжание матери. Приходя на ипподром, он старался попасться на глаза старшему конюху, жокею, тренеру. Стремглав бросался исполнять любое поручение. Он получал удовольствие от любой работы с лошадьми. Ему одинаково нравилось задавать им корм, поить их, чистить скребком и щеткой, убирать за ними. Награда же за все старания была одна - прогуливание лошадей вечером, проводка утром. Сесть верхом на коня и было блаженством.

Мог ли бы он пересказать, ничего не упуская, чем интересна жизнь рядом с лошадьми? Едва ли. Не находилось слов, чтобы выразить то, что он чувствовал. Жить этим надо, тогда это будет и близким, и понятным. Вот Фук прекрасно скачет, но на проводке его все время придерживать надо, иначе других лошадей покусает. Еще Фук любопытен. Смотрит и смотрит по сторонам, как ребенок, все ему интересно. А Лотос игрив, но, почувствовав на спине седока, дает свечу - встает на дыбы. И тоже никак не отвыкнет кусаться. Но что здесь слова? Бледны они и мало чего передают. Жить этим надо.

– Значит, скачешь? – Рядом с другом стоял Саша Хмеленко, нескладный рыжеволосый расхристанный десятиклассник. Он с лошадьми с
третьего класса, так здесь и прижился. В этом смысле он мало отличался
от Туры.

Тура кивнул, довольный.

– Ну, давай, давай. Скачи, да не зарывайся! – Саша многозначи-
тельно посмотрел на него, но не сказал больше ничего. Он тоже скачет, и
то, что они друзья, теперь отступает на задний план. Сейчас они сопер-
ники. Хотя, наверное, Саша предпочитал бы иметь дело с Алексеем. «Я
выиграю!» – думает Тура. Ему очень хочется выиграть. У Саши сильная
лошадь, и у других тоже, но и его Фук ходок, каких поискать. Летит, не
касаясь земли копытами. Настоящий боец.

Туру переполняло предвкушение такого полета.

V

– Ты видел? – сказал Алексей Горбатов кузнецу Махмуду Пулатову. –
Нет, ты видел? Они поставили против моего Ферта чистокровку, и чистокровка выиграла. Чистокровка всегда выиграет, ведь в ее гены заложена
высокая резвость. Карабаир неприхотлив, а чистокровка страшно резва.
Неприхотливость против резвости! И я пришел вторым. Ты понял, почему сегодня я пришел вторым? Разве это справедливо?

Обида прямо душила Алексея.

– Понял, - меланхолично согласился кузнец, который никогда не ходил смотреть скачки. Он был могуч и отлично ковал лошадей. Они под-
чинялись ему и совсем не сопротивлялись при ковке. Но он злоупотреблял спиртным, это вошло у него в привычку, и сейчас от него слегка тянуло сладковатым душком любимого напитка трудящихся – портвейна.

– Я возьму директора за грудки, за грудки! Какое он имел право ставить на забег чистокровку? Чистокровка всегда резвее карабаира, это
проверенный факт, но мы-то разводим и испытываем карабаиров.

Горбатов чуть не плакал, так ему было обидно, больно. Его тонкие
худые руки дрожали. Ферт стоял в стороне, его губы роняли пену. Раз-
горяченный бегом конь, казалось, сам страдал от проигрыша – он стоял
как-то стыдливо и избегал смотреть на Алексея. Подошел мальчик, взял
поводья и повел Ферта в конюшню. Лошадь пошла, припадая на левую
заднюю ногу.

– Захромал! - меланхолично произнес кузнец. – Гляди, твой Ферт
захромал!

Алексей сорвался с места. Да, лошадь хромала, а он не увидел этого первым. Он перетянул ее в азарте борьбы, дал чрезмерно высокую нагрузку. Это серьезно. К черту летит весь режим тренировок, и можно не увидеть первенства страны в Алма-Ате, не показать себя там.

— Подними ножку, дай ножку! — запричитал Алексей, забежав вперед и сев перед Фертом на корточки. Лошадь встала. Алексей никак не мог сообразить, серьезна ли травма. Нужен был опытный глаз ветеринара. Плюнув, Алексей вернулся к Махмуду.

— Я нашему директору все выложу, — гневно заявил он. — Почему вместе с карабаирами допускает к скачкам чистокровок? Эти ребята с Зааминского конезавода совсем сели ему на голову. Суют, понимаешь, чистокровок, а наш Ваня даже не протестует. Я тут заверчу им карусель. Такую лошадь загубить! Да Ферту цены нет! Сколько заездов он выиграл! Сколько призов мне добыл! И сколько еще выиграл бы заездов, если бы не эта чистокровка. А теперь Ферт перестарался и захромал. Боюсь, он больше не сможет скакать в этом сезоне. Тогда дорога ему одна - производителем в табун.

— А что? Вполне приличная дорога, — сказал Махмуд и улыбнулся. Потаенным своим мыслям улыбнулся. — Мне бы такой гарем, какой у него там соберется. Знаешь, что? Пошли, у меня заначка есть. Тебе освежиться надо, недобрый ты сейчас, еще драться полезешь! — Стакан вина в его лексиконе обозначался вежливым и чудным словом «освежиться».

VI

Тура ловко взлетел в седло, пригнулся к холке. Ну, Фук! Лети, Фук! Ты самый сильный, самый быстрый. Давай, Фук! Туре казалось, что он шепчет на ухо лошади эти слова. Но ничего он не шептал, он произносил их про себя. Шесть скакунов застыли на стартовой линии, шесть наездников ожидали команды. Сейчас Тура не взвешивал свои шансы и шансы соперников. Заезд покажет. Его Фук не плох, его Фук очень даже хорош. Конечно, он победит. А если нет? Тура не думал о том, что тогда случится. Ничего не случится, что может случиться? Тогда победит Саша или кто-то еще. Но он будет очень стараться, чтобы выиграть заезд. И Фук тоже. А большего, он знал, не требуется ни от лошади, ни от наездника. Весь этот год он холил и тренировал Фука ради этого дня. Посмотрел бы на него сейчас отец! «На Фуке первым пришел конюх-спортсмен Тура Джураев!» Отцу очень приятно было бы услышать такое.

Туре захотелось, чтобы на скачки пришел отец. Он уважал отца, но в жизни избрал другую дорогу. Правда, болезненно переживал скептическое отношение отца к его работе. Но, думал он, стоит только отцу увидеть, как Тура, его Тура, приходит к финишу первым, и как при этом неистовствуют трибуны, пьяные от азарта, от счастья предсказанной победы или от разочарования от победы упущенной, - стоит только отцу увидеть все это, и он поймет Туру и не станет больше возражать против его выбора.

Тура не задержался на старте. Фук сразу наддал и вырвался почти на полкорпуса. Другие тоже наддали, но Фук недаром был классным жеребцом. Он не позволил сократить разрыв. Зеленая скатерть дорожки неслась навстречу Туре, и он подумал, что вот так же аэродромная полоса летит навстречу самолету, который пилотирует его отец. Только отец укрыт кабиной от встречного ветра, а он, Тура, у всех на виду, и одни хотят его победы – они сделали на него ставку в тотализаторе, а другие не хотят, они поставили не на него. «Ну, Фук!» – подбодрил он лошадь, и конь прибавил. Пожалуй, можно было прибавить еще, но самую малость, и Тура решил пока не прибавлять. Пусть кто-нибудь сначала достанет его, вот тогда он прибавит. Но пока его никто не доставал, даже Саша Хмеленко. Саша шел вторым, и разрыв в один корпус Туру вполне устраивал.

«Ну, Фук, ну, Фук!» – Тура не пускал в ход плети, Фук был не приучен к плети, у них и так было полное взаимопонимание. Если он, Тура, возьмет сегодня приз для двухлеток, он возьмет потом много призов, станет знаменитым жокеем. «Ну, Фук!» Тура оглянулся. Саша, идущий вторым, не доставал его, а другие и подавно не доставали. От трибун несся волнами бодрящий гул. Для трибун это было острое ощущение, особенно для той их части, которая играет в тотализаторе. Жаль, что отец не видит, как замечательно идет Фук. Легко, непринужденно, красиво. Фук, карабаир из Джизакской степи, его, Туры, гордость и надежда. Конец поворота. Теперь – финиш. Прибавить? Фук может прибавить, но ведь их и так никто не достанет. Саша пытается достать, но финиш-то вот, рядом. Ура-а-а!

Фук показал прекрасное время. Но так же, как выигрышу, и даже больше, Тура был рад тому, что не перетянул лошадь, что ее бег был легким, изящным, и у Фука остался еще запас сил. Так что при нужде Фук прибавит, и хорошо прибавит. Молодец, Фук! Умница, Фук! Выиграл, но не перетрудился! Соскакивая с лошади и обнимая ее за шею, Тура счастливо улыбался.

VII

В кузнице было не прибрано. В углу валялись подковы, какое-то тряпье. В деревянном ящике хранились гвозди. Отдельно громоздилась наковальня, отполированная молотом до синевы. Махмуд пододвинул Алексею табуретку, сам тоже сел. Достал из-за горна литровую бутыль портвейна, замутненный стакан. Стакан был один, и Махмуд сначала налил Алексею. Жокей впитал в себя полный стакан тремя равными глотками, молча, жадно и грубо. Закусить было нечем. Махмуд тоже не обратил внимания на то, что нечем закусить, он привык освежаться, не закусывая. Выпил сам. В особо жаркие дни разбавлял выпитое чаем.

– Полегчало? – участливо спросил он. Жокей только махнул рукой, обиженно и зло. Какое там полегчало! Махмуду было жалко Алексея, он считал, что нельзя так переживать из-за какого-то там проигрыша. Подумаешь, проигрыш! Любое соревнование подразумевает, что победит кто-то один. Что же, тем, кто не победил, биться лбами о стенку? Сам Махмуд любил всех лошадей одинаково и не делал различия между Ургутом и Фертом, питомцами разных конезаводов. Он подковывал и тех, и других, а остальное его не очень касалось. Остальное его, можно сказать, не трогало.

– Тебе еще надо выпить. Не полегчало, – сказал Махмуд.

Алексей поднял подкову из связки. Подбросил, поймал, снова подбросил. Не поймал. Рядом с подковой на пыльный бетон пола упала слеза.

– Ну, ты! Не надо! Не смей реветь! – сказал Махмуд. Он не понимал Алексея. – Подумаешь, проиграл! Мужчина должен быть сильнее всего этого. Покажи мне человека, который только выигрывает! Нет такого человека! Не родился еще такой человек!

Вошел Юсуп, скакавший на Ургуте. Он улыбался. Его уже поздравляли с победой, и хотя поздравления он принимал, скромно потупясь, радость переполняла его. Он готов был обнять весь мир, так обаятельно он улыбался.

– Аааа! Аааа! – захрипел Алексей. – Чистокровка, конечно, всегда придет первая! Какая же это заслуга прийти первым на чистокровке?

– Ургут не чистокровка, – обиженно возразил Юсуп.

– Говори, говори! Постыдился бы скакать на чистокровке вместе с карабаирами.

Юсуп покраснел, потом побледнел. Повернулся, стремительно вышел.

– Зачем парня обидел? Праздник испортил человеку. Иди-ка домой. Давай, пошел! Пошел отсюда, говорю! Чистая кровь! У всех лошадей она чистая. А вот у тебя кровь какая? – Махмуд бросал слова, как камни, зло жестикулируя. Ему не нравилось, когда в его присутствии нарушали мир.

VIII

Тура отвел Фука в стойло, принес пахучего люцернового сена, воды. Долго стоял рядом, наблюдая, как лошадь ест. Воздух сотрясали авиационные двигатели. Тура их не слышал. А хруст овса слышал, и слышал причмокивание губ, жадно втягивающих воду. Теперь он еще больше любил Фука. Свою победу он все еще переживал, но главным в охватившем его ликовании было не самолюбование, а благодарность Фуку, который пришел первый, никому не позволил обойти себя. Пусть так будет и дальше! Этого он хотел сильно-сильно.

О проигрыше Ферта и Алексее он не вспоминал.

КАК Я ПОЛУЧАЛ ВОДИТЕЛЬСКИЕ ПРАВА

Дорога. Ровная полоса асфальта, таинственно исчезающая в дрожащем мареве летнего дня. Там, в пьянящей дали, голубой Иссык-Куль, золотая Ферганская долина, изразцовые купола Самарканда, и еще… еще… Но дорога сама по себе не в состоянии завладеть воображением молодого человека. Дорога и мотоцикл – другое дело. Дорога и мотоцикл легко сливаются в мечту большой повелительной силы, освобождают белый свет от одежд абстракций. Зуд подстрекательства давно лишил меня покоя; жизнь без мотоцикла уже который год воспринималась мною как бедное и бледное существование. Правда, у меня был велосипед. Но что такое велосипед рядом с мотоциклом, который в пять раз быстрее? Одно дело, когда ты крутишь педали, взбираясь в жару на какой-нибудь долгий бугорок, и совсем другое дело, когда колесики под тобой крутит мотор, и воздух, который ты рассекаешь, становится ощутимо плотным.

И я решился. Выйдя победителем в упорнейшей дискуссии с женой и со всей женской половиной семьи, которая питала к мотоциклу стойкую антипатию, я вкатил в кладовую зеленый десятисильный «Ковровец». Главное было сделано, и теперь, чтобы мотоцикл ожил и понес меня в манящие дали, предстояло пройти медицинскую комиссию и сдать два пустяшных – ну как их принимать всерьез! – экзамена по правилам дорожного движения и по вождению.

Когда я пришел на врачебную комиссию, в просторном коридоре поликлиники роилась толпа человек в сто. «Не пройду! – подумал я. – Такая орава впереди!» Я ошибся. Хотя в списке перед последней фамилией стоял номер 127, всех освидетельствовали за два часа: минута на гаврика. Не повезло только трем дальтоникам и одному парню, относительно которого каждому было видно, что он явился на комиссию прямо из рюмочной. Им в категорической форме заявили, чтобы они не вздумали явиться вторично. Остальные получили справки. «Годен», – прочитал я и загордился. Я еще не знал, что это настоящее везение.

Экзамены по правилам дорожного движения принимались в понедельник. До этого я никогда не отпрашивался с работы, и шеф отпустил меня с теплым напутствием, тем более что я отпрашивался всего на два часа. Толпа моих сверстников, два дня назад осаждавшая поликлинику, теперь бурлила в узком проезде, перед внушающими уважение воротами городской автоинспекции. Я влился в один из кружков и услышал:

– Сначала еду я, у меня нет помехи справа. Одновременно двигается этот, встречный. Если не показать, что встречный движется одновременно – двадцать дней!

Говоривший для наглядности рисовал на асфальте кусочком кирпича перекресток и транспортные средства, с которыми он сам себе дал задание разминуться.

– Налево, через трамвайные пути, не лезь! Дуй прямо, развернись за перекрестком, а потом спокойно поворачивай направо! Забудешь и станешь поворачивать через трамвайные пути на перекрестке – двадцать дней!

Эти двадцать дней, повторенные многократно и разными устами, в моем воображении почему-то стали стойко ассоциироваться с пятнадцатью сутками за мелкое хулиганство. Я понял, что при подготовке к экзамену некоторые тонкости ускользнули от меня, и моя уверенность в успехе несколько поколебалась.

В девять распахнулись ворота, и толпа перетекла во двор. И здесь бывалые и поднаторевшие принялись рисовать на асфальте перекрестки, собирая вокруг себя не обкатанную дорогами молодежь. На крыльцо вышел кряжистый подполковник, оправил портупею и раскатисто объявил:

– Все чистые, все невинные – это кто сдал документы на прошлой неделе – направо! Буду вызывать. Гражданам-повторникам составить список и ждать.

Первые шесть человек бочком поплыли в экзаменационный зал. Выходили они по одному, и двое улыбались, а у четверых были отсутствующие глаза и продолговатые лица. В одиннадцать мне стало неуютно: два часа, испрошенные у шефа, истекли. В час я понял, что сегодня не попаду на работу. Подполковник объявил перерыв на обед. И добавил, что все повторники могут быть свободны. Их примут в среду. Ропот повторников он остановил выразительным взглядом и поднятой вверх рукой. Он требовал беспрекословного повиновения. Площадка перед крыльцом быстро опустела.

Часа в три выкрикнули мою фамилию. Под потолком просторного зала я увидел дорожные знаки и успокоился. Двое отвечали, четверо готовились рядом со мной. Подошла моя очередь. Кажется, впервые в жизни я присутствовал на экзамене, на котором не вытягивали, не задавали наводящих вопросов, а с превеликим удовольствием ставили двойки и не боялись нашествия сердобольных мам и телефонных звонков рассерженных отцов. Я рассказал об устройстве тормозов, о правилах обгона, о зоне действия знака «Сквозной проезд запрещен». Дела шли вроде бы ничего, но лишь до тех пор, пока экзаменатор не расставил на перекрестке транспортные средства и не предложил мне прокатиться. Мне предстояло повернуть налево и пересечь трамвайные пути. И я смело повернул налево.

– А если подумать? – вполне благосклонно сказал экзаменатор.

Увы, почему-то не думалось. Я сделал еще один, более робкий поворот налево, одновременно вспоминая, что здесь таится какой-то подвох. Трамвайные пути… Левый разворот после пересечения перекрестка…

– Нет, – пролепетал я, – позвольте…

– Конечно, позволю. Почему бы не позволить такому красивому парню? Через двадцать дней - пожалуйста!

И на двадцать дней я по уши зарылся в правила дорожного движения. Ни к одному экзамену в своей жизни я не готовился так обстоятельно. Но ведь ни на одном из них я и не проваливался прежде. Теперь текст ста двадцати страниц я знал почти дословно.

Через двадцать дней я снова отпрашивался у шефа. Теперь я был повторником, и понедельник был целиком потрачен на ожидание. Зато в среду я вошел в экзаменационный зал во всеоружии теоретических знаний. То, на чем сыпались мои сверстники, для меня были семечки. И когда подошла моя очередь, я все отчеканил без запинки и спокойно проехал нерегулируемый светофором перекресток, пропустив те транспортные средства, у которых было преимущественное право проезда.

– Завтра вождение! – предупредил подполковник. И я ушел счастливый: кто одолел теорию, тому по зубам и практика. Когда я в четвертый раз отпрашивался у шефа, он деликатно напомнил, что все мои отгулы кончились, и если мне нужен свободный день, я должен его оформить, как отпуск без сохранения содержания. Порядок есть порядок. Я не стал возражать, но грустно было лишиться дневного заработка, весьма скромного.

Дорога к месту сдачи экзамена порядком утомила меня. Мало того, что я шел пешком чуть ли не через весь город, я еще толкал перед собой мотоцикл. Ведь я не имел права сесть на него без водительских прав. На площадке, в четырехугольнике пять на десять метров, надлежало крутить восьмерки. Когда подошла моя очередь, зачастило сердце, и я дважды заступил очерченную мелом границу. Подполковник только и ждал этого. Он поднял вверх руку и вполне благосклонно объявил: «Двадцать дней!»

И двадцать дней я до одури крутил в переулке восьмерки. У меня получалось так, что комар, казалось, не подсунет носа. Но когда я в очередной раз принялся крутить восьмерки перед товарищем подполковником, что-то разладилось в моей подготовке, стало гулко частить сердце, и я опять дважды коснулся колесом запретной линии.

– Двадцать дней! – изрек подполковник. Как всегда, в его голосе была только благосклонность.

Лишь на третий раз границы прямоугольника, обозначенные мелом, не были мне тесны, и я не коснулся ни одной из них. Еще бы не вписаться в эти заученные назубок границы: я уже крутил восьмерки с закрытыми глазами. Взмахом руки подполковник разрешил мне отъехать. «Права в кармане, моя взяла!» – ликовал я, в поте лица толкая мотоцикл домой и не обращая внимания на снисходительные улыбки прохожих. Еще бы не ликовать! Аттестат зрелости и диплом инженера не заставили меня пролить столько пота и проявить столько непоказного усердия.

Однако когда в пятницу, в последний раз отпросившись у шефа, я пришел получать свои водительские права, мне вежливо разъяснили, что пока я трижды экзаменовался по вождению, прошло более месяца со дня сдачи мною правил дорожного движения. Срок давности, вежливо напомнили мне, ничего не поделаешь, идите пересдавать. Снег на голову!

Я с ужасом подумал, не придется ли после этого снова сдавать вождение. Но этого, к счастью, не требовалось. Сдав в третий раз без запинки злосчастные правила, я, наконец, получил водительские права. Мне они обошлись всего в девять потерянных рабочих дней, и некоторые считали это везением. Одно утешало. Я воочию убедился, что я упрямый человек. Само собой разумеется, я очень старался не нарушать все эти дорожные заповеди, давшиеся мне так тяжело. Первый прокол в моем талоне младший сержант гаи сделал только через четыре года. Что же касается далеких маршрутов, нацеленных на нашу экзотику, большинство из них так и остались в моем воображении. На голубом Иссык-Куле я так и не побывал, а в экзотический Самарканд съездил – один раз. Но на работу, в гидравлическую лабораторию, до которой от моего дома было двенадцать километров, я ездил теперь только на мотоцикле. Через весь город и всего за пятнадцать минут. В дорожной толчее улицы Шота Руставели я был, как свой среди своих, и чувство гордости распирало меня.

ПОСЛЕДСТВИЯ ОДНОГО ВПЕЧАТЛЕНИЯ

I

У Стаса Малкова день начался с предчувствия. День был воскресный, летний, солнечный, прозрачный, и родившееся утром предчувствие было на руку такому дню. Легкое, приятно обволакивающее, оно несло приподнятость и какой-то болезненный азарт ожидания. Оно моментально перечеркнуло планы, которые он трепетно складывал в течение недели, и выдвинуло свои, неожиданные и романтичные. Никакого сидения в библиотеке, никакого конспектирования, а...

Он гулял по набережной Невы, утреннее предчувствие его не отпускало, взгляд его был рассеянно-ищущий, томящийся, но не самопогруженный. Он знал, что предчувствие оправдается: хватит ему быть неприкаянным и одиноким. Хватит смотреть на красивых девиц издалека, они его скромность не понимают. И то, что он знал, что это придет к нему сегодня, удерживало возбуждение в гранитных берегах спокойствия, не давало ему разлиться, по сердцу и по мысли, бешеным, стихийным наводнением.

Он увидел ее издали, перевел взгляд внутрь себя, испытал легкое, как невесомость, замирание сердца и затем его гулкую, наверстывающую частоту, и стал смотреть на нее неотрывно, с мгновенно вспыхнувшим интересом, стараясь впитать в себя как можно больше от ее облика. Он вбирал в себя ее не частями, не от линии бедра, а всю сразу. Она медленно приближалась. В ее походке было какое-то усилие, какая-то напряженность, по лицу же блуждала смутная улыбка, наверное, от разговора с самой собой. Необычность выражения ее лица и заставила Стаса вздрогнуть. То, что он не встретил ее раньше (он понял это сразу), и было его несчастьем. Утреннее предчувствие, такое светлое, сбывалось.

Она шла, и неизбежность встречи заставляла его трепетать в напряженном поиске действия, которое было бы выходом и продолжением. Если она пройдет, а он так и будет стоять с разинутым ртом, это будет крушение. «Возьму и последую за ней!» – сказал о себе. Они поравнялись, она скользнула по нему рассеянным, невидящим взглядом, и его опалил жар спокойного синего пламени. Хотя пламя только показалось и тут же спряталось. Что-то скрипнуло под ее стопой. Туфли обычно так не скрипят.

«Какая-то призрачность, мне уже начинают мерещиться странные звуки, – подумал он, поворачиваясь и неслышно идя следом на почтительном расстоянии. – Почему на ней брюки? Сейчас тепло. Ну и что – брюки? Кому какое дело, что на ней брюки?»

Неспешно, в сковывающей нерешительности, был пройден квартал и пересечена улица. Здесь она стала ждать трамвая. Он встал за ее спиной, так было спокойнее. Она посмотрела налево, откуда должен был вынырнуть трамвай. Он чувствовал мальчишеское замирание сердца и старался избавиться от него, но это не удавалось. Сердце не желало успокаиваться.

«Что будет, что будет?» – свербила назойливая мысль. Он перебирал в памяти известные ему случаи знакомств, но и его скромная практика в этой области, и все слышанное от друзей и почерпнутое из фильмов и книг отвергалось им как вульгарное и, значит, непригодное для этой девушки и этого случая. Он знал, что остановится на чем-нибудь необычном, и то, что это необычное пока не пришло ему на ум, не беда, у него еще есть время. Ведь она рядом и не ушла, и в его силах пробудить ее любопытство. До сих пор все, чего он сильно хотел и добивался, ему удавалось, хотя для этого иногда приходилось прыгать выше головы. Что ж, он и сейчас разбежится и прыгнет.

Подъехал трамвай, и она вошла в вагон, с видимым усилием подтянувшись на поручнях. У нее, увидел он, были сильные руки. Он птицей взлетел следом, трамвай дал звонок и покатил, раскачиваясь и громыхая, и он встал рядом с ней, чтобы ее не толкали, и чтобы она была близко. Он попытался представить, кто же она, учится или уже работает, но это было приятно и бесполезно, ведь он не знал о ней ничего, кроме одного – что она взяла и вот так сразу запала ему в душу. «Я смогу пронести ее на руках пятьдесят метров, – вдруг подумал он, напряг мускулы и обрадовался их твердости. – Я смогу пронести ее сто метров. Нет, двести. Только чтобы в это время никто на нас не смотрел».

Потом он стоял за ней в короткой очереди у кассы пригородных поездов, стараясь не дышать на каштановые локоны, под которыми пря   талась красивая шея с рельефными бугорками позвонков. И так же, как она, сказал в окошко: «Мне до Ключиков!» Он не знал, что это за станция, но она ехала туда, и он мог пробыть возле нее еще какое-то время. Это и определило его поступок, об отступлении не могло быть и мысли. В довольно людном вагоне электрички для нее нашлось место, и он встал рядом, радуясь, что она до сих пор не обратила внимания на его присутствие.

Стасу было двадцать семь, и он не раз влюблялся, как ему казалось, навсегда. Но всякий раз спустя некоторое время оказывалось, что магический гребень волны уже позади, и ему опять не удалось на нем задержаться. Что-то разлаживалось, очарование гасло. Иногда виновата была она, но чаще всего он не винил ни себя, ни ее. Значит, это опять была не его девушка, и не над чем здесь ломать голову. Его девушка еще, может быть, вплетает в школьные косы белые шелковые банты…

А ведь что-то толкнуло его последовать за этой преинтересной особой. Любопытство отсутствовало, он более чем ясно видел цель. Видел цель и исполнял приказ сердца. Он изучал все то, что было ею, с пристрастием не столько заинтересованного, сколько изумленного человека, который на ровном пути споткнулся о неожиданность и приоткрыл ротик от изумления. А она в своей самопогруженности не обратила на него внимания. Даже ни разу не скользнула по нему взглядом. Скорее всего, она не была любопытна к прохожим и первым встречным. Это начинало раздражать его, подталкивало быть смелее.

Он стал думать, что он ей скажет в минуту знакомства. Ничего путного не шло на ум, каждую новую мысль он убивал одним словом: банально. Банально было спросить, кто она и куда держит путь. Банально было сказать, извинившись за откровенность, что он приобрел билет туда же. Банально было все другое, что приходило на ум. Тогда он решил довериться судьбе. Все образуется в нужную минуту, само образуется, как по наитию образуется, не надо только заранее накручивать себя и переживать. Правильно: когда все образуется как бы само по себе, это и есть хорошо.

За окном мелькали сосны и сочная зелень лугов, а деревянные срубы деревенских домиков, сермяжно-серые, чередовались с каменными домами станционных построек. Сосны были высокие, и многие из них могли бы стать мачтами парусного корабля. С каждой станцией в вагоне становилось свободнее. Наконец, он сел напротив, но это получилось естественно и опять ускользнуло от ее внимания.

«Если я и дальше буду молчать, я сильно сглуплю, – сказал он себе. – Ну, чего я жду?»

Однако первое, самое нужное слово никак ему не давалось, и он злился. Эта неспособность заговорить, привлечь и сосредоточить на себе внимание красивой девушки – случалось ли с ним прежде такое? Случалось, но он пересиливал себя.

При очередном замедлении хода поезда она поднялась и пошла к дверям, и он понял, что впереди Ключики.

«Сейчас она войдет в какую-нибудь калитку, и все, – вспыхнуло в сознании. – Нет, не все! Я окликну ее и объяснюсь. Пусть это будет нелепо и как угодно банально, но так мне и надо!»

Однако она миновала станцию, с которой живописно соседствовал сосновый лес, светлый-светлый, и свернула на узкую петляющую между деревьями тропу, по которой нельзя было идти, не задевая ветвей. Через несколько минут за расступившимися деревьями блеснула безмятежная гладь озера. Тропа оборвалась у его песчаного берега. Место это было редкой красоты, просто зачаровывающее. Соловушка вдруг запел, подал голос. Соловушка очень старался, а вот для кого?

«Так близко от большого города – и ни одной живой души!» – отметил он с удивлением. Он чувствовал, что она подходит к своему озеру с гулкой радостью исполнившегося желания, с улыбкой тихой и изумленной. Несколько раз он и здесь улавливал некий стеклянный скрип, который рождался как бы от ее шагов. Два или три раза она обернулась на его шаги – с любопытством, почему он не обгоняет ее. Между тем песчаный берег перешел в пляж, на котором выделялись два оранжевых человеческих пятна и черная, выволоченная на берег лодка-плоскодонка со скучающим мальчиком возле.

Она еще раз оглянулась, кажется, распознавая в нем преследователя, и он поймал холодную отчужденность ее взгляда: с таким выражением лица отчитывают за назойливость. Он сбился с ритма и подобрался, как для защиты от нападения. А она, желчно усмехнувшись, повернулась к нему спиной и стала раздеваться. «Могла бы отойти за кусты...»

Он не додумал, получив хрусткий толчок в самое сердце. Одна нога у нее была деревянная, оббитая коричневой кожей, и она отстегнула ее и положила рядом с горкой одежды. Странный скрип, сопровождающий ее походку, был скрипом протеза, не очень качественного. Цепенея, он встретился с ее холодными глазами. Это продолжалось миг, не более. Она повернулась к нему спиной и поскакала к воде. Скок, скок, скок на одной ноге! Так девочки играют в классики, пока не оказываются на пороге юности. Он стоял и ловил воздух широко раскрытым ртом. В душе его царил хаос. А она уже плыла, быстро и уверенно, и от ее сильных гребков расходились кругами волны, колебля окунувшийся в воду противоположный берег с высокими соснами и далекое белое облачко.

«Что же ты? – шепотом спросил он себя, прорываясь сквозь дикую сумятицу чувств. – Она не как все, война отняла у нее ногу. Из-за этого она так на меня смотрела. Ей уже делали больно, и она помнит, как это бывает. Нет, я подойду, подойду, подойду!»

Доплыв до середины и нисколько не запыхавшись, она повернула назад. Он сел подле ее одежды на теплый, с вмятиной ее ноги, песок, избегая смотреть на протез. Обретенная уверенность, вначале родственная принуждению, чрезвычайно быстро переросла в чувство новое и самостоятельное. Девушка возвращалась, прорезая тихую воду ровными, уверенными гребками. В ее глазах промелькнуло удивление. Входя в воду, она думала, что и этого юношу сдует как ветром, а он сидел и ждал ее возвращения, и это было совсем необычно.

– Сторожу вашу одежду, – сказал он со смешком первое, что пришло на ум, уже не спрашивая себя, не банальность ли это. – Вдруг кто-нибудь возьмет и подшутит. Со мной это проделали однажды, когда я был пацаном, и я помню, как это неприятно. Я чуть сквозь землю не провалился, когда понял, что у меня увели одежду.

– Это надо мной-то подшутят?

Ее звучный голос показался ему очень знакомым; тембром и интонациями он напоминал голос матери. Он и хотел, чтобы в его жизнь вошла женщина, очень похожая на его мать. Он знал, что на свете не было женщины лучше, чем его мать.

– Поймите, я не шучу, это очень важно! – Он перешел на скороговорку и не пытался быть связным. – Я за вами от самого города! Взял и поехал. Это было внезапно и сильно, я не мог противиться, да и зачем? Я увидел в вас особенное.

– Особенное? – переспросила она, затягивая слога. – Всего-то во мне особенного вот эта чужая, не моя, деревянная нога. Она со мной, потому что я без нее не могу. А во всем остальном я, как все.

Ей часто делали больно, и неверие годами копилось в ней. Однако Стас продолжал свое, то, что не давало ему покоя.

– Зачем, ну, зачем вы так? Так не надо. Слушайте, давайте познакомимся! Я иду за вами от самого города, – повторил он свой, как ему казалось, самый убедительный довод. – Взял и пошел, а потом поехал. Это был толчок, я не противился! Это наитие! Вы так плаваете… Погасите, пожалуйста, ваше сомнение. Ну, скажите по совести, неужели для того, чтобы познакомиться с вами, у меня тоже должна быть деревянная нога? Меня зовут Станислав. – Он протянул руку, улыбаясь приветливо и добро. Она поддалась воздействию его улыбки и как-то сразу посветлела, преобразилась.

– Софья! – произнесла она уже другим тоном, бодрым и дружелюбным. И села, показывая взглядом, что ничего не имеет против, если он сядет рядом. Он понял, что она тронута, что она давно мечтала о такой минуте. Мечтала, но не надеялась.

– А что… Давайте возьмем лодку, а? Здесь такое раздолье. Мальчик! – крикнул он, уловив ее колебание. – Лодку на пару часов, договорились? Получишь рубль и в залог мой пиджак.

– Не велено, да уж ладно, – серьезно сказал подросток и протянул Стасу большое весло. Плоскодонку, оказывается, полагалось вести одним веслом, как байдарку. Для Стаса это было в диковинку. Но премудрость не пришлось постигать долго. Минут через пять он приноровился и почувствовал приятную расслабленность, следствие отлично складывающихся обстоятельств. Они разговорились, как добрые знакомые, которые на какое-то время потеряли друг друга из вида. Он узнал, что через два года она получит диплом врача, что это случилось в сорок втором, во время артиллерийского обстрела, и если бы не общее истощение организма, ногу ей бы сохранили. Ей тогда было четыре года.

– Я даже танцую, – призналась она. – Тренируюсь, не позволяю себе быть слабой.

Он не смотрел на ее ногу-коротышку, на то место, где живая плоть неожиданно и грубо обрывалась ниже колена. Он воспринимал это как несчастье, не как препятствие. И еще он подумал о том, что друзья скажут ему, не сумев проникнуть в его душу, что у него было столько экстра-девочек, а он… Что ж, он достаточно самостоятелен, чтобы не обидеться.

Старательно работая веслом и вбирая в себя музыку ее голоса, шорох раздвигаемой лодкой воды и легкое дыхание ветра, он с чувством глубочайшего удовлетворения постигал, что Софья – его девушка.

II

Они договорились встречаться по воскресным дням. Каждую субботу он заходил в цветочный магазин и отбирал три бутона роз, отдавая предпочтение алому цвету. Делал он это всегда с благоговением и даже с некоторым замиранием дыхания. Если в первом магазине роз не было, он отправлялся во второй и в третий, пока не приобретал нужное. Розы трогали ее до глубины души. То, как она радовалась розам, вознаграждало сторицей. Другие девушки перестали для него существовать. Вся женская половина населения земли в его душе теперь была представлена одной Софьей, студенткой медицинского института.

Как по наитию, она обволакивала его существо тайной невысказанного обещания, и очень скоро ему стало мало воскресных дней. Очень скоро он понял, что должны быть произнесены слова, которые не позволят им дальше жить раздельно. Мысленно он их уже приготовил. Ему казалось, что она примет их так же, как принимает от него розы. Ведь только минуту, всего минуту в том, как он тянулся к ней, было принуждение. Когда она, повернувшись к нему спиной, отстегивала деревянную ногу на песчаном пляже у безмятежного синего озера. Поистине, золотой ключик поднял он на станции Ключики. Это судьба, это данность, дарованная свыше.

III

Она сказала: «Давай заглянем к нам». Он понял, что она предупредила своих и что их ждут. И приготовился произнести слова, давно в нем созревшие.

«Значит, это произойдет сегодня, – подумал он. – И хорошо, и славно! Давно пора!»

К нему вернулась та азартная приподнятость, с которой он шел за ней, еще не знакомой, по набережной Невы, а потом ехал с ней в трамвае и в электричке. Его действительно ждали. Что-то подсказало ему, что до него она приводила в дом только подруг. Отец и мать ее оказались людьми симпатичными, ненавязчивыми, и она, как он успел убедиться, наследовала эти качества.

«Долой стеснительность! – сказал он себе после громких слов приветствия. – Мямли и разини никогда не были в почете».

На белоснежной скатерти сверкал фарфор, благоухали пирог с грибами и пирог с лососем, все было торжественно и чинно. Молчание можно было объяснить трудностью выбора первого слова. Стас поднялся, сознавая приподнятость момента.

– Позвольте мне первому сказать слово, хотя это и против правил! – произнес он, запинаясь; его щеки странно разгорячились и зарделись. – Да, это против правил, сейчас так не поступают. Софья, дорогая, я люблю тебя! Софья, дорогая, в присутствии твоих родителей прошу тебя выйти за меня замуж!

Вино в бокалах заискрилось ярче, отбрасывая на лица хозяев дома и гостя блики особого оттенка. Наступила тишина, в которой каждый слышал удары своего сердца. Накал минуты определялся прежде всего ее приподнятостью.

– Дочь, слово за тобой! – подсказал отец. Он был, как туго натянутая струна. Мать молчала. Ее глаза стали большие-большие.

Софья поднялась, молча кивнула, не потупив взора, и первая подняла бокал. Слов, оказывается, было не надо – Стас все сказал. Когда она поднесла вино к губам, по ее щекам ярко заструились янтарные блики.

– Будьте счастливы! – произнес отец и отвернулся, скрывая невольные слезы. И по щеке матери вдруг поползла слеза, оставляя зигзагообразную дорожку.

Стас подумал, что с этого дня все должно только начаться. И еще подумал, что когда она выйдет провожать его в прохладную тишину ночи, он возьмет ее на руки и пронесет в звенящем молчании пятьдесят, нет, сто, нет, двести метров. Он так задумал, когда увидел ее впервые. И еще подумал кое о чем, но это уже начинало походить на хаос. На буйный, рождающий невесомость хаос счастья.

В ЧУЖОМ ГОРОДЕ

Идею редакционная коллегия газеты одобрила единодушно – каждой союзной республике в год шестидесятилетия образования СССР посвятить отдельный номер газеты. Константину Смирнову по жребию выпал Узбекистан. Неделя в Ташкенте плюс экскурсия в Самарканд Косте, имевшего тайную наклонность к перемене мест, вполне устраивала.

В самолетном кресле – внизу горы, морщины матушки-земли, крылья пронзают нагромождения облаков – он попробовал представить себе этот город. Землетрясение, вспомнил он. И многовековая история. Но чисто абстрактное представление о городе, в котором он никогда не был, не приходило.

Аэропорт встретил привычной толчеей людей с чемоданами, которые жадно разглядывали многочисленные табло. Воздух оказался тяжеловат и душен. Первое – гостиница, остальное – завтра. Косте указали на автобус, который и привез его в центр. Ну, и город! В автобусное окно он не увидел ничего привлекательного. Столица хлопкового Узбекистана могла быть и посимпатичнее, и почище. «Не спеши с выводами! – сказал он себе. – Сначала гостиница, потом все остальное».

«Россия». Неоновые буквы над опрятной шестиэтажкой излучали уют и запах свежих простынь. Очередь у стойки дежурной Смирнова не смутила. «Мест нет», - прочитал он. Но и это его не смутило. Он предъявит удостоверение, и место, скорее всего, найдется.

– Куда прете, граждане? – Дежурная энергично сдерживала натиск. – Читать умеете? Написано ведь по-русски: «Местов нету». Нету и не предвидится! Гуляйте дальше. Рядом столько гостиниц, а каждый норовит сюда. «Россия» большая, но не настолько, чтобы всех вас удовлетворить!

Она уже давно сдерживала натиск гостей и медленно сатанела. Константин все-таки протянул документ. Тетенька и не посмотрела. «Счас администратор придет, ей в нос и суйте свою бумагу». Администратор не шла, становилось грустно. Костя повернулся, спустился с высокого крыльца. Следующая гостиница была недалеко. И пошикарней с фасада, тоже в шесть этажей. Перед гостиницей площадь. И театр. Изысканное, как из сказки, здание со взглядом в седую старину. Скульптуры Шахерезады рядом с ним почему-то не было, а она была бы здесь удивительно к месту.

В парадные двери отеля втекали иностранцы, и перед одними представительный швейцар распахивал дверь, а другие открывали ее сами. «Как он угадывает, перед кем распахнуть дверь?» – подумал Костя. Казалось, швейцар знал это с рождения. Иностранцы были разные, и черные тоже, одевались они пестро и просто. Наши так просто не одевались. Держались они тоже совсем не чопорно, как у себя дома. Костя толкнул тяжелую дубовую дверь и вошел. Швейцар смотрел поверх него в направлении фонтана. В фойе царил полумрак и не было толчеи. За валюту продавали безделушки, раз в пять дешевле, чем за рубли. Седая женщина в брюках, американка или немка из ФРГ, наматывала на руку отрез хан-атласа.

Администратор кончиками пальцев приоткрыла его удостоверение. Но это ее ни к чему не обязывало. «Если бы вы позвонили утром или вчера, мы бы забронировали вам номер. Сейчас, извините, ничем помочь не могу. Девять вечера!»

– А если раскладушку поставить?

Она даже обиделась «Что вы, у нас иностранцы!» – воскликнула она. Константин вышел. Швейцар опять величественно посмотрел поверх него на близкий фонтан. Это был старый вышколенный швейцар, и стоял он здесь, наверное, со дня открытия гостиницы, а до этого стоял у других подобных дверей. Он, конечно, знал свое дело. Костя расспросил его про другие гостиницы и полчаса добирался до одной из них. Но и в паршивом кемпинге «Турист» на окраине города свободных мест не оказалось. Тогда он вспомнил, что его может приютить правительственная гостиница. Не обязана, но может. Он проехал еще километров пять. В этой гостинице все было по высшему разряду, даже яблони в саду и виноградные лозы на высоких шпалерах претендовали на Знак качества. Но она пустовала, как фешенебельный дом отдыха не в сезон. В ней было слишком чинно, чтобы Костю могли тут поселить без телефонного звонка сверху, но он поздно это сообразил. Он остановил горничную, и она, взглянув на его удостоверение и убедившись, что он не из центральной газеты, а только из республиканской, сказала, что сама ничего не решает, и ушла звонить в белый роскошный особняк. Там с кем-то пошепталась по телефону, а потом вернулась и сообщила, что не дозвонилась. Наверное, она работала тут давно и знала, как с кем разговаривать. Как и тот седовласый швейцар в центральной гостинице. «Вот если бы вы записочку принесли от управляющего делами ЦК или Совмина…»

Константину стало противно, а потом тоскливо. Автобус возвратил его в центр. Ночь стояла уже глубокая, и внушительную глыбу театра против гостиницы «Ташкент» подсвечивали обычные прожекторы, а фонтан на площади между театром и гостиницей освещали цветные прожекторы, и струи воды попеременно становились желтыми, розовыми, синими, зелеными. Костя настроился переночевать на скамейке. Ну, хотя бы возле этого гордого здания театра, против респектабельного отеля, нашпигованного иностранцами.

«Какой чужой город!» – подумал Константин с ожесточением. Но город оставался равнодушен к тому, что он о нем подумал. Разноликий люд обтекал его; молодые люди, парни и девушки были непосредственны и элегантны. Им, конечно, было где ночевать. Помыкавшись, Смирнов решил еще раз толкнуться в «Россию». Теперь рядом с истеричной женщиной сидела администратор. Небритый мужчина пытался поставить возле конторки чемодан, а дежурная и администратор препятствовали этому. Мужчина проявлял настойчивость. Первой потеряла терпение дежурная. Она схватила чемодан двумя руками, подбежала к дверям и вышвырнула его на улицу. Небритый мужчина был повержен. Он не знал, как вести себя дальше.

– Вот это сервис! – сказал Костя и причмокнул. Затем обратился к администратору: «Может быть, пристроите на ночь?» Женщина спокойно взглянула на его удостоверение и сказала: «Мест нет».

– А если поискать?

– Уважаемый, рожу я вам койку, что ли?

– Кстати, как ваша фамилия?

– Не скажу. Подумаешь, писака пожаловал. Да пиши себе сколько угодно, много вас таких!

– Ну, поставьте раскладушку в коридоре.

– Ставь, а потом убирай. Нет уж, не обязана.

– Как ваша фамилия? – возвысил он голос.

– Жалуйся, я плевала. И на эту работу сволочную я тоже плевала. Надоело быть цепным псом и целыми днями лаять! И хотя бы платили по-человечески…

«Как все просто – она плевала! Ну, и страна! Успокойся, не пузырись», – сказал себе Костя. Повернулся и вышел. Успокоиться было трудно. Что ж, он подремлет на скамейке, он ведь здоровый парень. А днем коллеги из редакции республиканской газеты пристроят его куда-нибудь, днем это просто. Телефонный звоночек, и нет проблем. Но что ему стоило побеспокоиться заранее? Дурацкая самоуверенность, она опять его подвела. Чтобы в его республике какая-нибудь администратор слово молвила против? Он прошелся взад-вперед. Посидел, снова прошелся. Ощущение гадливости медленно притуплялось. Почему в сфере обслуживания столько недружелюбия? И почему в больших городах так плохо с гостиницами? Почему их так мало?

Он пересек улицу. В глыбообразном сером здании размещались редакции. На первом этаже работали линотипы. Какое помпезное здание! У крыльца стоял парень с тремя гвоздиками в руке. Вышла девушка. Парень улыбнулся и протянул ей гвоздики. Девушка засветилась изнутри и вся потянулась к парню. Усталость, которую она несла на своих плечах, оставила ее. «Понимаешь, мадам Тэтчер сказала слово, приятное для наших ушей. А телетайп отстучал это только в начале десятого. Пока набрали, пока отматрицировали! Я еще рано кончила».

Он обнял ее и спросил: «Где наша машина?» Он имел в виду служебную машину, развозящую дежурных.

– Поехала зарабатывать денежку.

– Ну, давай тогда пехом.

«Счастливо вам!» – подумал Константин, глядя им вслед. Хотелось спать. Он вновь пересек улицу и оказался у фонтана. Белые струи с шумом низвергались в черный бассейн. Прожекторы загорались попеременно красные, синие, желтые, зеленые. А что, колоритно! Еще час назад тут было людно, а теперь – редкие полуночники. Девушка в белом идет навстречу. Поравнялись, и она выразительно на него посмотрела и прошла мимо. На него дохнуло чужим одиночеством, горьким, но и вызывающим, и ему стало неуютно. Он обошел вокруг фонтана и опять столкнулся с девушкой в белом.

– Здравствуй, Юра! – вдруг сказала она, остановилась и выжидательно на него посмотрела. Он опешил, однако ответил тотчас же: «Здравствуй, Тома!»

– Я не Тома, я Рая.

– Здравствуй, Рая!

– Ты сегодня скучный, Юра. Ты устал?

– Зови меня лучше Костей. Так мне привычнее.

– Вот и познакомились! – сказала Рая с удовлетворением.

– Я сегодня скучный, но ты меня развеселила. Раззадорила прямо.

Лицо девушки приняло новое выражение. Трудность завязки разговора осталась позади, и она почувствовала облегчение. Ведь этот Костя мог не так ее понять и нахамить.

Костя посмотрел на нее иначе, под новым ракурсом. На ней можно было задержать взгляд. Правда, девица была не лучше тех, кого он любил в разное время, не лучше. «Приключение на один вечер – забавно!» – подумал он и увидел, что не загорелся. Легкие знакомства были не по его части.

– Пошли со мной! – пригласила девушка.

– А куда, ненаглядная?

Вопрос обидел ее, она недоуменно подняла глаза. Не задавай вопросов, которые не принято задавать, говорил ее укоризненный взгляд. И вообще не надо ничего лишнего. Все должно быть просто – ты и я, а все сложное и неясное каждый пусть оставляет себе. Ибо не дело перекладывать на ближнего свою горькую душевную ношу. Он посмотрел вглубь себя и увидел испуг. Этот испуг нельзя было выразить как-то однозначно.

– Куда же мы пойдем? – повторил он вопрос.

– Давай заглянем в бар. Возьми меня под руку.

Костя подчинился.

– А ты, должно быть, солидный человек. Даже вечером не расстаешься с портфелем.

Он засмеялся и сжал ее ладонь.

Бар тонул в сизом табачном мареве. Мужчины сидели на высоких табуретах с девушками, похожими на Раю. Но были и одиночки. На ярком свету Рая несколько блекла, несколько проигрывала. Веснушки, худоба, легко угадываемая неустроенность быта и муторность душевная, хроническая. К тому же, она пользовалась не лучшей косметикой и слишком на нее налегала. Костя подождал, пока она взгромоздится на высокий табурет, и обрадовался, что на них не обратили внимания.

– Ты кто? – спросил он.

– Я Рая.

– Это я уже знаю.

– Разве тебе этого мало?

– Два коньяка и плитку шоколада! – заказал он.

– Тебе не нужны деньги? – спросила она. Он не был готов к этому вопросу и покраснел, он целиком полагался на свои финансовые возможности, пока еще не подточенные, а она улыбнулась торжествующе, как будто уличила его в недозволенном. – Ты не стесняйся, ладно? Я не из тех, за кого положено платить!

Коньяк они пили полчаса, почти не разговаривая. Ведь оба никуда не торопились. Теперь Рая порозовела и смотрелась много лучше. Костя разглядел всех, кто был в баре. Две или три девушки были посимпатичнее Раи, а одна была очень хороша, и он задерживал на ней взгляд подолгу.

– Не смотри на нее так! – сказала Рая. – Подумаешь, цаца!

– Еще выпьешь? – предложил он.

– Не знаю. Подожди. Ты такой далекий, и продолжаешь оставаться далеким. Ты, наверное, живешь одной работой. А я живу после работы. На работе я не напрягаюсь. Мне не платят столько, чтобы я напрягалась.

Он не ответил. Подумал, что каждый человек – загадка, и эта Рая – тоже. Она же просила не думать ни о чем сложном, еще подумал он. Так лучше.

– Так кто же ты? – опять спросил он.

– Кассир в банке, если тебе это интересно. Вокруг меня полно денег, но они плохо пахнут. Знаешь, деньги имеют свойство дурно пахнуть, когда их много. У меня бывает так, что весь угол моей комнаты завален деньгами. Вот тогда впору надеть противогаз! Какие еще из анкетных данных тебе сообщить? Не замужем, не привлекалась. Везде одни «не»!

– Тебе очень тоскливо в твоем банке?

– Ну, ты даешь! – Защищаясь, она становилась вульгарной. – Нашел, о чем говорить. Зачем тебе это? Тебе это не нужно. Оставь мне мои дела, а себе – свои. Чужого вообще при первом знакомстве трогать не полагается. Разве тебе не внушили это в нежные детские годы?

«А мне показалось, что она шлюха, – подумал Костя. – Она же просто несчастна и одинока».

– Извини, я не подумал.

– Напротив, ты много думаешь, и это часто тебя подводит.

Ему стало неуютно. Она видела его лучше, чем он ее. И она, при ее стремлении к простым отношениям, была совсем не простым человеком. Но все непростое в себе она предпочитала не выставлять напоказ. И правильно: чем оно глубже, тем лучше.

– Потанцуем? – предложила она.

Они потанцевали на крошечном пятачке, причем он продемонстрировал больше неловкости, нежели ожидал.

– Ты отвык! – сказала она. – Давай сядем.

Они вернулись к стойке бара. И Костя заказал шампанского. Разговора все еще не получалось. Не ночевать же на улице, подумал он и посмотрел на Раю. У нее были синие глаза, и в них поблескивал оттенок превосходства. В нем пробудился страх. Он мог влюбиться, это и было страшно. В который раз надо было усмирять живую плоть, сдерживаться и отъединяться.

Они вышли далеко за полночь. Приятная прохлада окружала их.

– Теперь куда? – поинтересовался он.

– К тебе, – сказала она просто.

Он улыбнулся и ответил: «Так я приезжий, и в гостинице, как видишь, мне отказали. Ко мне – это значит, на какую-нибудь из скамеек. Они все сейчас пустые».

– Тогда ко мне!

«Вот как это просто! – подумал он. – Не надо задавать себе лишних вопросов, и не надо вспоминать близких, а надо идти, и все».

– Я, знаешь, не готов. Не могу!

– Чепуха! – Все в ней напряглось, и она уже хотела была прикрикнуть на него.

– Я, понимаешь, не совсем здоров, – солгал он и даже заикнулся для убедительности.

Она подумала о плохом и инстинктивно отстранилась. В какое-то мгновение она стала старше и некрасивее. Ее взгляд выплеснул глухую, давнюю боль. Она ничего не сказала, высвободила свою руку и пошла прочь. В том, как она шла, не оборачиваясь, была обида, из тех, которые не прощают. «На себя обижайся!» – подумал он со странной, необъяснимой злостью. Но злился он не на нее, а на себя. Как только он это подумал, она оглянулась и зло бросила в ночь: «Чистюля!» Он подумал, что теперь придет облегчение, но облегчения не было, а появилось чувство утраты. А ведь он был не прочь пойти с ней, надо было только превзойти что-то в себе, что мешало этому.

Он погулял еще минут двадцать, униженный, опустошенный. Что ему, собственно, стоило позвонить и забронировать номер? Завтра будет тяжелая голова. И когда у нас кончится бардак в сфере обслуживания, спросил он себя. Чего захотел! За сервис платить надо, как и вообще за все хорошее. А когда платишь рубль за коечку, тебе и сервиса отваливают ровно на рубль. Он опять ощутил сожаление. Надо было пойти с этой Раечкой. И не задавать себе ненужных вопросов.

Прошла милицейская машина. Остановилась, вобрала в свое чрево пьяного, двинулась дальше. Потом пробежало зеленоглазое такси. Хотелось спать. Лечь на скамейку? Неприлично. А, ерунда. Милицейская машина сделала круг и вернулась. Кого-то выудили прямо из ресторана. «Вытрезвитель! – Константин вспомнил свои репортерские дежурства в этом бесхитростном заведении. – Вот где найдется для меня постель!»

Милицейская машина поравнялась с ним, и он поднял руку.

– Сам просится! – удивился сержант. – Да ты не сильно пьян, ступай себе!

– Нет, позвольте!

– Чудеса! Как в такси садятся.

Сержант нехотя покинул кабину и отпер дверь фургона. На Костю пахнуло вонищей и перегаром. Он ткнулся в одно безвольное тело, в другое. Примостился на скамье. И кто-то цепко обнял его. «Друг, у тебя есть с собой? У тебя нет? Тогда ты не друг».

Машина повезла безвольный человеческий груз навстречу тяжкому завтрашнему пробуждению. Ехали долго. Одни клиенты вышли сами, другие выползли. Ко всему привыкший лейтенант занялся сортировкой. «Хорошо, баб нет, – сказал он. – С ними, суками, столько возни, и наглые они очень. Горластые».

– Этот сам напросился! – Сержант показал на Константина.

– Разберемся.

Лейтенант остановил на Косте серые буравчики глаз. Минут двадцать он заполнял протоколы, но не на Константина: фамилия, место работы, адрес. Алкашей облачали в безликие пижамы и уводили в камеры. Чем меньше их оставалось в комнате, тем легче становилось дышать.

– Что ты за птица? – Наметанные глаза лейтенанта немигающе уставились на Константина. «Усталость и равнодушие», - отметил он.

– Дозвольте у вас переночевать. – Костя протянул офицеру свое удостоверение. – У себя я часто дежурил в вытрезвителе, от газеты. Знаю, что у вас всегда найдется свободная койка. Про ваши гостиницы этого не скажешь. Для меня в ваших гостиницах места не нашлось. Не откажите в любезности!

Лейтенант не сразу вник, пришлось повторить просьбу. Наверное, в его практике это был первый случай. Он подумал, маска официальной холодности слетела с его лица, и он вернул удостоверение Косте. Впервые за вечер оно возымело действие.

– Ужинать будете? – вдруг спросил лейтенант и улыбнулся Косте, как своему.

– Благодарю. Время-то ближе к завтраку.

– Сержант Касымов! Проводи гостя в крайнюю камеру. Проверь белье! Смежную камеру не занимай, еще буйный клиент попадется. Этот товарищ уважает нашу работу. И мы его уважим, раз больше некому. Эх-ма, вот приключение!

Эта комната оказалась ничуть не хуже гостиничного номера, но сны в ней почему-то не снились. Ни одного сна не приснилось Константину за оставшийся короткий отрезок ночи. Наверное, сны не снились ему по той причине, что он слишком поздно лег спать.

На следующий день, конечно, все его проблемы были решены и отпали сами собой.

ЛИСТЬЯ КРУЖАТСЯ

Уже несколько дней Олечка Андреева жила, снедаемая нездоровой, прорастающей изнутри тревогой. Сначала это было что-то неосознанное, смутное и неприятное, как медленно развивающаяся болезнь. Потом она увидела, что это подозрение, даже больше: ревность. Она испугалась и приказала себе выбросить это из головы, потому что ничего, решительно ничего нет и быть не может, и она не вправе быть такой несправедливой к мужу. Но приказ оказал действие обратное. Подозрение почти мгновенно превратилось в уверенность, свет померк, и жить стало тяжело. Про соперницу, однако, ей было ничего не известно. Она попробовала понять, как к ней пришло подозрение. Но важно было не то, как появилось это странное и громкое чувство, а то, что оно уже пустило прочные корни, уже руководило ее поступками. И тут она ничего не могла с собой поделать.

С некоторых, недавних пор в поведении мужа обнаружилась непонятная холодность, даже отчужденность. Первое, что пришло Олечке в голову, было: его увлекла другая женщина. Ни о каком спокойствии уже не могло быть речи. Наблюдая за ним, она видела, что его отношение к ней почти не изменилось, но переломилось что-то в нем самом. Он сделался задумчивым, его душа была где-то далеко и, наверное, с кем-то. Спросив его о чем-нибудь простом, Олечка подолгу ждала ответа. Потом, увидев ее ожидающий взгляд, он переспрашивал: «Ты что-то сказала?» Она удивленно повторяла вопрос, и он спешно возвращался на землю. С розовых своих облаков возвращался! И он стал, против лета, на час позже приезжать с работы. Что-то новое и чужое обволакивало его, становилось между ним и ею. Замешательство, однако, быстро сменилось потребностью действовать. Да, она должна знать все, что бы это «все» в себя ни включало, неясность всего несноснее.

И Олечка решилась.

Она взяла такси и стала ждать у проходной завода, где муж работал мастером. Он выехал на мотоцикле после пяти. У нее гулко зачастило сердце, но она твердо сказала водителю: «Пожалуйста, держитесь за этим парнем!»

Так стыдно ей не было никогда, стыд жег и мучил, вдавливая в мягкое сидение. Но сильнее стыда была мысль, что она должна все знать о своем муже. На водителя она не смотрела. Волнение ее еще усилилось, когда муж проехал поворот к дому. Вскоре они вырвались на загородное шоссе. Была осень. Но Олечка не замечала молчаливого очарования осени, не замечала желтые, оранжевые и темно-коричневые факелы деревьев, заслоняющие далекие горы, такие четкие в чистом и все еще теплом воздухе. Все эти красивости сейчас существовали отдельно от нее, а внутри нее горел факел, синий и шумный. Она думала, что вот он какой, скрытный, нечестный, что раньше такого она за ним не замечала. Но то, что раньше ничего подобного не было, не оправдание. Ну, сказал бы прямо, что у него есть другая женщина. Она бы поняла, хотя и не простила бы. А он так, исподтишка. Тихой сапой! Ей было очень не по себе. Но, представляя его с другой женщиной, которую воображение наделяло красотой и изощренным коварством, она делала себе еще больнее, жалея себя и говоря себе, что она не заслужила всего этого, не заслужила, не заслужила.

А он мчался вперед безоглядно, и теплый ветер вытягивал за ним в прямую линию красный конец кашне. Вот и город кончился – они пересекли кольцевую дорогу, и вскоре должен был начаться Казахстан. У пылающего леса он затормозил и смело повернул прямо в чащу. Олечка, красная от возбуждения, сунула водителю смятую трешку, пробормотала «спасибо» и, хлопнув дверцей, вбежала в светлый, благоухающий осенью лес. Водитель что-то прокричал ей вдогонку, смешное и хлесткое, – она не расслышала. Муж ехал медленно, лавируя между деревьями, и она почти поспевала за ним. Торопясь, тяжело дыша, она все же заметила, что это не лес, что деревья намеренно загущены и стоят правильными, стройными рядами.

Проехав метров двести, он остановился, прислонил мотоцикл к дереву и, не оглядываясь и чувствуя себя в полном одиночестве, встал подле молодого тополя. Тонкое деревце вздрогнуло и уронило несколько листьев, желтых-желтых. Тут Олечка увидела, что вокруг необыкновенная тишина, так не вяжущаяся с соседством большого города, и что стоит она не на голой земле, а на слое листьев, в котором утопает стопа и который шуршит от малейшего движения. Поняла, что нельзя шевелиться. А в его поведении было что-то очень спокойное, умиротворенное, счастливое. И она подумала, что так не ждут близкую женщину. Как только Олечка это подумала, наступила раскованность. Но было неясно, что же, в таком случае, привело его сюда.

Это было пока непонятно и казалось ей странным. А он стоял к ней боком и ловил чистый воздух широко раскрытым, улыбающимся ртом. По всей пылающей чаще медленно падали листья. Их плавное скольжение в загустевшем воздухе было привораживающим. Их неожиданные зигзаги. Это был танец осени, танец падающих листьев. И Олечка поняла, что его удивило вот это богатство красок, запахов увядания, тишины. Этот праздник осени, яркий необыкновенно. Она вдруг все поняла. Ему нужно было вот это краткое, но всегда долгожданное единение с природой. Он отдыхал здесь, и отдыхал полнее, чем мог отдохнуть с ней дома. Еще он здесь воодушевлялся. Она же думала…

Новая волна стыда опалила ей щеки. Ей захотелось уйти, провалиться, наконец, сквозь землю, раствориться в теплом, спокойном воздухе. Но только не попасться ему на глаза. Нельзя было даже пошевелиться. Одно неловкое движение, хрустят листья, он оборачивается, и…

Олечка знала, что он не обрадуется. А он вдруг нагнулся, схватил пригоршню листьев и швырнул вверх. И встал под этот шуршащий дождь. Потом снова нагнулся и швырнул вверх еще одну пригоршню листьев. Пробежал несколько шагов, повалился на листья, сделал мальчишеский кувырок через голову и снова бросил вверх листья. Он был совсем один, и он был счастлив. Олечка поняла, что в чем-то очень важном у них так и не наступило единения, мимо чего-то очень важного в его настроении она прошла и не откликнулась, не обратила внимания. Иначе теперь ей не пришлось бы таиться, и она с удовольствием проделала бы вместе с ним все то, что он сейчас делал один.

Он вдруг затряс тонкое дерево и, когда на него полился шуршащий золотой поток, отскочил в сторону, откинул голову назад и стал смотреть. Он словно впитывал в себя все это. Потом что-то изменилось в его лице, воодушевление погасло, и он, уже сосредоточенный, подошел к мотоциклу, завел его и уехал не оглядываясь. Ей же было хорошо, что он не увидел ее, не стал свидетелем ее позора. «Так я могу потерять его, – подумала она. – Не сейчас, когда-нибудь. Я считала себя любящей, заботливой женой, а я дура недоделанная! Боже мой, какая же я слепая!»

Воздух вздрогнул над ее головой, и она сняла с волос легкий сухой лист, скрюченный, золотисто-желтый, испещренный волнистыми прожилками. Лист был как лист, но она смотрела на него долго-долго. А потом сунула в кармашек жакета – на память. Засмеялась и заспешила в сторону шоссе. Ей было необыкновенно хорошо, спокойно. И, главное, теперь она знала, как ей быть дальше

УЛИЦА КАРЛА МАРКСА В ЛУЧАХ ЗАКАТНОГО СОЛНЦА

Это самая людная, самая притягательная улица нашего Ташкента. На ней растут самые высокие дубы, кроны которых источают неумолчный зеленый шорох и гомон воробьев. Они посажены первыми русскими, которые здесь поселились. Ничего особенного нет на этой улице, ни памятников старины глубокой – ими вообще не богат Ташкент, ни масштабных зданий, на архитектурный изыск которых приятно положить глаз.

Десяток магазинов, фотоателье, закусочные, толстостенный кинотеатр с тумбами под минареты по углам, а далее – толстостенный универмаг с глубокими подвалами, вымахавший аж в два этажа. Лишь в начале ее прячется в тени дубов экзотический, словно сложенный из кубиков ловким мальчиком дворец пионеров – бывшая резиденция генерал-губернатора Туркестанского края. Витийство превосходных каменщиков: коричневый фирменный кирпич, башенки, парадная лестница, стрельчатые окна с цветными стеклами. Фонтан в большом тенистом дворе.

На этот терем-теремок приятно смотреть, а больше смотреть здесь особенно не на что. Но сюда, на эту улицу, давно уже валом валит молодежь. Молодые люди здесь любят бывать, так повелось: и друг на друга смотрят, и себя показывают. Одно время я даже думал, что так будет всегда. Последнее, но это уже взгляд из будущего – почему-то не исполнилось. Через треть века эта улица стала уже совсем, совсем не такая. А не такой она станет потому, что молодежи на ней делать будет нечего.

У меня выдался свободный вечер. Я вспомнил, что давно не бывал на славной улице, названной именем основоположника марксизма, и меня потянуло. Бывает так: человека словно подталкивает в спину, и он загорается сделать то, о чем только что подумал, хотя это уже и не надо ему, и не солидно, и просто вредно для тех неотложных дел, которых всегда предостаточно. И вот я сошел с трамвая и стою под столетним дубом, посаженным моим далеким предком, который пешком пришел в этот диковинный край вслед за солдатами Скобелева, Черняева, Кауфмана, движимый изумлением перед другой жизнью, на его жизнь совсем не похожую. Стою и вдыхаю неумолчное, мятежное колыхание листьев, и смотрю, смотрю с неожиданной и непонятной жадностью на улицу и людской поток, которому мало широких тротуаров и который привычно выплеснулся на самую середину проспекта, кстати, давно закрытого для автомобилей.

Я снова открываю молодость. Я вижу ищущих и, вслушиваясь в себя, вновь ощущаю беспокойство, глубоко спрятанное, но все еще имеющее быть. И чувствую, как растет во мне потребность в других делах, несколько отличных от тех, которыми я занимаюсь каждодневно и которые почти нравятся мне, хотя и не заглушают мечты о большем. Эх, вознестись бы над обыденностью, эх, попарить бы, заглянуть в Горние высоты и дальше, дальше. Но как, но как? А юность обтекает меня яркими человеческими особями с чертами Азии и Европы на молодых, улыбчивых, добрых лицах. Юность занята собой, и ничего другого ей не надо.

Вот стайка девочек, воплощение непосредственности. Любопытство, журчание смеха, эмоции протеста и одобрения, и снова смех, веселый и чистый, с оттенками озорства. Какие, однако, рослые! Прямо завтрашние баскетболистки. Наши сверстницы, которых мы провожали после школьных вечеров и которые теперь – мамы этих юных подростков, были на голову ниже и умели скрывать свою непосредственность под манерами примерного прилежания и отличного поведения.

Стайка плотвы, думаю я. И сознаю, что думаю банально. Платья, как у взрослых, улыбки и смех – нет, извините! Улыбки и смех свои, шестнадцатилетние. Восторг прячется под напускной взрослостью. Глаза скорее мечтательные, чем ищущие. То, что вокруг, близкое и далекое, им пока интереснее того, что внутри них. Неясность желаний сильнее случившегося сегодня. Эти девочки – напоминание о том, что было двадцать лет назад. В них уже рождается что-то смутное, влекущее сюда, на эту самую престижную улицу города, где много мальчиков их возраста и старше. Им интересно оглядываться на этих мальчиков и шептаться о них, но они просто оглядываются, не связывая себя с ними, и вообще все это просто, очень просто, лишь на этот час, на эту минуту, без мысли, которая потом возвратится и начнет будоражить.

Их слышно далеко, и в памяти остается: «Ах, какой профиль, прелесть, прелесть! А Натка Кручинская опять взлетела, ей кинули десять баллов за упражнение на брусьях. А этот, твой, воображала, мнит, ой, мнит! А нам биологичка рассказывала, что в Италии вырастили искусственного младенца, в колбе, без мамы и папы. Вот уж что совершенно ни к чему, а, девоньки? А мы тогда для чего? Или кому-то это нужно?»

Этому сладкому щебету нет начала и нет конца. И это красиво, как всякое чистое душевное движение, ждущее продолжения. Милые девочки! Вы счастливы тем, что все, чем вы несмело и наивно сейчас восхищаетесь, у вас впереди. Но вы уже заражены, взбудоражены нетерпением, и вам уже недостаточно простого ожидания того, что впереди, вам хочется, чтобы оно пришло быстрее, чтобы поднялись крутые волны и сверкнула радуга, чтобы все неясное, что начинает тесниться в груди, обрело облик и плоть, имя и продолжение. Кстати, не потому ли в нашей жизни так велика роль приманки-обещания: «Продолжение следует?» Не потому ли так крепка вера в светлый завтрашний день, до которого и завтра дистанция будет такая же большая, какая и сегодня?

Веселая, озорная, но совсем не беззаботная стайка. Их веселость уже манит, смех обжигает. Пока это репетиция, но она полна томления, которое позже не позволит спокойно заснуть, а заставит прокрутить тысячу и один вариант продолжения.

А вот мальчики. Им тоже по шестнадцать. Подчеркнутая аккуратность недорогой одежды, подчеркнутая упорядоченность разностильных причесок, подчеркнутая независимость суждений. Они хотя и постреливают горячими глазами в своих сверстниц, но их на время увлекло другое, и один говорит про всепогодный истребитель с изменяющейся геометрией крыла, с шестью ракетами под фюзеляжем, на котором летает его брат и которому перейти на сверхзвуковую так же просто, как водителю переключить скорость с третьей на четвертую. Второй, не слушая, вспоминает недавний поход в горы, как там все было здорово и как они дали по мозгам, одолели перевал, несмотря на снег и потерю тропы. Третий, не слушая, говорит о вчерашнем фильме – за этим, который шпион, гонятся двое и собака, но он отшибает собаке нюх специальной жидкостью, наводит преследователей на ложный след, спасается и пакостит еще и еще, и тогда наш, самый главный, который видит на много ходов вперед, сначала вычисляет шпиона, потом выслеживает его, остается с ним один на один, они бьются смертным боем так, что от обоих летят клочья, и…

А четвертый погружен в себя и думает, думает, думает. Точнее, воображает. Где он парит, каких лиловых высот достиг и на какие высоты метит? Куда пристает его звездолет? И кто та девушка, которая царит в его воображении? Он еще не знает, какую добрую службу сослужит ему эта окрыленность. Но он видит впереди необъятный простор, он покорен им, и хочет постичь его…

Две подружки постарше чинны, степенны, им вроде и дела нет ни до кого на этой заполненной молодежью улице. Но за какое-нибудь мгновение они обязательно рассмотрят и меня, и вас, идете ли вы им навстречу или стоите у обочины, и, переглянувшись, составят обо мне и о вас вполне исчерпывающее мнение, совсем не скороспелое, и улыбнутся или хмыкнут и носики наморщат, в зависимости от впечатления. И такой строгой оценке подвергнется каждый встречный, идет ли он один или с девушкой. Если же вы идете с товарищем, они позволят себе оглянуться, но не задержат шага. Подумают: «Интересно ведь этим ходить вот так, сам на сам! Нам, например, совсем неинтересно!»

Они хороши собой, знают это и вышли, чтобы показать, как они хороши. А, вообще, им ничего такого не надо и ничего такого не хочется. Им хочется только подышать вечерним беспокойным воздухом, посмотреть, как пронзает листья розовое закатное солнце, как оно развешивает на ветвях радужные ореолы, а потом скушать в сквере порцию мороженого, лучше сорта «пломбир», но можно и «эскимо», а потом пойти в кино или домой, или туда, где их будут ждать, чтобы проводить в кино или домой.

Проходит парень в очках. Один. Худой, смуглый, взъерошенный, от привычных забот отъединенный. Студент-отличник или поэт? Девушки хмыкают и не оглядываются. Если у всех будут проблемы, и все будут приходить с ними даже сюда, на этот парад юности – наглость-то какая неслыханная! – кто же тогда посмотрит на них, девчат, пришедших сюда затем, чтобы на них смотрели?

Потом идут он и она. Смущенные, важные, медленные. Он еще не взял ее под руку, он не знает, как решиться, и мысль, что сейчас он сделает это, будоражит его. Но время от времени их плечи соприкасаются, конечно, случайно, и тогда их щеки наливаются румянцем, речь обрывается, а сердца стучат гулко и часто, но пока еще не в унисон. Она совсем не манерна. Он видит только ее, она это прекрасно чувствует, и им, собственно, уже нечего делать в этой веселой толчее. Но они не догадываются свернуть в тихий переулок или завладеть одной из массивных скамеек на сквере с глыбообразным, из красного мрамора, памятником Карлу Марксу. Я им завидую – по привычке. Потому что таких дней у каждого совсем немного. Потому что скоро эти пронзительно светлые дни вытеснят обыденные заботы, которыми так богата проза жизни.

А эти двое идут и молчат. Рука в руке, размеренный прогулочный шаг. Они уже вместе. Все, что им надо было сказать, сказано тем вечером и той ночью, и его губы хранят вкус ее губ, горячих, жаждущих повторения. Ее талия хранит жар его рук. Это уже семья. Ее лицо безмятежно, его – торжественно. Он рад, что она рядом, ему нравится ее точеный профиль, ее янтарная просвечиваемая солнцем челка, ее улыбка, и взгляд, и вся она, такая ладная и молодая, конечно, самая лучшая на этой улице, и нравится то, что она с ним и будет с ним всегда, как он того и хочет. На них я смотрю солидарно. Вспоминаю, так ли это было у меня. А, вспомнив, теряю охоту сравнивать. Примерно так. Или совсем не так, но примерно так.

А это что за феномен? Сначала идет она. И как будто одна остается на широком тротуаре, так всех затмевает. Вы знаете, какой должна быть она, вы даже не напрягаете память. Вы это знаете всегда. Увидев ее, вы задышали глубже, вы жадно смотрите вслед, чтобы остановить или хотя бы запомнить мгновение. Но грустно знаете, что ничего не остановите, и самое большее, что вам разрешено, это запомнить момент. Она скорее воображение, не человек и, конечно, не женщина; она рождена вашим зачастившим сердцем, когда вы в минуту приподнятости и окрыленности оторвались-таки от матушки-земли и воспарили над обыденностью. Но ее каблучки звонки, она торопится: она, вроде бы, ничего здесь не потеряла и ничего не ищет, но какая-то настороженность в виде призрачного шлейфа тянется и за ней.

Да, она ничего здесь не потеряла и не ищет, но следом, спрятавшись за кого-нибудь и сдерживая дыхание, идет он. Парень в ослепительно белой сорочке и черных, с острым швом, брюках. Он видит только ее и мысленно разговаривает с ней, и она, тоже мысленно, отвечает, и ему этого пока достаточно. Он не осмеливается подойти, даже приблизиться, это было бы кощунством, ибо он подвел под ее образ очень высокий пьедестал. Он как на зыбком гребне волны, лучше не бывает.

Он не уверен, что она знает о нем, а она, представьте себе, знает. Ей неловко, приятно и неловко. Но что она знает твердо, так это то, что достойна поклонения. Она и сама поклоняется себе, единственной и неповторимой в этом мире, но это не может быть пороком. Еще она знает, что его преследование может надоесть, ведь это мешает оставаться наедине с собой, единственной и неповторимой. И потому скользящему за ней на цыпочках юноше сегодня не будет выказано поощрения. Чтобы не возомнил. Разве что завтра, нет, послезавтра, когда она убедится в серьезности его намерений…

Знакомо, даже очень. Все это очень стародавнее, но вечное. Я говорю себе, что это забыто, что этого и не было никогда. Я говорю себе это, но все равно в следующую секунду больно щемит в груди от нарастающего протеста. И я иду за ней. Она прекрасна, но она уходит, а я хочу видеть ее как можно дольше.

Я тоже иду на почтительном расстоянии, рядом с бледным юношей, для которого, кроме нее, никого нет на этом широком, шикарном проспекте. Я иду и медленно вбираю, впитываю ее в себя. Запоминаю, запоминаю, запоминаю.

Потом был трамвай. Этот стеснительный мальчик все-таки сел в другой вагон, рядом с ней ему было слишком горячо. А я поехал вместе с ней, меня она не могла ни в чем заподозрить. Я ехал, смотрел на нее и думал, где же граница, за которой красота человеческая перестает принадлежать одному человеку и становится всеобщим достоянием, как национальное богатство, государством почему-то не охраняемое, и есть ли эта граница вообще, и надо ли на нее реагировать, а если надо, то как?

Кто-то из молодых вдруг зарделся, поднялся и уступил красавице место. Почтительно он это проделал – его родители, если бы увидели это, остались премного довольны. Я же стоял и смотрел, ибо такое случалось не часто. Потом, проехав две лишних остановки, заставил себя выйти.

Было неспокойно, неуютно близ сердца. И было непередаваемо хорошо. Легкокрылость пришла ко мне, давно забытая. Я знал: это скоро пройдет. Еще я знал, что это непременно повторится, но вот когда и где? И надо ли, чтобы это повторилось как можно скорее?

НОЧНЫЕ МЫСЛИ

I

Теперь мои ночи далеко не полностью посвящались сну. Каждую ночь я два-три часа бодрствовал, лежал с закрытыми глазами. Призывал сон, а он не шел – вел себя, как строптивый ребенок. Зато мысли сами собой растекались по древу, и иногда это было очень даже интересно. Древо жизни предо мной все еще было большое. Я лежал, а за окном раздавалось неумолчное «ци-ци-ци». Это цикады давали свой концерт. Днем я не мог разглядеть этих насекомых, сколько ни пытался их обнаружить. Ночью же их хор был громок и неумолчен.

Вдруг лермонтовские слова раздались во мне, проникновенности необыкновенной:

> *Выхожу один я на дорогу,*
> *Сквозь туман кремнистый путь блестит.*
> *Ночь тиха, пустыня внемлет Богу,*
> *И звезда с звездою говорит.*
> *В небесах торжественно и чудно,*
> *Спит земля в сияньи голубом.*
> *Что же мне так больно и так трудно...*

«И звезда с звездою говорит» - это предел возможного, это необходимо подслушать. Я подумал, что в русской поэзии нет стихотворения лучше этого, но тотчас поставил рядом вечные есенинские строчки: «Не жалею, не зову, не плачу. Все пройдет, как с белых яблонь дым. Увяданья золотом охваченный, я не буду больше молодым». По философской глубине они хорошо перекликались с гениальным лермонтовским словом.

Судьба Лермонтова прошла передо мной, и судьба Есенина. Одному гению выпало прожить двадцать восемь лет, второму – тридцать. Я подумал, как расширились бы пределы российской поэзии, если бы Пушкин, Лермонтов, Есенин прожили хотя бы на двадцать лет больше. Ну, на десять лет больше. Чтобы их уход из жизни был естественным, не трагическим. Да, шедеврам типа «Буря мглою землю кроет», «Белеет парус одинокий» или «Ты жива еще, моя старушка» не было бы числа. Но не берегла, не лелеяла, не холила Россия лучших своих сыновей. А потом делала показной вздох сожаления: «Надо же! И это мы не уберегли!». Россия в упор не разумела, что гении – не от мира сего, что за ними требуется догляд заботливый, непрерывный, материнско-отеческий.

«Ци-ци-ци!» - резвились цикады. Я стремительно удалился в мыслях от земли и стал думать о Мироздании. Земля, конечно, была облагодетельствована Создателем, удалившим ее на оптимальное расстояние от Солнца. Ближе или дальше было бы только хуже. Великое многообразие жизни – это данность, которой мы гордимся, это замечательно. Далее простиралась наша галактика, в ней астрономы насчитали 240 миллиардов звезд (плюс-минус десяток миллиардов звезд в ту или иную сторону значения не имело). Среди такой массы звезд можно предположить сколько угодно планет, аналогичных нашей матушке-земле, и сколько угодно цивилизаций сродни человеческой и много выше. Тогда где контакты, где общение? Их пока не было. На Луне человек побывал – почти полвека назад. Это оказалось умопомрачительно дорого. Поэтому Марс пока посещали только герои наших писателей-фантастов. Им небесные просторы сродни земным, им и до туманности Андромеды ничего не стоит добраться: протянул руку, и она твоя.

Да, человек и космос несовместимы, человеку везде подавай условия, близкие к земным. Робот и космос совсем другое дело. Роботу космос такой же дом родной, как и Земля. Кислород, вода, пища, температурные условия лимитируют человека, но не робота. Робот, который может все, и человек, который в этом случае отодвигается на второй план – эта перспектива мало приятна для человека. Но она казалась мне неотвратимой. Я не сомневался, что роботы через сто, через двести лет создадут свою цивилизацию и быстро освоят планеты солнечной системы. Человек-первопроходец уходил в прошлое, и очень быстро. Вселенная же задавала и задавала загадки, и чем дальше, тем больше. Сто миллиардов галактик по сто миллиардов звезд в каждой – ни вообразить, ни осмыслить такое пространство не представлялось возможным. Плюс черные дыры, поглощающие материю в неограниченном количестве и безвозвратно. Плюс что еще? Неведомого в Мироздании было необыкновенно много. Неведомое в Мирозданиии было такого же объема, как и его черные дыры.

Ждала ли Вселенная прихода вселенского разума? А что это такое? Как что? Задача вселенского разума – гармонизация Вселенной. В конкретной части солнечной системы, где лежит орбита Земли, эта задача решена наилучшим образом, а дальше, дальше? Рука человека так далеко не простиралась. Но разве земная гармония – дело его рук? Никоим образом, он только-только подключился к этому процессу. Сам человек есть следствие земной гармонии. Я подумал о Создателе. Я думал о Нем долго, но не увидел ничего конкретного.

II

Была другая ночь, и мысль моя перекинулась на ушедших. Людей, близких мне и дорогих, которые, увы, уже стояли по ту сторону жизни, было, оказывается, невообразимо много. Первые в моей жизни похороны – это проводы в последний путь отца моего однокашника Валентина Хадикова. Он был военный летчик, его самолет немцы сбили над Черным морем, и десять часов пребывания в холодной воде обернулись гнойным плевритом легких. Четыре года он противился болезни, а потом она поставила точку на его судьбе. И почти тогда же (я учился в четвертом классе) мой сосед Алик, пятиклассник, поднял с земли алюминиевый провод. А он был под напряжением. Алик затрясся и погиб, а я на всю жизнь запомнил, что к голым проводам прикасаться не следует (кстати, в Штатах все провода низовой распределительной сети покрыты изоляцией, и напряжение, на них подаваемое, вдвое ниже, чем было в Советском Союзе – такое напряжение не убивает).

Сразу после окончания школы повесился золотой медалист из параллельного класса Анатолий Водолазов. Это был крепкий, красивый парень всегда себе на уме. Что толкнуло его на шаг столь необычный, осталось загадкой. Затем такая же трагедия произошла в нашей институтской группе. Наложила на себя руки девушка из семьи очень неблагополучной – ей предстояло перейти жить в семью вполне благополучную. Контраст был очень велик, она не сумела свети концы с концами.

В нашем дворе на улице Буденного жила семья Ладыгиных, очень интеллигентная. Их сын Леонид (в нашем дворе его звали Ленчик-пончик, за излишнюю полноту) кончил военно-медицинскую академию и вскоре умер, от почечной недостаточности. Он был лет на семь старше меня. Когда я зажил самостоятельной жизнью, покидать этот мир начали члены моей семьи. У моей бабушки Марии Мартыновны было девять детей. С тремя ее сыновьями советское время обошлось жестко – оно вычеркнуло их из числа живых походя, как не рабоче-крестьянский элемент. Один дядя Алоизий, прекрасный хирург, умер своей смертью в начале шестидесятых годов. Тогда же умерла от сердечной недостаточности тетя Саша, жившая с нами. Она была человек добрейшей души, но счастье обошло ее стороной. Ни у дяди Алоиза, ни у тети Саши детей не было. В девяносто восемь лет ушла из жизни и бабушка, великая труженица. В девяносто лет она упала, зацепившись за щербатинку в полу, сломала шейку бедренной кости и с тех пор не вставала. Она легла в землю на Боткинском кладбище рядом с тетей Сашей.

В начале восьмидесятых годов ушел из жизни отец, за ним вскоре последовала мать, страшно без него тосковавшая. Последней из достойного поколения ушла из жизни Муся, она была двумя годами старше матери. Ее сын Юрий счеты с жизнью кончил раньше, обдав ее холодной волной горя. Мы с сестрой Ольгой остались одни. Потом ушла Дина, первая моя жена. Ушли старшие братья моей жены Валентины. Они были совсем разные люди – один достойный во всех отношениях, второй непутевый и очень себе на уме. Непутевый и был наказан судьбой за свою непутевость – с лестничной площадки пятого этажа он умудрился выпасть вниз и сломать себе шею. Ушли мои школьные друзья Валентин Хадиков и Геннадий Козлов и мой институтский друг Вячеслав Ковалев. По-разному они отчалили. Валентина лишил ума-разума старческий склероз, болезнь наследственная, и он в конце своей жизни перестал что-нибудь понимать, потерял память. Вот ведь! Он перестал быть человеком раньше, чем умер. А здоровяк Слава Ковалев исчерпал всего себя еще в Голодной степи, где работал, как прокаженный. В последние годы жизненные силы высачивались у него по капле, и высочились все. Я увидел, что он не жилец, когда он прилетел в Ташкент и пришел ко мне за повестью «Пахарь», ему посвященной.

Я стал перечислять учеников своего класса: половины уже не было. А из второй половины только про пятерых я знал, что они живы. Остальные семеро растаяли в сиреневой неизвестности. Житейское море поглотило их, накрыв волной неизвестности. Про институтских своих ребят и девчат я знал много меньше. Ну, созванивался иногда с Лилей Вишняковой и Риммой Диановой, которые обосновались в Подмосковье. Но они ни с кем из наших не поддерживали отношений. Что ж, и так бывает, и тут уже ничего не попишешь.

Из моих коллег по гидравлической лаборатории умерли наш шеф

Яков Александрович Никитин, инженеры Людмила Никитина (однофамилица шефа и Олина подруга-однокашница), Наташа Концистор и Георгий Колпаков, техник Раиса Ильясова. И, конечно, столяр-краснодеревщик Дмитрий Буркин, умелец, каких поискать, и сварщик Яков Шварц, тоже маэстро с большой буквы. Буркин попал в плен в первый военный год под Вязьмой, а Шварц в войну оказался на трудовом фронте, но норму никогда не перевыполнял, глубоко убежденный, что советская власть того не заслуживает.

И не было в живых большинства моих коллег по «Правде Востока», по «Звезде Востока». Один Яков Израилевич Нудельман был редкий образец многих человеческих достоинств, которые праведность объединяла в единое целое. Он прошел всю войну в качестве военного корреспондента, оказавшись в действующей армии сразу после выпускного бала. Еще работал со мной в «Правде Востока» танкист Ваня Ляскало. В ночном бою за месяц до победы его экипаж сгорел в танке, а он избежал этой участи. Он, механик-водитель, вышел из танка и вручную наводил башенное орудие на вспышки вражеских выстрелов. И тут в его танк ударилась болванка и пронзила его насквозь. Сгорели все, кто находился в танке, а его там не было. Ответственный секретарь Серафим Васильевич Мельников, заместители главного редактора Иван Капитонович Костиков и Софья Федоровна Соколова были люди с большой буквы. Мельников и Костиков оказались долгожителями, но и над ними сомкнулось житейское море, как оно сомкнулось над моей бабушкой. Интересно, что Иван Капитонович казался человеком скрытным, тихим и уж, определенно, не героическим. Трудно было представить, что в 1919 году он в составе первой конной армии Буденного с шашкой наголо освобождал от белых Житомир, родной город Яши Нудельмана.

Не было уже и моих с Валей одногодок искрометных Юрия Кружилина, Светослава Благова, Александра Танхельсона. Их давно уже не было, судьба не позволила им дожить до старости. Но от «Правды Востока» меня отделяла уже почти треть века. Дни более близкие тоже перемежались утратами. Угасла ветвь моей двоюродной сестры Ирины Скобелевой. Лето 1954 года мы провели вместе, в большом курском селе Теткино, на берегу тихой реки Сейм, плавать в которой можно было как угодно долго. Там в войну немцы не убили ни одного человека, не сожгли ни одного дома – там не было партизан. Пришли и ушли, ничего не испахабили. Ирина, девица умная и ладная, почему-то не вышла замуж, куковала одна, и это не прибавило ей жизненных сил. Брат ее Владимир тоже умер рановато, в шестьдесят лет. У него остановилось сердце на пороге его квартиры.

Ушла, но в почтенном возрасте восьмидесяти пяти лет, другая моя двоюродная сестра, Светлана Михайловская. После нее остались дети и внуки. В Чувашии жила ветвь моего дяди Сигизмунда и Агаты Рисслингов, целиком немецкая. И я часто созванивался с моим племянником Александром Шпаннагелем, учителем по профессии. Он писал стихи очень даже неплохие. Но его тети Маргариты, которую воспитывал бездетный дядя Алоизий, уже не было в живых. А она была всего на год старше меня. И совсем недавно Александр сообщил нам о смерти Алика – Александра Сигизмундовича Рисслинга. Математик, он давно уехал в Германию и жил там с сыном. В войну он жил в нашей семье и ходил в детский сад со мной и Олей. Если он и помнил об этом, то, скорее всего, вскользь, он с нами не общался.

В Ташкенте умерли Лидия Михайловна Комарь, Михаил Юрьевич Егоров, Игорь Федорович Рогов, Александр Аркадьевич Файнберг, Виктор Якименко, Хамид Яхин. К Файнбергу, поэту с большой буквы, я питал великое уважение. С Комарями мы дружили семьями лет тридцать, и у нас были дачи в одном кооперативе. С медлительным гигантом Михаилом Юрьевичем Егоровым, редактором газеты «Зеркало», я общался последние годы – и во-всю публиковался в его еженедельнике. С Роговым, хорошим прозаиком, я работал и в «Правде Востока», и в «Звезде Востока». Кстати, его вдова, сообщившая мне о его смерти, сказала, что Игорю ни с кем не работалось так хорошо, как со мной. Что ж, я не посягал на его индивидуальность, и он оставался самим собой и ценил это. А Саша Файнберг был замечательный поэт, лучший в Ташкенте. Но я общался с ним только на деловой почве. Якименко и Яхин были моими однокашниками. Якименко был экономист, работал в престижном газовом тресте, но водка очень подкосила его жизненные силы. Развился диабет, а с диабетом долго не проживешь. А Яхин стал известным в стране горновосходителем, покорителем всех памирских семитысячников и тянь-шаньских шеститысячников. Смотри, невзрачный и маленький, за рюкзаком его не разглядишь, а шел и покорял вершины, таящиеся в заоблачной выси! Молодец. Да, из жизни ушел он щуплым, как щепка. Он стал меньше рюкзака, который носил.

Недавно я позвонил в Питер Ирине Михайловне Алябьевой, моей коллеге по «Звезде Востока». Ее душили слезы: только что ушел из жизни ее муж Анатолий, с которым она жила душа в душу. Тромб закупорил ему легочную артирию. «Достаточно!» - сказал я себе, прекрасно зная, что не упомянул очень многих. Какими прекрасными друзьями нашей семьи была чета Артамоновых! А землеустроитель Лев Николаевич Малевич, коллега отца? А...

III

Все чаще являлась пред мои очи улица Семена Михайловича Буденного, дом № 78, где в угловой двухкомнатной квартире мы прожили тринадцать послевоенных лет. Это была самая большая квартира из восьми, но и семья наша была самая большая. Я вырос на этой одноэтажной улице и много чего вобрал в себя из ее раритетов. А переехали мы туда из старого города, где снимали комнату, осенью 1945 года – года великой Победы, перед возвращением с фронта отца, майора инженерных войск, орденоносца.

Приехал отец, подбросил меня и сестру до потолка – радость-то какая! Обнял мать, смахнувшую слезы. А во многие, очень во многие семьи отцы не вернулись. Я уже ходил в школу, в первый класс. Не то чтобы учеба была мне в радость – я делал то, что должен был делать. Здесь началось мое постижение мира – от азбуки, правописания и арифметики до движения стран и народов к вершинам цивилизации. Постигать мир было занятие очень приятное, время замирало, законы природы и человеческого сообщества обретали явь. Герои Майн Рида, Фенимора Купера, Жюля Верна, Джека Лондона, Александра Грина становились моими друзьями, их девиз «Вперед и выше!» завораживал. Позже к ним прибавились герои Льва Толстого и Федора Достоевского, на них совсем не похожие.

А во дворе и на пыльной улице (асфальтом ее покроют позже) был свой мир, от мира учебников и приключенческих книг очень далекий. Сами собой возникали разные игры – куликашки, казаки-разбойники, лапта, пинание мяча в деревянные красные ворота. Особенно мне нравилась лапта. Мячик сродни теннисному, деревянная бита, трое на трое или четверо на четверо – и пошел, пошел! Часы летели, азарт нарастал, и домой нас загоняли только плотные сумерки, когда мячик становился неразличимым. Удивительно было бежать и кидаться в сторону от брошенного в тебя мячика. Упоительно было попасть мячиком в мягкую плоть девочки, которая убегала от тебя.

А Салар? Притяжение исходило от этой извилистой быстрой речки со скользким гравелистым дном, и большое. Салар пересекал город в русской его части с севера на юг, и его участок от трамвайной остановки Нефтесиндикат близ вокзала и до Тезикова базара был нашим участком. Мы входили в Салар на Нефтесиндикате и плыли вниз. Плыть особенно было не надо, вода сама несла нас. Лишь на редких заводинах глубина Салара превышала рост человека. Так что почти везде можно было опереться на дно. Плавать я научился быстро. После четвертого, ну, после пятого класса я уже чувствовал себя в воде, как в родной стихии.

Потом мы открыли для себя загородную речку Тал-арык, и притяжение Салара резко ослабело. Сразу за Саларом была наша школа с большим двором, половину которого занимало футбольное поле, почти как настоящее, а половину – парк, не очень-то ухоженный. Перед школой, по улице Першина, проходила железная дорога. Першин был революционер, устанавливал в Ташкенте советскую власть. Но более того, что он был революционер, мы о нем ничего не знали. Буденный тоже был пламенный борец за дело революции, и о Буденном мы знали много больше.

Школьное футбольное поле не пустовало никогда. Оно подарило команде мастеров «Пахтакор» Белякова и Юсупова. Но лучше всех в футбол в нашей школе играл Демушкин. Его финты при обводке были самые непредсказуемые, его удары в «девятку» были восхитительны. Мы боготворили Демушкина, а он пошел не в «Пахтакор», а в военно-морское училище.

Класса так с пятого у меня завязалась дружба с Валентином Хадиковыи и Геной Козловым. Они жили неподалеку. Их обоих война оставила без отцов. Мать Валентина Ольга Мартыновна вышла замуж еще раз, а мать Гены Нина Николаевна осталась одинокой. Она работала в зерновом совхозе бухгалтером, дочь оставила при себе, а двоих сыновей отдала на попечение дедушки и бабушки. Гена жил на тихой улице Черноморской в доме из двух комнат. При доме имелся сад, что было большим богатством. А в просторном дворе Валентина жили его тети и дяди с многочисленной молодой порослью.

Чаще всего днем мы собирались у Валентина. Его мать была на работе, и нашу свободу никто не ограничивал. Гена и Валентин любили побороться, помериться силами. Гена был сильнее, а Валентин – ловче. Позже Валентин стал ходить в секцию бокса, но все равно стальную болванку Гена поднимал на пять, на шесть раз больше него. Так мы росли, набирались силы и ума-разума. После восьмого класса перед нами распахнул двери парк железнодорожников (нас туда уже отпускали одних). Меня влекла там шахматная секция, а всех нас – летний кинотеатр. Многие фильмы мы смотрели по два, по три раза – например, «Джульбарс» или «Волга-Волга». А на фильмах «Веселые ребята» и про Тарзана мы просто балдели, ведь там нам показывали жизнь, на нашу совсем не похожую.

Класса так после седьмого нам стало нравиться задерживать взгляд на девочках. В них нас привлекало все то, что отличало их от нас, мальчиков. Тонкая талия, выпуклая грудь, бугрящаяся попочка – о, о и еще раз о! У нас были преподаватели не просто хорошие, а замечательные, учителя с большой буквы. Эталоны. Наш куратор Михаил Константинович Прокофьев после восьмого класса повел нас в горы. После первого десятидневного похода по рекам Коксу и Чаткал я на всю жизнь полюбил горы и, наверное, прошел из Бурчмуллы в Ангрен и вверх по Чаткалу раз десять.

А наша русичка Ирина Александровна Гукова (мы звали ее за изысканность манер Француженкой) устраивала нам диспуты совместно с параллельными классами соседней женской школы (тогда еще существовало раздельное обучение). Эти диспуты воодушевляли нас необыкновенно. Заставляли выплескиваться по полной программе. Мы вникали, и мы выкладывались. И точно так же поступали девицы. Мы, конечно, стремились не столько превзойти девочек, сколько им понравиться. Диспуты эти возносили нас на седьмое небо. Ирина Александровна сияла, довольная, ведь мы врубались в ее предмет куда как глубоко.

Институтская жизнь побежала по другой дороге, школа отдалилась. Много позже, однако, я осознал, что школьные годы были лучшими в моей жизни. Институт – это два месяца сбора хлопка в одном из голодностепских совхозов, это барак с двумя квадратными метрами сеновала на студента и макароны в обед и вечером, это бесконечное хождение буквой «г» по бесконечным грядкам. Это практики, часто в замечательных местах (лето 1958 года, село Сретенка, река Сырдарья; лето 1959 года, река Иртыш, Бухтарминская ГЭС). Это... Но к моей улице Буденного это имело мало отношения. После третьего курса мы, стараниями матери и отца, переехали в просторную квартиру на улице Богданова, за железной дорогой.

Улица Буденного стала моим прошлым. Но ее я никогда не забывал, с ней связано много воспоминаний о хороших событиях и добрых людях. Вот, к примеру, соседка через стенку Светочка Жукова. Ее отец с войны не вернулся, так она прикипела сердцем к нашей семье, боготворила отца и мать. Светочка их любила так сильно и преданно, как будто они были ей родными. Настойчивая по натуре, бесстрашно прыгала с парашютом. Потом работала в школе, сначала пионервожатой, потом учительницей русского языка и литературы. Вышла замуж, родила. Но сейчас живет одна.

Добрейшей души человек, благодарная за помощь и дружбу, бескорыстная, готовая помочь другим, потому что неравнодушна к чужому горю и трудностям, Светочка Жукова сама вызвалась ухаживать за могилами моих родителей после нашего отъезда в Америку. Конечно, мы стали предлагать ей деньги. Но надо знать Свету Жукову – как же она возмутилась, как же она на нас обиделась и даже сказала, что если мы не прекратим говорить эти глупости, то она не станет ходить на кладбище! Повторюсь: надо знать Светочку Жукову, конечно, она ни за что не оставила бы без присмотра могилы таких дорогих ей людей, какими были для нее мои родители. Светлана потрясла нас своим благородством и чистотой души, мы бесконечно ей благодарны за это. Она добровольно взяла на себя еще уход за могилой Валиного отца на Домрабадском кладбище. А это другой конец Ташкента. Доехать туда Светлане с несколькими пересадками при ее здоровье не так то просто. Но раз Жукова за что-то берется, значит, сделает, не отступится.

Как-то в разговоре по телефону со Светой Валя попросила ее класть цветы от нашей семьи на могилу Татьяны Сергеевны Есениной, дочери Сергея Есенина, которая похоронена на одной карте с моими родителями.

– А я так делаю всегда, и могилку мою, - ответила Света. – Я же с ней была знакома.

– Да ты что? И где это случилось?

– Да в нашем аэроклубе. Я пришла на прыжки, смотрю, у нас двое новеньких. Парнишечка лет восемнадцати и женщина в возрасте немножко больше сорока. Как потом мы узнали – это мать и сын. Паренек очень хотел прыгать с парашютом, но боялся высоты. А мама решила ему на собственном примере показать, что прыгать вовсе не страшно, хотя сама никогда раньше не прыгала. Их я видела впервые, но женщина была мне будто знакома, будто раньше ее я видела. Лицо у нее было какое-то особенное, оно какого-то мне напоминало. Присмотрелась повнимательней и вспомнила. Ба! Да передо мной стоит Сергей Александрович Есенин, только в женском обличии. Это и правда была его дочь – Татьяна Сергеевна Есенина, а парнишка, значит, внуком ему приходился.

– Что , так похожа?

– Ну, прямо вылитый Сергей Александрович. Как говорят сейчас, один в один. Невысокого росточка, худенькая, волосы светлорусые, вьющиеся. А глаза, глаза! Большие да голубые-голубые! Точно такие были у отца! И улыбка замечательная, так улыбается Сергей Александрович на фото, где он с гармошкой снят.

– И что, Татьяна Сергеевна прыгнула?

– А то, конечно! Сначала она. А потом и сын. Теперь, когда мимо ее могилки прохожу, цветы всегда кладу. Ведь здесь лежит человек особенный – дочь Сергея Есенина. Да и сама Татьяна Сергеевна писала хорошую прозу. А Есенин мой самый любимый поэт. Кладу цветочки, а сама думаю, что они не только для Татьяны Сергеевны, но и для самого Сергея Александровича. Слезы сами начинают катиться. Приду домой, обязательно начинаю читать есененские стихи. И обязательно вспомню, что Сережин отец Петр Кузьмич да и сам Сережа большие почитатели поэзии Есенина. Так что эти цветы не только от меня, они и ото всех Татуров тоже.

Перед отъездом в Америку я прошелся по улице Буденного, посмотрел на наш дом, в котором не жил уже полвека. И улица, и дом наш были в полнейшем запустении. Вот-вот здесь должен пройти бульдозер и все порушить. Все правильно, это старье большому городу не нужно ни с какой стороны. Рядом уже возводились многоэтажки, и для них необходимо освобождать место. Жалость не проснулась во мне. Было, но прошло. То, что было хорошо когда-то, во дне сегодняшнем не было хорошо, и потому должно было отступить, уйти навсегда.

IV

Вирус набросился на Валентину, мою жену, и уложил ее в постель. Грипп!

- Терпи и лежи, против вируса нет лекарств, - сказала ей Леночка, дочь наша, врач высшей категории. И Валя лежала, пила воду и чай – ей надо было много пить. У нее очень болели ноги и все тело, ноги разламывались прямо. У нее было варикозное расширение вен. К обеду она вниз не спустилась. «Ничего страшного!» - подумал я. Заварил ей чаю. Но она отказалась и от ужина. Ночью дышала тяжело, ворочалась, никак не могла найти место, чтобы ножкам ее стало удобно. Вечером обычных разговоров со мной на тему дня не вела, значит, ей было не до этого.

Утром я, прикрывая ее ноги одеялом, дотронулся до них. Ее тело пылало. «Ты вся горишь!» - сказал я.

- Принеси мне чаю! – попросила она. Я быстро исполнил ее просьбу. Был четверг, дочь и наш зять Андрей не работали. Точнее, они работали дома, заполняли нескончаемые медицинские анкеты. На это у них уходило не меньше времени, чек на прием страждущих. Кушать Валентина не хотела по-прежнему.

- Включить радио? - спросил я. Она отрицательно качнула головой. И я оставил ее лежать, занялся своими делами. До прихода внуков из школы еще оставалось время.

- Как мама? - спросила Лена за завтраком. Завтракала она поздно.

– Мама спит.

– Пусть она пьет как можно больше.

– Она старается пить побольше. И откуда приплыла к нам эта зараза?

– Она кругом. Она всегда рядом с нами.

«А у меня иммунитет!» - подумал я. Этот вид вируса меня не донимал. Когда пришло обеденное время, я помог Валентине спуститься в столовую.

– И как ты, мама? – спросила Лена.

– Ох, доченька! Всю меня крутит и ломает! Старая я вся, гнилая.

– Мама! – Это восклицание следовало понимать так, что не надо падать духом. Мы поели, попили чаю. И тут Валя почувствовала себя хуже. Сначала она перестала говорить. Потом она потупила взор. Ей было плохо.

– Мама, ты что? – Лена кинулась к ней. Измерила давление – оно было на нижнем пределе.

– Капельница! – крикнула она Андрею. Все нужное было рядом, в корзине на полке в продуктовом шкафу и в ящике стола кухонного. Через минуту игла вонзилась в левую руку Валентины, и капельница заработала с интенсивностью две капли в секунду. Лучше Вале не становилось, и Лена теребила и теребила ее. Наконец, Валино лицо начало медленно розоветь. У меня отлегло от сердца. Я, правда, помнил, когда ей было еще хуже – год назад. Тогда тромб в ее легочной артерии был готов двинуться к сердцу. Тогда в госпитале от нее отвели беду, сделали все, чтобы тромб рассосался, и она часто вспоминала добрым словом Алену, врачей и медицинских сестер госпиталя – профессионалов высокого класса.

Через полчаса я отвел Валю в нашу спальню. Вечером она уже говорила со мной, однокашниц своих вспомнила. В ее классе было много золотых медалисток, и некоторые из них поднялись очень высоко, но не в Ташкенте. Университет вспомнила – она окончила отделение журналистики филологического факультета. Она сдавала экзамены на восточный факультет и одна из всех набрала двадцать пять баллов из двадцати пяти. И тут судьба явила ей свою благосклонность. Член приемной комиссии Федор Панкратьев, бывший в то время замом декана филологического факультета, прочитав как экзаменатор сочинение Вали на вступительных экзаменах, предложил ей с восточного факультета перейти на журналистику.

– Как вы думаете, кем вы будете, окончив восточный фаукультет? – спросил он.

– Как кем? Атташе при нашем посольстве в Индии!

Панкратьев гомерически расхохотался. «Вы будете в лучшем случае переводчицей в аэропорту! У вас не те родители, чтобы вам работать за рубежом!» - ошарашил он ее таким выводом. Она поверила Панкратьеву – и правильно сделала. Журналистика и вывела ее в люди. Самозабвенность и яркое слово привели ее в «Правду Востока». Там коллеги со стажем ласково называли ее «Валетка» и советовали писать именно так, как она пишет, не ступать на наезженную колею. Да, на наезженной колее даже журналист с острым чутьем слова быстро становится ремесленником.

Она вспомнила все яркие личности на ее курсе – Юрия Кружилина, Светослава Благова, Инну Шофман, Волика Рецептера, ставшего хорошим поэтом и известным актером –недаром сам Георгий Товстоногов пригласил его в своей питерский театр. Еще будучи студентом университета, Волик Рецептер считался ташкентской знаменитостью, он бесподобно играл Гамлета (это я могу засвидетельствовать). Кружилина и Благова я знал хорошо, их было за что ставить на пьедестал. Ирочку Хуземи, учившуюся с Валей в одной группе, приняла в свои ряды «Комсомольская правда». Я ее видел раз или два, когда она приезжала в Ташкент. Искрометная это была девочка – и всегда знала, чего хотела.

– А ты поправляйся! – сказал я жене. – Вон сколько всего вспомнила! Скучаешь по тому, что уже не повторится? Я тоже помню твою статью «Танцы для Леночки» - она была для меня образец. – Эту статью я прочитал и запомнил задолго до того, как мы познакомились.

И снова ночь накрыла нас темными своими волнами. Дышала Валентина уже ровно, меньше металась. И слава Богу!

V

Днем мы созвонились с Москвой и долго говорили с Петей. Сын наш, землеустроитель по профессии и оценщик недвижимости во дне сегодняшнем, женатый на красавице Викулике, полгода назад купил новую квартиру. Этому событию мы с Валей радовались тоже. Но гораздо больше мы радовались другому событию, которое ждали давно: Викулик была на седьмом месяце беременности. Мальчик должен был родиться у них, в середине ноября. Беременность протекала у Вики нормально, и мы просили ее не мельтешить перед врачами, довериться матери-природе, больше быть на свежем воздухе, а дома не делать ничего тяжелого. Врачи, однако, требовали массу анализов, и хождениям по поликлиникам не было конца-края. Мы были очень рады, что наконец-то и от Пети ветвь протянется дальше, и грядущее пополнит еще одна цепочка Татуров.

С двоюродным братом Юрием, тоже москвичом, я переговорил. Мой брат - величина. Он академик, много лет и сил отдал ниве народного образования (сведения о том, как и чему учить молодежь, в свое время он собирал по всему миру). Недавно он отметил свое семидесятипятилетие. Юра сказал, что хочет посетить место захоронения Кузьмы Феликсовича и Сергея Кузьмича Татуров в одной из московских церквей, узнать день рождения Кузьмы Феликсовича, нашего деда, и объявить этот день днем Татуров. Я горячо его поддержал.

Потом я поговорил с сестрой и с дочерью Ириной. Ира собиралась поехать в Грецию, на две недели. Открытость Европы очень сильно подрывала престижность курортов Крыма и Кавказа, которые, как оказалось, до европейского уровня не возвышались. Ночью я обратил взор на ветвь Татуров и Рисслингов, от совмещения которых я и произошел. Мать была девятым ребенком в большой и дружной семье Рисслингов, жившей в Мариуполе. Отец в своей семье был шестым ребенком. Увы, в советские времена многодетность канула в прошлое, в советских семьях редко кто из русских превосходил норму в два ребенка. Моя же бабушка Мария Мартыновна, мать девятерых детей, прожила девяносто восемь лет – многодетность только укрепила ее и без того крепкую натуру. Она бы спокойно встретила свое столетие, если бы в девяното лет не упала на ровном месте и не сломала шейку бедра. Свои последние восемь лет она провела в постели.

Сегодня четверо Татуров и их отпрыски двигали в будущую татуровскую ветвь, а семеро Рисслингов – рисслинговскую. Не двенадцать, а четверо. Не восемнадцать, а семеро. Это и была наиболее достоверная характеристика костоломных советских времен. Сегодня россиян на российских просторах всего 145 миллионов. А могло быть вдвое, втрое больше. Кстати, ни один из моих друзей не стал многодетным отцом, как ни одна из подруг Валентины не стала многодетной мамашей.

Светлое пятно увидел я перед собой – Аллу Львовну Суханович, редактора детской газеты «Класс».Это удивительно яркая личность, человек, очень талантливый во всем, в ней творческие замыслы бурлят гейзером. За что ни берется Алла Львовна, исполнит с блеском, потому что вложит душу и многие знания. Недаром «Класс» имеет много призов различных конкурсов. Для солидных и авторитетных изданий республики стало сюрпризом первое место детской газеты в Национальном конкурсе в области печати. А тема-то была сложнейшая: фортификация (обогащение) муки. Корреспонденты «Класса» и его главный редактор А.Л. Суханович справились с ней блестяще.

Ее редакция занимает просторную комнату на четвертом этаже в громадном издательском комплексе на улице Навои. В своей газете, всегда интересной, она многое делает сама. Она и привыкла многое делать сама, потому что каждодневно принимает на себя тяжелую ношу ответственности. Как журналист и редактор, именно Алла Львовна стала тем интеллектуальным цетром, который рождает плодотворные идеи и различные акции на страницах «Класса». А это в свою очередь увлекает читателей и делает их друзьями газеты. То ребята собирают по осени сотни килограммов жёлудей, чтобы потом в экспедиции в Кызыл-Кумах подкармливать ими джейранов. Корреспонденты «Класса» несколько раз ездили в эти места вместе с учеными. Ночью на «газиках» они колесили по пустыне, находили новорожденных джейранчиков, одного оставляли с матерью, других забирали. В Джейраньем заповеднике ухаживали за «малышами», кормили их из соски. Потом, когда животные подрастали, их выпускали на природу, в родную среду. То вместе с учеными Академии наук Узбекистана корреспонденты «Класса» едут на озера в Дальверзин, где под руководством биологов ведут учет белых журавлей – стерхов. Колонии стерхов гнездятся прямо на столбах линии электропередачи, а на зимовку улетают в Афганистан.

Основной авторский актив газеты – дети. Письма в редакцию идут потоком со всех областей республики. И ни одно из них не остается без внимания главного редактора. Опубликоваться на страницах «Класса» – мечта, гордость и радость для каждого корреспондента. Именно Алла Львовна стала их наставником и учителем в первых пробах пера. Многие, благодаря сотрудничеству с газетой, полюбили журналистику, избрали эту интересную стезю и продолжили обучение избранной профессии в Ташкентском университете.

Приглашая Аллу Львовну к нам, Валя готовила что-нибудь вкусное, а потом мы отводили душу в разговорах откровенных, касающихся всех и вся. Корни Аллы Львовны были в Белоруссии, и она чуть ли не ежегодно ездила в Минск, приурачивая свои визиты к каким-нибудь официальным мероприятиям. В ее обществе нам было и легко, и по-домашнему приятно. Да и у самой Аллы Львовны семья замечательная: отец Лев Александрович - полковник в отставке, занимал генеральскую должность, будучи начальником управления ракетных войск и артиллерии. Награжден боевыми орденами Красной звезды и «За службу Родине». Мама Жанна Емельяновна – врач, сын Антон уже закончил Ташкентский институт связи. Вспомнив ее, я подумал, что она достойна пьедестала. Я сказал об этом Вале, и она одобрила мою мысль. Она тоже очень расположена к Алле Львовне и искренне любит ее. Эта женщина понимает нас с полуслова. Мы очень жалеем о том, что познакомились с ней довольно поздно, за несколько лет до отъезда в Америку. Но дружба наша не прервалась, она с годами становится все крепче и прочнее.

VI

В одну из ночей меня снова потянуло в гидравлическую лабораторию. Что, как, почему? А потому, что мне там очень хорошо работалось. Там не было ни одного недоброго, хамоватого или завистливого человека. Там мы гоняли воду на моделях и смотрели, как она взаимодействует с гидротехническими сооружениями. Из этого взаимодействия нам полагалось исключать всевозможные взбрыки и заскоки, и мы это делали. Рядом со мной работало несколько маэстро, а больше маэстро не требовалось, и мне на долгие годы была отведена роль обслуживающего персонала, а, точнее, подмастерья. Ладно, эта роль меня устраивала. Ведь у меня вскоре появился закуток – комнатка в пять квадратных метров на отшибе лаборатории с колченогим столом и со старой, но вполне дееспособной пишущей машинкой марки «Ундервуд», утверждавшей ее немецкое происхождение. Мне ничего не стоило приехать на работу на велосипеде на час раньше, а уехать на час позже – закуток был в моем полном распоряжении. Я в нем делал то, к чему у меня было призвание. Я в нем писал, а написанное складывал в стол.

Я, конечно, мечтал о том, чтобы написанное было опубликовано, и кое-чего дождался: еще работая в лаборатории, я опубликовал в журнале «Звезда Востока» рассказ «Доктор, доктор!», а в газете «Правда Востока» - репортажи о перекрытии рек Нарын и Вахш в створах Токтогульской и Нурекской гидроэлектростанций и интервью с главным инженером института «Гидропроект» Сигизмундом Антоновичем Боровцом «Что после Нурека?» После Нурека намечалось много чего чрезвычайно интересного, ведь и Нарын, и особенно Вахш по своему энергетическому потенциалу превышали возможности Волги. Осуществлено, однако, было не так уж много из намеченного. И вот уже четверть века на Нарыне и на Вахше ничего не строится. Рогунская ГЭС, к пуску подготовленная, была загублена на корню внутритаджикскими межклановыми разборками (словно Божья кара опустилась на Рогун), а другие объекты отошли в день завтрашний.

Но хватит об объектах. Я стал вспоминать людей. Лабораторию возглавлял Яков Александровичи Никитин, тщедушный многоопытный старец, в войну командовавший батареей и контуженный под Ригой. От контузии у него мелко подрагивали ладони, а мы думали, что это после ста граммов. Правда, никто не видел, чтобы в рабочее время он отлучался в магазин. Мы могли себе позволить это (и позволяли, но не часто), он – нет. Он был не навязчив – упаси Боже! Чтобы попасть на работу, ему надо было пересечь весь город (он жил за кольцом трамвая № 3). В «Советской Киргизии» я опубликовал о нем очерк «Старик», за который получил сторублевую премию. Прочитал ли он его, не знаю. На его похоронах я присутствовал (я тогда работал в газете).

Моим непосредственным шефом был Ефим Ильич Дубинчик, руководитель группы. Человек усидчивый и въедливый, он неплохо разбирался в модельных исследованиях. Так что мне оставалось быть на подхвате и осваивать это дело, что я и делал почти пять лет. Он, конечно, все знал про мой закуток, но ни разу не сделал мне замечания, что я провожу в нем не одни нерабочие часы. Скорее всего, ему тяжело давались замечания, назидания. К сожалению, уйдя из лаборатории, я потерял с нею связь. Ефим Ильич после распада Союза уехал в Израиль. Жив ли он, не знаю.Старшим инженером в нашей группе работала Виолетта Вильгельмовна Артук, девица рослая, немногословная и не писаная красавица. Работала она дотошно, как и полагается исследователю по призванию. Неожиданно к ней проявил интерес техник Юрий Тимошенко. Их свадьба нас ошарашила и всколыхнула. Значит, и в нашем омуте водилась рыбка, достойная удачливого рыбака. В девяностые годы я встретил Юру и Виолетту Вильгельмовну (не помню уже, случайно или нет). Они готовились уехать в Россию. Детей у них было, кажется, двое.

Лаборанткой у нас работала дородная Тоня Михайлова, лентяйка и лоботряска от рождения. На велосипеде она гоняла, как спортсменка. Я переделал за нее уйму работы. Как сложилась ее жизнь позже, не знаю. Создать семью, при ее характере, было не так просто. Еще техник Раиса Ильясова работала у нас, молчаливая и исполнительная. Одинокая это была женщина.

Второй группой руководил Юрий Павлович Бурцев. Какое-то время он проработал в Афганистане, что позволило ему ездить в собственном «Москвиче». Но как исследователь он, по-моему, уступал Дубинчику. Ему недоставало въедливости, дотошности Ефима Ильича. Зато он легко вникал в суть человеческих отношений и был прозорлив, прогнозируя их с точностью ясновидца. Инженером у него работала выпускница университета Наталья Концистор. Одно время я был к ней неравнодушен, и она сказала мне, что Бурцев про меня все-все знает. Лаборанткой у Бурцева была расторопная девица Галина Савич, почти такая же большетелая, как Тоня Михайлова. Предельно откровенная, однажды она сказала мне, что я дурак, что мечтаю о Наташе. Что если бы я знал про нее все-все, я бы не смотрел на нее. Я промолчал, не задал вопроса про это «все-все».

Красотка Лидочка появилась у нас незадолго перед моим уходом из лаборатории, а вот фамилии ее я не помню. Вот на кого пялили глаза и стар, и млад! Длинноножка и краснощечка она была. Недостатков же у нее никто не видел по той причине, что их у нее не было. Ее потом умчал в Москву какой-то молодой инженер – не из наших. Конечно, она прекрасно знала, на кого положить свой наметанный глаз. Ибо выбор у нее был богатейший.

Гидравлической лабораторией я воспользовался, как трамплином, чтобы перейти на писательскую работу. И перешел, но не совсем на писательскую – стал журналистом престижной газеты «Правда Востока», выходившей тиражом в 250 тысяч экземпляров. «Правда Востока» тоже в какой-то степени была трамплином – из нее я перешел на работу в дом на Бугре – ЦК Компартии Узбекистана. И с великим удивлением увидел, что у партии нет будущего. Да, у стержня страны не было будущего, и жизнь вскоре это подтвердила. Работа на Бугре, а затем в Президиуме Верховного Совета Узбекской ССР была совсем не интересная, казенная. Зато этот высокий трамплин привел меня в кресло главного редактора журнала «Звезда Востока». Вот лучше работы в этом журнале (я довел его тираж до 212 тысяч экземпляров, так что ни один другой периферийный журнал по тиражу к нам и близко не подступал) у меня не было никогда. Никто мною не повелевал, и я мог быть самим собой. Лучшего себе и не пожелаешь.

VII

Очередная ночь снова привела меня в далекое прошлое – в мой класс. В девятый или в десятый. Я перечислил фамилии всех своих однокашников – двадцать пять человек. Кажется, никого не упустил. Общаться сегодня я мог только с пятерыми из них – с американцем Юрием Гамбургом, москвичом Борисом Бояркиным и ташкентцами Владимиром Шахматовым, Геллой Лузиноли и Рустамом Муратовым. И я общался с ними, но не часто. Внимание мое привлек Сэр – Олег Суханов, юноша стройный, но от спорта далекий. Умница редкостная (он получит золотую медаль, кончит Высшее техническое училище имени Баумана и останется в нем преподавать). Сэром его звали за обособленность от всех и вся и еще за знание английского языка (этим в классе, кроме Суханова, похвастать никто не мог). Некоторая сухость и флегма в нем присутствовали, как тень от фамилии. В футбол с нами он не играл, это точно. Резался ли он с нами в снежки? Этого я не помнил. В разговорах на темы житейские он не участвовал никогда. Жил в городке транспортного института – его родители там преподавали. Не контачили мы, не общались – так чего это я о нем вспомнил? А жалко мне стало, что его уже не было на этом свете. У меня осталось впечатление, что он не от мира сего. Особняк по имени Сэр.

Потом я подумал о Геннадии Абрамове, - с него учителя начинали перекличку. Невзрачный, троечник-хроник, он и профессию получил невзрачную – стал слесарем-водопроводчиком. Однажды его бригада что-то чинила в канализационном колодце. Он был снаружи, инструмент подавал. Вдруг его ребята перестали отзываться. Он им что-то говорил, а они не отзывались. Он кинулся к ним вниз, на помощь – и с ними остался. Навсегда. Газ там какой-то скопился плохой, а никто из них не подумал, что им могут понадобиться противогазы.

А Виктор Рытченко как умер? Утонул в Сырдарье. Вроде бы, у нас в классе не было не умеющих плавать, но Сырдарья оказалась сильнее Виктора. Я переплыл эту реку не помню сколько раз, когда у меня была практика в поселке Сретенка на берегу Сырдарьи. Каким здоровяком был Юрий Третьяков! Объем легких – шесть тысяч кубических сантиметров! Это на две трети больше, чем у обычного мужика. А что получилось? Он всегда хвастался, что курил с третьего класса. Он вообще был хвастун, каких поискать. И рак легких свел его в могилу в 28 лет. Егоза он был страшная. Учителя отсаживали его на последнюю парту, чтобы погасить его непрерывный вэрест. Я не раз ходил с ним в горы, и однажды ранним утром мы увидели козла. А все наши патроны были снаряжены дробью. И мы за пару минут расплавили дробь в консервной баночке, ткнули пальцем в мягкую землю, залили образовавшееся углубление свинцом и получили пулю. И Юра подкрался к козлу на сорок метров, но не выстрелил. Пожалел козлика. Увидел, что у него на шее трепещет жилка в такт сокращению сердца, и пожалел. Увы, судьба потом его не пожалела. А в городе мы всем рассказывали, что завалили козлика, и нам верили – ведь мы отлили пулю. А Шурик Колокольцев, борец-легковес? А борец-тяжеловес перворазрядник Рафик Янбулатов? Сильнее Рафика в нашем классе не было никого. Он стал инженером-строителем и к концу жизни возглавлял большой проектный институт.

«Печально я гляжу на наше поколенье», - процитировал я. И стал воспроизводить событие, для меня всегда приятное – игру в снежки. Сражаясь с классом «Б», где заводилой был живчик и умница Альберт Аталиев, мы выкладывались, словно это был чемпионат местного масштаба. Мы входили в класс мокрые и белые от налипшего снега, много позже звонка. Нам не пеняли за опоздание: снежки, когда лежит снег, превыше всего! Однажды, на большой перемене, я повел своих в атаку с громким криком «Ура!» И подавился, мне залепили снежком прямо в рот. А я даже не заметил, кто это оказался таким метким. Кто побеждал чаще, мы или ребята из дружного класса «Б», теперь не имело значения.

Такие же яркие страсти бушевали на футбольном поле. Но в игре в футбол я был мало на что способен: голы забивали другие. Зато на диспутах мне выпадали первые роли, как любителю поэзии и аналитику. А поскольку мы дискутировали с девушками из соседней женской школы, диспуты наши проходили чрезвычайно увлекательно. Все выкладывались, к вещей радости нашей русички Ирины Александровны Гуковой, по происхождению оренбургской казачки. Она еще была жива и недавно отметила свое восьмидесятипятилетие. Мне было жалко и обидно, что она не обзавелась семейным очагом. Бездетная, она жила и заканчивала свои дни в обществе сестры, такого же, как она, белого одуванчика.

VIII

Следующая ночь задала мне вопрос: что было бы с Россией, если бы она не вступила в первую мировую войну? На какую дорогу она бы тогда повернула? Я уже отвечал на этот вопрос - и ответил еще раз. Уж точно, Россия повернула бы не на социалистическую дорогу. Не на ту, по которой повел ее Владимир Ильич Ленин. На столыпинскую дорогу она бы повернула, конечно. Она бы уж точно на нее повернула, если бы судьба Петра Столыпина не сложилась так трагически. Я видел год 1914, душное лето и Германию, нарастившую большие военные мускулы. У Великобритании и Франции были огромные колонии, у России – великие просторы, а Германия всем этим была обделена и очень переживала по этому поводу, очень хотела наверстать упущенное. Жаждала прямо. Она рвалась в бой, ей не терпелось завоевать главнейшее положение в Европе и расширить свои владения.

А хотела ли воевать Россия? А за что ей было воевать? За Дарданеллы? Турция и так пропускала через свои проливы любые российские суда. За Сербию? Овчинка выделки не стоила. «Незачем воевать России!»

- подумал я и сделал так, что в первую мировую войну она не вступила. Не вступила, и все! Пусть горластые сербы защищают себя сами! Но нет, она потребовала от Австро-Венгрии плату за свое невступление в войну – независимость Сербии, и тут же ее получила. Война в Европе, естественно, стала складываться не в пользу Франции и Великобритании, и Америке пришлось вмешаться в эти события и поддержать своих союзников гораздо раньше, чем это случилось на самом деле. Америка напряглась, и, само собой, за пять военных лет Германия выдохлась и запросила мира, так что карта Европы была перекроена за счет самороспуска Австро-Венгрии.

А что бы получила Россия за свое невступление в эту кровавую драку? Быстрое развитие ждало Россию. Промышленный бум с выходом на опустевший мировой рынок. И никаких катаклизмов в виде революций и поворотов на неизведанные, непроторенные пути. На такие пути людям вообще становиться не положено.

«Дорогу Лобачевским, Менделеевым, Сеченовым и Жуковским! Дорогу Демидовым, Морозовым и Путиловым!» - провозгласил я.

И перед всеми, кто умел и дерзал, зажегся зеленый свет. Свет этот мне очень понравился. Но очень скоро волны сна понесли меня дальше, дальше… Неведомого предо мной было великое море, сколько я в него ни погружался. Вдруг неведомое вынесло меня на берег, на котором я оказался совершенно один. И странные волны подбегали ко мне – я бы назвал их волнами вдохновения. Вдруг родились строчки, которые прежде ко мне не приходили. Вот они:

Какое чудо одиночество!
Какое небо надо мной!
Очаг, а в нем огонь пророчества
И тишины земной покой.
От звезд ко мне стезя Создателя
Сошла, землян благословя.
И всех своих друзей-приятелей
Живыми снова вижу я.
Я вижу таинство пришествия
Любви, и творчества поток.
И все земные происшествия
Водой уносятся в песок.
А звезды громко в душу просятся,
И мой костер им шлет привет.

Ах, ночь, ты просто чудоносица!
И это звездам мой ответ.
Пришла минута покаяния.
Кричу, чтобы слышали меня:
«Создатель, ты есть Мироздание!
А в Мироздании есть я!»
Пути и звездные, и млечные
Мы устремили в небосвод.
Но истинам, чтоб быть им вечными,
С небес на Землю нужен ход.

Эти строчки покрыли меня теплым одеялом, и я заснул, умиротворенный.

ОГЛАВЛЕНИЕ